U0485057

叶辛长篇小说精品典藏
Ye Xin Changpian Xiaoshuo Jingpin Diancang

**蹉跎岁月** CUOTUO SUIYUE

时代出版传媒股份有限公司
安徽文艺出版社

叶辛，1949年10月出生于上海。中国作家协会副主席、国际笔会中国笔会副主席、上海文联副主席、上海作家协会副主席、著名作家。曾担任第六届、第七届全国人大代表和贵州省作家协会副主席，《山花》《海上文坛》等杂志主编。长篇小说《蹉跎岁月》《孽债》被改编为电视连续剧曾引起全国轰动，成为中国电视剧的杰出代表。

著有长篇小说《蹉跎岁月》《家教》《孽债》《三年五载》《恐惧的飓风》《在醒来的土地上》《华都》《缠溪之恋》《过亭》等。另有"叶辛代表作系列"三卷本、"当代名家精品"六卷本、"叶辛新世纪文萃"三卷本等。短篇小说《塌方》获国际青年优秀作品一等奖，由本人担任编剧的电视连续剧《蹉跎岁月》《孽债》《家教》均获全国优秀电视剧奖。

Ye Xin Changpian Xiaoshuo
Jingpin Diancang

叶辛长篇小说精品典藏

# 蹉跎岁月
## CUOTUO SUIYUE

叶辛 ◎ 著

时代出版传媒股份有限公司
安徽文艺出版社

图书在版编目(CIP)数据

蹉跎岁月/叶辛著.—合肥:安徽文艺出版社,2017.4(2018.4重印)

(叶辛长篇小说精品典藏)
ISBN 978-7-5396-5896-4

Ⅰ.①蹉… Ⅱ.①叶… Ⅲ.①长篇小说-中国-当代 Ⅳ.①I247.5

中国版本图书馆CIP数据核字(2016)第258670号

出 版 人:朱寒冬　　　　选题策划:朱寒冬　岑　杰
责任编辑:岑　杰　　　　装帧设计:丁　明　褚　琦

出版发行:时代出版传媒股份有限公司　www.press-mart.com
　　　　　安徽文艺出版社　www.awpub.com
地　　址:合肥市翡翠路1118号　邮政编码:230071
营 销 部:(0551)63533889
印　　制:安徽新华印刷股份有限公司　(0551)65859551

开本:710×1010　1/16　印张:22.5　字数:400千字
版次:2017年4月第1版　2018年4月第3次印刷
定价:55.00元(精装)

(如发现印装质量问题,影响阅读,请与出版社联系调换)

版权所有,侵权必究

# 目 录

蹉跎岁月　　　　　　　　　　　　　　　　*001*

后记一　　　　　　　　　　　　　　　　　*339*
后记二：关于《蹉跎岁月》答读者问　　　　*343*
后记三：写作《蹉跎岁月》的日子　　　　　*349*
后记四：二十年的蹉跎村　　　　　　　　　*353*

# 蹉跎岁月

## 一

　　柯碧舟和杜见春是在极其偶然的情况下认识的。

　　那是一九七〇年的夏天。一个星期日,上海知识青年集体户所有的同学都赶场去了,柯碧舟一个人在家。好不容易有个安静的时候,柯碧舟抓紧时间,在两个箱子叠放起来的"桌"面上,摊开几张纸,写短篇小说《天天如此》。这故事他构思了好久,故事主人公又是他最熟悉的一个同学,早就想抽时间写了,可总是没有机会。平常,集体户里很少有个安静的时候,出工回来,有人洗衣服,有人闲聊天,有人哼歌曲,也有人"法拉米、法拉米"地拉二胡,根本别想有个清静。即使逢到赶场天,也是有些人去赶场,有些人留在茅屋里,抽烟、打牌、喝酒,闹得个不亦乐乎。今天不知怎么搞的,知青们像约好了似的,吃过早饭,换上干净衣裤,通通赶场去了。柯碧舟求之不得,待他们一走,就奋笔疾书。

　　在飞蝉涨潮般的鸣唱声中,柯碧舟仿佛又见到了自己的老同学谢楠康,他分配在上海工艺品进出口公司工作,日复一日,过的是"天天如此"的生活,枯燥、乏味,静如死水。他想改变这种生活,却总是克服不了自己的弱点,自己替自己感到害臊,自己原谅自己,于是他习惯了这样的生活,并且常常寻找理由自己安慰自己。

　　叽喳唧啾的鸟雀声听不见了,涨潮般的蝉鸣停止了,柯碧舟都没察觉,他沉浸在学习创作的喜悦之中，忘记了自身的一切。他的头发足有半寸多长，早该理了，却没想到去理一理；他赤脚踏在泥地上，脱下的布鞋浸在脚盆里，没想到去洗一洗。身上打了好几个补丁的沾满泥巴点子的衣裤，本来计划今天脱下洗干净，也给他忘了。只在厚厚的干打垒泥墙上开了一个窗子的茅屋早已暗淡下来，屋内的光线淡弱到仅能辨别白纸上的字迹，他却没有知觉。

原来，早晨还是晴朗朗的，此刻，大雨已经下了近半个小时了，雨点子打在集体户外的苞谷叶上，答答直响，柯碧舟竟然都没听见。直到寨外的山巅上扯起一道刺目的火闪，跟着一个惊天动地的急雷轰隆隆打响，柯碧舟才被吓得抬起头来，向小窗外望去。

嵌在厚泥墙中间的玻璃窗上，几小股雨水歪歪扭扭淌下来；近处的山坡上，鞭笆秆、丝茅草、芭茅草都被风雨摇曳着、撕扯着，向一边歪倒过去。寨外的田坝里，密织的雨网像笼起了雾。集体户外的屋檐下，屋檐水哗哗地淌到檐沟里去。嘈杂的雨声和流水声太喧闹，柯碧舟的文思被打断了。

他无可奈何地叹了一口气，揉揉有点发酸的眼睛，习惯地抬起头来，望着黄泥巴墙上贴着的一张白纸。白纸上，用毛笔蘸了红墨水写着两行遒劲有力的字："不要自馁，总是干；但也不可自满，仍旧总是用功。"这两句话，显然是他的座右铭。柯碧舟吸了一口气，正想再埋下头去，耳朵里又听到几下笃落笃落的轻响，他立刻又直起腰杆，警觉地望着茅草铺的屋顶。插队落户一年半了，每当下雨时，都是知识青年们焦躁不安的时分，尤其是暗流山区这一带，已经两个多月未下雨了，乍一下大雨，茅屋顶非漏不可。果然，他凝神一听，好几个知青帐顶铺的塑料布上，都滴滴答答地响起了漏雨声。柯碧舟站起身来，仔细察看着，有没有水流如注的现象。还好，春上茅屋顶重新翻盖了一下，雨漏得不像去年那么厉害了。柯碧舟又担忧起围绕茅屋挖的檐沟来了，好久没下雨，檐沟里的枯枝、杂物没细细掏过，水是否被堵塞了？一堵住，水漫上来，浸透泥墙，可要倒塌的呀。他屏息听着那哗啦啦的流水声，默默地点点头，心里说，听声气檐沟还是畅通的。

正在柯碧舟侧耳细听的时候，集体户外传来脚踏泥泞地的啪啦啪啦的声音。柯碧舟原来以为那是过路人，并没在意，可没料到，脚步声直响到集体户大门口的屋檐下来了，还能听到呼哧呼哧的喘气声。

也许是同户的"快脚"苏道诚回来了。

柯碧舟暗忖着,等待大门被推开的声音。但大门并没动。很显然,不是苏道诚回来了,门外站着的,是个雨天时碰到的躲雨人。想到集体户的屋檐很窄,躲不住这么大的风雨,柯碧舟决定去给躲雨人开门,让他进屋来坐一坐。

柯碧舟从男生寝室走到灶屋里,正要去开门,嘭的一声,门被推开了。柯碧舟吃了一惊,定睛望去,更使他瞠目结舌,不知说什么好。

门口站着一个个儿高高、体形颀长、虎虎有生气的姑娘。她浑身上下全被雨水打湿了,乌黑的头发水淋淋地闪着光,淡蓝色的府绸衬衣,紧贴着微微隆起的胸脯,一条草绿色的裙子,直往地下滴水,黑色的搭扣布鞋和白色的尼龙丝袜,沾满了泥浆点子,湿漉漉地巴在脚上。

姑娘也在打量着屋里的青年:两三个月没理过的头发,一张清瘦黑红的脸,忧郁沉闷。略微往眼窝深处陷去的眼睛,沉思般地瞅着人。他中高个儿,生就一副痴呆相,穿一身脏得姑娘们不能理解的补巴儿衣服,光脚板站在泥地上。一般地来说,五官端正的小伙子都很引人注目,可眼前这个,不但不叫人注目,倒有些怕人了。

"为什么不叫我进屋?"姑娘开口了,她的声音清亮悦耳得惊人,柯碧舟感到,集体户的两个女知青,没有一个人的嗓门会像她的那样好听,哪怕是一心指望自己当个女高音歌唱家的华雯雯,也不能同她相比。

姑娘的语气咄咄逼人,叫柯碧舟不知如何应付了。他讷讷地说:

"你进屋坐吧,我正想来开门呢。"

他的声音喑哑低沉,使得姑娘费劲地眨了眨眼睛,才听明白。她清朗朗地一笑,一边信步走进灶屋,一边说:

"我心里是在纳闷呀。看看门,没上锁,屋里好像是有人的。可竖耳听听,奇怪,一点儿声响也没有。你一个人倒真闷得住!还有其他人吗?"

柯碧舟摇摇头。他这会儿听清楚了,姑娘的嗓音恰像金属弹子丢进玻璃杯时响起的声音一样,很动听。

姑娘走到屋中央,随手拉过一条板凳坐下,仰着脸问:"有火吗?你们是烧煤还是烧柴?"

"煮饭是烧煤。"柯碧舟有点醒悟地答着,望了望她湿透了的衣裙,说,"我给你拿柴,烧堆火,你烤烤!"

说着，他转身去墙角拢干柴。

一会儿工夫，柯碧舟在灶屋中央冬天烤火的灰坑里烧起了一堆火，他烧的火很相宜，不大不小的火焰，红亮亮地燃起来，枯枝干柴，堆得像座小巧的宝塔。

姑娘眨巴着眼睛，目不转睛地注视着他的一举一动，脸上显出股好奇的神色。看到火烧起来，她愉快地坐在火坑旁，双手扯扯府绸衬衣，随而撩起裙子，拿平了烤着。

柯碧舟陪她坐在离火坑两尺远的地方，暗暗打量着她。这姑娘眉毛不长，淡淡的一个小弧圈，眉毛下一对流光溢彩的眼睛，瞅着什么的时候异常专注凝神，有一股逼人的气势，但并不让人觉得犀利。鼻梁笔挺，嘴唇微厚，抿着嘴儿的时候，略略鼓起来。她显得健康、壮实，蓬勃而有生气。红彤彤的脸庞，总是带着点儿笑意，尤其显著的，是她这么微笑的时候，右边嘴角总是透出一缕带有讽刺意味的笑纹。她那结实浑圆的双肩，看得出很有力气。烤着裙子的时候，她不时地抬起眼皮瞥柯碧舟一眼。柯碧舟忽然想到，自己这样偷偷打量她，是不礼貌的，于是便垂下了眼睑。每当这时候，他消瘦的脸上便呈现出一股悒闷、惆怅的神情，好像阴云遮住了他的脸庞一样。

烤着火，姑娘翻起眼，瞅了他几下，立刻发现了对方滞晦的脸色。她掀动了一下裙子，望着柯碧舟问：

"你在生病吗？"

"没有。"

"那你怎么心事重重的？"

柯碧舟苦笑了一下，不答话。

灶屋的门大开着，豆大的雨点击打在茅屋外的泥地上，溅起泥沫水珠，打湿了两块梓木门板。滂沱大雨仍在继续下着。

裙子先烤干了，姑娘问："你有扇子吗？"

"有。"柯碧舟去自己床头拿了把黑色的折扇递给她。姑娘打开折扇，瞅了一眼，笑道：

"嗬，你叫柯碧舟。好怪的名字。我叫杜见春，你听说过吗？"

"没有。"

杜见春扇着脸，又问："你们集体户有几个知青？"

"六个。"

"几个姑娘?"

"两个。"

"两个姑娘叫什么名字?"

"唐惠娟和华雯雯。"

"嗨,你这个人真叫怪,像个算盘珠珠,拨一拨,动一动;我问一句,你答一句。不能多讲点情况吗?"

柯碧舟摊开一只手:"讲什么?"

"你们四个男知青叫什么名字?"

"我一个;还有一个叫苏道诚,高干子弟;另一个叫王连发,高级职员出身;第四个叫……叫肖永川……"

"那个小偷?"

柯碧舟紧紧地闭一下嘴,点了点头。

"你这人真有点叫我发笑,说那些男生的时候,为什么都要报家庭出身呢?"杜见春啪嗒啪嗒用劲地打着扇子,爽朗地笑着,"哈哈,我又不是来搞运动的,要排左、中、右,划分阶级阵线。"

柯碧舟的眉梢耸动了一下,闭紧了嘴,不吭气儿。

杜见春察觉到柯碧舟不悦的脸色,不露声色地岔开话题道:

"告诉我,你们六个知青出工勤快吗?队里对你们的印象好不好?去年每个劳动日值好多钱?知识青年能够自给自足吗?业余时间你们干些什么?"

面对杜见春连珠炮似的提出的一串问题,柯碧舟蹙着眉头,右手一个一个顺序拨着左手的手指,一一简短地回答:

"我们都出工。其他人勤快不勤快我不知道,我是天天出工的,除非生病。队里除了对肖永川有点嫌恶,对其他人似乎都好。去年每个劳动日摊到六角,天天劳动,勉强能自给自足。业余时间各干各的事。"

杜见春亮闪闪的目光入神地盯着柯碧舟,仔细听着。见他答完,她又不客气地笑着说:

"你真自私,别人勤快不勤快你会不知道?住在一幢茅屋里嘛。业余时间各干各的,都干些啥呢?"

"串门的,拍马屁的,拉二胡的,抽烟的,翻书的,啥都有。"

"你呢,干些什么?"杜见春的双眼毫不放松地望着他,望得柯碧舟都有些慌神了。他回避着她那灼人的眸子,讷讷地说:

"我么,我不干啥……"

"撒谎!星期天你不去赶场,躲在屋里肯定有事。"杜见春尖锐地说,"说,你干些什么?"

"我……我在学习写点东西。"不知怎么搞的,在她审讯般的逼问下,柯碧舟不得不照实说话,可话一出口,他的脸就不好意思地泛红了。

杜见春两条淡淡的眉毛闪动了一下:"写什么东西?"

"小说。"

"真的吗?"杜见春大感兴趣地扬起双眉,"你倒是真有毅力。写的是什么小说?能给我看看吗?"

柯碧舟的脸涨得绯红绯红,为了掩饰自己的忐忑不安,他伸手拿过几根干柴,支支吾吾地说:

"不能给人看,也不能给你看。我也根本……根本没有写完……加几根干柴,你再烤烤……"

"不用加了。"杜见春收起折扇,友善地说,"看,我的衣裙都干了。这一小点火,烤烤鞋袜足够了。"

柯碧舟忙乱地收起柴,仰起脸来,正望到杜见春那双灼灼撩人的眼睛。她显得坦率、自如,头一次走进集体户,竟好像在自己家里一样。同柯碧舟讲话,也仿佛是相识多年的同学,直爽得惊人。火光的一闪一亮中,她的双颊上喷着两朵红云。光滑红润的额头上,沁着几颗晶莹的汗珠。

柯碧舟移开目光,若有所思地望着屋角落,那儿置放着一只大木桶、一对水桶,这是集体户的公共用具。他站起身,走进男生寝室,打开木箱找出一条崭新的蓝白条毛巾,拿出脸盆,舀了点水说:

"你洗个脸吧!"

杜见春嫣然一笑,显然含有感激的意思,说:"谢谢。你还没请我喝茶呢。"说着,她舔了舔嘴唇。

柯碧舟抬头细瞅,这时才发觉她微厚的嘴唇有点干燥,嘴角边那缕颇具讽刺

味的笑纹,那么明显地翘起来。他急忙低下头又去屋里拿出一只搪瓷白茶缸,倒了一杯开水,递给使劲洗脸的杜见春说:

"我没茶叶,你喝白开水吧!"

杜见春嘴角一翘,笑吟吟地直点头:"白开水也很好,谢谢,谢谢。"

倒了洗脸水,杜见春端起茶缸咕嘟咕嘟喝了两大口,粗粗地喘了口气。她显然很渴了。见柯碧舟凝神望着她,她抹抹嘴角,吁了一口气说:

"这水真甜。"

柯碧舟自她进屋后第一次微微笑了。

杜见春发现,相貌粗看有些吓人的柯碧舟微笑的时候,非常动人。她探究般地看着他,用劝解的口吻说:

"有空该洗洗衣服、理个发。你们男生,都是懒鬼。"

柯碧舟的脸红到脖子根,不好意思地垂下了头。奇怪的是,被她当面揭了短,他并不恼,相反还诚挚地点了点头。

一阵风吹过,雨显见得小多了,雨点子不像刚才那样答答答击着地面直响了,屋檐水也减弱了哗哗直流的势头。柯碧舟估摸着,时间近黄昏了。他转身向大门外望望,生怕五个去赶场的知青此刻回到集体户来,看到他和一个姑娘相对坐着,那多尴尬啊!他盼着雨快点停,烤干了衣服的杜见春也该走了。

可杜见春并没想到走,她带着一种年轻姑娘的关切,向前凑凑问:

"告诉我,你是怎么下乡的?"

"我?"柯碧舟怔了一怔,结结巴巴地说,"你、你是要我讲假话,还是真话?"

"当然是真话啰!"杜见春语气中带着极大的惊异说,"莫非人还愿听假话?"

柯碧舟有些局促不安,他机械地咬了咬牙,声音呆滞干涩地说:

"我是没办法才下乡的……"

"什么什么?"杜见春惊叫起来,锐声呼叫着打断了他的话头,"你不是自觉地上山下乡干革命,接受贫下中农再教育来的?啊,你这人真落后,真落后!"

柯碧舟被这两句话刺痛了心,他闭了闭眼睛,微点着头承认道:

"是的,我真落后。是真落后。"

杜见春惊愕地瞪大了一对闪烁发光的眼睛,直愣愣地盯着柯碧舟,仿佛一眼要看到他心里去。柯碧舟毫不遮掩的回答,显然使得她犯疑了,她放缓了口气,岔开话题说：

"我是积极主动地要求下乡来的。你想想，波澜壮阔的上山下乡运动风起云涌，如海的红旗，欢送的人流，充满期待的笑脸，改造世界、建设祖国的崇高职责，一代革命青年，能无动于衷吗？能站在时代的潮流之外吗？不能，绝对不能！我们一定要投身于这场伟大的革命，沾一身油污，滚一身泥巴，用劳动的汗水改造世界观，做新时代的开拓者。把我们年轻的生命这一滴水珠，汇入时代的洪流。所以，尽管我完全有条件留城，我还是到山寨来插队落户了。"

杜见春满以为自己这一番慷慨激昂的话能打动柯碧舟的心，哪知道柯碧舟半闭着眼睛，在她说话时，接连转身向门外望了两次。

杜见春被他这种轻蔑的态度激怒了，她把茶缸往板凳上重重地一搁，呼地一下站起来，说：

"谢谢，我走了。"

柯碧舟这才把眼睛睁大，赞同地说："雨也已经停了。"

果然，屋檐水已经要隔好久才往下滴一颗水珠了。只是浓黑的乌云仍堆积在空中没有散去，给人一种压抑感，看样子，随时有可能又下起大雨来。

杜见春活到二十二岁，从来没碰到过柯碧舟这样个性的青年人。她几大步走到门口，回过头来，又上下打量了他一下，蓬乱过长的头发，黑瘦的脸盘，郁悒的眼神，打满补丁的衣服，光着一双脚板。针对他的自甘落后、消极悲观情绪，她真想愤愤地训斥他几句，可话到嘴边，却又咽下去了。他的举止神态实在有些异样，又有些令人怜悯，她冲到喉咙口的话变成了这么一句：

"你有雨衣吗？借我……"

这一回柯碧舟不但脸涨得通红，还显得很狼狈，有些局促不安，他极不情愿地回答：

"雨衣和伞我都没有。我很穷，对不起。"

杜见春只觉得自己的心抽搐了一下，她一眼也没看他，急促地说：

"那好，我跑快点赶吧！"

话语比急急站起身来时柔和多了。

说完，杜见春冲出了暗流大队湖边生产队的集体户，顺着出寨子的泥泞山路，甩打着双手疾跑而去。一路上，她的脚跟溅起无数的泥花水沫。

只一会儿工夫,她的身影就被那几蓬钓鱼竹遮住了。在柯碧舟的视野里,只看见几座耸立的山峰和一条稀脏的泥路。他无力地倚靠在门框上,颓丧地望着远处,遗憾地自言自语:

"我是不是太冷漠了?她是哪个大队的知青?我甚至也忘记问了,唉!"

## 二

这一天,擦黑以后又接着下雨。时断时续的雨整整下了一夜,柯碧舟失眠了。

杜见春的形象那么鲜明生动地浮现在他眼前,尤其是她那双看起人来异常专注的亮眼睛,更像两团小小的火焰似的烧灼着他的心。奇怪的是,在柯碧舟的心目中一向是晦暗阴冷的集体户,自从杜见春进来以后,竟变得光亮明晰了。躺在床上,柯碧舟耳畔一直响着她那悦耳清亮的嗓门儿,她穿着天蓝色的府绸衬衣、草绿色裙子的倩影,如此深刻地留在他的记忆中。一眼就可以看出,这是一个无拘无束、惊人直率的女知青。

但是,随着劳动生活一天一天地过去,柯碧舟渐渐把她忘记了。他太忙了,从一九六九年早春离开上海到这儿来插队落户,快一年半了,他学会的农活不多。出工劳动,干得最多的是挑粪、挑灰,其次便是薅秧、薅苞谷。湖边生产队劳力本来就不缺,真要在春耕大忙时节,非得抢节气了,队长才允许他驾起牛耙田,犁田也不允许,队长怕这些大城市来的学生娃崽把田犁坏了。柯碧舟得不到家庭的接济,从离开上海的那一天起,他没向妈妈开口要过一分钱。他依靠劳动养活自己。山寨的工分值低,他必须尽可能多地参加集体生产,尽可能地攒工分。除了正常的出工,他力争多出早工,采茶叶,拔秧子,喷农药。到了分配谷子、苞谷、黄豆和山寨上其他集体果实时,他总是帮着会计扛秤、撮谷子,为此可以多得三个工分。

有多少天,他总是从太阳出山干到月亮落坡,一倒在床上,连帐子也顾不得放下,就睡着了。在这样的情况下,那自小爱不释手的长篇小说他都没时间翻,更没时间想到邂逅的杜见春了。

红色、紫色、白色的喇叭花开过又谢了,金黄色的田坝被割剩了一簇簇的谷桩桩,田埂上堆起一垛又一垛干谷草,油绿阔长的苞谷叶子枯焦了,一只只苞谷被掰回寨上,苞谷秆也被砍落挑回,扔进了各家各户分散圈养的牛栏、猪圈里。

收获的秋天快忙过了。尽管接下来的那些日子,还有数不清的农活等待着去做,冬田冬土,栽种小季①,麦土、洋芋土要犁,油菜籽的灰粪要挑,但是,对山区的社员们来说,收过了大季,总可以喘过一口气来。

一九七〇年的秋天,绵绵的细雨连着下了足有二十天,可腻人啦!要不是湖边看守小船的幺公邵大山会观云测天,预先给暗流大队各个生产队建议,连出早工、连加晚工,把谷子收进仓,把苞谷搬回集体竹楼,把结得圆鼓鼓的黄豆拔回草棚堆起,这一季庄稼硬是要受损失。

连着下过二十多天细雨以后,天陡然晴了。江南的俗话说,"十月无云赢小春"。到了贵州山区,这句话变成了"十月有个小阳春"。确实,古历的十月间,天气一放晴,秋风暖融融的,叫人感到天清气爽,格外清新。

七天一个轮转,又逢场期了。这天一大早,远近闻名的小偷肖永川招呼柯碧舟道:

"喂,赶场去吗?"在上海知青中间,他们互相讲话仍用习惯的上海话。

"赶哪里?"柯碧舟反问道。

"双流镇。"肖永川炫耀地把双手举得高高地说,"你从来没去过的地方。"

柯碧舟淡漠地说:"太远了,听说有四十里呢。"

"嗨,这你怕什么,有阿哥我呢!"肖永川扬扬自得地一拍胸脯,他穿件崭新的的确良长袖衬衣,咖啡色的包屁股长裤,裤脚露出鲜红的线裤脚管,脚上着一双雪白的网球鞋,格外醒目的是还套着一双色彩艳丽的大红尼龙袜,再加上个头高大,宽肩粗腰,在人前一站,确实有股威势。当下,他黑黑的脸皮上露出得意的神态,挺神秘地压低了嗓门说:"你晓得吧,磷矿今天有黄河牌大卡车到双流镇拉货,我同司机讲好了,只要我们走几里地到公路边候着,搭上车半个多钟头就到了,不用你操心。"

"去吧,"眉毛粗浓粗浓,长着一头褐色鬈发,被知青们取绰号叫"卷毛"的王连发慢悠悠走到柯碧舟身后,用劝说的口气道,"去玩玩散散心,我和唐惠娟也

---

① 小季——系指晚秋栽下、来年春天收获的农作物,如油菜籽、麦子、荞子、胡豆等。

去。永川说,他和司机敲定,好搭四个人呢,你去正好。"

不待柯碧舟答话,肖永川一撇嘴,眼睛往门外一睨,用轻蔑的口吻道:

"娘皮,我偏不叫苏道诚去。仗着他是高干子弟,自以为高人一等呢!滚你妈的蛋,你还不是和我们一样,在修地球。让他留在家里和华雯雯不三不四吧!"

知道苏道诚要和华雯雯留在集体户,柯碧舟晓得也清静不了,谁知苏道诚又从哪儿请来一些三朋四友,杀鸡宰鸭,喝酒打牌,闹得个鸡犬不宁。即使他不闹,一心想当女高音歌唱家的华雯雯,也不会让你安安心心看书写字,她一会儿拉开嗓门尖声怪叫,一会儿一支接一支地唱着那些情歌,叫你不得安宁。与其这样闷在屋里待一天,不如去双流镇玩玩呢。

看他不吭气儿,朴素端庄的唐惠娟也从一旁走近来说:"难得白相一次,还是去吧。你不是爱看美丽的风景嘛,听说双流镇景色秀丽得很!"

经这一说,柯碧舟欣然答应,到双流镇赶场去。

稍做准备,四个上海知青,三男一女,就离开湖边寨,沿着青岗石铺砌的山间小道,向几里地外的公路上走去。

微风轻拂,秋阳明丽,弯弯拐拐的曲径小道两旁,白杨树的叶子被阳光照射着,闪烁出点点金光,晃人的眼睛。湖边寨坐落在半山腰上,远在东南方向的沙石公路,地势要比暗流大队这一带低,穿过寨外的门前坝水田,一路都是下坡,尽管要走七里地,经过一年多劳动的四个知青,都不觉得累。

一切都很顺利,到了公路边,肖永川看看表,九点过一刻。他们只等了一刻钟,磷矿的黄河牌大卡车果然来了,肖永川戴上一副醒目的墨镜,朝司机挥挥手,卡车停了。四个知青上了车,才知道司机是上海郊区川沙县人,对同乡人特别亲切,特意给他们留了四个座位。

十点不到,卡车到了双流镇外。

双流镇果然名不虚传,有它特殊的风味。

从鲢鱼湖南面山岭里流过来的暗流河和泪河在镇外相交合拢,形成一条更大的河流,向东流去。因此,这个山区的大镇便叫双流镇。双流镇傍山依水,水陆交通都方便,很是兴旺热闹。

四个知青谢过了川沙司机,过了三洞青石桥,沿着"丁"字形的镇街,信步走进去。

山区小镇,不到中午十二点,场是不会齐的。可在双流大镇上,才是上午十点,石板铺的镇街两面,已经摆满了东西。相隔头十丈远的杉木电线杆子上,钉着一块块小牌子,牌子上用黑漆写着"竹器市""粮食市""牲畜市""菜市""野味市""山货市""水果市"。一路顺着拥挤的人流走去,可以看到镇街两面放着一筐筐橘子,一只只叠放得老高的箩筐、粪筐、斗笠,各种菜蔬,还有肥实的兔子、山羊、野鸡、黑猪儿、集体的牛马。摩肩接踵的人流,你推我搡,挤挤撞撞,顺着买卖摊摊慢慢拥过去,漫过来。站在街头子上远远望去,只见万头攒动,人声鼎沸,喧哗的吵嚷声,仿佛要把整个双流镇都抬起来。再加上鸡叫马嘶,争论声、谈笑声,令已经习惯于在僻静的湖边寨生活的柯碧舟,只觉得心慌意乱,头昏脑涨。他只想快点走到个僻静处,好歇一歇,喘口气儿。

街两旁的店铺子里,不管是杂货铺、饭馆、面店、包子铺、供销社、布庄,都挤满了各乡各寨的社员们。到双流镇来的四乡八寨的社员,走了好多路,费了脚杆劲,都是想来办点大事的。庄稼人,哪个不想早点办完事,往回赶路。他们有的挑着箩筐、背着背篼,出脱了手里的货,赶紧去扯布、打酱油、买盐巴、选日用百货。有的干脆是为集体办事的,一进镇街,就往供销社、农具门市部、百货商店、收购站跑去。

柯碧舟起先还同肖永川、王连发、唐惠娟走在一道,随着推推搡搡的人群越来越挤,渐渐地四个人分散了,只能在嘈杂的人流中用眼睛互相招呼。可走到最挤的丁字街相交处,柯碧舟和三个知青失散了。他心里有点急,站在百货商店的台阶上,四处张望,直瞅了十来分钟,一个人也没看见。

陡地,柯碧舟的眼睛一亮,他看到雨天来躲雨的姑娘杜见春在人群中挤,他心里一阵兴奋,扬起一只手叫道:

"杜见春。"

可人群的喧嚷声太响了,他的声音淹没在杂声中。柯碧舟跳下台阶,向杜见春所在方位挤去。好不容易挤到那一头,杜见春的人影子早就不见了。

柯碧舟失望地瞅着一个个从身旁走过的男女,不但没再见到杜见春,连三个同学也没看到。

不能再呆站着了,柯碧舟思忖着,挤过这一条三里路长的镇街,都怕花了一个多小时,行前并没想来买什么东西,只想看看热闹,不如把另一条街走个遍,找个面店吃一碗脆哨面,就到双流镇外公路上等着。那川沙司机说,他的大卡车下午四点钟左右回去,叫他们不要误了时间。这种事,只能人等车,不会车等人的,早一点去等着不会有错。

和长街相交的那条横街上,人流显然比长街稀疏得多了。柯碧舟松了口气,慢慢走去,横街上只有一家合作饭馆、一家杂货铺,再没其他商店了,街两旁的房屋,不是镇上居民住房,便是区委大院、公社的小办公楼、区一级的各种机关住房。

柯碧舟看着无味,随便转了转,走到饭馆前,看看里面人不多,且供应便宜的脆哨面和馒头。他花两毛钱买了碗脆哨面,吃了两个馒头,便走了出来。

刚走出饭馆,他就听到前头传来几声急促的上海话:

"前头那个阿乡,包包里分子①不少。'黑皮',快上啊!"

"阿拉几个人掩护你。"

"黑皮"是小偷肖永川的绰号,柯碧舟定睛一看,戴着墨镜的肖永川和三四个蓄尖鬓角、穿小脚裤、大翻领,招摇过市的上海知青混在一起。听到他们的怂恿,肖永川摘下墨镜,不慌不忙地扫了那几个人一眼,一本正经地问:

"你们都瞄准了?"

"勿会错,"蓄尖鬓角的瘦高个回答,"刚才他卖了头猪,袋里的分子足有一条龙②!"

肖永川把墨镜往雪白的的确良衣袋里一放,向三四个流氓丢了一个眼色,那三四个流氓会意,连忙往前赶上那个背着一只空猪架的社员。

柯碧舟认得出,那个三角形的猪架,正是这一带山区的社员扛一百几十斤大猪用的架子。他气愤地想:这帮家伙,要把人家辛辛苦苦赚来的养猪钱偷来啊,太无耻了。

柯碧舟正想奔上前去拉住肖永川,没待他迈大步子,那帮家伙已经行动了。只见那个蓄尖鬓角的瘦高个飞快地跑到老乡跟前,手里拿着一支没点燃的

---

① 分子——切口话,钱的意思。

② 一条龙——一百元。

香烟,客客气气地道:

"老乡,借个火。"

那老乡嘴里正咬着一支叶子烟杆,听到有人借火,他从嘴里拔出烟杆,在手掌上磕磕烟灰,递给"尖鬓角"。"尖鬓角"接过来,把香烟凑上去,吧嗒吧嗒出声地接着火。另外三个流氓,装作等待"尖鬓角",分三个位置站定下来,遮住路人的目光。"尖鬓角"点燃香烟,把叶子烟杆递还给老乡,老乡刚接住烟杆,"尖鬓角"惊讶地指着老乡的胸脯,怪声怪调地叫起来:

"哎呀呀,看你衣服上,这是啥东西?"

老乡吓了一大跳,急忙俯脸察看。就在这当儿,肖永川趸到老乡身旁,轻轻撞一撞他,左手神不知鬼不觉地一伸,老乡衣袋里的一沓钞票,已经到了他的手里。

得手的肖永川正要趁机会先溜走,冷不防背上被拍了一下,他惊得黑脸变成了猪肝色,回头一看,却是柯碧舟。

"你在干啥?"柯碧舟沉着脸,指着肖永川的手说。

"嘿嘿,没啥,没啥,"肖永川难堪地干笑着答,"练练我的手艺,柯碧舟,老实讲,好久没开荤了。今天这钱,有你一份,你别声张。"

"混蛋。"柯碧舟低声怒斥道,"你的老毛病又犯了?快把钱还给人家。"

"哎哟,柯碧舟,你何必那么正经呢?我可是既没逗你又没惹你哪!上路点嘛!"肖永川嗓门压得低低的,讽刺中含着威胁说。

"你要不把钱还给人家,我马上去叫那农民回来。事儿闹大了,责任你自己负。"柯碧舟也毫不相让地说。

肖永川一看柯碧舟的脸色,悻悻地说:"好好好,阿哥今天看在你面上,放他一马。"

说完,他满脸堆笑地赶上那个卖猪的社员,叫道:"老乡、老乡,你掉了钱啦!"

那老乡已经走出十几步,听到喊,猛吃一惊,慌慌张张一摸衣袋,脸顿时变得煞白。看到肖永川递过钱来,他急忙接过,一边点数一边连声道谢:

"多承,多承你,兄弟!我这钱是要去买回销粮的啊!"

肖永川微微笑着,不紧不慢地指指钱说:"我看着你落下的,快点个数,看看对不对？往后可要小心啊！"

老乡点完数，千恩万谢地转身走了。肖永川回过身来，朝柯碧舟一挥手，道："你看见了吧，我都照你说的办了！回头见，回头见！"

几个流氓看见肖永川向柯碧舟点头，一双双怒目都横掠过来，狠狠瞪了柯碧舟几眼，拔脚溜了。

柯碧舟的神情非常激动，见他们跑远了，他余怒未息地想着：肖永川这个家伙，真是屡教不改。去年他偷东西，被暗流大队革委会主任左定法喊人捆绑起来，吊着打了一顿，痛得他哭爹喊娘，大叫救命，还咬破手指，在纸上写了"痛改前非，重新做人"八个血字。可他现在又犯了，偷那么贫困的农民，他怎么这样没良心啊！

柯碧舟一边走一边思索，不知不觉穿过交叉口，往横街的另一头走去。横街另一头有个刻字社，还有一个柜台前挂出几张俗气的彩色照片，写着四个仿宋体大字"洗印放大"。印照片的对门，是个修补铁锅的。柯碧舟觉得这门手艺值得一看，湖边寨地处偏僻的半山区，炒菜锅坏了，一时买不到，补补还能用呢。他穿过街面，正要向补锅铺子走去，身后传来一声厉叫：

"瘪三，停下来！"

柯碧舟一听是上海话，心猛地往下一沉。他站定了回头望去，不好，刚才和肖永川一起的那几个蓄尖鬓角的流氓，气势汹汹地向他走来。为首的，正是那个瘦高个儿，只见他走近柯碧舟，用上海话说：

"怎么样？小阿弟，跟老阿哥走一趟！"

柯碧舟心里很慌，他明白这几个家伙是来报复的，眼前的形势，明摆着他要吃亏。他退后一步，问：

"到哪里去？"

瘦高个儿身后闪出一个满脸粉刺的壮汉，用手向镇街外指指，油腔滑调地说：

"老实点，跟阿哥们走。不识相，就叫你吃辣虎酱！①"

---

① 不识相，就叫你吃辣虎酱——这是一句典型的上海话，旧社会的流氓、白相人常说的。意即你要不听话，便给你"辣"的尝尝。

"还要把你摆平,放你的血!"另一个家伙更凶悍地说。

柯碧舟极力镇定自己,道:"有话,在这儿说也可以,为啥要到镇外去?"

"你走不走?"瘦高个儿伸手用劲一推柯碧舟的肩膀,向前逼近一步,另外三个家伙也从两边逼上来,低声喝叫着:

"快走!"

柯碧舟畏惧地扫了身前四个气势汹汹的流氓一眼,脸涨得通红,惊恐地大声问:

"你们要干什么?"

"揍你!"蓄尖鬓角的瘦高个儿抡起拳头,一拳打在柯碧舟胸口,满脸粉刺的壮汉跟着飞起一脚,踢在柯碧舟腿弯上,柯碧舟想抽身逃去,脸上又重重地挨了一记耳光,打得他眼前金星飞迸,头晕目眩。

"凭啥打人?"四个家伙正在揍柯碧舟,忽听身后一声怒冲冲的喝问。满脸粉刺的家伙根本没在意,对准柯碧舟的脸,又一拳打去。不料,拳头刚伸出去,横里伸出一只手,一把扭住了他的手腕,那矮壮的流氓吃了一惊,转脸一看,不禁大吃一惊,抓住他手腕的,竟是一个姑娘。他粗吼一声:"放手!"

姑娘反而把他的手抓得更紧了。壮汉火了,满脸的粉刺都涨成红紫色,嘴里骂出一句秽语,左手朝着姑娘一拳打来。没等他打到脸上,姑娘的手铁钳似的抓着壮汉的手关节,往上一举,用劲一推,壮汉痛得惨叫一声,一连倒退了三四步。

另外三个流氓见自己的同伙被打,惹恼了性子,放过柯碧舟,转过身来,一齐扑向姑娘。

柯碧舟连挨了六七拳,脸上被打得鼻青眼肿,这会儿被解了围,他紧靠在墙壁上,颤巍巍地抬头望去,不由得又惊、又喜、又担忧。

给他解围的不是别人,正是曾来集体户躲雨的杜见春。

只见杜见春面对四个流氓的包围,双眼灼灼有神,面容镇定沉着,她不慌不忙地跳后一步,紧握双拳,准备迎战四个流氓。

这情形,不但把柯碧舟惊呆了,连刻字社、补锅铺、洗印照相店的伙计和路人也站在两旁观望着,为姑娘捏了一把汗。

四个流氓都是打架的惯犯,哪里把这个和他们年龄不相上下的姑娘放在眼里,他们互递了一个眼色,齐头并进,像四头野牛样扑了上来。

没等他们近身,杜见春身子一侧,两腿蹲个马步,双拳像流星急锤,疾如旋风地打过来,瘦高个儿冲在最前头,下巴上先挨了一拳,由于没防备,他的上下牙齿咯噔一声,重重地相碰了一下,舌尖被咬出了血,痛得他双手捧着腮帮,哭丧着脸往后退去。满脸粉刺的壮汉跟着肚子上挨了一脚,没叫出声来,就倒在地上打了个滚。另外两个流氓,一个眼泡被击中,当即肿了起来;另一个鼻梁挨了打,鼻血直往下淌。

满脸粉刺的壮汉连着被打两次,动了性子,他翻身站起,右手伸进裤袋,嗖地摸出一把三角刮刀,紧贴着腰间,凶相毕露地向杜见春逼来。

杜见春见三个家伙挨打后退缩了,唯有这野蛮的歹徒还不认输,也来了火,抖擞精神,迎战这可恶的流氓。

壮汉几大步冲到杜见春跟前,紧贴腰际抓着的三角刮刀猛地扬起,直向杜见春脸上刺来。杜见春的手灵巧地避过他的锋芒,一把抓住对方拿刀的手腕,用劲一逮,直拉到自己腰间按住。壮汉慌了,咬着牙死命往后想挣脱出来,哪晓得杜见春的左手早已铁砣般击打过来,狠狠地托住了壮汉的下巴,不等壮汉扭转脸去,杜见春紧抓住他的右手一松,右脚朝着他小肚子,狠狠一脚踢去。壮汉上下被击,哀叫一声,手中的三角刮刀失落在地,双手抱着肚子,在地上连打了几个滚,挣扎着爬起来,跟跟跄跄地狼狈逃去。另外三个流氓,也面面相觑地瞥了两眼,在人们的嘲笑声中,灰溜溜地逃跑了。

柯碧舟紧靠着墙看呆了,天气并不热,但他的脸上、额上紧张得直淌汗。

店铺里的职工和路人一齐围拢过来,纷纷竖起大拇指,啧啧称赞杜见春。有的说,没想到这女知青会耍拳,真不简单;有的说,这才是双流镇一大奇闻呢;也有的说,好险哪,柯碧舟幸好被这勇女子救了;还有的说,这些流氓都凶狠毒辣,他们会来报复的呢!

杜见春啥也没说,她俯身拾起满脸粉刺的流氓掉下的三角刮刀,走到柯碧舟跟前说:

"柯碧舟,你怎么和他们冲突起来了?瞧你,好胆小啊,见他们动武,直往后缩。哈哈,走吧,我送你出双流镇,要不,他们也许还会来打你的。"

柯碧舟赞同地点着头。两人在大伙钦佩、羡慕目光的注视下,顺着镇街走去。

一路上，柯碧舟把事情的前因后果简单说了一下，杜见春听了，愤懑地说："这些家伙，横行无忌惯了，真不像话。我真懊悔，自己的手太软了。"

"说实在的，四个流氓围住你的时候，我真替你害怕。"

"这有什么，我会打拳。"杜见春不屑地一笑说，"像他们这种草包，再多几个我也不怕。"

柯碧舟好奇地问："你一个姑娘，怎么学会打拳的？"

"我爸爸教的。"

"你爸爸？"

"是啊，我爸爸参加革命以前，就会耍拳弄棍舞大刀。就是现在，他也把这作为锻炼身体的手段。我从小跟着爸爸练，读书的时候，逢年过节，搞文娱活动，我还常上台表演打拳耍刀哩！哈哈，你没想到吧！"

"噢。"柯碧舟不自然地摸了一下被流氓打痛的脸颊，垂下了眼睑。

杜见春注意到他的动作，关切地问："你被他们打伤了吗？"

"没有。"柯碧舟摆摆手，他感到杜见春的眼光热辣辣的，话语中充满了体贴，便干涩涩地说，"睡一觉就不痛了。"

两人走出镇子，杜见春让柯碧舟站在街旁等着，她去那些停着的汽车旁，一辆辆车地问那些司机，哪辆车能带人去鲢鱼湖公社暗流大队附近。十分钟后，她脸上淌着汗跑回来，兴高采烈地说：

"快跟我来，那边有辆车，马上就开。我跟司机说好了。"

柯碧舟为难地皱着眉："我们说好四点钟坐黄河牌走。"

"哎哟，你这个人真死板，现在只有一两点，等到四点钟，你又要被流氓围住了！"杜见春一跺脚说，"快走吧，随我来。"说着，不容推辞地扯了一下柯碧舟的袖子。

上了卡车，柯碧舟伸出手来，要拉杜见春上车，杜见春笑着摇摇头，声音脆亮地说：

"我们生产队有事儿，我还没办好，不能走！你先回去吧。"

"嘀嘀！"汽车鸣了两声喇叭，顺着公路开走了。

柯碧舟抓着车厢板，两眼目不转睛地望着杜见春，此时此刻，他是多么不愿离开她啊！今天，是她挺身而出，把他从危境中救了出来呀！要是她没有及时赶到,他不知将给流氓打成个啥样子呢!汽车离双流镇越来越远了,只能依稀看到,杜见春伫立在公路中间,朝着汽车挥手。

柯碧舟像被谁提醒了,他举起右手,朝着杜见春大声喊道:

"再见!"

汽车疾速地拐了个弯,柯碧舟眼里,只能看见路旁的白杨树和汽车扬起的尘土了。

## 三

秋去冬来,白天变得短了。冬了田土①,栽下了油菜、麦子,湖边寨男劳动力天天合着女社员种洋芋。十点多钟吃过头一顿饭,男女社员呼群结伴地上坡去,走拢坡上的洋芋土,少说也要十一点。打犁沟的在前头吆喝牛,丢灰粪的胸前挂个籇箕丢草粪和灰,下种的跟着丢洋芋,绝大多数人拿着锄头盖土。干到两三点钟,喊声歇气,社员们有的放倒锄头坐下,有的去岭上找毛栗、冬菇,也有的躺倒在草地上,用草帽盖着脸打呼噜。一气可以歇到三四点钟,队长拉开嗓门喊上几道,人们才懒懒散散地站起来,继续干活。做不了一两个小时,太阳落坡,暮霭低压,小伙子嚷着肚皮饿了,队长吹声哨子,收工的队伍比运动员疾奔还跑得欢。

这些年来,兴强调拖大帮干活路,拿句报上的话来讲,就是"红旗招展,人山人海;笑声欢语,车来人往"。

实际上呢,这种干活是标准的混工分。在鲢鱼湖边守着全大队几十条小船的幺公邵大山,给编了几句顺口溜:"出工人等人,干活人看人,收工人赶人,秋来害死人。"

但是,这能怪谁呢?社员哪一个也不愿这样"拖大帮",这是上头一级级传下来的。干多干少一个样,按人口评工分,有一个人便有十分。社员们的积极性哪能提得起来呢!本来,湖边寨不缺粮吃,也不少钱花,寨上有田、有土、有橘园,一闹"文化革命",造反的人物说湖边寨方向路线有错,一声令下,不但几十亩橘

---

① 冬了田土——秋收以后不再栽种小季的田土,犁翻过来冻死害虫,山区习惯称之冬田冬土。冬了田土,意即田土已经犁翻完了。

园给砍了变成水田,连林果、花红、李子、杨梅也不许栽。湖边寨林业上的收入被杜绝了,卖山货特产又说是走资本主义道路,手头的钱落了空。增加了水田,粮食增了产,该有些弥补吧,上头又喊在公余粮之外,上交"忠心粮"。这"忠心粮"的数字又是指定的,往上一交,不但钱没得用,粮也不够吃了,大好的春天总是有愁粮的春荒伴随而来。所以,一到夜长日短的冬腊月间,湖边寨的社员们一天只吃两顿饭,早上起得晚一些,十点来钟吃头一顿饭,五六点钟收工,擦黑时分吃第二顿饭。难怪正在长身体的年轻小伙子常常公开喊饿了。

收工的时候,柯碧舟总是走在后头。他不慌,回到集体户,煮他一个人吃的饭,吃完饭没事就睡觉,急个啥?湖边寨没有电灯,点蜡烛、点煤油灯都得花钱,他穷得每年发的一丈五尺七寸布票也愁着用不了,点不起亮,晚上只能躺在床上想心事。

满寨的社员都走到前头去了,柯碧舟扛起锄头,沿着黄泥巴小路,慢慢地向寨上走去。

暮色里,柯碧舟走到拐弯处一棵六七丈高的柏枝树下,同户的华雯雯支着锄头在那里等他。见他走近,华雯雯朝他笑着,说:

"柯碧舟,我和你商量件事。"

"什么事?"柯碧舟也放下锄头,和华雯雯相对站着。

"是这样,"华雯雯用商量的口气说,"防火瞭望哨,今晚轮到我值夜。真不巧,从昨天起我就头痛,我怕着了寒,生病太麻烦了。想请你帮我值一夜班,工分归你,好吗?"

在湖边寨东北面,是一大片茂密的森林,森林里的树木,一棵棵都粗壮高大,通圆挺直,枝繁叶密。冬春季节,雨水少,常会引起火烧山。因此,暗流大队一过立冬,就要派一个社员去防火瞭望哨值夜,注视林子里有没有火光,一发现火烧山,立刻打火铳枪报警。因为这一大片树林是专属两个大队的集体林木,每夜值班,都是暗流大队派一名社员,紧挨着暗流大队的镜子山大队也派一名社员,两个人同值,由各大队自摊工分。虽然到湖边寨插队快两年了,知识青年们都还没被派到过这个差使,柯碧舟也不了解情况,他蹙眉思索了片刻问:

"队长同意吗?"

"同意,同意,完全同意。"华雯雯连说了三个同意,一偏脑壳说,"现在就看你同意不了,怎么样,不给我这个面子吗?"

华雯雯长得娇小美丽,她的个头不高,瘦瘦的,窄肩膀、细腰身,体形窈窕。两条细弯细弯的长眉下,一对撩拨人的乌光闪闪的大眼睛,挺挺的鼻梁,小巧的樱桃嘴儿,瓜子脸形。乌黑的头发时常变换发型,不是用铁梳子在火上烧热,卷着她的刘海或发梢,便是把头发蓬蓬松松梳在头顶上,盘一个"S"髻。要不,她就用夹子把头发全夹起来,紧贴在后脑壳上,只露出白皙的瓜子脸儿。为了保住脸盘的白皙,她真是使出了浑身解数。不管春夏秋冬,每次洗脸之后,她都要抹一道雪花膏。出太阳的日子,她非戴草帽不出屋门,刮大风的日子,她不是躲在屋头不出工,便是戴上个大口罩,憋得再难受也不除下来。为此,还惹出了不少笑话。不过,功夫不负有心人,华雯雯的脸蛋在她的精心保护之下,确是白皙红润,光滑鲜嫩。脸子漂亮,再加上她爱打扮得花俏,每当出外赶场,她的出现,总会引来不少人的目光。

平时,沉默寡言的柯碧舟和一心想当女高音歌唱家的华雯雯很少讲话。华雯雯嫌柯碧舟穷,穿得又破又脏,讲话太实在;柯碧舟觉得华雯雯穿戴得太妖娆,喜欢背后嘀咕,说三道四,练起歌喉来又不顾别人愿听不愿听。不过,他们之间却没什么过不去的地方。相反,雨天里柯碧舟还帮华雯雯挑过水;有一次她的煤用完了,柯碧舟也去煤场给她挑过一担煤。也许正因为这样,一个多月以前,华雯雯从"黑皮"肖永川嘴里得悉,有几个流氓要来打柯碧舟,她把消息悄悄对柯碧舟讲了。那晚上柯碧舟一个人去烘房①里蜷着睡了一夜,几个流氓扑了个空,气咻咻地走了。

柯碧舟觉得去防火瞭望哨值夜,挺有趣味的,便点着头说:

"既然队长同意,我就代你去值一夜班吧。不过,工分我不要。"

"那怎么成呢?"华雯雯见柯碧舟这么爽快地答应下来,还不要工分,急得直摆手说,"你去值夜,工分还得归你。哎,柯碧舟,你没听说什么吗?"

"听说什么?"柯碧舟有点疑惑地睁大眼望着华雯雯。

华雯雯蹙了蹙眉,噘起嘴说:"你没听说,团转山林里,时常有虎豹出没,总有伤人的事儿发生吗?"

---

① 烘房——山区出烟叶,收割以后,烘烤烟叶的房子叫烘房。差不多每个生产队都有烘房。

柯碧舟这才恍然大悟:华雯雯怕去值夜,主要是因为这个原因啊!他淡淡一笑说:"我不怕,你放心吧。"

华雯雯的脸上豁然开朗,眯缝起双眼,连声道:"柯碧舟,你太好了,谢谢你!"说着,她扛起锄头,一边往湖边寨走,一边仰着脸唱:"年轻的朋友,你真实地告诉我,不知道我的爱人,他在什么地方……"

晚饭后,柯碧舟背上队里的火铳枪,衣袋里带一包火柴,揣着一本薄薄的小书,点燃一支长长的葵花秆亮蒿,朝着寨后三里地外的防火瞭望哨棚走去。

两人宽的拾级而上的青岗石山道,忽陡忽缓,忽弯忽拐,从山垭口吹来的风,把柯碧舟手中的亮蒿吹得噗噗直响。走出一里多路,他才感到冬夜彻骨的严寒,想转回去添件卫生衣,又怕亮蒿燃完了,再去老乡家要,不好意思了。柯碧舟硬硬头皮,照旧顺路走去。

瞭望哨棚扎在暗流大队和镜子山大队交界的峰巅上,几棵粗大的紫木、槐子、沙塘树间,搭起一间楠竹支架、茅草盖顶的小屋,小屋里有张竹笆床,床上铺满了谷草,看样子是给人打瞌睡的。屋角落里堆着一大捆干柴,不知是哪个勤快的老汉值夜时为后来人砍的,还有一盏马灯,几块碎砖。

柯碧舟手中三四尺长的葵花秆燃得只剩一尺来长了,他借着亮蒿的光,一捻马灯,马灯里的煤油用完了,没人添。他一想不妙,赶紧抱过一捧干柴,将就葵花秆的火,在小屋门槛外点燃起一堆篝火。这既能御寒,又能吓退野兽。

篝火燃起来了,映红了他消瘦的脸。他背着枪,在小屋四周察看了一遍。几棵一个人抱不过来的大树之间,用林间牢实的藤子扎起了一个晃悠晃悠的藤床,这又是哪个图安逸的机灵鬼扎的,好躺在那上头向东北方铺天盖岭的大树林眺望。

那顺着峰岭交错、连绵无尽的群山伸展而去的原始森林,此刻静幽幽地躺卧在柯碧舟的眼下。冬夜的风吹过,掀起阵阵林涛。大树林上空,浮动着几朵浅蓝色的夜雾。

一眼望去,山峦重叠的远峰近岭,一整片都是黑黝黝的,莫说火光,就是点着亮走路的人也没有。庄稼人,谁愿意没事赶黑路、钻林子啊?除了岭巅上的风比较大以外,柯碧舟觉得四周的一切安静祥和,尽可放心。

他回到小屋前的篝火旁,卸下火铳枪,坐在小屋的门槛上,借着篝火的光亮,看书消磨长夜。

只一会儿工夫,风声、林涛、篝火噼噼啪啪的响声,他都听不见了,书中的故事深深吸引了他。篝火舔着干柴,烧得很旺,火焰不时地被风吹歪过去。

"好啊,原来是你,快给我站起来!"

柯碧舟猛听到一声喝,吓了一大跳,惊惧地抬起头来。一只电筒雪亮的光柱,剑一般直射到他手里的书上。他借着篝火的光影一辨,不由得喜上眉梢。站在他跟前的,竟是杜见春。

"你……你怎么来了?"柯碧舟若惊似喜地问。

杜见春嗔怒地瞪着他,响亮地反问:"我正要问你呢,谁叫你到这儿来的?"

"我来哨棚值夜啊!"柯碧舟顺手把书放进衣袋。

"我还不是来哨棚值班!"杜见春一手握着电筒,一手也拿着本书,身上穿得鼓鼓囊囊的,有些臃肿,还披着一件八成新的军大衣。说着话,她从衣袋里掏出一张报纸,铺在地上,脸带喜色地面对着柯碧舟坐下来,诧异地问,"你知道今晚上我在这儿值班?"

"不知道啊!"柯碧舟认真地摇摇头,反问道,"你怎么这样想?"

"你要说不知道,就是睁着眼说瞎话!"杜见春毫不放松地盯着他说。眼睛里闪烁出晶亮亮的星光,她略含羞涩地说,"我知道,你们男生总有法子搞清楚姑娘的行踪。即使一时搞不到,也会千方百计去打听。算你聪明……"

起先,柯碧舟听着这些话,只觉得莫名其妙,听着听着,他听出话外音来了,脸也有些腆红,急忙否认道:

"不是的,不是的,杜见春,你搞错了,我从没有打听过你的行踪。今天是华雯雯叫我代她来值班的。"

杜见春哈哈大笑:"还要骗我呢!你这个人啊,哈哈。"

"不骗你,真的!"柯碧舟一本正经地说,"事情是这样的……"

柯碧舟把华雯雯请他来值班的情形细细告诉了她。

杜见春的目光顿时暗淡下去,面颊上有点儿潮红。她神态上由喜悦振奋到颓然失望的明显变化,柯碧舟立刻感觉到了。他略微有些不安。是的,他确实从未向人打听过杜见春的行踪。可自从杜见春见义勇为,打退流氓,救了他的难之后,只要稍有空闲和余暇,他就会自然而然地想起她来。她是哪个大队的知青?

离湖边寨远还是近？她来插队前,在上海哪座中学读书？一连串问题横亘在柯碧舟心头,使他越发想尽快遇到杜见春,把一切问个明白。这不仅仅是对杜见春怀有一种感激之情,还有一种、一种……一种柯碧舟也说不上来的感情。他常想杜见春,想她直率爽朗的个性,想她执拗地盯着人的亮眼睛,想她嘴角旁那一缕颇具讽刺味的笑纹。一旦见了面,说的话为什么竟是这样呢？柯碧舟内心在责备自己,不吭气了。

两人一沉默下来,气氛有点儿僵,相互之间也立时感觉到了,本来挺自然地讲着话,这会儿反而不敢仰脸望对方了。沉吟了半响,杜见春掩饰着自己的失望情绪,低声说：

"难道你们那个华雯雯,不知道暗流大队和镜子山大队说定了,这个月每夜都派女劳力来值班？"

柯碧舟吃惊不小,经杜见春这一说,他才意识到她为什么要说那些话。不是吗？现在他们一男一女,在这岭巅上,要度过这漫长的冬夜,足足有八九个小时呢,岂不尴尬？他垂下头说：

"可能华雯雯也不知道,她只是怕到山上来值班,怕老虎豹子把她吞了,只想把这差使推掉。我问她,队长同意吗？她显然骗了我,说队长完全同意。这个人,怕死怕得不惜撒谎骗人,真不应该。杜见春,这样吧,你在这儿烤着火,我回去叫她来。她要怕,我陪她来……"

柯碧舟说着话抬起头来,他的话音戛然而止,微张着嘴怔住了。杜见春那双黑溜溜乌闪闪的眼睛笔直地探究似的望着他,脸上的表情是奇怪的,羞怯中含有怒意,嘴角上有一丝讥讽似的笑纹,脸颊上又似涂了油彩,在篝火的光影里一亮一熄。

柯碧舟仿佛凝固住了,他意识到了什么,血涌上了他的脸,心房不由自主地咚咚咚揣了头麂子般骤跳起来。他不敢久望杜见春的脸,手足也感到无处放了,简直不知说什么好。唯有一点他是清楚的,他在心里由衷地赞叹着：

"她是多么动人啊！"

"怎么不回去陪华雯雯来了？"杜见春忽然问他,语气冷冰冰的。

柯碧舟的本心并不想离开这儿,但他又简直招架不住杜见春的凌厉攻势：

"如果你感到麻烦,我马上就去。"

说着他下了决心,站了起来。杜见春又急促地问:"华雯雯是你的好朋友吗?你又代她值班,又要陪她来!"

柯碧舟揣摩着杜见春这些突如其来的问题的含意,他连连摇着头答:

"不不!不是好朋友,只是一般的关系,不,连一般的关系也谈不上。她特意请我来代值一夜班,我能推辞吗?上一次,流氓要打我,她从小偷肖永川那儿得到消息,特地告诉我,我避开了。因为这件事,我觉得不便推……"

"怎么,那件事还没结束吗?"杜见春的眼睛又辉亮起来,整个脸部也变得辉耀明晰,嗓音仍是那么清亮悦耳。

这一回,柯碧舟看清了,杜见春的双眼不仅辉亮得逼人,而且在深渊般暗黑的目光深处,透出股一般姑娘没有的、专注执拗的神情。

柯碧舟站在门槛边,叹了一口气说:"根本没有结束。我当众让肖永川把钱退还给老乡,他对我怀恨在心呢。从那次以后,他没跟我说过一句话。"

"你为什么那样怕他?"杜见春不理解地问,"这件事你向领导汇报了吗?"

"没有。"

"为啥不汇报?"杜见春震惊了。

柯碧舟的脸色暗淡下来,他不大情愿地回答:"因为……大队领导不信任我。"

"他们为什么不信任你?"杜见春眨巴着眼睛,接着问出一连串问题,"你表现不好吗?你得罪过他们吗?哎,你干吗不说话呀?有话坐下说嘛,一直站着干啥?"

柯碧舟像被捅到了痛处,颓然坐在门槛上,双手撑着太阳穴,两条眉尖有些锁皱,痴痴地瞅着摇曳舞动的红色火焰,忧悒地低叹一声。

"你怎么了?"杜见春目不转睛地盯着他,双肩耸了耸,让军大衣披得更妥帖些。她自己也没察觉,平时说话清亮的嗓音,这会儿变得温柔而又关切,"来插队后出过什么事吗?"

柯碧舟摇摇头,两眼瞪大了,篝火的光影里,闪出他眼角上的泪痕。一阵凛冽的风吹来,他剧烈地打了个寒战。紫木树未落尽的叶子沙沙响,一张黄叶,飘飘悠悠地从空中掉下来,翻卷着,落在篝火上,滋滋几声,便给铁红色的火焰吞噬了。

柯碧舟的两眼一直紧随着那张残叶,看着它被烧毁,他心情迷乱地说:

"我的命运,就像这张残叶一样,快该有个归宿了。"

他没有回答自己的问话,陡然说出这么一句,更叫杜见春惊疑困惑。眼前这个与自己年龄相仿的小伙子,为什么说出这样伤感的话来?她两条淡淡的眉毛微蹙在一起:

"你怎能这样想?"

"是生活叫我这样想的……"

"谁逼你了?谁要你这样悲观失望?我看你啊,是经受不住艰苦生活的考验!"杜见春激动起来。

"不!"柯碧舟气恼地辩驳着,"物质生活的艰苦是一回事;我最不能容忍的,是没有一个人看得起我,没有一个人信赖我,没有一个人注意到我的苦衷。他们忘了,我是个人,我也有希望和理想,也有做人的尊严,也有……"

他发觉自己的情绪太激烈了,立刻收住了话头。

杜见春急切地问:"也有什么?"

"也有生活的权利!"这回他的声气变得轻而又轻。

"人家怎么会这样对你呢?"杜见春觉得很不理解柯碧舟这些话。

"我家庭出身不好……"

"噢,"杜见春恍然大悟,她留心地细瞅了柯碧舟几眼,心里明白了,柯碧舟为什么这样忧郁寡欢,为什么这样消瘦,为什么头一次见面时,讲到他同户的知青,他会情不自禁地说出人家的成分。所有这些,都因为他出身不好啊!杜见春意识到,以前他对她说过的话,关于他穷、关于他的观点,全是真话。甚至他衣着破旧,头发老长,也是实际情况。她想了一阵,抬起头来,一字一句地说,"柯碧舟,你不要背家庭包袱,家庭出身不能选择,道路是可以自己选择的。我们党的政策,历来是……"

"有成分论,不是唯成分论,重在政治表现。是吗?"柯碧舟截住话头,自己流畅地把话讲完,"可是,这些年来,讲是一回事,做又是一回事。"

"也许……"杜见春轻声应了一句,觉得话很难说下去了。虽然她很想知道,他的家庭出身是啥,但她明白,此时此刻再问,是会刺激他情绪的。她见柯碧舟又打了个寒战,赶紧从肩头拿过军大衣,用劲扔在他胸前,说,"看你,来值夜,也不多穿点衣服,冷得都发抖了。快把大衣披上。"

柯碧舟双手紧紧捂住胸前的大衣,嗓子哽咽地说:"不,杜见春,我不冷,我……"

"快披上!"杜见春用命令的口气说,"我穿了三件毛线衣,一点也不冷,看你,脸都青了。哎,我来的时候,你在看什么书?我见你看书时眼里有泪光,这书一定很好看吧!"

柯碧舟被杜见春说得有些难为情,他披上军大衣,掏出一本薄薄的小书,说:"是剧本,《阴谋与爱情》。"

杜见春有点意外:"这样的书?"

"是啊,德国人席勒作的。写一对出身、门第相当悬殊的青年男女的爱情悲剧。"

杜见春发觉,一说到书,柯碧舟的话要自然多了,而且还带着深深的感情。她对这类"封、资、修"的书不感兴趣,一听名字就不是好书,什么阴谋与爱情,肯定又是写哪个资本家的儿子爱上了一个贫穷的姑娘,不择手段要弄阴谋想达到目的。听着都作呕。

要在平时,杜见春早就朝着看这种书的人开炮了,可奇怪的是,今晚上她不但没批判柯碧舟,连一句贬斥的话也没说。到底是什么原因呢?她自己也来不及去探究。但她也不愿朝这个话题上讲下去,便另提话头说:

"头一次,我在你那里躲雨,你不是说在写小说吗?写完了吗?"

"写完了。"

"你不出工只躲在家里写吗?"

"不,下雨天不出工,躲在蚊帐里写。"

"写的什么内容?"

"我的一个同学。"

"叫什么名字?"

"《天天如此》。"

"能给我看看吗?"

"呃……"柯碧舟怔了一怔,他返身抽了几根干树枝,架在篝火上,用一根细树枝拨着火,以此来拖时间。记得,头一次见面,她就这么提出,当时他拒绝了。

可现在,他觉得拒绝的话说不出口了。

"怎么,为难吗?"杜见春追着问。

柯碧舟抬起头来,坦率地说:"不为难,以后见面,你拿去看吧。"

杜见春喜盈盈地点点头:"你爱好文学?"

"嗯。"

"想当作家?"

"想。"

"成名成家,资产阶级名利思想,要不得!"杜见春抑制不住自己的直率脾气,心里想的,嘴里也说出来了。不过,她是笑着说的。

不料,柯碧舟又唉声叹气地说:"想也想不成啰!你不知道吗,文艺界是黑线专政,出版社都给砸烂了。写出书来,也没人出。"

杜见春不由得以轻屑的口气说:"你还想出书吗?野心真不小。"

"这不是野心,这是我的志向。"柯碧舟并没在乎杜见春的轻蔑口吻,他认真答道,"我们小时候,书本杂志上、学校里的老师,不都是要我们自小树立远大的理想吗?记得,五年级的时候,做过一篇作文,题目叫《我长大了干什么》,我写过,我长大了,要当一个小说家,写很多书……"

杜见春两眼睁得大大的,略一点头说:"看得出,这念头在你心里生了根。"

"是的。"

"可你难道没看见,在'文化革命'中,凡是作家都挨批吗?"杜见春的嗓音不再是清亮轻屑的了,询问的语气中,透着她的关切和每一个姑娘都会不由自主显露出来的体贴,她放低了声音说,"写过很多书的老舍自杀了;上海杂技场批巴金,电视台还转播。柯碧舟,这是一条危险的生活道路。你为什么念念不忘呢?还是老老实实地接受贫下中农再教育,在山区农村这广阔的天地里大干一番吧!"

柯碧舟垂着头,沉吟了片刻,轻声道:"从某种意义上来说,你的话是对的、实惠的。可是,我不能接受。"

"为什么?"

"我看过一些翻译小说,那些书中,曾经揭露过,万恶的资本主义社会,怎样摧残、压抑了许许多多有才能的人。按理说,我们社会主义社会,绝不会发生这类事情。可为什么像老舍、巴金那样有才华的作家,要被逼着去自杀?要被揪去批斗?"柯碧舟伸出一双手,激愤地晃着,"杜见春,你能回答我吗?"

杜见春惊愕地瞪大双眼,惊讶地望着愤激的柯碧舟,她绝没想到,他会如此激动!她在柯碧舟的瞪视下,有点着慌了,只得机械地说:

"因为他们放毒呀!大字报上说,他们反党反社会主义反毛泽东思想呀!"

"我不信!"柯碧舟几乎有些粗鲁地一扭颈子,回答道,"我看过他们写的书,他们不是大字报上写的那种人!我崇拜他们。我信赖他们!"

杜见春放大了声音,道:"我提醒你,那样你会走上歧路的!"

"绝不会!"柯碧舟低声地但又斩钉截铁地说,"我相信自小立下的志向不会错。记不得是在哪本书上写的了,书上说,立志是事业的大门,决心和毅力是事业的立脚点。没有足够的信心,是注定干不出伟大的事业来的。古诗中不也说'天生我材必有用'吗!"

火焰腾跃着,铁红色的火光里,映出柯碧舟清瘦清瘦的脸庞上那一对闪烁异彩的眼睛。他说过的话,仿佛仍在杜见春耳边回响着。杜见春原先犀利的目光,变得柔和了,流光溢彩的双眸中,那股专注执拗的神采又显露出来。右边嘴角那一缕颇带讽刺味的笑纹,此时那么服帖地舒展开来,几乎看不见了。坐在她跟前的这个柯碧舟身上,有些什么吸引她的东西,引起了她的思索。

杜见春生活在优裕的家庭环境里,无拘无束地长成一个二十多岁的姑娘。她崇尚坚强的毅力、铁一般的意志、优秀的品质、高尚的人格、丰富的精神世界;她觉得精力充沛,有决心改造这世界上的一切,她想望着去做一件又一件见义勇为的事。她看不起那些开口闭口便是论条件、讲实惠,斤斤计较个人得失、津津乐道权衡利益的姑娘。她有自个儿的精神境界,她有她自己青春的梦。今天是头一次,柯碧舟以他几乎是气恼地说出的话,叩动了她的心扉,引起了她的注意。

柯碧舟在杜见春专注目光的注视下,有些不安和慌神,他回避着杜见春炽热的目光,喃喃地问:

"你……你怎么不说话?"

杜见春一顿,这才发觉盯着柯碧舟望得太久,有些失态了,为了掩饰自己的窘态,她故意张扬地大笑着:

"哈哈哈,真看不出,你还挺狂妄的哩,哈哈!"

"听你说话,就知道是干部子女。"柯碧舟并不为她的取笑不高兴,他已平静下来,恢复了镇定,"是高干子女吗?"

火焰蹿高了,照得杜见春的脸红通通的,两眼更是灼灼有神,像两颗星星。她用幸福愉悦的口吻说:

"我爸爸是正师级的干部。一九六五年冬天调到上海……"

"一九六六年造反派没冲击他吗?"柯碧舟插进话头来问。

"冲击了,但不大。"杜见春接着说,"一九六六年春天他才到新岗位上任职。只几个月,'文化大革命'开始了,造反派抓不到他的把柄,只好把他挂起来。后来他下干校。我下乡前,正是'九大'前夕,强调'老中青'三结合,爸爸又当了个副主任。他来信说,名义上是副主任,实际上有职无权……"

"那有什么,"柯碧舟说,"你爸爸没被打倒,你还是高干子女。"

"你怎么把家庭出身看得这样严重。"杜见春睁大双眼道,"告诉你,道路还得自己走。哼,要是你在我们集体户啊,我准能改造你!"

"改造……我?"

"嗯!"杜见春极有把握地点着头说,"叫你变得对生活充满信心,丢掉那些私心杂念、成名成家思想,朝气蓬勃地投入建设新山区的斗争中,把青春献给祖国和人民。你信吗?"说着,她伸出有力的拳头在火焰上方晃了晃。

柯碧舟看到她的英姿,抑制不住地笑了,他想到杜见春那次勇敢地打退四个流氓的情形,忍不住感激地说:

"我信。你真是见义勇为。上一次,要不是你赶来,我不知被那些流氓打成个啥样呢。"

"哈哈哈,你不知道当初你自己那副害怕、畏惧的样子,看了真叫人可怜!嗨,你还没谢我呢!"

"是的,当时太匆忙了。"柯碧舟诚恳地说,"事后我直懊悔,心里常在说,等以后碰上了,一定要好好谢你。"

说着话,两人间感到自然、轻松了,开初的拘谨和不安都在无形中消失了。他们谈到各自生活的集体户,谈到暗流大队和镜子山大队的社员和干部,谈到山区的贫困和未来,也谈到过去看的电影和戏。杜见春甚至兴致勃勃地谈到她在红卫兵组织里当头头时的日日夜夜……

他们事前都没有想到,会有那么多的话要说;他们也决然没有想到,交谈间两人有那么多共同的语言。篝火不时地燃烧着,风越刮越大,寒露降下来,两人的肩头都有些发潮了。四周的群山峻岭,随着夜愈加深沉,变得更是黑黝黝的了。

　　柯碧舟环顾了一下漫无边际的大树林,抬头望望漆黑的天幕中几颗稀疏的星星,发觉夜已深沉了。他提议:

　　"杜见春,这样吧,你进屋里去睡,把门闩上。等你睡醒过来,跟我换。"

　　"要睡你去睡!"杜见春有些不悦地说,"今晚上,我一点儿也不累。再说,规定值班是不能睡觉的。"

　　柯碧舟说:"我怕你瞌睡来。"

　　"没关系。"杜见春微微一笑,"这样谈谈,不是挺有趣吗?为啥非要违反规定呢?"

　　柯碧舟赞同地一笑,又往火堆里添了几根树枝。篝火旺旺炽热的,细小的火星子萤火虫般飞起来,飘散开去。从鲢鱼湖那一方升腾而来的冷雾,随着长夜的消逝,越来越浓了。

　　柯碧舟和杜见春,还在津津有味地交谈着。话说多了,两个人的声音渐渐轻微低弱了。也许是那堆火,也许是不断袭来的冷风刺激着他俩,两个人谁也没有倦意。相反地,随着漫漫长夜的过去,两人间都朦朦胧胧地觉得有一种奇妙的感情和希求在萌芽、在发展。

　　……

　　当熹微的晨曦刚在东方刺破长夜的帷幕时,值了一夜班的柯碧舟和杜见春才感到像坐了几天长途火车一样疲倦和劳累。两人不约而同地一齐站了起来,互相凝望着落扣进眼窝的双眸,似乎还有什么话要讲。

　　破晓了,冬日黎明的曙光中,两个年轻人站在高高岭巅上的小屋跟前,互相道别。

　　柯碧舟怀着一脸感激的柔情把军大衣披到杜见春肩上,嗓音低沉轻柔地说:"杜见春,下一个赶场天,你到我们集体户来玩,好吗?"

　　"好是好,不过,有一个要求。"

　　"什么要求?"

"你要来接我。"

"这个……行!"

杜见春披着军大衣下山了,一直下到山脚,她才憋不住地回过头来,留恋地向山巅上防火瞭望哨的哨棚望了一眼。意外地,她看到,柯碧舟还伫立在峰巅上,朝着她这儿挥手。

杜见春心头一热,急急地跑远了。

## 四

下一个赶场天,正逢冬日里的好天气。从一大早起,浅蓝明净的天空中就飘浮着几朵白云,活像浩瀚的大海洋上泛起的雪白的浪花。暖融融的太阳光,挥洒在镜子山大队团转的山山岭岭上,叫人感到舒适、温暖。

在多雾多雨的贵州山区,这真算得上是个难得的好日子。

吃过早饭,站在二楼窗口旁,朝着进寨必经的那条路,杜见春不知望了多少次。

说实在的,二十二年来,杜见春从没怀着这样焦灼的心情等待过一个人。过去的日子,在她只是一串无忧无虑的回忆。一九六五年以前,她一直随着爸爸妈妈生活在部队上,不管是在爸爸担任沿海某地的海军政委时,还是爸爸在某军分区担任司令员时,她过的都是幸福安定的生活,一切都有妈妈为她想到,一切都不用她操心。爸爸转到上海工作以后,她已是个高中学生,能自己料理生活了,也懂事了。在爸爸妈妈的良好教育之下,她是个朴素、直率、大胆、活泼的女孩子。"文化大革命"中,她很自然地由团干部变成了红卫兵组织负责人。随后便是上山下乡。她读书,做团的工作,带头上山下乡,在镜子山大队忘我地劳动,感情的窗户从没对哪个小伙子开放过。白天忙碌了一整天,晚上睡在床上,和人说着话就呼呼地睡着了。因此,她健壮、结实。她这个集体户有八个知青,四男四女,到山寨近两年的时间里,已有三个人在恋爱了,自己队上一对,另一个姑娘在被外队的知青追求着,时常和对象悄悄去赶场,游玩贵阳和遵义。杜见春对他们是不理解的,刚下乡就恋爱,还要不要接受贫下中农再教育了?像杜见春这样一个体态颀长、性格明朗的姑娘,也曾被人追求过。同集体户里有一个男知青,长得还端正,个头也高,他是公司经理的儿子,满以为自己和杜见春相配,大着胆子,约杜见春一道去河边散步。杜见春老实不客气地回绝了他,还尖锐地给他点出来,希望他少来这一套,好好接受再教育。也许是这件事不胫而走了吧,以后杜见春再没遇到过类似的事件。她心里说:在插队落户的日子里谈恋爱,不太早了吗?

可是,自从和柯碧舟在防火瞭望哨棚共值了一夜班之后,杜见春不这样想了。而且,她也一反常规,没把她和柯碧舟值班的事,对任何人说。要在过去,什么事在她的肚里也藏不住,一回到集体户,她总要对其他知青说。半年前在暗流大队湖边寨集体户躲雨,碰到一个头发老长、衣服肮脏、在偷偷写小说的知青,她对大伙说了;一个多月以前,在双流镇赶场,她见义勇为,打退了流氓,救了这个知青的难,她也对人说了。可这次,她没说。岂止是没说啊,她心理上也在起着微妙的变化。

冬天里,集体户的知青,四个男生被县里抽到水库工地去了,两个姑娘头年没回上海,秋收结束,就请假回去了。另一个姑娘被鲢鱼湖公社借去当广播员,不常回来。整个集体户,楼上楼下两大间,外加搭出来的偏梢屋灶间,由杜见春一个人看家。她的集体户在寨子正中间,隔一层板壁就是几户贫农社员的屋子。前后左右都是人家,很安全。不像湖边寨的集体户,离大路虽近,可离寨子却有百多步路。冬季的农活本来略少些,一下雨,女劳力简直没有事。从防火瞭望哨值夜以后,杜见春队上的女社员没出过工。她一个人守着空寂的集体户,实在有些冷清、无聊。她喜欢热闹,喜欢热火朝天的劳动场面,在她的想象中,山寨生活就该是轰轰烈烈,农业劳动总该是龙腾虎跃,像电影场面上的一样。但实际生活并不全是那副样子,像眼前冬闲的日子,闲得叫人发闷。白天去社员家串串门,闲聊天,逗逗小孩子,洗衣服,缝缝补补;到了晚上,点着一盏油灯,看几页早已看过的书,吹熄了油灯,却睡不着觉。青春的洪流在她的体内泛滥。除了想爸爸妈妈,想过去的同学和眼前的生活,她的脑子里会自然而然想到柯碧舟,他的叫人害怕的外表,他的不同一般的个性,他的细致深沉的体贴,他的忧郁的脸。开头,只要一想到他,杜见春的脸就会臊得通红,自己对自己说:不去想他,这有多难为情啊!于是,她开始想别的人和事儿,想着想着,从别的人和事上,她会不由自主地又想到他,甚至拿别人和他做比较。这样,她又很自然地想起他来,从头一次见面,想到一个星期前的分手,他远远地站在山巅上向她眺望的情景。她回味他的言语、神态、动作,揣摩他的心理、思想、和……和他对自己的感情。好久好久,她怀着一种困惑的喜悦,一种忐忑不安的兴奋,一种有点惬意的柔情想到他,直到夜深人静,还不能入睡。有时候,她又惊问自己:我这是怎么啦?难道我对他有意思?难道我在恋爱了……不,不,不!我对他了解得还那么少啊,他在劳动中表现怎样?他怎样和一般同志相处?人们怎样对待他?他在学生时代是怎么一个人?还有,他的父母,他的兄弟姐妹,他的家庭出身,对了,他说家庭出身不好,究竟怎么个不好呢?得想法弄清楚。

不管杜见春怎样仔细地琢磨、分析自己的感情,不管她承认不承认,有一点是实在的,那就是她渴望着了解他、熟悉他。尤其是在这样一个孤独的星期里,她盼着他到镜子山大队来,盼着这六天快点过去。她无可奈何地私下承认,她有着一股莫名其妙的急躁情绪,她觉得这个星期过得实在太慢、太慢了!

赶场天终于到了。星期六的晚上她一夜失眠,辗转难寐,迷迷糊糊躺了一两个小时,忽又眼睛睁开,生怕天已经亮了。当天真的亮了时,她的瞌睡袭上来了,她安详地睡着,微厚的嘴唇轻抿着,嘴角露出一丝甜蜜的笑纹。

不知是树枝上雀儿的啼鸣惊醒了她呢,还是寨路上娃崽的呼叫把她吵醒了。她睁开眼,发觉天早已大亮,忙一骨碌起了床。叠被清床,清扫楼上楼下两大间房屋,煮早饭。等一切都弄停当,她急不可待地端坐在圆圆的镜子跟前,细心地梳理头发。

镜子里出现了一张兴奋的脸,她的眼睛里充满着精神和光辉,脸颊上布着两片红晕,乌黑的头发披散下来,映衬着她的脸,漂亮而又健康。她细细审视着自己的眉目、鼻梁、嘴巴、面颊、下巴,不由得伸手摸一摸自己的脸蛋,滚烫滚烫的,心也在怦怦跳着。

她从来没有这么专心地梳过自己的头发,哪怕一小绺乌发没梳齐,她也要重新放开扎过。她扎的是两条短短的小辫。吃过早饭,她又换上一身素净整洁的衣裤,坐在桌旁看书等柯碧舟来。

书上的一行行字都像她不认识似的,她一再地读着那一页书,读过一遍,回想一下,她一句也没记住,于是再读,再读也记不住。她干脆把书推在一边,到窗口旁去张望。直望了七八次,也没见柯碧舟的身影。她有些着恼了,愤愤地

骂着:

"这个人真是个魔鬼,闹得我心神不定。怎么坐也不是,站也不是呢?"

也许他忘记了。不会,这种事他会忘记吗?再说,像他这种性格的人,不会那么健忘的。于是杜见春又责备自己,为什么不和他说定个时间呢,说定了时间,也不会这样心神不宁了。

"小娃崽,你们寨上的知青集体户在哪里?"

杜见春正要再一次走到窗口去探首张望,陡地听到一句熟悉的问话。是他,是柯碧舟的声音。她又惊喜又惶惑,竟不知如何是好。犹豫了一刹那,她听见寨上那个小娃崽说:

"就在那边,那扇门进去,上下两大间都是。"

"谢谢。"杜见春又听见了他低沉柔和的嗓音。她连忙抓过那本书来,朝着那页读过好几遍的文字,呆呆地看着。没看上几行,楼下传来脚步声和他的问话:

"杜见春在家吗?"

"在,在家。"她一扔书本,三脚并作两步走到楼梯口,俯身朝下招手,"柯碧舟,快上来,快!顺便把楼下的门关好。"

柯碧舟关上楼下的门,顺着木梯走上楼来。杜见春不认识似的打量着他,他理了发,穿一身半新旧的蓝卡其布学生装,脚上穿一双洗得干干净净的松紧鞋,整个人显得朴素而整洁。消瘦的脸容上还没一丝皱纹,看去比自己还小一两岁。杜见春满意地莞尔一笑,指着他说:

"瞧你,精神多了。哎,你吃饭了吗?"

柯碧舟点点头。

"不要骗人啊,饿肚子自己吃苦。"杜见春又轻松地开起玩笑来。

柯碧舟认真地说:"确实吃了。"

说着,他打量着楼上这间大屋子,四个单人床分四面靠壁放着,三张床上空空的,只有床笆和谷草,不用问,三个同屋的姑娘显然都不在队里。每张床边上都叠放着大小两三个箱子,只有杜见春坐的床边箱子上放着镜子、茶杯、木梳、笔记本。

在他打量屋内的时候,杜见春告诉他,队里只留下她一个知青,又不出工,很无聊。

"那就去我们集体户玩玩吧!"柯碧舟说。

"忙什么,你坐着歇一会儿再走也不迟。"杜见春心里很想邀柯碧舟在这儿玩一天,但又说不出口,只得睨他一眼说,"你们集体户还有好几个知青,我去合适吗?"

柯碧舟瞥了杜见春一眼,他似乎感觉到她话里更深的含意,便讷讷地说:"也没什么不合适。华雯雯今天要回上海去,唐惠娟和苏道诚都在帮她理东西,还要去送她。小偷肖永川和卷毛王连发不会说闲话,他们也经常请外队知青来玩的。不过,你若怕,那就……"

"是啊,华雯雯要回家,里里外外理东西,坐也坐不安定。干脆,我下个星期天再去你们队玩。"杜见春断然打定了主意,"你今天就在我这儿玩,我煮好东西给你吃。行吗?"

柯碧舟望着她热情地扬起的双眉,点头赞成。

杜见春顿时显得活泼起来:"你们队就华雯雯一个人回上海去?"

"不,苏道诚也要去。"

"那他们为啥不一起走?路上也好有个伴呀!"

"苏道诚在等家里给他汇钱来。他叫华雯雯等几天,华雯雯不愿意,说很想上海,一定要先走。"

杜见春专注地听着,又问:"苏道诚就是那个高干子弟?"

"是啊,听说他父亲是市里面的要人,官当得大。"柯碧舟介绍说,"这个人长得挺漂亮,风度翩翩的,花钱如水,待人也可以,就是劳动得少些。"

杜见春抿紧嘴儿,思忖着点点头,又问:"小偷肖永川最近还干盗窃的事吗?"

"自从双流镇我揭了他的短,他再也不和我说话了。不知他还偷不偷,但他仍然经常出去。"柯碧舟说,"好像他今年仍要回上海去。"

"另外那个男生,你怎么叫他'卷毛'呢?"杜见春兴趣颇浓地问。她觉得,以后要去暗流大队玩,对这些知青先有个印象要好些。

柯碧舟似乎也猜到她这层意思,不厌其烦地说:"王连发是鬈头发,所以大家这么叫他。听说他在上小学时就有这个绰号。上次,我们去双流镇玩,他认识了外公社一个女知青,现在还通信呢。他今年不回上海去了,说家里没钱。"

"那么,你回上海吗?"杜见春笑吟吟地问。

柯碧舟的脸色阴暗了,他轻声说:"我不回去。"

"你去年不也没回家吗?"杜见春关心地问,"今年为什么还不回去? 不想上海吗?"

"想的。"柯碧舟坦率地承认,但又皱起眉头说,"但我没有车费……"

"你拼命出工,还不能进几十块钱?"杜见春诧异地问,她从被窝旁边找出蓝色的毛线和竹针,端坐在柯碧舟对面,两手一动一动,一面编织毛衣,一面和柯碧舟说话。

柯碧舟坐在一张半新的三屉桌旁,左手搁在桌沿上,手指无目的地抚着桌面,说:"照我做的工分看,会计核算下来能进几十块钱。但我妹妹今年也想回上海,我要给她寄一点车费去……"

"你妹妹?"杜见春惊讶地问,"她在哪儿?"

"她叫柯碧霞,在江西插队落户。去年也没回上海。还在秋收以前,她就写信跟我说,想回上海。再说,我妈妈也很想她。"柯碧舟低下头说。

杜见春心中暗暗高兴,话头自然而然扯到了他的家庭,她不露声色地问:

"你妈妈在上海哪个单位?"

"纺织厂当工人。"

"那你爸爸呢?"

"……"柯碧舟张了张嘴,没有回答,甚至也不敢抬头瞅杜见春一眼。

屋里的气氛有点僵。杜见春手里的竹针发出相碰时轻微的响声,她仰着脸,聚精会神盯着柯碧舟,盼望他说话。但他只微微叹了口气,什么也没说。

寨路上有人走过,屋里听得很清晰。沉默了片刻,杜见春知道他有难言之处,便主动岔开话题说:

"我想回上海去,一接到爸爸妈妈的回信就走。只是路途上没个伴,一个人走,有点儿怕。"

"打听打听,周围生产队也许有知青回去。"柯碧舟接话说。他没有回答杜见春的询问,感到十分尴尬,脸色也有点阴沉。

杜见春心里说:所谓家庭出身不好,指的一定是他父亲了,看来,他父亲不是剥削阶级,就是犯有严重错误的人。唉,他背着多么沉重的思想包袱呀。

话谈到这儿,好像被什么东西堵塞住了,两个人都觉得有些难以启齿。柯碧舟如坐针毡,他几次都想站起身来告辞,但又想到答应在这儿玩一天的,不便改变主意。杜见春仿佛看出了他的心事,她把针线往床上一扔,说:

"你坐坐,我下去煮饭菜。"

说完,也不看他一眼,几大步走到楼梯口,咚咚咚下了楼,打开门走到偏梢灶房里。

柯碧舟木然呆坐在板凳上,眼睛垂望着钉得不很严密合缝的地板,一再地问着自己:我到这儿来干啥呢?我和她接触希望得到什么呢?她是高干子女,我呢,我的家庭出身这么不好,能够保持几天的友谊啊?其他人知道了我们俩的接近,会怎么说呢?人家不会说她,只会说我,癞蛤蟆想吃天鹅肉,这有多么难听啊!是的,可以说,头一次是偶然相遇,第二次是她见义勇为,第三次也是个巧合。可这第四次见面呢?不是我先提议的吗?我请她去湖边寨玩,她让我来接,于是,我来了,坐在这儿……柯碧舟坐不住了,他觉得惶惑,觉得狼狈和窘迫,要是有生人进来,见我坐在女知青屋里,算什么呢?人家要怎么想呢?

柯碧舟站起来,轻轻走到杜见春床边。这是她的床,铺着正方格的红白被单,黄贡缎被面的被子,绣着两朵梅花的荷叶边枕头,像好些爱清洁的姑娘一样,收拾得素净、整洁。床上搁着打到一半的毛线衣和一团毛线,还有一只塑料皮夹子,皮夹子里放着一张她的相片,她穿着军装,戴着军帽,胖胖的圆脸上满是笑容,站在天安门广场上。那准是她"大串联"时到北京照的。那时候,她还纯粹是个小姑娘,梳两条长辫子,脸胖圆胖圆,笑得那么欢。

看到她率直爽朗的形象,柯碧舟突然想到,为什么她要我到这儿来接她呢?要是她觉得我冒失,觉得我出身不好,对我的邀请,完全可以拒绝啊!这么一想,起先的惶惶不安消失了一些,他又稍稍安定下来。

噔噔噔的楼梯声又响了,杜见春拿着碗筷走上楼,满面笑容地望着柯碧舟,好像根本没有刚才的对话,她喜气洋洋地说:

"米淘好了,正在煮饭。我来调点面粉。"

她走到靠墙的一只面粉罐前,撬开圆盖,舀出两瓢面粉,一边往楼梯口走去,一边回头招呼柯碧舟:

"来,到我们灶房看看。"

柯碧舟随她来到楼下的偏梢屋里,这是个纯粹的灶房,用砖砌了几个灶,墙角放着石板大水缸和一挑水桶,墙上钉着几块搁板,放着油盐酱醋的瓶瓶罐罐。柯碧舟注意到,只有一个灶上燃着火,其他几个灶都是熄的。杜见春一边洗菜,一边告诉他,原先他们八个人是合伙吃饭,但几个男知青太懒了,于是就以男女知青为界分了家。到其中一对男女恋爱上了,他们俩便自成一家,三个男生仍为一家,三个女生也为一家,就此分成了三家。柯碧舟说,他们湖边寨集体户更糟,六个人分为六家,各自为政,集体户名存实亡,仅仅是住在一起罢了。

说着话,饭煮好了。杜见春接着煮了个汤,炒了四只鸡蛋。然后把瘦肉切成薄片,和湿面粉调在一起,放在油里炸。屋里弥漫着饭菜的香味,柯碧舟帮着杜见春打下手,两个人干得很协调。

中午时分,方凳子上放着炒鸡蛋、桂花肉、白菜汤,冒着腾腾的热气。杜见春盛了两碗饭,递一碗给柯碧舟,说:

"没什么菜,吃饭吧,别客气。"

柯碧舟平时自做自吃,总是一饭一菜,时间充裕了,也只不过一菜一汤。农村不供应肉,他又不喂猪,好久没尝肉味了,今天杜见春的菜,格外香美可口。杜见春一再地劝他吃肉和蛋,还对他说,这是老乡家杀的年猪,因为她常辅导老乡的娃崽做算术,老乡很感激她,杀了年猪给她提了二斤肉来。看到柯碧舟吃得津津有味,杜见春也非常高兴,她不由得偏着头问:

"好吃吗?"

"特别好吃。"柯碧舟笑眯眯地说。

"跟我说,"杜见春趁这机会,不无娇嗔地望着柯碧舟问,"你爸爸是干什么的?"

柯碧舟怔了一怔,他停下碗筷,面露难色,目光诚挚地对杜见春说:

"见春,听我说,请不要责备我。我们相识不久,这种事不便告诉你。也许,有一天,我会主动告诉你的。"

杜见春脸上露出明显的失望和不悦:"那要等到什么时候呢?"

"希望不要很久。真的,我希望不要很久……"

"你现在真不能对我说?"杜见春的两眼灼灼逼人地望着柯碧舟。

柯碧舟回避着她直射过来的目光,轻轻摇了摇头,固执地说:

"不能。请原谅我……我们……还没到……"

杜见春的眼睛惊惧地瞪大了。

两个人默默地吃完了午饭。

搁下碗筷,柯碧舟忍受不了这种难堪的沉默和杜见春探索的眼神。他帮杜见春收拾了饭菜,争着洗了碗,直起腰说:

"谢谢你的招待,我该回去了。"

"回去?"杜见春有些惊讶,但并没有挽留,她沉着脸点点头,"那也好,我送送你。"

锁上集体户的门,杜见春默默地送柯碧舟走到寨外。

也许是赶场天的关系,寨外很静,田坝坡土上没个人影子,仅有几只小喜鹊,在翻晒的梯田里啄食着啥。两个人望着冬日里苍茫嵯峨的山岭,心头都像堵着什么似的有些惆怅,不由自主地停下了脚步。杜见春环顾了一下四周,定睛望着寨外的山峦,忽然问:

"你知道吗,我们大队为什么叫镜子山?"

"听说有一面巨大的镜子。"柯碧舟不知所以然地答着。

杜见春辨别了一下方向,伸手拉了拉柯碧舟的袖子,一阵快跑,跑上一座黄土坡,指着寨对门一座山脊道:

"看,那最高的山顶上。"

柯碧舟眯缝起眼睛望去,不由得又惊又奇,那一道山脊的最高峰上,果然立着一面巨大无比的镜子,四面的镜框,比真实的镜子还好看。他不由得喃喃出了声:

"真怪……"

"其实啊,那不是镜子。"杜见春笑着解释,"你细细看,高山顶上有两棵百年的老树,它们那虬曲的枝丫横生出来,连在一起。峰巅上藤子的根须又缠着老树和枝丫,活像一个巨大无比的镜框架子,框住了四四方方一块天。远远望去,活像是一面镜子。所以那就叫镜子山,我们这儿也就叫镜子山大队。"

柯碧舟这才恍然大悟。他转脸瞧着杜见春,只见她脸色开朗,笑容满面,流光溢彩的双眸热情地瞅着自己。柯碧舟也随之笑了,心里说:这个姑娘真是个直心直肠子,方才的不悦早烟消云散了。他随着杜见春走去,两个人走下黄土坡,柯碧舟踏上归途,杜见春还要送,柯碧舟伸出手,拦阻道:

"别送了,让人撞见了,长嘴也辩不清。"

"那好吧,"杜见春陡然觉得一阵莫名的寂寥,想到一个人回到集体户,又要守着那空空的两大间屋子,她心里有点辛酸,但此时此刻,她又怎能说得出口啊,她只是语无伦次地说,"这个……时间还早……你慢走……"

她说不下去了,鼻腔里酸溜溜的。

柯碧舟站定了,欲言又止地凝视着她,好不容易迟迟疑疑地说:

"下个星期,你到湖边寨来。"

"好的。"杜见春听了这话,感到一些安慰,她郑重地点着头,朗声道,"我一定来。"

## 五

"新闻,特大新闻!"小偷肖永川诡秘地挤着眼,黑黑的脸皮上泛着一股又妒忌又惊奇的光,顺着寨路直跑到洗衣服的堰塘边,冲着正在洗衣服的"快脚"苏道诚和"卷毛"王连发连声叫道,"天下头一号大新闻,柯碧舟轧女朋友啦!"

"我不信!"苏道诚轻蔑地撇了撇嘴,双手把一件外衣绞成麻花状,鼻子里哼了一声道,"柯碧舟要能轧到女朋友,石头上也会长庄稼了。"

"卷毛,"王连发眨了眨眼睛,不慌不忙地问,"你怎么知道的?"

"那姑娘已经来了,坐在集体户和柯碧舟谈话呢。"肖永川又羡慕又不解地说,"叫我大大吃了一惊!"

苏道诚把洗净的衣服、裤子扔进搪瓷花脸盆,不屑地说道:

"那也准是个丑八怪,要不,谁会看上柯碧舟?他凭啥资格花女人?"

"偏偏不是,"肖永川点燃一支烟,眯缝着眼睛吸了一口,徐徐地吐出烟圈道,"那姑娘很漂亮,弄得我也心痒痒的了。有啥办法呢?我的名声太大了,那姑娘连眼角也不瞥我一下。"

"噢?"苏道诚端起脸盆,明显的双眼皮眨动了两下,晶亮的眼睛里闪出水灵灵的光彩,满腹狐疑地问,"真有这种怪事?"

肖永川把手一摊,做出个潇洒的姿态:"不信你自己去看。不过我话说在前头,你可不要抢人家户头啊!"

苏道诚眼睛一斜,嘴巴一咧,自命不凡地说:"我还要看看值不值得花工夫呢!"

矮墩墩、胖笃笃的王连发收起堰塘边石阶上的肥皂、刷子,绞干衣服,随着站起来,粗浓的两条眉毛往上一扬,半真半假地说着笑话:

"嚆,一个刚走,你就想动另一个的脑筋啦?"

"哪儿的话呢!"苏道诚脸不红、眼不眨地道,"恋爱嘛,总要挑挑选选的。难道你愿不挑不选?"

肖永川头一昂,嘿嘿笑了两声:"当然,你苏道诚人长得漂亮,牌头又硬,袋袋里分子又多,要花啥人,啥人就会上钩。"

"哈哈哈,过奖过奖!"苏道诚得意扬扬地放声大笑起来。

回到集体户门口,苏道诚和王连发在麻绳上晾好衣服,随着肖永川,三个人先后走进了男生寝室。

柯碧舟和杜见春两个人相对坐着,正在闲聊着什么。看见三个知青进屋,柯碧舟站起来给杜见春介绍。杜见春双手交叉放在身前,笑容可掬地向他们点头。她看清了,五大三粗,黑黑脸皮,嘴角叼着半截烟,乜斜着眼睛瞅人的,是小偷肖永川。鬈头发的那个,两肩宽宽,圆胖的面容端端正正,个子略嫌矮些的,是"卷毛"王连发。最引人注目的,是英俊漂亮的苏道诚。这人中高个子,看去不胖不瘦,一双闪着波光的明眸,直挺挺的鼻梁,极富表情的嘴巴,薄薄的嘴唇,两道长眉,直伸到太阳穴边上。一说话,嗓音甜润悦耳,抑扬顿挫。正逢赶场天不干活,他穿件毛的确良两用衫,全毛薄花格子呢裤子,牛皮鞋擦得锃亮。一进屋,他就有股与众不同的自得劲儿,引起了杜见春的注意。杜见春心头暗忖,苏道诚果然名不虚传,确实漂亮自傲。

湖边寨上海知青集体户,自从分家以后,各人的关系都处在不冷不热的状态。闲下来时,大伙儿团在一起能说几句笑话,随便聊聊。一有什么利害冲突,就互不相让。在生活上,他们都严格控制在各顾各的程度上,既不交换食物,也不互相侵犯。这样一来,表面上看去倒还是一团和气,日子过得挺和睦。骨子里呢,几个人之间都有些意见和看法。比如说,华雯雯和唐惠娟两人,一个爱打扮爱花哨,一个端庄朴实,互相看不惯。华雯雯嫌唐惠娟"土",唐惠娟经常招呼那些山寨姑娘来屋头玩,有时候坐在华雯雯床沿上,害得华雯雯又气又恼又不好说。唐惠娟怪华雯雯卖弄风情,不爱劳动,好吃懒做,外表上干干净净,心底里却很肮脏。两人之间话也说得很少。但是,这两个姑娘和四个男生都保持着"和平共处"状态,至少在表面上,她俩对四个男知青是一视同仁的。而四个男生呢,却又互相有看法。苏道诚仗着自己来头大,脸容漂亮,零花钱多,既看不起父亲当南货店经理的王连发,也看不起手脚不干净的肖永川,更看不起出身不好的柯碧舟了,在他们面前,他常常显出高人一等的自豪姿态。王连发说话做事,都喜欢慢吞吞地来,拿他自己的话来说,就是"笃悠悠"的。他煮饭洗衣慢条斯理,走路说话有条不紊,出工干活也是细整慢磨,说是稳着点好。他自知各方面不能和苏道诚比,凡事也就让他三分。肖永川则不同了,他很不买苏道诚的账,要论穿着,他不比苏道诚差;只要在外面掏摸得手,他花起钱来,比苏道诚还要大方,还要有"派头"!苏道诚在用工夫追求华雯雯的时候,正是肖永川和华雯雯打得火热的那一段时期,因此,他处处与苏道诚"别苗头"。苏道诚叫外队一些知青来湖边寨玩,杀鸡宰鸭、喝酒打牌出风头;肖永川也不甘示弱,马上喊来更多的朋友,不但把集体户闹得一宿不能安睡,还带着一把气枪,钻到靠近镜子山大队的树林子里去打鸟雀和野兔,压倒了苏道诚的威风。自从柯碧舟在双流镇阻止了肖永川的偷盗活动,肖永川的死对头变成了柯碧舟,他时时处处都在说柯碧舟的坏话,在集体户里,稍有些不悦,不是朝着柯碧舟破口大骂,就是指桑骂槐,威胁恫吓柯碧舟。要不,就用他那双乜斜着瞅人的眼睛,冷冷地盯着柯碧舟,老在想着伺机进行报复。

在湖边寨集体户,只有在对待柯碧舟的态度上,好像是一致的。大家都较少和他说话,在他的面前,大家也最少顾忌,想怎么说就怎么说。谁都知道,他家庭出身极差,在集体户最没有发言权,连大队主任和生产队长,对他说话也是粗声大气的。不过,插队落户快两年了,喜欢看书和写写弄弄的柯碧舟,从来没和五个知青发生过口舌,那倒是真实的。大家都把他当成一块面团,愿和他说话,就说上两句;不愿和他说话时,当面走过也如同没看见。好在这人脾气善,从来不会生气。

今天,像杜见春这样健壮漂亮的姑娘主动上门看柯碧舟,不由得叫其他人都暗暗惊愕。难道像柯碧舟这样的人,还能找到杜见春那么美的对象?大伙的心头都是将信将疑的。

王连发进屋和杜见春打过招呼,稍坐片刻,便知趣地转身走出了寝室。肖永川死皮赖脸地坐在床沿上,主动搭讪着和杜见春说话,杜见春瞅都不瞅他一眼。抽了两支烟,肖永川也悻悻地离开了集体户。

屋里只剩下杜见春、柯碧舟和苏道诚三个人。柯碧舟满以为苏道诚稍坐片刻,也会像"卷毛"和"黑皮"一样离去的,但苏道诚一点也没走开去的意思,他架起二郎腿,直着腰杆坐在床沿上,两眼望定了杜见春,用甜润讨好的口气问道:

"你们镜子山大队的知青,今天就你一个人来湖边寨玩?"

"是啊!"杜见春本来和柯碧舟相对坐着,听见苏道诚问,转过脸来答了一句。

"你回去以后,给镜子山大队的知青捎个话,请他们有空来湖边寨玩。"苏道诚见杜见春转过脸来,连忙又搜肠刮肚找出一句话来,笑嘻嘻地对杜见春道。

杜见春仍把脸转回来,并不看苏道诚,以不耐烦的口气道:

"我可以把话捎到,但我们队的知青,都不认识湖边寨这一带的知青啊!"

"那有啥关系。"苏道诚不以为然地说,"一回生,二回熟,三回就是老朋友了嘛!你和柯碧舟,不也相识相交了嘛,哈哈!"

杜见春觉得这人的话真多,干脆不搭理他了,沉着脸,垂着眼睑坐在那儿。

和见春相对而坐的柯碧舟看到她不理睬苏道诚,急得双手暗暗地直朝她做手势,请她耐住性子,敷衍苏道诚几句。柯碧舟有他自己的想法,杜见春今天是头一回上门,如果她对"卷毛""黑皮""快脚"都不理不睬,惹恼了这三个人,他们任到外面去传播起"恋爱新闻"来,不知将要编造出多少离奇古怪、不堪入耳的污言秽语呢。所以,他力争以手势劝杜见春和苏道诚说上几句。

看到柯碧舟直打手势,杜见春略有点明白,但她并不转过身去,只是仰起脸来,巡视着啥。一眼看到靠近柯碧舟床头的黄泥巴墙上贴着的两行字,她双眼一亮,指着字迹道:

"'不要自馁,总是干;但也不可自满,仍旧总是用功。'说得真好。这是你的座右铭吗?"

杜见春问柯碧舟。

柯碧舟点了点头:"也可以这么说。"

"这两行字也是你写的?"杜见春又问。

"嗯。"

"哎呀,你的字写得真好!雄健有力,很有功架。我爸爸曾说过,字体是很有些像写字人的性格的。可看你写的字,和你的人,却决然不同。"杜见春似乎早已忘记了苏道诚的存在,只顾对柯碧舟道,"这些天来,我老捉摸不透你这个人的性格,我接触的小学同学、初中、高中的同学,还有红卫兵、知青,不算少了,可没一个像你这样的。说你悲观失望、颓废畏葸吧,你挺有点儿思想;说你有崇高志向、远大目标嘛,你又实在是忧郁寡欢,露出叫人无法理解的愁容。你说我讲得对吗?"

柯碧舟瞥了坐在侧边床沿上的苏道诚一眼,苦笑着说:"你的眼光真够尖锐的……"

"我说对了嘛!"杜见春惊喜地叫了起来。

"这就是他,一个内心矛盾的当代青年。"苏道诚又不甘被人冷落地插进话来,他见柯碧舟和杜见春闻声双双转过脸来,干脆站起身来,双手叉在裤袋里,走到柯碧舟和杜见春跟前,挺有风度地半仰着脸,瞅着墙上的两行字,发表高见道,"内心常常极端矛盾的柯碧舟,抄着鲁迅先生的这句话作为座右铭,实在也是牵强附会,自谓清高风雅罢了!"

柯碧舟疑惧地抬起头来,望着苏道诚。

杜见春反问道:"怎么是牵强附会呢?"

苏道诚胸有成竹地伸出一双手,指着墙上的字,不慌不忙地道:

"看,这前半句,对柯碧舟还适用'不要自馁,总是干',像柯碧舟这样的人,当然应该老老实实地干啰!可这后半句,就不贴切了。'但也不可自满,仍旧总是用功。'这话明明是对做出一些成绩的人说的,柯碧舟做出了什么成绩啊?有过什么贡献啊?像我爸爸这样的人,说说这种话还差不多……"

"你爸爸?"杜见春插嘴问,"他有骄傲自满情绪吗?"

"说到哪儿去了,我只不过随便举个例子罢了!"苏道诚挺胸吸肚,自鸣得意地道,"像我爸爸这样有修养的高级干部,才不会犯这种过失呢。要不,在'无产阶级文化大革命'这样的风暴面前,我爸爸还能逃脱批判、揪斗?不说他怎样为人处世了,就讲他怎么教育人好了。记得,还是在'文化革命'之前,我姐姐高中毕业,没考上大学,她哭着鼻子,要爸爸给她想办法,弄一个大学生的名额。爸爸听说了,既没答应姐姐,也没批评姐姐。你们猜猜,他如何处理这件事?"

"怎么处理的?"杜见春急迫地问。

"真叫人想不到,"苏道诚脸上极富表情地扬起两道长眉,摆弄着双手说,"爸爸抽了个星期天,把全家人叫在一块,开了个讨论会,讨论的题目是:青春献给祖国。讨论会一开完,姐姐的思想通了,主动做了检查,不久就到崇明农场去了。"

杜见春开始对苏道诚说的话感兴趣了。她虽然没见过苏道诚的父亲,但一个熠熠闪光的老干部形象,浮现在她的眼前。她接着问:

"那你爸爸,怎么教育你的呢?"

柯碧舟瞅了杜见春一眼,随后把目光移到苏道诚脸上。苏道诚红光满面,兴致勃勃,两眼望定杜见春,喋喋不休地说:

"我爸爸对我要求得可严啦!上初中的时候,我考取了重点中学,学校里很严格,要求很高,不准迟到早退。我呢,嘿嘿,因为离学校远,又喜欢睡个懒觉什么的,常常吃过早饭,再走到学校就来不及了。我曾几次恳求爸爸,让他的轿车送我一送,可你们猜怎么样?"苏道诚在杜见春正面一屁股坐下,兴奋地摆弄着手势,眉飞色舞地讲着关于他的故事。

他有声有色的讲述把杜见春吸引住了,杜见春急不可待地问:

"你爸爸怎么说?"

"我爸爸既没训斥我,也没责备我。只是掏出一毛钱,叫我去挤公共汽车,赶到学校去。"苏道诚一字一句地说。

杜见春忍不住啧啧称道:"你爸爸真好!"

"是啊,到了晚上,他还从百忙中抽出时间,特地找我谈话。"苏道诚口若悬河地接着道,"他给我讲抗日战争的艰苦斗争生活,讲解放战争中战士们用双腿,一天行军一百四十里的亲身经历。讲得我深受感动,直到承认了错误为止。"

"你爸爸真有教育方法。"杜见春羡慕地说。

"就在爸爸的耐心教育之下,我长大成人。上山下乡运动兴起的时候,我主动要求到艰苦的山寨来插队落户。"苏道诚慷慨激昂地挥舞着双臂,表演似的说,"按我的条件,我完全可以留城。可爸爸语重心长地对我说:锤炼,锤炼,千锤百炼,百炼才能成钢。我完全领会了他的意思,毅然决然打起背包,踏上了征途。"

"啊,和我一样!"杜见春脸上泛光,兴奋地叫了起来。

苏道诚亲切地凑过身子去:"这么说,你也是干部子女?"

杜见春两眼晶亮,点了点头。

"你爸爸是哪一级干部?"苏道诚忙问。

杜见春一怔,这个苏道诚,像搞社会调查似的,啥话都问得出口。她略微一偏头,迟疑地讷讷道:

"我爸爸吗……"

"没关系,"苏道诚一眼看出了杜见春的犹豫,他鼓动般说:"说嘛!这又不是啥不光彩的事儿。你爸爸是部局级干部?"

杜见春见他缠得紧,看来不说是不成的了,才小声道:

"他是正师级的。"

"啊,好,和我爸爸只差一级。"苏道诚欢欣地频频点头,"我爸爸是正军级。不过,哪一级干部都是为人民服务,你说对吗?"

"对!"杜见春嗓音清亮悦耳地回答。

"认识你真叫人高兴!"苏道诚热情洋溢地伸出右手说,"可以讲,我们俩是道道地地的同一条战壕里的战友。"

杜见春毫不犹豫地伸出手,握着苏道诚的手说:"是战友,还望今后多帮助指点。"

"我们互相学习嘛!"苏道诚真诚恳切地道。

柯碧舟惊惧疑惑地望着这一幕,他瞪大了双眼,几乎不相信自己的眼睛,仅仅半个小时的交谈,苏道诚和杜见春竟像认识了多年的老同学一样拉起手来。他像背脊上给针刺了一下似的,冷眼瞅着苏道诚。这个家伙,平时他和"卷毛""小偷"吹嘘自己"花"各种各样姑娘都有一整套手段,"卷毛"和"小偷"还不相信他老王卖瓜似的自吹自擂,没想到,他现在公开表演起来了。

柯碧舟坐在边上,一句话也插不进去。他惊讶而担忧地察觉,杜见春目不转睛地望着苏道诚,仔细倾听苏道诚两片薄薄的嘴唇不断掀动着说出的每一个字。在这段时间里,她似乎忘记了柯碧舟的存在,连一眼也没望过他。柯碧舟神色黯然了。他坐不住了,屁股底下如同烧起了一盆炭火。苏道诚带着炫耀的口气说出的每一句话,柯碧舟听来都是刺耳的。他不相信苏道诚说的这些话都是真的,而且,苏道诚竟然如此不知廉耻地说得出口,实在令人恶心。这都值得吹嘘、夸耀吗?呸!可悲的是,杜见春不但相信他说的每一句话,而且听得那么津津有味。你看她那双眼睛,入神地凝望着苏道诚,灼灼地闪出水灵灵的光彩,她完全相信了这个家伙夸大了的每句话。

柯碧舟心头气恼,但也只得干陪着坐在那儿。他好不容易瞅住了一个间隙,插进话头道:

"你们俩在这儿谈,我去准备饭菜。"

苏道诚和颜悦色地点了点头,显得彬彬有礼,接着继续不间断地说着流水样没完的话。杜见春回瞥了柯碧舟一眼,继续静听着苏道诚的叙述。

走到外面灶间。柯碧舟开始淘米、洗菜、煮豆腐。为了好好招待杜见春,他是做了一些准备的,从自留地里扯了几棵裹心白菜,用秋后分配的几斤黄豆请老乡家推了一脸盆豆腐。菜虽然不丰盛,可他已尽了心。在他捅火煮饭时,男生寝室里不断传出苏道诚忽高忽低的说话声,或是他那放肆的大笑声。柯碧舟心里像被猫爪子抓破了似的,当他正瞅着被煤火熏黑的饭锅出神时,感到衣袖被人扯了一下,他回头一看,唐惠娟正向他努着嘴,示意他到屋外去。

柯碧舟随唐惠娟走到集体户外的山墙后面,正想问有什么事,唐惠娟伸手一指屋内,两眼一瞪说:

"杜见春是来找你的吧?"

"嗯。"

"你为啥不预先跟她说,苏道诚是个品质很坏的家伙!"

"呃……"柯碧舟张了张嘴,说不出话来了。其实,他心头也已意识到了这一点,但是事实告诉他,现在再要这么说,已经迟了,可悲地迟了。

沉静端庄的唐惠娟关切地提醒柯碧舟:"苏道诚又在动杜见春的脑筋了!"

柯碧舟沉着脸,嘴角抽搐般动了一动,什么也没有说。他想起来了,刚刚到湖边寨插队落户时,因为华雯雯和肖永川时常出外玩,苏道诚曾经向唐惠娟献过殷勤,厚着脸皮请唐惠娟给他洗衣服,有一次甚至还主动走进女生寝室,妄图动手动脚,做出不轨举动,但唐惠娟不知从哪儿得到的消息,早就知道苏道诚在中学里就和女同学逛马路、兜公园、看电影,出过一些丑事,不但不为他的"高干子弟"牌头所动,反而厉声斥骂了他几句。事情刚好被"卷毛"出工回来听到,苏道诚在唐惠娟身上撞一鼻子灰的内幕便不胫而走,整个集体户都知道了。此刻唐惠娟主动站出来提醒他,他心里很感动,但又无可奈何,只是点了点头,唉叹了一口气,默默地走回灶屋。

奇怪,男生寝室里怎么变得鸦雀无声了?

柯碧舟正想去看个究竟,忽听苏道诚甜蜜蜜的一声笑:"嘿嘿,你猜嘛!"紧跟着,杜见春没头没脑追着问:"他到底是什么家庭出身?"

"嘘……轻点,小心被外面听到。"这是苏道诚的喉咙压低了说出的话。

柯碧舟的毛发全竖了起来,只觉得一股异样的酸辣味,升腾到他的鼻尖了。他敏感地暗忖:他俩正在说我!这一回,苏道诚要把我的家庭出身告诉她了。一阵忌意直冲柯碧舟的脑门,他木然伫立在灶屋中央,腿弯子里在打抖,头脑里嗡嗡嗡直响。

屋内传出叽叽喳喳的几声低语,柯碧舟竖起耳朵想辨别,可怎么也听不清。

男生寝室里,苏道诚凑近杜见春的耳朵,蚊子叫一样轻地对她说:

"柯碧舟的父亲,是历史反革命……"

"啊!"杜见春猛地直起腰来,受了极大的刺激般瞪大双眼。

苏道诚贬斥地补充道:"他父亲还是个顽固不化的反革命,死在劳改农场。听说,临死还不认罪。"

杜见春脸色吓得煞白,眼睛发热且枯涩了,茫然不知所措地瞅着苏道诚,嘴动了动,什么话也说不上来。

"他本人也不是个东西。"苏道诚咧了咧嘴,耳语般接着道,"全县四五百个上海知青中,共有九个内控对象,他就是其中之一。听说在学生时代,他就有反动言论。你可要注意啊!"

杜见春只觉得轰轰然的骤响充满了耳管,她神经质地抬起头来,嗫嚅着道:

"这……真没想到……你提醒了我,很好,很感谢你。再说点别的什么吧!"

男生寝室又响起了苏道诚那音量饱满、生气勃勃的嗓门,灶屋里的柯碧舟情不自禁地打了一个寒战,他惶恐不宁地等待,仿佛很快就要接受什么法庭的审判,他的心在沉沉地往下坠落、坠落,落到无底的深渊中……

直到煮完饭菜,他一句话也没说。

寝室里一直响着苏道诚的声气,杜见春插话很少,即使插话,声音也很低。柯碧舟搬过一条板凳,放好饭菜,硬着头皮走进寝室,招呼道:

"杜见春,吃午饭吧。"

"哎哟,已到吃午饭时间了。"杜见春淡淡地回答,"我一点也不饿呢,不在你这儿吃了。你吃饭吧,我回队去了。"

柯碧舟发怔地听完,什么也没追问,什么也没说,只机械地点了一下头,声音比往常更低沉地说:

"好吧,我送一送你。"

杜见春没表示反对,两个人走出寝室,穿过灶间,离开了集体户。刚走到离茅屋三四十步的地方,杜见春转过身子,淡漠地对柯碧舟说:

"你不是煮好饭菜了吗,快回去吃吧,要不就冷了。"

柯碧舟并不反驳,也不望杜见春冷冷的脸,从衣袋里掏出一沓纸,递过去,说:

"这是我写的小说。上次你讲要看……"

"好吧,有空我翻翻。"杜见春接过小说稿,连封面也不看,卷了起来,放进上衣袋,断然地说,"再见!"

当柯碧舟抬起头来的时候,杜见春已经跑没了踪影。柯碧舟长叹了一口气,他只觉得自尊心受到了极大的损伤,心灵上犹如被狠狠地捅了一尖刀。他阴沉着脸,两腿打战,脚步沉重地走回集体户去。还没走近门口,只听苏道诚在灶屋里沾沾自喜地道:

"不是我吹,我一看见她的相貌、打扮,就晓得她欢喜听什么样的话。怎么样?事实证明,我不费吹灰之力,杜见春就上钩啦!"

"你不觉得可耻吗?"王连发的嗓音不真不假地说,"她是柯碧舟的女朋友,你横插一手,不大光彩吧!"

"有什么光彩不光彩,"苏道诚趾高气扬地说,"他柯碧舟有本事,就来与我拼一盘嘛!哈哈哈!"

柯碧舟顿然收住了脚,气恼地思忖道:哼,你别神气活现的,我就不信,杜见春这样的人,会那么轻易地看中你。他的眼前闪现出杜见春与自己几次相遇的情景,她的脸和身影。他接着想道:只要她回到镜子山大队,静下心来想想,她会对比得出的,谁是真金,谁是黄铜。对了,我得趁早,把一些话告诉她,让她心灵上明白……明白我……我的心……

## 六

"她什么时候来呢?"

柯碧舟木呆呆地伫立在集体户男生寝室的玻璃窗户前,眼神呆痴地望着田坝、山坡上的雪景。昨夜的一场大雪漫天洒落,恰如一床庞大的雪被,把暗流大队团转的山山岭岭、村寨树木、沟渠田埂,全都笼罩在雪野里。放眼望去,层峦叠嶂的山区,尽是白茫茫的一片,耀人的眼睛。

"杜见春真会来吗?"柯碧舟喃喃地自问着,雪埋了山路,崎岖的小道很不好走,她为啥来呢?

晌午时分,集体户关紧了的灶屋门被咚咚几下擂响了,独自一人在屋头的柯碧舟三脚并作两步跑去开了门,只见湖边看守小船的幺公邵大山左手提着草绳穿着的锄头,右手撑着门框,满脸的络腮胡楂儿中间闪着晶亮的冰花,嘴里出着粗气,站在门口积了一小层白雪的青石板上。他的身后,站着一个丽雅、俊秀的姑娘,一望那双清澈晶莹得像碧潭般澄净的眼睛,柯碧舟就认出,这是大山伯的女儿邵玉蓉。

"大山伯,进屋头坐吧。"柯碧舟邀请道。

"不坐啰!"邵大山的喉咙比敲锣还响,他高声道,"有人让我们给你捎句话哩,小伙子。"

柯碧舟急忙问:"谁?"

"看吧,"邵大山眯缝起眼睛,高高举起手里提着的新打锄头说,"暗流大队没得铁匠铺子,趁着雪天没人要船,我和玉蓉到镜子山大队铁匠铺去,请铁匠打锄头,碰到了……"

"一个上海女知青,叫杜见春的。"邵大山身后的女儿不耐烦了,她急急地插进嘴,直截了当地说,"她先问我们,你们大队几个知青都在吗?听说只有你一个人在集体户,她又让我们捎话说,请你今天下午不要出去,她有事儿来找你。柯碧舟,听见了吗?"

邵大山连连点头:"是这样,就是这个事,看我这笨嘴拙舌的,半天也说不清。"

"听见了,我听见了!"柯碧舟嘴角荡开了笑纹,连连答应。听到这一好消息,他由衷地高兴,就连穿着浅蓝底白圆点子棉袄罩衫的邵玉蓉,在他眼里也比往常更加俊美了。他送走了捎口信的父女俩,急急忙忙把集体户的男生寝室和灶屋打扫一遍,然后一门心思地静候着杜见春。屈指算来,他和杜见春已有好多天没见了。

他怀着饥渴、急切、不安的心情等待着她——这些天来,差不多时时浮现在他眼前的人。脚僵得有些酸痛了,他照旧站在窗前,陷入了深深的沉思之中。

十月、冬月在潇潇的风声里过去了,随之而来的,便是山寨上的乡亲们称之为腊月的寒冬。

在"天无三日晴"的贵州山区,下细毛雨本是常事。到了腊月间,凛冽的寒风在大树林、峡谷里吼啸着,不时地搅着雨丝飞旋,一落到地上,雨水变成了凌,走几步路就要打滑。

柯碧舟曾凝神观察过,一进腊月,就再也见不到星斗闪烁、万里无云的悄静夜晚了。天一擦黑,从河谷、深渊里飘飘悠悠升腾起来的紫微微的冷雾,就弥漫了田坝、山间谷地。风吹得急,山野里显得寥廓、冷寂,连行路人也很少见。

大队革委会主任左定法,曾几次三番在秋后的会议上说过,到了冬、腊、正月,暗流大队一定要大搞农田基本建设,平整山地、改土变田,到明年春耕,叫水田面积增加几十亩。可真一规划起来,几个生产队都不干。原来,暗流大队的田坝,在团转大队中算多的,坡上现成的梯土,要改田也不费事,但水上不去,改了也白搭。左定法说过大话,先改过来,将来牵进电线再抽水上坡。几个寨子的社员群众,私底下说他张嘴吹牛皮,冲壳子①,没人理他。一九六六至一九六八三年,左定法造反当权,硬要显显"文化大革命"的伟大成果,一声令下,砍了大队

---

① 冲壳子——撒谎、说大话。

和各个寨的橘园、李园、桃园,硬是把好端端的几片果园,变成了几十亩半生不熟的水田,每亩产量不到三百斤。社员们看清了他说的显显成果是怎么回事,都不愿听他的了。特别是湖边寨的气象员邵玉蓉有回去县里开会,看到一份铅字打印的县发文件,那上面说,暗流大队在左定法领导之下,发动群众,老少动手,大干快上,三个冬天增加水田面积几十亩。吹得天花乱坠。邵玉蓉一问,说这文件是下面报上来的材料,气得她回来悄悄跟大伙一说,大伙一下都恍然大悟:左定法砍果园,目的是为了往自己脸上贴金纸条啊!看清了他的面目以后,随他咋个大吼大叫,几个生产队都不接他的腔了。

因此,一九六九、一九七〇两个冬天,暗流大队都是雷声大,雨点小,以左定法为首的几个头头吼得再凶,群众也都各干各的,团不起来。

在这样的气氛里过冬,柯碧舟实在觉得日子像瓢儿菜煮在清水锅里一样无味。寨邻乡亲们冬腊月有他们的事,钻进煤洞去拖煤炭,约齐人到林子里去撵山,五六个人带上镐子去挖疙蔸来烤火。有心计的人,出去赶个流流场①、做点小生意,或是带上生产队开的证明,到基建工地揽些石匠、木工活干干。柯碧舟什么事儿也插不上手,挖煤炭的活儿他干过两个星期,工分是高,但他的体力不支,干了两个星期就累垮了。撵山挖疙蔸是闹着玩儿,多半无收获,即使打到个野猪、黄麂,也乐不上半天。出去揽工做呢,生活更艰苦了,他想去,队长还不同意。天天,只能闷在屋头。

这是他在山寨上度过的第二个冬天了。苏道诚一早回上海去了,王连发到他的女朋友孙莉萍队上去玩,唐惠娟被抽到县里去学习医疗技术。全国推广赤脚医生制度,她学习三个月回来,就是暗流大队和镜子山大队的巡回赤脚医生。只有肖永川还在寨上,不过他总是早出晚归,到处混。柯碧舟下乡后没有交新的朋友,平时也不爱四处窜,没个去处。湖边寨的老少社员,都晓得小柯家庭出身不好,县里面有干部下乡,也常叮嘱大、小队干部,要注意小柯的表现,这个知青家庭出身很坏,本人在中学里也是资产阶级思想严重,属于控制对象。消息传开去,寨邻乡亲们虽然没有戴上有色眼镜,但柯碧舟也看出,大家对他客气中含有

---

① 流流场——从偏僻、闭塞、交通不便的墟场上买来东西又到大的集镇上去出卖,从中赚点钱,称赶流流场。有这场跑到那场的意思。

冷淡,接触中明显地现出疏远之情。在这种情况下,集体户里再冷,他也不去社员家烤个火。

敏感的年轻人呵,心灵上像被刀剜了一个伤口,无时无刻不隐隐作痛。

下大雪了,地处西南云贵高原东部的贵州山区,是不常下这样的鹅毛大雪的。柯碧舟听老年人说,有七八年没有下这么大的雪了。狂风呼啸了一夜,集体户竹枝编的山墙上头,草索稀竹哗啦啦响了整整一晚,吵得柯碧舟睡不好。薄棉被上盖一条粗线毯,他冷得直打抖,天微微亮,他就起床打开了集体户的梓木板门。

嘀,好大的雪啊! 柯碧舟去井台上挑水,一步一打滑,井水降压了,落在好深的井底。他挑着两桶水顺着积满雪凌的寨路往回走。风头上像插了刀子,吹在人脸上发痛。撬开火,搅了稀苞谷糊糊喝,他就没事干了。一天,刚开始的整整一天时间,他怎样消磨啊!

不因为柯碧舟是历史反革命的儿子,不因为柯碧舟本人是什么"内控对象",他就没有年轻人的希求和欲望了。可惜他也是个人,每个年轻人青春期间蓬勃的生命力,他的身上照样有。特别是他这么个人,平时少言寡语,备受歧视,生命的洪流一旦在他的躯体上奔腾,就以一股更猛烈急泻的气势,撞击着他的心房。杜见春是他踏上社会后结识的头一个倾心的女子,是他感觉亲近的第一个姑娘。他执拗地、热烈地,但又是畏惧不安、默默无声地爱上了她,这是很自然的事情。自从上一回,柯碧舟开始意识到,各方面条件都要比他优越得多的苏道诚想在他和杜见春之间横插一手的时候,他虽觉气愤、恼怒,受了辱一般地激愤,但他又无可奈何,只能深深地陷入惶惑不安之中。他能想出什么办法来对付苏道诚呢? 他没有办法。他曾想,他唯一的办法,是让见春知道自己的心是炽热的、赤诚的。可他自己也明白,这么干是唐突的,难道仅仅见了这么几次面,就能谈这些吗?

外人看起来,一个家庭出身如此坏的小伙子,爱上了一个高干子女,简直是一件可笑的事情,至少他是极无自知之明的,太盲目了。而在真实的生活中,这事情已经发生了。

当邵大山和邵玉蓉把杜见春下午要来的话捎给柯碧舟的时候,他的心情是多么狂喜、激越啊! 他又能见到她了,又能和她相对坐着说话了,这有多么幸福啊！她主动地来看他,这就是说,她还记着他,她并不因为苏道诚说了那些话而歧视他,她是多么好啊,达观、心胸开阔、直率爽朗。在突如其来的喜悦中,柯碧舟觉得,自己有多少话想对她讲啊。仿佛千言万语齐涌到喉咙口,争先恐后地要抢着说出来似的。

但当他此刻站在玻璃窗前,怀着忐忑不安的心情等待她来的时候,他怎么也想象不出,自己第一句话该对她说啥,又怎样向她接着叙述憋在心底的烦闷。究竟怎么说呢,说他是新中国诞生后出生的,说他从未见过自己的父亲,那个给他带来一辈子污点和烦恼的父亲,除了血管里流的血,这个父亲从来没有给过他任何东西。他的脑子里,也根本没有这个人的形象,可他如今却要时时记着有这个罪人。因为这个罪人,他时时处处都低人一等,都无法光明正大地站在众人面前理直气壮地说话做事,仿佛他脑门上天生有一个印记。他还要告诉见春,自己从小是随着劳苦半世的妈妈长大的,在他童年的记忆中,只有善良慈祥的妈妈,只有他的妹妹柯碧霞。还在小学里的时候,他就喜爱文学,爱读高尔基的书,想做一个高尔基那样的人。这个伟大的作家说过,他身上所有的优点,都是书本给他的,柯碧舟也想说,他从书中汲取了无数的养料。正因为他爱文学,长大了也想写书,中学里的同学在他的日记本上看到这些话,传到那个绰号叫"污糟"的班主任兼政治老师吴昭耳里,这个因犯男女关系错误的班主任,上课就昂着她那张马脸大唱标语口号式的高调,没事爱在班级里抓学生中的阶级斗争,一心想把班级搞成个响当当的典型,她好借此入党、升官、青云直上。曾因为有个女同学爱穿花衣裳,被她斥骂为"资产阶级臭小姐";曾因为一个男同学把弄脏了的馒头扔掉,被她说成是"剥削阶级的孝子贤孙","忘本";当这个"污糟"听到柯碧舟想当大文豪的传话时,她当即在全班掀起了一个批判柯碧舟的"运动"。"污糟"说柯碧舟出身于反动家庭,是个走"白专道路"的典型,像这种人掌握了知识,只能是以知识向党要挟,继而复辟资本主义。尽管这个"运动"被党支部和教导处察觉,及时阻止了,也没在其他师生中产生影响,柯碧舟又不服,最后弄得不了了之。但当"文化革命"开始,"污糟"造反当权,在造反队、革委会里都当上了常委,负责毕业生分配时,柯碧舟就遭了殃。"污糟"以政治教师、班主任、造反队头头、校革委会常委、毕业分配小组组长的五重身份,给柯碧舟写下了一份评语。这评语,学校里统称品德评语;社会上叫鉴定。柯碧舟并不知这鉴定上究竟写了些啥,但是听消息灵通的苏道诚说,就因这份评语,他被划为九个内控对象之一。换一句话说,也就是全县最坏的九个知青中的一个。哎呀,这些情况说它干啥,也许,敏感的杜见春听了会误以为我在有意识地解释哩,干脆不说吧!可不说,还能找些什么话讲呢……

雪地上响起了脚步声,步子踏实而轻盈,沙沙沙地,一直响到集体户门口来了。

柯碧舟猛地转身,急遽地跑到灶屋里,打开两扇梓木板门,杜见春站在门口,穿着军大衣,手里拿着一沓纸,镇定地盯着他。

又下雪了。风挟着雪片飞进门来,杜见春庄重的脸被冻得通红,两肩上满是白绒绒的雪花,头发上也沾了星星点点晶亮的雪粒子。她瞅了柯碧舟一眼,淡淡地一笑问:

"你一个人在家?"

柯碧舟点头。

杜见春清朗地笑过两声,见柯碧舟询问地望着自己,她直通通地说:

"我来找你,有两件事。呶,这是头一件,你的小说我看过了。《天天如此》,这是真的吗?"

"是我的同学,他是个好人,却过着《天天如此》的生活。"

"我虽然没见过你的同学,可经你这么一写,我好像就认识他了,这个幸福、善良、平庸而又无所事事的年轻人。"杜见春还像原来那样健谈,她直爽地说,"这证明你很会写东西。不过嘛……"

"不过什么?"他认真地问。

"我直说吧!不过这小说的方向路线有问题。"杜见春把手中的稿子扬了扬,迈步跨进屋来,随手关上门,和柯碧舟一同走进男生寝室,边走边说,"你看吧,我们无产阶级的文学艺术,提倡写工农兵英雄人物,作品的主人公,该是他们,他们是社会的主人、时代的主人。可你呢,天天在和贫下中农一起劳动,不去表现贫下中农改天换地的战斗生活,却写这么一个同学……"

柯碧舟辩解说:"我是写着玩的,并不想发表。"

"假话,你有成名成家思想,这我已经听说了!"杜见春尖锐地说着,在王连发的床沿上坐下来,以讥诮、率直、锐利得使柯碧舟发窘的目光瞧着他道,"即使真是写着玩玩,也不行!"

柯碧舟不赞同她的看法,但他一向不善于辩论,找不到反驳她的话来说,他只是不置可否地点着头。

"你听进去了吗?"杜见春察觉柯碧舟并不重视她的意见,便毫不放松地追问着,不待他回答,又说,"不管你听进去没有,我也顾不得了。第二件事,我是来告诉你,我要回上海去探亲了。"

柯碧舟吃了一惊:"探亲?"

"是啊!爸爸已经来信,允许我回去过春节,还给我汇来了车费,我想今晚上就走,过鲢鱼湖去赶到省城的火车。"

柯碧舟怔在那儿,木然不动了。他的眼睛发直,头脑发热,心里暗忖道:她要走了,回上海去了!那么,憋了一肚皮的话,要不要对她说呢?不说了吧,说了有什么意思?弄不好还要被她取笑一番哩,多么狼狈。但这次不说,今后还会有机会吗?她是干部子女,也许回去后就不来了。柯碧舟脑海里急骤地涌起了他们之间相识后几次见面的情景,他激动得手脚都在微微颤抖,心像擂鼓一般,咚咚咚跳得那么响。心胸间仿佛有团火,直冲他的脑门。

"你仍不准备回去吗?"见柯碧舟老是沉思不语,杜见春暗觉奇怪地问。

"啊不……我不……"柯碧舟口吃地答着,费劲地咽了一口唾沫,瞥了杜见春一眼。

杜见春也正在望他。

陡然间看见柯碧舟的目光,杜见春惊骇地吓了一跳。哎呀,这是他的目光吗?他那深陷进眼窝的双眼,像烧红了的炭火一样灼灼闪着光,像要烧穿她的衣裳一般。他那消瘦的面颊,也因为激动仿佛涂上了一层彩釉。他的脸上、眉眼、鼻梁、微颤的嘴唇,都似乎镀上了霞光。杜见春头一次觉得,他的五官非常端正,棱角分明,不论从哪个角度看,都有股吸引人的磁力。见春的心不由得怦怦怦地急跳起来。

她是个二十二岁的姑娘啊!姑娘的心最能感受无言的注视和呼唤,她从柯碧舟不同以往的眼睛里,看到的不是普通的双眸,而是一个怀着恋情的年轻人火一样炽热的激情啊!

当她意识到这一点的时候,她的心慌乱了。自从在苏道诚那儿知道了柯碧舟的家庭出身,他本人又是个内控对象时,杜见春通过几次见面对柯碧舟逐渐引起的好感,犹如被兜头泼了一大桶冷水,倏然失望地冷淡下去。最初的那一刻,她甚至还有点儿恼恨柯碧舟是在挑逗她、引诱她、欺骗她,所以断然离开了集体户,没吃柯碧舟预备下的饭菜。但当回到镜子山大队,躺在床上翻来覆去地思索了多遍,仔细回顾了他俩几次见面的情形以后,她否定了自己的错觉。她很快对自己做出了决定:柯碧舟家庭出身不好,但他是一个"可以教育好的子女"。我今后与他接触,要时时处处警觉、留神,要帮助党做好对这类青年的教育工作。

正是基于这种想法,她认真地阅读了柯碧舟写的稿子《天天如此》,想好了意见,决定到湖边寨来一次,给他提意见,还他的稿子,顺便告诉他,自己要回上海探亲。自然,再怎么说,他们曾接触了那么几次,杜见春多多少少对柯碧舟还存在点儿怜悯之情。杜见春知道自己的性格,能够把握住自己。可她万没想到,柯碧舟的感情升华得那么快、来得那么突然,瞧他那神态,竟然到了快要迸发的程度了。啊,爱情,杜见春几乎还没敢对这两个字细做探究,就那么袭击般闯来了吗?这真叫人害怕。杜见春完全慌了,心悬了起来,脸色微微泛白,眼睛里闪烁出错乱无主的光。她害怕柯碧舟这个时候说话,她害怕他说出任何话来,她也害怕他的目光。勉强抑制着波动不宁的心绪,杜见春一反常态,声音恍惚低微地问:

"柯碧舟,你、你怎么了?"

柯碧舟用凝定炽热的眼睛瞅着杜见春足足有一分钟。他的胸脯在波涛般起伏,浑身的血脉在急涌、沸腾,牙齿紧紧地咬着下嘴唇,看得出,他的心海里正在掀起惊涛巨澜,他在竭尽全力地镇定自己,抑制着自己的情感。

"你干吗这样固执地看着我呀?瞧你,这模样,简直是像要从我心头掏去什么似的。"杜见春指着柯碧舟,嗓音发颤地勉强笑着说,"你再这样看我,我可要回去了。"

说着,杜见春急忙垂下眼睑,迅速地转过身子,想走出屋去。

"啊,不要走!"柯碧舟张开双手,急切地唤着,"等等,我有话对你说!"

杜见春倏地转过身来,脸色严峻,故作镇定地道:"有什么话,你爽爽快快讲,不要做出那副怕人的样子。"

"是、是的!"柯碧舟庄重地点了点头,他觉得吐出每一个字,都要付出巨大的力量,但他拿定了主意要说下去,"我是说,杜见春,见春,你、你真好……"

杜见春的脸上掠过一道惊慌失措的光芒,她简直无法把握自己了。真奇怪,柯碧舟平时那种喑哑、低沉的嗓音,这时竟变得那样的柔和动听,扣人心弦。杜见春的心骤跳不已,她以极大的理智控制住自己渴望听他讲下去的欲望,舔了舔嘴唇,故作冷淡地说:"你怎能讲这些……"

"是真的,见春……"柯碧舟的呼吸局促了,直出粗气。他涨红了脸,固执地接着说:"不知你感觉到没有,反正,我……我自从认识了你,就觉得生活中充满了光明灿烂的阳光,就觉得活着有了意义,也有了信心和勇气。见春,我……"

柯碧舟觉得千言万语蜂拥而至,激动得难以抑制,一阵泪涌上来,他哽咽着说不出话来。

杜见春愕然失色,傻了似的呆痴了一刹那,还没等到领受自己的感觉,她便仰脸大笑着说:

"哈哈哈,柯碧舟,你误解啦,快闭上你那感情的窗户,你怎不想想,我一个干部子女,怎么可以和你……不,不成的,绝对不成……"

她的故意虚张声势的、比往常还要响亮的声音戛然而止,惊愕慌乱地望着柯碧舟。

柯碧舟的脸阴沉惨白,毫无血色,他脸上的红光消退了,双眸中的激情消失殆尽,只剩下一阵失望的微光。他的浑身都在颤抖,为了不使自己发作,他强自扭过头去,望着屋角落。

杜见春为防卫自己而故意张扬的大笑声,刺激地响在他的耳畔,深深地锥痛了他血脉直涌的心。

杜见春似乎意识到了这一点,她的脸拉长了,变得有些惧怕和惊讶,她不知这将导致什么样的后果,只得尽力放缓语气,道歉般支支吾吾地说:

"对不起……这不行……我、我该走了,回去理东西,你保重吧!"

说完,她把《天天如此》的稿子往床上一扔,像逃离什么可怕的地方似的,跌跌撞撞地冲出男生寝室,拉开薄梓板门,飞快地跑出了集体户。

跑离湖边寨好远了,杜见春才敢回头向白茫茫的雪野望一眼。湖边寨集体户在雪野里只露出了一个窝棚似的顶,跑过的路上,一个人也看不见。不知为什么,杜见春扑簌簌掉下了几颗泪,她边跟跟跄跄往前走,边自言自语地说道:

"你要不是反革命的儿子,那、那该多么好啊……"

杜见春自然没想到,柯碧舟追赶到灶屋门口,双手扶着门框,失神地瞅着她的身影在路上渐渐远去,远去,变成了一个小黑点子。最后,只留下了两行深深的脚印。

冬天日短,灰暗凄戚的密云布满了天空,雪花变成了雪粒子,下在石板上唰唰发响。风吹得愈来愈紧,天黑下来了。

柯碧舟浑身发冷,头重脚轻,咬着牙费劲地走回寝室,扑倒在床上。他那睁得老大的眼睛里,停滞着那一片灰暗凄幽的浓云。

# 七

也不知过了多少时间,没有吃晚饭而躺倒在床的柯碧舟被一双铁钳子似的大手揪了起来,拖离了单人木床,他迷迷糊糊地听到一阵杂乱的脚步声。跟着,一根火柴嚓一声点亮了煤油灯,灯焰晃动摇曳着,柯碧舟听到一个陌生的嗓门厉声说:

"快把大门关上!"

砰的一声,灶屋的两扇门被关上了。

柯碧舟从昏沉的迷梦中惊醒过来,惶恐不安地睁大了一双眼睛。煤油灯光里,他看到揪住自己衣领往外拖的那个人一张满是粉刺的脸,一下认出来了,啊,这不是双流镇赶场时碰到的那个矮壮结实的流氓吗!糟了,这帮家伙来打击报复了。柯碧舟脊梁上吓出了一阵冷汗,失声叫道:

"你……你们要干啥?"

"来教训教训你!"满脸粉刺的家伙用劲把柯碧舟一推,柯碧舟被门槛绊了一下,全身无力地跌倒在地。他惊恐地仰起脸来,一下全看清了,昏黄的煤油灯光里,站着高大粗壮脸皮黑黑的肖永川,他身旁站着蓄尖鬓角、穿时髦的银灰色风雪大衣的瘦高个儿,还有两个人站在阴影里,看不清晰。

肖永川黑脸皮上掠过一阵冷笑,噗地一口吐掉嘴巴里的半截烟,讥诮地朝柯碧舟笑着道:

"柯碧舟,你这个历史反革命的儿子,阿哥明人不做暗事,实话对你讲,今天来找你,就是同你算账来的。哪个叫你在双流镇不上路啊,嗯?"

柯碧舟一手撑地,一手扶着门槛,勉强坐起身子,恐惧地望着凶相毕露的肖永川。

满脸粉刺的矮壮个儿把胸脯拍得咚咚响,压低了嗓门道:

"老子大名叫'强盗',今天来收拾你。有本事,你去报告吧!娘×,上次在双流镇,你仗着那臭婊子会耍拳,叫她把我打得好苦,现在我这叫一报还一报!"

蓄尖鬓角的瘦高个儿一歪脑壳,尖声尖气地道:"我的名字叫'侠客',你到全县知青中去问吧,谁都晓得。打你这个小反革命,量你也告不翻我!"

另外两个站在阴影里的家伙也跟着低号了两声:

"烂浮尸!"

"瘪三!"

柯碧舟惊慌失措地勉强站起来,哆嗦着嘴唇,结结巴巴地朝这帮人道:

"我……我在发寒热……"

"滚你妈的蛋!""强盗"趁着柯碧舟不备,左臂一挥,抡起拳头,朝柯碧舟胸口打来,柯碧舟低低哀叫一声,身子一歪,重新被打倒在地。不待他抬起头来,"强盗"双手连脚,朝着他身上、头上、脸上又打又踢,柯碧舟身子翻了翻,任凭他的拳打、脚踢雨点般落下来,他连声哼着。

"强盗"边打边骂:"娘×,老子们到手的'一条龙',被你一句话'放'走了。你这个小反革命,装啥蒜。老子叫你再多管闲事。"

直打得"强盗"气喘吁吁,"侠客"才走近来,把"强盗"推到一边去。瘦高个儿的"侠客"把风雪大衣一脱,扔到身后一个人手里,走到柯碧舟身边,右脚踢踢柯碧舟的腰,用尖细的女人嗓门道:

"起来起来,站起来,老子有话跟你讲!"

柯碧舟被打得浑身酸痛,他双手撑地,咬了咬牙,刚坐起身子,"侠客"从腰里拔出一把雪亮的三角刮刀,当一声扔在小方桌上,气冲冲地道:

"你不是很有种吗?老阿哥和你对拼,你拿这把三角刮刀,我拿你们集体户的菜刀。来!"

话刚说完,他两步趱到刀架那儿,把集体户那把菜刀拿在手里,在油灯光影里晃了晃,喝道:

"快拿起三角刮刀来,我等你扑上来,快点啊!我没那么好的耐性!"

屋里出现了一阵静寂,除了这几个家伙粗野的喘气声,什么也听不到。屋外,山林里、雪野上的风雪在怒吼,狂啸而过的疾风撕扯着集体户的屋檐草,窸窸窣窣直发响。整个屋架子也在风声里摇动着,发出吱吱咂咂的哼叫。

谁也没察觉,从女朋友孙莉萍队上赶回湖边寨的王连发踏着雪走近了集体户,他正要伸手推门,恰好听见了"侠客"嗓门尖尖的喝叫。"卷毛"王连发猛吃一惊,他连忙贴近门缝,往屋里望去。油灯光影里,他看到了那骇人的一幕,浑身毛发都直竖起来。愣怔了片刻,他冷静下来,蹑手蹑脚踏着雪路,往湖边寨上大队主任左定法家疾跑而去。

屋内,柯碧舟被打得晕头转向,耳管里嘤嘤嗡嗡直闹腾,他好容易喘过一口气来,凝神定睛地望着小方桌上那把闪着寒光的三角刮刀,情不自禁地抖了一抖。

"快拿上刀啊!""侠客"又催促一声。

柯碧舟抬起头,使足全身力气,扶着墙壁站了起来,他那深陷的两眼从"侠客"蓄着鬓角的脸上,慢慢地移到"黑皮"肖永川脸上,他的目光和"小偷"的眼神刚一相遇,便张了张嘴,嗓音低沉干哑地说:

"我……我是为你们好……"

"滚你娘的草包!""侠客"勃然大怒,他把手中的菜刀往屋角落里使劲一扔,抢过小方桌上的三角刮刀,恣意妄为地叫道:"你不来拼,老子也饶不了你!"

说着,这家伙举起三角刮刀,朝着柯碧舟恶狠狠地扑了上来。他一刀朝着柯碧舟脸上刮去,柯碧舟把头一偏,让过了刮刀。"侠客"恼羞成怒,平拿刮刀,对准柯碧舟的胸口直刺而来。

"黑皮"肖永川一把抓住了"侠客"的衣袖,局促不安地说:"不要放他的血!当心自己的命呀。"

说着,夺下了"侠客"手中的刮刀。

谁知柯碧舟贴墙站着,竟然纹丝儿不动,听到这句话,他反而疯了一般叫了起来:

"让他杀死我吧,杀死我吧,我不要活了!"

那绝望的声气,叫肖永川心头都发起抖来。

"侠客"哪顾得上柯碧舟的厉声惨叫,他挣脱肖永川的双手,粗野地骂道:

"妈的,你以为老子不敢杀你啊?老子就是来报仇的!就是要打你——揍你——教训你!"

一边骂,"侠客"一边打。他双手一会儿抡拳,一会儿放开巴掌,照准柯碧舟头上、脸上,狠狠地一顿毒打。

柯碧舟惊恐万状的脸上顷刻间便现出了青紫青紫的伤痕,脸颊上也像发酵馒头样肿了起来。他终于受不了这样的狠揍,又一次摔倒在地。

在这同时,王连发深一脚浅一脚地扑进大队主任左定法家院坝,跳上台阶,猛地推开了他家的门,神色惊慌、气喘不定地叫着:

"左主任,快,快去救柯碧舟!快叫民兵啊。"

长着一张方正的黑脸盘,肥胖得像头拱槽猪一样的左定法,正双手插在袖筒里,屈膝坐在烧得火头正旺的北京铁炉子边烤着,看见了王连发,一个家庭出身介于资本家和高级职员之间的上海知青闯了进来,浓眉头皱了一皱,不紧不慢地问:

"出了什么事呀,小王?"

王连发急得声音也变了调:"一群流氓正在毒打柯碧舟呢,你快叫人赶去吧!"

"啊,"左定法这才听明白,他舒展开双眉说,"流氓打柯碧舟嘛,没什么奇怪的,那是坏人打坏人,我们不管他。小王,你可不要去夹在里头。来,坐炉子边烤烤火吧!"

王连发惊得嘴巴也闭不拢了,他像不认识似的瞪着左定法,讷讷地申辩说:

"柯碧舟劳动积极,不是坏人啊……"

"他不是坏人谁是坏人?嗯?"左定法不待王连发说完,黑脸一沉,打断了他的话头,严厉地说,"反革命的儿子、内控知青,还不是坏人?不要以为我不晓得,你们的档案材料,我都去县知青办看过。"

王连发瞠目结舌地望着左定法,一句话也回答不出来了。他在心里暗忖:照他这么说,柯碧舟被打死,也是活该啰?这风雪黑夜,集体户又远离寨子,哪个知道流氓们在打柯碧舟啊。

他想到了住在湖边管小船的邵大山——一个秉性耿直的倔老头子,贫协主任,也顾不得和左定法打声招呼,返身走出左主任家的砖瓦房,向湖边急匆匆跑去。

王连发穿过寨路,在一片狗吠声中,跑出寨子,冲到湖边那幢砖木结构的屋子跟前时,集体户里的柯碧舟已被打得"合扑"躺在地上,一声声哼着、呻吟着,话也说不完全了。

"够了,今天就教训你到这儿!""侠客"打累了,伸脚在柯碧舟屁股上蹬了两下,恫吓着道,"你要敢报告,我们再来收拾你!"

"没那么便宜,"满脸粉刺的"强盗"把脸向肖永川一转,说,"还要叫他赔偿损失,'黑皮',我们把这小贼的'窑堂'撬了①!"

肖永川喜滋滋地说:"对了,这家伙平时穷得没啥油水,前几天刚分红,他做了三百多劳动日,分到七八十块现金,我记得他寄给阿妹三十块,该还有四五十块的。"

说完,带头扑到柯碧舟床边的箱子跟前去,俯首望了望,叫道:

"哎呀,箱子锁着。"

"问他要钥匙!""侠客"专横地说。

"强盗"端过油灯来,凑到脸上青红发紫的柯碧舟身边,伸手在他几个衣袋里熟练地一摸,就摸到了钥匙圈。

箱子被打开了,柯碧舟还剩下的四五十元,准备留来开销明年一整年生活的,通通被"侠客"抓在手里。

"强盗"做了个手势,然后指着躺倒在地的柯碧舟恐吓道:"算是看在肖永川面上,放你一马。你要是胆敢讲出去,或是再多管我们的闲事,老子们还要来量你的地皮②!"

说完,"侠客"急忙接上话头说:"不要跟他多啰唆,量他一个小反革命,也不敢去报!弟兄们,岔路③吧!时间不早,再晚就赶不上火车了。还要走几十里呢!"

---

① "撬窑堂"——公开或偷偷地撬开人家房门、箱子,拿走人家的衣物财产。流氓叫"撬窑堂"。
② 量地皮——把人打倒在地躺着,叫量地皮。
③ 岔路——赶路的意思。

一阵踢踢踏踏的脚步声从柯碧舟耳边响过,他只觉得那嘈杂沉重的脚步,踏在他心上一般震撼着他,身上好几处地方,都疼痛难忍,喉咙里仿佛有一团火,在烧灼着他。他只感到一会儿工夫,集体户里安静下来。五个流氓冲出了湖边寨集体户,跌跌撞撞地消失在冬夜风雪弥漫的山野里。

越刮越响的风像头吼啸的猛虎样,呼隆隆地扑进大门敞开的集体户。那盏油灯的光摇曳了一下,急速地熄灭了,泥墙茅屋里变得漆黑一团,啥也不见。凛冽的西北风摇撼着这幢孤零零的知青茅屋,把支墙放着的挑水扁担,也震落在地上。雪粉像面粉似的卷进灶屋。柯碧舟的单人蚊帐,也被风吹得飘飘荡荡直摇晃。

冬夜十点多钟,湖边寨的大半人家已经熄了灯,钻进了热烘烘的被窝。即使有些人家还亮着灯,也大多是守着火炉、火炕,一边烤火一边做手工活儿,哪个人也不愿出门白挨冻。

柯碧舟挨打的事,湖边寨上的一般社员群众,谁也不知道。

"卷毛"王连发喘着粗气,伸出巴掌拍着幺公邵大山家屋门时,邵大山父女俩都已睡了。拍门声惊醒了老人,邵大山直着嗓门问:

"是哪个?半夜三更还有人要船吗?"

"幺公,不是要船,是有事儿啊!"王连发连忙搭腔。

"啥子大事,明天说不成吗?"邵大山一边说话,一边已经利索地披衣下了床,跑出来给王连发开门,"小王,我听出是你,你们知青出事了吗?"

"不好了,幺公,柯碧舟挨流氓毒打哩……"王连发的话没说完,忽听里屋传出邵玉蓉的一声惊叫,他怔了一刹那,才接着道,"你快去救救他吧!"

"憨包!"邵大山咧嘴骂着王连发,双手赶紧把披着的棉衣穿上身,"你为啥不在寨上找干部,跑那么远路来找我呢?我这儿赶去,还能抓住打人凶手吗?"

"我找过左定法了!"王连发气呼呼地嚷着,不待他做解释,邵玉蓉一阵风般冲了出来,那双惊人幼稚的眼睛里,射出一道骇然的光,她悍然不顾地拉着邵大山的胳膊,急不可待地叫着:

"爹,还叨叨个啥呀,快赶到寨上去要紧哪!"

"对头,对头!"邵大山让女儿一提醒,连连点头。

王连发带头,邵家父女随后,沿着湖边到寨子的上坡路,撒开腿疾跑而去。

三人先后冲进集体户,忙忙乱乱地点亮油灯看时,只见消瘦文弱的柯碧舟,双手张开扑在地上,衣服裤子撕得稀烂,脸上红肿青紫,手臂上、颈脖里横一道、竖一道满是不堪入目的伤痕。他的半边脸贴在冰冷的泥地上,眼睑微翕,已经昏迷过去了。

邵大山和王连发惊惧地蹲下身子,小心翼翼地扶起了地上的柯碧舟。当端着油灯的邵玉蓉看到柯碧舟微启的嘴唇青肿得变了形、嘴角上淌出一条殷红的鲜血时,她端着油灯的手颤抖起来,两条修长的弯眉高高挑起,情不自禁揪心地尖叫着:

"啊,被打成了这副样子……"

# 八

柯碧舟被毒打成伤,第二天躺在床上呻吟哀叹时,杜见春正坐在从昆明开往上海的24次特快列车上,脸贴近双层玻璃车窗,眨巴着大眼睛望着窗外稍纵即逝的山野景色。

那时候,由上海发出的23次特快列车,还不是像现在这样,天天都有一班,而是一天开往昆明,一天开往重庆。因此,从西南开往东海之滨的火车,到了冬天,就显得特别拥挤,硬座车厢里,不但没有一个空座位,连走廊上、车厢交接处、盥洗间里外,都挤满了旅客。长途列车车厢里有一股特殊的令人恶心的气味,杜见春靠近厕所的位置臭味更浓,迫使她不时地用一本薄书在脸前扇打着。

两天两夜的旅途,真累人啊!列车上,相识的和不相识的旅客,都在交谈,有的讲自己生活中的奇遇,有的讲异域风光和少数民族的习俗,也有的在悄悄传播"小道消息"。杜见春身旁的一个没有登记到卧铺的采购员,正在津津乐道地讲着广泛流传的关于知青的奇闻逸事。说的是一个解放军战士探亲回家,身旁坐着一位抱婴儿的年轻妇女,车到一个站时,年轻妇女请解放军战士抱一抱婴儿,说她去月台上买点儿吃的。解放军欣然同意。可待火车开了,那年轻妇女还没回来,解放军战士找遍了整部列车,也没找到那年轻的母亲,他只好报告给乘警,乘警打开婴儿的包袱,发现里面有一封信,信上写着:孩子的爸爸没良心,孩子的妈妈是知青,孩子送给了解放军,孩子的父母最放心。

杜见春拧着眉毛听到这儿,觉得这故事完全是编造出来污蔑伟大的上山下乡运动的,她正想斥责采购员传播这样的故事,不料湖边寨的苏道诚,突然在过道上叫她了。杜见春孤寂中遇见在湖边寨认识的知青,不由得眼睛一亮,急忙答应。苏道诚问清她是一个人回家,连忙邀请她到自己那儿去坐,他说自己是赶到前方大站上车的,身旁有个座位,杜见春早就闻够了厕所的臭味,仅仅蹙着眉迟疑了片刻,便跟着苏道诚来到了另一节车厢的中间靠窗位置上。

漫长的旅途不再是枯燥乏味的了,苏道诚嘴巴里有说不完的故事和神秘莫测的"小道消息"。不论到了哪个站,看到什么景物,听到什么话,他都能随口讲出一套一套叫人听去挺入耳的话来。每到一个大站,他就从车窗上跳下去,到水龙头上冲洗毛巾,倒开水,买包子、土特产、零食,表现得热情、机灵,尤其是对杜见春殷勤备至。头一次相见的时候,杜见春对他留下个好印象,这回一道度过的两天两夜旅途,使得这种印象加深了。身旁坐着一个相貌堂堂、体贴关切的青年小伙子,任何姑娘都会情不自禁地接受他所献上的殷勤。

车过杭州以后,苏道诚主动给杜见春留下了家庭地址,再三恳切地要求她去家里玩。杜见春点头应允了,苏道诚又仿佛不经意地问到她家的地址。杜见春随口告诉了他。

回到上海以后,舒舒服服地躺了两天,消除了旅途的疲劳,杜见春开始了插队落户知青回沪探亲的生活。她去母校看望老师,和从各地回家的同学们畅谈,添置一些衣物,给镜子山大队的社员代买几尺花布,一丈多灯草呢,到点心店去吃些好久未尝过的点心。大上海不是像想象中的那样有趣味,没什么电影和戏,没多少活动。忙忙碌碌地过了春节,生性好动的杜见春开始觉得乏味了。

妹妹杜见新的假期最短,她要赶回崇明农场去了,见春闲着无聊,伴送着高个儿、宽肩膀、外表长得像个运动员似的妹妹到了吴淞口码头,送她上船。一九六八年底到一九六九年初的那半年时间里,上山下乡运动风起云涌掀起来以后,杜见春曾多少次去过火车站和码头啊!以往,每次惜别,杜见春总是充满激情,神采焕发。记得妹妹一九六八年秋头一次去崇明时,杜见春送她到十六铺码头,还给她讲欧阳海参军入伍时的故事哩!即使她本人离开上海去山寨时,爸爸妈妈送她到彭浦车站,脸呈依恋之色,她还挺起胸膛,高声嘹亮地唱着"打起背包走天下……"呢!

可不知为什么,也许是已经入世了,也许因为已经在严峻的生活里过了两年吧,这次送别,姐妹俩都有些伤感,有些依依不舍。一贯心细的妹妹老是拉扯姐姐的手臂,轻声叮咛着:"常通信,常通信……"

送妹妹回来,杜见春心绪纷乱,难受了好一阵。正逢厂休的哥哥杜见胜兴冲冲地跑回家来,满脸喜色,杜见春不由得有些气恼,她厉声责问见胜:

"见新去崇明,你今天休息,为啥不去送她?"

春风满脸的见胜冷不防被见春粗声喝问了这两句,不由得有些扫兴,他皱皱眉,不悦地道:

"我以为是啥大事,到崇明嘛,常来常往,有啥好送的?"

一听他那满不在乎的口吻,再细瞅瞅见胜打扮入时、烫得笔挺的服饰,见春气红了脸,愤愤地说:

"你……"

"我怎么?"杜见胜振振有词地一挺胸脯,理直气壮地说,"我能为了送见新而失约吗?告诉你,前两天我就和女朋友约好了,一道去虹口公园划船,再到四川饭店吃饭!"

不听则已,听见胜厚着脸皮说出这种话来,杜见春不由得感到一阵恶心,早几天就听妈妈嘀咕过,见胜正在和一个"标标准准"的上海姑娘谈恋爱,根本无暇顾及家里其他人的事儿,只有到了要钱买沙发、买电视机的时候,他才想到家。见春横了哥哥一眼,轻蔑地哼了一声,抽身进了屋子,砰的一声关上了门。

这一举动显然惹恼了杜见胜,他两步冲到门口,把门擂得咚咚响,大声嚷嚷道:

"怎么,你们自己命该下乡,现在倒来怨我这个在工矿的吗?你发什么脾气?羡慕我吗?妒忌我吗?都晚了。我早说你是自作自受,别忘了,当年可是你主动要求去插队落户的……"

声音透过门板传进来,犹如几根小针戳在杜见春身上,她烦恼极了。没想到,哥哥杜见胜竟变得如此庸俗和自私,见春决心在爸爸妈妈面前告他一状。

可爸爸妈妈似乎也各自有着心事,没有空闲来问及两个务农的女儿。见春发现,爸爸杜纲常常久久地凝坐在圈手椅里,皱紧了眉头想着啥。家里再也听不到他那爽朗的笑声,饭桌上再也没听他讲起诙谐有趣的笑话了。这在过去,可是见春所少见的呀！爸爸变了,他很少看报,也很少批阅文件,记得前几年,爸爸每天一早起床后,总要叫醒见春,一齐到楼顶的平面晒台上打拳、练功,可见春这次回来,没见爸爸上过楼顶一次。有几次,见春主动提议,爸爸都是兴趣陡减地苦笑着,缓缓地摇头,婉言拒绝了上楼顶。

见春看到,就是妈妈,精神也大不如前了。"文化革命"前任纺织厂党委副书记的妈妈柳佩芸,"文革"以后靠了边,"三结合"的时候当了个党委委员,妈妈申请下车间劳动,被批准每天上常日班。她的鬓角出现了银丝,脸也瘦多了,见春还发现,妈妈晚上失眠。她询问过妈妈,有啥心事？可妈妈总是摇头否认。

有一天晚上,心有疑念的见春走到爸爸屋门前,隐隐听到妈妈在用焦虑不安的语气对爸爸说:

"老杜,我看你忍住这口气,算了吧！睁只眼闭只眼……"

"不成！"爸爸斩钉截铁地道,"我这眼睛里容不得沙子！对造反派的胡作非为,不能听之任之！"

"杜纲,求个太平吧,你也得为三个子女想想啊！"妈妈哀叹了两声,低语着。屋里一阵沉默,杜见春收住了脚步,猛然醒悟道,爸爸妈妈心事重重,也无余暇顾及她呀！

每天一早,爸爸、妈妈、哥哥都去上班,家里独有杜见春一个人,守着一整套屋子和那个小厨房,她简直是没事儿可干。"封、资、修"的书她是不看的,即使她想看,也找不到。一九六六年横扫一切"牛鬼蛇神"和"四旧"时,这类东西都扫到人们看不到的地方去了。爸爸妈妈和哥哥都在单位吃午饭,晚饭才回家吃。妈妈现在是无官一身轻。她不要回家探亲的女儿操劳家务,一清早起来买了菜,要到每天下午四点以后,杜见春才煮饭炒菜,忙一阵儿,其他时候,她都觉得有一股无形的烦闷压迫着她。她真想早几天赶回镜子山大队去,可赶回去干啥呢？离春耕大忙季节,还早着呢！总不见得赶回去是为守那集体户楼上楼下两大间屋子吧。有时候,她会不由自主地想到柯碧舟,那个家庭出身不好的知青,他怎样在山寨度过严寒的冬天？他在干些什么？他为什么会钟情自己？就为了我们一次次地不期而遇？这种回忆往往被最后那次见面打断,每想到柯碧舟对她讲的那些话,杜见春心里总会觉得又好笑又羞愧,还带着点怜悯他的滋味。说来也怪,想到这儿的时候,她的心会抑制不住地狂跳起来,脸也会微微泛红。她是头一次看见人当着面这么深情地凝视她呀！即使柯碧舟是那么个人。

自然,杜见春眼前也时常浮现出苏道诚那张漂亮的脸,他那流利的口才、可靠的家庭条件。看得出,苏道诚在向自己献殷勤,他同她接触时,显得格外小心翼翼,表现出极力讨好的神情。想到这些的时候,杜见春心底里是甜滋滋的,有一股莫名其妙的自豪感。但苏道诚究竟是个怎样性格的人,杜见春却还看不清楚。

其他更多的时间里,杜见春就感到无聊了。一阵莫名的空虚在不断地向她袭来。她身强力壮,精力充沛,在前几年还充满了向往和憧憬地投身于火热的斗争生活,心想,不能叱咤风云,至少也要做潮头上的一朵浪花。谁料到,如今却不知干什么好。

每个插队落户知识青年,不管他下乡的年限长与短,不管他是什么性格的人,他都经历过这一彷徨、茫然、烦恼得不知所以的时期。该怎么办,我该怎么办？这时候,想得最多的,就是这个问题。特别是回到城里探亲,看到爸爸妈妈、哥哥姐姐,甚至弟弟妹妹,都去上班、都去读书、都有事情可做,心情就更为烦躁了。邻居、同学、朋友,好心的老人和不怀好心的人物,总会有意无意地问到你下乡的近况。听到山寨的艰辛,听到你二十多岁了还没工资,他们的脸上就会显出一种既是同情又掺着漠视的神情,这神情也经常刺激着你。还有,社会的舆论,人们的种种不负责任的议论,更给这种刺激加了分量。那年头,谁都明白这一点,报上越是吹嘘下乡光荣、下乡大有可为、下乡是为了缩小三大差别,而在生活中的知识青年,却越是受人歧视、被人瞧不起,为寻找工作到处奔波、托人贿赂,形成最具讽刺意味的鲜明对比。一个知识青年,每当这种时候,心情会变得暴躁、狂怒、气恼,急切地盼望着出路。经过这一时期,各种各样不同性格的人,各种各样不同社会地位、不同家庭出身的人,便会自然而然地设法寻找到自己的出路,沿着生命指示的道路,继续往前走。

杜见春不止一次地听说,男知青们抽烟、喝酒、打牌、发牢骚,其中一小部分,还偷窃、赌博、打群架、争风吃醋,走上了犯罪的道路。甚至一些女知青,也跟着堕落了,她们借结婚的机会把户口转离农村,指望筑起一个安乐的小窝儿。为过那些数不清的层层关卡,为盖那些一个又一个的圆图章,她们请客、送礼、不惜变卖自己的一切。

当然,杜见春绝不会走这样的道路。但是,她该怎么办呢?她将走到哪里去呢?一九七〇年严冬那个时候,多少知识青年在思索这个问题啊!其实,这不光是一千多万知识青年的事情啊,每一个知青都是父母所生,每一个知青都有兄弟姐妹,这是关系到千家万户的大计啊!

可也无法,阴谋家们正在阴暗角落里施展诡计,祖国这条航船上的各级各部门,都还在一小撮别有用心的家伙煽动下进行着无休无止的路线斗争。

杜见春并不知道这一切,她只晓得,大好的青春年华,不能这样百无聊赖地白白虚度。但她又不明白,究竟怎样生活,才算没有虚度青春。她脑子里装着的,是一句句连成串的豪言壮语,可这些英雄的铁铮铮的语言,改变不了她的现状,填补不了她的心灵啊。虔诚的革命热情,当年曾怎样地激励着她去造反,去冲锋陷阵啊!可今天,这股熊熊燃烧的烈火,在她的心里渐渐没有原先那股狂猛的势头了!

就在这样的日子里,苏道诚来找她了。

杜见春万没想到,自己在火车上随便说出的家庭住址,苏道诚竟然记得那么清楚。回到上海几个星期,他显得更漂亮了,脸变白了,头发吹过风,随便梳向一边去,铁灰色的涤卡上装,厚花呢裤子,潇洒自如,风度翩翩,不同一般。他坐在杜见春家客厅沙发上,喝茶、吃糖,右腿架在左腿上,微笑着询问杜见春,探亲假过得愉快吗?生活是否有意义?听杜见春抱怨枯燥无味,他摸出两张票子,说是音乐舞蹈,还值得一看。接着他又讲了一些所谓的内部消息,近黄昏的时候,他彬彬有礼地告辞了,临走请杜见春去他家玩。

一个星期以后,他又来过一次。这次他送给杜见春一张票,是文化广场的交响乐《沙家浜》。杜见春去看的时候,发现苏道诚坐在自己身旁,他慷慨地买了话梅和瓜子,听完那闹哄哄的交响乐,苏道诚还送杜见春回到家里。

第三次苏道诚来找杜见春,直截了当地约她去看电影,杜见春坐进电影院,才发现那是看了多遍的《地雷战》。没看完电影,两个人就出来了。苏道诚陪着杜见春,沿着马路逛去。这一次他郑重其事地请杜见春去家里玩,还说,他到她家去了三次,作为礼貌,她也应该回拜一次。

这几次接触,杜见春并没发现苏道诚有什么明显的缺点,相反觉得他挺逗人喜欢。她迟疑了一刹那,略点了点头。

苏道诚明亮的眼睛里闪烁出愉悦的光彩,兴高采烈地说:

"那就一言为定!不过,你知道,我有很多朋友,时常不在家,让你白走一趟,太不好了。你约定个时间吧!"

杜见春抿紧了嘴,内心有点惶惑,这样慨然应允对不对呢?要知道,这不是一般的接触啊,往前迈进一步,就说明关系亲近一步呢。但苏道诚那么眼巴巴地望着她,她无法推托了,只得说:

"那么……那就下个星期的今天来吧!"

"好,下个星期四的午后,我在家静候。"苏道诚喜形于色地告辞了。

七天以后,吃过中午饭,杜见春犹豫了好久,台钟敲过了两点,才换上一身新衣服,找到苏道诚抄给她的地址,出门坐车到西区去。

两点四十分,杜见春在西区下车,找到地址上写明的那条僻静的马路,顺着门牌号码找去。

马路两旁全是粗壮的梧桐树,听新中国成立前在上海搞过地下工作的爸爸说,这一带在那时属于法租界,是标准的住宅区。可以想见,一到夏天,梧桐树繁茂的叶子会把整条马路都遮掩在绿荫里。

就在杜见春寻找苏道诚家的门牌号码时,苏道诚在自家的客厅里,略显烦躁地陪伴着自己同队的女知青华雯雯。一回到上海便打扮得花枝招展的华雯雯,经过精心修饰,变得愈加姣美可爱了。她穿件大红的尼龙棉袄罩衫,透明的尼龙荷叶花边,窄小的袖口,高领衬,标准的中西式贴袋,头发用电梳子烫成几个卷儿,全毛哔叽裤子,高帮棉皮鞋。尽管在乡下插队落户,她还是很快补上了没在上海期间的缺档衣服,赶上了一九七一年初的时髦。她用手帕抹抹嘴角,两眼喷怒地瞪着苏道诚,低声问:

"昨晚上你到哪儿去了,害我到你家来,扑了个空。"

"还不是发叶子①"。

"又赌博了?"

"不玩这个,又有什么可玩的?"

"你为什么不等我呢?"

---

① 发叶子——赌钱。

"谁知道你什么时候来？前晚上在外滩分手时,你又没给我说定。"苏道诚露出一脸不在乎的神情,凭他的聪明才智,他早一眼看透了华雯雯的心事。刚下乡时,这个姑娘时常和肖永川在一起,未经证实的传言说过,肖永川偷来的钱,她也用过。自从肖永川名声骤降,特别是他被左定法吊打以后,华雯雯不同他玩了。自己向她献殷勤,她还时常"搭搭架子",表示并不在乎自己这么个俊小伙子。直到她回沪前两个月,苏道诚下了决心,使出了浑身解数,才和她出去赶了一次场,约她到树林里幽会了两次。眼看已经上手了,她却等也不等自己,断然决定,一个人回到了上海,弄得苏道诚很恼火。但自从他也回到了上海,找到她,约她到自己家玩了两次之后,华雯雯变得热情多了。苏道诚一眼看出,华雯雯之所以由"搭架子"变得主动靠上来,完全是看到他家住着花园洋房,家中有豪华的客厅、雅致的摆设,又很有钱的关系。一确定这点,苏道诚倒开始搭架子了,他故意在两人分手时不主动提出下次见面的要求,故意在约会时间迟到。但奇怪的是,越是这样,华雯雯对他愈是盯得紧。她经常突然闯到他家来,一坐就是大半天。平时她来,苏道诚很欢迎,两个人在一起,说说笑笑打情骂俏,或者一道出去逛逛公园,时间消磨得很快。可今天她突然而来,却叫苏道诚暗中恼火。要知道,他耍了好久的手腕,费尽心机,才把杜见春约上门,要是这正正经经的姑娘一见华雯雯坐在客厅里,心头会高兴吗？所以苏道诚对华雯雯说话,显得极不耐烦。

　　华雯雯的父亲是个老实巴交的裁缝,一个月拿六七十块工资;她的母亲是服装店营业员,四十好几了还是很爱花哨打扮,赶个时髦。尽管有五个兄弟姐妹,家庭经济并不宽裕。但因为母亲带头,家里讲吃、讲穿、讲享受的风气很是浓厚。华雯雯自小受母亲影响,也爱打扮爱漂亮,时常变着法儿要父亲给她旧翻新,或是扯处理的布给她做新衣裳。她穿着一身新走到马路上,觉得自己幸福而又自豪。她家住在上海那种有前楼、有三层阁、有亭子间、有灶披间的二十世纪三十年代建造的老式房子里,周围的邻居来自社会各个阶层,成分非常杂,小市民的习气还很浓厚,金钱就是他们头上的太阳。华雯雯长到十八九岁,就懂得以后谈恋爱,要找个条件齐备的对象,那条件是有个现成的口诀的,即是什么"一套家具、两间房子、三转一响、煤卫设备……"等等等等。插队落户以后,这一切幻梦成了泡影,华雯雯抱着过一天混一天的想法,从没想到在知识青年中找个对象。

和肖永川一起出去玩,还不是因为他那时钱很多,肯出车费。到肖永川名声一臭,华雯雯就立即对他冷淡下来。苏道诚刚开始向她献媚、炫耀的时候,华雯雯也没把他当成一回事。像许多漂亮、精明的姑娘一样,她知道长相漂亮的小伙子,心眼很活,非常爱吹牛,特别是在她这样美丽的姑娘面前,他们特别爱面子。她不太相信苏道诚真是高干子弟,不太相信他非常有钱,也不太相信他真是那么钟情……她对苏道诚仍是抱着一种随便玩玩的想法。她觉得小伙子没啥稀奇,她完全懂得自己美貌的价值。从头一次到苏道诚家来玩过以后,华雯雯的想法来了个一百八十度的大转弯,尤其是苏道诚拿着报纸,指给她看他父亲的名字和职务时,华雯雯打定了主意,要恋爱,就要找这样的对象。她当然不能像男的一样主动表白,但她决定经常来找苏道诚。她相信,只要不断地接触,自有办法吸引他,并牢牢地把他抓在自己手里的。她甚至做好这样的思想准备,各种条件都那么好的苏道诚,很可能也有别的姑娘看中他的。她预备和其他的姑娘竞争、拼夺。

有了这样的想法,苏道诚的一切在她眼里都变得可爱起来,即使他搭搭架子,华雯雯也觉得那是逢场作戏,没啥可责备的。听苏道诚不冷不热地说完,她放低了嗓门,轻声细气地问:

"你经常赌钱,被你爸爸知道了,不骂你?"

"嗨,他忙着呢!才不会管到我这种事情。"苏道诚不以为然地摆摆手。

华雯雯探首关切地问:"你和哪些人赌啊?"

"'小偷''侠客''强盗',还有他们叫来的几个在吉林、黑龙江插队的知青。"

"输还是赢?"

"哈哈,"这句话逗起了苏道诚的兴趣,他沾沾自喜地笑着说,"我还会输?跟你说,赌得最旺时,我赢了三百七十多元……"

"真的?!"

"我看到'小偷''侠客''强盗'几个都虎视眈眈地瞪着我,晓得不吐出一点来,他们是不会放我走的。就故意输了一百几十块,完了还摆一顿'酒包'①,请

---

① 酒包——请客摆席。

他们吃了一顿,才算赢稳定了两百块钱。"

"那顿饭吃去多少钱?"华雯雯喜上眉梢地问。

"四十来块。"苏道诚口气很大地说道,刚要往下说,钢化玻璃镶成的酒柜上那只高级台钟,当当当敲了三下,钟声提醒了苏道诚,他想到杜见春很可能就要来了。像她这种个性的姑娘是不会无故失约的,苏道诚烦躁地皱了皱眉头,立刻心生一计,站起来说:"华雯雯,我想起来了,上次你不是说我穿那种开衫别有一种风度吗,你帮我去买一件吧,现在就去!"

说着,苏道诚掏出皮夹子,拿出了八张五元钞票。华雯雯把身体一扭,嘴一噘道:

"那你为什么不去?"

"我啊,"苏道诚把早已想好的措辞坦然讲了出来,"告诉你吧,我爸爸很关心我的上调,给我约了一个干部,要我和他谈谈,说好三点钟就到的呢!"

华雯雯一听更来了劲,两条细长的弯眉一扬,站起来说:

"有路子,你可别忘了我啊!"

"你说我会忘吗?"苏道诚含情脉脉地瞅着华雯雯仰起的脸说,"快去帮我买吧,挑你喜欢的那种颜色。"

华雯雯喜滋滋地接过钱,乐不可支地笑着,由苏道诚陪伴,从花园后门走出了苏家。她心里早算计了,一件男式银灰色开衫只要三十来块钱,苏道诚是知道的,给她四十元钱,那不证明他对自己的爱吗!

送走了华雯雯,苏道诚刚上楼坐定,前门的电铃响了起来。他立刻跳起来,跑下楼,亲自冲到铁门前去给来者开门。

如他所愿,来的正是杜见春。

"请吧,请进!我独个儿已经等了你三个多钟头了。"苏道诚把门开大了,伸出手说。

杜见春在门外就已看清了,这是一幢雅致的花园洋房,上下两层,不下二十来个房间,外加前后花园,苏家的条件是没法说的了。她顺着那条宽阔的甬道走进去,甬道两旁是半人高的冬青,修剪得很齐整。左侧是个不大不小的花园,青草地,长着两棵苹果树,靠墙放着一溜花盆。走过甬道,是一个"人"字形的岔口,一条通后花园,一条通到台阶前。

上了台阶,杜见春发现脚下铺着深红色的厚地毯,地毯直通进客厅。客厅里暖融融的,杜见春巡视着,发现有暖气片。她心里说:苏道诚的父亲真是个大官,不过,似乎太奢侈了。

苏道诚请杜见春在刚才华雯雯坐过的沙发上坐定,又是拿糖,又是端果盘,还冲来了一杯香喷喷的强化麦乳精,随后才在杜见春对面坐下来,朝着她微笑。

杜见春望了望茶几上的水果、高级奶糖和麦乳精,淡淡一笑说:

"你要把我胀死啊? 你到我家去,我可没东西招待你。"

"喝茶也很好。"苏道诚得体地回答,"来了,你就随便吃点吧。"

杜见春端起麦乳精,喝了一小口,很甜,她咂咂嘴,放下杯子,找不到话说。来之前,她已经决定了,告诉苏道诚,她在上海住了两个多月时间,决定回到镜子山大队去,因为随着返春,山寨的备耕工作快开始了。如果他愿意,他们可以一道走。她想不出还有什么话可说,沉默了片刻,她就谈了自己的决定。

"你要走?"苏道诚惊异地问,"什么时候买票?"

杜见春肯定地点着头:"我准备明天去乡办订票①。"

"明天!"他失望地叫着,手在沙发扶手上拍了两下,咽了一口唾沫,镇定了一下说,"当然,我是极愿意和你一起走的。只是……只是我爸爸让留些天,他要我办些事情。"

杜见春垂下了眼睑,说:"那你就多住些日子吧!"

苏道诚看出杜见春的神态异样,不相信自己说的话,连忙小声道:

"你干吗这么忙着走?"

"你不觉得沉闷吗? 这样长住下去。"杜见春反问。

"沉闷,哪儿的话呢?"苏道诚仰起脸来,像以往说话一样用夸耀的口气说,"生活是那么富于色彩,青春是多么美好,我们正可以趁这休息阶段,尽兴地玩个够。杜见春,你想想,整整一年,憋在那个穷山沟里,那生活是多么没味儿,我们为啥不能多玩些日子呢?"

杜见春的目光从苏道诚脸上,移到他身旁那张三人沙发的扶手上,那里,放着一本手抄本小说《少女的心》。封面上,还画了一个长波浪卷发的妖艳女人头

---

① 那些年,街道上山下乡办公室每年为回沪探亲的知青预订火车、轮船的票子。

像。她微蹙了一下眉头,苏道诚随口说出的这些和他以往讲话截然不同的调子,以及这本流传极广的黄色小说,引起了杜见春的困惑和怀疑。因为在苏道诚家里,又是头一次上门,她一反自己的直率性格,没有向他放炮。但也找不出其他的话说。

苏道诚觉得,今天自己无法逗得杜见春高兴。平时,他的巧嘴利舌总有办法引得杜见春笑起来,至少讲得她的目光全神贯注盯着自己。可此刻,他觉得话无从说起了。

在苏道诚眼里,杜见春和华雯雯是味道截然不同的姑娘。华雯雯已经被他"花"上了手,而杜见春呢,却还是刚刚开始呢。在他的想象中,和杜见春这样泼辣、健壮、直爽、个儿高高的姑娘谈谈恋爱,和跟华雯雯的恋爱肯定是不同的。就像吃鸡丝面和辣酱面的味道不同一个样儿。可他已从肖永川、"侠客"、"强盗"这几个家伙嘴里听说,杜见春是个会耍拳的姑娘,弄不好会被她揍一顿的,苏道诚不敢像对华雯雯那样出言不逊,更不敢用惯常的方法挑逗或是想入非非了。他打定主意,对杜见春,只能采用"道地的花功",像钓鱼一样,使她上钩。没料到,事情刚刚有了点眉目,杜见春却要回山寨去了。苏道诚不由得感到一阵颓丧,喉咙里像塞上了一团棉花,平时巧言善语的即兴词句,一句也说不出来了。

杜见春坐在沙发上,打量着客厅富丽堂皇的摆设、字画,看到苏道诚一句话也不说,不由得从失望变得有些着恼了,她觉得如坐针毡,实在没有趣味,干脆呼地一下站起来,陡然说:

"我走了!"

"你……你怎么刚来就要走?"苏道诚怔了一怔,才回过神来,挽留道,"再坐一会儿吧。"

岂止是杜见春不了解苏道诚,苏道诚也不熟悉杜见春的性格呀。杜见春果断地摇了摇头说:

"不坐了。我算已经来过你家了……"

苏道诚有些尴尬,神情也有些窘迫,他不连贯地问着:"你……你决定回去?"

"已经对爸爸妈妈都说了。"

苏道诚还怀着点儿希望:"不能等……等几天吗?"

"不等了!"杜见春神色庄重地说,"明天就去订票! 一天也不往后挪了。"

说完她迈着坚实的大步,踏着厚厚的松软的地毯,急速地走出了暖烘烘的客厅。

苏道诚急傻了眼,微张着嘴,一句话也说不出来,木呆呆地盯着杜见春的背影。见她走出了客厅,他才如梦初醒,连奔带跑地追出去送她。

杜见春说到做到,一个星期以后,她已经回到了山区。她给本队没回上海探亲的知青带了些东西,自己也带了一些鱼、肉罐头,在省城贵阳转了火车,坐到鲢鱼湖彼岸的县城下车。在县城,她找到一条小船,顺湖而行,半天时间,就踏上了暗流大队湖边寨生产队的土地。

杜见春带了三只大旅行袋,两只手提包,要从湖边寨扛到镜子山大队,爬坡下坎,山路弯弯,她一个人无论如何是拿不动的。下了船,她就想到了湖边寨集体户的知识青年,如果碰巧,正可以请他们来帮个忙。

杜见春守着自己的行李,耐心地等在湖边,只要有过路的人,就能请他捎个话。

春天来到了山乡,草坪绿茵茵的,没栽下小季的梯田里,紫茵茵的肥田草正开着小朵小朵的花儿。暖融融的微风中满是盛开的野花香,湿润的泥土味拌和着清新的空气,清澈的湖水映着团转的群峰,两只雪白的长脚鹭鸶,在贴着湖面拍翅飞翔。凶狠的鹞子围着险峻的奇峰来回盘旋。沟渠里有淙淙的淌水声,冬天翻晒的田土,已经犁耙了二道。一群小喜鹊,当地人称作哑鹊的,欢叫着在几棵大树间飞掠。

湖岸边很静,足足等了十来分钟,杜见春也没看到个人影。她知道,这时候正是出工时间,不容易遇见路人的。又等了几分钟,她心里有些急了,要是老不见人,天黑前就回不了镜子山了,那有多麻烦啊!

呵,山乡! 偏僻的景色秀丽的山乡! 这儿没有上海那样拥塞街头的人流,没有喧嚣混杂的噪声,没有烟囱林立的厂区,没有污浊的空气,这些无疑都要比上海优越。但是,岭水相映、风光玮丽的山乡啊,你毕竟太闭塞、太落后了! 看,公路还没通到这几个大队来,连片的寨子还没有电灯,村寨上一大半人都住在黄泥巴垒起的土墙茅屋里,世代居住在这儿的农民,仍在靠人挑肩扛、牛犁马驮建设着,什么时候,山乡变个面貌啊?

杜见春守着一大堆行李,比以往任何一次更强烈地感受到山区的穷困、落后,比以往任何一次都更迫切地希望山区快快地改变面貌。

正在她蹙眉东张西望时,从湖边那幢小巧精致、刷着白粉墙的砖木结构的屋子里,走出了一个姑娘。杜见春眼睛一亮,赶紧招着手,拉开嗓门叫道:

"哎,姑娘,快来啊!"

姑娘听到喊,信步走出了院坝,向着湖边走来。杜见春凝目一看,哎呀,好漂亮的山寨姑娘!

只见她身材苗条,走路带着弹性,整个人看去显得丽雅、俊秀,沉静得讨人喜欢。她穿着湖绿色的春衫,细条纹的衬衣领翻在外面,隐格的棉涤长裤,线袜子,黑布鞋。最吸引人的是她那张红润得闪烁霞彩的脸庞,两条修长细弯的眉毛下,长着一对菱形眼。这双眼睛,清澈晶莹得像深潭一般澄净,瞅着她的目光,你会发现双眸中透着强烈的好奇和希冀,显得格外幼稚、单纯。哎呀,这不是湖边寨看守小船的幺公家姑娘吗!冬天里,她穿着厚厚的棉衣,外面套一件浅蓝底白圆点子的棉袄罩衫,陪着幺公到镜子山铁匠铺打过锄头,杜见春见过一面。当时匆促之间,印象不深。今天重逢,不知是她衣服穿得少了呢,还是她确是长得风姿绰约,杜见春只觉她健朗秀美,充满了青春的活力。在山区,杜见春是很少看到过像她那样的姑娘的。见春看得愣住了。

她就是邵玉蓉。

"你不是杜见春吗?"玉蓉认出了她,打量着刚由上海探亲回来的杜见春,亲切地问,"站在这儿想找谁呀?"

"随便哪个都行,"杜见春停了一停说,"唐惠娟、王连发、柯碧舟,你能替我找一找他们吗?"

邵玉蓉摇摇头,愁惨惨地说:"小唐在县里学习;小王离寨玩去了;小柯摔伤了……"

"什么,你说啥?"杜见春惊问。

邵玉蓉的脸阴沉下来:"他从坡上摔下来,伤得很重。你要搬行李吗?我帮着你吧!"

杜见春好似没听见邵玉蓉的后半句话,她急促地问:"柯碧舟现在哪儿?"

"就在我家里。"邵玉蓉见她对小柯这么关切,脸上显出股欣慰之色,声气轻柔地问,"你想看看他吗?"

杜见春点点头。

"走吧!"邵玉蓉走过来,帮杜见春提起两只旅行袋,两个姑娘一齐向砖木结构的小屋走去。

# 九

腊月尾上,快过年那几天,湖边寨上的老土改根子、清匪反霸时期被土匪打跛了脚杆的放牛老汉得急病死了,湖边寨上家家户户圈养的水牛、黄牛,本来都由老汉吹起牛角,吆到鲢鱼湖边的青草坡上去散放。老汉一死,缺了个放牛的,队委们开了好几次会,扯了好几天皮,也没定下放牛的人来。放牛这活路,看去好清闲,实际上责任心强,走不开,不管是烈日炎炎,还是刮风下雨,都要在坡上招呼着牛群。队委会定了好几个人,哪个也不愿干。老年人说脚杆劲不抵事了,亲戚、朋友处酒多①;中年社员说屋头拖累大,不能干这死板活路;年轻小伙更不愿一个人孤孤单单在坡上和牛打伴。干部们也无奈,扯来扯去,被左定法晓得了,左定法说,这事有什么难的,叫知识青年柯碧舟去,他还敢不去?

果然,左定法一句话定了弦,队委会通知柯碧舟上坡放牛,柯碧舟二话没说,只问了几句必须注意的规矩,便接过了那只黑亮的牛角和长长的放牛鞭。

从开春以来,柯碧舟天天吹响牛角,吆喝着牛,在青草坡上度过一天天日子。湖边寨的社员们,更少听到他跟人说话了。有好些日子,他可以闷着脑壳,一句话也不说。

自从向杜见春表示好感碰壁,又遭了流氓毒打以后,柯碧舟显得愈加消瘦和衰弱了。心灵和肉体几乎是同一天受到的创伤,使得他整日灰心丧气,深陷进眼窝里的双眸,总是透出股绝望的神情。陌生人乍一眼看到他,都会暗暗吓一跳。

被毒打之后,他在床上足足躺了一个星期,这一个星期里,差不多天天都是"卷毛"王连发照顾他。王连发煮稀饭、烧蛋汤、煨开水、冲豆浆,都有柯碧舟的一份,这在无形之中增加了两人间的友谊。闷得憋不住,王连发常会发发牢骚,

---

① 酒多——即亲戚朋友家办喜事的多。诸如祝寿啊、结婚啊等等。

和柯碧舟交谈几句。但他们个性不一样,话总是说不多,而且往往是王连发先开口说了很多,柯碧舟才接几句,王连发要不说,屋里仍是静悄悄的。

消瘦、低沉、苍白的柯碧舟,受到精神和肉体的双重打击,相当地彷徨,他常常自怨自艾,为什么会生在历史反革命分子的家庭里?母亲为什么要生下他来?不生下他来,他在人世间不就没有那么多磨难了吗?这些年来,他常常受到人们的白眼、蔑视、讥消甚至侮辱,久而久之,他已经渐渐习惯了所居的屈辱地位。尽管他心头埋怨、气恼,可从来没有一次,像这一回那样感到深重的刺激。他感到悲观、失望、毫无出路。不是吗,最熟悉他的老同学谢楠康给他来信说:你生活在艰苦闭塞的山区,物质条件差,尤其要保重身体,能每天出工就不错了,混一天是一天吧,何必那么积极出工、卖命干活呢?你表现再好,不就赏给你一顶"可以教育好的子女"的桂冠吗!现在"时髦"的观点,出生在地、富、反、坏、右家庭里的孩子,一生下来就是坏的,只有施行教育,才能使他们变好。

艰苦清贫的生活,繁重的体力劳动,精神上的苦闷忧郁,心灵深处时时锥刺他的创伤,不可知的未来,使得正交二十二足岁的柯碧舟,情不自禁地想到了死。

湖边寨上,长着十几棵寨邻乡亲们引以为自豪的槐子树、沙塘树、大樟树,每一棵树都有百岁以上的年龄,两个人抱不过来。这些苍劲的古树,到冬天掉尽了叶子,在青天里横生着一根根鳞巴打结的枝干。柯碧舟常常仰脸望着那些枝干,目不转睛地凝视着,脑子里在想:实在活不下去了,我就找一根绳子,牢牢的麻绳,在夜间悄悄爬到树上去,吊在任何一棵的枝干上……

一个二十二岁的知青,竟然想到死。这不是耸人听闻吗?不,设身处地替柯碧舟想一想吧,从早到晚出工,辛辛苦苦干了整整一年,好不容易分到几十块钱,被流氓抢走了。他计划过的,过春节时要买毛巾、牙膏,添置一只搪瓷茶缸,一只泡菜坛子。还有,一年的布票没有用过,该扯些蓝布来,做一身替换的衣服,余下来的留着,备着缝缝补补之用。啥不要钱啊,一年的盐巴,几个瓶子里打满酱油,连集体分的口粮,谷子要打成米、菜籽要榨成油,都要收加工费。现在他袋无分文,咋个办啊?到保管员那儿预支一点吧,保管员说,湖边寨从来没有开过这样的先例,把钱预支给无牵无挂的单身汉,一个年轻力壮的全劳力。再说,如今正在备耕,生产队里穷得叮当响,集体的钱也紧得很,要铸新的铧口,要买棕索,要添新的犁杖,要买公社分给各队的化肥,一分钱恨不得掰成两半花呢。柯碧舟只能垂头丧气地走回来。旁人定睛看看他,就会发现,他确实不成个人形了。不但清瘦阴沉,忧郁寡欢,头发老长,眼光呆滞,那一身衣服,也是破烂不堪,撕破的口子随风飘荡着,衣裤上满是泥巴点子。这能怪他吗?他没衣裤可换啊,他没钱扯布来补破洞啊。一个自尊心极强的年轻人,在人世间毫无温暖,物质生活又清苦到如此地步,他不想到死,那才叫怪呢。

如果承认我们个人的命运中确实有逆境、有危机,那么可以说,柯碧舟陷入了他一生中最可怕的危机里。好些迹象,表明他有了轻微的精神失常。在坡上放牛,站在一坨岩石上,他可以抱着放牛鞭子,一动不动地伫立在那儿,向着波峰浪谷般的山岭,向着碧波粼粼的鲢鱼湖,一站好几个小时。你以为他在入神地瞅着什么吗?不,他的眼睛里视而不见,他的耳朵里听而不闻。他像个傻子似的在那儿放牛,远离了集体和社员,孤寂冷漠地生活着。

暗流大队的山岭地势,有一个显著的特色,那就是"高处的矮"。贵州山区,一般海拔总在千米以上,暗流大队团转的平坝、谷地,却只有八百多米。二十世纪五十年代有考察队来过,说鲢鱼湖的湖面是海拔八百一十米,湖边寨的海拔是八百七十米。由于它所处地势是"高处的矮",因此就形成了第二个特点,那就是气候温暖,无霜期比贵州其他地方长些。因此,暗流大队原来有橘园、梨园、桃园,盛产蜜甜的水果。外来人总觉得,这儿的气候有些像亚热带接近热带边缘的那种味道。在湖边寨东北面的大片大片树林里,这点体现得尤为显著。

只要一走进大树林,七钻八钻,就不知哪里是边儿。各种各样的大树、小树,一棵紧挨一棵,大大小小、长长短短,阔窄不一的树叶子,你遮我掩,密得不见天日。太阳光费好大的劲儿才从树叶的罅隙间射进来。知识青年们大着胆子,在邵大山的带领下钻过这个林子,看到射进来的阳光,他们都惊叫起来,说像是一把把雪亮的长剑,真好看。大树林里没有现成的路,却有的是野兔、岩羊、黄麂、黄鼠狼、山耗子、猫头鹰、野猪、豹子和大猫[①],在鲢鱼湖团转的村村寨寨,时常流传着豹子、大猫伤人的消息!至于叽喳啁啾、竞相争鸣的百鸟,啼叫起来比涨潮还厉害,可很难抓到它们。进林子你要带把少数民族的长刀,逐渐砍出条路来。腐烂了的枝叶厚厚的覆盖在地面,露出的嶙峋怪岩上又长满了绿色的苔藓,走上

---

① 大猫——虎。

去滑溜溜的。浓密的灌木丛和茨藜、荆棘阻挡着路,各种长短缭绕的粗细藤子,把树干、竹子、灌木丛缠绕、纠结在一起,好不容易跃过这一段路程,又会突然间叫横倒在地的大枯树拦住了。

这样的大树林,势必盘缠着许多毒蛇,不要以为那些名字怪异的毒蛇像青竹彪、银包铁、野鸡行、百步金钱蛇、笋壳斑蛇可怕,更可怕的,是那些终年在林子里积起的枯枝、腐叶、兽尸、锈水,到了开春天,厚厚的腐蚀层就冒出一阵阵难闻的气息,随风飘散出来。这便是当地人习惯叫的瘴气。外方人对其更是恐惧,干脆把这一带通通叫作瘴疠之区。

不知是地势低、气温闷热,水汽蒸发得快呢,还是这一带水多。临近晚春初夏,天气由暖骤转燥热,暗流山区鲢鱼湖团转就要下白雨①。大队培养的气象员邵玉蓉常说:"黑云红梢,天上下雹。"那意思是说,每年晚春至初秋这段时间里,山岭峡谷里起过阵阵大风,天上随即乌云发红、滚翻,跟着响起雷鸣、扯起火闪,白雨便急遽地砸落下来,气势凶猛,破坏庄稼、毁坏房屋,以至伤害人命。

这一天下午,白雨像急石一样砸下来时,放牛的柯碧舟倒不慌。暗流山区团转的放牛汉子,都有五件宝:牛角、长鞭、弯刀、蓑衣、竹箍斗笠②。这最后一样竹箍斗笠,便是用来防白雨的。一见急雨中夹着白冰球落下来,柯碧舟急忙戴上竹箍斗笠,吹响牛角,两短一长,提醒几十头水牛、黄牛,赶紧避到就近的岩石、山洞里去。

谁料到,牛群纷纷向大岩洞涌去的时候,有一头母水牛眼睛上被白雨砸肿了,可能是痛得恼火,母水牛昏了头,竟朝着鲢鱼湖边的悬崖那头疾跑而去。冬月间母水牛生下的一头小牛犊,也跟着它老妈,踢踢踏踏狂奔而去。白雨像鼓点样打在牛脑壳、牛身架上,愈加刺激着这两头牛发疯样飞跑。

柯碧舟见了这情景,眼睛里急出火来,他连着吹了两次牛角,都被雷声遮掩了。柯碧舟一时性急忘了牛不懂人话,双手做成喇叭,拉开嗓门大叫:

"回来,快回来!"

---

① 白雨——即冰雹。
② 竹箍斗笠——形状与普通斗笠一模一样,但尖顶下有一高圈篾箍,戴在头上,不怕冰雹砸。道理与建筑工人用的安全帽一样。只是安全帽内装帆布带,竹箍斗笠内装篾圈而已。

两头牛哪里听得懂,只顾甩开蹄子乱颠乱冲。柯碧舟顾不得急骤的白雨下得如乱石直泻,甩开双臂,挥着牛鞭,向两头牛追去。

白雨像擂鼓一样击打在他的斗笠上,没跑上几十步,就把他的斗笠砸歪了,他顾不得扶扶正。砸在地下又飞溅跳跃起来的冰球,尖石一样打在他腿上身上,他毫不觉得痛。透过一片白雨织起的屏障,他的眼睛里只看见那两头往湖边悬崖狂奔乱跑的牛。

崎岖的山道陡歪了,柯碧舟在往上跑;开始攀登难行的险路了,他费劲地直蹬上去。身后,似乎是有两个嗓门在大声急叫,柯碧舟根本听不清,他只晓得追、追,追上那两头牛,不能让两头疯牛跳下悬崖,跃进鲢鱼湖去丧命啊!

一块白雨打在他后背上,他痛得咬紧了牙;前头是笔陡地爬上悬崖的捷径了,他更加快了脚步。只要抢在两头牛前头上了悬崖,就有办法了,只消挥起牛鞭,狠狠抽它们几鞭,两头牛就会被阻挡住!柯碧舟四肢一起用劲,抓住捷径上突出的岩石、缝隙间的草根,拼足全身力气往上快爬,快爬!哈,再憋足最后一股劲,就上悬崖顶了,柯碧舟跨大步子,一脚蹬住那块突出的岩石。

"轰隆"一声雷响,跟着,"霹雳"一下火闪,像有把巨大的闪着寒光的刀,朝柯碧舟头上劈来。柯碧舟心头一阵惊慌,脚底下一滑,双手抓空,沿着笔陡的捷径,往山下滚去。

白雨收敛了它的威势,变成了狂风暴雨,顷刻间把滚下坡去的柯碧舟打得透湿。

柯碧舟什么也不知道了……

当他从沉沉的昏迷中苏醒过来的时候,他发现自己躺在一张素净的单人床上,白蚊帐张得很挺,四壁用石灰刷得粉白,从那两扇对开的窗户外,春天的微风送进阵阵喇叭花和康乃馨的郁香。静寂中,几只雀儿的啼叫清晰可闻,鲢鱼湖水的微荡声,也很有节奏地传送进来。

这是在哪儿啊?柯碧舟睁大眼睛,困惑地在枕头上移动了一下脑壳,啊,他吓了一跳,床边坐着一个二十来岁的姑娘,修长细弯的眉毛,秀气的菱形眼温柔地低垂着眼睑,直直的鼻梁,小巧的嘴巴。最令人惊讶的是她红润的脸色,仿佛灿烂的朝霞总是投射在她脸上般闪烁着釉光。她俯着脑壳,半截月牙形的木梳插在她乌丝般的发丛里,正在专心致志地缝补着什么,两条粗大乌黑的辫子,轻盈地搁在她左右两个浑圆的肩膀上。柯碧舟认出来了,这不是湖边寨老贫农邵大山的女儿邵玉蓉吗?挂名暗流大队贫协主任的邵大山因不赞成左定法当权后的所作所为,被左定法贬到鲢鱼湖边来看守整个大队的小船。湖边离寨子还有里把路,知青们和邵家接触很少。沉默寡言的柯碧舟和大队的气象员邵玉蓉,简直都没说过一句话。柯碧舟有些急了,他怎么会躺到邵家来的呢?他双手使劲,想在床上坐起来。

竹笆床吱吱嘎嘎响了,缝补着什么的邵玉蓉闻声抬起头来,看到柯碧舟睁开了眼睛,她那么轻松欢悦地微笑了。哎哟,她笑得多么动人、多么甜哪,一整个春天的阳光都好似挥洒到了她的脸上,透着强烈的好奇和希冀的目光中掠过少见的欣喜之色。柯碧舟撑着双臂,愣住了。

"你想干哪样?"邵玉蓉秀美的脸上始终含着笑,看到他的神情,温柔地问。

"牛……坡上的牛……"柯碧舟结结巴巴地回答着,当真焦急起来,他想起了坡上下白雨时的情景,断断续续地往下说,"那两头牛……"

邵玉蓉扑哧一声笑了,她委婉地劝道:"你安心睡吧,那两头牛好好的,没摔死。其他牛也都没出事。"

柯碧舟仍要起来,他四肢一起用劲,想掀开薄被子下床来,腿刚一用劲,只觉得一阵钻心的疼痛,不由得皱紧了眉头,咧歪了嘴,低声呻吟着。

邵玉蓉关切地蹙着眉头,探身往前说:"你的脚杆跌成骨折了,阿爸说要躺好些天才能下床哩。"

柯碧舟哭丧着脸,焦急地道:"那、那队上的牛,哪个去放呢?队长说,一开始打田,就要放早伙牛①呢!"

"小柯,"邵玉蓉像寨上所有的男女老幼一样,对外来的知青一律以"小"字打头称呼,她轻声细气地劝慰,"你放心吧,阿爸同队里说了,队里已经临时安排了劳力放牛。"

柯碧舟这才安了点心,他想起了什么,问:"那么,下白雨后,牛群是你赶回寨子的吧?"

---

① 打田栽秧、春耕大忙季节,贵州农村生产队的耕牛通通都要犁田犁土,为保证耕牛膘肥体壮,每天早上三四点钟,就要放牛上坡吃一道嫩草。农村社员习惯称之为"放早伙牛"。

"是我和伯伯赶回来的。"邵玉蓉承认道,"那天,我们正在坡上观气象。你追牛时,我和伯伯朝着你喊叫,哪晓得你一句也听不见。"

柯碧舟用感激的目光望着邵玉蓉,不好意思地笑了。他发现,邵玉蓉家的这间小屋,特别整洁干净。屋内光线充足,用石灰水刷得粉白的墙上,画着一张"风力等级表"。等级表旁边,还抄录着数十条看天农谚,这些农谚又分门别类,划为预测晴雨、预测风、预测寒暖、以物象测天几种,柯碧舟迎头看到一句"河里鱼打花,天天有雨下",觉得这句农谚既生动,又形象,就是抄在白纸上的黑毛笔字,也显得很娟秀。在山寨上,由于生活条件的关系,一般社员家庭,总是有老有少,地上、床铺、墙壁,都不像她家那么窗明几净,一尘不染。想到这儿,他才发觉,这间小屋位置处在堂屋后面,恰是邵玉蓉的闺房。柯碧舟心头不安定起来,他的脸涨得通红,喃喃地说:

"邵……玉蓉,你你你,你让我回集体户去躺着吧!我回去……"

"干啥这么急啊?"邵玉蓉疑惑地问。

"没啥,我我我,我要回去!"柯碧舟连望她一眼也不敢了,低着头局促不安地说。

邵玉蓉入神地瞅了他几眼,揣摩到了一点他的心意,她的脸颊上也不由得有些绯红,说:

"你回得去吗?"

"请你帮我找一根木棍,我撑着回去。"柯碧舟郑重其事地说。

"找来木棍,你也回不去啊!"邵玉蓉调皮地撅嘴一笑,扭过头去。

柯碧舟坚决地说:"我能回去……"

"能,你也不看看穿的是谁的衣服,嘻嘻。"

柯碧舟低头一瞅,这才发觉,自己穿的是一件粗白布单裤,再抬头一望,邵玉蓉手里拿着缝补的,正是他那破烂不堪的衣裤,但这当儿已经洗得干干净净了。柯碧舟低着头,不吭气了。耳边传来邵玉蓉的轻柔嗓音:

"在我家歇几天吧。腊月间你遭打,阿爸就说,几千里路外来的孩子,即便出身不好,也怪可怜的。他要我给你送点草药、鱼和蛋来。可你们集体户,我一个姑娘家来找你,不惹出闲话来吗?你要坚持回去,我们就不好照应你了……"

柯碧舟饱经忧患的心里淌来了一股暖流,热烘烘的,直冲他的脑门,下乡第

三年了,从未得到过人的体贴和安慰的柯碧舟,听了这几句话,眼里满是泪水。他偷偷抹一下眼角,说:

"我出身不好,住在你家,怕连累到……"

"你为啥那么想呢?"邵玉蓉诧异地扬起了两条长眉,"说声天打雷,乌云就会盖住额头吗?阿爸是个直肠子人,从来不怕人说闲言闲语,你还怕个啥?"

柯碧舟张了张嘴,没说出话来。

邵玉蓉停止了缝补,把柯碧舟的破上衣搁在并拢的两个膝盖上,直着腰,仰起脸,侃侃而叙道:

"其实,湖边寨的老少乡亲,都不是瞎子。大家私底下说,集体户里的几个上海学生娃,除了唐惠娟,就数小柯人忠厚,劳动踏实,信得过。王连发和华雯雯也还不错。那苏道诚和'小偷',简直不成个话。莫以为苏道诚和左定法打得火热,就好像他在群众中影响很好,才不是那么回事哩。再憨的人,也不会把青蛙和癞蛤蟆混成一气啊!他苏道诚给左定法送礼,还能把癞蛤蟆送成个青蛙?"

啊!三年来,柯碧舟头一次听到这样中肯的话。他万没想到,湖边寨的贫下中农和社员群众,眼睛是亮的、心底是明的,他们会根据实际表现,实事求是地评判一个知青,哪怕他出身并不好。柯碧舟的心头感到很是欣慰,他默默地暗自思忖:那么说,过去的日子里,是我自己神经过敏,把自己摆到一个叫人不可理解的卑下地位上去了?他不由得陷入了沉思。

邵玉蓉见他不吭气儿,陡然想起了啥,把缝补的衣服搁在竹箩里,站起来说:

"嗬,我倒忘了。从昨天你摔伤到现在,还没吃过啥呢。我去给你弄来。"

说着,邵玉蓉一阵风般轻盈地跑出了闺房。望着她的背影走出屋门,柯碧舟这才觉得,自己的肚子饿得厉害,咕嘟咕嘟直唱"空城计"呢!他感到异常衰弱,浑身酥软乏力,头晕得厉害。湖上吹来的轻风摇曳着窗外棕榈树的叶子,太阳光在叶面上嬉戏着。柯碧舟不由得闭上了眼睛。

到湖边寨插队落户以后,柯碧舟不是没有想过自己的前途和未来,不是没有祈望过幸福。但他每想到这个问题,总不由得感到,最先离开山寨、最先能得到抽调的,必然是唐惠娟、苏道诚、华雯雯这几个出身好的知青,等他们走光了,也还有王连发和肖永川呢,王连发的父亲是高级职员,解放初期做过一笔白铁皮生意,赚了几千块钱,"文化大革命"中被旧事重提,打成漏网资本家,目前成分还未确定。肖永川的父亲是个长期病瘫在家、拿半职工资的水产工人,出身很好,只因为他偷东西出名,印象很坏。即使这样,肖永川是出名的小偷、王连发的成分尚未确定,在柯碧舟看来,他们的处境也要比自己好得多,有机会抽调时,他们也要比自己先走。不是吗?像他这种明码标价的"黑五类"子女(噢,"文化革命"中又变成黑八类了),每次招生招工,据说只有百分之一二的比例。真按这比例办,多少还有些希望哩。可四处盛行的"开后门""找关系""调包",首先挤掉的,就是出身不好的人,谁不知道,这类人最好对付,不怕他们闹事啊!

种种原因,使得柯碧舟早就对自己的前途死了心。

今天第一次,从邵玉蓉的嘴里,得到了确切的评价,知道了湖边寨的社员们,并不是像他自己想象的那样在看待他,他的心头不免情绪激动,久久不能平息。仿佛一道灿烂的阳光,突然间照到了他的心灵上。

一阵脚步声响,邵玉蓉苗条的身影又来到了他的床前,柯碧舟鼻子里闻到一股醉人的鱼香,睁开双眼,只见邵玉蓉端着一只粗瓷瓦钵,钵钵里一条斤把重的鱼儿浸在漂浮着葱花红油①的热汤里,鱼头鱼尾处,各有两只水泡蛋。她双手端着钵钵,笑眯眯地说:

"坐起来,吃吧!"

柯碧舟过年也没吃上这么好的鸡蛋鱼汤,面对着笑容可掬的邵玉蓉,他有些不知所以了,他只怔怔地瞪着鱼钵。

邵玉蓉笑道:"快接着啊,憨乎乎的干啥?"

柯碧舟接过鱼钵,邵玉蓉又递上筷子、小匙,柯碧舟先喝了一小口汤。噢哟,是鱼汤本身的鲜美,还是他饿久了以后的感觉,他只觉得鸡蛋鱼汤奇美无比,心胸中感觉舒适、惬意极了。

"哪儿来的鱼?"他问。

"鲢鱼湖里打的呀,你不知道?"邵玉蓉惊讶地睁大稚气十足的眼睛,"亏你在湖边寨快三年了呢!这鱼不是鲢鱼,这是岩花鱼,我们又叫它红尾子,是在湖里天生的,好认得很,你看,它的鳞片白亮白亮的,闪银光,尾巴是红的。要逮到大的呀,那才好!足足有二十多斤。你没得吃福,这是小的,才一斤多重……"

---

① 红油——辣椒油。

"已经够美啦!"柯碧舟满意地插话,"多承你。"

看到柯碧舟吃得香甜,邵玉蓉的话也多起来。也许是谈到了山乡的特产和可爱的鲢鱼湖,逗起了她的话题,她话不打顿地说:

"鲢鱼湖名字叫鲢鱼湖,湖中没得鲢鱼,只有鲤鱼、草鱼、花鱼,最多的就是红尾子。'文化大革命'前,暗流大队往湖中放过鱼秧,也给集体增加过收入。可"大革命"一开始,左定法说养鱼是以副挤农,卖鱼是弃农经商,走资本主义道路,哪个队也不敢搞了。现在这湖头鱼越来越少,你吃到的,还是阿爸喂养的两只鱼鹰逮来的呢!"

"那么,为啥又叫这湖作鲢鱼湖呢?"柯碧舟对事关政治、路线的议论历来不接嘴,听了这有趣的话题才关切地问。

"嘻,你这也不晓得。这是因为长湖的形状活像条横躺着的鲢鱼,才这么叫它!"邵玉蓉兴致勃勃地介绍,"你没到湖上耍过吗?我知道你没耍过,要耍的人都要到这儿来领小船。嗨,等你的腿好了,队头放假,我摇船带你看看,不管是下雨、出太阳、阴天,鲢鱼湖都叫人看不够哩……"

邵玉蓉眉飞色舞,比画着双手热情洋溢地给柯碧舟介绍着,柯碧舟被她说得心痒痒起来,恨不能马上下湖看看。

"哎,你吃呀!怎么听愣了。"邵玉蓉见他目不转睛地盯着自己,光顾听讲,忘记吃鱼了,忙催促说。

柯碧舟拿筷子挑了两块雪白肥嫩的鱼肉吃着,想起了什么,忙问:

"你、你咋个没得出工?"

"阿爸被湖边寨请去修杉枝了,队上叫我在屋头守小船。"邵玉蓉解释道,"你这个人真怪,一天到黑都沉着脸,没个笑的时候。好比那颗心老是悬着,怕出什么祸事,对啵?"

柯碧舟低下头,叹了口气。她说得很对,但她这么个无忧无虑的山寨姑娘,咋个能晓得他的苦衷呢!他要是也有个老贫农父亲,会这样忧郁吗!

"瞧你,又叹气了,有哪样不舒心的事啊?"邵玉蓉眹着眼,菱形眼一眯一鼓,灵活地转动了一下眼珠,活泼中带点儿顽皮地说,"今天我非要逗你露个笑脸!你听着。"

说完,不待柯碧舟回话,她把手一扬,张开嘴巴,用活泼喜悦的轻柔调门,唱

起了暗流山区劳动人民逗乐的"倒歌调":

> 说倒话来唱倒歌,
> 山下石头滚上坡。
> 那天我从你家门口过,
> 看见外孙抱外婆。

> 千万个将军一个兵,
> 千万个月亮一颗星。
> 听你唱的颠倒歌,
> 逗得聋哑笑呵呵。

> 生了爹爹再生爷,
> 生了弟弟再生爹。
> 妹妹都在上学了,
> 妈妈还在托儿所。
> ……

诙谐有趣的歌词,悦耳动听的嗓音,邵玉蓉唱歌时活灵活现的表演,终于把柯碧舟逗得捧住鱼钵钵,放声哈哈哈大笑起来。笑毕,他放声说:

"真有趣儿!"

"有趣吗?"邵玉蓉把一条板凳拉到床边,坐在板凳上,双手撑着床沿,温顺地提醒般地说,"生活本来就充满了乐趣的。你说呢?"

柯碧舟的笑容又从脸上消失了,停了片刻,他点着头说:

"也许,对大家来说是这样。可对我……"

"听我说,"邵玉蓉忽然截住了他的话头,没头没脑地低声问,"你是不是想死?"

这尖锐准确的发问,叫柯碧舟惊疑了,自己心头阴郁地暗忖:从未对第二个人说过,怎么会被邵玉蓉察觉的呢?面对邵玉蓉那双秀美的眼睛,不会撒谎的柯

碧舟脸色泛红,忍不住反问:

"你……你咋个晓得的?"

"这也瞒得了人吗?"邵玉蓉坦率地说,"你往常价那种呆痴痴的模样儿,又瘦又孤独,眼睛里老有着一股绝望的光,我还看不出来?再有,唐惠娟跟我摆过,你在集体户里的生活;特别是昨天,从坡上摔下来,明明有树枝、草根可抓住,你却任凭自己身体往下滚。这不是想死是啥呢?"

没想到,这个与自己漠不相关的姑娘,还时常留心到自己呢!柯碧舟郁闷的心思被她点穿,有些羞惭地低下头,望着鱼钵钵说:

"你知道,我出身不好,处处忍辱受气。做好事吗,人家会说你把真实面貌掩饰起来,想削尖脑袋钻营;做坏事吗,我还不至于那么堕落。唉,活下去真没有意思……"

"不该这么想啊,小伙子!"门口传来一个洪亮的嗓门,柯碧舟惊讶地抬头望去,小屋里走进来一个中等身材的陌生人。他近六十岁,漆黑的头发剪得不长不短,齐整地覆盖在头顶上,眉目清秀,脸色不像山寨的老人那么粗黑,穿一身洗淡了的线卡人民装,脚穿一双塑料凉鞋。

"伯,观天回来了?"邵玉蓉站起身子,亲热地迎到老人面前,转过身来,对柯碧舟说,"小柯,这是我伯邵思语,他在县头气象局工作。"

柯碧舟明白,昨天就是他和邵玉蓉救了自己。他尊敬地叫了邵思语一声,挣扎着想下床。邵思语伸手连连摆了几下,示意他躺在床上:

"你不能动,大山说,你还要好生歇几天呢!"

柯碧舟听他和蔼可亲的说话声,略呈紧张的心弦松弛下来了,他两眼望着老人,不知说啥好。

邵思语在玉蓉刚才坐的板凳上坐下,双手扶着膝,语意深长地说:

"小柯,你的事儿,玉蓉都跟我细细地摆过。我是个老年人啰,说不出啥豪言壮语,也背不全大道理。只同你说一点吧。一个人,大腿上生了个疮,化了脓,腐烂恶肿了,能因为自己疼痛,就整天撩起裤腿,叫人家来看吗?就该让所有人都来看着伤口皱眉、不悦、难受吗?显然,抓破了自己的伤口给人家看,那是不好的。况且,你还没生那么个伤口,你只是家庭出身差,不能尽背那个包袱,让人家一看你的脸色,就想到你精神上的伤口,你说对吗?"

亲切温顺的话语,含蓄深沉的比喻,像一道涓涓细流,流进了柯碧舟的血管。他思忖着仰起脸来,发现邵玉蓉正两手扶着床栏,大睁着那对充满稚气和憧憬的眼睛,凝神屏息地注视着他。那深思的目光,仿佛在说:你要把伯的话,好好听进去呀。

邵思语接着说:"小柯,不要只看到自己的痛苦,不要受错误思潮的影响,年轻人嘛,目光该远大一些,展望得远一些。只看到个人的命运、前途,只关注眼前的人和事,只想着狭窄的生活环境,那就同关在笼笼里的雀儿差不多。要练好翅膀飞啊,小柯,把自己的青春,与祖国、与人民、与集体利益联系起来。你会看到自己的前程似锦,会意识到生命真正的意义。"

倚着床栏的邵玉蓉发现,凝神细听的柯碧舟脸上,逐渐开朗了,伯伯的一番话,使得他那一向滞晦阴郁的双眼,变得明亮澄澈、目光炯炯,令人深长思之的启示,在小柯的精神上,产生了一股奇异的力量。意志和毅力,在潜移默化般回到他的身上。

邵玉蓉的眼里闪烁出了一丝欣悦的光彩。

邵思语伸出右手,轻轻拍了拍柯碧舟的手背,耐人寻味地说:

"小柯,我看你是个聪明人。趁着养病,静下心来好好想一想吧。看你的模样,还很虚弱,今天就安心再睡一阵,我们改日再谈。"

说完,邵思语向玉蓉使了个眼色,两人收了柯碧舟吃光了的鱼钵钵,走出了小屋子。

……

杜见春随着邵玉蓉走进砖木结构的农舍,蹑手蹑脚来到邵玉蓉的闺房时,柯碧舟刚刚睡熟。

杜见春刚想张嘴叫,邵玉蓉连忙摆手,把手指竖放在嘴唇上,继而凑近杜见春低语:

"他才睡着,不要闹醒他。"

柯碧舟仰面朝天躺在床上,松软的枕头垫起了他长而蓬乱的头发。杜见春看到他比两个多月前愈加消瘦、苍白的脸,尖尖的下巴,心头抽紧了。她不忍心望这张脸,稍站片刻,便怅惘地走了出来。

看到她的行李重而又多,邵玉蓉主动提出送她去镜子山大队,杜见春怀着感激的心情接受了这漂亮的湖边姑娘的帮助。邵玉蓉找出一根楠竹扁担,把杜见春带的两个包包、三个旅行袋,分做两头,一肩挑了便走。杜见春甩打着双手,跟着闪悠扁担的玉蓉边走边摆谈。

邵玉蓉轻松自如地挑着行李,一面走,一面把柯碧舟的近况,细细地摆给杜见春听。

听说柯碧舟被流氓毒打,卧床好几天,杜见春愤怒了;听说柯碧舟几个月来总像泥塑木雕一般痴呆,杜见春心头暗暗震惊,略有些不安;听说柯碧舟丧失了生存的信心,几乎想到要自杀,杜见春再也抑制不住内心深处的波澜,泪水直从眼底涌上来,糊满了她那双流光溢彩的眼睛。她不得不放慢了脚步,略微走在邵玉蓉后面一些,她不能让这个山寨姑娘看到眼眶里的泪水。不知啥原因,杜见春总觉得柯碧舟之所以遭到这样的命运,是与她拒绝了他的爱情有关的。

像有一只厉害的小虫子,在慢吞吞地一口一口地吞噬着她的心灵。杜见春觉得内心深处隐隐作痛。走了好一阵,她都勾倒脑壳,没有说什么话。她在心头思忖:

不管怎么说,当初拒绝他,并没做错。现在看来,柯碧舟是可怜的,是值得同情的;但也仅此而已。谁叫他出生在反动的家庭里呢?他的青春很可悲,这又有什么办法呢?也许他不该生下来。他一生下来,投身在这么个家庭里,本身就要演出悲剧。要是我接受了他的爱,那我不也要随着他演一场悲剧吗?这简直是不可思议的。

这么想着,杜见春稍微得到了一些安慰,心情也略微平静了些。

## 十

不管杜见春怎样想着柯碧舟的悲剧,怎样暗暗地怜悯着他,事实上,自从邵玉蓉与邵思语和他推心置腹的谈话以后,柯碧舟已经在开始变了。

邵大山从坡上采来的草药,捣溶了敷在小柯严重骨折的大腿上,他的腿逐渐好转了。起先是能下床拄着拐杖走路,随后扔了拐杖,也能在院坝里慢慢挪动着步子。自然,这个样子,出工劳动是不成的,上坡放牛也翻不了沟坎,还需要休息。看起来,这个月的工分肯定是打落了。但由于精神上获得了新的力量,邵玉蓉天天给他端来好吃的,柯碧舟消瘦的脸上气色好多了,能够走出院坝那天,邵思语都觉得他脸上泛起了红润的光彩。

邵大山的家坐落在鲢鱼湖岸边的一座小土坡上,砖木结构的小屋团转,栽着几棵紫木树,一棵穿天的柏枝,还有几蓬青秀挺拔的篙竹。小屋台阶前头,是一个三合土院坝,用一块块山石砌起的院坝墙,只有一道进出的稀竹笆门。小屋后面,是一块园子土,园子里栽着樱桃、李子、杨梅、桃子、花红五六种果树,分隔成一小块一小块的土头,邵大山父女两个,把泥巴薅得又细又匀,栽满了菜蔬、香葱、豆豆、南瓜、茄子、辣椒。乍一眼望去,后园土简直像个五颜六色、琳琅满目的花园。

这几天里,紫木树正开着鲜艳艳的大朵大朵的花儿,邵玉蓉闺房窗外,喇叭花、康乃馨、茉莉正开得逗人,湖上的风吹来,花香直扑鼻子。柯碧舟常喜欢站在坝墙边,柏枝和紫木遮下的绿荫处,向着鲢鱼湖那边眺望。

湖岸边,上船桥板旁边,清碧的湖水中打着一根根木桩桩,暗流大队的几十条小船,都停泊在那里。每条小船上的绳子,都拴在湖岸边的桩桩上。湖水荡漾的时候,停泊着的小船便随着水的浮漂,也轻摇慢晃着,很是恬静怡然。小船头,常有两只浑身乌黑、嘴壳长长的鱼鹰蹲在那儿梳理羽毛,注视着水面。这是邵大山喂来抓鱼的,当地人也叫它们鹚鹰。

鲢鱼湖呈扇面状舒展开去,碧波荡漾的湖水显得妩媚辽阔,阵阵涟漪舒徐有致,有一种意态丰满、婉顺柔从的慵息之美,看了叫人心扉顿开。狭长的鲢鱼湖两岸,也是风光瑰丽,奇彩交迸。湖的北岸,是一长道屏风般的山壁,远远望去,列峰排空、你挤我挨,露出股摩肩接踵的亲热相。湖的南岸,山势虽比北岸平缓一些,却也是峰峦重叠,绿荫四覆。两岸的山山岭岭间,都有回峰抱水的奇景,林壑深邃的峡谷,曲径通幽的庙宇,烟云霭霭的密林。

这样壮美别致的风景,在上海知青们初到山寨的时候,曾经深深地吸引过爱好文学的柯碧舟。可这些年来,艰苦生活使得他双目迟钝,忧郁的重压使得他丧失了欣赏美景的情致。可现在,大自然的娇美,又像个久违的好朋友般,陡然出现在柯碧舟面前,使得他不由得感到心旷神怡。尤其是在这凉爽清澈的空气中,天宇碧蓝似靛,辉煌灿烂、倾泻不尽的四月天的阳光下面,柯碧舟更觉得情绪极为开朗,精神勃然振奋。他在内心深处暗叹道:谁能不说这是美不胜收的山乡呢?

每当这时候,县气象局的干部,邵玉蓉的伯伯邵思语,总会来到柯碧舟身旁,同他一道欣赏鲢鱼湖团转的美景,陪伴他沿着湖边、顺着田埂散步。在闪烁银光的露珠缀满草叶的清晨,在树梢梢上抹满余晖的静静黄昏,邵思语一边和柯碧舟并肩而行,一边用打动人心的语言和深邃的思想,拨动柯碧舟心灵深处的那根琴弦。有这么一段话,多少年之后,柯碧舟还记得那么清楚,思语伯循循善诱地说:"是啊,这几年来,好些事情搞糟了、搅乱了,不说你们小青年迷惘,我这老年人都忧心哪!不过,小柯,你得记住,谁都没法选择自己生活的时代,谁都别想指望一生下来就活在天堂里,每个人的一生中都有不顺心的境遇和磨难。不能因为如此,就忧忧戚戚。一个有志气的年轻人,是有勇气克服艰难的环境造成的阻力,把自己身上的热能,献给祖国建设事业的。"在邵思语有意无意的帮助、启发下,柯碧舟的内心逐渐开朗,胸怀也慢慢开阔了。他不再只想着自己那该诅咒的家庭出身,他不再只想着自己的出路和命运。他开始想到集体的利益、山寨上社员们的生活,想到我们的山寨农村,为什么还那样贫穷、闭塞、落后?

春耕大忙季节到了,那是个细雨霏霏的早晨,邵思语要回县里去了。腿脚还没痊愈的柯碧舟,一定要送送自己的救命恩人。邵大山、邵玉蓉、柯碧舟伴送邵思语到了湖边,邵大山解开系住木桩的绳索,高声嘱咐亲哥子,有假期一定回家乡来看看,预备撑篙划船送伯伯到县城去的邵玉蓉,已经站在船头。邵思语却不急着上船,透过蒙蒙细雨,他眯缝着双眼久久地向远处的田埂小道上眺望着。

邵大山不解地大声问:"你还忘了啥东西吗?"

邵思语摆摆手,指指田埂小路上一个个挑着谷箩、牵着驮马、背着背篓的社员,对柯碧舟说:

"小柯,你看,他们在干啥?"

"都是去榨油房、舂米房、面机房的,"柯碧舟不以为然地瞅了那些田埂小路上的社员一眼,用司空见惯的口吻说,"湖边寨没有电,打米要到暗流河边的米房去,榨油要走六七里地?换面条、打灰面,要走十几里哩!"

"是啊,"邵思语拧起眉毛,语气凝重深沉地道,"小柯,解放快二十二年了,为啥湖边寨、暗流大队、镜子山大队,还有镜子山更往里的一些大队,都还没有电呢?有了电,湖边寨人不都可以在自己家门口打米、换面条、榨油,做更多的事了吗？天天晚上打黑摸,你这个上海人,怕不习惯吧,哈哈!"

邵思语走了,可他的话,却一直在柯碧舟的耳畔回响,激起他内心深处的老大震动。是啊,我为什么总是沉湎在自己的忧郁寡欢之中,我为什么只能面对现实哀叹忧伤呢?我为什么不能用自己的智慧和力量,来改变眼前落后的面貌呢?

这一天,柯碧舟一直木呆呆地坐在床沿上,眼睛直勾勾地望着一处,沉思默想着。

天擦黑了,送伯伯去县里又回到家的邵玉蓉,端着一只杯子,走进屋来,柔声问:

"你咋个了?听阿爸说,你呆痴痴坐了一整天。"

"……"柯碧舟没吭气儿。

"是不是又在想心事了?快莫想你那家庭出身了,喝杯水吧。"说着,邵玉蓉把杯子送到柯碧舟跟前。

平时,柯碧舟总要说声谢谢,再接过杯子。可这次他望也不望邵玉蓉,接过杯子,就喝了一口。他咂咂嘴,才品出味来:

"甜的?你放了糖?"

"不,是蜂蜜。"邵玉蓉温存地一笑说。

柯碧舟疑惑地:"蜂蜜,哪儿来的?"

"自己家里养蜂酿的呗。"

"自家的蜂?"

"这有啥稀奇,"邵玉蓉哧哧地笑着说,"劳动换来蜜甜的生活嘛!"

"说得好啊,劳动换来蜜甜的生活。"柯碧舟由衷地自语着,他显然受了启发,把杯子往桌上一搁,扬起两道眉毛说,"玉蓉,你说,湖边寨没得电,为啥不能从外边引进来呢?"

"嗬,你在屋头呆坐一天,想的就是这件事啊!"邵玉蓉欣悦地笑了,两片嘴唇一掀一掀地说,"从外头引电进来,要好些电线啊!前两年我们寨上算计过,有电的寨子,最近的,离湖边寨也有七里路。你算算,七里路要多少电线,莫说集体积累少,没么多钱去钻路子、开后门买电线。即使有了钱,费尽心机买来了电线,牵进了电,也不见得点得上电灯……"

"那又是为啥?"

"为啥?你还不清楚?这几年生产不正常,电厂发的电少,一般工厂企业耗的电多。而新上马的基建工地、厂家又多,电力弄得很紧张。农村社队,扯得起电线的也经常停电。你没听说,一到天旱要电抽水时,往往抽水机抬来了,电却送不来,急死人呢!"

柯碧舟兴致勃勃的脸色暗淡下来:"那么……那么湖边寨就一辈子点不上电灯了?"

"你急个啥哟,"邵玉蓉嬉笑道,"伯伯随便说句话,就把你急成这个样子。往后哪个还敢同你讲话啊。走,吃晚饭去吧。"

柯碧舟的脑子里,却怎么也抹不去这个念头。他觉得不该再休息了,清明早过了,这一阵气候温暖,草木繁茂,山区进入了百物生长的春耕大忙季节,寨上的劳力紧张,自己虽不能去放牛,却还能干些力所能及的事情。再说,在邵家住了多天,太麻烦邵大山和玉蓉了,不能再在他家住下去了。

谢辞了邵家的照顾和盛情接待,柯碧舟回到集体户,当夜找到了左定法。

柯碧舟舍身救耕牛的事迹,通过邵大山和玉蓉的嘴,传遍了暗流大队,人们都称赞柯碧舟在关键时刻的果敢行动,两头水牛,价值千元之巨哩!左定法这回接待柯碧舟,比往常客气一点。当然啰,对柯碧舟的勇敢无私,是不能表扬的,这类家庭出身不好的子女,做好事,带有极大的偶然性,对他们稍加赞许,已经是最大的奖励了。左定法卷着叶子烟,垂着眼睑听完柯碧舟的申述,而后移动了一下肥壮的身躯,仰起方正的黑脸,打着官腔说:

"你的事,我们扯过了。"

他总是这样,哪怕革委会、新建的党支部没有研究过的事,他也这么说。表明他说的话,句句都是代表支部、代表大队革委会说出来的:

"既然你有这个要求,我们认为很好嘛。我听说了,湖边寨那些高榜田缺肥,队上正组织妇女劳动力割'秧青',壅在田水里沤肥料。好像是缺一个称'秧青'的劳力,你身体还没好全,我看就照顾你,去给妇女劳动力称'秧青'吧!记住啰,你这活路清闲是清闲,也得认真、细心,莫给人家称少了斤两,也莫给人家称多了。"

从这以后,柯碧舟一早起来,草草吃过饭,就到寨外的高榜田田埂上站着,手里拿着一杆大大的杠秤,兜里放着小本本、钢笔,给割秧青的妇女劳动力称重量。

妇女们的干劲真大,勤快的姑娘和年轻媳妇,一天能割上六七背篼秧青。天蒙蒙亮起床,她们就紧赶慢赶上了坡,把那些沾着露水的秧青,一把把割来塞进背篼,尖尖耸耸地割满一背篼背到高榜田,满满一背秧青总有七八十斤,甚至百把斤,少的也有五六十斤。割两百斤秧青评十个工分。劳力强的,割一天秧青抵到二三个劳动日。妇女们的干劲咋个会不大呢?其中最卖气力的,要数缺牙巴大婶。四十来岁的缺牙巴大婶,是寨上烧窑师傅阮廷奎的婆娘。这婆娘以只生女儿而被湖边寨阮家族人瞧不起。但她有个特点,就是劳力强,不管做哪样活路,她总是一边张开呲呲漏风的缺牙巴和人开玩笑打趣,一边下死劲猛干。因此,一年下来,她的工分总是超出其他妇女七八百分。加上她丈夫会烧窑技术,烧一窑砖瓦,连装窑出窑,合共十天时间,因为白天黑夜都要守在砖窑旁草棚内观察,集体开给他二十四小时的工分三十分。烧一窑砖瓦,他能得三百多工分。一年中无霜期长,烧十五窑砖瓦没得问题。光这十五窑砖瓦烧下来,只不过半年时间,阮廷奎就能得近五千工分。另外半年,不烧砖瓦的季节,阮廷奎下田土做活路,也能得到一两千工分,还有圈肥、粪肥的工分,帮集体喂养牲口的工分,光他夫妇俩,一年能做一万多分,即一千多个劳动日。在出下力挣工分的社员中,阮廷奎和缺牙巴大婶是年年都挣得最多的一对。尽管这样,缺牙巴大婶还嫌挣的工分少,要她那十七八岁的大姑娘,十五六岁的二姑娘,十二三岁的三姑娘,都出工干活挣工分。大队小学校老师动员她把女儿送进学校读书识字学文化,她不同意,还振振有词地说:"女儿都是赔钱货,长大了就不是阮家人,读书干啥子?早一天赚工分,屋头多一份收入。我要生下个儿子啊,不到七岁就送他进学堂。"

缺牙巴大婶见割秧青能挣工分,不但把她三个女儿拉上了阵,还把那刚满十岁的四姑娘,也带上了。每天,她领着四个女儿,从天亮干到黑尽,一天能割三十来背秧青。足足能肥一亩田。每当由她领头,身后紧随着压弯了腰的四个女儿,背着高耸耸的背篼,慢慢走到高榜田埂上来时,柯碧舟总要迎向前去,帮着缺牙巴大婶一家,把背篼卸下来,劝她们歇一歇再过秤。四个女儿都像妈,也是好劳力,只只背篼都重得惊人。柯碧舟看到嫩青的狼箕叶、马桑苔、青杠叶、杨梅叶、蒿子、蕨苔、野鸭板这些秧青倒进田头时,心里总要想:只要雨水好,今年的高榜田准能得个大丰收。

过秤时,汗流满面的缺牙巴大婶,尽管累得敞开衣衫,露出贴身的那件被汗

水染成土黄色的小褂子,喘个不住,她还要殷勤地来帮着抬秤,一面要柯碧舟看清秤杆,一边夸赞他:

"小柯,你舍己为人,兹(是)我们学气(习)的榜样!要不兹你啊,队头的两条耕牛都没得命啰!"

要不就是:"小柯啊,我一天就要跟自家姑娘说几道,做人要枪(像)小柯一样做,忠厚、诚次(实)!看着都叫人喜欢。"

柯碧舟觉得缺牙巴大婶啥都好,唯独回回说这些过分夸奖的话,叫人受不了。

高榜田足足有六七十亩,是湖边寨名副其实的望天田。雨水好,年成就好,队里要多打四五万斤谷子,每个劳力也能多分百把斤谷子。雨水不好,只能改田变土,种苞谷,收获减半不说,入夏、进秋雨水一多,常常还收不起多少苞谷来。

站在高榜田田埂上,望着那一块块大小不一的水田、枕头块、薄刀块、底脚大土、方田、大弯块、小弯块、裤裆田……柯碧舟又想起了邵思语的话。只要湖边寨有了电,安上抽水机,这一带有的是水,把水抽上来,高榜田每年的收入保住了,年年要闹的春荒,不就消除了嘛!可是,这个电,从哪儿来呢?

柯碧舟在没人背着秧青来过秤时,总要蹙着眉头向前后左右望,好像山山岭岭上,就藏着电似的。高榜田前方不远,便是暗流河。暗流河由西向东流过来,急泻狂奔的河水,流到湖边寨门前坝前头的一个山垭时,一半河水轰隆隆流进了那个深不见底的大龙洞,另一半河水,继续穿山绕岭,往双流镇方向流去。因此,这地方就叫暗流,挨着暗流的大队,就叫暗流大队。高榜田紧挨着的山岭,连绵好几个大坡,都长满了八月竹。柯碧舟听人讲过,这满山遍岭的八月竹,因为古历八月生笋,故名。它的生长期三五年,高两三米,寨邻乡亲们除了年年春天砍点来搭四季豆、豇豆的架架,其余的就让它们自生自灭,集体很少顾及它。这近根部长着刺的八月竹,看去蔚为奇观,挺有趣味,但千百年来,当地人谁也没想到派它的用场。柯碧舟想的是电,也觉得它起不了作用。他的眼光,常常望着暗流河的那一头。

电,电,电!火力发电,水力发电,暗流河湍急奔腾,轰隆隆注入大龙洞,是不是能利用它来发电呢?

柯碧舟沉思着,没发现邵玉蓉背着满满一大背秧青,费力地勾着腰,已经走到他身旁了。

"小柯,帮我接一下。"

听到邵玉蓉的招呼,柯碧舟才猛然从深深的思索中回过神来,他睁大了一双陷进眼窝的眼睛,看到邵玉蓉修长细弯的眉毛上,直直的鼻梁巅上,红润发光的脸上,都淌着豆大的汗珠。柯碧舟急忙伸出双手,帮助玉蓉接下背篼,一过秤,九十七斤。柯碧舟打开小本本记上,抬眼看到俯身倒秧青的玉蓉背脊上的汗水,已经浸透了花布衣衫,他忍不住说:

"你少背一点嘛,看你的汗哟……"

"没啥。"邵玉蓉秀气的菱形眼灵活地一转,眼角里露出一丝喜悦的星光,脸颊上喷红喷红,她倒尽秧青,灵巧地一拉背索,背篼轻盈地上了肩,说,"小柯,我要跟你说件事儿!"

"什么事?"看到邵玉蓉一本正经的脸色,柯碧舟连忙问。

邵玉蓉的脸变得严峻了,她压低嗓门说:"缺牙巴大婶的秧青,回回都很重,是吗?"

"对啊!"

"你晓得她家的秧青为啥回回都那么重吗?"

"她们割得多嘛!"

"不,"邵玉蓉回头张望了两眼,急促地说,"告诉你,缺牙巴大婶糊弄你呢!她家的背篼里,每回都搁了石头。称秤时,她一边说话吸引你的注意,一边伸脚踩住背索,那背篼就重了二三十斤。"

"啊,有这种事?"柯碧舟像头上挨了一棒,"你咋晓得?"

"这你就莫管啰!留神着呗。"邵玉蓉含蓄地一笑,不无责备地扫了柯碧舟两眼,"你呆眉呆眼的,一天在想个啥呀?"

一句话提醒了柯碧舟,他赶忙伸手指着暗流河说:"玉蓉,你看暗流河的水多急!我想……我想……这水能不能发电呢?"

"又是想这个,我看你是钻了牛角尖。"话是这么说,邵玉蓉的语气却是柔声细气的,"跟你说呗,这法子湖边寨人头两年就想过,县头还请专家来勘察过,说暗流河水能搞小型发电……"

"那太好了。"柯碧舟两眼闪出光来。

"白搭，"邵玉蓉说，"安发电机，要钱哪！大笔的钱！湖边寨砍了果园，不准养鱼，哪来这么多钱呀？小柯，我劝你莫胡思乱想了，干好称秧青的工作吧，莫又让人糊弄了。噢，你看，缺牙巴大婶一家又来了，你留心吧。"

邵玉蓉像害怕什么似的，急匆匆走了。

一大瓢冷水浇在柯碧舟的头上，柯碧舟新想到的办法又被否定了。钱，到哪儿去找钱呢？他柯碧舟自己穷得理发也愁钱，还梦想装发电机呢。柯碧舟失望地抬起头来，果然，田埂小路上，缺牙巴大婶和她的四个姑娘，背着满满的五背篼秧青，一步一摇晃地走来了。

"小柯，快过秤吧！"待柯碧舟帮她们把背篼全部卸下，缺牙巴大婶主动拿过大秤杆，招呼柯碧舟。

柯碧舟瞅了她一眼，平心静气地说："大婶，有社员说，少部分妇女割秧青玩假，要我在过秤时，把每个人的背篼检查一下。先检查，再过秤吧。"

缺牙巴大婶的脸色变了，不等她回出话来，柯碧舟已经把一背篼秧青倒在田埂上，从中拣出了两大坨石头。柯碧舟掂了掂，足有头十斤。

"小柯，这怕次(是)哪个龟儿开老娘的玩翘(笑)，整老娘哩！"缺牙巴大婶连忙扭过身来掩饰。

柯碧舟不再理她，挨次检查了五个背篼，每个背篼里都有两三坨石头。柯碧舟瞅瞅说不出话来的缺牙巴大婶，指着一堆石头说：

"这也是开玩笑吗？大婶，用这样的手段骗工分实在要不得。工分的价值，是大伙儿淌着汗水创造的呀！你说，该不该扣除石头的分量和脚踩背索的重量呢？"

缺牙巴大婶的脸色一阵青一阵红，确实尴尬、狼狈。豆大的汗珠顺着她那起皱的脸皮淌下来，她也顾不得擦拭。待柯碧舟说完，她一见身旁左右没人，连忙探过脑壳，声气低低地说：

"小柯，这事儿你次(知)我次，天次地次，旁人都不次，你就高抬贵手，放我过门吧！我一家烧香磕头，都感激你哪！"

柯碧舟摇了摇头，说："这么做，对你好吗？"

"有啥子不好？"缺牙巴大婶鼓出一对眼珠说，"其实，这次(事)算个啥哟。左定法当个主任，整天不干活儿，到年终结算，他夫妇的工分比我家两口子还多。

我一提意见,他婆娘还骂人说:'莫非大队主任一年到头还比不上个烧窑汉子?'小柯,你想想,我们耍点假,挣点工分,还不是为了养家糊口。几块石头能多给我们几个工分?和左定法比,不过是这么一丁点!再说,这石头我们也是花劳力背来的……"

柯碧舟真是又好气又好笑,天底下竟有这样不知羞耻的人,他指着那堆石头,心平气和地问:

"这也当得肥料吗?"

"你真憨,就是它当不得肥料,大婶才央你行行好呀!"

柯碧舟不说话了。他晓得,阮廷奎这人,二十世纪五十年代做过转手投机,在外面耍荡,学会了一门烧窑手艺,回到湖边寨,仗着一技之长,才安下心来,专门烧窑赚高工分。阮廷奎的婆娘缺牙巴大婶,却是从来没有停止过赶流流场,做投机小买卖。在湖边寨,她是个出名的泼妇,见过世面,经过阵仗。哪个把她惹恼了,她能搬一把椅子,堵在你家门口,不指名地把你祖宗十八代全部咒翻。今天要得罪了这个人,她真大吵大闹,该咋个办呢?

想了一阵,柯碧舟面对眼巴巴盯着他的缺牙巴说:"大婶,集体委我干这个事,我不能昧着良心对集体。你这件事,已经承认。我一点不跟你添油加醋,照实报告队长,由领导来管,你说好不好?"

"好,好,好吧……"缺牙巴看到柯碧舟一脸的严肃,撇了撇阔嘴,嘴皮子抖动着,话也说不完全了。她晓得,要叫柯碧舟瞒过这件事去,是想用纸去盛水,不可能的了。她把脸一沉,气冲冲地拉过竹篾背篼,悻悻地说:"我这才认识你姓柯的。走啊,回屋头去,老娘也懒得割这个背时秧青啰!"

缺牙巴气咻咻地发泄着怒气,挺胸昂头顺着田埂疾步走去。走了几步,她又猛一回头,以命令的口气道:

"四姑娘,你慢点走,掏儿把猪草再回家!"

四姑娘应了一声,在狭窄的田埂上停下脚步,磨磨蹭蹭地弯下腰去。

柯碧舟看着缺牙巴和她的三个女儿远去,不由得低垂着脑壳,内心深处还在搅腾。这件事,处置得对不对呢?以后,缺牙巴堵住集体户的门撒起泼来,我怎么办呢?她这个人,什么话骂不出口呢?一骂,不又要骂到我的家庭出身了吗?唉,做这件事真得罪人啊。

随后,余下的半天时间,柯碧舟一直处在郁闷不悦之中。也难怪啊,是知识青年,谁不指望自己在山寨社员中,有个好印象啊!招生、提干、招工,如今都兴群众推荐,机会来了,有人在群众会上公开贬你,你总不能被推荐出去啊!

黄昏来了,犁牛打田的社员在沟水里洗犁盘、耙子,几头大牸牛,散放在田埂上低头懒洋洋地咀嚼着嫩草,山窝窝那边平地上,拴在地桩桩上的一匹咖啡色川马,昂着马脑壳嘶鸣着,不耐烦地催促主人来把它牵回圈去。远处的山脊上,收工回寨的人们,扛着锄头慢慢走过。西边天,金色的余晖像面巨大的纸扇,抖开道道橘红绚烂的晚霞,峡谷深处,树根脚开始黑下来了。

割秧青的妇女劳动力一个个从田埂上走来了,柯碧舟聚精会神地给她们过秤,记数,妇女们叽叽喳喳地说笑、打趣,他都听而不闻。留心着每个背篼,注意着过秤时有没有人踩背索。大伙儿都惊问着,缺牙巴大姊一家,下半天为啥没来割秧青?她家挣工分不是最凶嘛!

柯碧舟给妇女们称完秧青,发现湖边寨的女社员差不多都回来了,独有邵玉蓉,还没背回秧青来。他站在窄窄的田埂上,等待她。

妇女们顺着田埂鱼贯而行,渐渐回寨去了。左定法的婆娘,每背秧青只割五十来斤的秦明娟,一个跷嘴鼓眼的中年妇女,连连回头望柯碧舟,掀开两片厚嘴唇,尖声拉气地问:

"小柯,天都擦黑了,你还不回家?"

"还有社员没回来呢。"柯碧舟简短地答道。

秦明娟故意眨着眼睛:"是哪个呀?"

柯碧舟的脸微微一红,他指指手中的小本本说:"参加割秧青的共有五十四个妇女劳力,只回来五十三个,我不知道哪个还没来。"

"我可知道她是哪个,哈哈哈!"秦明娟发出一连串大笑声,背着背篼走远了。

柯碧舟被她的笑声弄得脸通红,不知答个什么好。好在天色已晚,浓重的暮色从山岭、河谷间升了起来,群山已经不像白天那样浓淡有致、气象万千,而都像泼了墨一般,黑黢黢的了。

蛙儿在叫,小虫子在鸣,沟渠里的清水,在轻吟着流去。早出的星星,在紫微微的天幕上像婴儿似的眨着眼睛。山野里的小道,只能依稀分辨出来。柯碧舟担心地想:玉蓉为啥还不回来呢？是遭毒蛇咬了？是被镰刀割破脚杆了？还是割得太多了背不动？他的心像沉浸在滚烫的油锅里,焦灼万分。

正在这时候,几十步外传来了玉蓉小心翼翼的探问:"还有人在田埂上吗？"

这不是玉蓉的嗓音吗！柯碧舟的心头一阵兴奋,他连忙迎着声音跑去,边跑边嚷着:

"有人,有人啊！"

玉蓉背着高出脑壳的一满背秧青,略微弯着腰,站在靠近沟渠的那道地势较低的田埂上,看见柯碧舟向她跑来,她无声地微笑了。

柯碧舟跑到玉蓉身旁,帮着她卸下满背秧青,嘴里委婉地咕哝着:

"又是这么一大背篼,叫你少割点、少割点,你为啥偏要割这么多？天黑了也不知道回来。"

邵玉蓉听得出,柯碧舟的声气中抱怨的成分少、爱怜的成分多,心头甜丝丝的,只是默默地笑着,伸手抹去额上、脸上的汗珠,不反驳,也不解释。看到柯碧舟拿过秤来,她悄声细语地问:

"小柯,下半天不见缺牙巴上坡,你是不是揭了她的短呀？"

"嗯。"柯碧舟正要用秤钩去钩背篼,听见这话,直起腰杆说,"我还怕她撒泼呢。"说着,把事情经过讲了一遍。

"就该这么治她！"邵玉蓉听完柯碧舟的话,肯定地点着头,气愤地说,"哪能由着她弄虚作假,尽吃大伙的汗水钱！你要担心她撒泼,晚上,到队长家去,把事情如实汇报吧！"

柯碧舟点点头,没吭气。

黑暗中,邵玉蓉没见柯碧舟点头,也没听见他回话,以为他犹豫不决,赶紧问:

"你怕吗？要是心怯,我陪你一道去！"

"不,不用陪。"柯碧舟略有些着慌地答道,"我不心怯,我会去！"

邵玉蓉赞同地说:"对了,就该有这股劲。小柯,你莫怕她撒泼,社员们会支持你！"

"谢谢。"此时此刻,柯碧舟得到这样的支持和鼓励,心头热烘烘的,他忍不住感激道,"真要多承你！"

邵玉蓉嘻嘻笑了:"这也值得谢吗?哪个心眼里没杆秤啊!"

柯碧舟把秤钩钩住背篼,好不容易把玉蓉那背秧青称起了,但因为天黑不见亮,只依稀辨出秤戥超过了一百斤,究竟超出好多,怎么也看不清楚。

"都怪你!"柯碧舟鼓起嘴嗔怪道,"这么晚才回来,秤戥都看不清了。割又割得那么多,也不知累不累,时间也忘了。"

邵玉蓉调皮地伸伸舌头:"你看见天黑,明知看不见秤戥,还呆站着干啥呢?"

柯碧舟脱口而出:"这是我的工作……"

"工作,不就是过个秤嘛,明天也可以称。"

"我想等等……"柯碧舟有些心跳,声音低得像蚊子叫,"我怕你被蛇咬,怕你脚杆被镰刀割破,怕你割得太多,背不回来。"

"哈哈,你把我当作上海城头的娇小姐了。"邵玉蓉开心地大笑,"哪里有这么多怕的。实话对你讲,摸黑赶路,对我是常事了,不用你担惊受怕。哎,你干吗这么担忧呢?"

"我……我也说不上来。"

"你呀……"邵玉蓉既惊又喜地喷了半句,也不说话了。

虫鸣、蛙叫、渠水响,两个人站在田埂上,四面是浓浓的春夜的帷幕,两个人都有些心慌、尴尬,不知说什么好。一种崭新的、原先似乎是毫无准备的感情,像突来的洪水般,在他俩的心田里泛滥。

邵玉蓉抓过背篼,把里面的秧青往田头扔。柯碧舟一把逮住她的手腕:"慢着,还没看清秤呢!"

"就算一百斤吧!"邵玉蓉的手有些颤抖,嗓音也有点激动,但并不把手挣脱。

柯碧舟这才发觉自己的莽撞,他像被火烫了似的缩回了手,张了张嘴,说不出话来。

邵玉蓉把满满一背篼秧青都扔到田里,双手扶着背篼,对柯碧舟说:"小柯,想想看,今天是什么日子?"

柯碧舟茫然不知:"啥日子?"

"你不晓得吗,明天是端午节啊!在山寨上,家家户户都要团拢来吃饭。"

"什么节日,对我都是一样。"柯碧舟垂下头,凄戚地说。

邵玉蓉温柔地邀请着:"去我家吃晚饭吧!"

"不,我麻烦你家已经太多了。"

"这有啥?吃顿饭,也算不得麻烦。"

"不,我不去。"柯碧舟断然摆了摆头。

"为啥那么怕去我家?"

柯碧舟眼前闪过秦明娟那狡黠的眼神和一连串的笑声,他迟迟疑疑地说:

"我怕人说闲话……"

"哪个人说闲话了?"邵玉蓉紧追着问。

"没……没得哪个说……"柯碧舟更是窘迫、嗫嚅地答着,"反正我不去……"

"我料到你怕去。"邵玉蓉说着,俯身从背篼底拿出一只饭盒,送到柯碧舟胸前,"给!"

柯碧舟不敢接:"啥呀?"

"你接着就知道了,快拿着!"邵玉蓉以命令的语气说。

柯碧舟接过沉甸甸的饭盒,打开一看,他又惊又喜地怔住了。

满天的星斗都出来了,把天幕映成了绛紫色。借着些微的星光,柯碧舟看到,饭盒里端放着一盒子白米粽粑。啊,下乡几年了,每逢过年过节,春节、元宵、端午、重阳,从来没人送过柯碧舟什么东西,也从来没人请小柯吃一顿饭,欢度节日。苏道诚和华雯雯经常送礼品给左定法,一到节日,秦明娟便来拉这两位吃顿饭。王连发、唐惠娟也各有几个相好的社员,会来拉他们去过节。连肖永川,名声虽坏,但在山寨上和几个赌钱、做转手买卖的,关系也很亲密,阮廷奎就常拖他去喝酒。这些人吃了回来,少不了说几句贫下中农待客的热情、和他们关系亲密之类的话。言语之间,苏道诚、华雯雯、肖永川几个,也不避贿赂之嫌疑,大吹自己孝敬了这类人一些什么东西。每当这种时候,柯碧舟不但觉得厌恶、头皮发麻,还受到很深的刺激。这更显出他一个人的孤寂、冷漠、无人问津的凄凉境地。

可是,今年端午还未到,邵玉蓉就主动请他去吃饭,还送给他满满一饭盒白米粽子。这怎不叫他激动万分,心涛不平呢?他开始猜到,玉蓉为啥拖到这么晚才回的原因了。

闪烁的星光下、薄暮里,柯碧舟的胸脯在剧烈起伏,两眼中噙着泪珠,嘴唇微微翕动。

"憨乎乎地站着干啥?回寨吧!"邵玉蓉站在一旁,早看见了他按捺不住的感情流露,她提起背篼,催促一句,就顺着田埂走去。

柯碧舟端着饭盒,手中提着秤杆,随着邵玉蓉,向湖边寨走去。

天早已黑尽了,寨子上空,夜色浓浓的,横着一抹淡蓝色的雾纱。

## 十一

山寨姑娘邵玉蓉那颗少女的心,开始不平静地跳动起来了。

这种微妙的变化,除了她自己以外,连她的阿爸邵大山,也是看不出来的。夜间她开始失眠,大睁着那一对澄亮秀美的菱形眼,望着帐顶,抿着嘴唇默然思索,有时候偷偷地笑,有时候又莫名其妙地忧郁叹气,有时候还悄声低语地,不知说些啥。白天和姑娘们一起在坡上劳动,到了歇气时间,她会听不到身旁姑娘们的嬉笑,只是支着锄把,瞅着远方连绵无尽的群山,瞅着蓝天白云,陷入沉思。直到姑娘们的大笑声惊醒了她,她才如梦初醒般眨动着双眼,脸颊红红地瞪着伙伴们,误以为她们是在取笑她。收工回到湖边那座砖木结构的小屋里,她会像患了健忘症一样,忘了给马上就要回家的阿爸预备洗脸水,忘了捅火蒸饭,忘了给圈里的猪儿喂潲。当阿爸问及,她只好支支吾吾,勉强找些话语来掩饰、搪塞。好在邵大山只有这么个独女,平时溺爱之极,从来没责备过她什么,也不会发觉她健忘的真实原因。

这种情形,近两天表现得尤为显著。原因很简单,前天,柯碧舟接受了社员大会的委托,到鲢鱼湖那一头的县城去了。事情要是办得顺利,他会很快回到湖边寨来的,要晓得,全寨的社员群众,都在盼望着柯碧舟的事情办成呢。昨天他没有回来,害得玉蓉假装绣袜垫,在窗前一直坐到明月西斜,夜深人静。她把希望放在今天,今天他准定该回来了。自他走后,她的心早随着他去了,她想象着,他找到县农业局,找到县林业局,找到县收购部门,把事情都打听清楚了,兴高采烈地在往回赶。她甚至想象得出,他在县城饭店买几只干馒头当一顿饭,他睡在旅馆的廉价通铺上,口渴了,喝一杯白开水。

往天收工时,玉蓉总是走在人家后头,还要绕着坡土团转看一遍,见哪个薅得马虎、锄得不净,她总要补几锄。可今天刚说声收工,她就噔噔噔冲在头里,赶回湖边小屋。她站在湖边,朝着平静的水面望去,一直望到水天相接的远方,也不见湖面上有一条小船。叹了口气,她回进屋头撬火煮饭。昨天她多蒸了一个人的饭,父女俩没吃完,今早晨吃了冷饭。今天她又多舀了一碗米来淘,她还要多蒸些饭,好让从县城赶回来的柯碧舟,吃上一顿香喷喷的热饭。

淘完米,蒸上饭,玉蓉又在大灶孔里升火煮猪潲,烧大了火,她就瞅空跑到院坝里,向着湖面上张望。连望了三次,都没见有小船划来。邵大山回家了,玉蓉不能再这样毫无顾忌地向着湖面眺望了,她的心像被线牵住了。怎么办呢?万一小柯的小船靠了岸,直接回寨子去了,她不就迎不着他了吗?那该多叫人懊丧啊!

终于给玉蓉想出了办法,她换下一件衣衫,又让阿爸把身上沾满泥巴的衣裳换下来,端着一只木盆,到湖边去一面洗衣服,一面等他回来。

可衣服全部洗干净了,天也黑下来了,鲢鱼湖水在月光下泛金闪银,还是不见有小船划来。

玉蓉的心像沉到了湖底,简直不知咋个办是好了。她颓丧地端着木盆,垂着双肩,脚步沉重地一步步走回屋头。

"洗几件衣裳,咋个洗了这么长时间?"满脸都是粗黑的络腮胡子的邵大山,大感困惑地问女儿。

玉蓉的眼神直瞪瞪的,一句话也回答不出来。她能怎么回答呢?

一见女儿这副神态,邵大山慌了神:"你咋个了?是不是哪儿痛?"

"有些头晕。"玉蓉头一次朝着阿爸扯谎了。

"那就快吃饭,吃完饭早早上床睡去!"邵大山连忙说,"你是干多歇少,累晕了,足足睡一觉,明天管保好。"

玉蓉端着饭碗,却难以下咽。她脑子里在想着,小柯去了三天,今天还不回寨,准是事情办得不顺当。老天啊,你真不睁眼,三年来,小柯头一次到县头去为集体办事,你偏偏就为难他,叫他回来难交差哪。

如果说,在这一九七一年的春天,柯碧舟的变化叫满寨人吃惊的话,邵玉蓉却觉得小柯的变化合情合理,她甚至还觉得,柯碧舟变得太慢了。在邵玉蓉碧潭般澄净的眼睛里,柯碧舟的每一点滴变化,都是表现得非常清晰的。要是有人问她,她会详细地讲出,柯碧舟是怎样从忧悒寡欢中逐渐逐渐地转变过来的。

不是吗?由于他平时沉默寡言,极少抛头露面,从来没引起过人们的注意,他前些天在全寨群众大会上的举动,叫寨邻乡亲们都觉得大出意料。

山寨上的群众大会,总是晚饭时分吹哨子,晚饭后各家各户的男女老少,有先有后地来到会议室。男子汉、老年人们咂叶子烟,闲摆;妇女们奶娃崽、搓麻线,说东道西;姑娘们嘻嘻哈哈;年轻小伙子们嬉笑打骂,半大不小的娃儿,在人群里东奔西窜。直要拖到九点多钟,会议才开始。照例,队长先说这一段的生产、下一段活路的安排,接着讲讲队委会的新决定;"土"政策,诸如放鸡鸭下田扣十斤谷子啊,自留地上的出产不准上市场啊,私自砍伐林木罚款五十元啊等等。一般地来说,队长的话关系到社员的实际利益,大家还是要听的,尽管听后的反映各不一样。群众最不要听的,是队长后面的大队支书兼主任左定法的讲话。左定法的开场白倒还干脆,干咳两声之后,他昂起粗黑方正的脸,说,该讲的队长都讲了,他没啥多讲的了,只是补充说两点。头次参加这种会的人,一定会信以为真,上他的当,以为他只不过说个几分钟。谁知他补充的两点,一讲就是一个多小时。常常是他站在前头讲,会议室里的社员,有的在打鼾,有的在小声嘀咕,有的干脆悄悄溜出来透几口新鲜空气。直到左定法冗长的补充完毕,才挨到每个社员尽一份民主权利,大家来对队里的种种事情发议论。

柯碧舟引起大伙儿注意的这次会议,先是议决了缺牙巴大姊割秧青玩花招的事件,社员们谴责了她的弄虚作假,一致同意扣她十个劳动日的工分。缺牙巴纵然生有十张嘴,也辩不过全寨老少几百张嘴,只得自认晦气,认了输。当然,敢说话的,也表扬了柯碧舟称秧青的认真负责。而后,人们便你一言我一语,叽叽喳喳地说起湖边寨的生产形势。啥子老板田里的花花水干透了,杨洞口子上的苞谷被牛吃了几十棵,队里的支出大于收入,去年买来的几包水泥干得结了块,老母马快下崽了……事情多得说不完,问题一大堆。说到问题,自然又扯到了劳力紧张,偏偏还要出外舂米、换面、榨油耽搁时间。最后,人们差不多众口一词地诉起没得电的苦处,发一通牢骚,怨湖边寨没得福气,"揪"不来电,满寨人只能受活罪,每次会开到这儿,时已半夜,人们也都累了,会议就在不了了之中宣告结束。

这次,两只耳朵里灌满群众意见的队长刚站起来,正要宣布散会,一直坐在角落里的柯碧舟不知啥时候走到大煤油灯前来了,他用与平时截然不同的高昂嗓门,胸有成竹地对大伙儿说:

"没得电,我们为啥不来搞个水电站?"

"没钱啊,小柯!"队长斜了他一眼,头一个朝他伸出巴掌说,"有钱,这话还等你来说?"

人们又跟着七嘴八舌叫嚷:"小水电站早几年就扯过,可那要好多票子呢!"

"国家不贷款,莫说湖边寨,就是暗流大队、镜子山大队凑拢来,也拿不出这笔钱。"

"唱高调,哪个不会?"

"这小子还真肯白日做梦哩!"

"只要手中有票子,小水电站半年就能建起来,还消你柯碧舟讲?"

当初,邵玉蓉坐在矮板凳上,心里那个急啊,没法用话形容。她眼巴巴地盯着柯碧舟,真怕他给大伙儿嘈杂喧哗的哄闹吓住了。

柯碧舟不待嘈杂的喧闹平息下去,拉开嗓门道:"依我看啊,湖边寨有的是钱,只是大家没留神!"

这一来,会场上刹那静寂下来,顿时分作两摊人,一摊人瞪大眼望着柯碧舟,看这小子是不是疯了?另一摊人眨巴着眼皮,倒是想问个幺二三。烧窑师傅阮廷奎,因婆娘受批评心里还窝着气,他用嘲弄的语气道:

"小柯,你看湖边寨哪里有钱?是不是你眼花,把坡上的石头都看成了金子?"

阮廷奎的话引起众人一阵哄笑。

柯碧舟不笑,他消瘦的脸上微微泛起一层红光,镇定地说:

"我说的钱,就是在坡上,不过不是石头,而是那遍坡漫山的八月竹……"

"八月竹?"

"八月竹算啥子钱?"

人们都大为惊诧。

柯碧舟的声气,在会议室里回荡着:"自古以来,湖边寨山岭上的八月竹,因为交通闭塞、运输不便,从来没引起过谁的注意。除了砍些来搭豆架、瓜架之外,任凭它自生自灭。有人要问,这八月竹有啥用啊?它又不是钱。不,我说它正是钱,把它们砍伐下来,运到外面去,它是造纸的最好原料,国家正缺呢!大伙想想,这些年闹'文化大革命',写大字报,贴大幅标语,我们国家用去了多少纸啊,纸张正紧呢。我们把造纸原料给人家送去,还有人不要的吗?"

话说完,会议室里鸦雀无声。不但是满寨社员,就是集体户的王连发,从县城学医回来的唐惠娟,从上海探亲先后回寨来的苏道诚、华雯雯、肖永川,也都大大吃了一惊。真没想到,一句话不说的柯碧舟,竟能想出这么个高明的主意来。是啊,那些取之不尽的八月竹,晚春初夏的五月间正交成熟,把它们卖给国家,人们所愁的"钱",也就是建小水电站的经费,不就有了嘛!

只有邵玉蓉知道,小柯的这个主意,是怎么产生的。那天,伯伯邵思语给玉蓉寄来一些书籍杂志,柯碧舟来借去看,当他看到一本杂志上说到国家纸张紧张,小学课本开学了还印不出,练习簿不易买到时,他灵机一动,陡然想到了,竹子是最好的造纸原料之一,坡上的那些八月竹,为何不能卖给国家呢?

群众大会通过了决议,并且决定,派柯碧舟到县头有关单位去打听、联系,看哪里需要造纸原料八月竹。

就这样,柯碧舟到县城去出差了。前天一大早,绚丽的晨霞映在鲢鱼湖面上,邵玉蓉依依不舍地送柯碧舟上了小船,站在岸边,一直注视着小船消失在远方。她在心里默默地祝愿,愿小柯一路平安,愿小柯办事顺利,愿他通过这件事,被湖边寨社员群众公认,是一个好知青。

这么一件大好事,为什么要办那样久呢?他在县城碰上了难题,一个人找谁商量呢?邵玉蓉等不见小柯回来,吃不下饭了。

这种感情是怎么滋生的,连邵玉蓉自己,也没来得及去细细地体察。也许可以说,这是女性的特征,由怜悯与同情引起的。但仅仅是怜悯与同情,邵玉蓉还不至于陷入忘我的情形,还不至于吃不下饭、睡不好觉,变得沉思默想、心情不安。

在湖边寨长大的山乡姑娘邵玉蓉,熟悉暗流大队的山,熟悉美丽如画的鲢鱼湖,也熟悉读过三年初中的县城,却从不熟悉上海,这个祖国著名的大城市。她接触过县城和山寨的小伙子,却从没有接触过上海的小青年。单这么说,人们一定会误认为玉蓉是个爱慕虚荣的山寨姑娘。事实恰恰相反,玉蓉看重的,正是艰苦朴素、任劳任怨、不爱夸夸其谈这些质朴的个性。衣衫破烂、消瘦忧郁的柯碧舟每次在她身前走过，不像苏道诚、王连发、肖永川那样，笑吟吟的，目光直往她脸上溜，或是同她和和气气地打招呼。柯碧舟怕见人，同她擦身而过，他垂着眼睑，目不旁移，悄悄避开一点。这副不由自主流露出来的可怜相，在玉蓉从没和小柯讲过话之前，已经深深地激起了她的同情心。她知道，他之所以这样，是因为家庭出身不好，是怕受到人歧视、轻蔑。有几次，她真想叫住他，请他挺起胸膛、仰起脸，像其他小伙子一样走路。姑娘的羞涩和自尊，使得她没有这么做。但柯碧舟比其他知青留给她更深的印象，那已经不可否认了。

　　后来，她接触了两个女知青，听到了这两个性格截然不同的人对柯碧舟的评价。华雯雯说，柯碧舟是个道地的傻瓜，又穷又寒碜，任何姑娘都不屑一顾；但平心而论，他绝不是一个坏人。他不像苏道诚那样风度潇洒、八面玲珑，他也不像肖永川那样粗野无耻、手段恶劣，他更不像王连发那样讲究实际，会对人敷衍应付。他就是他，一个叫人无法接近的年轻人。唐惠娟的评价要更为公正些，她觉得柯碧舟为人正直、劳动踏实、吃苦耐劳，从来不在人前说三道四，从来没见他贿赂过哪个干部，也从来没见他对谁说句恭维话。而且，看得出他很聪明，下乡才多少日子啊，他能挑一百来斤重的担子，能记住湖边寨那些田块的名字，也学着犁田耙田，插秧季节，他能栽出一手匀称齐整的秧来。可惜的是，他的家庭出身太不好了，况且自己又背着包袱，整天沉着个脸，让人不好接近。

　　从两个性格完全不一样的女知青口里听说了这些话，证实了玉蓉自己的观察，也使她认定，柯碧舟是个好人。有了这个认识，促使着也吸引着玉蓉情不自禁地去接近他、了解他。那么，玉蓉这个山寨贫农的女儿，明明知道柯碧舟家庭出身不好，为什么还会倾心于他呢？

　　这就不得不提到玉蓉的身世和她的父亲邵大山、伯伯邵思语了。

　　清匪反霸那一年，土生土长的邵大山跟着解放军剿匪，查枪、带路、抓匪首，跋山涉水，钻林过洞，废寝忘食。为此土匪恨死了他，但他日日夜夜和解放军在一起，土匪也奈何不了他。于是，这帮家伙派人趁邵大山婆娘上坡薅土的时候，开冷枪打死了她。这时，玉蓉还被娘背在身后。娘倒在土里时，她惊得哇哇大哭。附近的农民闻声赶来，解下了背衫，把玉蓉交给了邵大山。此后，邵大山背着玉蓉，继续给解放军带路剿匪，直到鲢鱼湖地区彻底平静，邵大山当上了农会主任。完成五大任务,搞互助组,闹合作化,成立人民公社,老土改根子邵大山都是忙了外头,又忙屋头,照顾了集体,回家来又照顾独生女儿。就这样,小玉蓉在父亲的身旁逐渐长大了。一九五七年,玉蓉七岁,到了进学校的年龄,邵大山送她进了公社的小学校。那时候,在鲢鱼湖团转的偏僻山区,扫盲运动正在开展,但还不彻底,山寨的人家户,只愿把小子送进学堂,不愿送姑娘上学。邵大山望女成大事,也希望脱开身来,更好地把心扑在集体上,毅然把女儿送进了公社小学。公社老书记挺支持他,让玉蓉在自己家里吃住。莫小看了玉蓉姑娘,她不但能读书识字,还常是名列前茅。一九六三年她小学毕业,正好十四岁,邵大山想把她叫回家来,挑担水、煮锅饭,把屋头事一肩担起来。会写字、会演算、还会打算盘的玉蓉也愿意回家来服侍老爹。她开始懂事了,阿爸整天在外忙,身旁需要个人照顾啊。巧得很,就在父女俩做出这一决定时,伯伯邵思语回乡探亲来了。

邵思语比邵大山年长四五岁,是大山的嫡亲哥子。一九四八年被国民党拉伕抓了去,几年都没音讯。直到一九五三年,他才回家来看望兄弟。原来他被拉夫抓去之后,不愿给国民党军队挑担驮粮、赶马车,伺机逃跑参加了解放军。全国解放以后,他转到地方工作,但因为不在家乡附近的县份,一直没机会回来看看。一九五三年那回探亲,也只住了几天。以后,他每隔一两年都要来看望兄弟与侄女一次。一九六〇年,邵思语调回本县气象局任副局长,两兄弟的接触频繁了些。邵大山去县城开会,总要去哥家坐坐,喝杯茶、吃顿饭、歇几晚上。逢到县机关下乡,邵思语也总是争取回家乡来和乡亲们一道春耕、秋收。邵思语和大山的感情很好,也非常爱自己的侄女。因为他结婚多年,妻子滕芸琴都没生育,对玉蓉就分外喜爱。一九六三年他回家探亲,是刚调任县气象局的局长,特地来告诉兄弟,顺便打听一下,侄女是否报考了县中。那时候,各公社还没有中学呢,进县中,非得报考不可。

听说玉蓉不想上中学,邵思语极力反对。他两头做工作,两头劝说,要大山兄弟把眼光放远大些,要侄女立下雄心壮志。就这样,玉蓉以优异成绩,考进了县中。

三年中学期间,她都住在伯伯家里。伯伯的家庭条件,自然要比湖边寨好多了。伯母在县公安局工作,老两口一共一百三十多元工资,没有子女,生活过得挺宽裕舒适。侄女来了,伯伯为她订阅了一些书报杂志,还经常去县图书馆借书回来,作为玉蓉的课外读物。

知识就是力量。这三年的中学生活,不但使玉蓉学到了初中的课程,还使她有时间认认真真地读了许多书,书本会陶冶人的情操,因此,她既有山寨姑娘健康的体质;又有从书本中潜移默化间增长的学识与涵养。沉思默想时,她显得丽雅、俊秀。劳动或嬉耍时,她又显得活泼、健朗。简而言之,她是个柔中有刚、温存而有主见的人。

一九六六年,"文化大革命"开始了。玉蓉不能继续升学,他们那一届中学生,都要上山下乡。她本来是湖边寨人,就理所当然地回到了湖边寨,开始了她的劳动生活。

在伯父身边,她学到了一些气象知识。种了几十年庄稼的邵大山,本来就有些测天的本领,肚里有几十条测天经。回乡以后,玉蓉把阿爸的民谚,结合从伯伯那儿学来的知识,分析、比较、综合,掌握了一套比阿爸更灵的测天本领。暗流大队成立气象站,需要不脱产的气象员,玉蓉被大伙儿选作大队的测天姑娘。

这样的一段经历,似乎不能解释玉蓉为啥要倾心于柯碧舟。但只要稍稍熟悉一点邵大山与邵思语的人,都知道,这两兄弟虽然相貌不一样,性格不一样,但有一点惊人相同的地方,那就是两兄弟都讲究实事求是,绝不夸夸其谈。他俩看一个人,都是重看表现,不看他相貌如何漂亮,不看他吹得怎么天花乱坠。他们不喜欢戴着有色眼镜看人。当柯碧舟在冬雪天挨打时,邵大山义不容辞地带着女儿赶到集体户去;当柯碧舟失足跌下山谷的时候,邵思语奋不顾身地扑出去抢救。这些行动,也在无意中影响着玉蓉。

总而言之,玉蓉由对柯碧舟的怜悯、同情、关切、熟悉,而不知不觉地陷入了初恋的罗网,像每一个经历初恋的人一样,她陷得很深。

当期待中的小柯没有按时回来,玉蓉焦灼得失去了常态。她吃不下饭,她心神不宁。坐在父亲对面,她觉得头皮像被人扯紧了,想到小柯一个人孤零零地在县城街头踟蹰徘徊,玉蓉的心像被人抓破了一样痛。

她坐不住了,搁下饭碗,转身走出了屋头。

见女儿的脸色苍白,邵大山抬起头来,盯着她背影问:"你到哪里去?"

"到湖边透透空气。"玉蓉低声答着,迈出了门槛。

夜间的鲢鱼湖是多么静谧,安宁的湖面泛着轻涛细浪般的涟漪。从树林里、峡谷深处升腾而起的淡雾,和湖面上的水汽交织融化在一起,使得较远的地方就看不清晰。湖两岸如画的山峰,在幽光微闪的月色里时隐时现。身后的田坝、谷地、寨子、河流都呈现出一派迷蒙暗淡的情态。

这景致,这意境,更使玉蓉的心惴惴不安,更增添了她的凄戚哀愁感。玉蓉脸上常有的那股红光消退了,眼睛里显出了绵长的情思,两条搁在肩头的粗黑辫子,也露出了丝发蓬乱的迹象。恋爱着的少女啊,为啥要有这么多的牵挂和烦恼呢?

停泊小船的湖岸那儿,长着几棵老柳树,柳枝儿婀娜多姿,垂落在湖面上。小船四周的水面,不时跃起一尾、两尾白条鱼,发出啪啦啪啦的响声。

玉蓉凝神向那儿望去,陡地听到轻微的哗啦哗啦的船桨的拍水声,玉蓉的心立刻提到了嗓子眼上,她陡地转过身去,划船声越来越清晰了,玉蓉踮起脚尖,睁大充满稚气的菱形眼,向湖面上瞅去。

浓云散开去,洁白柔和的月光,像抖开一匹巨大的白绸般倾泻到波光粼粼的湖面上。一只小船,正向着湖岸划来,船头上端坐着一个人影,挥动双臂划着桨。

是他,是小柯,是柯碧舟回来了!

玉蓉一眼就认出了他那印在她脑子里的身影,她觉得心突突直跳,两眼里闪出了泪光,彩釉一般的红晕,又浮现在她双颊上。她感到大自然的一切蓦然复苏,充满了生气,不是吗?湖光山色在月色里是那么美,淡雾那么富有诗意,垂柳那么娉婷婀娜,连草丛间的虫鸣也是那么悦耳动听。

她冲动地朝前走了几步,直到两脚踩到冰凉的湖水,她才慌得收住了脚步,感到自己太失态了。她低头看看两条打湿的裤管,只觉得心房里蹿进了一头活蹦乱跳、不服管教的野鹿,咚咚咚跳个不住。

小船驶近湖岸,船上的柯碧舟看清玉蓉在迎他,心里热烘烘的,冲着她微微一笑。

玉蓉看到他生动的笑容,也欣慰地笑了,边帮他把小船系在木桩上,边问:

"事情办妥了吗?"

"一切都妥了。"柯碧舟像个凯旋归来的战士,他收了双桨,敏捷地跳上湖岸,舒展一下坐麻木了的双脚,对玉蓉说,"再多的八月竹,国家也要收购。"

月色里,他的眉宇五官轮廓分明,极为生动,脸上挂着喜盈盈的微笑。

玉蓉乐不可支地笑了,她抓住自己右侧的粗辫梢,关切地问:

"挺费劲儿吧?"

"手续很多,倒不怎么费劲,我带有证明,还有你伯伯陪我找人呢。噢,对了,邵伯这次真帮了我大忙。"

柯碧舟一边说,一边走离湖岸,向邵大山家屋侧的水笕那儿走去。

一般地说,玉蓉家洗衣服、洗菜、淘米用的都是湖水,只有食用水,是用一节一节竹笕,从湖边寨上接过来的。细股清水,从湖边寨井台上,涓涓地自上而下流到湖岸边来。柯碧舟走到水笕旁的湿岩上,俯身喝了一大口冷水,直起腰来,从随身挎包里摸出两只干馒头,张嘴咬了一口,津津有味地咀嚼着。

"你……"玉蓉伸出一只手,不知说啥好。

"可把我饿坏了。"柯碧舟吁了一口气,畅快地说。

"你为啥不在县城吃了饭回来?"玉蓉关切地问。

"顾不上了,"柯碧舟答,"我急着回寨来。再说,还是节约点好。"

"不是有出差费吗?"

"我想省下钱打盐巴。"

"那……那你别吃冷馒头了,到我家去吃饭吧!"

"不麻烦你家了……"

"去吧!"玉蓉急得不知如何才能挽留住他,她一个姑娘家,怎能把深藏心底的感情赤裸裸暴露出来呢?她只得回过头去,尖声脆气地喊道,"阿爸,快来看啊,小柯从县城回来啰!"

邵大山的声气从台阶上传过来:"小柯回来了?快来坐坐,八月竹有人要吗?"

"要!"柯碧舟只好信步走到砖木小屋前的三合土院坝里,恭敬地答,"大山伯,县林业局、农业局、收购部门听了介绍,很重视。他们直接打电话和造纸厂联系,造纸厂听说有八月竹,回电直说要,还答应我们,若从湖边寨把八月竹砍伐下来运出去,照付运输费。"

"那真是太好了!"邵大山喜得一根根粗黑的络腮胡子直竖起来,满意地抹抹嘴说,"你小柯为集体办成大事了,快进屋头来坐坐,喝口水吧!怎么,你还没吃饭?"邵大山一眼看到小柯手里的馒头,扬起两道粗浓的眉毛说,"快进屋头来舀饭吃,哎哟哟,你这个小伙子,不吃饱饭,咋个能赶黑路回来呢?"

柯碧舟迟疑着,身后的邵玉蓉不叫阿爸察觉地推了他一把,他只得走上了台阶。

柯碧舟刚在小方桌旁边坐定,邵玉蓉立即给他盛了饭,又动作利索地炒了四只鸡蛋,一个劲儿地用兴奋得发颤的嗓音催着小柯:"快吃呀,快吃呀。这是蛋,这是细鳞鱼,不要尽是喝汤啊!"

正在听小柯讲着进县城办事详情细节的邵大山,陡然发觉,刚才还是病恹恹、懒神无气的女儿,这会儿竟然变得又活泼、又精神,脸上满面红光,透着强烈好奇和希冀的菱形眼里乌光闪闪,动作轻盈而又利索,还显出股姑娘特有的温存劲儿,不时地偏着脑壳瞥视着柯碧舟。

邵大山心头噔地怔了一下,耳朵里嗡嗡嗡发响,小柯的话,他一句也听不见了。

女儿吃饭前的垂头丧气,不是因为病。是病,绝不会好得这么快。看她这副模样,哪像个有病的人?真要说病,那么,女儿是犯了心病!

秉性耿直,说话做事喜欢大刀阔斧的邵大山,尽管平时做事粗枝大叶,这会儿,也看出了女儿的心事。

真正没想到,自己出于正义感,挺身而出在冬夜去看顾挨打的小柯;出于同情心,同意把受伤的小柯安置在自己家头养病。结果,却会引出这种决然没想到的后果来。在邵大山眼里,到山寨来插队落户的上海知识青年,是一帮大城市来的学生娃,他们自小在城里长大,和山寨小伙比较起来接受的教育不同,看到的事物不同,连说话口音也不一样。他从来没把他们和自己的女儿放在一起思索过。不是吗?女儿是个山寨姑娘,尽管二十一岁了,可在当父亲的眼里,她还是一个啥事儿不懂的小孩子。他做梦也不相信,上海的青年会和自己的女儿说到一处去。在他看来,上海的学生娃和山寨青年之间,是有着一道不可逾越的鸿沟的。不说风俗习惯、人品气质合不拢,即便是吃口上,也断然不同哪!山寨人个个都吃辣,可这些知青,哪个爱吃辣椒啊?

不能说邵大山这些想法是片面的,但他忽略了最主要的一点,那就是青年男女之间只要心灵沟通了,哪怕肤色不一样、国籍不同,也是可能相恋相爱的。别说他们仅仅是出生、成长的地区不一样罢了。

一旦察觉这情形,邵大山的心如同让火烫着了似的,不安宁了。联想到玉蓉饭前那副忧愁的脸容,以至在饭桌上咽不下饭、仿佛生了重病一般的神态,识字不多的粗壮汉子邵大山,也知道玉蓉爱得多么深了。

他的头脑里像被塞了一团乱麻,嘴巴里哑着的叶子烟,火头熄了他也没知觉,仍在吧嗒吧嗒哑着,漫不经心地应着柯碧舟的话。直到玉蓉站起身来说:

"阿爸,小柯要回寨去,我送送他吧!"

邵大山才像挨了一棍似的,猛地抬起头,怔怔地瞪着爱女。呵,喜气洋洋的玉蓉还没发现当父亲的神态变化呢。她太高兴了呀,看到小柯吃饱了饭,看到小柯为集体办事顺顺当当回来了,她怎能不心花怒放哩?邵大山心头哀叹了一声:唉,玉蓉并不在我面前掩饰自己的感情哩!这有多么糟糕,不是听说,小柯的家庭出身,是个反革命吗!"反革命",多么刺耳的字眼。嗨,可怜的女儿啊。

两个年轻人都没看出邵大山内心深处的翻腾和不安,柯碧舟客气地向邵大山道了谢,告辞走出了砖木小屋。玉蓉拿着一只电筒,离开小柯两步远,准备送他走完一里多的上坡路,回集体户去。

厚实坚硬的青岗石山道,弯弯拐拐顺着坡甩向湖边寨半坡上去。路两旁的槐树、花楸、紫木、青杠枝叶,撒下斑斑点点的光影。贵州山乡夜里时常叫唤的鸠雀儿,不断地发出啾啾啾的啼鸣声。

好幽静美妙的夜晚啊!心房怦怦直跳的玉蓉,脸上泛着一层兴奋的光彩,眼睛里闪烁着异常喜悦温柔的灵光。她轻声细气地说:

"唉,你去了三天,好长呀!我只觉得,你耽搁太久了。"

"其实不,"柯碧舟申辩说,"我在街上走路,都像在跑。"

玉蓉相信地点点头,又道:"真怕你办事遇到困难,没把事儿办妥回家来……"

"都亏了你伯指点、帮助。"

"你也出了力啊!"

"我算个啥,跑个腿罢了。"柯碧舟诚挚地说,"不过,心头真急、真焦,恨不得一天就把事儿办完,好赶回来!"

"忙着赶回来干啥?"

"快把好消息告诉大伙儿呀!"

"只想这一个念头?"

"只有这个念头。"

"不再有其他念头了?"玉蓉偏转脑壳,咬着粗辫梢,瞅着柯碧舟追问。

柯碧舟垂下眼睑,低声道:"有是有的,险些给我忘了。"

玉蓉的语气有些急迫:"啥子念头?"

柯碧舟在挎包里掏着、摸着,拿出一把弯月形的塑料梳子,递到玉蓉跟前:

"买梳子。"

"你没得梳子?"

柯碧舟只顾自己往下说:"几次走过百货商店,我都忘记了。事情办妥,才又想了起来。玉蓉,我看到你每天拿着半截木梳梳头发……这把梳子,给你吧!"

"我不要!"玉蓉生气地回绝道,"我为啥要收你的梳子?"

说完用眼角偷偷瞥视着他。柯碧舟像被泼了一身冷水,双手捧着梳子,不知所以地讷讷道:

"这……对不起……我……"

看着他那副尴尬、憨实的模样,玉蓉扑哧一声笑了,她劈手夺过梳子,娇嗔着:

"真是个憨包!穷着饭也不吃,还要花钱买梳子。"

柯碧舟定睛望去,月光下,玉蓉的脸像被通红的火映着似的,泛出一层透明的光彩,秀美的菱形眼,含情脉脉地瞅着他。柯碧舟的心也剧烈地跳动起来。

陡地,像凭空里响了一个疾雷,从两人前方,传来一声喝问:

"那边站着是谁?"

柯碧舟和邵玉蓉吓了一跳,仔细一分辨,才听出那是大队主任左定法的声气。

"左主任,是我。"柯碧舟迎上前两步答。

"噢,小柯回来了呀!"左定法冷冷地敷衍一声,又向柯碧舟身后张望,"你身旁那个是谁?"

"我嘛,你生着眼睛还看不见?"玉蓉几大步走到柯碧舟身旁,大大方方地说,"小柯从县城回来,没带电筒,我给他照一路亮。"

左定法方正的黑脸盘上肌肉抽搐了一下,柯碧舟和邵玉蓉这两个年轻人,双双并肩站在他面前,使得他心头冒起一股酸溜溜的滋味,很不舒坦。柯碧舟是个出身不好的知青,邵玉蓉本人提过自己意见,她父亲和自己又是两路人。他不由得有些气恼,连打听一下出差情形也忘了,只矜持地点了点头,操着官腔说:

　　"好嘛好嘛,年轻人应该互相帮助。"

　　说完,气咻咻地甩手走了。

　　柯碧舟与邵玉蓉又沿着青岗石道慢慢走去。左定法的突然出现,扫了两个年轻人的兴致,两颗刚刚燃烧起来的心,仿佛被浇了冷水,平息多了。

　　默默地走完一里多路,前面已是湖边寨子了,婆娑的树影在月色里依稀可辨。这家、那家窗户里,昏黄的油灯光闪烁摇曳着。玉蓉打破了沉默:

　　"小柯,你知道鲢鱼湖上还产鹭鸶、野鸭吗?"

　　"听摆过,从来不知它们由哪儿飞起来。"

　　"你想看吗?"

　　"想啊!"

　　"那么,我们约个时间,去看看好吗?"

　　"好啊!"

　　"下个赶场天,队里放假,吃过早饭以后,你来喊我,我们一起去,好吗?"

　　"行!"

　　"我在湖岸老柳树脚等你。"玉蓉的呼吸有点急促地说着,把电筒塞到小柯手里,"快进寨了,你回去吧,我走了。"

　　说完,抽身沿着来路跑去。

　　"哎,"柯碧舟举起电筒,"拿你的亮去!"

　　黑夜里,传来一声清脆的回答:"我惯了,看得清。"

# 十二

　　一九六七年早春,在全国各地造反派掀起的一阵"夺权"风中,爆炸了一声"西南的春雷"。《人民日报》以此为题目,撰写了社论,这一声春雷就此响遍全国。

在响遍全国的春雷声中,原先专门在集体砖瓦场上打砖做瓦的左定法,也纠集起一帮造反人物,夺了暗流大队的权,晋升为大队革命生产委员会的主任,成了一个他自己常说的"半脱产干部"。

暗流大队的老支书兼大队长邵大山,给套上了"支持开私荒""为自发势力撑腰""顽固执行资产阶级反动路线""捂暗流大队两个阶级、两条道路、两条路线斗争的盖子""阶级界限不清""走资本主义道路的当权派"等七八顶帽子,靠了边。到公社派人来调查了解、核实邵大山材料的时候,才发觉所有的帽子都属于"传说纷纭,查无实据"。冲冲杀杀的时期一过,总要给没犯啥错的邵大山落实政策啊,已经掌握了大队权力的左定法,在公社的几番催促下,让邵大山当上了贫协主任。左定法满以为邵大山会吸取无产阶级"文化大革命"的教训,在领导班子里,乖乖地听他的调拨。不料,邵大山不论是参加革委会会议,还是参加整建党,都毫不容情,每次都要轰左定法几炮,说他弄虚作假是歪门邪道,说他砍了果园是砍了集体的肉,说他不参加集体生产劳动,说他不该一人拿两个劳力的工分。回回都轰得左定法下不来台。

左定法想整邵大山,却找不到材料。再说,刚给人家落实了政策,要打倒也不那么容易。这老汉是土改根子呀,在湖边寨、暗流大队、鲢鱼湖公社内外,都有点名气。谁不知道,他的嫡亲哥子在县里当气象局的副局长,和这个兄弟感情很好。没得一锤一个坑的硬材料,要扳倒邵大山是不容易的。

左定法思来想去,终于给他想出了一个办法。前些年,暗流大队所属的几个生产队,都掌握着几条小船,为了"堵资本主义的路",不让社员们私自到鲢鱼湖里去捕鱼,大队一声令下,把各生产队的小船都收归大队管理,要用的时候,由大队批准。鲢鱼湖,不单单是个水产湖,还是个水上通道。去县城的社员,常要向大队借船。差不多每天都有人来找左定法批条子借船,左定法早感到厌烦了。他决定把邵大山派到湖边去,看守这几十条小船,堵住这个走资本主义道路的"缺口"。这么一来,名义上贫协主任手中也有点权,让群众看来,邵大山年纪大了,大队照顾他,分配他干这个轻闲活路。而对左定法来说呢,邵大山住在湖边,离寨子一里多路,接触群众少了,寨上的事了解得也不么清了,开会时自然就不会和他唱对台戏了。

左定法做得冠冕堂皇,他的提议经大队革委会通过,群众大会表决,由集体出人力物力,把邵家连屋基带用具,一起搬到了湖边小土坡上。

邵大山自然明白左定法这么做的目的,但大权在他手头,自己有啥办法呢?只得暂且忍一忍吧。他把一切都跟当副局长的哥子邵思语摆过,邵思语劝他,不要把气闷在肚头,还是想开点,走着瞧吧,连天阴雨有个晴,乌云还能永远遮住太阳?在二十四个节气中,大寒过后才是立春呢。

因此,邵大山和左定法系下了疙瘩,至今还没解开。两个人相见,打个招呼客客气气;倘若远远望见,必定设法避开。从来没想过面对面谈心这类事。

邵大山决然没想到,左定法会亲自走上门,来找他谈话。

这天,玉蓉出工去了,邵大山见没人来借小船,正整理着尼龙丝的渔网,预备下湖去网点鱼来。左定法的嗓门传进堂屋里来:

"大山哥在屋头吗?"

左定法四十来岁,按辈分算,他和邵大山是同辈,所以尊称邵大山哥子。邵大山怔了一怔,迟疑了一下,才答道:

"是左主任吗,进屋头坐嘛!"

左定法上了台阶,推开两扇堂屋的门,一眼看到邵大山手里的尼龙渔网和竹子削的鱼漂,扬起眉毛,搭讪道:

"哟,要下湖去啊?"

"没得啥事,你优待的安闲活路嘛!"邵大山话中有刺地说着,推过一条板凳去,"坐!"

拱槽猪一样肥壮的左定法,攥过板凳坐下,方正的黑脸盘上收敛了挤出的笑容,压低了一点嗓门说:

"今天过来,有件正事和你扯一下!"

"嗯。"邵大山哼了一声,利索地收起渔网。他知道,左定法所说的正事,也就是工作,而工作,就代表他出工。他找人谈话,交代有关事宜,都算在出工这一项里。拿他老婆秦明娟的话来说,莫非大队主任的工作还没出工重要?

"不知你听说没得,寨上近来有些反映。"左定法从衣袋里摸出两支纸烟,递给邵大山一支,邵大山摆手不接,他塞回烟盒一支,把另一支叼在嘴里,点燃火吸着。自从他当上大队主任兼支书,他就不呷叶子烟,而改吃纸烟了。猛吸了两口纸烟,弹弹烟灰,见邵大山拿脸望着他,他继续说,"妇女出工劳动,寨路上,好些人都在摆谈你的姑娘邵玉蓉……"

邵大山一下子紧张起来,皱紧了眉头问:"摆谈她些啥子?"

左定法冷笑一声:"嘿嘿,看来你还不晓得,寨上早传遍了。都说你家玉蓉,在和上海知青柯碧舟勾扯。"

"勾扯?!"邵大山听到这么刺耳的字眼,两眼豹子般睁大了,鼻子里呼呼出粗气。

"世上没得不透风的墙嘛！俗话不是说,若要人不知,除非己莫为。"左定法眯缝起眼睛,一本正经地说,"寨上的社员群众,觉悟最高了,可不会信口乱说的呀！连我,也亲眼见他俩在夜间并肩走着,讲……讲恋爱哪！"

邵大山的气不打一处来,他首先气的是女儿,做事不检点,找对象不先问一问父亲,竟自说自话,和柯碧舟有私约；他跟着气柯碧舟,真没想到,这平时少言寡语的外来知青,竟然在动自己爱女的脑筋,他咋个不看看,自己那种家庭出身,和玉蓉配吗？他更气的是左定法,这家伙,今天上门来,专门摆谈这件事,不是有意地羞辱自己吗！

左定法这龟儿是怎么样个人,他这些年来的经历、表现,全在邵大山的肚皮里兜着呢。

解放前,左定法在国民党军队里当一个小班长,兵油子习气沾染得挺多。解放战争的最后一年,我们党的策反工作做到国民党军队,左定法所在的那个团,全都反正过来,一夜之间,全团人马摘下国民党帽徽,换穿上解放军军装。整编时,排长以上的官员有的给调走、有的转地方,左定法是个班长,没动他。但战士们对他有意见,他当不成班长了。好在这人乖巧,连队里需要有个卫生员时,他不知怎么七钻八钻,挎起卫生箱来了。

全国解放以后,左定法复员回到鲢鱼湖区里,在区卫生院当了个干部。他要老在区医院工作,现在也不会当生产大队主任了。

"三年困难时期",他嫌自己工资太低,在区医院又没啥油水,再看看赶场天摊摊上的鸡鸭鱼肉都很贵,一只肥实健壮的兔子都能卖上二十多块钱。左定法眼红了,他在区里见人就说:

"我那点工资,还不抵两只肥兔钱呢！老子不干了,回家喂兔儿卖去！凭我这点本事,一个月岂止喂两只兔子？"

他不但这么说,还当真提出了申请,回到暗流大队当了名社员。

刚回乡那两年,他凭着自己的手腕,确实发了一大票,还盖起了连厢房的砖瓦大房。他喂鸡喂鸭喂兔子,下鲢鱼湖捕鱼,从东场赶往西场,还顺手做点转手买卖,两年时间没好好干农活,日子过得挺舒适。

"三年困难时期"一过,农副产品大量上市,圩场上价格骤跌,左定法卖高价过好日子的梦做完了,可就倒了霉。

做生意赚不到大宗的钱,他又没健壮的体质干农活,想想懊悔,他哭丧着脸跑回区医院去求情,要求再回区医院工作,哪怕当个公务员也成。区医院不是他娘家舅子开的,医生护士们奚落了他一顿,他灰溜溜地回到了湖边寨。

心术不正的人,在啥环境里都有歪点子。在生产队里,他见会计、保管员的工作清闲些,想方设法挖人家墙脚,想扳倒别人,自己当上会计、保管员。但那几年邵大山一眼看透了左定法,几次都不让他当会计和保管员。

做农活没质量,得不到工分,左定法无可奈何,只得到集体的砖瓦场上打砖做瓦,混着日子。

"文化大革命"一开始,左定法这种人就吃得开了。他扯旗造反,当官掌权,把几年前阻止他当会计、保管的邵大山又揪又斗,算是报了仇。邵大山却从来不信他的邪,照样顶撞他。可眼下,有啥话可说呢?左定法上门来讥诮人,只能由着他来羞辱啊。邵大山瞪圆了两眼,满脸的络腮胡子,一根根都似小钢针般竖了起来。

左定法看着恼怒的邵大山,心中暗暗好笑,但表面上还装作正儿八经的样子,操着官腔道:

"年轻人自由恋爱,旁人说闲话,按理是该阻止的。恋爱、婚姻自主嘛!不过,这一对儿,社员们背后议论,却阻止不了。你邵大山是老土改根子,二十年的共产党员,解放前的雇工、赤贫户,你的女儿玉蓉,是道道地地、标标准准的红五类子女。可他柯碧舟,是啥子家庭出身你知道吗?"

"啥子出身?"邵大山明知柯碧舟出身于历史反革命家庭,仍故作镇定,问了一声。他想把小柯的家庭情况摸得更清一些。

左定法鼻管里喷出两股烟柱,方正的黑脸盘上显出股神秘的模样,压低了嗓门,乜斜起一只眼说:

"我是去县头看过这些知青档案的,你是贫协主任,跟你说说没关系。柯碧舟的父亲是上海纺织厂里的工头,出卖过领导罢工的共产党员。解放后,被我们抓起来,送进劳改农场,结果死在那里面。大山哥,你想想,玉蓉能嫁给这种人的儿子吗?那才叫见鬼哩!"

这几句话一说,邵大山脊梁上都淌出了冷汗,他为自己的女儿和这样一个小伙要好焦急起来了。无论如何,不能由着女儿攀这门亲!

左定法清楚地看到,邵大山的一双粗糙的大手在颤抖,他心头满意了,扔掉手里的烟屁股,站起身来,瞅着邵大山说:

"大山哥,话,我就说到这儿,主意由你自己拿。我只想提醒你一句,你是大队干部,一举一动都有人看着。老话说,兵随将领草随风,儿孙全看着老辈子。你可千万不要忘记,'文化革命'中,有人糊你大字报,说你阶级界限不清噢。"

左定法拍拍屁股走了,邵大山呆痴痴地坐在板凳上,两只脚坐麻木了,他也没想到挪动一下地盘。左定法说过的那些话,又给他愁闷不悦的心上,压了一大块磨盘,憋得他出气也难受。

自从小柯由县城回来那天晚上,邵大山在无意中发现了女儿心中的秘密之后,几晚上他都睡不安稳。光是看看小柯那青年嘛,对老人尊尊敬敬,做活路踏实肯干,人也蛮忠诚憨实。从心眼里说,邵大山不愿女儿出嫁,倒想给她招个女婿来家。要招女婿,外来的知青是最合适的了。可一想到小柯的家庭出身,邵大山心上便像爬过了一条毛毛虫,别扭得直拧眉毛。他私下暗忖,终身大事,玉蓉总要开口征求老人的意思,待她开口时,表态也不迟。但左定法上门这一说,邵大山的屁股下面好似塞了一包炸药,他怎么也捺不住性子了,真恨不得马上把女儿叫回来,和她挨一道二说个明白。

要是玉蓉真回来了,咋个跟她说呢?玉蓉的脾气他是晓得的,说得通道理,她会对你百依百顺,要说不服她,不顺她的心,她咋啥也不会依。要是她不依,又该咋个办呢?对她发脾气,拿出当父亲的架子来,大闹一通,弄得父女感情不和,满寨人都晓得?这后果是邵大山不愿意的。那么,又该怎样阻止两个年轻人接近呢?

当过多年大队干部,处理过大大小小无数次山寨纠纷和矛盾的邵大山,面对玉蓉这件事儿,却是感到有些扎手了。

日影偏西了,一抹夕阳涂在砖木结构的板壁上。邵大山心头烦躁,闷闷不乐地信步走出来,到了湖边,解开一只小船,划到湖里去。

　　湖水温暖舒适,手伸到水里,有一股快感。偏西的日头一照,原来碧澄澄的湖面,变成钢蓝色的了,很好看。可邵大山心里像鸡爪子抓着,烦恼万分。他仰起布满皱纹和粗黑胡子的脸,向连接坡地的田坝上望去。呵,那儿,田头栽满了秧的溜窄田埂上,男的女的,老的少的,有的挑着担,有的背着背篓,有的推着吱嘎吱嘎响的鸡公车,都在往马车道上运八月竹。这场面好热闹!

　　邵大山想起来了,小柯把出卖八月竹的事儿联系妥了,暗流大队来了个总动员,春耕大忙过后,凡是不参加田间管理的劳力,通通上坡砍八月竹、运八月竹。社员们把八月竹砍下、捆起,人挑、肩扛、手推,运送到马车道上,再由大队统一起来的马车,运到七里路外的公路上去。从那儿,造纸厂的汽车,再把八月竹运走。大队会计早核算了,卖掉团转连片连岭八月竹的钱,加上运输费用,完全够建一个小型的水力发电站,不是听说,县头已经请来了技术人员吗。

　　看到运送八月竹的人来车往,邵大山又想起了出这个主意的柯碧舟。这娃崽,脑壳是灵活的,还真精灵。不是吗?邵大山活五十多岁,只知道坡上的八月竹,自古以来都由其自生自灭,哪想到过,它也能变钱,建造小水电站呢?唉!就因为他精灵,玉蓉才看上他呗。

　　脑壳里只顾着打主意,邵大山忘了打桨,任随小船儿漂荡着,不知不觉,漂到湖岸边来了。

　　噫,那边小道上走来的是谁?不就是那个柯碧舟吗!邵大山头一眼看到他沿着湖边小路走来,急忙车转头去,不愿看见他,更不想同他打招呼。这个上海来的学生娃,竟想把自己的女儿骗到手哩!转念一想,他脑壳里头顿时浮现出一个新主意:对了,为何不跟他把事儿摊开来明说,和他说清了,让他晓得自己的姑娘不能嫁给他,趁早打消主意,不也同样解决问题吗?

　　想到这儿,邵大山双手使劲,把小船划到岸旁,向着走近来的柯碧舟招手:

　　"小柯,来一下。"

　　柯碧舟从小道上几步插到岸边,俯身问:"大山伯,有哪样事?"

　　邵大山想笑一下,但笑不出来,只淡淡地说:"我有话跟你说,上船吧!"

　　柯碧舟犹豫了一下,一大步跨上了小船,在船头上坐下。这些天来,他心情

愉快、精神振奋,脸上的气色也比过去好多了。邵大山向他脸上仔细瞅了两眼,便发觉了他的这点变化。他不知如何开口,随口问道:

"今天你在干啥?"

"县头来了技术人员,察看暗流河的龙洞,队长让我陪着他们,给他们指指路。"柯碧舟兴致勃勃地回答,"大山伯,听技术人员说,我们暗流河的地势很适合建个小水电站,动工快,安装迅速,半年就能发电啰!"

听到这消息,邵大山的精神也为之一振:"那太好了!小柯,在这件事上,你立了大功。队里决定你参加建小型水电站,让其他人顶你放牛,你可得争口气,好好干哪!要晓得,这是贫下中农对你的信任。"

"大伯,我一定好好干!"柯碧舟听到这几句话,心里一热,诚挚地回答。

邵大山眯缝起双眼,看得出,小柯是真心诚意在说话。小船离岸远了些,在船上说话,即使岸上有人走过,也听不见了。邵大山停了桨,沉思着低声说:

"小柯,我听说,你的父亲是……"

话没说完,柯碧舟的脸色已经阴了,他低下了脑壳,瞅着微波轻泛的湖水,点着头接过话来:

"是的,我家庭出身不好。可我……"

"我们党有政策,家庭出身不能选择,道路是可以选择的。"挑开这样的话题,邵大山也觉得难以启齿,他像在一条满是蒺藜、荆棘的小道上行走一般,小心翼翼地挑选着字句,尽可能不要触痛这年轻人的自尊心,"像你这样出身的青年,尤其要注意本人的表现。"

柯碧舟抬起头来,他觉得受到了鼓舞,暗淡的目光中有了点神气:

"我要尽力锻炼、改造自己。"

"有这个决心就好。"邵大山鼓励地点点头,他觉得话好说些了,"你是一个知识青年,从上海到山寨来插队落户,接受贫下中农再教育,关键是好好劳动、改造思想,各方面得到锻炼。只要听党的话,取得贫下中农的合格证书,你会有光明的前途的。千万不要七七八八,胡思乱想……"

邵大山为自己净说些干巴巴的话着恼了,他真想立即把话头跳到正题上去。

柯碧舟微笑了一下,他倒不觉得邵大山这些话干巴巴的没感情,而是觉得大山伯说这些话,正是对自己的关心。

看到柯碧舟入神地听着自己的话,邵大山心安了些,一下把话接到了正题上:

"像你这样的知青,更不要在下乡期间,谈恋爱分心,那样影响不好。你说我的话对啵?"

说着,邵大山的双眼,箭似的射到柯碧舟脸上。

柯碧舟的脸腾地一下,从耳根部红上来。他一下领悟过来,邵大山找他谈话的目的是啥了。他不敢望邵大山的脸,只是惶惑地点着头,轻声答:

"大伯,你说得对。"

"晓得这个理就好了。"邵大山喘了一大口气,坦率地往下说,"这些天,寨上传开好些闲言闲语,都是说你和玉蓉的。小柯,不行啊,我耳朵里听不下去。玉蓉她还年轻,你呢,影响也不好。绝不能再让人家指着背脊说难听话了!"

邵大山如此直通通地点出这些话来,是柯碧舟决然没有想到的。邵大山的话还没说完,他已经愕然失色了。

在柯碧舟看来,邵玉蓉是一个勤劳、善良、美丽、温柔的山寨姑娘,从一开始接触,他就对她怀着感激之情。随着相见次数的增加,玉蓉的形象渐渐进入他的心田,在他内心深处扎下了根。他感激她,对她有着一种自然而起的好感。他发现她不像其他一些山寨姑娘那样"野",她爱清洁,懂得礼貌,知书达理,有一颗温柔、体贴的心,在她和自己接触的过程中,时时处处都显出她的善良。上山下乡的知识青年们都知道,一般地来说,远方大城市来的知青,和当地山寨青年之间的距离是比较大的。他们可能交朋友,可能相处得很好,要相爱却不甚容易。这里除了需要感情的基础,双方思想上还要跃过一道不易跨越的鸿沟。理由是极简单的,却也是唱高调的人们最易忽视的,我们国家城乡之间的差别,还是很悬殊的。即使在上海是一个普通经济状况的家庭,和贵州山区偏僻村寨上最好的家庭比,也要好出几倍,这是不可否认的事实。而在柯碧舟和邵玉蓉之间,这一鸿沟却是不知不觉间已经跃过了。他们的友谊随着时日增长而加深,两人静心反省时,都发现他们已经离得那么近、那么贴心。只是因为还没到那种瓜熟蒂落的时候,两人都还不好意思向对方掏出自己的心。柯碧舟这方面,时常联想到和杜见春恋爱所碰的壁,一再地在内心深处反省,我这么做对不对?玉蓉会不会同意?我配得上她吗?这种思想经常纠缠着他、折磨着他,使得他和玉蓉在一起的时候,显得格外拘谨、腼腆。相反,邵玉蓉倒显得更为热情、直率、主动一些。到县城去出差,想到自己在邵家住了好几天,没付一分钱;想到玉蓉、思语大伯和大山大伯对他的照顾;想到自己从沉沦中觉醒过来,重新朝气蓬勃地投入生活,全靠着这一家人。他觉得对邵家该表示些谢意,怎么表示呢?他没有钱,根本不可能买什么贵重东西,除了一心为集体出力来报答他们之外,他想到了玉蓉每天梳头用的是半截断木梳。于是,他花了四角钱,挑选了一把粉红色的塑料梳子,送给玉蓉。尽管这把梳子代表了一点他的心意,玉蓉甚至也领会到了,但柯碧舟仍然决定,要把接触的时间拉得更长一些,非到有把握的时候,他决不向玉蓉表达。没想到,事情刚刚有点进展,横里又掀起了风波。邵大山把话说出以后,柯碧舟木然坐在那儿,双手垂在膝下,不知回答什么好。此时此刻,他只有一个念头:看起来,和玉蓉也是好不成的,老人不同意!与其将来闹得很尴尬,不如趁早收场。趁现在感情还没陷入罗网,精神上的折磨会少一些。柯碧舟比任何人都清楚,要是他家庭出身好,绝不至于会遇到这样的阻力。相反,老人很可能还会挺喜欢他。

话说出口,见柯碧舟久久低着头不吭气儿,也没个态度,邵大山有点急了。他心里窝着的那团火,腾的一下升到了喉咙口,满是粗黑胡子的脸也涨红了。他的语气略放沉些,话也变得严厉了:

"你怎么不说话?小柯,俗话说,牛要听话,人要知趣。你想想,你是一个什么人的儿子,和玉蓉相配吗?我家能攀这么一门亲吗?你静心细想,我的女儿能去当反革命分子的儿媳妇吗?趁早打消这主意吧,我劝你!莫弄得大家脸面上不好看。"

柯碧舟的两个肩膀颤抖了一下,陡地抬起头来,脸上的气色阴沉得怕人。邵大山这些话,像皂荚刺一样直扎进他的心头,他痛得闭了闭眼,继而睁开双眼,粗重地出了一口气,语气比任何时候都低地说:

"大伯,我有自知之明。关于我和玉蓉,许是你误会了,你、你尽管放心!我绝没有那种心。你和思语大伯,对我帮助很大,我是很感激的。至于……至于今后,你瞧着吧,我会检点自己的行为,寨上的流言蜚语,也会自然而然消失的。"

话头说重一点,本来是想达到目的。听到柯碧舟这番话,邵大山的眉头舒展了,心头的一块石头也落了地。当然,他也看出,由于自己的话,柯碧舟受了刺激,有些不悦,但这有什么办法呢?好在事情已经比较顺利地解决了。从来没谈过恋爱的邵大山,虽然不知道这玩意儿的滋味,但他有一点是明白的,这种事情要两头热,只要其中一头冷下去,事情就成不了啦!他一边把小船往岸边划去,一边说:

"小柯,我相信你的话。我也知道,你是通情达理之人,才找到你,和你把话挑明说的……"

小船靠岸,柯碧舟礼貌周全地微笑着,向邵大伯告辞,朝湖边寨上走去。

浓重的暮色压着山头,天色已经灰暗下来。静静的山野里,长着苞谷的坡土、栽着秧的田头,处处都绿得引人。自留地里,社员们在抓紧收工后的这一刻,泼粪、收菜、薅园子。倚坡的湖边寨,看去很是恬静怡然。

柯碧舟的鼻子里一阵辛酸,头脑里热烘烘的,一股叫人心头绞痛的感觉,像铁环似的缠绕着他。当着邵大山的面,他硬铮铮地说出了那些话,可独自一个人时,他的眼前自然而然浮现出了邵玉蓉的脸。不是吗?她还约我赶场天去鲢鱼湖上看鹭鸶、野鸭呢!要不要去呢?亲口答应了她,说去,不去好吗?可不是同样我的嘴,答应邵大山了吗?不去了吧。不去,玉蓉在湖边等我,心里会怎么想呢?

柯碧舟坠入了烦闷的深坑,不能自拔了。

他锁皱着双眉走进集体户灶屋,只听华雯雯的嗓门尖叫着:

"莉萍,你不是要去堰塘洗衬衣吗?走啊!"

"等等我,马上就来!"随着一声带鼻音的应答,从男生寝室走出一个姑娘,黑黑的脸,尖尖的鼻子,灵活的皂白分明的大眼睛,一笑两个酒窝。她穿件淡灰色卡其布两用衫、隐格棉涤长裤,脚上一双白球鞋,蹦蹦跳跳走出来,迎头看见柯碧舟,她嫣然一笑,绕过柯碧舟身子,和从女生寝室走出来的华雯雯双双端着脸盆,拿着肥皂盒,走出灶屋。

柯碧舟还没走到男生寝室门口,"卷毛"王连发一脚迈出门槛,朝柯碧舟一笑道:

"她就是孙莉萍。"

柯碧舟心中明白,这位孙莉萍就是王连发去年秋天在双流镇上认识的女朋友,半年来,看样子发展得很正常。他点了点头,表示看清楚了。

王连发却不放过他,盯着问:"你看怎么样?"

"看上去挺活泼。"柯碧舟没心思交谈,懒懒地敷衍着。

王连发的兴致很高,仍不放松地追着问:"其他方面呢,也谈谈印象嘛!"

柯碧舟没答话,探头向男生寝室望望,"卷毛"拍拍胸脯说:

"放心,一个人也不在。苏道诚和肖永川一搭一档,又不知窜到哪里去了,弄得华雯雯很不高兴。唐惠娟的合作医疗刚开张,大受欢迎,比你仁兄还忙。有话,你大胆说嘛,也算帮我参谋参谋。"

"你这个人真怪,我刚刚看到头一眼,能说出个啥呀?"柯碧舟被逼得无法,只得照实说,"你们接触半年了,你肯定熟悉她。"

"不对,""卷毛"说,"人家讲,头一眼印象最重要,你一定要谈谈。"

"很好,"柯碧舟思忖了片刻,只得凭印象说了,"脸皮黑黑的,是个黑里俏。"

听到柯碧舟赞扬自己的女朋友,他自得地咧嘴笑了,点着头,在柯碧舟肩上拍了一掌说:

"眼神不错,谁都说她是黑里俏。一眼就给你看出来了,她爱唱歌跳舞,六八届高中生了,还像个小姑娘。"

"六八届高中,"柯碧舟睁大双眼,惊讶地说,"还真看不出呢!那么说,比你大两岁?"

"大两岁。"王连发伸手抹了抹头上的卷发,唉了一声说,"就是这点不理想。一道走出去,人家都说我比她小。"

"看不出,看不出。"柯碧舟连连摇头,他实在没心思与王连发闲扯,转身要去煮饭。

"算了吧,天也黑了,你不要煮饭了,跟我们一起吃。"王连发看出了柯碧舟急于做事情,摆着手说,"孙莉萍头一次来,不要让她看到我们集体户这么不团结。我和华雯雯也讲过了,孙莉萍今夜和她一道挤着睡,她也和我们一起吃夜饭。等她俩洗衣服回来,马上开饭,饭菜都煮好了。"

"这多不好意思。"柯碧舟咕噜着。

"有啥关系。今天你就听我的吧。"王连发掏出一支烟,叼在嘴上,划火柴点燃,一屁股坐倒在板凳上说,"仁兄,你现在是大忙人了,卖八月竹,出了好主意,队里器重你,我们知青都沾光了。来,坐下来吹吹。"

一说不煮晚饭,柯碧舟倒也没事干了,两个姑娘去洗衣服,还得干等一会儿,他只得随着"卷毛"坐下,陪他聊天:

"看样子,你和孙莉萍'敲定'了?"

"你怎么看得出?"

"你经常去玩。今天她又主动登门,这情形还不明白吗?"

"难说难说。""卷毛"摇摇头,"说你土,你真有点土,总把事情看得那么死。你也不睁眼看看,知识青年谈恋爱,哪个是把事情敲定的?唉,这年头,能混且混,哪里顾得上这么多。有出头之日的时候,还不知各自分到哪种单位去,碰得到碰不到呢?再说,她比我大两岁,也不十分理想。"

王连发一面在和孙莉萍谈恋爱,一面竟说出这种话来。他对恋爱的这种态度,真叫柯碧舟大大吃了一惊,简直不知说啥好了。去年冬天,自从王连发照顾过挨打的柯碧舟之后,他俩的关系比过去进了好多步,双方都有兴致的时候,时常交谈一阵。柯碧舟也逐渐熟悉了讲究实惠的王连发。而王连发呢,也以此自豪,满以为在柯碧舟面前多少有点面子和威信。见柯碧舟不搭腔,王连发吐出一口烟,扯扯他的袖子说:

"你不要奇怪,我观察过,大多数谈恋爱的知青,都抱这种混世哲学。你还没听够吗?在农村谈得好好的一对,不管是男是女,哪一个先上调,必定吹,还是有点思想准备好。再说,我们俩之间,她的条件比我好,她的外婆只生她妈一个女儿,她妈又只生她一个女儿,她母亲和外婆做梦也在盼她回去①,千方百计找门路呢。她回去的希望大,机会多。而我呢,唉,我父亲的问题,最近才开始内查外调,我家里来信说,估计一年左右有个眉目。若是划成资本家,我得准备长期在农村混。若是划成高级职员呢,多少有点上调希望。但和她的条件相比,还差得远呢!有啥办法呢,不是我们不要好,是现实叫我们这样混啊!"

柯碧舟心情本来就不佳,听了这一番悲观议论,也不由得长叹了一声。

王连发又添加了一句:"拿你来说,在山寨表现算得好了,招生招工有你的份吗?一翻你的档案,哪个单位愿意要一个出身不好的老知青?我们下面一届一届毕业生,有的是人!别说上调了,就是你被流氓打了,左定法还说是坏人打

---

① 上海从1973年起才根据中央文件办理独生子女插队知青回沪的手续。

132

坏人呢！他妈的。"

柯碧舟悒闷的心头，又重遮了一层阴影，愈加烦躁了。王连发说的虽是牢骚怪话，却句句都说到他心里去了。

"哎,我听说你在动邵玉蓉的脑筋呢！"王连发见柯碧舟心事重重的样子，忽地又提起了另一个话头，"寨上不少人在议论呢，都说你癞蛤蟆想吃天鹅肉，真难听啊！有没有这种事？"

王连发用胳膊肘捅捅一言不发的柯碧舟。柯碧舟心头紧了一紧,原来,寨子里真传遍了呀！那该怎么办？他抬起头来，灶屋外头，已经是灰黑灰黑的了，他勉强嘀咕了一句：

"谁知这事是哪个在乱传啊！"

"我理解你的心情，仁兄，又苦闷又难受，谈谈恋爱散散心，也没啥不可。不过，听我一句话，你和邵玉蓉的事，不管有没有，干脆一刀两断，死了心吧！"王连发离开板凳站起来，他已经听到寨路上传来孙莉萍和华雯雯两个人哼着歌曲的嗓音，"一个阿乡姑娘，有啥了不得？何必弄得满寨风风雨雨。好，不说了，她们两个回来了，准备吃夜饭吧。"

随着两个姑娘低柔轻快的歌声越来越清晰地传进集体户来，王连发手忙脚乱地点亮了油灯，拼起两只板凳当饭桌，往上面一样一样端着菜碗。

柯碧舟像中了魔一般，仍是坐在板凳上，两眼茫然望着门外，心里说：

"既是如此，舆论都在责怪我的不是，那就算了吧。赶场天约好和玉蓉去鲢鱼湖上，只好不去了。这也不能怪我失约啊……"

天黑尽了。

# 十三

赶场天，阳光明丽。鲢鱼湖边微带湿润的空气凉爽、静谧，清新宜人。

一大早，玉蓉煮过早饭，喂过猪，扫过院坝，利索中带点急迫地把一切家务事做完，悄悄躲进自己的闺房，拿着柯碧舟送给她的那把粉红色塑料梳子，偷偷地梳理着自己两条粗黑的大辫子，端详着镜子中那张绯红绯红的脸。想到今天就要同柯碧舟一道划着小船游逛鲢鱼湖，她内心深处有一股按捺不住的兴奋和喜悦。丰满的胸脯由于过分激动,海涛般地剧烈起伏着。一颗心啊,不知咋搞的,竟像急骤的马蹄般在不住跳动。

她梳了头,换上一身单面卡蓝布衣裳,脚上套一双白线袜,穿一双黑布鞋,拿着早已剪好样子的布袜垫、小针、丝线,走出洁净的闺房,蹑手蹑脚走进屋后的园子,来到园子侧边一块凸出地面的平面石头旁,静静地坐下来,屈起膝,在膝头上摊开袜垫,拈针捻线,埋头在袜垫上绣起一对鸳鸯来。

这儿的地势真好。从砖木结构的小屋后门边,看不到她的身影,她的身影正巧被粗壮的桃树干遮住了。桃树干不但挡住了她的身影,桃树的枝叶,还遮掩住了热烘烘的阳光,恰好把平面石周围一块地面,全都笼罩在阴影里。从园子外的湖岸往园子里瞅,也看不见她。她的身子被半人高的坝墙挡住,她那梳理得光洁整齐的脑壳,又隐在坝墙外的一株棕榈树扇面形的叶子后面。而静坐在平面石上绣袜垫的玉蓉,不管要看哪一面,只要稍稍偏一偏脑壳,就能看到屋后或是湖岸边老柳树那儿的动静。

好细心的姑娘,她挑选了一块多么巧妙的地方,等候她的心上人啊!她约了柯碧舟,在湖岸边老柳树脚碰头,要是拿着袜垫和针线,直接坐在老柳树下等他,那有多羞人啊。万一有人走过,问她在等谁,她该咋个回答呢?而坐在这儿,幽静、自然又安全,谁也不会注意到她,柯碧舟走来,她只要闻声偏一偏脑壳,就能看见他了,到那时候跑出去,也不迟啊。

打扮得朴素、俊洁,带着少女的妩媚的玉蓉,表面上显得出奇地安宁、娴静,内心里却燃烧着一团灼热的火焰,像每一个心地善良的姑娘那样,她带着纯真、热烈的感情,等待着相会时刻的到来。

在偏僻山寨上长大的玉蓉,过去即使听到这样的事情,也会羞涩得满脸涨红的。在县城读初中时,看到小说中描写恋爱的篇幅,她常常是怀着神秘、羞怯而又有些羡慕的眼光,读着那些字句,想象着恋爱中的男女,会不会真同小说中写的一样。如今,她却是当真在实践着哩!

时时放落在膝头上的袜垫和针线,实际上只是做个样子。她哪里还能做针线活啊,只要稍微有些风吹草动,或是脚步声响,她就要偏一偏脑壳,向湖岸边瞅一眼。可每次,不是小鸟扑棱棱拍着翅膀飞,便是阿爸养的鱼鹰,一次一次钻进湖里去。老习惯,湖边寨人逢赶场,都爱去离寨子十里地远的圩场上打来回。没重大事情,谁也不愿跑几十里地去赶双流镇,或是划几个钟头小船去县城。故而鲢鱼湖边,此刻变得比啥时候都静谧。

小虫子在鸣唱,草丛间的蚂蚱在叫唤,杜鹃雀儿,一声声叫得温柔而又动人。玉蓉家的园子里,恬静得叫人会联想起很多往事。

太阳从东面的山坡上露脸以后,渐渐地升高了。透过桃树枝叶洒下的阳光,起先斜斜地射到园子里,慢慢地,阳光像箭似的直射而下了。一整个上午,眼看着在焦灼不宁的等待中过去了。

柯碧舟没有来赴约。

每当玉蓉探头向外望去,总是只看见一片蔚蓝的天,阳光下绿茵茵的草地。一阵微风吹来,浓郁的花草芳香弥漫沁人,鲢鱼湖面上泛起粼粼的涟漪,仿佛有万千的珠玑在跳跃、在闪烁。

眼看时间已近中午了,小柯他为啥不来呢?玉蓉费解地猜测着,心里浮上来一个又一个疑团。他是那么顶真的人,不说假话,不会无故失约。那么他干啥去了?他出了什么事?恋爱着的姑娘都是敏感的,眨眨眼的时间,她脑子里掠过多少不安的念头啊!是他看不起我吗?他毕竟是大城市上海来的知青啊,为啥要和我这样一个山旮旯的姑娘交朋友?是他在耍弄我吗?他有意识地逗引得我上了钩,又随随便便把我丢弃在一旁,这类事,过去一些和城里青年恋爱的山寨姑娘,不是经常碰到的嘛!也许,我在这里傻痴痴地等待他,他却在和另一个女知青嘻嘻哈哈逗笑哩。

玉蓉的浑身上下如同着了火,火辣辣的酸味灌满了她的全身。她觉得迷乱、焦躁,似有什么东西沉重地压在她的眉宇间,心也随之作怪地跳起来。

她强迫自己冷静下来,再耐心地等待片刻,也许,柯碧舟还会赶来的。她一次又一次否定了自己的猜测,在她脑子里出现那些离奇古怪的念头时,她的眼前总是浮现出柯碧舟的形象来。从玉蓉第一次看见他的时候起,他总是那么沉静、阴郁、稳重甚至有些呆滞。从没看见他和哪个人嘻哈打闹,逗个趣儿,从没看见他脸上露出过轻浮的微笑。他这样的人,咋个会做出欺骗人的事儿呢!不会,绝对不会。他一定是给什么事儿或是什么人儿拖住了,脱不了身。要不,他决不会失约的。我们不是悄悄地约好的嘛,他又不会临时撒个谎,抽身出来。

这么思忖着,玉蓉的狂乱的心才略微平静了一些。

阿爸在院坝里高声叫她吃饭了,上午过去了,柯碧舟是肯定不会来了。

玉蓉失神地站了起来,步履沉滞地走过园子里的小路,菱形眼里失却了光彩和早晨的欣悦之情。

秋霜打过的绿草、烈日暴晒后的鲜花,都没有此刻的玉蓉萎靡不振,没精打采。吃一顿饭时间不算太短,她竟然没和阿爸说一句话。

邵大山探究地窥视着女儿的脸色,几次搁了筷,脸上显出欲言又止的神态,但他终于忍住,既没询问什么,也没劝说什么。

饭后,洗了碗筷,玉蓉借口头晕,要去找合作医疗的卫生员唐惠娟,离家朝湖边寨走去。

穿过寨路,玉蓉只顾低头朝集体户走去,没注意到寨路两旁的坝墙后、台阶上,探出好几张脸,朝她的背影张望,或是指指戳戳。

走进集体户灶屋,唐惠娟正坐在灶屋里搓洗衣服,玉蓉似是无心、实是有意地随口问道:

"小唐,就你一个在屋头?"

"是哪!"唐惠娟仰起脸来,招呼玉蓉,"那儿有条板凳,拉过来坐。"

听说整个集体户只小唐一个在家,玉蓉的心往下沉了一沉,果然,柯碧舟不在屋头,而要打听他的行踪,还得绕着弯子、费点口舌,不让小唐察觉才行呢。她拉过板凳坐下,仍是闲聊天一般道:

"赶场天,他们都到场上去了?"

"肖永川昨晚上叫了'强盗''侠客'一帮家伙,在这儿大吃大喝,闹到半夜三更才睡。五六个人,横在一张床上,又吵又嚷,弄得集体户一夜不安宁。一大早,又出去了,谁知道去干啥坏事!"唐惠娟不满地噘着嘴,向屋角那儿努了努说,"你看,杀了三只鸡,吃得满地都是骨头,碗筷盘子到现在还没洗呢!"

玉蓉随着唐惠娟的叙述往屋角望去,果然,那儿的一只脸盆里,堆放着一大沓盘子、碗筷、酒杯、茶杯,脸盆旁边是一堆鸡骨头。她不由得皱了皱眉头:

"肖永川这个小偷,还是本性不改?"

"是啊,又不好好劳动,整天和'强盗''侠客'这几个全县闻名的流氓混在一起,发展下去,早晚要坐班房。"唐惠娟愤愤地说着,双手使劲在搓板上搓着衣服。单独一个人在屋头洗衣服,正觉无聊,见玉蓉来玩,陪着自己坐坐,唐惠娟话也比往常多一些,"苏道诚和华雯雯赶场去了。说是赶场,谁晓得他俩又到哪儿去钻林子、爬山哩。"

"这两个人劳动都不好,整天只晓得玩。"玉蓉接口道,"半年过去了,他们俩还没赚到一个月工分呢。"

唐惠娟绞着手里的衣服,向灶屋门外望了两眼,略放低一点嗓音,挺神秘地对玉蓉点头道:

"苏道诚仗着自己父亲当大官,一贯无法无天!我知道,'文革'初期,他当过一个什么红卫兵组织的头头,说是闹革命、破'四旧',拿着铜头皮带,抽伤过好几个人呢。下乡头一年,他还只是游山玩水,追逐女知青,现在变得更糟啦!原先他和'小偷'也不怎么合得来,可去年回上海以来,他们不正常地好起来了,探亲回寨之后,经常一道出去。"

"他们干些啥呢?"玉蓉好奇地问。

"听说是赌钱,我也没亲眼见过。"唐惠娟又开始搓另一条长裤,边搓边答,"总之是臭味相投,不干好事。华雯雯还以为她找到了一个好对象,得意扬扬。哼,她看上的,还不是苏道诚家有钱有势、富裕豪华,你听她讲嘛,开口便是小苏家铺的红地毯,有钢琴、十九吋电视机,从没听她讲小苏这个人品质怎样、道德怎样。依我看啊,她是找了个花花公子,早晚要倒霉。"

邵玉蓉点头同意唐惠娟的看法,又张嘴问:"鬈头发小王今天去哪儿了?"

"他啊,沉浸在恋爱热中了!"唐惠娟笑呵呵地答,"他的女朋友孙莉萍来这儿住了几天,今天要回队,吃过早饭,他就送小孙回去了!"

肖永川、苏道诚、华雯雯、王连发都提到了,独有柯碧舟,还没谈到。可唐惠娟不提起他,玉蓉也不好意思问呀!她直瞪瞪地睁大着一双充满希冀的眼睛,想不出下面说啥好。柯碧舟救牛受伤后,在邵家住过几天,全大队都知道。爱摆闲话的山寨妇女,早已悄悄议论着柯碧舟与玉蓉间的关系了。玉蓉多少也风闻一点。她的两片嘴唇,这时竟有些僵直,不知怎么启齿了。

一缕阳光照在门槛那儿,唐惠娟喂养的两只生蛋母鸡,在门口边寻食吃。一不说话,集体户里显得很静,只听到小唐搓衣服的嗤嗤声。

玉蓉觉得,再不讲话,坐着就难堪了,要是小唐问一声:你来干啥?她答个什么好呢?于是她把板凳往小唐面前拉一拉,偏转脸,一抿嘴问:

137

"小唐,你们同来的知青都在找对象,那你呢,有没有朋友?"

"我才不在插队期间找对象、谈恋爱呢!"唐惠娟脸不红、心不跳地直起腰来,挺自然地瞅着玉蓉的眼睛,停止手中的搓洗,正正经经地说,"这几年,主要是好好劳动,待工作问题落实了,再谈也不迟嘛! 否则,即使谈妥了,又有啥用? 双方都在插队落户,怎么成立家庭?"

邵玉蓉觉得小唐的看法未免绝对,但也有她的道理。怪不得她总是性情开朗、劳动积极,深得贫下中农和社员群众的称道呢。

唐惠娟是这样的姑娘,她长得不高不矮,不难看也不漂亮,往人前一站,她给人一种朴实、端庄而成熟的感觉,仿佛她生来就是这个样子。她勤劳、踏实,但也能说会道,和她打交道,没有人想到她会欺侮人、哄骗人。她洗衣服、换衣服、出工劳动、干家务事,哪怕是做饭、炒菜,都给人一种不慌不忙、沉着稳练的感觉。她总是穿得干干净净,她能炒几个可口的菜,她会打几十种毛线样式,会钩台布,还能自己织补尼龙袜子。她待人和气,但又不过分亲昵;她有主见,但在一般小事上又很随和;她有原则,却从不一本正经讲大道理。下乡三年了,她和柯碧舟总是整个集体户工分最多的知青。但她从不斤斤计较工分,有时为集体办了事,人家给她记工分,她主动推却。寨上的老伯妈说这闺女勤快,中年妇女们说她乖巧、聪明,年轻的媳妇姑娘们把她当知心人,有时还请她代笔给在部队或是厂矿的丈夫或对象写信。她是上海知青中影响最好的一个,下乡前便是团员,因此,山寨组织合作医疗,几个大队推举一个卫生员,干部和社员自然而然想到了她。

唐惠娟的爸爸是钢铁厂的炉长,妈妈是邮电局的职工,是标准的工人家庭出身。她家的生活水平处于上海的中等阶层,比上不足,比下有余。她是家中的老大,父母亲上班,她放学回家要做家务,所以学得心灵手巧,勤快利索。这几年,随着几个弟妹陆续踏上工作岗位,她家的经济状况更有所上升。她一心想在山寨好好接受再教育,争取入党,以便以后有机会上调进厂矿或是读大学。即使是一个初次和她相识的人,也会得出这么个结论:这是一个明白事理的姑娘。

刚来插队落户的头几个月,苏道诚以为唐惠娟老实好欺,闲极无聊时动过她的脑筋,想轻而易举地得到她的爱情,没料到唐惠娟早摸到了苏道诚的底牌,老实不客气地怒斥了他一顿,弄得苏道诚如今在她面前,还有些尴尬。

此刻,邵玉蓉和她提及这个题目,唐惠娟心地坦然,镇定自如地道出了心头的看法。她重又提起湿衣服，留神地瞅了玉蓉一眼，发现这面容俏丽的山寨姑娘脸上呈现出一股若有所思的神态。唐惠娟心底里一动，陡然明白了玉蓉此来的意思。

初见玉蓉走进集体户，唐惠娟还以为她是趁赶场天空闲来串门，随便玩玩的。这在以前也是常事。可话讲到这儿，她醒悟过来，玉蓉到集体户来，是想找柯碧舟的。

从县里举办的赤脚医生合作医疗学习班回到湖边寨，唐惠娟也听到一些柯碧舟与邵玉蓉接近的传言。最近，这些传言以更猛烈的势头蔓延开来，变成了恶意中伤的流言蜚语，唐惠娟虽还不明这些风言风语的出处，但也为他们俩担着点心事。

说实在话，通过近三年来的接触，唐惠娟对柯碧舟和邵玉蓉都有一个良好的印象。她觉得，柯碧舟至少比同集体户的另外四个知青好，可惜的是，他的先天不足——家庭出身太不好了。出身于产业工人家庭的唐惠娟，把这一点看得很重。她懂得，家庭出身，也即成分，具有一种决定命运的力量，尤其是在这几年里，无论招工、招生、参加党团组织，都要严格审查成分。不是吗？在运动中，参加大辩论的时候，上台发言的人，都要主动报明成分；那些好"训"人的官员，"训"人之前，头一句话，劈面就问挨训人是啥成分？你若出身好些，他的训斥便会略微克制些；你若出身不好，他便会大发雷霆，怒不可遏地把你连同你的反动老子一道臭骂个够。连爸爸妈妈，也很注意这个问题。前年唐惠娟回上海探亲时，父母亲对她说，插队知青交朋友、谈恋爱的不少，他们在建议惠娟尽可能不谈朋友的前提之下，还补充讲道，随着年龄的增长，恋爱结婚是正常事，爸爸妈妈绝不干涉女儿的婚姻大事，但提出了几条供参考的意见。其中有一条，便是：家庭出身不好，害人不浅，切忌勿谈。有着这些经验的唐惠娟，虽然非常同情柯碧舟，但也常坦率地对第三者说，这是无可奈何的事，仅仅只能同情，毫无办法可想。

至于唐惠娟对邵玉蓉，更有一个好的评价。她觉得这姑娘能文能武，爽朗中带着温柔，活泼中掺揉着沉静，爱关心人、帮助人。在内心深处，她甚至觉得，像玉蓉这样的山寨姑娘，和柯碧舟那样的上海知青恋爱，倒是很相配的一对。这与她的观点并不矛盾。在她眼里，邵玉蓉是个在山寨农村土生土长的姑娘，今后也谈不上什么命运的变迁。他们俩之间结合，可以取长补短，互为影响。不过，看事物透彻、敏锐的唐惠娟,已经预感到,就是这么一对人恋爱,也会在湖边寨引出一场风波,以至闹得不欢而散。

觑着坐在自己身旁眨巴着漂亮的菱形眼想心事的玉蓉,唐惠娟心头涌起一股柔情,她猜出玉蓉不好意思打听柯碧舟的行踪,便有意识地做出副毫不察觉的样子,倾身使劲搓了几把衣服,挺随便地说:

"四个知青都出门了,光是我和柯碧舟在屋头。上午他还在寝室里写什么东西,吃过午饭,出门走了一圈,急匆匆回进来,不知跑到哪家去了?"

"上午他一直在屋头?"玉蓉的心头一沉,睁大双眼,急迫地问。

唐惠娟一眼看出了玉蓉忐忑不宁的心情,她微微一笑,点着头说:

"你可能也晓得,他爱好文学。一有空儿,常喜欢写写抄抄的。"

"啊!"邵玉蓉再有自制力,此刻也耐不住地惊叹了一声。这么说,柯碧舟今天上午什么事儿也没有!他不是故意失约,便是压根儿把约会忘记了!一团火升上了玉蓉喉头,一股被欺骗、被轻视的怒意涌了上来,她的脸色微泛苍白,两片嘴唇受了寒一般颤抖着,菱形眼里闪出惊惧之色。

这一副失态的脸容,怎能瞒过唐惠娟的眼睛。唐惠娟注视着她,内心暗暗震惊,她体贴地轻问:

"你怎么啦,玉蓉?"

"没……没得啥……"玉蓉凄楚地拉长了脸,微带着颤音摇着头。

唐惠娟深表同情地说:"我知道,你和小柯的事,是要经些风浪的……"

话未说完,集体户门外,隔开院坝,传来一个破锣似的女人嗓门:

"臭婊子,破屁股!你还得脸得很哩,见天就往上海人屋头钻。也不看看自家是啥穷山旮旯里的龟儿,倒也梦想去住上海的高楼大厦呢!你垫高了枕头想想,生有那副福相没得,好好拿镜子照一照吧!"

唐惠娟和邵玉蓉马上听出,这是缺牙巴大婶在撒泼骂街,再定神一听,唐惠娟明白了,这是缺牙巴堵住集体户的门,在不道姓名地咒骂邵玉蓉呢!邵玉蓉的脸色惨白,双眼慌乱地往两边扫了扫,不知如何应付是好了。这泼妇骂起人来,啥难听的话骂不出口啊,邵玉蓉要是接上腔,她准会扑上来又揪又打,那就永远没个完了。

只听缺牙巴还在那儿嘶声拉气地扯直了嗓门吼:"说齐天道齐地,你这个小骚货,我在哪里得罪了你啊?你梦想嫁个上海人,你梦想吃山珍海味,你梦想穿绫罗绸缎,你梦你的就是了。干啥要在人家面前揭老娘的短,说老娘在秧青里夹石头?你这个黑心烂肠的妖精,你……"

唐惠娟见邵玉蓉听着这些恶骂,浑身发抖,勾着脑壳,简直气慌了。再听听缺牙巴的谩骂,实在不堪入耳。她把双手浸在盆水里洗洗净,低声悄语地对玉蓉道:

"玉蓉,莫慌!我去对付她,你趁我和她说话时,从一旁离开这儿。"

不待玉蓉点头,唐惠娟走出灶屋,来到门前院坝里。缺牙巴像演马戏般,站在离集体户三四十步远的一坨凸出的黑石头上,背着双手,伸长颈子,脸对着集体户,唾沫飞溅地诅咒着:

"你有种,站到老娘跟前来,老娘噪你三天三夜,叫你挨千刀的不得好死……"

"缺牙巴!"唐惠娟甩开双手,大步走近这个泼妇,厉声喝道,"你为啥在集体户门口大吵大闹?是要我拉着你到公社去评理吗?"

"哎呀,小唐姑娘,心中没得鬼,不怕鬼上门!你不要多心,我咒的是那个死不要脸的骚货,不是你们上山下乡的知识青年,我晓得你们知青个个都是好样的,哪个敢来骂。"缺牙巴见唐惠娟一脸怒容,急忙拍手跺脚地申辩,她朝唐惠娟堆起笑容,样儿比见了亲妹子还欢喜。待她一眼看到邵玉蓉从集体门口出来,向另一条小路上急急走去,她顿时又脸露凶气,拉开嗓门破口大骂,"你倒是想脚底板上擦油,溜了呀?你这个骚精,快去找你的上海对象吧,快去脱下你的衣裳呀,快去呀!你可知你相中的那个人,是黑五类的崽崽,哈哈哈……"

那刺耳恶毒的臭骂声,直到邵玉蓉惊慌失措地跑进自家的湖边小屋,扑到床上低声啜泣时,还在她耳畔回响着。她把脸埋在被子里,失声痛哭起来。

纯真幼稚的姑娘呀,她哪里想到,一生中头一次向倾心的小伙子掏出心来,竟会遭到如此残酷无情的打击和恶毒无耻的咒骂啊。

这以后的日子,邵玉蓉变了,变得沉默、孤寂,时常唉声叹气,变得忧郁、哀愁,像个不会说话的哑巴。她感觉得到,人们对她投来各种各样表示同情或鄙视的目光;她感觉得到,阿爸邵大山担忧、怜悯地瞅着她,或是暗暗叹息的面容。她一概不理会,一概不吭气儿,好像她一概都不晓得那样。她恼恨缺牙巴,这自私自利、卑鄙无耻的泼妇,她满寨上嗓骂怒吼,把邵玉蓉心底的秘密向整个湖边寨都公开了。她更怨恨柯碧舟,这看去那么憨厚踏实的知青,竟然故意失约,把她的一腔柔情,全没当成一回事。

樱桃成熟了,那红嘟嘟的果实,吃起来是那么甜酸有味,玉蓉只感到是酸溜溜的。

李子成熟了,那圆滚滚的果实,吃起来是那么清甜可口,玉蓉只感到是苦涩涩的。

跟着,花红、桃子也相继成熟了,往年,玉蓉总要美美地吃个够。今年,她一个也不想尝,阿爸把它们摘下来,都拿到场上去卖了。

夏末秋初,处暑已过,坡土上的苞谷都戴了红帽,自留地里的苞谷已经可以拔下尝新了。南瓜、茄子、豇豆、黄瓜都见老了,家家户户社员屋头,都在抓紧翻土,点下胡豆、豌豆、萝卜、白菜的籽籽去。湖边生活的玉蓉姑娘,除了出工干活,到湖边、山巅上去观气象,就是走进屋后园子里,不是薅草、松土,便是拿着本书,埋着头一个劲儿地往下看。

皮肉上的创伤,痊愈起来往往很快;而心灵上的创伤,却常常需要一段时间,才能慢慢地愈合。尽管柯碧舟就在寨上生活,尽管玉蓉敏感地发现,柯碧舟一如卖八月竹那阵朝气蓬勃、精神饱满,日夜跟着县里请来的技术人员,勘探小水电站址,引暗流水,学习水电知识。但玉蓉一点也不想看到他,她觉得柯碧舟品质不纯,在爱情上欺骗了她;她觉得过去上了他的当,不该如此钟情。她没有参加为建小水电站而由大队出面组织的基建队,她没有到暗流河那头去看过一眼,小水电站究竟建成个啥子规模了?她忍受着自己的失恋,抑制着心灵上常常泛起的波澜。她尽可能地回避着一切与柯碧舟照面的机会,她怕自己忍受不了,按捺不住,又会做出啥叫人不可理解的行动来。有人讲,在某种意义上说,爱情也是一门学问。玉蓉可学不好这门学问。有好几次,在寨路上、田埂上、山坡上、寨口子上,她远远地看见柯碧舟迎面走来,或是突然发现他也在场,她便往岔道上走开去,一眼也不朝着他在的方向望。

要是永远这样坚持下去,要是玉蓉的心冷若冰霜,要是她真把柯碧舟恨得像个仇敌,也许,再过个一月两月,她心灵上的创口便会逐渐弥合,她又会像过去那样,继续过着平静正常的流水般的生活了。

但情况却不是那个样子。这天一清早,晨露在草叶间像珍珠般闪烁发亮,薄雾在山腰上萦绕起一条乳白色的飘带,玉蓉像每天早晨一样,在旭日升起之前,爬上高山小气象园去记录气温、观云测天、辨识风向风力。她怀里揣着笔记本儿和钢笔,穿过茶树、核桃、毛栗、矮青松混交的一片林间小径,刚要拐上一条通山脊的道去,陡地,只见柯碧舟光着脚板,背着一只细篾编织的背篼,迎面朝她走来。

两人间只相距二三十步,要避开已经来不及了。玉蓉怔了一怔,照旧镇定地走过去,她决定与他擦身而过,不和他搭理一句话,他若要招呼或是说话,干脆狠狠地瞪他一眼,眼光一定要锐利狷傲些,让他也尝尝被人轻视的滋味儿。

这么想着,玉蓉的心却像突然受了啥刺激般,咚咚咚擂小鼓似的跳得急速而又猛烈,使她必须极力抑制自己,才能照常前行。

她一步步往前走去,她清晰地感觉到,柯碧舟也在一步步向她走过来,近了,近了,更近了,该擦身而过了,把眼皮垂得更低些,把脸色装得更冷漠些,让他看明白,我早没把他放在心上了……

但是,玉蓉一直走了四五十步,还没与柯碧舟相遇,再往前走,就要走出这林子了,这是咋个回事?刚才明明见他离我只有二三十步嘛!玉蓉倏地睁大双眼,林岚初起,小径上没个人影,她顿然回过身去,朝四周巡视,只见柯碧舟背着背篼,正在朝林木密匝的方向慌慌张张走去。矮矮的毛栗、茶树、青松挡着他的道,他费劲地用力拨着那些挡道的枝叶。

血涌上了玉蓉的脸。她明白了,不但自己在回避着他,就是他,也在极力回避着自己。所以,他们在这几个月里,都没照过面,没互相瞅过一眼。一种不可言状的感情袭了上来,令人战栗地控制了她,触电般通过了她全身。她感到一阵被轻视的气恼,她感到一阵被侮辱的激怒,她感到一阵非发泄不可的欲望。缺牙巴可以恶言恶语地诅咒她,其他的像苏道诚、肖永川这样的人可以轻视她,甚至瞧不起她。但是,柯碧舟这样绕开她、回避她、轻视她,她却不能忍受,无论如何不能忍受!

她浑身着了火一般燃烧起来,来不及细细想一想,她就撒开腿追了上去,一面追一面嚷:

"站住,停下来,我有话问你!"

她清晰地看到,柯碧舟的双肩抖了一抖,而后迟疑地站停下来,木然呆立着,缓缓地转过身子,脸上毫无表情地望着自己的脚尖。

她气吁吁地直冲到他面前,严厉地瞪了他一眼,出气很冲地问:

"你……你钻到哪里去?"

她自己也弄不明白,本来想狠狠斥骂几句的,话到嘴边,怎么会变成了这一句。

他声气低微、接受审判似的回答:"我在采茶果。"

"采茶果?"她立即明白过来了,他是趁着一大早,到林子里来采摘无人顾及的茶果,榨油吃。湖边寨生产队去冬栽种的油菜籽儿,今年初夏得了个少见的丰收,比预计的增产百分之四十三还强,这原是件好事儿,几年来缺油的湖边寨社员,多少能分个几十斤菜籽,够吃上一年半载了。没料到,大队主任左定法在县里开会,大叫丰收年该为国家多做贡献,不但把丰收百分之四十三说成了翻倍,还把湖边寨一个队的丰收,说成了整个暗流大队的丰收。结果,湖边寨的菜籽通通上交,还差个尾数。社员们眼看能炸点油粑粑吃的希望,全落空了。一般社员家庭,集体的菜籽没收到,自留地里多少种点,或者是春节杀了肥猪,熬了猪油,将就还能应付。集体户的其他知青,回上海也带了点豆油、猪油回来,也能吃上几个月。独有柯碧舟,既没外援,又没杀猪,去年冬天开始就时常吃清水煮蔬菜,用盐巴辣椒蘸来吃,过着非常清苦的日子。本来,玉蓉早为他想过,待自家菜籽收下来,请他陪自己去榨油房榨油,回来路上,送他一罐罐。可是不到收菜籽,他就失了约,两人再没见过面。玉蓉对他窝着气,这事儿也渐渐淡漠了。经柯碧舟这一说,一切往事又掺揉着酸味涌上了心头。她不由自主地放低了声气,气中有怨地咕噜道:

"活该你过得这么苦!"

显然,柯碧舟没有听出玉蓉语气中的同情和怜悯成分,他纹丝儿不动地站着,机械地回答:

"是的,活该……"

没把话全吐出来,他车转身,移动脚步,向一边走去。

假若柯碧舟反唇相讥,假若柯碧舟怒言回击,玉蓉可能会厉声斥骂他一通,发泄完自己的怒气,愤然而离开他的。可柯碧舟偏偏一无争辩、一无反驳、一无气恼地承认自己的艰苦生活是活该,而且那么怯懦地走开去。玉蓉的心受不了啦!她觉得自己的心像麻花绞着一样痛,泪水汹涌地冲了上来。真让柯碧舟这么胆怯地离去,她会放声痛哭,以至整晚整晚睡不着的呀!

其实,这也没啥可奇怪的。

人的感情本来就是很微妙的东西。它往往长期以一种特有的形式折磨你,使你无时无刻地不感觉到它的存在。这可以解释几十年不竭的恋情,随着岁月而倍增的仇恨,某种发展得过分的欲望……在平静的时候,你可以忍受它,也能用理智抑制它,但是却很难根除它、改变它。

难道不是吗?邵玉蓉故意地、有时甚至是残酷地不想与柯碧舟相见照面,连柯碧舟可能在的地方她也极力不走过去,不是正证明她在战胜内心深处某种萌发的情感吗?难道在帐子笼下的床上,玉蓉不是每夜都会想到柯碧舟与她接触时的情景吗?难道在樱桃、李子、花红、桃子成熟的时候,玉蓉不都想到,要是给他拿些去该多么好啊,这类油然而生的念头吗?把这说作是下意识也好,把这说成是感情的自然流露也好,总之,玉蓉从来没有忘记过柯碧舟的存在,即使在怨恨他的时候,她都清晰地记得他的一举一动。

柯碧舟表现的羞惭、自愧、懦弱和极力避开去的神情,像根针一样戳痛了玉蓉的心。她突然感到,非得把话问个明白,她才能罢休。要不,谁知眼前这情景,又将折磨她多久啊!

她跺了跺脚,嚷道:"不要走!"

柯碧舟又情不自禁地停止了脚步,不待玉蓉问话,他仰起因痛苦而扭歪了的脸叫着:

"玉蓉,还是让我走吧!这样更好些。"

玉蓉固执地:"我有话问你!"

"别……别问了!"柯碧舟眉头紧皱,双手举到胸前,哀求般说,"让我们像这几个月一样……"

玉蓉望着柯碧舟孤凄的神态、消瘦的脸、锁紧的眉头,眼光中露出的失望神色,佯装的怒容再也维持不下去了,她的眼泪扑簌簌地落在胸前衣襟上:

"小柯,你照实说,你为啥失约?"

"呃……"柯碧舟张了张嘴,没答出话来,他在犹豫着。

玉蓉急叫起来:"你说啊！说实话,你不是故意失约的吗?"

"不,我是故意不来的……"

"啊!"

"因为我答应了你爸爸……"

"啥子？你说啥?"玉蓉惊得瞪直了泪眼。

"听我说吧。"柯碧舟索性放下背篓,双手摸索着背篓的口沿,垂着头,断断续续地,把邵大山在小船上和他说话的经过,一五一十、详详细细地告诉了玉蓉。

初升的太阳,把它的光辉,像长箭似的射进了树林,缭绕飘悠的林岚,徐徐地弥漫着散开去。雀儿在枝头上叽喳啁啾,树叶的香味,随着阵阵轻风扑进两人的鼻子。一只灰毛小兔,在他俩身旁一掠而过。

听完柯碧舟的叙述,玉蓉的脸上已经毫无怒意,她茫然失措地凝望着柯碧舟,水晶晶的泪眼闪烁出一股奇异的感情。沉默了片刻,她才抿着嘴,喃喃地问:

"阿爸跟你说了,于是你……"

"从那天我就决定,赶场天不来找你了。玉蓉,听我说,你阿爸是对的,他是好意,他是为了你好,你决不能当一个……一个反革命的儿媳。我不恨他,他曾经照顾过我、帮助过我。你能够想通的。"柯碧舟费力地、缓慢地说着这些显然是早经深思熟虑的话,他的语气真挚、诚恳,但是,说到这儿,他的两片嘴唇微颤着,眉毛急促地耸动起来,嗓音也透出股绝望的声气,后面的话几乎是哭着说完的,"不过……也许……像我这样的人,本来就不该生下来,不该长大成人,不该恋爱、结婚,甚至……甚至不该过人应该过的那种好一点的……生活……"

"不,不是这样!"玉蓉拼命地叫喊着,她的双眼又糊满了泪水,但她的脸却是辉亮的,美丽的双眼像在燃烧,她充满激情地嚷着,"我啥都明白了,好……好吧！由我去找阿爸,我去找他！碧舟,我只对你说一句话:那全是阿爸的想法,不是我的想法。阿爸绝不能代表我！我……我……我……我对你要说的,只有三个字、三个字……"

话没说完,邵玉蓉倏地一个转身,发了疯似的向树林外跑去。

## 十四

上海知识青年柯碧舟和山寨姑娘邵玉蓉相好的消息,从暗流大队传到镜子山大队有好些日子了。

杜见春乍听到这消息时,心中着实震惊过一阵,好几个晚上都没睡安稳。人是复杂的动物,杜见春也不例外。尽管她拒绝了柯碧舟的爱情,尽管理智告诉她,和柯碧舟恋爱、结婚都是不可能的事情。但是,猛然听到柯碧舟和邵玉蓉相爱,她的心还是随着波动了。仿佛柯碧舟是她的什么人、与她休戚相关似的,那几晚上,她躺在床上,总会想起和柯碧舟相识的经过,集体户躲雨、双流镇打流氓、防火瞭望哨值夜,不就是因为这几次接触,使得他对自己产生了感情吗?也不用否认,自己那感情的琴弦,曾为他微颤过。难道她没有在去年初冬怀着急切期待的心情,等他来镜子山大队吗?难道她没有在孤独的长夜中苏醒过来,睁大了双眼思念过他吗?这些都是发生过的事。后来怎么样了呢?事情结束得简单而又突然,自己听说了他的家庭出身,接触了苏道诚,陡然改变了对他的看法,也非常利索、几乎是不假思索地拒绝了他的求爱。

按理说,事情结束了,他们俩之间的一切关系也割断了,可以问心无愧了。杜见春还认为,自己的处理,是理直气壮的、正确的。但听说柯碧舟和邵玉蓉相爱以后,她才察觉,在自己的内心深处,仍郁积着一坨硬块。她开始自省,为什么这硬块还要来挤压她、折磨她?她想了又想,才发现,当初自己拒绝柯碧舟,仅仅是因为他家庭出身很坏,仅仅是因为他没把出身不好这件事,及时告诉她。而对于他本人,她还持有好感。或者说,在拒绝他的时候,她几乎没考虑到他留给她的好感。为此,心灵深处郁结了硬块,弄得她睡不安宁了。

心灵的折磨是难熬的,但杜见春还是以她特有的毅力,把它压制住了。她仍觉得,自己没做错,事情只有那么处理,才符合情理。她还嘲弄自己起伏不平的感情:不是没有事了吗?自那以后,我很少想他,我连湖边寨也一次没去过,不就是为的回避柯碧舟嘛!是的,柯碧舟值得同情,但并不值得我去爱他……

想是这么想,杜见春还是生出了另一个希望,希望去看看柯碧舟新交的朋友邵玉蓉。她看见过玉蓉,也接触过这山寨姑娘,不就是她,帮自己把行李挑回镜子山大队来的吗！应该承认,她虽是个山寨姑娘,却是个容貌美丽、热情和善的女孩子。你看她,那一次谈及柯碧舟挨打、救牛受伤、心灵深处悲哀欲绝的情形时,多么细心,说出的话有条不紊,娓娓动听。哎呀,我真傻,也许,那时候这姑娘对柯碧舟已经有好感了呢!

杜见春想去看玉蓉,却总是找不到机会,而且,她还有些踌躇不决。自从去上海探亲回到镜子山大队以后,她没有去过湖边寨一次,倒是那英俊漂亮、风度潇洒的苏道诚,到镜子山集体户来过四次,有两次还在她那里吃了饭。为此,在杜见春的集体户里,传开了杜见春和小苏恋爱的流言。但杜见春听来却觉得可笑,苏道诚除了每次来向她献殷勤、说好话之外,一句有关爱情的话也没说。也许是他觉得为时过早,也许是他还没有把握,也许是他另有打算,总之他还没提及。作为杜见春,虽然招待他吃饭,虽然有时闷愁了也盼他来,却是害怕他来了真的说出那些求爱的话。从姑娘的眼光来审视,无论从哪个角度说,苏道诚都是一个理想的对象,他家庭出身好,牌头硬,本人相貌出众,口才特好,对姑娘们又客气又随和,还希望他些啥呢？但杜见春总有那么一种说不出的感觉,觉得苏道诚身上还缺些什么。究竟缺啥,她又说不出个所以然来。因此,她心里拿定主意,多接触些日子再说,别盲目地陷进感情的罗网里去。每次苏道诚到镜子山大队来玩,都热情地邀杜见春去湖边寨玩。他嫌镜子山集体户里知青多,他去玩,其他知青又都不回避,他无法向杜见春说些更亲切的话。而杜见春呢,从来不愿随他去爬山、钻树林,他无法向这垂涎已久的姑娘发动更加热烈的进攻。杜见春倒不是不想去玩,但她觉得不好意思,去找苏道诚,撞见了柯碧舟,他会想些啥呢？故而她这半年中,一次也没到湖边寨去过。

听说了柯碧舟新的罗曼史,杜见春很想去看看邵玉蓉,却仍是踌躇不决,十分犹豫。她自忖道:我去,算是去找哪个呢？找苏道诚？还是邵玉蓉？或是柯碧舟？好像都是,又都不是。

就这么一天天拖拉着,究竟哪一天到湖边寨去,她自己也拿不准。

没想到,镜子山大队的老支书兼主任周凯旋,帮助她做了决定。周凯旋和暗流大队的邵大山一样,也是清匪反霸、土改运动中培养起来的老土改根子,"文化大革命"中,镜子山大队没出左定法那样的角色,他在本大队范围内威信又高,还当着大队的一把手。这位单单薄薄、年近六旬的瘦高个儿老汉,一年三百六十五天,有三百天在田头、坡土上度过,有事没事,开会干活路,除了吃饭、睡觉、讲话的时候以外,他的嘴巴里老是衔着一根四寸来长的短烟杆,想到的时候,他划根火柴点着烟锅里的叶子烟;忘了的时候,他干脆衔着,不点火就咂。据说不点火咂来也有滋味,是真是假,只有他一个人知道了。

那天不是赶场休息,吃过晌午饭,杜见春背上背笼,手里拿一支尖尖的青竹签子,轻快地穿过寨路,正预备随着妇女劳力上坡掰苞谷,嘴里衔着短烟杆的周凯旋把她叫住了:

"小杜啊,你莫上坡了,我有话跟你讲。"

"啥事?"杜见春一边问,一边卸下背笼,跟着老支书走到寨路边的沙塘树脚,仰着脸盯住周凯旋皱纹密布的瘦脸盘。

周凯旋眯眯含笑地伸出两个手指,牙齿咬着短烟杆说:"两件事情,都是好事儿。"

"什么好事啊?"杜见春高兴地扬着两条眉毛问。

"头一件,是大学又要招收第二批工农兵学员了,我们镜子山大队,这回摊到一个推荐名额……"

杜见春惊喜若狂:"是真的?那有多好啊!"

"我啥子事情蒙哄过你?"周凯旋把脸假装一板,故作正经地说,"打听清了,这回的名额,都是北京、上海的名牌大学来招的。"

杜见春的心激动得怦怦直跳,她迫不及待地追着问:"老支书,我有希望吗?"

"这件事儿,我在社员中摸过底儿,和几个支委、队委也扯过,大家都说,镜子山大队合共二十四个上海知青,数你的表现好!"周凯旋不慌不忙,一字一句地说,"大伙都愿推荐你……"

"啊……"杜见春万分激动地轻轻叫了一声。

"今晚上,你到我这儿来领那张草表,抓紧时间填好,三天内交给我……"

"要得!"杜见春声音响亮悦耳地回答,脸上绽开了一朵花般欢笑着。

周凯旋也挺高兴,连连点着脑壳,笑呵呵地叮嘱道:"叫人心头乐啊,小杜,看着你们来插队,锻炼几年,又要像雀儿般张开翅膀飞了,怎不叫人欢喜哪!不过,从推荐、填草表,到逐级审查、体检、政审、学校发录取通知,听说还有半年时间哩①,你要坚持到底,站好最后一班岗,对啵?"

"对头,对头。"杜见春乐不可支地点着脑壳,喜盈盈地问,"老支书,第二件事儿,是啥呢?"

"可能你也听说啰!"透过沙塘树叶子洒下的太阳光,在老支书瘦削的脸上晃来晃去,周凯旋举了举手中的短烟杆,说,"暗流大队湖边寨一个姓柯的知青,据说也是上海来的,给大队提了个好建议,卖了大片八月竹,得了经费,在建小水电站呢。县头的技术人员来帮助勘察设计,暗流大队总动员,速度好快,说是一入冬,到了枯水期,就可拖机组来安装,顺利的话,明年春耕就发电。左定法那小龟儿子,我向他打听发电量多少,他'哼啊哈啊'装糊涂,不愿跟我说。让其他人去问,说是左定法对下头关照过,不许对外大队的人讲。我在估摸,这个拱槽猪儿,又想在小水电站上搞歪门邪道了!"

杜见春吃了一惊:"小水电站还能搞歪门邪道?"

周凯旋不屑地一笑:"小杜,你还不摸我们山寨的兜兜哩。这左定法,邪门歪道丑主意多得很。前些年他们大队搞了个煤场,挖出的煤好得很,一色发亮的无烟煤。拱槽猪儿左定法,把他的家族、亲信、老表叔侄,通通安排在煤场上,挖出煤卖得的钱,都进了他们腰包。这事儿团转大队,哪个不知?"

"那为啥不把煤场整顿一下?"杜见春更为心奇了,她瞪大双眼,一挥拳头,直率地大声道,"揭露这帮子人叫他们出出丑!"

"嗨,说你不懂嘛就不懂嘛!煤场上都是他的人,说声查账,他们把事先准备好的两本账簿往外一拿,一笔一笔,比泉水还清,查个鬼去!"周凯旋气愤地吐了泡口水道,"再说,这年头,左定法红得很,整得倒他吗?连提整顿也提不得。"

"为什么?"杜见春一挺胸脯,流光溢彩的双眸瞪得老大,愤愤不平地嚷道,"我偏不信,歪风邪气无法整!"

周凯旋苦笑着摊开双手,耸了耸窄瘦的肩膀,奋拉着眉毛,叹了口气说:

"小杜啊,莫法子。这年头的事儿,浑得很!不像前些年好办啊。我劝

---

① 由于"九一三事件"及其他原因,自一九七〇年招收了首批工农兵学员后,一九七一年没招收,到一九七二年上半年又招收。因此工农兵大学生共有七〇、七二、七三、七四、七五、七六,六届学生。七二届的招生准备工作,在七一年秋冬即已在基层开始。

你……"

"老支书,我可要给你提意见、放炮了!"杜见春一扬双眉,直通通地说。

周凯旋一怔:"有啥子炮,你尽管放!"

"老支书,我发觉你刚才说的话朝气不足,暮气沉沉。"杜见春老实不客气地向周凯旋放起炮来,"对那些贪污盗窃、假公济私的家伙,为啥不能斗呢?你自己信心不足,还要劝我们也放弃原则吗?"

"好厉害,小杜,"周凯旋并不生气,只是瘦削的脸变得严峻了,他说话的声气挺沉,语调中透露出一点烦恼,"斗,你说咋个斗法?"

杜见春毫不为难地答道:"发动群众,深揭狠批嘛!"

"可上头不支持你,左定法他掌着暗流大队的权,群众也难得发动。"周凯旋不无牢骚地说,"小杜啊,左定法不是孤立的一个人,上上下下都有和他勾扯的人,懂吗?"

"那……"杜见春回答不上来,眨巴着眼,又提出了新的疑题,"煤是看得见的东西,能利用来搞邪门歪道。小水电站又咋个搞呢?"

"说你幼稚,还真够幼稚的。告诉你,电比煤更吃香,左定法霸着,不是更能诈钱、诈物资吗?"

杜见春这才恍然明白,不能小看了左定法这种"土霸王"似的家伙。她急切望着老支书问:

"你想要我干啥呢?"

"听说,你和那姓柯的知青认识,还有点熟,我想请你今天下午跑一趟,找到他。"周凯旋放低了嗓音,悄悄说,"把发电量多少,明年几月份能发电,都问个明白。我们了解了,好往公社、县头写报告,申请用他们的电。要不,左定法和我不对路子,硬是要卡我们的脖子!"

杜见春这才多少明白了点事理。真没想到,两个挨邻的大队,关系还处得挺僵。过去,在书本里、报纸上,杜见春看到的,不是说队与队之间互相帮助、共筑大坝夺丰收,就是说邻近的县份、公社盛开团结友谊的并蒂莲。从来没料到,现实生活中,还有像暗流大队那样,啥事都瞒着镜子山大队,卡人家脖子的。她想了想,觉得找柯碧舟虽然有些尴尬,但这是集体的事儿,也没啥难为情的。便点点头说:

"行,我找柯碧舟去!准保完成任务。"

"哎哎,"周凯旋拿短烟杆指着杜见春的脸叮嘱道,"这事儿,不能敲锣打鼓,只能悄悄地,单独问小柯一个人啊!记住了吗?"

"记住了!"杜见春重重地一点头,在老支书赞许目光的注视下,她轻快地跑回集体户去。

放好背篼、竹签,把劳动时穿的补巴衣服脱下来,换穿上一条卡其布蓝裤,一件涤卡两用衫,把衬衣领子拉拉平,杜见春便离开集体户,飞燕一般跑出寨子,向暗流大队湖边寨方向走去。

镜子山和暗流,本来就是岭接岭、田挨田、土连土,没花半个钟头,杜见春已经走近了湖边寨的地盘。

略微偏西的秋阳,透过弯曲盘旋的山道两旁的树叶,在路上铺下一小片一小片阴影。枝头上,时有雀儿叽叽叫着。不是赶场天,社员们都在出工劳动,山道上很是静寂,走老远也碰不到个人。

虽入了秋,但杜见春精神振奋、心头焦急,脚头走得好快,额上、颈子里还是沁出了汗珠儿。一路上,她想着周凯旋支书说的上大学的事儿,按捺不住满心的喜悦和快活。想到半年以后,她就能在上海或是北京的大学里读书学习,她是多么快乐啊!上大学,这是她从小学里就急切想望着的呀!这多年的理想,眼看就要变为现实,她怎能不激动、不欣喜若狂呢!

光顾着想这件事儿,竟忘了此刻正是出工时候,该到哪里去找柯碧舟呢?直到抬头望见了湖边寨绿树掩映中的屋脊,杜见春才想到这个问题。她收住了脚步,正在费神思索,忽听得一声熟悉的惊呼:

"见春!"

杜见春转脸循声望去,一蓬弯垂垂的钓鱼竹遮下的阴影里,苏道诚正坐在粪篮扁担上歇气,他肩上披着一块厚厚的垫肩,站起身来,伸手便来拉她:

"你怎么来了?"

"我来看看你出工没有啊!"杜见春喜滋滋地一偏脑壳,故意抿着嘴儿说,"哼,好啊,你在这儿偷懒呢!"

苏道诚喜形于色地道:"我还能不出工吗?什么时候,也不会忘了我是个干部子弟啊!你看,我今天已经挑了几十担牛粪了。这会儿正歇气呢!"

杜见春满意地点着头,含着笑意的目光由苏道诚淌着汗的脸上,移到了钓鱼竹篷旁的牛粪篮里。她的眉头微蹙,脸也随即阴沉下来。

社员们从山坡上割下草,一层层平铺在牛圈里,和着牛尿牛屎沤成草粪。杜见春知道,这类粪草,分量都不重,她在生产队里也挑过。可长得高高大大的苏道诚,粪篮里只装了平平的两筐,筐底部的稀篾里面,还是空的。这一挑粪,充其量只有四五十斤。她不满地问:

"你怎么只挑这点?"

"嗨,"善于察言观色的苏道诚,从杜见春的脸部变化中早已看出了她的心思,他连忙伸手捂住肚皮说,"今天我是带病出工。要不,我能在这儿歇气吗?"

杜见春的脸这才开朗了一些,她正要问柯碧舟在哪儿干活,不料苏道诚伸出手,拉住了她的衣袖,亲热地说:

"见春,难得你来,在这儿坐会儿吧!"

杜见春见他动手动脚,生气地一甩手说:"你怎么能这个样儿?"

"你到湖边寨,不就是来找我的嘛!"苏道诚不以为然地一撇嘴,说着,又厚厚脸皮挨上来。

杜见春厌恶地正要避开,猛听得路上一个粗嗓门叫着:"小苏,你挑一担粪要歇几个气?我都打两个来回了,你一挑也没拢田头,像个话吗?"

苏道诚一听这话,尴尬地朝杜见春伸了伸舌头,一边去抓粪挑子,一边回头对杜见春说:

"见春,你先去集体户坐坐,收了工我就回来!"

说完,粪篮上了他的肩,勾着腰、歪着头,脚步一颠一闪往山路上走去。看他的背影,活像个六七十岁的老头子。杜见春不悦地瞅着他的后影,正要往前走去,后面走来一个中年社员,嘴里还在嘀咕:

"妈的,实在不像个干活样子,一个月干不了两天活,还尽磨洋工。"

这显然是刚才喝叫苏道诚的那个嗓门了,杜见春听了他的话,也不由得皱了皱眉头,原来苏道诚很少出工啊!她想到自己的正事,回过头问:

"老乡,你知道柯碧舟在哪儿干活吗?"

"你找小柯啊!"那中年社员怒冲冲的脸顿时变得和蔼可亲,他热情地说,"出工前我见他到湖边去了,大概在邵玉蓉家,你去看看吧,十有八九准在!"说完,他还乐滋滋地大有深意地眨了眨眼。

谢过了那中年社员,杜见春辨别了一下路径,选了条田埂小路,直往邵玉蓉家走去。

那中年社员对苏道诚和柯碧舟两种截然不同的态度,显然触动了杜见春的心扉。无疑,在这个普通社员的眼里,柯碧舟不知要比苏道诚好几倍哩!无意间发现的情况,引起了杜见春的深思:自己为啥和这社员的看法截然相反?

一里多下坡路,片刻就到。杜见春沿着小路,走进邵玉蓉家清洁平整的三合土院坝,她仰脸打量着半开的槛子门,正想高声发问的时候,屋内传出咚的一下拳击桌子的声响,随而,一个洪亮震耳的嗓门炸雷样吼着:

"……我不准你和他勾扯!"

"恋爱自由,婚姻自主,你干涉不了!"这是邵玉蓉坚决的口气。嗓音并不很响,但字字清晰入耳,句句铮铮有劲。

"胡说,你要同柯碧舟恋爱结婚,我就不认你这个女儿!"邵大山气得声音发抖。

邵玉蓉尖脆的嗓音隔了片刻才传出来:"阿爸,我思量了又思量,你要不认我,我也莫法。要我改变主意,我不干。我的心交给小柯了!"

杜见春愕然地望着半开的槛子门,声音就是从那儿传出来的。很显然,柯碧舟不可能在这儿。而站在门外,听这父女俩争吵,也是不妥当的。想到这儿,杜见春向院坝外走去。

恰在这时,邵大山暴跳如雷的吼声直冲而来:"你这个不孝女,你给我滚,滚,滚出屋头去!"

跟着,什么东西砰的一声砸碎了。杜见春还没走出院坝,赶紧闻声转过身来,只见邵玉蓉嘭的一声拉开门,一跃而下台阶,冲到院坝里来。

"小邵。"杜见春迎着玉蓉,轻声招呼道。

"你……"邵玉蓉绝没想到会在此时此刻撞见杜见春,她陡然从激愤中回过神来,意识到杜见春也许是来找她的,连忙一把拉住杜见春的双手,急匆匆走出院坝,沿着湖边走去。

碧澄澄的湖水光如明镜,湖水中倒映着岸上的奇秀山峰。两只鱼鹰,箭似的掠过湖面,噗的一声扑进水里,溅起几颗雪亮的水珠。正忙碌地采集秋蜜的蜜蜂,嘤嘤嗡嗡地从两个心情不平静的姑娘耳边飞过,往坡上花丛中飞去。

走到一棵高大的盘枝攀藤的湖边老树下,玉蓉才渐渐恢复了平静,她那由于争执涨得通红的脸朝着杜见春转过来,菱形眼里闪过一道羞涩的抱歉的笑意,低声问:

"你找我,有啥事儿吗?说吧。"

"我是来找柯碧舟的,"杜见春带着点不解和敬意望着这个生活在湖边的山寨姑娘,坦率地解释说,"听说他在你这儿,我就找来了。没想到……"

"没得啥!"邵玉蓉果断地摇了摇头,似乎是要摇落头发上的灰尘或是树叶一般,她坦然地说,"反正闹得邻近的大队也听说了,我不怕,我也不屈服!任谁说啥也行!"

从她那双菱形眼里,闪烁出一股执拗的、百折不挠的光彩,她显得坚定不移、信心百倍。

不知为啥,站在她身边,杜见春的心咚咚咚跳个不住,有些激动。她挨近邵玉蓉,低声说出了心中的疑团:

"小邵,柯碧舟的家庭出身,你知道吗?"

"知道!"邵玉蓉毫不迟疑地答道。

"知道得详细吗?"杜见春又问。

"我听他说过一点……"邵玉蓉的目光里掠过一道惊讶的神色,"怎么,连你也这样看待小柯?连你也有这种歧视?真没想到……"

邵玉蓉的目光从杜见春的脸上移开,略微眯缝起来,凝神瞅着波平如镜的鲢鱼湖湖面。

杜见春被邵玉蓉两句尖锐的问话讲得有些发窘,脸也有些腓红。她极力镇定自己,委婉地说:

"不是我……玉蓉,是人家都这么想啊!我只是随便问问,只是……只是希望你三思……"

"谢谢,我想得够多的了。"玉蓉的语气低婉下去,但冷淡多了,她看杜见春的脸色有些尴尬,又解释道,"我听小柯讲过他的妈妈,他妈妈也是苦出身,在旧社会里,也受过很多苦,听了叫人掉眼泪。你晓得吗?"

杜见春茫然地摇了摇头,她依稀记得,柯碧舟曾与她谈及过他的母亲,只因为自己对他那种家庭背景,有一股先入为主的厌恶,根本不想细致地询问具体情况,再加上柯碧舟似乎也不想在这方面多谈,所以她一点也不知道这方面的详情细节。

"你当然不可能晓得。"邵玉蓉接着道,"再说,我看中的,不是他的家庭出身,而是他本人。重要的是他本人。他不是生在新社会,长在红旗下吗?莫非我们这个社会对他的影响,还不如他那死去的父亲对他影响大吗?真是怪事!我说了,我偏不怕!他还能把我也变成个坏人?"

杜见春的心为之一动,但她仍觉得,邵玉蓉感情用事,说话有些偏激。她毕竟是个山寨姑娘啊,太纯朴、太幼稚了,她哪能知道,一个人的家庭出身,关系到他一生的命运和前途呢!经过"文化革命"这几年,经过那做任何事都要讲究出身、成分的疾风暴雨,谁还愿主动去找个出身不好的人,哪个愿意主动背上黑锅?愧惜之余,杜见春还为邵玉蓉毫无所惧的勇敢暗暗折服。她叹了一口气,拉着玉蓉的手说:

"话是这么讲,可事实上,家庭出身好坏,对一个人来说,太重要了!"

"不见得。"邵玉蓉断然地摇着头,两眼烁烁地闪出火样的光来,尖锐地问道,"肖永川是工人家庭出身,一个小偷,你愿意和他好吗?华雯雯的父亲是个裁缝,说起来也是个劳动人民,可你看她身上有点劳动人民的气味吗?怕苦怕脏,好逸恶劳,自私自利!我不是说家庭出身对人没得影响,像小唐,工人的姑娘,吃得起苦,耐得住劳,各方面都好,让人看去满意。同样的品质,在小柯身上有,我为什么不能满意他呢?"

在邵玉蓉愤激但又有力的辩解面前,一贯能说会道的杜见春,竟然觉得一句话也答不上来,她重新端详着这个山寨姑娘,感到她不是那样幼稚无知了。相反,杜见春有点羡慕她,她认定了是正确的、幸福的事情,便会坚定地、毫不犹豫地去争取、去战斗。

还是邵玉蓉觉察到了什么,感到在一个不很熟悉的人面前,说话这么激愤和振振有词不够妥当。她亲热地拉起杜见春的双手,放缓了口气说:

"你莫见怪,这些天,实在是把我气坏了。其实小柯他看得上我不,我还没得闹准哩。哎,你不是要找他吗?他去接县头派来的机组安装人员,怕要擦黑时才回寨子呢。我陪你去暗流那头看看,玩一玩吧!"

杜见春惊讶地说："机组安装人员要来了？不是说要到了冬天枯水期才安装发电机吗？"

"这是先赶来看看的。"玉蓉解释，"真动工安装，要到水枯了才成。"

杜见春见邵玉蓉谈起这件事，熟悉得就像在谈自己的工作，便不露声色地问：

"发电机装好了，能发多少电啊？"

"啊，你就是为这来的吧？"邵玉蓉敏感地猜着，含有深意地眨了眨眼，两条细弯的眉毛挑起来，压低了嗓子说，"那得问小柯才讲得清。反正，听他说，一发电，团转几个大队都能抽上水，点上电灯！"

"那太好啦！"听说小水电站能起到这么大的作用，杜见春也不由得很是惊喜。这些年来，在山寨夜夜打黑摸，做啥事也离不开油灯，太恼人了。虽说自己快要上大学了，但杜见春还是为柯碧舟在山寨做出这么大成绩而高兴。暗流大队要建小水电站，杜见春也早听说了，可由于半年多没来这儿，又听到苏道诚经常用不屑的口气说柯碧舟是"瞎猫捉住死老鼠"，她也没把这事儿放在心上。此刻意识到这件事的重大意义，杜见春开始理解，邵玉蓉为啥会对柯碧舟那么倾心了。

两个姑娘沿着湖边小路，谈谈讲讲，然后爬上鲢鱼湖南边的坡地，一直插到了暗流大龙洞前。

在邵玉蓉的指点下，杜见春看见了借助河道筑起的石砌坝，蓄满了水的小水库，以及水库下方安装机组的基脚。水泥浇铸的基脚已经凝成了坚如钢岩的程度。一旦把发电机安装好，暗流、镜子山和团转几个大队盼望了多少年的电，不就给"揪"来了吗？

百闻不如一见。实地看到这些情形，杜见春心里热烘烘的，脸上又臊得发烫。她私下暗忖，多少回，自己给爸爸妈妈写信，给老师写信，给远方的战友和上海的同学写信，总要说几句虚心接受再教育，用青春的热血和汗水，改变山区贫困落后面貌的话，甚至每封信的末尾签名之后，总要添上"油灯下"几个字。但事实上，她除了天天和一般社员那样劳动之外，究竟真正为改变山区面貌做了些什么呢？没有做，她并没有做啥有益于山区群众的事，她只是坚持天天参加劳动罢了。也许，和不常出工的知青比起来，和肖永川、"强盗"、"侠客"这样的家伙比起来,她算得上是个好知青。但是,杜见春从来都是严格要求自己的,她头一次对自己下乡以来的表现不满意了。为什么自己连想也没想到,该给生产队"揪"电的事呢?

惭愧之余,杜见春觉得应该重新认识柯碧舟了。在去年夏天认识他的时候,他不是一个神色忧郁、喜爱文学、思想带点灰色颓废的知青吗?为啥他变得那么快?他仍然背着家庭出身那沉重的包袱吗?他还在偷偷地书写《天天如此》那样的小说吗?他还希望自己成名成家吗?他又怎么会迷上水电站的?自然,建小水电站,不是他一个人的功劳,设计是县上请来的技术人员搞的,坝是社员筑的,基脚是群众浇铸的。但事实上,他也为水电站的建成出了力啊!

早已被杜见春从心灵深处撵出去的柯碧舟,这当儿又以一种令她惊异的崭新面貌在她心中占据了一席地位。

想到这儿,杜见春的双颊上竟然微微烫起来,她偷偷瞥了一眼邵玉蓉,发现她并没留心自己的神态变化,才稍稍安心些。

夕阳西斜,两个姑娘从暗流大龙洞前回到湖边寨去,没走进寨子,邵玉蓉问了过路的社员,知道小柯已经回来了,她对杜见春说:

"他回来了,你赶紧问他去吧。"

"你也一道去嘛!"杜见春邀道。

邵玉蓉的脸微微泛红,摇摇头说:"我不去了。你去吧,记住,要问发电量和小水电的情况,得把小柯找出来,悄悄地问,不能当着众人打听。这可是左定法下令对周围大队保密的事儿。"

话的表达方式和周凯旋不一样,意思却是完全相同的。杜见春正愣怔着,小邵为什么也那样敏感,玉蓉已经沿着一条岔道,跑远了。望着她的背影在一丛蒿竹后面倏地闪去,杜见春陡然想起,天将擦黑了,邵玉蓉跑哪儿去呢?她阿爸不是把她赶出了屋头吗?这么想着,见春才恍然醒悟,玉蓉压抑着内心的痛苦,陪伴了自己一下午时间呢。她内心感激地想:这是个心地多么善良的姑娘啊!柯碧舟将来能和她一起生活,该是非常美满的了。

杜见春脑子里尽在想着美貌、善良、忠贞的邵玉蓉,不知不觉间,已经走到了湖边寨集体户门口。

黄昏时分,正是集体户最热闹的辰光。赤脚医生唐惠娟正在给一个怀抱婴儿的女社员扎针。"卷毛"王连发双手捧着支"国光牌"口琴,站在门槛边摇头晃脑地吹奏着那首《草原之夜》的曲子:"美丽的夜色是多沉静,草原上只留下我的琴声……"爱打扮的华雯雯已经换去了出工衣裳,在女生寝室里哇哇高唱:"一条小路曲曲弯弯细又长,一直通向迷茫的远方……""黑皮"肖永川搬条小板凳,坐在他自己的小灶前,守着灶烘饭,嘴里吹着尖锐的口哨,在给华雯雯"伴奏"。苏道诚身上的衣裤焕然一新,正在起油锅炒鸡蛋。

看到杜见春走来,五个知青先后挤到门口,把她围住了,你一言我一语地问长问短。

唐惠娟说她是稀客。王连发不冷不热地说了句"别来无恙",照旧吹他的口琴。肖永川油腔滑调地问:"哈啰,你登门来,是找谁啊?好叫主人多做饭。"苏道诚略带嘲笑地说:"既来了,就在我这儿吃饭吧!"华雯雯妒忌地一瞪眼说:"你知道人家是来找你的?"

杜见春瞥了拉长脸的华雯雯一眼,似乎嗅到了一股酸味儿,她淡淡一笑说:"我来找柯碧舟,问清几句话就走,哪家的饭也不吃,各自放心吧。"

苏道诚的脸一沉,华雯雯斜眼瞅着他,肖永川冷笑一声,王连发仍在吹着口琴:"等到夏日冰雪消融,等到草原上吹来春风……"唐惠娟厉声叫道:"哎呀别吹了,烦死人!小杜,你说哪里话!'黑皮'只是说个笑话嘛,真能让你来了,还不管饭?没人请你吃,我煮面条招待你。你放心坐下吧,不是有事找柯碧舟吗?他在屋里。柯碧舟,杜见春找你!"

杜见春并不走进灶屋,探首朝里望去,男生寝室里柯碧舟答应一声,三脚并作两步迎出来,一眼看到门口的杜见春,他的眼睛猛地一亮:

"你找我?"

杜见春简直快不认识柯碧舟了。留在她记忆中的这个人,是面容消瘦,头发蓬长,一脸阴郁,破衣赤足的青年,可眼前的柯碧舟,头发剪得平平短短,脸色红润光洁,虽还显得瘦,但比过去好多了。他还是穿着旧衣服,但衣服上的补丁一个个都很扎实。原先光着的脚板,如今穿着一双山区小伙子常穿的黑布鞋。他不但恢复了年轻的模样儿,还透露出一股沉着、稳健的气质。让人一眼望去,就觉得他是个有思想、有主见的青年。

杜见春极力掩饰着自己的疑讶,保持着外表的镇静坦然,她目不转睛地瞅着

柯碧舟,当着大伙的面,直截了当地说:

"柯碧舟,我有几句话要问你,你能陪我走一段吗?趁着天还没黑,我还要赶回大队去呢!"

"好的。"柯碧舟不假思索地点点头,信步走出了灶屋。

杜见春朝五个知青和蔼地点点头表示告辞,随着柯碧舟,一齐向出寨的路上走去。

"卷毛"感到莫测高深地叹息一声,摇了摇头。肖永川也斜了苏道诚一眼,笑嘻嘻地问:

"油煎荷包蛋,请我吃吧?"

华雯雯也辛辣地补上一句:"你不是说她来找你吗?呸,哪里来的骚货、野鸡,也值得你兴师动众!我看你啊,是剃头担子———一头热。犯了相思病!"

肖永川和华雯雯的冷嘲热讽,激得苏道诚那张漂亮的脸一阵红一阵白,气得他恶狠狠地撇了撇嘴,回身钻进了男生寝室。

独有唐惠娟,想不明白杜见春找柯碧舟究竟是要干啥,费神地眨着眼猜测。

太阳落坡了,西边天际还残留着一抹杏黄色的绚丽晚霞,家家户户屋头、院坝里,响起了推磨、吆鸡、开猪栏的声音。暮色笼罩了秋天金色的田野,远方耸峙挺立的山峰,变成黑黝黝的了。

出了寨子,杜见春把老支书周凯旋想打听的事儿,一五一十悄声细语地说了出来。柯碧舟明确地告诉她,机组在冬天枯水期一定能安好,阴历三月间,可以准时发电。发电量比大伙儿预计得都多些,半个鲢鱼湖公社都能受益。他轻声笑道:

"你们周支书的担心,其实是多余的,左定法的算盘,也是白费劲。县里面对我们这个小电站很重视,成本低、上马快、见效大,建成以后,要组织专人写报道,一面向上级汇报,一面在全县推广。他左定法想对发电量保密,保得住吗?真是愚蠢!"

"嘻嘻,"杜见春笑了。到此为止,她今天下午来湖边寨的任务已经完成了。天渐渐擦黑了,按理说,得加快步子,在天黑前赶回寨子是正事,可不知怎么搞的,杜见春却有点担心柯碧舟回答完后,抽身回去,她急忙接上话说,"这个左定法真有点自私,啥都想霸为己有。实质也是个可怜虫,坏家伙!"

柯碧舟点头赞同杜见春的话,并不谈自己对左定法的看法。

杜见春又挑起了话头:"建起了小水电站,点上了电灯,你在山寨还有啥打算呢?"

"那可多了,"柯碧舟仰起脸来,眼睛一闪一亮地说,"有了电,我们湖边寨的六七十亩高榜田,就变成名副其实的旱涝保收田了。你想想,肥料上得足,犁耙得好,管理精心,一亩田收千斤谷,不是难事。六七十亩,就能生产六七万斤粮食,两三百人的寨子,六七万斤粮,一人头上能多分二百来斤毛谷子。每人多分这点谷,湖边寨社员,就不会因春天的到来而愁粮了,也不会有小伙子出工叫肚皮饿、叫锅儿吊起了,国家每年也好少发放我们寨几万斤回销粮了。这不是大好事吗?吃饱了饭,如果左定法不反对,湖边寨人想恢复果园,再搞点集体养蜂、湖头喂鱼,成立个畜牧组,养鸡养鸭。那样,湖边寨就会逐年变得富裕起来,粮足钱多,更好甩开手脚办大事呀!你说对吗?"

杜见春一个劲地点头。她心里说,这个人脑子里不想当文学家了,倒是满脑子一本湖边寨的账,看他打算得真远啊!杜见春没把心中的想法说出来,只是感慨地说:

"这次见到你,我发现你变了。"

"人是会变的。"柯碧舟承认。

杜见春微微一偏头:"我还听说了,你和山寨姑娘的事情……不是人家瞎说吧?"

柯碧舟的脸涨红了,他有点难为情,尤其是杜见春当面点穿这件事儿,但他回答的语气,却是真挚、诚恳、带着感情的:

"瞎说的人多。这种事儿,人们是最爱传的。其实我们之间,什么也没明说过……"

杜见春情不自禁地点头,这话和邵玉蓉下午对她说的,是一样的。她偏转脸,望着柯碧舟的脸,等他讲下去。

小溪的水在琤琤作响,柯碧舟绯红的脸显得轮廓分明,极为生动。他迟疑了片刻,继续说:

"不过,我很感激她,感激她阿爸和伯伯。是他们一家,给了我重新生活的勇气和动力。但我又很怕,很怕自己的家庭出身,拖累了玉蓉和她家……"

他的声音低弱下去,没说完就停了。只有两双脚,踏着沙石小路嚓嚓响。

杜见春不相信他的末一句话,她心里说:哼,你还在我面前佯装呢!你当初对我表白,为啥不怕拖累我和我的家?但她仍把这想法埋在心底,声音低得像雀儿的梦呓:

"愿你们俩幸福吧……"

她没有把这句话完全说完。

天擦黑了。鸟归林。峡谷里、林子中、大树脚都已是黑洞洞的。再不快走,就看不清路了。杜见春毅然下了决心,向他告别,回寨去。他已经有了心上人,我和他这么在山路上走,算个啥呀?一股对自己的恼怒升上心头,她放大了声音,说:

"天黑了,你又忙,回去吧。感谢你回答了我的问题。"

"不,"柯碧舟有点局促地答,"我送你回队。这几年乱,山道上常有拦路抢劫、诈钱的。"

杜见春想抢白他说,你能顶个什么事啊,碰到流氓还挨打呢!你忘了我会打拳吗?不过,她也没把这话说出来,相反,听了柯碧舟的话,她觉得挺温暖,也默从了他继续送她。她决定把自己的喜事告诉他:

"你不知道吧,镜子山大队推荐我上大学呢!今晚上填草表。"

"这是完全能理解的,"他沉默了一会儿回答,"像你这样的高干子弟,不论在什么地方,总会得到'好心人'照顾的。"

杜见春有点生气:"我不是靠牌子,而是靠自己的表现争取的。周支书说,这事儿经过群众评议,队干部商量,才决定的。"

柯碧舟没有马上答话。走了几步,杜见春一转脸,看到他离自己两步远走着,天黑了,只能看到他的身影,在枝干树叶间一闪一动。

"我应该祝贺你。"他走了二三十步才开口说话,语气也有点与平时不一样,"不过,我还得提醒你,不要只想着自己的命运,睁大双眼,注意国家的大事吧!这比我们个人的命运更重要。"

"你这话是什么意思?"杜见春听出了弦外之音,"你听到了什么小道消息?"

柯碧舟不语。

杜见春催促:"有话你说啊!"

"我的同学谢楠康,就是《天天如此》的主角,来信说,上海风传我们国家出了震撼人心的大事件,各种小道消息很多。"柯碧舟声音低沉喑哑地说,"你可能也听说了,二十二年头一次,今年国庆节不搞游行了。"

"啊,到底出了什么事呀?"杜见春惊愕地问。

"我也弄不清,等着看吧!"柯碧舟有点急迫地结束道,"看,镜子山寨子到了,我该回去了。"

两人说着话,都没发觉,已经走到寨口上了。看到柯碧舟转身大步走去,杜见春有点不好意思,他送自己到家门口,也不叫他进寨去坐坐;她又感到点莫名其妙的惆怅,看他离去的背影,她追着喊道:

"你能看清路吗?我给你去拿电筒!"

"不用了,你没看天上有花花月亮。"柯碧舟的声气平静地传过来,在夜的空气中散开。

杜见春惘然地伫立了一阵,才拖着疲惫的步子,一步一步地走进寨子去。望着青岗石级寨路上清淡淡的斑斑点点的月光,她不知对哪个使气地暗叹道:

"这人真是个魔鬼,不能和他在一起待着。别说邵玉蓉了,你看我,和他走了这一程路,心里也乱麻麻的,像落了魂一样。真是个搅乱人心的'魔鬼'!"

## 十五

历史不但会嘲弄那些社会上的跳梁小丑,也常常会无情地嘲弄那些昙花一现、显赫一时、骄横凶残的所谓大人物。

在林彪成为规定的接班人不到两年半,就爆发了震惊中外的"九一三事件"。

贼秃子带着他的臭妖婆叶群,和在全国范围内像封建皇帝一般挑选"宫妃"美女的儿子林立果,爬上三叉戟飞机,叛国出逃,摔死在蒙古温都尔汗,在政治舞台上演完了他那野心家、两面派的可耻角色。

这一事件,吸引了全世界的目光,影响着全中国的政治形势,对全国人民的思想来说,带来的无疑是山倾雪崩般的震动。

九月下旬,人们知道了国庆不搞游行的"小道"是确切消息;十月份,人们听到了各种各样令人惊心的消息;到十一月份,林彪自我爆炸的真相传达到了偏僻山寨的每个基本群众耳朵里。

确切的消息传到知识青年集体户,使得每个知青都震惊不已。青年们都是好发牢骚、好发议论的,听过传达,每个集体户里,感慨、议论、争执、猜测,常常可以从晚饭后直讲到下半夜。

思想敏锐的青年一代,开始公开地议论,搞红海洋、唱语录歌、早请示晚汇报,都是形式主义。死记硬背"老三篇",雷打不动的学习,和"三忠于""四无限",通通是在耍弄诡计,把群众当"阿斗"整。

最最最"左"的林彪,陡地变成了不齿于人类的狗屎堆,这一事实本身,足以引起知识青年们认真回顾这几年来的许多往事了。思想深邃些的青年,已经依稀意识到了自己过去随着潮流盲目莽撞的影子。

在知识青年们中间,可以说是下乡后头一次参加了组织的学习之后,还那么认真地注意报上的社论,留心文件的精神,热烈地讨论个没完。

杜见春也毫不例外,对"九一三事件"感到震惊之余,她一再地问自己:为什么我一点儿也看不出来呢?是我愚昧无知吗?是我幼稚可笑吗?似乎都不是,但这是什么原因呢?她想不出来。

从一九七〇年开始的批修整风,自林彪摔死以后,又变成了批林整风。一九七一年的深秋和严冬,镜子山大队比往年干活少些,学习、讨论、批判比往年多些。杜见春和几个留在山寨过冬的知青,也忙得不亦乐乎。大队支书周凯旋,"文化大革命"以来头一次那么起劲,他嘴里衔着那支短烟杆,和几个知青与社员,把保管室那平顺的山墙,刷上雪白的石灰,办成一个老大的、挺有气势的大批判专栏,专批林彪的"政治可以冲击一切"等谬论。杜见春牢记着周凯旋的话,站好最后一班岗,除了坚持出工、参加集体的冬季栽洋芋劳动,还利用业余时间,写批判稿,抄大字报,用土红漆给大批判专栏套红、描边。

冬去春来,惊蛰雷动。山寨上的干部和社员,在召开会议,安排这一年的活路。大伙儿都巴望着,打倒林彪以后的头一个春天,政策会改变做活路拖大帮的歪风邪气,调动大家的积极性,夺取个丰收年。杜见春也在巴望着,大学的录取通知早一天发下来。

自从去年秋天填写草表以来,她已经顺利地通过了生产队、大队、公社、区、县五道关卡,拿一句插队知青的惯常用语来说,她已经过关斩将,出了头。不是吗?在每道关卡上,都有人被刷下来。群众评议,写成书面上交,过的是生产队这一关;基层推荐,过的是大队这一关;公社初审,过的是第三关;区里面再审、初检身体,过的是第四关;最后,县里面和学校招生人员定名单、正式体检、正式填表,过完第五关。要不是杜见春插队劳动表现好,家庭出身过硬,身体又健康,她能顺利通过这五关吗?

杜见春是个幸运儿,她的父亲是个高级干部,由于经历特殊,在"文化大革命"这头五年中只是靠边让位,并没被彻底打倒。所以她安然无恙地过了五关,怀着兴奋喜悦的心情,急切盼望着入学通知书送到她手上。

阳春三月,油菜花正开得艳,浓郁的香味儿,酒似的泼散在空中。洋芋那一朵朵稀疏夺目的红花、白花,也在绿叶丛中盛开了。最醒目的是那满簇满簇的桐梓花,挂满了枝头,粉红粉红的,直招惹路人。社员园子里的桃树,也先后开了红花,花儿开得繁,这向大伙儿预示,今年的桃子又是个大年。

一切,都显示着山乡美好春天的到来,一切,都显示着朝气蓬勃的生机。杜见春看着镜子山团转的景致,感到山寨从来没有这么美丽动人,这么叫人引起种种遐思。是啊,很快就要离开这块劳动、锻炼了三年的地方了。清新的空气,淙淙的流水,树梢的晚霞,嶙峋的山岩,凌空而下的飞泉,屏风般的陡壁悬崖,波平如镜的鲢鱼湖,别有趣味的镜子山和暗流,所有这一切,难道不都是值得留恋、值得怀念的吗?

但杜见春快要走了,也许,将来很少再有机会到这儿来了。过最后那一关,在县里面正式体检时,消息灵通的人士说,她将在上海工学院读书。很难想象,从上海工学院毕业以后,会有机会出差到这块地方来。

这些天来,杜见春常常目不转睛地眺望着远山近岭,全神贯注地瞅着寨上的老树、房屋、猪圈、牛栏,聚精会神地看着寨外的田块、树林和田土间的条条小道,她要把这一切牢牢地铭记在心里,永远不能忘却。经过插队落户生活的知识青年,不论在农村待得长还是短,他们都永远不会忘记这一段特殊经历的。杜见春更是如此,山寨留给她的印象和记忆,实在太深刻了。

她仍然坚持天天出工。生产队里,这几天正在薅二道洋芋,待二道洋芋薅完,花儿一谢,就该挖洋芋了。一边薅洋芋,杜见春一边在想:等不到挖洋芋,我已经离开这儿了。因此,她薅得特别细致,格外专心,洋芋根根脚有一丁点儿杂草,她也要俯身用手扯去。拖大帮做活路,按人头摊工分,免不了说笑话、摆龙门阵,打打闹闹。社员们嘻嘻哈哈的打趣声,她竟然都没在意。

这天,出工还不到一顿饭工夫,杜见春只薅了半畦洋芋。老支书周凯旋站在土坎子上,左手挥着半截短烟杆,拉开嗓门叫着:

"小杜,杜见春,到这儿来一下!"

看到周凯旋沐浴着阳光站在那儿,杜见春心中一喜,预感到老支书给她把录取通知书带来了。她把锄头往薅松的泥土上一支,顺着畦沟,一路快跑,直冲到土坎子跟前,仰脸喜盈盈地瞅着老支书。

周凯旋的眉头微皱,目光回避开杜见春的欢颜,放低了声音说:

"小杜,我在公社开会,听说大学的录取通知书已经来了,可不知为啥,没你的。我找公社几个书记打听,他们也说不清个么二三。干脆,今天你不要干活了,直接到县招生办去问问吧。这种事儿,要盯得紧点哟!"

"哎,哎,要得,要得,"从老支书的话音里,明显地透出他的暗虑和忧郁,杜见春慌乱地点点头,扯扯自己的衣襟,不知所以地答着,"我去,我马上到县里去!"

说完,她忘了去拿洋芋土头的薅锄,也忘了该去换下打补巴的劳动衣服,撒开腿,就往坡下跑去。

周凯旋看这姑娘微泛青白的脸色,怔了一怔,紧追两步提醒着:

"小杜,你去公路边搭车,县里这几天有卡车来这一带拉沙子!"

杜见春头也不回地答应一声,疯了似的朝着公路边直冲。半个小时以后,她气喘吁吁赶到公路边,拦住一辆拉沙的车子,跟司机说明情况,司机一招手,她跳上车直驱县城。汽车风驰电掣般驶进县城,司机把车开到县委大院外,她顾不上向司机道一声谢,推开车门,跳下汽车,就往县委办公大楼跑去。

接待她的是县知青办兼招生办的主任,本县两千多个知识青年的"太上皇"——黄金秀。这女人五十多岁年纪,全身上下,都是上海中年妇女的时髦打扮,大尖领的涤卡两用衫,小方格的深咖啡色薄花呢裤子,小巧精致的牛皮皮鞋。别以为她是上海来这儿工作的干部,她可是道道地地的本县人,连贵州省也没出去过。她的这些穿着,都是请回沪探亲的上海知青"带"的。这个"带"字之所以加引号,是因为知青给她带回了东西,她从不付钱。但对外人说起来,她还是强调,这是请人"带"的。中国文字算得丰富了,但要形象地把这层意思表达出来,非得高明的学者另外造一种字不可。

黄金秀本是县机关的一个跑腿干部,地位和收发、打字、烧锅炉的差不多。造反那一阵,她支持现今在县里当副主任的造反派头头,故在成立革委会之后,她也当上了两个办公室的主任。她的工资不高,但她那挺括的衣裳、白皙肥胖的脸盘、红润闪光的面色,都显示出她是个大权在手、志得意满的角色。从她那贪婪的水泡眼、肥厚的往下耷拉的嘴唇,都能看出,她吃了本地或是外来知青的多少食品,她收进了多少人的礼物。拿句知识青年们常说的话来讲,她刮去了知青多少油水,变成了身上肥厚的脂肪层。

黄金秀靠在藤椅上,一对水泡眼淡漠轻蔑地盯着杜见春汗水涔涔的脸庞,不耐烦地用双手在硬木扶手上轻轻拍打着。算得巧,黄金秀正好在办公室里,要不,杜见春不知要花多大的劲,才能找到她呢。听完了杜见春的陈述,她并不回答杜见春的询问,而是把脸一沉,冷冷地问:

"哪个喊你跑来的?"

"我们大队支书啊!"

"你回去吧!"黄金秀不屑搭理地摆摆手,"有你的通知,会发给你。没你的通知,你就安心劳动,接受再教育,改造世界观!"

杜见春被她的态度激怒了,但她仍强忍着,尽可能地放缓口气道:

"我填了正式表,经过县医院体检,为什么没我的通知呢?听说……听说和我一起填表的,已经有人收到通知了。"

"是的!"黄金秀离开藤椅站了起来,她收拾着桌上的笔墨纸张,以肯定的语气回答,"别人的通知已经发了,没你的通知!你的名字在县里最后审定时,已经刷下来了,怎么可能有通知呢?"

杜见春被她讥诮的口气激得按捺不住了,她用响亮的声音问:

"为什么把我刷下来?"

"问你自己吧!"

杜见春一怔:"问我……自己?"

"就是!"黄金秀嘲弄地点点头,打开抽屉,把一沓卷宗放进去。

杜见春固执的脾气发作了,她一挺胸脯,怒声喝道:"不行,你当主任的,非得把话说清楚!要不,我的名字就是给你们这帮家伙'开后门'挤掉了!"

在县委办公大楼上,指着知青办和招生办主任的鼻子说她"开后门",实在是够狂妄胆大的了,不说隔壁工交办、农学办、劳动局的干部闻声走了过来,就是黄金秀本人,也大为吃惊!随着波澜壮阔的上山下乡运动一浪高过一浪,散布各地的知青办或叫"乡办"随之成了一个引人注目的部门,知青办的主任,更是地位显赫的人物,谁见了也要对之露个笑脸。黄金秀身居两大要职,她手里掌握着两千多外地、本省、本县知青的命运,莫说坐在办公室里,走进来的人个个都要赔笑脸,就是她走在街上,打招呼的人也是连成串的。今天,居然有人敢指着她的鼻子称她"家伙",还公开说她"开后门"。她恼怒地瞪直了水泡眼,恶狠狠地盯着杜见春,从这个穿着打补巴衣裳的女知青脸上,她多少领教了点高干子女那种敢说敢为的脾气,尝到了点什么叫不趋炎附势、阿谀奉承的味道。但她心头有底,并不吃惊,右手在办公桌上嘭地拍了一掌,刻薄地说:

"放肆!你要非赖在这儿要弄清楚,我就给你道个明白吧!我问你,你父亲是干啥的?"

"老干部!"杜见春毫不示弱,铁铮铮地回答。

"你隐瞒成分,在这儿胡闹!"黄金秀像抓住了杜见春的把柄,厉声恫吓道,"你还想到县委大院内来造谣哄骗啊?"

"你……你血口喷人!"杜见春怒不可遏,在办公桌上猛击一拳,震得桌上的茶杯盖子也掉了下来,她大声嚷着,"我爸爸当过师长、军分区司令员、局长,现在还是局级副主任,我什么时候骗过人!"

"算了吧!"黄金秀冷笑两声,乜斜着一对水泡眼,背着双手踱了两步,显然她已领教了敢说敢为的杜见春的胆量,不想与杜见春多啰唆了,和这个胆大妄为的姑娘争吵,只会丧失自己的威信和面子。她装模作样地说:"收起你那些耸人听闻的官衔吧!实话对你说,你父亲是漏网走资派,反攻倒算的黑干将、复辟狂,历史上也不是啥老革命,而是个地地道道的叛徒……"

"你拿出证据来!"这家伙眨眼之间给爸爸杜纲戴上了这么几顶帽子,杜见春的肺都气炸了,那么好的爸爸,在这张臭嘴里竟成了阶级敌人,她怎能忍受得住?杜见春两眼一瞪,一个箭步跃到黄金秀面前,伸出右手,冷不防揪住了黄金秀涤卡两用衫的大尖领,怒火中烧地嚷着:"你拿出证据来,你拿不出证据,我要你……"

这一来,不但平时趾高气扬的黄金秀脸色变得煞白,一双水泡眼惊慌地滴溜溜直打转儿,就是门外围观的各办公室干部也都拥了进来,想来劝解。

杜见春上了火,愤懑至极地挥着拳头叫道:"让她把话说清楚!谁也不许近身,我会打拳!"

会打拳的上海女知青,在双流镇赶场,勇斗四个流氓,其中有两个还是全县闻名的架犯,都被打得落荒而逃的事迹,早已经传遍了全县,县委大院内也曾有所闻。可没想到,这个传奇式的人物,竟然就在眼面前。围观的干部们不敢近身了,几个人还叽叽喳喳对黄金秀说,有话快说吧,别拐弯抹角啦!事情闹大了也不好听。平时对黄金秀有意见的,在人堆里嘀咕,说这婆娘确实不像话!平时和黄金秀相处较好的,也在人堆里粗声吼着,说杜见春到县委大院行凶,要喊公安局来抓人。

黄金秀本人听说眼前这个怒气冲天的姑娘,就是打退四个流氓架犯的女知青,早吓得拉长了脸,撇着两片往下耷拉的嘴唇,唯唯诺诺地说:

"哎哟,你……你不要打我,是这样……是这样的。你进大学的事儿,进行到最后一关,我们给你父亲单位发了信……政审。你父亲单位回函……就、就是那么说、说你父亲是是是……"

黄金秀浑身的筋骨像被抽了筋一样,心惊胆战地把话说完,使劲地想挣脱杜见春的揪扯。

杜见春费劲地听明白黄金秀颤抖着说出的话,像当头挨了一棒,她又用劲一揪黄金秀,悍然不顾地嚷着:

"证据,证据!"

黄金秀战战兢兢地摇着头,魂不附体地尖声怪叫起来。还是围观的干部们插进话来,委婉地劝说道,组织间的来往函件,是不能给个人看的。知青办其他同志也证实,黄金秀在这件事上,没有信口胡说,事实也正是那样。

杜见春听了这些话,才失神地松开了右手,木然站着。黄金秀脱身之后,啥话也不敢说,一头钻出知青办,惶惶不安地溜走了。

县委书记老莫,兼着人武部政委,在办公室里听到喧闹,闻声走了过来。听

几个围观者说了事情经过,他那对炯利深沉的目光落到杜见春垂着双目的脸上,凝视了片刻,才语气低沉地说:

"姑娘,要经得起生活的考验嘛!黄金秀态度傲慢,很不对头,该批评!你呢,也太冲动了。回去吧,回生产队去好好劳动。前途,对每个年轻人来说,都是光明的,千万不要泄气。"

扑落一声,杜见春的眼里,落下了两滴泪珠。在受到剧烈刺激的时候,声嘶力竭的怒吼怪叫往往会激起人的气恼和不平;而和风细雨的劝慰,却会使人忍不住掉下泪珠来。

看到杜见春哭了,围观的干部们都面面相觑,露出同情之色。老莫悄悄找了一位组织部的女同志,要她伴送杜见春出县城,设法在鲢鱼湖边搭上条小船,回镜子山大队去。

当杜见春坐上一条陌生老农的小船,瞅着碧波粼粼的鲢鱼湖水,瞅着渐渐远去的县城,再也忍不住心头的悲恸,她一头扑倒在船头上,放声大哭着,把受县委组织部女同志委托的老农,惊得瞪直了双眼,不知说啥话才好。

近黄昏,小船在邻近湖边寨的堤岸旁靠岸。啜泣了好几个钟头的杜见春,眼睛红肿得像两颗熟透了的樱桃,脸色变得苍白、憔悴,神情忧郁寡欢,如同害了一场大病,呆滞木然。谢过了老农,她迈着沉重的脚步,朝着镜子山大队走去。

照理,走这条路,总要穿过湖边寨子。但杜见春生怕遇见寨上的知青,故意绕开寨子,走一条远路。她辨识着路径,顺着弯弯曲曲的崎岖山道,朝镜子山方向走去。

还仅仅是在今天早晨啊,杜见春想着自己快离开山乡了,该为革命站好最后一班岗,坚持出工劳动;还仅仅是在前几天啊,同集体户的七个知青,吵着嚷着说,杜见春回上海去读大学,应该掏钱请客,好好庆贺一番,她自己也满心是喜地答应下来了。可眼下呢,回到集体户去,大伙儿关心地问她,她将怎么回答呢?

想到这儿,杜见春的泪水又汹涌地袭了来,她按捺住自己的哭声,跌跌撞撞地扑到路旁一棵柏树枝干上,耸动着双肩,低啜哀泣着。

命运啊,对一个大胆、直率、还很幼稚的姑娘,为什么这样残酷呢?

天变了,浓云重重地压着山头,离寨子较远的山间小路上,已经没啥行人。杜见春既没看清周围团转的地势,也没发现远处的山峦上,在扯起一道道刺目的火闪。她只是哭着,把心中的悲哀和忧愁,通通发泄出来。可是眼泪怎能洗刷心灵的创伤呢?带着咸味的眼泪,只能更深地刺痛她受伤的灵魂啊!她越哭越难受,越哭越痛苦了。

"杜见春,你怎么在这儿?"陡地,背向着山间小路的杜见春听到了一个熟悉的嗓音。她赶紧用衣袖三把两把抹去眼泪,神经质地回转身来。

站在她面前的,是肩上扛着一卷电线的柯碧舟,好像还有一个人影,在远远的花楸树干后倏地一闪,就不见了。杜见春也没在意,只是木呆呆瞅着柯碧舟。他显得精神饱满,壮健结实。比过去胖了许多的脸庞上,露出惊诧之色。是啊,自从去年秋天向他打听小水电站的事情以后,又有半年多没见了。那一天,不正是老支书通知填草表的日子吗!可现在……杜见春极力掩饰自己的哀伤,想装得镇静些。

但她哭得红肿了的双眼、木然无语的痴呆样儿,早引起了柯碧舟的注意:

"你怎么了?"

"没啥。"她摇摇头,要强地控制着自己,急忙反问,"你在干啥呀?"

"你没看见吗?"柯碧舟笑吟吟地伸出左手,指着不远处半坡上竖起的杉木电线杆,"拉电线哪!还剩最后一截,玉蓉往花楸树那边拉过去啦。抢着冬春枯水期,我们的小型水力发电机安装完了,这几天正抓紧油漆杉木杆子,挖坑坑竖电线杆,架电线。春耕大忙一开始,打田栽秧的时候,我们就能点上电灯啰!"

柯碧舟兴奋喜悦的语调一点也没感染杜见春,她茫然地点着头,麻木机械地答道:

"啊,好,这好……"

"你呢?收到大学录取通知了吗?"柯碧舟关心地问着,接下去说,"前个星期,我们大队的左定法,给唐惠娟拿来了一张正式表,当时就叫她填好拿走了,说县头催得很紧,要不名额就给别的县争去了!听说,也是推荐她去上海读大学!"

"啊……"杜见春凄厉地锐呼一声,双手捂住了脸庞,柯碧舟善心好意的话,像一枚尖利的针,直刺向她淌着鲜血的伤口,她再也抑制不住自己悲痛辛酸的泪水,尖叫了一声,便放声哭着,一边哭一边嚷,"我被刷下了……我被刷……"

不及说完,她猛地一个转身,沿着去镜子山的山间沙砾小路,踉踉跄跄地跑去。

"杜见春,杜见春!"柯碧舟拉开嗓子叫了两声,迟疑了一下,甩开双臂,撒腿追了几步。

"小柯,你往哪儿去?要下大雨了!"邵玉蓉从花楸树稀疏的林木间跑出来,扯住柯碧舟的袖子,亲昵地问,"你在喊哪个?杜见春吗?"

"她刚从这儿过路,读大学的名额被刷了,好伤心哟!"柯碧舟收住脚步,指着杜见春跑去的方向说。

"啊!"邵玉蓉也同情地望着柯碧舟手指的方向,叹息了一声,"现在尽出这类颠三倒四的事情。我告诉你呀,刚才我在那一头,看到一拨人,提枪拿棍地,钻进了湖边寨,都往左定法家去了。"

"噢,有这种事?"柯碧舟疑惑地眨着眼。

邵玉蓉咬着嘴唇,判断着说:"看气势,是县专政队的人。不知又要在湖边寨搞些啥新名堂了,我们小心点吧。该回家了。"

说完,邵玉蓉重重地拉了柯碧舟一把,两人朝下坡的山道疾走而去。

轰隆一声巨响,当空中炸起一个惊雷。顷刻之间,滂沱大雨哗然而下。天黑了。

## 十六

杜见春冒着倾盆大雨跑回镜子山集体户,更加惨重的打击等待着她。

上下两大间屋子里空荡荡的,不但爱出外逛的男知青们不在集体户里,就是不爱出外串门的三个姑娘,也没在屋子里。整幢杉木小楼黑洞洞的。

淋得浑身透湿的杜见春,冷得直打哆嗦,她摸着黑走上楼去,伸手在桌子上摸着了火柴,连划了好几根,才把糨糊瓶子改装成的小油灯点燃了。一小朵微弱的光焰,在偌大的屋子里摇曳闪烁着,把杜见春巨大的身影,投射在板壁上。没关紧的窗户被风吹开了,豆大的雨点直泻进来,把窗边的三屉桌面全打湿了。又一阵风夹着雨急旋着扑进楼屋,小油灯被吹熄了。屋里又变得漆黑一团。

杜见春顶着风雨关紧了窗子,重新点燃小油灯,正想替换身上透湿淌水的衣裳,只见自己的枕头边放着两封信。一看信封上那熟悉的字迹,杜见春便知道,信是在上海工作的哥哥和在崇明农场的妹妹写来的。

杜见春的呼吸急促了,她顾不得换下湿漉漉的衣裳,抓过哥哥杜见胜和妹妹杜见新的信,拆开便看。她太需要知道目前家中的情况了呀!

哥哥杜见胜的信写得简单、潦草,充满了失望和沮丧的情绪。他告诉在山乡插队落户的妹妹,一个多月以前,爸爸因这段时间整造反派的材料,搞打击报复,经市委领导批示,被打成"复辟狂"、"反攻倒算的黑手",戴上"漏网的顽固不化的走资派"帽子,抓去隔离审查了。据说,爸爸解放前在上海搞地下工作时,还是个叛徒。由于爸爸被隔离,妈妈柳佩芸也跟着被勒令交代罪行,关进了"牛棚",和地富反坏右、牛鬼蛇神们一起监督劳动。家被抄了,还贴上了封条。为此,哥哥的对象,那个已经敲定的"标标准准"的上海姑娘,以与叛徒儿子划清界限为理由,和他断绝了关系。如今,哥哥只得住在工厂宿舍里,三顿饭通通都在食堂吃,闷闷不乐地过着日子,混一天是一天。信的最后,杜见胜还奉劝妹妹,在爸爸妈妈的问题弄清楚之前,最好不要回沪探亲,要是回到上海,贴着封条的家门不能进,她将连个住的地方也没有。

哥哥的信写得低沉而忧郁,字里行间,充满了对爸爸的怨意,仿佛他失去了那个漂亮的只有外表没有灵魂的对象,全都该怪爸爸似的。杜见春气咻咻地把信折起来,放进了衣袋,然后迫不及待地打开妹妹的来信。

在上海崇明农场的妹妹杜见新,写得一手娟秀的字体。她是新中国成立的第二年——一九五〇年生的,一生下来,就看见了新中国,所以爸爸妈妈为她取名见新。见新比一九四八年春天出生的见春小两岁,两姐妹的感情,自小就很好,她的来信,比起一九四六年出生的哥哥见胜的来信,感情不知要强烈多少倍。

见春伫立在床前,捧着妹妹的信,噙着眼泪,就着暗淡微弱的油灯光,感情剧烈起伏地默读着:

姐姐,亲爱的姐姐:

你知道吗?我们家遭到了不幸!因为整了几个胡作非为的造反派的材料,组织了对他们的批判,爸爸被市委一些人打成"漏网走资派"、"复辟狂",套上种种罪名,关进了黑屋子,至今无法探望。因为爸爸的问题,妈妈也受到株连,厂里勒令她不准回家,除了在"牛棚"里写交代,就是干重体力活儿,每星期还要写思想汇报。上个月,我回家去探亲,正逢抄家封屋,我连个落脚的地方也没有,只得在同学家借宿了一夜,第二天匆匆忙忙赶回崇明。

谁料到啊,谁料到这重大的灾难会降临到我们的头上,而且还会株连到我们这些无辜的子女。我回到农场后没几天,爸爸单位上就来了三个外调的人,他们逼着我和爸爸划清界限,揭发爸爸,要我写对爸爸的认识,还要我回忆爸爸平时说些什么话,对我们进行怎么样的反动教育。我不写,我们农场的干部就要我停工反省,不但扣除了我的工资,还开除了我的团籍。最后,把我送进了强迫改造的那个小队,整天和小偷、赌博犯、犯有男女问题错误的人一起搬砖头、和灰浆。一天重体力活干下来,我常常是腰酸腿疼,躺倒在床,半点也不想动了。

姐姐啊,这样的日子,我该熬到哪一天是个完啊?

姐姐,收到我的信,你再怎么想念我,也千万不要给我写回信,我们这个小队的人,任何信件都要经检查的。这封信,是我偷偷地躲在被窝里写的,写完了,我要悄悄地托一个好朋友,才能给你寄出来。我想到,你远在千里之外,也许还不知道家中出了事,糊里糊涂给家里去信,信件被人扣住,又要横生出啥新的祸事来,所以冒着危险给你写信。收到了信,看完以后,你切记不要把信保留下来,这样的书信被人搜去,是要给我们惹来麻烦的。

姐姐,亲爱的姐姐,也许你还没有尝到这种滋味,可我,已经尝到了。原先,我们是响当当的"红五类"子女,可是,突然之间,什么预感也没有,我们还是我们,却已经由红五类变成了人人鄙视的"黑八类"子女。姐姐啊,自己成了"黑八类"子女,我才体会到,"文化大革命"初期,我们以干部子女自居,用傲视一切的目光打量世界上的任何事物,用蔑视的眼光瞧着那些出身不好的同学,该是多么幼稚、多么愚蠢啊!现在,每当我看到有些人以瞧不起的目光盯着我的时候,我总是感到,心里好像捅进了一把尖刀……

信就这么莫名其妙地结束了,没有结束语,没有问候祝愿,也没有妹妹的署名和写信日期。杜见春手里的信纸"哧哧"地响了起来,她的双手在发抖,泪珠像断了线的珍珠一般,"扑簌簌"一颗颗掉在信纸上。她呆痴痴地站着,可以想象,完全可以想象,是什么意外的事情,打断了妹妹的写信,而且,她一下子也找不到其他的机会,来把信写完,所以便把信这么有头无尾地寄给了远方的姐姐。妹妹连写信的自由也没有,可想而知,她的处境是多么艰难了!妹妹啊,在祖国第三大岛上生活的妹妹,你哪里想象得到,远在四五千里之外的姐姐,也因爸爸出了事,而受到了牵连、受到了欺凌和打击啊!

家里出事的消息,由哥哥和妹妹的来信证实了。事情再明白也没有了,黄金秀那个无耻的臭婆娘,并没有造谣诽谤,就在组织上为她进大学政审的时候,爸爸出了事。别说爸爸出事是因为整造反派而受到打击,即使爸爸真犯了错误,和她杜见春有什么关系呢?她杜见春还是杜见春,三年来,她没像柯碧舟那样为集体做出贡献,但她的表现,却是众人皆知,个个道好的呀!难道因为爸爸出了事,她良好的表现,也被一笔抹杀了吗?

杜见春怎么也想不通。

春天夜晚的风雨正在肆虐,急骤的雨点和吼啸的狂风摇撼着这幢上下两层的木楼,敲打着装置得并不严密的玻璃窗户。杜见春一个人孤零零地站在集体户楼上,她忘记了自己没吃晌午饭和晚饭,该整点吃的;她也忘记了湿潮潮的衣服紧贴着皮肉,该找件干净衣裳换一下;她更没想到,为啥在这么个夜晚,集体户的另外几个知青,一个也没有回来。

饥饿、寒冷、孤寂、失望征服了她那颗冰冷的乍受打击的心。她只觉得周身上下晕眩重滞,四肢无力,泪痕挂在她的眼角,紧紧缠扰她心房的铁链,无情地越绞越紧,终于绞得她跌坐在床沿上。

好一阵儿,她孑然一身,垂着双肩,哑巴一样坐在那儿。摇曳的油灯光影,忽大忽小,忽明忽暗,把她的阴郁的脸,映得一忽儿亮,一忽儿暗。也不知过了多久,她重又把妹妹的书信读了两篇,遵照妹妹的叮嘱,她把两封来信,都就着油灯的火焰,烧成了灰烬。

看到信纸变成了乌黑的灰片,无力地飘散在地板上,杜见春的心也像被撕碎一般剧痛起来。她凄戚戚地呻吟了两声,怎么也支持不住,双肩一阵抽搐,心底深处的悲恸升腾上来,身子歪了歪,便扑倒在枕头上,失声痛哭。

糨糊瓶子改装成的小油灯,充其量只能装一两多煤油,本来仅有的小半瓶油,点到这阵儿,瓶底已经被灯芯吮吸干了,灯焰扑腾了几下,往起跃了一跃,便熄灭了。

镜子山寨子集体户楼屋,又成了一片黑暗。

雨点打在阔大的树叶子上,滴滴答答发响。雨下久了,沟渠里的流水,淌得也疾速起来。风像头饿急了的猛兽,在寨路上横冲直撞,发出阵阵怪啸。惊得栏里的牛哞哞直叫,马厩里的川马直踢腾四蹄,圈里的猪儿也害怕地缩在角落里叫唤。守在台阶上看门的狗,汪汪汪地吠个不停。

夜深沉了。

歪斜地躺在床上的杜见春,迷糊中被一阵噔噔噔的脚步声惊醒,她费劲地睁开眼睛,看见几支雪亮的手电筒光,粗鲁地直射到她的身上。她情不自禁地打了个寒战,上下牙齿打起架来。这时候,杜见春才感到冷得透骨。她穿着一身湿冷的衣裳躺在床上这么久,寒气沁骨透肌,四肢都抑制不住地抖动着。

有个人提上来一盏大马灯,把整间二楼都照亮了。杜见春仰脸望去,来的是十来个陌生人,个个身上穿着淌水的胶布雨衣,脚蹬高筒雨靴,头顶尖雨帽,每人脚下都是一摊水渍。马灯光影里,依稀都能看到,这些人手中,有的端着步枪,有的持着铁棍。杜见春暗吃一惊,这帮人想干啥呀?

"站起来,没看到我们来吗?"为首的一个白麻子喝叫着,"放乖些,莫惹得老子们动手啊!"

杜见春离床站着,厉声反问:"深更半夜,你们想干啥?闯进集体户来干啥?"

杜见春这么嚷,是想要住在隔壁邻居的社员都听见,好闻声赶来。她攥紧了双拳,随时准备拼斗。

"嗬,果然名不虚传,真是个厉害娘们!"白麻子龇了龇牙,耀武扬威地叫道,"我们是县里专政队的,奉命到镜子山来搜查你杜见春的东西,快给我放老实点!"

杜见春的心往下一沉,来不及多作考虑,她跺脚责问道:

"你们凭啥要搜查?"

"凭啥,凭你那反动老子是叛徒、走资派、反攻倒算的复辟狂,来搜查你!快给我让开道!"白麻子横行无忌地吼道。

杜见春一步跨向前去,胸脯一挺叫着:"要搜查,可以,拿公安局证件来!"

"啪！啪！"白麻子抡起右手,狠狠地打了杜见春两记耳光,恶狠狠地嚷:"这就是证件,你还要吗？小婊子！"

又骂人,又打人,杜见春的火性子也上来了,她挥起双拳,正要还击白麻子,不防边上伸过来两双手臂,把她的手腕钳子似的抓住了。杜见春想要挣脱,身旁传来一个冷冷的嗓门:

"姑娘,还是安稳点,莫以为你会耍拳,真打起来,我们头十个人,个个都带着家伙呢,你要吃亏的！"

杜见春转脸望去,身旁这人,长着一张方正的黑脸庞,肥胖得像头拱槽猪,正是暗流大队的主任左定法。再一细瞅,身前左右,几个气势汹汹的家伙,举起黑洞洞的枪口、长长的铁棍,都凶神恶煞地逼住她呢！很显然,今晚的搜查,是早就布置好的。县里面的专政队,会同了邻近大队的民兵一起,来对付自己。杜见春打了个寒战,知道莽撞不得,白麻子带领的专政队,是全县捆人、打人、吊人闻名的打手队。刚来插队落户时,就听说有好几个县、区、社的老干部,被专政队用钢钎撬断了手臂,打折了脚杆,踢伤了腰,有的甚至被活活折磨死了。真和他们冲突起来,被他们一棍击中,谁知是死是活哩。

杜见春被两条铁棍、两支步枪逼着站在屋角落,镜子山大队的一个青年社员,指点着杜见春的床铺、箱子等物件说,这些是属于她的,其他东西,都是另外三个女知青的。

白麻子认准了杜见春的东西,手一招,嘴一咧,喊声:"弟兄们,动手啊！"

一刹那的时间里,杜见春目睹了一幕法西斯式的兽行,在左定法高擎起的马灯光影里,白麻子带头,疯狂地撬开杜见春的两个箱子,用铁棍挑起了杜见春的毛线衣、棉毛衫裤、军大衣、白衬衫、绿裙子,一双双魔爪顷刻间把她的四季衣裳撕得稀烂,箱子盖砸破了,桌子上的玻璃杯摔碎了,香脂盒、牙刷、牙膏、圆镜子、茶缸,通通被横扫在地板上,踩扁踏坏,连帐子和铺盖也难幸免,枕头扔在地上,垫单撕成条条,被褥给铁棍捅了无数窟窿,帐子撕破了,团在一起扔在屋角,好几双雨靴在上面无情地踩满了稀脏的脚印。帐顶上的塑料布,也被铁棍戳了几十个圆洞。唯有爸爸赠送给见春的那只七管二波段半导体,套着皮盒,模样儿又精致好看,被两个人拿在手里,你争我夺,想据为己有,暂时还没遭殃。但这情形让白麻子看到了,他嗷嗷叫着扑过来,劈手夺过半导体收音机,高高地举过头顶,恶

177

狠狠地砸在地板上。啪嗒一声响,半导体的硬塑料壳砸破了。

杜见春浑身像被凶猛的火焰包裹住了,她只觉得毛发直竖,不忍目睹,犹如外人扯住了她的头发在撕打。看到这帮家伙的恶劣行径,她怎么也按捺不住满腔的怒火。随着心爱的半导体被砸烂在地,她怒不可遏地吼道:

"衣冠禽兽,畜生!你们是一帮豺狼饿狗!"

"好啊,你还敢恶意攻击我们的革命行动!"白麻子凶悍地拎过一根铁棍,恣意妄为地扑了过来,举起铁棍,朝着猝不及防的杜见春的脑壳,就是狠狠的一下。

哐当一声,左定法手中的马灯跌落在地上,打得粉碎。几支电筒错乱的光影里,这伙暴徒搜抄了杜见春的所有笔记、纸片、书信和日记本。完了,又像来的时候那样,噔噔噔地走下楼梯,离开集体户,扬长而去,消失在风狂雨猛的黑夜之中。

被击昏在地的杜见春,扑倒在地板上,蓬乱稀湿的头发笼住了她紧贴着地板的脸,一缕鲜血,从她的脑壳顶上流经颈项,淌在地板上。浑身上下的湿衣裳,包裹着她的尚有余温的身子。

风还在刮,雨仍在下,受伤倒地的杜见春,静无声息地躺在黑漆漆的楼屋里。锅底似的夜空中,雪亮的火闪连连扯起宝剑似的寒光,像要劈开集体户关严的窗门。挨屋炸响的落地雷,摇撼着上下两层的楼房,梁木柱头都在颤抖惨叫,可怎么也震不醒遭受毒打的杜见春……

当她睁开两座山压着似的眼皮时,已是第二天的清晨,风息了,雨住了,杜见春的鼻子里吸进了一股清新的凉气,她耳朵里似乎听见了一声惊呼,哪个人好像在啜泣。透过模糊的泪眼,杜见春看到同集体户的三个女知青守在她枕边,三个姑娘都在抹眼泪,再一看,四个男知青和老支书也站在床侧,他们的脸色黑里透青,眼窝深陷,看得出,大伙儿守了她一夜,不是吗?楼屋里,静悄悄地站满了镜子山大队的社员群众,有老人,有妇女,有年轻的小伙子和姑娘。

老支书周凯旋猛地从嘴里拔出紧咬的短烟杆,重重地跺了一下脚,沉闷地低吼道:

"父亲出了问题,关儿女啥子事,要这样子毒打人家?不行,我要到县头找老莫,告专政队去!"

一屋的人都答起话来,人人义愤填膺,个个怒火满腔,赞成老支书去县城告状。杜见春只觉得脑壳里头嘤嘤嗡嗡,一阵喧闹嚣杂,人们的话,她一句也没听清,又昏死过去了。

　　再次醒来,她才恢复了知觉。同情地陪伴在她床边的女知青,在喂她喝了稀饭蛋汤、吃了药以后告诉她,昨天擦黑以前,他们七个知青接到来自公社的通知,要他们随着周凯旋离开集体户,回避开杜见春,县专政队的人,要来找她了解情况。于是,老支书带着他们七个,钻到烘房里去修理烤烟炉孔,直到下半夜才回来。谁知道,回来以后,看到的竟是如此惨不忍睹的景象,要不是老支书当机立断,冒雨迎风去几里路外找来了老郎中,谁知杜见春会在什么时候醒过来呢。

　　同户的女知青接着问她,究竟发生了什么事,县专政队要如此打她,毁坏她的财物。

　　杜见春只觉得挨过一棒的头顶心隐隐作痛,她撇撇嘴角,惨笑了一下,什么话也没说。

　　镜子山的寨邻乡亲们,不断地到集体户来看她,有人好言劝慰,有人默不作声地留下几只鸡蛋,有人只是向她凝望,什么话儿也不说。

　　杜见春脱离了危险,但人还很虚弱。白麻子带着人搜抄、毒打她的那一幕,总像险恶的梦境一般,久久地萦绕在她心头,仿佛在阴森恐怖的黑夜中看见了幢幢鬼影,叫她心惊胆寒。心灵深处的悲哀,使得杜见春的泪水都枯竭了,她那大睁着的眼睛里,除了一片游离的目光以外,啥也看不出来。

　　几天过去了,杜见春一直躺在破烂不堪的被褥上休息。她变了,单是从外表上看去,她也变得多么厉害啊!样貌是她,但又绝不是过去的她。她的脸色憔悴苍白,退尽了原先的红润光泽。她那双闪烁着执拗的、探究般目光的眼睛,深深地陷进眼窝深处,总像一夜未睡的模样。嘴角边那一缕老带有几分讽刺意味的笑纹,辛酸地往下撇着。她的嘴唇上已经失去了直率的、大胆的微笑,已经失去了青春的天真烂漫和无忧无虑的稚笑。额头上一条细细的皱纹,拿句上海的老话来讲,像一条电车轨道样微微弯曲着,显然是新近添上去的。她整个脸上闪现出的神情是忧郁的、愤恨的,也是悲哀的。她眼睛里似乎是有许许多多的话要讲,但是很显然,目前她一句也讲不出来。

　　总而言之,那个性格坦率、直爽,生气勃勃的杜见春,脸上永远闪烁着明朗活泼气色的杜见春,已经消失了;代之而出现的,是一个陷进深深的思索、紧抿着微厚的嘴唇、额上那条细纹永远微锁着的杜见春。

她已经能倚靠着床栏坐起来,不需要人陪伴着了。集体户的七个知识青年,恢复了白天的出工,生活又像镜子山寨边的那条小溪流水,照常流逝而去。一九七二年,已经是插队落户的第四个年头,过去爱玩爱耍爱嘻哈打闹的知青们,也开始在冷静地思索自己的出路和前途,他们不再把大好光阴白白虚耗在吹牛、聊天和游山玩水上,他们已经感觉到那种无言的苦闷,他们期望着,尽快地有个归宿,像所有的人一样,去开始正常地恋爱、结婚,为自己筑一个安乐的小窝儿。而目前,为了打发日子,无论从政治还是经济两方面考虑,都必须参加集体生产劳动。

杜见春深知这一点,她感谢要陪伴她的姑娘们的好意,一再地要她们出工去,不要无聊地守在屋头,耽搁她们的劳动时间。

但是,一旦姑娘们真的都出工去了,杜见春更感到寂寞和苦恼。天晴的时候,注视着射进屋内的阳光极其缓慢地移动着位置;下雨的日子,只能一天到黑倾听那单调乏味的屋檐水的滴落声。山寨上,除了泼水声、呼喊娃崽的嚷叫声,再不就是偶尔响起的一声两声鸡啼、犬吠。日子过得乏味极了。

万万没有想到,就在这样令人窒息、滞缓的日子里,柯碧舟和邵玉蓉会双双地来探望她。看到他俩走上楼来,惊疑的杜见春坐直了身子,睁大了双眼,微张开嘴,一句话也说不出来。只有波动起伏的胸脯表明她是多么受感动。

邵玉蓉怀里抱着一只嫩母鸡,手里提着两条斤把重的岩花鱼,俨然一副探望病人的样子。柯碧舟自始至终没有讲话,他站在邵玉蓉身后,垂着肩膀,扣落进眼窝里的眸子,像浸在水里的葡萄般糊满了泪水,只差没滴下泪珠来。

玉蓉抚着杜见春的肩膀,问她脑壳还痛不痛,缺点啥子,需要什么帮助。她说,她是多么失悔,多么懊恼,那天傍黑,大雨倾倒下来前,她曾看到一帮人蹚进湖边寨左定法家,早知这帮家伙下来就不干好事,她要提前跑到镜子山报个讯,杜见春也不会遭这大罪了,在他们来之前,就可以先躲一躲。她还说,他们听说了杜见春挨打的事,早想赶来探望,只因为这些天太忙了。马上要进入春耕大忙季节,可气候干旱,雨水太少。看样子,今年将是个大旱年。"涝是一条线,旱是一大片"哪!暗流大队,正在紧张地做着抗旱准备工作。她又讲了,这事儿不能那样便宜地就结束。镜子山大队的周凯旋,已经来找过她爹邵大山,商量着联名到老莫书记那儿告县专政队!

  他们没有坐好久,只不过一顿饭工夫,便告辞走了。嫩母鸡和鱼留在楼屋里,玉蓉说是给见春补养身子的。

  他们走了好久,杜见春仍木然呆坐着,眼睛瞪得那么直,像个白痴一般。整个过程,见春也几乎没有讲话,话都是玉蓉一个人说的,她只是"嗯啊呀啊"答应。他们走了,杜见春才觉得有点儿失礼,她沉浸在自己的悲痛之中,忘记了问好些该问的事,比如说,小水电站发电了吗?电线是否全牵好了?还有,玉蓉的阿爸,那火气很大的老头子,现在是否同意他们俩好?看他俩同来探望的神态,可以猜得出,他们的关系很亲昵,也不避嫌疑,不怕寨邻乡亲们议论。这么说,他们的关系在朝前发展着,在劳动中,他们建立了真挚的感情。

  想到是他们俩在自己最忧伤的日子里来探望,想到柯碧舟瞧着自己时那双泪汪汪的眼睛,杜见春的内心受到震栗了。她的泪水汹涌地直冲上来,滴滴答答掉落在被子上。她从来没有像此刻这样,感到柯碧舟和邵玉蓉是那么好。玉蓉是那样体贴、温顺,那样会关怀人、安慰人。而柯碧舟呢,尽管他一句话也没说,可他那双泪眼、他那愁雾笼罩着的脸,比说什么话都清楚。不知为什么,杜见春感到柯碧舟的泪眼,一直望到她的心灵深处,留在她的记忆中,以后的那些日子,她常常情不自禁地想起那双眼睛来。

  她脑子里还有一层隐隐约约的想法,她觉得,他们俩的恋爱虽然颇多波折、颇受非议,但他们俩是心心相印、互相理解、互相体贴的,因而他们是幸福的。至少,比她现在幸福。身处逆境的落难人,往往很容易羡慕别人,当邵玉蓉和柯碧舟来探望杜见春以后,她愈加强烈地羡慕起他们两人来了。

  她太需要人的关怀和抚慰了呀!

  即使她的命运不受挫折,即使她这回上大学没受打击,生活中没啥起伏跌宕,二十四岁的姑娘,也很需要体贴和温情了。别说她刚遭受过常人难以忍受的袭击,正处在逆境中,心灵的渴望就尤为迫切了。她那受过创伤和压抑的内心,像一块枯干龟裂的田土,急切地盼望着甘霖和雨露的滋润。

  事实上,在呆痴痴地倚坐在床上歇息的那些时间里,她的眼前除了浮现出爸爸、妈妈、哥哥、妹妹的面影之外,苏道诚的形象,也会像幽灵似的从某个角落里晃晃悠悠闪现出来,他的明亮活泼得会说话的眼睛、他的诙谐俏皮的笑话、他的英气勃勃的俊脸蛋、他的风度翩翩的姿态,在杜见春头脑里出现的时候,总惹得她的心为之波动,青春的热情为之奔放。

是的,苏道诚不那么踏实,有点儿浮,他从来没像柯碧舟那样用充满激情的目光凝望过她。但是,他显然也是对自己有好感的。只不过,人与人的个性不同,表现的方式不一样罢了。要不,他为啥对自己那么殷勤、恭顺?为啥常寻找种种理由到自己这儿来呢?

我们应该承认,每一个人都非常容易忽视别人的弱点。而对钟情的人来说,对自己中意的对象的弱点,尤其容易忽视。杜见春在沉思默想中念到苏道诚的时候,对以往有所觉察的他的一些弱点,或者更准确地说,她并没有认清的地方,全都忽略了。

她甚至像许许多多插队落户的姑娘一样,很幼稚地想到,大学上不成了,爸爸出了问题,自己又得罪了县知青办和招生办的主任,瞧这形势,在山寨的日子,将会是很长很长的,这是多么枯燥乏味而无望的漫长日子啊!在这样忧悒的时期,难道就永远像个孤独者一般凄清可怜地生活?难道不能有个朋友,说说知心话儿,发发牢骚,生活上有个照顾,精神上有个寄托?杜见春私底下哀叹着承认,如果苏道诚再像过去似的向她献殷勤,以至向她表白,她是会接受的。既然许多知青在插队期间都开始了恋爱,她为什么不可以呢?

奇怪的是,想到这些的时候,她掉了泪。这是辛酸、苦闷的泪,无可奈何的泪。杜见春没有白白进行这些思索,就在柯碧舟和邵玉蓉来后的第二天,一阵敏捷的脚步声蹬上楼来,英俊漂亮的苏道诚丰韵合度地出现在见春床前。

"见春,我早想来了!只因为托人去县城买蛋糕,才拖了这几天。"他劈头就申说晚来的根由,继而举起手里两塑料袋蛋糕,放在三屉桌上,然后信步走过来,挺随便地在杜见春床沿上坐下,放低了嗓门,温柔地对她说,"原谅我,见春,我来晚了!"

他一来就显出这么亲昵的态度,简直叫见春受不了。幸好其他知青都出工去了,不然叫人听见算个啥哟!杜见春沉着脸,责备地说:

"人来就行嘛,为什么买蛋糕?"

"这是我的心意嘛!"苏道诚毫不费力地接过话头,随而挥起有力的臂膀,"我听到你挨打的消息,肺都气炸了。他妈的,真是一群强盗,法西斯打手。我要跟他们算账的。真的,见春,我打听过了,领头打你的,是县里面专政队的白麻子……"

杜见春肯定地点了点头:"是他!"

"这家伙,一定也叫他尝尝我们上海知青的铁拳!依我的脾气呀,真想给他设个埋伏,割下他的耳朵来!"苏道诚慷慨激昂地说着,立刻又神秘地放低了声音,"不过嘛,要揍他,也得揍得'艺术'点儿。弄得不好,惹出麻烦可不划算。"

"怎么了?"

"难道你不知道?白麻子的老婆,就是我们县知青办和招生办的主任黄金秀啊!"苏道诚巧言利齿地说,"要被白麻子认清了人,我们不就给他老婆卡住了?"

杜见春暗暗吃惊:啊,原来是这样!白麻子之所以对她下如此毒手,她领悟一点了,这都是串通好的。

"怎么,你的头还在痛?"苏道诚见杜见春紧皱着眉头,趁机坐到她身边来,伸出手就要摸她的头顶。

杜见春巧妙地把头一偏,娇嗔地瞪了苏道诚一眼。苏道诚正用亮晶晶的含情脉脉的目光瞧着她。杜见春只觉得脸上腾地一下,火辣辣的滚烫滚烫,她不敢看苏道诚的脸,垂下了眼睑。

苏道诚往她肩头更挨近了一点儿,用更加低柔谦和的嗓门道:

"见春,你受苦了。我这心头,只觉得刀扎一样地痛,听说你挨了打,就像打在我身上一般。"

杜见春听到这些充满了温情的话,又加上苏道诚一脸真诚,嗓音甜润轻柔,她忽然觉得浑身热血沸腾,心怦怦地直跳,头也低下来了。

苏道诚伸出右手,轻轻地抓住了杜见春的两根手指,轻声细语地说:

"见春,你太不幸了,我觉得……"

苏道诚发觉杜见春纤细的手指在他的手中秋叶般地颤抖,两肩也在轻微地耸动。他感到机会到了,偷觑了杜见春两眼,只见她脸颊虚红,垂下的眼睑微颤着,早就和其他姑娘有过纠缠的苏道诚,看准了见春心头的惶惑,认为这是最好的机会,便偷偷地做出一个姿势,大胆地张开双臂,想去拥抱杜见春。

杜见春心里霍然警觉地一跳,触电般受惊地缩回了手臂,突地直起腰杆,惊

骇地瞪了苏道诚一眼,当即用命令的口气道:

"不要莽撞,好好去板凳上坐着,我有话对你说。"

苏道诚欲火正旺的两眼碰到杜见春犀利的目光,急忙回避开了。他的脸上情不自禁地遮起了一层没达到目的的沮丧之色,只得悻悻地退后两步,拉过条板凳,一屁股坐下来,装作失望地用双手捂住脸庞。

杜见春哪里能窥探到苏道诚卑劣肮脏的灵魂呢!她只顾随着自己的思绪考虑问题。此刻,端详着脑壳埋在两个肩膀间的苏道诚,她伸出舌头舔了舔干燥的嘴唇,用不同以往的称呼开了头:"小苏……"

才讲了两个字,她便觉呼吸局促,舌头也有点僵直,但她下决心把话讲完。尤其是在苏道诚做出了要求亲热的动作之后,她觉得更有必要把话讲明白。她比谁也清楚,在这类事情上,绝不能糊里糊涂乱来。"小苏,我们认识好久了,我总觉得,我们之间有些话该讲明白。可我又发现,不大摸得着你的心。今天捅开窗户说亮话吧,你说,我们怎么办吧?"

一个姑娘,首先说出这番话,差不多等于是主动表明态度,向男方提示了。但苏道诚听来,却无动于衷。他今天趁着出工的时间,瞒着华雯雯,带了两塑料袋蛋糕来,是想借杜见春受迫害挨打的机会,以安慰关心为名,来施展他的魔力,突破杜见春的防线,达到他以往不易达到的目的,玩弄她一番的。根据他以往的经验,知道一个姑娘在孤寂痛苦之中,最需要人的关怀、体贴和安慰,只要他"花功"道地,准能得手,谁料到,事情正要成功,杜见春却喝住了他,一本正经地要和他把话说清楚,"敲定"下来,这不是要拴住他苏道诚的手脚嘛,简直是异想天开!苏道诚正为杜见春呵斥他而懊恼呢,他不费力气地找到了措辞,嬉皮笑脸地说:

"杜见春,你想想,我这样的家庭出身,能随随便便和……"

苏道诚的两眼望到杜见春的脸,惊愕得急忙把下半句话咽进去了。他看到,杜见春哀求的、挂满泪痕的脸,正期待地瞅着他,两眼透出饥渴的神情。苏道诚的心紧缩了一下,他乍然觉得,今天这件事,不能以开玩笑的口吻而马马虎虎对付过去,杜见春的态度太严肃认真了,否则的话,是要受到她严厉惩罚的呀!这姑娘,会打拳呢!别看她现在躺在床上……这些念头迅疾地掠过他的脑际,他停顿了一阵,嗫嗫嚅嚅地继续往下说道:

"……匆促地把事情定、定下来吗？嘿嘿，我、我还要好好考虑一下，征求征求意见……嘿嘿，希望你谅解。"

杜见春脸上的红晕消失了，她的声气低了好多，但仍很顶真：

"那么，你什么时候再来？"

"这个嘛……这个容易……"苏道诚好似被逼到了屋角落里，张口结舌地搪塞着，"几天以后吧。我来看你也行，要不，你身体恢复了，来湖边寨找我更好。嘿嘿。"

杜见春一语不发，庄重地点了点头。她把事情看得太神圣了，她也太相信苏道诚要拥抱她是出于爱情了。因此，她没有看出苏道诚的油腔滑调。相反，她觉得，他要回去认真地思考一下，几天以后给她回音，是很正常的态度。

今天要想达到目的，是绝对不可能的了，苏道诚背脊上淌着汗私下暗忖着。他要再在这儿傻呵呵地坐下去，已经毫无意思。于是他站起来，告辞离去：

"见春，队上很忙。我该……该回去干活了！你安心养伤，几天后我就来看你。"

杜见春并没挽留他，只点了点头表示赞同他回去出工，便任随苏道诚走了。

她对苏道诚今天的表现很不满意，有些怨，心绪很乱，她只想静下心来好好想一想。

恋爱这两个字，犹如扣人心弦的美好诗句一样，是以一种奇特的魅力，吸引着杜见春。在她的眼里，恋爱是非常神圣和庄严的，这件事该和画里的环境相似，和辉煌灿烂倾泻不尽的阳光、姹紫嫣红奇彩交迸的鲜花一起出现的。即使杜见春如今在这样一种境遇中，她心灵深处所希望的，还是一种充满诗意的恋爱。被她看中的，该是个称心如意的情侣，在今后的岁月中，互敬互助，永世相好。幼稚的还没更多生活经历的见春啊，她是多么渴求伉俪的幸福和欢乐啊！

但是苏道诚今天的行为，却令见春失望。他怎敢如此大胆呀，他们之间是接触过几次，但应该经历的一切，比如说谈心、增加交往、幽会、散步，都还没经历过。即使是像柯碧舟那一次莽撞的抑制不住的自述，他们间也没有过，他怎能想着张开双臂、动手动脚呢？

想到这儿，杜见春颓丧之极。她心底里打定了主意，养病期间，耐心地等他几天。他若不来，干脆出其不意地到湖边寨去看看，看看他究竟在怎样生活，看看他如何考虑我提出的问题!

怀着急切期待而又有点儿忐忑不宁的心情,杜见春等了苏道诚几天。这几天里,她的身体完全恢复了,除了头顶心略有隐痛之外,她没啥不适的感觉了。但在外人看来,杜见春明显地苍白、消瘦,两边的颧骨微现。

这一天恰逢赶场,照杜见春的估计,苏道诚如果守约,是会来的。但到了吃晌午饭时间,他也没来。久憋在楼屋里,一来想到户外去散散步,二来也想进一步了解苏道诚的为人,杜见春决定趁着天晴气爽,到湖边寨去走一趟。

饭后,她与同队的知青打了个招呼,沿着镜子山青岗石铺就的寨路,慢慢踱向寨口。

到了寨外,杜见春伫立在一棵皂角树脚,眺望了好一阵山景,才踏上去湖边寨的山路。沿途走去,只见春风吹绿了连绵不尽的群山,明媚的阳光把一切景物照得光洁透亮,五颜六色的野花在小路两旁恣情怒放,坝子里,有社员在催牛破犁,田埂道上,有人在挑牛粪、猪粪,远远的湖边寨的砖瓦窑,在冒出缕缕白色的烟雾。接连几天闷在屋里,乍一眼看到这万象更新、蓬蓬勃勃的春天景象,杜见春的心里也添了几分欣悦之情。她盲目地思忖着,这样爽洁明朗的景致,一定会给她带来令人惊喜的好消息。

穿过前面那个树林子,就到湖边寨了。杜见春迈着不紧不慢的步子,走进了针叶松、桦树、栎树组成的小树林。迎头一棵栎树上,两只好看的肥墩墩的金画眉,正转动着脑壳叽叽啁啾,看着它们的模样儿,杜见春不禁笑了一笑。她打定了主意,到了湖边寨集体户,要是知青们都在出工,她就在那儿休息一阵,等他们回来。苏道诚要是像往常那样留她吃饭,她就吃了再回来。那时候,天也快黑了,他一定会送她,在途中,他就会把回音告诉她了。

想到这儿,杜见春像被人偷窥了内心的秘密似的,脸也涨红了。她不禁羞怯地垂下了头。

陡地,林子中央传来一阵嬉笑声,杜见春惊愕地仰起了脸,她辨出了苏道诚的嗓音,不由得怔了一怔,继而放轻脚步,急急往笑声传来的地方走去。

林间一小块绿草如茵的地上,穿着鲜艳夺目的花衬衣的华雯雯坐在那儿,倚靠着一棵桦树干,正在咻咻地嬉笑,双手编弄着纷披到两肩上来的乌发。苏道诚仰面朝天躺在草地上,他那长着乌黑油光头发的脑袋,舒适地枕在华雯雯穿着凉爽呢长裤的大腿上,一双手抓住华雯雯的那条右胳膊。在他俩身旁,铺着一张天蓝色的塑料布,上面摆着一把雪亮的长柄苹果刀、两听水果酱、一罐午餐肉。

杜见春看到这一场景,两眼惊惧地瞪直了,嘴巴里像吞吃了一把红头苍蝇,后背上的脊梁骨也像被人抽掉了。她浑身疲惫地倚靠着一棵栎树,正想回身逃去,华雯雯娇声娇气的话音把她扯住了:

"嘻嘻,道诚,我发现,镜子山那个咋咋呼呼的杜见春,原来想到我们俩中间来插一脚呢!"

"你想想我会要她吗?"苏道诚不屑地哼出一声轻蔑的鼻音,"别说她父亲现在变成了走资派、复辟狂、叛徒,就看她那副尊容,我隔夜饭都要呕出来呢!老实跟你讲,她主动在追求我,我才没胃口呢,一个泼妇……"

"讲老实话!"华雯雯忽然抖了抖绒丝般纷披的头发,一只手揪住苏道诚的耳朵,逼问道,"你和她不三不四没有?"

"哎呀你这个人真是,"苏道诚连忙辩解,"放着你这么个小美人我不要,却去找她那么个黑八类子女,那不是丢了凤凰去抱老母鸡嘛,哈哈哈!"

华雯雯也开心地放声大笑起来,揪苏道诚耳朵的那只小手轻轻拍着他的面颊。

苏道诚趁她俯着脸,双手使劲钩住她的脖子,仰起脸来朝她脸上啄了一下。

华雯雯娇艳地低叫一声,转过脸去,苏道诚还钩住她脖子不放。

离他俩不远的一棵针叶松枝丫上,一条卧伏的蝮蛇正巧咬住了一只凶悍尖利的山耗子,蝮蛇和山耗子绞扭在一起,在针叶松枝丫上悬空落下来,又翻滚撕咬着滚过华雯雯身旁,双双扑爬疾腾地闪进了林子深处。

华雯雯一眼看到毒蛇,吓得惊叫一声,不顾一切地扑进苏道诚怀里。苏道诚趁机紧紧搂抱住她,滚到绿茵茵的草地上。

看到这令人恶心的一幕,杜见春只觉得嘴巴里发腻,脑壳发胀,天旋地转,挨过打的头顶心胀裂似的剧痛起来。她只觉得脚下的泥地裂开了一条缝,直想呕吐。拼着最后一股劲,她倏地一个转身,像被恶狗追赶似的往镜子山寨上跑去。

林子里横生出来的枝干挡着她的道,被她撞断了;山路边伸到道中间来的尖刺,划开了她的脸皮,一道血痕留在她面颊上,她毫无知觉。她气喘吁吁、心慌意乱地跑回集体户,一头扑到床上,泪水便像喷泉般直涌出来,打湿了她那七拼八凑补拢来的被面。她想放声大哭,但嗓子里干哑得似要冒烟,一声也哭不出来,只是嚎了两声,便像被人割了一刀样,喊不出声了。她悔恨地捶打着自己的胸脯,拼命发泄地踢腾着自己的双脚,还是不能驱散自己所受的深深的刺激。直折腾了半个多小时,她已经精疲力竭,浑身酥软,这才喘着粗气,安静下来。她使劲在床上翻过身去,头碰着了几张报纸。这是辛劳的乡邮员小丁每天按时送到集体户来的新报纸,杜见春生怕被自己的脑壳压坏了,随手抓起来,想扔到三屉桌上去,可是眼睛无目的地朝报纸上睃了一下,仿佛一道雪亮的阳光照射在报纸上一般,什么东西那么诱人地吸引了她,杜见春像发现奇迹般睁大了双眼,愣住了。透过泪眼,杜见春看到报纸上清晰地印着这么个醒目的题目:

青青的八月竹(散文)
作者　　上海知识青年　柯碧舟

杜见春的整个脸形都变了样,她惊呆了!

# 十七

不管杜见春是惊还是奇,柯碧舟的散文《青青的八月竹》发表在报纸上,却是千真万确的事实。

赶场天,湖边寨没出工,家家户户都有人去赶场,卖脱点酸菜、竹篾提篮、鸡蛋,买回点盐巴、酱油、棕索,集体为即将到来的春耕大忙做着准备,社员屋头还不是要备点生活用品。尤其是那些要在插秧时节大显身手的中年、壮年社员,去赶场时都带着水壶、竹筒、葫芦,他们都要打点好酒。栽插忙季,一天到黑蹲在田头,晚上那顿饭没得点酒,腰酸腿痛的,黑来实在睡不着。因此,今天去赶场的人,特别多些,寨子上,也格外安静些。

吃过响午饭后的寨子,静寂得更是没啥声息。春风拂动着细竹枝,唰唰响着。一群小麻雀,在寨路上自由自在地蹦跳寻食,叽叽喳喳叫个不停。

知青集体户里,忙忙碌碌地吃过午饭,说话声也渐稀渐少了。苏道诚和华雯雯借故要登高望远,欣赏美景,背着一只方包,双双钻山林去了。柯碧舟一早出去,忙得午饭也没回来煮。集体户里只有唐惠娟、王连发、肖永川和外来玩耍的孙莉萍。

主动洗了碗筷,王连发要孙莉萍随唐惠娟进女生寝室休息一阵。两个姑娘进了屋子,王连发伸了个懒腰,慢条斯理地踱到灶屋门口来。

"黑皮"肖永川急急地走到他身后,在他肩膀上拍了一记,叫了声:

"'卷毛'……"

王连发转过脸去,"黑皮"伸出食指和中指,做了个夹香烟的手势,压低嗓门问:

"还有'熏条'①吗?"

王连发默不作声从衣袋里掏出包"朝阳桥"香烟,递到"黑皮"面前。

肖永川抽出一支香烟,叼在嘴里,擦着火柴点燃之后,朝王连发谄媚地一笑,又顺势把他拉出灶屋,来到集体户外。王连发正在诧异,肖永川诡秘地朝灶屋瞥了一眼,耳语般问:

"嘿嘿,'卷毛',你袋袋里还有'分子'吗?"

"卷毛"这下子才恍然大悟,没有一个赶场天留在集体户里过的肖永川,今天为啥一反惯例,整半天一直缩在屋里,斜躺在床上哼小调,唱什么"河里的青蛙,从哪里来……",原来他是待机想向自己借钱哪!说老实话,"卷毛"为人处世,头脑里还有个分寸,心里有个小九九。比如说,对苏道诚这样的人,王连发是让其三分;对柯碧舟这样的人,王连发是高人一等;而对肖永川呢,尽管心里非常厌恶,但他表面上还是客客气气,对其敬而远之。以往,"黑皮"也没少向他借过钱,不过这个小偷多少还有点儿流氓义气,他借了钱,一般总是说好哪时还,就那时还,拖也拖不过一个星期。王连发只求他别来偷自己的东西,撬自己的箱子,他开口借三块五块,王连发总是满足他要求的。但今天他衣袋里只有五元钱了,女朋友孙莉萍昨天又到湖边寨来玩,说想住三五天,少不了要问"阿乡"买点鸡啊、蛋啊!怎么办呢?王连发苦着脸,摊开双手,放低嗓门说:

"不瞒你讲,'黑皮',我衣袋里只有一张'鱼头'②了。小孙在这里玩,我得

---

① 熏条——香烟。
② 鱼头——五元一张的钱。

留着备用。"

"好了好了,别哭穷了。阿哥借你钱,哪一次少还你了?"肖永川不耐烦地喷出一股烟,把手一摆说,"阿哥晓得你爷老头子每月寄给你十块钱呢!"

王连发淡淡一笑:"'黑皮',实话跟你说吧,我也正在等我父亲这个月寄给我的钱呢……"

"黑皮"还要纠缠着王连发说什么,寨路上传来几声"丁零零"的自行车铃声。王连发正无法甩脱肖永川的"唠叨",一听这铃声,扬起两条粗浓的眉毛说:

"看,说到曹操,曹操就到!乡邮员小丁来了。就看你有没有福气了。"

说着,王连发三脚并作两步迎了上去,肖永川也跟了过去。

乡邮员小丁,一个矮矮小小的年轻人,一眼看到王连发,他急忙支起自行车,高声说道:

"'卷毛',快来签字啊!你发大财啰。"

王连发喜出望外地跳到小丁眼前:"快给我,快给我,小丁!真得感谢你,赶场天也下乡来送信送报!"

以往,赶场天是乡邮员小丁的享受日子,因为每个寨子都有人去公社街头赶场,他只要站在街口,把各队各寨的报纸书信托赶场的人带回来,就算完成了当天的投递任务。可今天,他仍不辞辛劳,骑车下乡,真是大破惯例了。

小丁从帆布邮包里掏出硬纸夹,打开来,一边让王连发签字,一边又掏着信和报纸,喜气洋洋地说:

"今天,你们集体户算是丰收了。看,有你的信,有你的汇款单。还有小唐,唐惠娟的大学录取通知书!要不是有这份通知书啊,我才不多跑这一趟哩!"

"通知!"王连发和肖永川都惊喜地睁大了双眼,异口同声地问,"在哪儿?"

"呶,这不是。"小丁把信封一扬,王连发和肖永川不约而同伸手去接。小丁把信封往身侧一缩,"不能给你们,要她本人来签字接收!"

肖永川连向王连发借钱的事儿也顾不得了,他一蹦老高地朝集体户里冲去,边跑边打雷样吼着:

"唐惠娟,快起来!大喜事啊,有你的大学录取通知书,快去拿呀!"

女生寝室里,唐惠娟和孙莉萍刚刚在床上躺下,并没睡着,听到这样的喜讯,两个人分别从床上跳下来。唐惠娟穿上外衣,边扣纽扣,边跑出来,嗓音发抖地问：

"在哪儿？通知在哪儿？"

小丁远远地向唐惠娟招手："小唐，快来，在这儿哪！"

唐惠娟急忙奔了过去，正要伸出双手去接，小丁把信封往身后一背，偏转脑壳问：

"你给不给糖吃？"

"给，给！"唐惠娟焦急地答应，"一定给你吃！"

"给多少？"小丁故意刁难。

"你要多少就给多少！"唐惠娟急得跺起脚来，可脸上还是笑眯眯的。

小丁这才把大学录取通知书递给唐惠娟。唐惠娟颤抖着双手，拆开信封，拿出一张铅印的大学录取通知书，片刻工夫，就看完了。她的脸由急盼变为激动，由激动变为狂喜，不提防，通知书给身旁的肖永川一把抢去看了，肖永川看完，又递给了孙莉萍。顷刻之间，四个知青都把大学录取通知书看完了。

孙莉萍一把抱住唐惠娟："惠娟，祝贺你啊！"

唐惠娟的眼角上闪烁着泪花，感慨万千地说："唉，真没想到，我又能回上海去，在工学院读大学了！真像场梦。"

"时间还挺紧呢！"王连发插嘴说，"你看，半个月后就要你办完粮、油、户口迁移手续，去上海报到！"

"不管时间紧不紧，这样的大喜事，你总该请我们大伙儿吃一顿吧！"肖永川嬉皮笑脸地提出了条件。

平时一贯勤俭节约的唐惠娟，这时爽快地掏出十块钱，递到肖永川手里：

"好，请就请！这十块钱交给你主办，去买点菜、买点蛋、买两罐头肉来！我还剩有两斤咸肉和一点香肠，把那两只生蛋母鸡也杀了，大家高兴高兴！"

"哎，这样才叫上路！"肖永川满意地接过钱来，大声说，"我主办得包管叫个个满意！"

知青们只顾乐，把一旁的乡邮员小丁忘了。小丁眯眯含笑地点头说：

"这回，镜子山的杜见春政审没通过，余下来这个名额，没给那些'开后门'的抢去，也算是小唐的福气。要不是县委决定了这个名额给上海知青，小唐真没这么顺利呢！"

杜见春因父亲出问题,推荐到最后一关被刷下来,然后临时又把唐惠娟补上去,这是知青们都知道的事情。经小丁一提,大伙儿也忍不住点头。唐惠娟邀请道:

"小丁,难得你赶场天送信,就留在集体户吃顿饭吧!"

"哎,不行不行,我哪能吃你们的饭呢?问你要糖吃,还不是逗个乐儿!"小丁正色道,"来,拿你们的报纸去!好好看看吧,你们集体户柯碧舟写的散文,登报啦!"

"啊!"这一消息,显然也叫在场的四个知青都大大吃了一惊。孙莉萍头一个抢过报纸,打开一看,连声叫着,"真的,是真的!看,《青青的八月竹》,散文,作者,上海知识青年柯碧舟,一点也没错儿。"

唐惠娟、王连发、肖永川也凑过头来看。

小丁喜形于色地说:"真是个大喜事!我送了这么多年报,头一次送这么有意义的报纸。你们要庆贺,这事儿也该庆贺庆贺嘛!告诉你们,省里的电台,还为小柯的文章配了音乐。今早上我们邮电局有同志听到了。"

"哎呀真好!"唐惠娟衷心地称赞道。

孙莉萍点着头,沉吟着说:"柯碧舟这个人,还真有点看不出呢!"

"这小子,运道来了!"肖永川又妒忌又羡慕地说,"名字登到报纸上去了。"

"这叫作有志者事竟成!"王连发总结似的发表自己的看法,"我平时觉得他虽然出身不好,但有点儿才气,所以总对他客客气气。俗话说,多个朋友多条路嘛!将来柯碧舟真成了名,我都沾光呢。"

小丁见知青们站在那儿兴奋地议论着,按了按自行车铃声,和知青们打个招呼,告辞走了。

肖永川有意贬低柯碧舟:"有啥稀奇,现在发表文章,又没稿费,至多寄两本日记簿给你。要讲实惠,还是小唐实惠,又读大学,又回上海,大学毕业,工资比人家高。小唐,你算在山寨镀完金啦!"

"话怎么能这样说呢?"唐惠娟头一次当着众人为柯碧舟辩护,"发表一篇散文,电台还配乐朗诵,影响大着呢!我就说,我们平时不该因为柯碧舟出身不好,那么冷淡他。人家也是个有志青年嘛!"

"就是!"王连发表现出自己有先见之明,"现在报纸也承认他了!看到这篇文章,邵玉蓉不知该有多么高兴哪!"

肖永川还想说什么,孙莉萍伸手一指:"看,柯碧舟和邵玉蓉来了。"

众人一齐往来路上望去,果然,邵玉蓉和柯碧舟,一前一后兴冲冲地朝这边走来。一见他们站在这儿,背着一小圈电线的邵玉蓉欢蹦乱跳地跑过来,喜气洋洋地叫着:

"大喜事,大喜事!今晚上,暗流小水电站正式给湖边寨送电啰!"

"哎呀,真有意义!"唐惠娟欢叫一声,眉飞色舞地迎了上去,高声叫着,"玉蓉,我们也有喜事告诉你哪!"

人们一齐涌了上去,七嘴八舌地把唐惠娟上大学、柯碧舟散文见报的事儿,告诉了他们俩。

邵玉蓉喜出望外地接过王连发递来的报纸,一双透着强烈好奇和希冀的美丽的菱形眼,波光闪烁地盯着报纸上的散文,瞅着柯碧舟的名字,激动得胸脯不住地起伏波动着。她好不容易抑制住自己大喜过望的神色,娇嗔地瞥了柯碧舟一眼,送过报纸去:

"哪,你看啵?"

柯碧舟平平静静地朝文艺版面瞅了一眼,胸有成竹地说:

"我前几天就知道了。"

"前几天?"邵玉蓉一怔,"那你为啥不早说呢?"

"有啥可说的。"柯碧舟心平气和地说,"报社通知我,经公社党委复函同意,散文要见报。他们把校样寄给我看了。"

邵玉蓉又喜又怨地说:"你呀,你真是个闷坛子!"

"闷坛子有啥不好?"唐惠娟辩解道,"平时封得紧紧的,一到关键时刻,揭开坛盖子,满坛子的香气直往外冲。"

一句话,把大伙儿都逗乐了。最乐的,还要数邵玉蓉,她心花怒放地紧抓着报纸,不时翻起眼皮,抑制不住喜悦地瞥一眼身前的柯碧舟,脸上像绽开了一朵恣情怒放的鲜花,原来就好似涂了彩釉的脸蛋,更如同描金镀光,闪耀着青春的霞光。

唐惠娟兴致勃勃地说:"可以讲,今天是我们湖边寨集体户双喜临门,不,三喜临门的日子。送电、小柯的散文上报,还有我上大学!我们都要高高兴兴,度过这一欢乐的时刻！哪个也不要争吵、闹架,弄得大伙儿不高兴!"

"我赞成!"王连发声气洪亮地接过话头,他自始至终,一直都显得开朗快活、满面春风,比往常兴奋几倍。只不过大伙儿全沉浸在喜悦中,没察觉罢了。他拉开嗓门道:"大家都要快快活活乐个够! 为庆祝这一日子,我也拿出五块钱,参加聚餐!'黑皮',你当主办,一定要把菜弄得丰盛些,再买一只童子鸡! 我来掌厨,做几个名菜大家尝尝! 蚂蚁爬山、葱油鸡、红烧狮子头、锅巴肉片、炒鸡米,包你们吃得个个满意。"

柯碧舟一来,话头大为减少的肖永川,从"卷毛"手里接过钞票,趁机滑脚①:"我马上去买鸡、买蛋、买蔬菜,包你们称心如意!"

说完,敞开两片衣襟朝寨路上疾跑而去。

"这一来,倒便宜了苏道诚和华雯雯了!"孙莉萍嘀咕道,"两个人什么事也不做,回来有鸡有肉吃白食!"

唐惠娟也有同感,王连发大方地说:"没啥稀奇! 他们回来,赶上就吃! 他们不回来,我们也不等! 走,先回去动手准备起来。"

一行人,笑声不绝地向集体户里走去……

天擦黑时分,在树林里嬉戏寻欢的苏道诚和华雯雯双双回来了。苏道诚略微显出点疲惫憔悴的样儿,华雯雯却是红光满面、眸子晶亮,按捺不住内心的喜悦和兴奋。一踏进灶屋,两人不由得大为惊愕。

集体户活络的灶屋门板被拆下来,临时权作长形的桌面,门板上,放着五颜六色、香味扑鼻的十几个菜。除了王连发做出的那五样名菜,还有:蜡黄的跑马蛋、碗装的咸肉香肠、香葱炒豆腐干、油氽花生、白斩鸡、咖喱鸡、宫保鸡丁、白菜芡粉鸡蛋汤、木耳炒鸡杂碎,还开了两听罐头肉、一听凤尾鱼,清炒了一碗嫩胡豆,最引人注目的,是一只砂锅内煮着乳白色的蛇肉,这是肖永川"采购"途中打死的,他用一根树枝把蛇挑了回来,算是他出的一份贺礼。所有这些临时凑起来的菜,对山寨生活的插队知青来说,是个丰盛的"宴席"了。这些菜肴有的盛在大海碗里,有的装在盘子里,有的放在饭盒里,有的舀在搪瓷罐罐和碗内,有的干脆连小柄锅儿、罐头一起搬了上来,七拼八凑,经过王连发、孙莉萍、唐惠娟的烹

---

① 滑脚——逃避开。

饪,倒也搞得像模像样,别有一番风味。不要看肖永川手脚不干净,采买鸡和蛋,他的动作倒是很利索的。

华雯雯欢眉笑颜地伸了伸舌头,用故意张扬的口吻尖叫道:

"哎哟,这么多菜啊!哪个出主意聚餐的?"

"嗬嗬,场面还真不小呢,开起宴会来了!"苏道诚搓着双手,啧啧连声地询问。

肖永川正跷着二郎腿,叼着烟在门边剥洋芋皮子,瓮声瓮气地说:

"大请客,摆酒包,唐惠娟出了十块,'卷毛'出了五块,我出一条蛇、两瓶酒,柯碧舟由邵玉蓉代出菜油和鸡蛋,你俩别想吃白食,有什么存货,也翻点出来!"

肖永川话一说完,王连发、孙莉萍两人就你一言我一语把聚餐的原因告诉了他们两个。

苏道诚眉毛一扬,双手一摊说:"应该吃一顿,应该大吃一顿,哈哈,人生能有几回醉啊!我箱子里还有两罐头青鱼,一大包肉松,拿出来一道吃。雯雯,你没啥东西,干脆再去买两瓶酒吧,跑快点,快去快回啊,小卖部肯定还有瓶装酒的。"

华雯雯一口答应,嘴里唱着:"人们说你就要离开村庄……"拉着爱唱爱跳的孙莉萍,疾跑而去。

正七点钟。门板上摆满了二十几个菜,四瓶酒,各种大小不一的碗盏。肖永川拿着酒瓶,给每只碗里倒了点酒,眼睛谁也不看地说:

"人逢喜事精神爽,今天三喜临门,会喝酒的多喝,不会喝酒的少喝,个个都喝一点。"

湖边寨集体户的六个知青,加上外来的孙莉萍,寨子上的邵玉蓉,一边四个,分别坐在门板两旁,人人脸上都挂着笑容,瞅着这一场面乐。因为天一黑尽,马上就要送电,知青们把平时备着的煤油灯、蜡烛通通都点了起来,集体户灶屋里灯火通明,引得湖边寨上一些细娃嫩崽,都在门前向里面探头缩脑地张望,叽叽喳喳地议论不休。

"来啊!"苏道诚抢开头炮,他举起满满一碗酒,站起来,话声朗朗地说,"为我们集体户出了头一名大学生,为湖边寨今晚上珍珠落满山乡,为柯碧舟名扬四方,我建议大家站起来,干一杯!"

谁也没顾及苏道诚故意炫耀的语句，八个人一齐站了起来，举起了手中的大碗、小碗、搪瓷碗，凑到嘴边喝了一口辣嘴呛喉咙的白酒。可能是由于有孙莉萍和邵玉蓉两个外人在场，每个人挑自己喜欢的夹了一口菜吃，便又端坐着不动筷了。

时时留心着苏道诚手腕上那块手表的华雯雯，见孙莉萍又捅了捅她，便拉起苏道诚的衣袖瞅了一眼，随后朝孙莉萍点了点头。孙莉萍敏捷地离开座位，跑到墙边去拉响了有线广播的开关。装在集体户灶屋里的有线广播喇叭，传出了几声杂音之后，清晰地响了起来：

"下面请听，配乐散文，《青青的八月竹》。作者，鲢鱼湖公社暗流大队湖边寨生产队上海知识青年柯碧舟。这篇散文，以饱满的革命激情，富有诗意的语言，抒发了插队落户知识青年在上山下乡战斗生活中的真挚感情，借景抒情，意境深远。值得向广大知识青年推荐……"

灶屋里的八个知青，虽然反应不一，但每个人都竖起耳朵，倾听着播音员的播讲。自己有半导体收音机的王连发，责备地瞪了孙莉萍一眼，去男生寝室拿出了半导体，打开了收音机。顿时，播音员那音色柔美的嗓门，比有线广播里更加清晰悦耳地在整个灶屋里响开了。王连发哪里知道，孙莉萍其实也是受邵玉蓉的委托，留神时间，注意收听有线广播呢。停顿了片刻，女播音员清亮悦耳的声音，随着风吹竹梢般的音乐伴奏，娓娓动听地响了起来：

我插队落户的山乡，长满了各种各样的竹子。有茁壮坚韧的楠竹，有清秀挺拔的蒿竹，有婀娜多姿的湘妃竹，还有那垂弯柔美的钓鱼竹。但最令我喜欢的，却是那漫山遍坡，蔚为奇观的八月竹……

众人正在入神地听着，柯碧舟不让人觉察地站了起来，先去关掉了有线广播，接着站回原处，举起手中一只小碗，朝王连发点点头，提议说：

"'卷毛'，关掉半导体，快喝酒吧，要不，听完朗诵，菜都凉了。那就太扫大家的兴了！"

深怀妒忌心的苏道诚头一个赞同，高声说："这主意好！那玩意儿，啥时候不能听啊！"

"对头!"肖永川拿着大碗站起来,"让我先祝贺唐惠娟苦尽甘来,头一个当上大学生,脱离山寨农村,远走高飞,前程无量……"

王连发啪嗒一声关上半导体收音机,神采焕发地站了起来,双手拍了两下,铿锵有力地嚷道:

"我也来说几句。首先,我要纠正一下大家的说法,今天对我们集体户来说,不是三喜临门,而是四喜临门……"

肖永川哇哇叫着:"第四件喜事算啥?你和孙莉萍要订婚成亲啊?"

一屋的人被他的怪叫引得哄地笑了起来,孙莉萍黑黑的脸顿时涨得通红,气恼地瞪了"小偷"一眼。"卷毛"却一点也不脸红,他照样大大方方地说:

"第四件事,正是我要向大家宣布的。今天我收到家信,经过长时间的内查外调,我父亲已经落实了政策。那就是说,他是高级职员,不是资本家,我的家庭出身,不是剥削阶级。我父亲单位上说,解放初期,他做那笔白铁皮生意,还是政策允许的。连那笔生意赚的钱,也已经还给了我家。我父亲给我寄来了五十元钱,他让我在适当时候,请假回家探亲!所以我说,今天是四喜临门。我的家庭出身一确定,那么,以后招工、招生就有希望啦!大家说,对不对啊?"说着,王连发从衣袋里摸出家信和汇款单,高高举起。

"对头,真算得上大喜事,来,祝贺你!"肖永川拿起酒碗,和王连发对碰了一下,咕咚喝了一大口酒。

满桌的人,也都欢欣雀跃地纷纷向王连发、孙莉萍祝贺,苏道诚大叫:

"干啊,为喜事干杯!一醉方休,哈哈!"

谁也没注意,眨眼之间,悬在梁上的电灯泡,突地一下亮了,刹那,把整个灶屋照得雪亮通明,如同白昼。八个人一齐欢叫起来,邵玉蓉朝门外望望,指指湖边寨大声说:

"看啊,看啊,满寨都亮了!"

知识青年们拍手,跺脚,欢跳,叫嚷,真乐得忘形了。王连发把筷子举过头顶,吼了一声道:

"俗话说,吃宴席时,眼光要像火闪,筷子要像雨点,来得既要快又要准!来啦,趁着这大放光明的时刻,加油吃菜啊!"

好几双筷子应声而落,伸向门板上的各盘菜肴。气氛很快活跃起来了。

独有柯碧舟,不常动筷子。说实在的,今天,他比在场的任何人都激动、兴奋。小水电站发电了,散文见报,还在电台上朗诵,对他个人来说,也算得三喜临门。他感到快活,不可抑制地喜悦。他的高兴,除了是在生活的道路上取得了一点成绩以外,更主要的,是他认清了目标,找到了努力的方向,受到了鼓舞和鞭策,增添了不断前进的力量。他觉得,未来在张开双臂拥抱着他,他开始懂得了,生活的真正意义。爱好文学、好幻想的柯碧舟啊,他的这些看去极平常的感受,是花了多么巨大的代价才得到的啊!他珍惜自己艰难地走过的路,珍惜自己的青春和未来。他像一艘鼓满风帆的船,要开始疾速前进,进行新的航程了。

他吃得很少,只喝了几小口酒,脸色就绯红发光了。知青们尽情地吃喝了一阵,肖永川就借着酒兴,逼华雯雯唱歌。华雯雯拗不过他,娇滴滴站起来唱了一首《红梅花儿开》。大家又欢迎孙莉萍唱,孙莉萍起先不肯,在大伙的起哄下,她腼腆地唱了一首《小河水清悠悠》。大伙都说她唱得好听,又逼她唱一首,王连发主动拿口琴伴奏,她又唱了一首电影插曲。华雯雯还不放过她,说她会跳舞,于是人们又非要她跳个舞。她只得离席跳了个新疆舞。引得门外围观的娃崽们,也拍手跺脚地大声叫好。接下来,大家又要唐惠娟表演,唐惠娟并不推辞,也唱了一首《一座座青山》……要肖永川唱歌的时候,他说他不会唱,只好以学狗叫猫叫顶替,这一顶替,引得满屋的人前倾后仰,捧腹大笑。

正闹得不亦乐乎的时候,门口的细娃嫩崽们发出一声声欢叫,知青们朝门口望去,只见玉蓉的伯父邵思语笑微微地迈进屋来。肖永川和王连发,喝得醉醺醺地跳起来,一左一右架着气象局长的双臂,硬要按他坐下喝酒。邵思语坚持不喝,他找条板凳坐下,要青年们照常吃喝庆贺,莫受拘束。随后,他对柯碧舟一字一句地说道:

"小柯,恐怕你不能多喝了。你的散文上了报,又经电台配音播送,全县都知道了。县文化馆正愁没人写演唱本,几个头头一口咬定要抽调你去,你停一停吧,县委宣传部的部长在左定法家等你哩!"

这一意外的消息,使得知青宴席上再次哄闹起来……

## 十八

自从去年夏天,邵大山叫住柯碧舟,在小船上经过一次令人难堪的谈话之后,柯碧舟再没有到湖边邵玉蓉家里去过。

一大早,救过柯碧舟性命的邵思语,请人到集体户捎话说,要他去谈谈。柯碧舟感到尴尬了。碰到邵大山,咋个对他说话呢?他要是对自己摆出副兴师问罪的脸相,自己有多么狼狈啊!

踏着晨露,沿着下坡小道,往邵家走去的路上,柯碧舟老在思忖,玉蓉的伯父找我谈话,究竟要和我讲些啥呢?是把问题摊到桌面上来,三对六面地当着我和玉蓉,要我们在两个老人面前,明确表示不谈恋爱,关系不向前发展;还是思语大伯要帮着我们说话,让我们在大山伯面前,把关系挑明了?别再像这大半年里,总是处在耐人寻思的阶段,招惹湖边寨上缺牙巴那些人说些流言蜚语。

也许,思语大伯根本不是和我谈这个事,而是来劝我,要我拿定主意,到县文化馆去,别再拖拉磨蹭了,眼看着,赶场那天县委宣传部长和文化馆头头来找我谈话,已过去好些天了,我推三推四,还没个干脆的答复呢。

柯碧舟漫不经心地瞅着一路上的各色野花,心神不宁地猜测着,慢慢走近了那幢砖木结构的精巧小屋。他哪里晓得,就在这幢小屋里,昨天晚饭后,经过了一番交心哩。

吃了饭,咂了一阵叶子烟,邵大山朝满是络腮胡子的脸上抹了两把,起身往自己的卧房走去。玉蓉叫住了他:

"阿爸,你看报吗?"

语声是亲切的。邵大山迟疑地站停了,去年秋天,他发怒把女儿赶出屋头之后,玉蓉只得借宿在湖边寨亲戚家里,后来有人去县城,把这事儿捅给气象局长听了,邵思语当即请人带回一封信来,批评了父女双方,玉蓉才住回屋头。人虽然回来了,和父亲的感情,却已有了裂缝。尽管女儿还是那样勤快利索,还是尽可能地照顾父亲,但邵大山发现,玉蓉的话明显地少了,身上的那股活泼劲儿,也随之消失了。即使和父亲讲起话来,她的声调也是冷冰冰的,没啥感情。邵大山对玉蓉仍然有气,他发现女儿还常去集体户,在公开场合,也时常同柯碧舟讲话,并不避嫌疑。随着时间的消逝,寨上那些乍起的风言风语,早已平息下去了。但邵大山仍然固执地认为,玉蓉和柯碧舟在一起,是惹人刺目的,也是令他极为不快的。有半年时间,他们父女之间没亲亲切切地说过话了。玉蓉今晚主动喊他,可以说是半年多来的头一次。

像很多老农一样,邵大山并不习惯看报,前些年在暗流大队主事的时候,他得空还翻翻报纸。这些年,报纸上的屁话、鬼话、假话多了,他也没闲心去瞅两眼。玉蓉这一提,他伸出粗糙的大巴掌,接过玉蓉递来的报纸,挨近新装不久的电灯泡,眯缝起眼睛,习惯地朝报纸下方找天气预报栏。

玉蓉避到门边去,不时地斜眼瞅着阿爸,留神着阿爸的动静。

坐在桌边的邵思语,无声地露齿一笑,摸出支纸烟,点燃后慢吞吞踱到兄弟坐的板凳旁来。

找着天气预报那一栏,看了两行,邵大山发觉不对劲儿,连忙一翻报纸,才发现这是好些天前的报纸,玉蓉放在搁板上几天了,他都没拿来翻过。他正要把报纸放到一边去,邵思语伸过手来,指点着报纸,微笑着说:

"看看吧,看看有好处。"

邵大山疑惑地瞥了哥子一眼,随后不经意地翻着报纸,门边的玉蓉,轻声一笑,拿着簸箕,闪身走到隔壁灶屋里去了。

邵大山手里的报纸翻到第四版,停住不动了。文艺版面上,画了一簇别致的竹子题花,题花旁边,刊登着柯碧舟的文章。

盯着报上柯碧舟的名字,邵大山两眼瞪大了,他有点不相信自己的眼睛,伸出手指揉了揉,一点没错,正是小柯的名字。一刹那,邵大山全明白过来了,为啥玉蓉要把这张报纸在搁板上连放几天,为啥玉蓉要他看报纸,都是因为报上登着他的文章啊!邵大山心中惊异,但脸面上还是装得很镇定,不露声色地垂着眼睑。

"这篇文章发表以后,电台又配乐朗诵。县文化馆决定把柯碧舟调去。"邵思语伸过手来,指着版面告诉邵大山,"文章我看了,写得真不错,有思想,有感情。是个有才气的小伙子啊!"

邵大山陡地抬起头来,眉眼舒展开了,兴冲冲地说:"要调他走,那好啊!"他想到,小伙子一走,和玉蓉之间的事儿就算完了,他也能了却一桩心事,因而满口赞成。

"是啊,事情在暗流大队传开了!我们有些人不承认他,可报纸、电台承认他了!"邵思语不无感叹地说,"大山,你不喜欢他,而他却要走了!"

"不,他说他不去!"灶屋里的邵玉蓉健步走进来,顶真地说。很明显,她在隔壁静听着两老的对话。

"他为啥不去?"邵大山先着急起来,放大嗓门叫,"调到县文化馆,等于是提干了,他为啥不愿干?"

邵思语显得冷静多了,他凝神望着侄女,平心静气地问道:

"噢,有这种事?你晓得啵,他为啥不愿去?"

邵玉蓉眨了眨菱形眼,乌黑的眸子一闪,闭紧嘴,摇摇头,表示自己不知。

"那么,"邵思语像一眼就看透了她的心思,"玉蓉,你愿意他去县文化馆吗?"

邵玉蓉再要镇静自己,也掩饰不住内心的波涛了。她泛光的脸蛋霎时涨得绯红,双手放到背后,一个转身,含羞带娇地讷讷道:

"我不晓得。"

玉蓉真会不晓得吗?那才是假话哩。从听到柯碧舟要调走的那一刻起,她的内心就在忐忑不宁了。她为他有了前途和出路而高兴,她又为他将要匆匆地离去而发愁。她不是怕柯碧舟进了县城,看上有工作、有工资收入的姑娘,她是焦虑,她和小柯之间的关系,从来没有明明朗朗地说清楚啊!去年秋天,在树林子里邂逅,冲动之下,她不顾一切地向他表示了自己的态度,但她结结巴巴、闪烁其词的,啥话也没说清楚啊!不晓得他听明白没有?这半年来,他们俩的关系一直处在正常的接触中,谁也没挑起那样的话题,谁也不谈互相的感情,他们像怕火烫一般怕触及这问题。如今,突然之间,他要走了,玉蓉心里能不急吗?在她的内心深处,能不盼着柯碧舟留在山寨上吗?

邵思语沉思了片刻,朝玉蓉点着头说:"你不晓得,我是晓得的。不过,玉蓉,我们都该把眼光放远大些,心胸开阔些。也许,湖边寨需要小柯出力,但县文化馆更重要的岗位上,也需要他啊!"

"照你这么说,他该去?"聪明的玉蓉转过脸来问。

"当然该去啰!"邵大山粗声粗气表态说,"蹲在这山旮旯里,左定法又是那么个德行,有啥奔头?"

邵思语耐人寻味地对玉蓉说:"至于你心中担忧的,我看全没有必要。俗话说,瓜熟蒂落,水到渠成。世界上好多事,都是这样。"

玉蓉受了启发,两眼闪烁有神,紧抿着嘴,默默地点了点头。

"那就这么说定了。"邵思语果断地说,"明天一早出工前,请他到这儿来,我和他聊聊。"

柯碧舟应约到邵家院坝里来的时候,邵大山嘘赶着两只鱼鹰,划着一条小船,已经到了薄雾弥漫的鲢鱼湖中。乌羽毛、利脚爪、嘴壳长长、眼睛犀利的鱼鹰,趁着清晨鱼儿活跃的时候,一次次拍着大翅膀,疾速地掠扑到水中,抓起一条条鱼来。邵大山把屋头的烦恼甩在脑后了。

邵思语搬两条板凳,请柯碧舟坐在临院坝的台阶上。不知啥缘故,邵玉蓉躲在自己的闺房里,始终没露个面。邵思语和柯碧舟也算是老熟人了,他开门见山地说:

"昨天我才听说,你不想去县文化馆。小柯,这是真的吗?"

望着东方山峰那边绚烂的朝霞,柯碧舟默默地点了点头。

"为什么?"

"我打听过了,"柯碧舟收回目光,瞅着坝墙边几棵花红、李子树上结出的青色的小果,缓慢地说,"去县文化馆,主要工作是为县宣传队写演唱本子、相声、对口词、三句半、独幕剧、小歌剧、朗诵诗。我不会写这些东西,完不成任务,倒不如留在生产队。"

"哪个生来就会写、会编的?哈哈,小柯,这是工作嘛,总有个适应过程。"邵思语双眼望定柯碧舟的脸,说,"我觉得,你该去。昨晚上,我和玉蓉也交换了意见,她也赞同你去。"

"她也……赞同?"柯碧舟颇感意外。

邵思语肯定地点了点头:"她同意我的意见,该把眼光放远大些。再说,县委宣传部长、文化馆头头亲自来请你,你不去,好吗?会不会被人以为,你的散文登报,在跷尾巴了?"

柯碧舟的目光随着院坝里那只昂首阔步的金红羽毛大公鸡移动着,沉默了片刻,才点了点头说:

"要这么说,我就去。不过,得讲定,去一两个月,最多三个月,我就回湖边寨来！我不是这块料,哪能整天坐在文化馆里就编写出本子啊！"

"难道你没想到,"邵思语都觉得惊奇了,他拧起眉毛问,"你一去县文化馆,工作问题就落实了。有住处、有工资,在生产队的艰苦生活,也可以结束了！"

"从个人来说,是这样！一年以前,我会兴高采烈地到那儿去！但是,思语大伯,我的前途不是在县的文化馆,而是在这儿,在湖边寨！"柯碧舟很自然地答道,"我思忖好久了。"

邵思语情不自禁地脱口道："嗨,小伙子,哪个岗位上不是干革命工作？"

"思语大伯,你不了解我这一年多来的思想和感受。"柯碧舟真挚恳切地说,"一年多以前,你和玉蓉救了我的命,你还给予我很大的鼓励和启示。就是在你的提醒帮助下,我才从自怨自艾的泥坑里拔出脚来,我看得远些、想得多些了,我开始看到湖边寨、想到暗流大队。就在这股力量推动下,我发现个人的忧郁焦愁是渺小的了。青春只有在献给建设山区的斗争中,才能焕发出光彩呀！一年来,我干得很少,建议卖八月竹,筹集资金建电站。而今,暗流大队点上了电灯,高榜田抽上了水,今年的大旱,威胁不到湖边寨人了,秋后丰收,明年春天,社员们也不用吃救济粮、回销粮了。成绩虽是微小的,但我感到由衷的高兴,这里面有我的汗水啊……"

"你进步很大。"邵思语眯缝起眼睛说,"告诉你也无妨,正因为你本人表现突出,报社来函征求意见,公社党委才同意发你的稿件。县文化馆也正是因为你表现好,才研究决定调你的。"

柯碧舟有点忙乱地晃着头,额上爬满了汗珠,急迫地说：

"我感谢、感谢领导,可、可我觉得、觉得湖边寨还有好多事情要做呀！你看,鲢鱼湖里可以养鱼,山坡上能养蜂,原先的果园,也该恢复。要是都像电站一样顺利办成了,思语大伯,你说出产这么丰富的湖边寨,还会贫困吗？是呀,我穷,我也害怕贫困！但要是用我们的双手,把湖边寨、把暗流大队变得富裕起来,那不比去县文化馆写本子强嘛！那不是更有意义嘛！"

邵思语脸上不解的皱纹渐渐地舒展开了,一双睿智深沉的眼睛里闪出欣悦的光彩,嘴角上露出了一丝笑意。眼前这个衣着朴实的年轻人,有理想、有奋斗的目标,和一年前的柯碧舟相比,判若两人了,这使得他激动而又高兴。他重重

地一点头,清脆响亮地拍了一下巴掌,用洪亮嗓门道:

"说得好啊,小柯!你有这样的雄心壮志,县文化馆那一头,我给你去说。让他们借你三个月,写完两个本子,就回来!"

"谢谢,谢谢!"柯碧舟激动得脸上泛出光来,他拉住思语大伯的双手,一个劲儿地摇晃着。

太阳从东边峰巅上露出了圆圆的脸蛋,把万道光芒,挥洒到鲢鱼湖团转的山岭田坝上。鲢鱼湖水在闪金耀银,山山岭岭镀上了红光,弥漫飘散的薄雾在升腾,林中的百鸟在鸣啭。邵玉蓉家门前的院坝里,也变得明媚灿烂,一片光明。

柯碧舟告辞离去,沿着去湖边寨的青岗石级山道往上走。望着他沐浴在金色的朝晖里的身影,从闺房里欢喜雀跃地跑出来的邵玉蓉,调皮地偏转脑壳问:

"伯,你说服他了吗?"

"不,他把我说服了。"邵思语严峻地答着,手指点了点侄女的脑壳问,"这回,你可高兴了吧!"

玉蓉嘴里发出一串银铃般的笑声,倏地一转身,又不见了。

柯碧舟走进湖边寨,正是社员屋头吃早饭的时候,寨路上来往的人不多,只有一群鸡,在墙根脚咯咯咯地寻食吃。他刚要拐上去集体户的那条沙砾小道,一眼看到十几步外有个熟悉的身影,定睛望去,来者不是别人,竟是镜子山大队的女知青杜见春。

杜见春同时也发现了柯碧舟,她略略迟疑了一下,便又迎着柯碧舟走来,和他点头招呼着问:

"唐惠娟在集体户吗?"

无论是外表、神态和说话的嗓音,和柯碧舟两年前认识她的时候,都大不一样了。如今的杜见春,老了好几岁,精神不济,眼窝下陷,脸色苍白中泛黄,举动也有点儿呆滞。柯碧舟能猜得到,她夜晚失眠,白天太阳穴发胀,过的是忧悒寡欢的日子。背上了精神包袱的青年,谁不是这股劲头啊?柯碧舟是过来人哪。他一听杜见春的问话,便想起来了。唐惠娟两三天里就要去上海,暗流和镜子山大队的头头们扯了一下,决定由镜子山推选一名知青来接替小唐的赤脚医生工作。看样子,杜见春是来找唐惠娟办理移交手续的。生活,真会跟人开玩笑,是什么力量,促使这两个姑娘的命运互相交换了一下呢?

"噢，"柯碧舟想了一想，回答杜见春，"唐惠娟在后头坡脚的小溪旁洗帐子、被子，那儿的水特别清。她洗的东西多，恐怕还没洗完呢。"

杜见春本来也不想进湖边寨集体户，她不愿碰见那令人恶心的苏道诚、华雯雯。听柯碧舟这一说，她连忙问：

"小溪在哪一头？我找她去。"

柯碧舟伸出双手想比画给杜见春看，但转念一想，把手往下一劈说：

"干脆，我陪你去！"

杜见春并不推辞，随着柯碧舟走去。

走过圆弧形的半截寨路，傍着一小片刺竹林，两人踏着石级道并行。

柯碧舟想到，杜见春的父亲出了问题，影响到她的上大学，但镜子山大队却还能正确对待，信赖地委派她来接唐惠娟的赤脚医生工作，可见即使是农村的基层干部，也不都像左定法那样。他忍不住说：

"你们大队的领导真好。"

杜见春点头，不吭气儿。

"你身体都恢复健康了？"柯碧舟侧转脸，看到杜见春额头上增添的那条皱纹和眼角边新起的褶皱，不由得一阵辛酸。这么个惊人直率的姑娘，咋能忍受得了这一系列残酷的打击啊！

柯碧舟关切的声调，使得杜见春稍稍得点安慰，她轻声回答说：

"身体好了，谢谢。哎，我听说，你被抽调到县文化馆去了，怎么还在这儿？"

"我不想去。"柯碧舟简短地说。

"为什么？"话音很轻，但还是透出了她平常好奇时的声调，脸上也露出惊诧的表情，仿佛在说，难道这儿还那么值得留恋？

奇怪得很，就好似条件反射，在杜见春面前，柯碧舟埋藏在心底深处的话，会很自然地流露出来。他一点也不想装假，一点也不想隐瞒。向前后张望了两眼，他放低了声音，诚恳地说：

"你想，我能就这么走吗？"

"有什么不能走的呢？"

"邵玉蓉……她……她在那种情况下，不怕风言风语，不管父亲压制，还坚定不移地对我说……说……"柯碧舟好像被人割了舌头，说话结结巴巴，含含糊糊的,"现在我有了机会,就拍拍屁股一走了之。那样……那样对得起她吗?不,我不能走。"

虽然柯碧舟喉咙里似卡了根骨头,说的话有些令人不明不白,但杜见春还是完全理解了他的意思。她望着柯碧舟窘迫的神色,涨得通红的脸,觉得心里有什么东西压迫着自己,像磨盘样,沉甸甸的。后脑勺上犹如被人拍了两下,迷梦初醒般恍然大悟。一个崭新的意识闯进了她的头脑:看,柯碧舟对玉蓉是多么忠贞,在个人利益和爱情之间,他毫不踌躇地做出了选择。这才叫真正的心心相印,感情贯通呢。与这同时,苏道诚那张无耻的、迷惑人的脸,也晃晃悠悠浮现在杜见春眼前。杜见春只觉得嘴里吞食了什么苦药,不由得吐出了一口唾沫。

她朦朦胧胧地觉得,自己失去了什么最珍贵的东西。而这东西,本来完全是该属于她的,现在却怎么也无法把它找回来了。她的心在隐隐作痛,看不见的伤痕在淌着血。她只是机械地往前走着,直到柯碧舟手指着前面对她说话,她才受惊般清醒过来。

"看,唐惠娟还在那儿洗,你去吧!"

"谢谢。"杜见春凝视着柯碧舟,茫然若失地咕哝了一句。随后便脚步不稳地朝小溪边走去。

柯碧舟心里很纳闷:怎么搞的?杜见春的眼里饱含着泪水,她又想起啥伤心事了?

# 十九

喀斯特地貌的特点之一,就是在层峦叠嶂的山山岭岭之间,形成了无数的险峰奇洞。在偏僻的鲢鱼湖团转,奇秀的山峰和大大小小的洞子,随处都可以见到。

悬吊着无数千姿百态的钟乳石的洞子,居住在这儿的人看得多了,除了在洞口避避雨之外,老人娃崽,谁都无心去钻那黑幽幽、阴森森的洞子。很少有人想到,这样的洞子,却是聚赌的好地方。

盛夏的一个赶场天,离开湖边寨五六里路的一个隐蔽的山洞里,正在进行着一场小型的赌博。人数不多,赌注却下得很大。

山洞口子外面,小偷肖永川坐在一块凸出的岩石上,嘴里叼着一支烟,正在悠闲自得地吐着烟圈,朝不远处的树林张望着。他的膝头上,斜搁着一把气枪。乍一看去,活像个打猎累疲了,坐下歇气的人。实际上,从吃过早饭赶到这儿,他已经足足坐了六七个小时。

"黑皮"肖永川只惯于偷东西,赌博他不在行,就像打群架、扑身拼杀他不在行一样,一上赌台,他准输钱。所以,一般小"台面",输赢不过头十块的,他还坐下来玩玩,像今天这样的大"台面",他只好在山洞外头坐着给里面放哨,等到结束了,赢家丢给他十块、二十块,两包"重条",也就心满意足了。

可今天的时间,实在拖得太长了。肖永川有点不耐烦起来,早上吃过一顿饭,到现在还没填过肚皮呢。衣袋里一包烟,倒是给他抽得只剩最后一支了。肖永川终于不耐烦了,他站起身来,活动活动手脚,前后左右瞅了几眼。两道山脉夹成的一条峡谷里,除了谷地、山坡上葱郁的树木沙沙作声之外,啥动静也没有。肖永川确定没人走过来,便一手提着气枪,钻进了山洞。

这是个口小肚大的洞子,拐一个小弯,里面宽敞得比农家的堂屋还要大些。一支三节长的手电筒,用一根细麻绳倒吊在洞子顶上垂下来的钟乳石巅上。电筒射下的那路淡黄色光柱里,四个人脑壳凑在一小块较平顺的岩石上。

参加赌博的共有四个人。一个是湖边寨集体户的"快脚"苏道诚,一个是由苏道诚约来的白麻子,也就是县专政队的头头。这家伙"文化大革命"前是县供销社的主任,因贪污腐化,被贬到公社下面的供销点当营业员。"文化大革命"一开始,他以受害者自居,带头造反,他老婆黄金秀又和县里面的造反头儿勾结得紧,时常给他通风报信,让他在下头策动造反派,配合县里造反头儿的行动。待这帮人儿得了势,县里面的造反头儿当了副主任,黄金秀当上了县革委知青办兼招生办主任,白麻子也升任县专政队的头头。当了官,恶习仍不改。除了奉命搞"打、砸、抢、抓、抄"五大任务之外,白麻子照样贪污挪用、吃喝嫖赌,只不过这些活动,改在阴暗角落里进行罢了。苏道诚沾染上赌博以后,在一次偶然的机会,认识了白麻子,两人称兄道弟,好不亲热。白麻子拉苏道诚去他家喝过两回酒,他们就成了"知交"。在多次"吹牛扯乱弹"中,苏道诚不止一次地吹嘘过,"县知青办主任的丈夫"和他是老朋友。这话被全县闻名的"强盗"和"侠客"听去之后,两人很想见识一下,同白麻子对赌一盘。听说白麻子领导的县专政队,经常在赶场天收缴集市贸易上的东西,珍贵的如天麻、麝香等药材,普通的像花生、菜油、鸡蛋等,油水很大,"分子"很多。"强盗"和"侠客"决定把他盘剥精光,好好赢他几百块钱。他们找到苏道诚,要他把白麻子约来,大赌一场。白麻子欣然答应之后,"强盗"和"侠客"又私下对苏道诚说,对手是个老肥虫,他们三人应串通一气,赢白麻子的钱,事成之后,赢来的钱三一三十一,平均分摊。苏道诚认为这主意妙,也赞成上了台面之后三夹一,专攻白麻子。

他们商量的计策,"黑皮"肖永川全部知道。他认为,上了赌台,三个人夹攻白麻子,不用两个小时,就能把白麻子衣袋里的钱全部赢来。哪晓得,从早晨干到这时候,还未见分晓。他心里奇怪,难道说白麻子真是高明的赌徒,三个人也吃不下来?

肖永川蹑手蹑脚走近平顺的岩石旁边,用眼粗略一扫,不由得心惊肉跳。台面大得吓人,他们下的注,最少的要五元,最多的不超过二十元。肖永川知道,这样的赌注,一天赌下来,输赢要有千元左右哪!他再细细一瞅,两眼不由得瞪直了,围着岩石台面的四个人,神态各不相同,正在全神贯注地翻着巴掌底下压着的两张牌,好像那两张纸牌,足有千斤之重,要使好大的劲儿,才能翻过来似的。

"黑皮"的心中一惊,怎么是赌"凿眼子"呢?事前不是说好,赌各管各的"争上游"嘛!怪不得赌了六七个小时还没见分晓呢。赌"争上游",三个人串通好了,完全可以控制对手。赌"凿眼子"呢,一个人只发两张牌,全凭运气,三个人根本无法夹攻一个人了。

肖永川预感到情势不妙,他的心别剥别剥骤跳起来。只见白麻子那张狭长苍白的麻脸上泛着红光,一颗颗细小的麻粒都像在咧嘴微笑。他嘴角上叼着一支烟,不时用眼睛翻看着"强盗"和"侠客"的脸色,窥探着他俩的心理。

满脸粉刺的矮壮个儿"强盗",阴沉着脸,偏着头,紧张万分地瞅瞅手底两张略略翻起半边的扑克牌,一双拇指发黄的手,在微微颤抖着。他的身前台面上,已只剩下几张揉皱了的十块钞票了。

和"强盗"相对而坐的"侠客",蓄着尖鬓角,拉长了脸,一双小眼睛血红血红的,像好几夜没睡觉的样子。天气正值盛夏,他却缩着肩膀,不断地沙沙沙搓着双手,不敢去翻面前的两张牌。

苏道诚翻出牌来,一张七,一张四,只有一点,他垂头丧气摇摇头,把两张牌

哧的一声撕了,说:

"霉气来了,我不赌了。"

"强盗"翻出牌来,脸上紫红色的粉刺一粒粒都鼓了起来,他扬起两道粗眉,兴奋地叫道:

"八点!"

"侠客"尖细的女人嗓门跟着叫:"运气来了,我的九点!"

白麻子含蓄地笑了笑,不慌不忙地翻出手中的两张"爱司",温文尔雅地说:

"对不起,通通被我吃进!"

"强盗"和"侠客"呆如木鸡地坐在那儿,眼看着白麻子伸出双手,把岩石上的近百元钱,全都抓进腰包。

苏道诚嘘了一口气,站起来说:"算了吧,今天就到此结束!"

"行啊!"白麻子趁势也站了起来,跺了跺坐麻木了的双脚,拍了拍外衣的两个鼓鼓囊囊的包包,摸出一包"花溪牌"香烟,给洞子中的几个人各发一支,笑眯眯地说,"兄弟少陪了,你们啥时候有兴趣,我一定奉陪,奉陪!"说完,朝苏道诚亲切地一笑,从衣兜里摸出二十元钱,塞到肖永川手里,耸起肩膀,弓着背,走出山洞去。

肖永川满指望自己的两位老阿哥"强盗"和"侠客"赢钱,万没料到看见的竟是这样的下场,他手里拿着二十元钞票,望着白麻子的背影,愣住了。

山洞里静默了一阵,只听见"强盗"和"侠客"呆坐在那儿咝咝咝的吸烟声。

苏道诚踮起脚尖,解开扎住电筒的细麻绳,把三节电筒拿在手里,干咳了一声道:

"岔路吧,回寨子去。唉,输就输了,钞票像流水,流去了还会流来,没啥稀奇!"

"滚你妈的蛋!""强盗"怒吼起来,"你没输,倒说起风凉话来!"说着,他示意地扫了"侠客"一眼。

"侠客"跟着跳起来,手指点着苏道诚的鼻梁,嗓门又细又尖地说:

"妈的,今天输钱,都是你这个'扫帚星'!"

"怎……怎么怪起我来了?"苏道诚一看这架势顿觉情况不妙,支支吾吾地问道。

"强盗"双手叉腰站了起来,怒气冲天地叫道:"就是你捣蛋!娘×,我问你,说好来'争上游',白麻子为啥一口咬定要来'凿眼子'?难道他不知道,'凿眼子'是上海赌法吗?"

"我哪里晓得他的心思呢?"苏道诚心虚了,他往后退了一步,脸色发青,眼睛慌张地往一旁溜着。

肖永川一看这个场面,知道"强盗"和"侠客"输了钱心中恼怒,要揍苏道诚了。平时,肖永川对苏道诚也是又妒又恨,特别是他轻而易举地把华雯雯从他身旁夺了过去,他一直是耿耿于怀的。只因为苏道诚是高干子弟,牌头硬,不能放肆地像收拾柯碧舟一样揍他。此刻见"强盗"和"侠客"要打苏道诚,肖永川不由得幸灾乐祸地想:我只要在旁边不动手,他也抓不到我的辫子。他索性退后几步,在旁边看这场好戏。

"×你的妈!""侠客"一直逼到苏道诚面前,龇着牙嚷,"今天就是白麻子和你赢钱,你以为我不晓得!哼,他赢四百,你赢一百几十。事前你没和他串通好,你会赢钱吗?"

"强盗"气急败坏地喊道:"你没和他串通,他的拿手好戏'争上游'他会不来,偏要来'凿眼子'?你哄鬼去吧!"

肖永川听"强盗"的嗓门老大,震得洞壁嗡嗡发响,连忙压低嗓门叫道:"轻点,轻点!小心'刮腮'!"

说话骂人的当儿,"强盗"和"侠客"一左一右,已经占据了有利地形,逼住了苏道诚。苏道诚汗如雨下地申辩着:

"我……我没和他串通……我……我只是想到他是县专政队头头,他……他老婆又是知青办头头,赢他的钱,也也也……"

"天机"一泄露,连肖永川也火了,他插话道:"你他妈的'叛徒',手臂往外弯去配合白麻子,不帮自家人!哼!"

这话无疑是火上浇油,不待苏道诚再做解释,"强盗"抡起拳头,大吼一声:

"人人的手指朝里弯,你倒偏向外头弯。老子叫你弯,老子叫你弯!"

一面谩骂着,一面抡起双拳,朝苏道诚胸前打过来。

苏道诚也不是嫩豆腐那么好吃的。他撇了撇嘴,恶狠狠地举起手中的长电筒,照准"强盗"的太阳穴,狠狠地就是一下。

嗒的一声响,电筒击在"强盗"脑壳上,电筒光熄灭了。

"强盗"粗叫一声,手往额角上一抹,发觉自己出了血,顿时红了眼。他把头一缩,像头野牛样,伸出双臂,猛地扑过来,拦腰抱住了苏道诚。

一旁的"侠客"乘虚而入,趁着洞内漆黑一团,连揍几拳,把苏道诚打得哇哇乱叫。

"你还叫!""强盗"趁势把苏道诚一放,不待他站稳脚跟,飞起一脚,踢在他小肚皮上,苏道诚跌跌撞撞跟跄了好几步,终于站立不稳,双手一张,跌倒在地。三节长电筒啪嗒一声,掉落下来。

他哀叹着,再也没有还手之力了。

肖永川跳过来,俯身拾起电筒,忙乱地揿着开关,连拍几下,电筒又亮了。

"强盗"扑过来从腰中拔出三角刮刀,对准苏道诚的脸,一刀刮来。顿时,苏道诚嘴角旁出现一道刀痕,鲜血直淌。苏道诚踢着双脚,绝望地怪号着:

"放我一马,别把我脸刮烂了,放我一马!"

"××,叫你再凭这张'番司'去花女人!""强盗"收起刮刀,刻薄地讪笑两声,借着电筒的光柱,眨眼工夫,把苏道诚衣袋里的两百来块钱搜了出来,揣进腰包。

"强盗"在苏道诚的眼面前晃着拳头,威胁道:"老实跟你讲,赌台上的钱,黑吃黑!你要胆敢去报告,进庙①之前,也要割下你耳朵来!"

"今天算便宜你,只送你一刀,不破你的相!""侠客"跟着补充道。

"强盗"从苏道诚身上跳起来,说声"走",三个家伙先后钻出了山洞,顺着两山夹峙间的小路,往垭口上匆匆走去。

黢黑的山洞里,什么声音也没有。被收拾了一顿的苏道诚,仰面朝天倒在高低不平的熔岩地上,后脑勺枕着冰冷的一块凸石,鼻孔里出气很粗地呼吸着。"强盗"和"侠客"一动刀,真把他吓惨了,好半天才唉声叹气地呻吟起来。哼叫了一阵,他缓过了气,恼恨地歪了歪嘴,掏出手帕抹去嘴角上的血痕,咬紧牙关支撑着站起来,扶着洞壁,一步一步跬出了山洞。

当他拖着又饥又乏的身子,喝醉了酒一般,跌跌撞撞迈进集体户门槛时,正

---

① 进庙——被抓进公安局、拘留所关起来。

独自坐在灶屋里想心事的华雯雯,吓得尖声惊叫起来:

"哎呀呀,你脸上怎么添了一条伤疤?又和哪个打架了?'黑皮'到哪儿去了?"

苏道诚不好意思说自己遭了痛打,但不回答又不行,只得拉长脸,阴沉地苦笑了一下说:

"××,回来路上,遭一棵横生出来的刺茎划开的,真倒霉!"

"你怎么走路也没头没脑的?肯定又是输了钱,对吗?"

"钱倒是赢的,被'强盗'和'侠客'硬敲横档敲了去!×他的妈,我非要报复不可!"

"你还要报复哩,叫你不要和他们鬼混,你就是喜欢和他们在一起。"华雯雯噘起嘴咕噜着,掏出手帕给苏道诚轻轻拭着嘴角的伤痕,抱怨道,"看,好好的一张脸,弄成这副样子。"

"啊呀别啰唆了!"苏道诚不耐烦地皱紧了眉头说,"我还空着肚皮呢,有吃的吗?"

华雯雯不悦地朝灶台上一指:"饭菜都给你留着呢,自己热热再吃吧!"

"不用热了。"苏道诚到大木桶里舀水洗了个脸,拿了只碗就去舀只有点微温的饭。一边狼吞虎咽地吃饭,他一边含混不清地问,"王连发呢?"

华雯雯瞅着他那副饿相,懒神无气地告诉他,王连发不知从哪条渠道得到消息,说今年县里要兴办化肥厂,五小工业也要扩展,年底要招工,据说能解决一半上海知青,他打听消息去了。

苏道诚只顾吞咽饭菜,"哼啊哈啊"应着,不再说话。

饭毕,垂着头沉思的华雯雯又仰起脸来,问:"去县里的小工厂,你有兴趣吗?"

"我才没这个胃口呢!"苏道诚掏出一支烟来点燃,愤愤地说,"妈的,这么个鬼地方,待了几年,我也待厌了!今年回去,非叫我老头子找条路不可!"

"我倒想进县办工厂,"华雯雯留神窥探着苏道诚的脸色,见他惊讶地瞪出了双眼,她接着叹了口气道,"只可惜,条件不许可了!"

"为什么,你不是出身很好嘛!"苏道诚诧异地说,"别说进县办工厂,就是进保密工厂、上大学也有机会!"

华雯雯俏丽的脸蛋上显出股无可奈何的神气,垂着双眼说:

"没办法啰!"

"怎么啦?"苏道诚更加心奇地问。

华雯雯起身去关了灶屋的门,把苏道诚拉进自己寝室,按他坐在自己的床沿上,又转身去把女生寝室的门也关上,这才嘘了口气,靠在门板上,低垂头不吭气儿。

这一系列动作,把苏道诚搞糊涂了,他略显不安地问:"你是怎么啦?出什么事了?你说呀!"

华雯雯的肩膀倚着门板,低声啜泣起来。

苏道诚更慌神了,他跳起来,跑到华雯雯身旁,挨近她,着急地问:

"究竟出啥事了?"

华雯雯慢慢地抬起头来,苏道诚暗吃一惊,华雯雯的眼里,汪满了晶莹的眼泪,细长的眼睫毛上,也沾了泪花。她的胸脯随着低泣不时地起伏着,身体也瑟缩起来。她略微张开小嘴,两片嘴唇翕动了一下,才极轻微地吐出几个字:

"道诚……我……我有了……"

"有了什么?"苏道诚紧接着问,两条眉毛蹙在一起。

华雯雯又张了张嘴,胆怯地低语着:"……孩子……"

"啊!"虽然华雯雯的声音低得像蚊子叫,但对苏道诚来说,不啻是个晴天霹雳。

苏道诚发愣地站着,两只眼睛不由得瞪直了。挨过打的头顶心,在隐隐地作痛。两个多月以前发生的事情,又那么清晰地出现在他眼前。

那时候,唐惠娟回上海读大学去了,柯碧舟也正式办了三个月的借调手续,到县文化馆去写演唱本子。那一晚,肖永川和王连发都没有回来。"黑皮"很可能又跟着"强盗"和"侠客",喝醉了酒,投宿在外面哪个集体户里。王连发去孙莉萍那儿玩,说好去住两天的。苏道诚在华雯雯屋里一直坐到九点半钟,华雯雯像平时一样,催他回男生寝室睡觉。苏道诚心里很想赖在那儿,但华雯雯一再地催促,固执地不依从他,他只得哭丧着脸,怏怏不乐地退出女生寝室。

他一走出来,华雯雯就砰的一声,把门重重地关牢,上了门闩,随而便熄了灯。

苏道诚回到自己屋里,倒在床上,怎么也睡不着。那一夜,正是夏季刚来临时的暴热气候。屋里只有一扇不能开的玻璃窗,男生寝室闷得透不过气来。苏道诚放下自己质地考究的淡蓝色蚊帐,关了电灯,闭上眼睛想入睡,但心里痒痒的,翻来覆去睡不着。

集体户的茅屋外头,蟋蟀、小虫子,还有一种叫起来像电话铃声样的"铃铃虫",在争相啼鸣,曜曜叫个不停。大树枝丫上的雀儿窝里,雀儿的梦呓也不时传来。寨外田埂上,活跃的蛙群叫得更是欢,简直像在开演唱会。苏道诚被闹得心里像百爪抓挠,烦躁不安。

隔开一间灶屋的华雯雯,好像是睡着了。起先还听到她翻身,轻声咳嗽,这会儿一点声音也没有了。这个娇小美丽的姑娘,简直把他迷住了。是的,华雯雯确实漂亮,又苗条,又伶俐。她的眉毛、眼睛、鼻子、嘴巴,整个脸部的表情,都时时吸引着苏道诚。苏道诚前前后后和十几个姑娘玩过恋爱的把戏,她们个个都比不上她,她们任何人都不像华雯雯,能和他好上这么长的时间。接触了这么久,竟然没有完全征服她,苏道诚愈想愈懊恼。

帐子里有一只小小的密密蚊,不时地绕着苏道诚的头脑周围嗡嗡飞旋,使得他越发睡不着了。苏道诚点燃了一支烟,一口一口吸着,在密密蚊的嘤嗡声中,愈加兴奋起来。华雯雯平时的娇态,在他的眼前浮现出来;华雯雯时常对他做的媚眼,更撩得他的心怦怦直跳;华雯雯和他亲热时的妖娆样儿,使得苏道诚躺不住了。他觉得体内有一团火在燃烧,在升腾,在扩展到他全身的每一部位。他无论如何躺不住了,掐熄了烟蒂,他呼地一下坐了起来,跋着海绵拖鞋下了地。

集体户里黑漆漆的,静得叫人心荡。苏道诚不去开灯,伸着双手,摸索着走到灶屋里。

湖边寨的集体户,是一幢干打垒的泥墙茅屋。右侧住男生,左侧住女生,中间是灶屋。集体分了谷子、苞谷、黄豆、洋芋、麦子,知识青年们都放在各自寝室上面的楼笆竹上。男女寝室的楼笆竹,都有一个四四方方的上下口子,刚够一只囤箩搬上拿下。从灶屋里,借助木梯的帮助,也可以翻过泥墙,爬上竹楼。但集体户里没有木梯,大家上下竹楼,都从自己的寝室里垫起板凳,撑着横梁爬。

苏道诚进了灶屋,朝女生寝室的竹楼上瞅了两眼,随后摸到一条板凳,放在炉灶上,不费事地爬到了女生寝室的楼笆上,跳进了女生寝室……

此刻,事情演变到这样的程度,引出了这么可怕的后果,苏道诚感到头脑发热,惶惶地不知所以了。

华雯雯见他久不吭气,一手抓住他的衣领,使劲扯动着,哭泣着叫道:

"你不拿办法出来,我们俩可怎么办呀?快点拿出主意来啊!你平时不是很有办法嘛!"

"这……这样的事情,你……你叫我到哪去想办法?"苏道诚讷讷地反问道。

"我不管,我不管!反正是你做出的事,你要负责收场。"华雯雯泪如雨下地哭叫着。

苏道诚当真慌了手脚,他嗫嗫嚅嚅地道:"你别哭嘛!事情是两个人的,总要两个人统一口径,才能办呀!这个鬼地方,我认识的人都是三教九流,有啥办法可想哪。人生地不熟,胡乱找人,反而惹出事来。"

华雯雯利索地抹了抹泪,倏地抬起头来:"要这样,只有回上海去。你家阿爸在上海兜得转,还能没个办法?"

苏道诚垂眼看了华雯雯一眼,皱紧了眉头,唉声叹气地说:

"事到如今,恐怕只有去讨教老头子啰!"

"那你说,什么时候动身?"听到苏道诚答应下来,华雯雯又兴奋地问。

"你不要逼我好不好,"苏道诚愁眉苦脸地说,"要走,索性早点走,不要叫事情'刮散'!只是,只是这笔车费,叫我到哪儿去找呢?"

苏道诚背着双手,在女生寝室里来回兜着圈子。

"叫你不要赌钱,不要赌钱,现在好,真要用钱了,你一文拿不出来!"华雯雯几步疾速地走到床边,蹾地坐在床沿上,气呼呼地责备道,"你也知道没钱的难处了!"

苏道诚沉着脸,一肚子怨气找不到地方发,敲击着两只巴掌吼道:

"我又不晓得这种事会生出来!你啰啰唆唆个啥呀。××,算我触霉头,反正我去借就是了!"

"你问谁借?"

"白麻子,县专政队的头头白麻子!"苏道诚霍地站停在屋中央,粗声说道。

"算了吧!"华雯雯息事宁人地说,"以后托托人家老婆的事多得很,别去问人家借了。"

"那到什么地方找车费去?"

"我箱子里还有点……"

"雯雯……"苏道诚惊喜地叫着冲过来,拉住华雯雯两只手,"你……拿你的钱……"

"只要你以后对得起我,几十块钱有啥稀奇。"华雯雯嗔笑着扫了苏道诚一眼,声调又娇柔又低弱,"记着,再不要赌钱了。回到上海,叫你阿爸给我们想想办法,这鬼地方,真不是人待的。"

苏道诚受了感动,挥动着手臂说:"对,我吵着闹着也要回上海,不怕老头子不帮我通路!"

"那好,上午我听邵玉蓉说,过几天,她要去县里开会,我们抓紧时间准备,到时候,就搭她的船去县城。"华雯雯把心中早已打好的主意说了出来。

"行啊!"苏道诚欣喜若狂地扬起眉毛,"就此一言为定。"

# 二十

坐落在鲢鱼湖彼岸的县城,是个美丽如画的地方。

拔地而起的一座座山峰,全被嫩青色的金丝草,碧绿色的丝茅草、鞭笆秆,翡翠色的杉木林覆盖着。这些挨邻相挤的山,每座都各具特色,别有一格。他们有的指天戳云,像利剑似的直插九霄;有的巍峨雄峻,活像力大千钧的武士;有的耸峙挺立,活似忠于职守的哨兵;有的亭亭玉立,如同古代一位娇美的小姐。所有这些山峰,团团转转,把平顺的县城坝子,牢牢地环绕在里面。

自古以来,县城里就流传着这么一个传说。说的是周围的座座山峰,原是一群赶场的人们,这群人里有书童、老翁、小姐、郎中,还有牵着美猴耍马戏游江湖的汉子、坐着轿子的老爷、佩带宝剑的武士、持着斗兽长叉的猎人……这帮人走着走着,迎面被一条马蹄形的河流挡住了去路,河里的水清明透亮,河岸上栽满了桂花树、橘子树和婀娜多姿的老柳树。河水环抱着一大块平坝子,土地油黑肥沃,人高的草丛里,肥兔、黄麂、山羊、野猪往来穿梭。这一天,正是初秋的好日子,天高气爽,和风习习,盛开的桂花树送来一阵阵浓郁醉人的香味儿。赶场的人们迷恋这良辰美景,坐倒在河岸边,都不愿走了。脚头快的猎人,顺着马蹄形

的河流跑去,发现这条河流入一个狭长的大湖,湖里面盛产岩花鱼和细鳞鱼,他高兴地站在河湖相交处,朝着大伙儿嚷嚷:

"快来看啊……"

于是,这帮人决定在马蹄形的河流两岸定居下来,永久伴着美丽的河湖过日子。据那些爱摆龙门阵的老年人说,这帮人就是县城周围的座座山峰,兴致好的时候,他们会告诉你,哪座山是耍马戏人牵的美猴,哪座山是老爷坐的轿子。照着他们摆的看去,你真会发现那些山,有的似老翁,有的像小姐,有的如书童,有的若轿子。尤其是河湖相交处的猎人山和长叉峰,你站定瞭望去,活似年轻的猎人持着长叉在朝后头叫唤哪!

这么个富有诗意的地方,近年来更增添了好些新的气象。马蹄形的河流上架起了桥梁,横贯南北的长街,铺成了柏油马路,马路两旁,建起了一幢幢新楼房,商店、邮电局、医院、百货大楼、饭馆、面铺、照相馆、农产公司……即使是那条居住着县城老户的后街,现在也是面目一新,理发店、杂货铺、供销社、竹篾行……新老街交接处的县委大院,城北的招待所,城南的电影院,城郊的县城中学。所有这一切,都使人感到,这已经不是一座古老的县城了。

每当下着毛毛细雨的日子,是县城团转的景色最为动人的时候。轻纱薄绫般的雾气,飘飘悠悠地升腾起来,缭绕着一座座峰巅岭腰,活像一条条彩绸。风儿搅着雨丝,和淡雾弥合在一起,如雾似烟,虚幻缥缈。雨雾之中,青山、绿水、鲜花、乔木时隐时现,更增添了特殊的情趣。

曾在这里念过三年初中的邵玉蓉,是多么热爱洁净、整齐、小巧、别致的县城啊!每回到这儿来,不论是出差还是开会,她都要在城里城外走一走,看一看,在伯父家里宿上几晚。每次来,她总感到轻松、愉快,满心喜悦。但以往任何一次到县城来,她都没像这次那么兴奋,那么激动不安。这次到县城,不但能看到伯父、婶婶,而且还能见到分别两个多月的柯碧舟!天天思念着他的玉蓉,怎么会不兴奋得心头发颤,脸儿通红呢?两个多月的时间,看去是那么短暂,但在分离后的情人们看来,那是多么漫长啊!尤其是在小柯离开湖边寨之后,并没给玉蓉来过一封信,玉蓉焦灼急迫的心情就更为不安了。尽管她晓得,在山寨上,要是一个姑娘收到远方来信,是不能保守秘密的;尽管她知道,分手的时候,柯碧舟说过,没有特殊的事情,他不写信来。但是,玉蓉还是巴望能收到他的来信,哪怕是短短的一封信,只说几句话,那也会给她带来多么大的安慰啊!每次,乡邮员小丁到寨上来送信送报,她总会情不自禁跑过去,看看有没有自己的信。唉,因为没收到柯碧舟的来信,玉蓉心头横生出多少奇奇怪怪的猜测啊!

收到去县里开三天气象会议的通知,玉蓉整整一宿都没睡好觉哪!她想象着,怎么在散会期间,到县文化馆去找他;见了他的面,和他说些什么?怎样巧妙地告诉他,自己天天都在思念着他;又如何试探地问,他是不是想湖边寨,想……想自己?要是他仍像过去一样,害怕阿爸责备,害怕阿爸震怒,而硬把一切包在心里,不向我表露,我……我该怎么办呢?我要设法要他把心里话说出来,要他明明白白地告诉我,他……他爱……哎呀呀,我想到哪里去了呀!

分离会使相恋的情人们想到很多问题,解开许多结子,也会使情人们打定一些悬而未决的主意。

这次去开会,时间真巧。玉蓉家后院里的桃子、李子、花红都熟透了。阿爸对她说,莫忘了给伯伯摘一背篼水果去,细心的玉蓉,何须阿爸关照啊。她不但挑好的桃、李、花红摘了满满一背篼,还从中选了最红最大的一些水果,悄悄塞满一挎包,那是要捎给柯碧舟吃的呀!

去报到那天,天如人愿,一清早出了大太阳,天蓝水绿,湖面清朗明丽,徐徐地泛着轻涛细浪。玉蓉头戴小巧精致的细篾斗笠,怀着满心的喜悦,划着双桨,带着突然要回上海去的苏道诚和华雯雯,穿过整个狭长的鲢鱼湖水面,来到了县城。一路上,华雯雯不时地伸出手去掬起清澈的湖水,拉开嘹亮悦耳的嗓门,唱着一首一首情歌。奇怪的是,平时挺讨厌她唱歌的玉蓉,今天竟被她唱的有些歌词深深地打动了。

不知是划桨出了力,还是太阳热烘烘地射下来的缘故,踏上县城平整溜齐的街道时,玉蓉的脸上淌着细密的汗珠,脸色绯红绯红,竟像喝了一壶酒似的。

来以前有过多少设想啊,可真到了县城,看到县城街上那么多来往行人,玉蓉才陡然想起,当着人家的面,咋个能去找他呀!少女的羞涩和姑娘的自尊,使得她举棋不定地在伯父家里坐也不是,站也不是。还是伯父一眼看透了她的心事,晚饭后,似乎随便提及般对她道:

"玉蓉,你是否去看一下小柯,他就住在县文化馆楼上,有时也到我家来玩的。"

伯父的话语虽然极力显得漫不经心,但玉蓉还是脸红了,她略显惶然地问:"去看他,好吗?"

"这有啥关系。走,我正要去开会,陪你去找找他。"伯父还是挺自然地说。

玉蓉感激地瞥了伯父一眼,默默地随着他来到了县文化馆门口。伯父叫出了柯碧舟,说是马上要赶去开会,让两个年轻人自己谈谈,便离开了。

柯碧舟万没想到玉蓉会到县城里来,他的双眼闪烁出若惊似喜的目光,默默地凝视了她一阵。这一阵啊,玉蓉的心怦怦直跳,生怕他讲出啥生硬的话来,她垂着头,捏着自己的发辫,紧张得呼吸也急促了。根本不敢抬头看他。幸好,他说话了,玉蓉头一次感到,他的话语沉静、柔和、充满了内在的感情:

"夜色真好,我们走走吧!"

玉蓉略有些畏缩地迈开了脚步,随着柯碧舟慢慢走去。她的心里慌乱无主,脸上在发烧,脑壳总是垂着,好像被啥绳索拴住了,有千斤重似的,咋也抬不起来。年轻的玉蓉姑娘,纯洁的少女啊,她生活在偏僻的山乡,恐怕是湖边寨长大的女孩子中,头一个和自己心目中的恋人在县城街上散步谈心的人。要是给寨上的人知道,像缺牙巴那种人,不知又要骂出多少叫人寒心的话来哪!这样的情形,这样的月夜谈心,玉蓉只是在小说中看过呀!从不敢想象,她自己竟也开始了这样的生活哩。好在柯碧舟一反常态,今晚的话比平时说得多些,也主动些。他娓娓地叙说了自己离开湖边寨以后的情形,县城生活最初留给他的印象,文化馆的领导和同志们对他的关心,以及他正在写的一个独幕剧的内容。

玉蓉只是放缓了脚步,慢慢地走啊、走啊,她一直低着头,竟不知道走到哪儿了。已经到了县城边马蹄形的河岸旁边,风吹着树叶柳枝细唰唰地发响,周围团转一个人也没有,她还只觉得身旁有好多双眼睛,向她投来讥诮的目光。她伫立在河岸旁边,一动不动地凝视着河里的流水,在月光下闪闪烁烁,汩汩地流去。

柯碧舟的话,一句句送进她的耳里,轻柔动听。但是,听过以后,她马上就忘记了,怎么记也记不住,她想记住前面那句话,但他后面说的,她又没听清楚。她太紧张、太胆怯了呀。

但说心里话,她感到幸福,感到从未有过的快乐。心目中的人,陪伴着她,在县城的街道上走过,在月色星光下散步,在河边悄声低语,柳枝梢儿,不时拂上她的脸,撩得她发烫的脸上痒痒的,撩得她的心热辣辣的。

突然,她受了惊一般抬起头来,柯碧舟正在重复地劝她:

"玉蓉,回去吧!时间不早了。"

啊,这话他连说两遍了,这是什么时候了呀?玉蓉睁大眼睛四望,这才发现,独有他们两个,静静地站在河岸旁。流水在哗哗作响,轻风送来潮湿的泥土香味,从县城那些三层四层楼房里,射出道道亮光。县城团转座座奇秀的山峰,在月色里清晰地勾勒出挺拔的雄姿。夜幕幽蓝,星空灿烂。从一所楼房里,传来一个小伙子断断续续的歌声。

多么美好的夜晚啊!现在却要回去。玉蓉心里真不愿走啊,可柯碧舟已经连说两遍了,再不走,算个啥呀?玉蓉留恋地、依依不舍地走离了河岸,向县城伯父家那个方向,徐徐走去。

这天夜里,躺在床上,玉蓉一再地暗暗责备自己:我是多么憨啊,他说了那么多,我却一句话也不说。他见我这副样子,心里会想些啥呀?要是我也说话,两个人你一言我一语,我们该谈得多么热烈啊!至少,不会那么早就回来,离开那美好的河岸旁边。

迷迷糊糊睡着了,玉蓉做了一个噩梦。她梦见自己在和小柯吵嘴,吵到最后,愤愤地分了手。她伤心地哭了,惊醒过来,泪水还不断地溢出眼眶。她想到,湖边寨的老伯妈们爱讲些迷信话,说现实生活中要发生的事,老天有时会托梦告诉你。要真是这样,小柯因为自己今晚的态度,再也不搭理她了,她该怎么办呢?想到这儿,玉蓉的心绞紧了,隐隐作痛。

吃早饭时,在县公安局工作的伯母滕芸琴,端坐在玉蓉对面,似要同侄女长谈般问:

"玉蓉,镜子山大队的周凯旋到县头找老莫,说县专政队的白麻子打伤了一个女知青,你听说这事儿了吗?"

"有这事儿!"玉蓉眼前顿时浮现出那天傍黑时,看见一帮人蹅进左定法家的情形,她仿佛又看到挨打后歪在床上的杜见春憔悴的脸庞。尽自己知道的情况,玉蓉都给伯母说了。

滕芸琴的脸仰起来了,脸色出奇地庄重严峻,眼里闪出凛凛然的目光,沉吟片刻,才愤愤然吐出一句:

"真无法无天了。玉蓉,把你说过的这些事儿,尽可能详细地写下来,交给我。"

伯母在公安局工作,要这类材料,想必是有用处。玉蓉点头应允下来了。

滕芸琴见侄女坐在桌旁,始终有些精神不济,不由得蹙起眉头,细细端详了她几眼,关切地问:

"昨晚上你没睡好吗?"

"不。睡得挺好。"

"那是咋搞的?你睡梦中呜呜哭呢!"

啊,有这种事?玉蓉惊得停了筷子,垂眼望着粥碗,脸红到了脖子根。伯母非常钟爱唯一的侄女,瞧她这副模样,稍稍一思忖心里啥都明白了。她委婉地问:

"你和谁吵架了?"

"没……没得,伯母,和哪个也没得吵!"玉蓉愈掩饰愈脸红,简直有些不知所以了。

伯母宽厚地朝玉蓉笑了笑,她猜中了,自己的侄女陷进了初恋的罗网。

河边、沟渠里那绿色的浮漂,茵绿可爱,随着水流的波动,它也总是漂悠个不停。

一整天,玉蓉的心情就同那晃动不定的浮漂般,烦躁不宁,忐忐忑忑。她总在想,咋个办呢?昨晚上分手时,又没讲好今晚上见面,他生了气,不来找我,我该咋个和他碰头呢?总不能再去找他啊,一个姑娘家,哪能天天主动追着去找小伙子啊,当真没点自尊吗?

她有些忧郁,不断地暗暗诅咒自己。开了一天会,回到伯父家,她甚至一点不想吃饭。

直到柯碧舟拿着几张票子,走进伯父家,来请他们看县宣传队的演出时,玉蓉才喜出望外地跳了起来,乐不可支地朝着柯碧舟直笑。

县宣传队的歌舞演出时间不长,全部节目演毕,只不过八点半钟。伯父和伯母让玉蓉留下再玩玩,他们自己匆匆回家去了。这回,玉蓉主动建议去走走,柯碧舟欣然答应了。

从那以后啊,接连三个夜晚,两个年轻人情深意浓地谈了多少知心话儿啊。玉蓉只觉得自己的心,沉浸在蜜一样甜的糖水中,她陶醉在初恋的幸福中了。她告诉小柯,自从他走了以后,暗流小水电站,一直在正常发电。秧子栽下以后,迎头碰上了洗手干①,鲢鱼湖公社所有的梯田、土变田、高榜田、望水田以至冷水田,都干得开了裂口,秋后肯定连种子也难收起。但暗流大队、镜子山大队都没遭旱魔难住,他们拖来了抽水机、潜水泵,用小水电站发的电,把水抽到那些缺水的田头。现在那些田里,不管是早稻还是晚米,都长得逗人爱呢。为此,暗流大队的老少社员,得空一摆龙门阵,就要提到柯碧舟这小伙子,去年出了个好主意,使大队筹齐了资金,办起了那么个电站。讲到这里的时候,玉蓉脸上像绽开了一朵花,喜滋滋地瞅着柯碧舟,表现出她听到这些话,心中是多么甜!自然,啥琐碎的事儿,玉蓉也告诉小柯了,比如讲小唐回到上海,进了工学院,给她来了一封信;苏道诚和华雯雯突然提出回上海,左定法居然批准了;王连发最近常往公社跑,探听有无招工的消息;肖永川干活更没个准了,瞅着空隙,就往外跑……玉蓉不再感到拘谨,不再感到羞怯,不再感到心神慌乱了。她觉得这是正当的,她有权利享受这良宵月夜的美好时光。走在柯碧舟身旁,她感到踏实、舒畅和按捺不住的兴奋喜悦。老天也在成全这个从未体味过恋爱生活的山寨姑娘,连着三个晚上,都是繁星密布,月色清柔。河岸垂柳,静静的夜色,徐徐的晚风,这一切,那么深刻地印在玉蓉的心里。她觉得幸福在朝着她走来,她感到从未有过的心旷神怡,她带着甜醉神迷的微笑迎接着无限美好的未来。伯母要她写的材料,她只熬了一个夜,就详尽地写了出来。夜里她尽管睡得很晚,但第二天她照旧起得那么早,白天开会讨论,她朝气蓬勃,自始至终神采焕发。尤其是她那双透着强烈好奇和希冀的眸子,碧潭似的深沉,闪烁着充满憧憬的光彩。让人觉得,勃发的青春给她带来充沛的精力,愉快的心境使她有着无穷无尽的力量。

健康、俊秀、丽雅、温柔的玉蓉,给柯碧舟的生活带来了绚丽的色彩。和她在一起,柯碧舟心情坦然而欣悦,在玉蓉那永远闪烁着朝霞样虹彩的笑脸上,柯碧舟看到自己未来是一片姹紫嫣红般的美好情景。他觉得玉蓉是那么朴实、那么纯洁,他觉得玉蓉是那么美,那么值得他爱。她不但有美丽的外表,还有美丽的心灵。在她的面前,他情不自禁地会多说些话,会露出自然的微笑。他给她讲了很多,他讲到自己有个罪恶深重的父亲,讲到苦命一世的妈妈,讲到自己唯一的

---

① 洗手干——刚栽插完秧,就碰到连续干旱。当地社员称"洗手干"。

妹妹。比较起来,柯碧舟要比玉蓉理智一些,说这些,除了他想把自己的一切坦白地告诉她之外,他还希望玉蓉时时注意这一点,认真地想一想。讲这些的时候,他的心情是沉重的,语调是压抑低沉的。玉蓉听着听着,听到柯碧舟出身贫寒的母亲在旧社会里的苦难身世时,她扑簌簌掉下泪来,哭泣了好一阵儿。柯碧舟觉得,那泪水滴在他的心上,化成涓涓细流,暖烘烘地流遍他的全身。但一讲到他的父亲,讲到他的家庭出身,他又惶恐不安了。他联想到玉蓉阿爸的态度,联想到自己可能会牵连这一家人,他心底里想说出的话,又咽回去了。

当三个夜晚都在诗一般美的境界中过去了的时候,玉蓉才猛然想到这件事:他们讲得很多,也很热烈,但柯碧舟始终没有对她表明他的态度,向她提出来。她焦灼了,她着急了,柯碧舟究竟抱的是啥态度呢?其实,不用问,玉蓉也能看出他的心。接连三个夜晚,他们都在一起待两三个小时,他要不对自己有意,他来陪伴我干啥呀?他们在一起的时候,并肩而行,有时候手会无意间相碰;有时候他们倚靠在同一棵树干上;有时候他们说着话,不知不觉挨得那么近。可是,他从未有过进一步的表示。他脑壳里究竟是咋个想的呢?真叫人犯猜疑啊!在这种时候,我该咋个办呢?对啰,唯一的办法,就是要他讲清楚。只要他把话讲出来,一切就都是可能的了……

第四天,玉蓉该回湖边寨去了。伯父、伯母一定要玉蓉吃过午饭再动身,柯碧舟也说好,他要来送她。他的独幕剧已经写完,文化馆头头看了,转送给县委宣传部审查,他有些空闲。机会再好也没有了,伯父、伯母一早去上班,伯母说定请两个小时假,赶回来做菜,给侄女饯行。玉蓉和柯碧舟,至少有一个多钟头好谈话。

"你来看呀,这儿多好看!"柯碧舟八点半钟刚蹬上邵思语家二楼的两间屋子,玉蓉就拉着他的手臂,指着伯父家窗外,兴冲冲地说,"头回看的人,更加新鲜!"

当真的,邵思语家住的是气象局的二层家属楼,楼房建在城区临近河湖相交的地面上。站在窗口望出去,突兀的奇峰,波平浪静的鲢鱼湖,风光绮丽的马蹄形的环城河,尽收眼底。远远近近,水碧山青,临流照影,浓淡相宜,交织成一幅瑰丽的山水画卷。本来就爱看景的柯碧舟,站在窗前,真觉得赏心悦目,百看不厌。他不住嘴地赞叹着:

"哎呀呀,真好看,真美啊!我几次来玩,都没站在窗边来,没想到,在这个位置,还看到这样一幅动人心魄的画面哩。啧啧,真是美丽……"

"美丽的县城,你喜欢吗?"玉蓉一直站在柯碧舟身旁,这回偏转脑壳,瞅着柯碧舟的脸问。

"还能不喜欢?"柯碧舟说,"这是祖国的大好河山哪!"

玉蓉扯了扯他的袖子:"你说,长久住在这儿的人,幸福吗?"

"幸福!"柯碧舟肯定地点着头。

"那么,要你永远定居在这儿,你愿意吗?"

"我?"柯碧舟怔了一怔。

"你来,"玉蓉又拉着柯碧舟的手,走离窗边,退到两张靠背椅旁,推着柯碧舟坐下,并不放开他的手,"小柯,我有话跟你说!"

柯碧舟偷觑玉蓉一眼,呼吸急促起来了,心里也捶着小鼓般怦怦直跳。玉蓉拉紧他的手,一直未放,她坐的椅子,离自己那么近。尤其与往天不同的,是她倾身向着自己,原本就是霞光闪烁的面颊,喷着两朵喝过酒后一样的红晕,望着自己的那双菱形眼,闪露出温情脉脉的光来。柯碧舟的心头霍然一跳,一团火从他心头直蹿脑门子。他试着想抽出手来,但玉蓉握得紧紧的,他一动,反而和她的手增加了接触。由于长年劳动,她的手略有些粗糙,但是温热有力。柯碧舟慌了,他声调微弱地问:

"玉蓉,你想说啥?说吧!"

"是这样,我们这一带,年年春夏都下白雨,县里决定,抽调人力物力,搞好防雹工作。"玉蓉舔了舔嘴唇,觉得吐字很费力气,她探究般目不转睛地盯着柯碧舟,接着说,"我们这次开会说了,县气象局要调我来搞防雹工作,小柯,要是……要是你喜欢县城,要是……要是你也在县文化馆工作,那、那我们……该、该有多么美好啊!你说吧……你、你看咋个办好……"

玉蓉情绪激动地说完这些话,紧张地、期待地瞅着柯碧舟。两片嘴唇,在轻微地颤抖着。

柯碧舟愣怔了一下,感动得胸脯不住起伏。玉蓉离得这么近,当着他面说出这么些话,那意思再明白也没有了。柯碧舟深深地感激她。他的家庭出身那么不好,邵大山又极力反对,但是玉蓉仍然坚贞地爱着他,甚至主动地跟他提到这件事。你看她那满是激情的眼睛,你看她那红光喷射的面颊,你看她那波涛般颤动的胸脯,她是多么纯洁、多么健美啊!在柯碧舟的眼里,玉蓉是他生活中碰到的集真、善、美于一身的姑娘。是的,他爱她,爱得很深沉、很热烈。可是他也时时刻刻意识到,在他们之间有着一道难以逾越的鸿沟。

柯碧舟轻轻地抽回了自己的手,极力镇定自己,一字一句地说:

"玉蓉,当然,在县城里工作,是很好的。尤其是你这次,有这么个好机会,千万不要错过。"

"是吗?"玉蓉既惊且喜地嚷着。

"是真的,玉蓉。"柯碧舟觉得自如一些了,他继续说,"不过,作为我来说,却是不妥的……"

玉蓉的脸倏地阴沉下去。

柯碧舟赶紧解释:"县文化馆的工作,我做不好。就拿我这回写的独幕剧来说吧,也不见得会过得了审查关,排练演出……"

"那是为什么?"

"不为什么。总之,我试过了。我想写的东西,不允许我写。我一点也不想写的东西,却一定要我写。"柯碧舟简短地说着,"玉蓉,你说说,这样的工作,有啥味儿?"

"嗯。"即使处在感情上失望阶段的玉蓉,她还是能谅解别人,"这么说,你不想在县文化馆工作。"

"实际是不可能。"柯碧舟见她赞同自己的看法,吁了一口气,补充说,"我觉得,湖边寨倒是有好多事儿可以做。还是我跟思语大伯说的那些话,与其来干我不愿干的事儿,不如留在山寨。这一年多来,我只认准了一条,青年人的理想,是要用辛勤劳动来换得的。"

玉蓉又睁大了菱形眼,问道:"你愿意长期留在山寨,永远是一个人,孤孤单单地过日子吗?"

声调不但是询问,还含着抑制不住的埋怨。

"呃……我……"柯碧舟语无伦次地张着嘴,不知说啥好。

"你说呀,你打的是啥子主意?你和我明说吧!"玉蓉哽咽着说到这儿,晶莹的泪珠夺眶而出,断了线的珠子样直滴下来,她啜泣着道出了心头的烦恼和怨意,"你是根木头,水也泡得松啊！你到底有没……"

柯碧舟见玉蓉一哭,慌得六神无主了,他不由自主地伸出双手,抓住玉蓉耸动着的双肩,结结巴巴地辩白着：

"玉蓉,这事儿……这事儿不像你想的那么容易哪！这关系到大山伯,他只有你一个姑娘,我答应过他,我们不能伤他老人家的心啊,玉蓉,你、你听我说……你和我、我们都要冷静地想……想想……好好想一想啊！"

"还要我想个啥呀？"玉蓉哭出了声,身子摇晃着,顺势倒在柯碧舟怀里,脸贴着他的胸口,"我、我都想过了,你回寨去,我也不到县头来,反正……不离开你……"

玉蓉穿着花布衬衣的温热的身子,紧贴着柯碧舟的胸怀。他感到玉蓉的呼吸,热烘烘地冲到他的身上；他感到玉蓉的泪,滴落在他手背上；他感到玉蓉仍在不安地瑟缩抽泣……仿佛一股热浪兜头罩住了柯碧舟。柯碧舟移动了一下身子,闭上眼睛,紧紧地贴着心爱的姑娘。

楼梯上响起了脚步声,伯母在喊：

"玉蓉,小柯来了吗？"

玉蓉受了惊般跳了起来,一边答应伯母,一边急慌慌地伸手去抹脸上的泪痕。

她那双菱形的眼睛里,却是笑眯眯的。

……

玉蓉回湖边寨去以后,柯碧舟在县文化馆怎么也待不下去了,他急切地盼着三个月的借调期限赶快结束,他希望早一天赶回湖边寨去,天天和玉蓉生活在一起。他内心深处,不时袭来一股悬虑的暗流,那就是他和玉蓉之间的关系,必须得到邵大山的承认。要不,他觉得自己是对不住老人的。有一晚,他甚至还梦到,邵大山挥舞着长长的叶子烟杆,愤懑地责问他："你为啥引诱我那闺女？你不是答应过我,绝不做这件事吗？你不是说,你有自知之明吗？好一个骗子！"柯碧舟被问得脊梁骨上都淌满了冷汗,从睡梦中惊醒过来。人在县文化馆,他的心,早已飞回湖边寨了。

好在事情结束得很快,他写的独幕剧,县委宣传部没通过,说是要宣传队创作集体讨论修改,得下细地磨。柯碧舟提出借调期限已到,他要回生产队去。文化馆头头同意了,独幕剧已经有了初稿,不管质量如何,宣传队创作集体总能改出个眉目来,应付地区的调演。柯碧舟留在文化馆,用处也不大了。于是便客气地劝他玩两天,再回湖边寨去。

柯碧舟哪有心思闲玩,当天打好被包,辞别了县文化馆几个头头,到思语大伯家打个招呼,划着小船就往湖边寨赶。

归心似箭。小船轻捷地划过碧波闪银的鲢鱼湖,柯碧舟顾不得瞅瞅狭长的湖堤两岸的瑰丽风光,顾不得留神夏末秋初那青翠欲滴的山林景致,只一心想着,快划,快划,快回到湖边寨,见到时时刻刻思念着的玉蓉姑娘。

夕阳西斜,晚霞如辉。当暗流大队湖边寨染尽秋色的群山村寨历历在目的时候,柯碧舟的心快活得像要从喉咙口跳出来了。他一边使劲划桨,一边朝着那幢熟悉的砖木结构的小屋望去。湖岸上,那几棵老柳树下,玉蓉是不是伫立着,在向小船招手?去年,他出差去县城,黑了天才回来,玉蓉不也站在湖岸上等待自己嘛!她要是用心算,准能算出,我要在今天回来!

哎呀,我听到了什么哪?

从湖岸上,传来几声凄戚的唢呐吹奏哀乐的调子。这声调传到柯碧舟的耳朵里,是多么锥心啊!柯碧舟惶惶然闻声望去。离开玉蓉家砖木结构的小屋不远,那座长着稀疏的松杉和钓鱼竹的黄土坡上,围聚着一大堆人。定睛望去,黄土坡松树、杉枝上,挂着一条条飘摇的白纸。一片啼哭声,顺风传送过来。其中哭号得最凶的,是湖边寨上的泼辣婆娘缺牙巴大婶,她的嗓门大得把哀哭声传得老远老远:

"哎哟哟,我的玉蓉姑娘啊!你……"

柯碧舟头上像挨了一棒,根本不相信自己的耳朵。啥子,缺牙巴在哭哪个?不可能,不可能啊!他手忙脚乱地把小船划到岸边,顾不上系船绳,跳到岸上,就往黄土坡跑去。

柯碧舟的心怦怦乱跳,眼前金星飞迸,头晕口干,他脑子里飞速地掠过几个念头。寨上遇到丧事,为啥要葬到离寨一里多路的湖边黄土坡来?缺牙巴为啥哭号得那么凶?她家没有患重病的老人啊!……柯碧舟双手发着抖,那声听到的号哭像雷鸣样在他耳旁震响,他疯了似的冲上黄土坡,粗莽地拨开团团围站的人堆,悍然不顾地冲到新竖起的墓碑前头。当他一眼看清扑倒在坟头上痛哭的大山伯和墓碑上邵玉蓉三个字时,他只觉得天旋地转,峰巅上的巨石向他倾倒下来。他凄厉地惨叫一声,举起双手向着苍天,还没哭喊出来,两条打抖的腿便一阵发软,扑倒在坟前的泥地上。

暮霭低压了。西斜的夕阳早落了坡,如辉的晚霞褪尽了色彩。泛着微波涟漪的鲢鱼湖水,变成了暗绿暗绿的。柯碧舟划来的那条小船,由于没系在岸桩上,已经漂离了湖岸,在暗绿发褐的湖水中孤零零地打着转转……

## 二十一

柯碧舟回湖边寨来的前两天,一清早,邵玉蓉像往常一样,衣兜里揣着小本本和钢笔,左手持一根扦担,右手拿一把篾刀,上坡去气象园观云测天,看看有没有雨云要来。

站在高高的山巅上,瞅了风向,观了天色,写下了"早起东无云,日出见光明","头顶鲤鱼斑,晒谷不用翻"两条预测继续主晴的谚语之后,玉蓉无可奈何地叹了口气,拿起扦担、篾刀,到树林边的草坡上去割草。一早洗脸的时候阿爸关照她,圈里的猪屎、牛粪又积起了老厚一层,该割点干草来垫圈沤粪了。玉蓉上坡时,就把扦担、篾刀随手带上来了。

时间还早,弯弯拐拐通镜子山的那条羊肠小道盘着山绕过去,道上不见一个人影。草茎上的露水都还没得干透,玉蓉钻进草丛,一会儿工夫,裤管、布鞋、花布衬衣都打湿了。她把扦担插进泥土里,左手拢草、右手挥篾刀,不到一顿饭工夫,玉蓉把割下的茅草抱拢成堆,看看可以扎作两大捆了,她持刀向坡背面的竹丛走去。砍两根竹子,破四根细篾条,就能扎两大捆草,用扦担一肩挑起,回屋头去了。

玉蓉走近竹丛,正寻找适宜破篾的竹枝下刀,忽听到几声惊恐万分的尖叫:

"哎哟哟,我不晓得呀,我是去耍的呀……"

嗓音虽然惶恐,玉蓉仍听出是熟悉的嗓门。她略一拨开竹枝梢,循声望去,两眼不由得瞪圆了,眼里露出惊骇的神色。

通镜子山的小道旁侧土坡上,缺牙巴大婶的四姑娘正被一个粗壮的大汉揪住了手臂,拼命挣扎。四姑娘面前,站着县专政队的头头白麻子,这家伙拉长了

脸,疾言厉色地吼着四姑娘:

"你还要耍奸扯谎,老子们昨天冲进镜子山时,看见你心急慌忙从寨里跑出来。说,是哪个人叫你去通风报信的?"

竹枝梢边的玉蓉听到这儿,脑壳里嗡一声骤响,心也随之怦怦怦跳起来。她晓得,事儿露馅了。

昨天收工时,她在回湖边去的青岗石级路上,迎头撞见白麻子领着十几个背着枪、提着铁棍的县专政队员,这拨人想必是从水路刚到湖边寨来,他们一边大摇大摆地走着,一边嘴里还在骂骂咧咧:

"狗禽的,这回非叫杜见春跪在老子们面前求饶才罢休。"

"老子们对她采取革命行动,她还敢告,哼!"

"这回她会晓得告状的滋味啦,哈哈哈!"

……

邵玉蓉听到这些叫嚣,敏锐地感觉到,杜见春又要吃县专政队的亏了。尤其是看到白麻子那阴沉的脸相和恶狠狠的目光,邵玉蓉真为杜见春忧心了。显见得,周凯旋控告白麻子行凶的风声透了出来,这帮家伙是来找杜见春报复的。想到杜见春又要遭县专政队的侮辱和毒打,邵玉蓉急得心都抽紧了。她顾不得回家了,看到白麻子进了湖边寨,就往左定法家砖瓦房里钻,她估计白麻子又来找左定法配合,像头回一样。邵玉蓉觉得,还能争取时间,给镜子山的杜见春去通风报信,让杜见春在镜子山寨邻乡亲们的掩护下避一避。可刚才和县专政队迎面撞见,又听到了他们的咒骂,这帮家伙去镜子山找不到杜见春,会不会怀疑是自己报的信呢?邵玉蓉正在思忖,忽见缺牙巴家四姑娘走到她跟前问:

"玉蓉姐,你咋还不回家呢?"

邵玉蓉的两眼一亮,心头立时有了主意,她顾不得回答四姑娘的问话,赶紧俯身低声道:

"四姑娘,你认识去镜子山的路啵?"

"认识。"

"找得到他们寨的知青集体户?"

"找得到,我们还去耍过呢。"四姑娘蛮有把握地说,"玉蓉姐,你有啥事?"

四姑娘是缺牙巴家最可爱的小女孩,和玉蓉感情甚好。上回揭露她阿妈在秧青里夹石头,也是她跟玉蓉说的。玉蓉从心眼里喜欢她,信赖她。她是个孩子,不会引起县专政队怀疑。玉蓉没再迟疑,当即让四姑娘赶到镜子山去,找到杜见春,让她快快躲一躲。万万没料到,四姑娘报完信回湖边寨,会碰到县专政队。看样子,县专政队昨晚上扑进镜子山,没得找到杜见春,怀疑四姑娘是跑到镜子山报信去了的。今早上他们遇到四姑娘上坡掏猪草,就逼问开了。

面对凶神恶煞般的白麻子,四姑娘吓得脸色惨白,只会不停声地叫:

"我不晓得呀,我是去耍的呀,我不认识啥知青哪……"

白麻子左右开弓,抡起巴掌,狠狠地打了四姑娘两记耳光,四姑娘被打得站立不稳,跟跟跄跄退后了好几步,身子又被一个粗汉猛地推搡了一下,跌倒在地,放声哭叫起来。

邵玉蓉看得很清楚,四姑娘紧捂着脸的手边上,淌着鲜血。混在县专政队员中的拱槽猪儿左定法,挤到白麻子身旁,在他耳边咬了几句耳朵,白麻子眨巴着眼睛,粗声吼道:

"好啊,你要再不说,老子们抓你到县里去!"

说着,就向身旁的两位专政队员使眼色。

两个专政队员气势汹汹地扑向四姑娘,四姑娘腾踢着双脚,哭嚷得更凶了。不待两个家伙拖起四姑娘来,竹枝梢哗啦啦一声响,玉蓉一个箭步跳出来嚷道:

"光天化日之下,你们想干啥?这么多人围着个女娃儿,你们要搞啥名堂?"

"玉蓉姐!"四姑娘见了玉蓉,不顾一切地跃身扑过来,倒在玉蓉怀里,呜呜哭着。

"呃!"玉蓉的突然出现,倒叫白麻子怔了一下,他乜斜着眼,打量着眼前这个漂亮的山寨姑娘,不知说啥好了。他狐疑的目光刚从玉蓉身上移到左定法脸上,左定法就俯过身来,悄悄把玉蓉的身份告诉了他。

不认识还好,一听玉蓉的名字,白麻子原本窝在心头的火,像挨着一桶油似的轰然烧了起来。在县里,他就得到风声,说这个邵玉蓉写了他毒打杜见春的旁证材料。这回下来,没抓到杜见春,倒碰上了这个冤家。白麻子的火不打一处来,他捋捋袖子,撇着嘴,冷笑一声道:

"我叫你多管闲事!妈的,给我滚一边去。"

玉蓉的手护在四姑娘头上,挺胸迎着白麻子,针锋相对地责问道:

230

"你想干什么?"

"把这个给狗崽子通风报信的人带走!"

"胡闹!"玉蓉的手重重地一逮四姑娘,又使劲在她背后推了一把,示意她快跑。四姑娘会意,撒腿就往湖边寨方向逃去。

白麻子狠狠地一跺脚:"给我追!"

玉蓉挺身挡在山道上,冷静地说:"不关她女娃儿的事,是我给杜见春报的信!"

"好哇!"白麻子发出一串令人骨寒心抖的冷笑,脑壳朝上一昂叫道,"那就把你带走!"

"你敢!"玉蓉毫无惧色地道,"凭啥无故抓人?"

"就凭你告老子!"白麻子饿狼般扑上来,伸出右手,一把抓住玉蓉的衣领。不待他抓稳,玉蓉一甩手,疾速地挣脱了白麻子的手掌,顺势赏了他一记清脆的耳光:"我叫你动手动脚!"

白麻子的手情不自禁地捂住火辣辣的脸,嘴巴扭歪了,眼里射出一道狠毒的目光来。自从乘着"文化大革命"的狂风,当上了县专政队头头,只有他训人、整人、打人,哪有他挨打的事儿?今天当着这么多专政队员的面,挨了邵玉蓉一个耳光,他哪里能忍得。要依他脾气,他早张牙舞爪扑过来,把邵玉蓉打翻在地了,只因他冷眼瞅到玉蓉手里紧握着一把篾刀,生怕吃眼前亏,他才没敢轻举妄动。但他恶毒的眼光却始终没离开玉蓉那张脸。

气氛紧张到了极点,清晨的山道上啥声气都没有。没待玉蓉闪身让开,白麻子冷不防夺过一个专政队员手中的粗铁棍子,高高地举过头顶,拼足全身劲儿,朝玉蓉头上打下来。

这一着,白麻子自己起了个名儿,叫"刀劈白萝卜"。上次杜见春只挨了他一下,就人事不省地倒了下去。这回对邵玉蓉,白麻子恼怒到了极点,气急败坏地使出了吃奶的劲儿,玉蓉一声惨叫没嚷完,额颅上就沁出血水,倒了下去。

待湖边寨的乡亲们在四姑娘的惊呼哭叫声中赶到这儿,玉蓉嘴里只有出的气,没有进的气了。

当天下午,玉蓉姑娘停止了呼吸,离开了人世。

……

231

柯碧舟从县城回到湖边寨,正好看到玉蓉刚刚安葬完毕。他悲痛欲绝,放声大哭。暮色四合的时候,他的胸前衬衣已被泪水打湿了两片,身子趴伏着的地上,被他痛苦的捶打、踢蹬捣出了一个浅坑。由于哭号的声音太大,一里路远的湖边寨上也听见了。天还没黑,他的喉咙就哭哑了。

柯碧舟怎能不伤心,怎能不悲恸啊!这些年来,他头一回得到温暖,尝到幸福的甜味儿,残酷的命运就把玉蓉拖走了。玉蓉的死讯,犹如一个倏然而来的急雷,把他的精神、把他的力量、把他的希望和憧憬,像巨石压碎一只核桃般击毁了。过去,他一直忍耐着,抑制着自己对玉蓉的爱。由于山寨上的流言蜚语,由于缺牙巴、左定法的干涉,由于邵大山的阻止,也由于他的卑怯和没有勇气,他一直不敢说出自己久埋胸怀的真心话。当玉蓉勇敢地冲决了这一切阻力,大胆地向他表露了她纯真的感情,柯碧舟意识到这一点的难能可贵,正准备回来对玉蓉说,他爱她,他真挚地、诚心诚意地爱着她时……玉蓉却永世听不到他这句话了!

这怎能不叫柯碧舟抱憾万分,悔恨一世啊!

风吹着坟头上的白纸窸窣飘摇,天快黑了。湖边寨上的社员们陆续散去。缺牙巴大婶和她那烧窑的丈夫阮廷奎,在旁人的示意下回去给邵大山煮饭。渐浓的暮霭里,新垒的坟墓前只剩下柯碧舟和邵大山两个人。

邵大山的眼角凝滴着泪,满脸的络腮胡子又密又黑,一条条纵横交错的皱纹,几天间竟变得那么深。他一下子老了十岁,直挺挺的腰杆弯曲了,粗壮的身躯缩作一团。远方来的客,乍一眼会认不出他来了。

他见一个人拉开喑哑的嗓门仍扑在坟头上哭,好久才眨巴着眼,认出这是县文化馆借去的小柯。自从去年把小柯叫到船上,和他正经严峻地谈过一番话之后,邵大山还未同柯碧舟讲过一句话。他始终都对这外来的上海学生娃有气,始终没有从心底里原谅过这个知青。眼下,看到小柯哭得这样凶,邵大山的心被震动了。啊,这小伙子,当真对自己的女儿怀着深情。去年他答应自己的要求,不再追求玉蓉,原来是被迫的。他是把一腔热情,通通压在心底啊!发现了这一点,邵大山的心头涌起一股从未有过的感情,他觉得对不起死去的女儿,他知道,玉蓉喜欢眼前的小伙子,这是她亲口说过的,这是她亲笔写下的!他也知道,这小伙子人品、劳动、作风都不错。只因为家庭出身不好,他才出头不准他们相爱,不准他们接近。以至一年多来,玉蓉、小柯、还有他自己,心头都别别扭扭的。清匪反霸时候背在邵大山背上长大的女儿,到这一九七二年,该是二十三岁了。二十三岁的姑娘,应该有她心目中的人了,这是她的权利,这是每一个到了这般年岁的姑娘的权利,她该有这方面的快乐、幸福。可她的这份权利,却被他当父亲的粗暴地剥夺了。

邵大山心中涌起一缕酸辛的感觉,他在觉得对不起死去的玉蓉的同时,也感到对不起眼前这个小伙子。人死了以后,会使活着的人因她的死而反省、思索。邵大山此刻也正处在这样一种心情中,死亡会使我们把许多习以为常的条条框框和陈腐习俗都打破。追念死者,总会使活着的人想起一些往事。邵大山追悔着:当初,我为啥管那么宽啊?我能有几年的日子了?要去干涉玉蓉……

入夜时的风,比白天凉些。邵大山想到这儿,痉挛地打了一个寒战,小柯干哑的呻吟还在往他耳朵里灌,他陡地想起了啥,伸手在衣兜里掏着,摸出折叠起来的几张纸,移动了一下僵麻的腿脚,蹲到柯碧舟身旁来。

邵大山伸出微微颤抖的双手,搭在柯碧舟因哭泣而耸动的肩头,他嗓音干涩地说:

"小柯……莫、莫哭了……这、这是白麻子欠下的又一笔债。要……要拼着劲儿上告……你也、也得保、保重啊……"

邵大山摇了摇柯碧舟的肩膀,自己忍不住又掉下泪来。

柯碧舟的哭声停顿了片刻,继而又抽泣起来。

邵大山唉声叹了一口气,摸摸索索地,抓住柯碧舟的双手,紧紧地握了一握。然后,把手中折叠起来的几张纸,塞到小柯手里,费劲地扶膝站起来,转到了玉蓉的墓碑前。

天黑尽了。里把路外的湖边寨上,亮起了灯火。弯弯的月牙儿,从东边天的陡峰那儿,缓缓地升了起来。凄清柔白的月光,把山山岭岭都笼上了一层素白的雾纱,好像寡妇身上的孝服。平缓静谧的鲢鱼湖,卧在两边的奇峰陡岭之间,无一丝儿气息,无一朵浪花。坟头团转,几只飘悠飞舞的萤火虫,忽闪忽闪发出点点亮光。从哪条沟渠里,传来单调低吟般的水声,也像在为玉蓉姑娘哀诉。

哭得浑身乏力的柯碧舟仰起了脸,他不知寨邻乡亲们是何时走的,他也不晓得天是什么时候黑的。他眨了眨眼,看到大山伯倚着墓碑垂头坐在那儿。他举起手来抹泪,发现手中抓着几张折叠起来的白纸,他把纸慢慢地展开,就着月光,俯首看着。

惨白的月光下,一行行熟悉整齐的字迹呈现在他眼前。他揉揉眼睛,凝神定睛地俯首细看,这是玉蓉写给他的信,一封没有写完的信。眨眨眼皮的时间,中学生练习簿横线白纸上那些清晰娟秀的字迹,变成了玉蓉温存体贴的轻声絮语:

小柯:好!

不会想到,才分别几天,我就会给你写信吧。怪得很,离别虽然只是短短几天,一切也仿佛都是昨天发生的,但我心上却觉得,我们已经分开了好久好久,躺在床上,老觉得时间过得太慢、太慢了。你什么时候回到湖边寨来呢?快了吧?

和你在一起的时候,我真笨!平时想到的好些好些话,全涌到喉咙口上,聚成了一团,堵塞在那儿,一句也说不出来了。你并不凶,相反的,又胆怯、又羞涩,可我站在你跟前,竟像怕你似的,又惶惑、又不安,再多的话,也都记不起来了。

回到屋头,我跺脚搓手地怨自己,真憨,为啥连想好的话也讲不出口呢?太不中用了,怨是这么怨,但我照旧没把握,往后见了你,和你面对面站在一起,也许我仍会那么憨的。

这么想了以后,我就决定用笔写,把想说的话全写出来,你不会觉得我可笑吧?

小柯,这些话憋在我心头太久了。

在湖边寨插队几年,你见过背着磨盘走路的人吗?沉重的石磨盘背在身上赶路,脚步是迈不快的,腰杆是挺不直的,头是不能高高仰起的。不知为什么,我往常一看见你,就想起压弯了腰的背着磨盘的汉子。你的精神上就背着这么一盘山那样重的石磨,压得你不敢大声喘气,不敢放声大笑,整天愁眉苦脸的。我在一旁看着,这有多揪心,多别扭啊!不说别的,连对待我,你也是支支吾吾、吞吞吐吐,十足一个"胆小鬼"。就好比我是神话中一块传说的发烫的石头,碰也碰不得……

我的比喻过分了,不过你要理会我的意思。

记得,伯伯跟你谈话以后,你开始转变,稍好了一点,这叫我高兴,但还远远不够。小柯，你想想，卸掉了精神上的一点包袱，你就能给集体出好主意，卖八月竹、建电站，还写出漂亮的散文，要是把山一样压在你肩上的包袱全卸掉，你又能做出多大的成绩啊！你说是啵？

你家庭出身不好，你时时记着，时时提醒自己，这有好处。可我看你啊，记得太过分了。你老是神经过敏，总是用阴郁的眼光戒备地瞅着人家，唯恐人家来揭你的伤疤、捅你的疼处，前怕狼、后怕虎，这就不但可悲，还真有些可怜了。其实，人们，湖边寨的好些社员，都不是戴着有色眼镜看待你的。我就不是这样看你的。

你会说，那左定法和他一帮子人，就是对你歧视的。不错，左定法这类人，是这么对待你的。一听说你家庭出身不好，他立刻另眼相待，仿佛他是高等人，家庭出身不好的都是劣等人，像资本主义国家的种族主义分子看见了黑人一样。可那是左定法呀，他能算个人吗？他是个小丑呀！他不能代表党，不能代表我们的政策，他那位置坐不长。

确实的，这些年来，好些事情给搞乱了，弄糊涂了。黑风逆浪嚣张逞凶，黑白颠倒，是非混淆。我就觉得，你自己头脑中，也有"血统论"思想在作祟，要不，你为啥那么烦恼苦闷？为啥总是那么敏感？自然，这怪不得你，小柯，我也知道，有时候你受到的压力太重了。只是你得想想，仔细地深沉地想想，要是我们的一些家庭出身不好的革命前辈，像海陆丰的彭湃、赣东北的方志敏、广西的韦拔群，还有叶挺将军等等，他们当年也信了什么"血统论"，也像你似的犹豫徘徊，他们怎能投身革命，把一切献给人民、献给党呢？

我不像你，会写漂亮的散文，会把文句写得那么美，我是心头想什么，纸上写什么，拉拉杂杂的，甚至可能文理也不通。兴许你看了会发笑，可你千万别笑，这些都是我的心里话。

小柯，亲爱的，你理解我的意思吗？

信没有写完，玉蓉她巴望什么呢？后面，她显然还有许多知心话儿要说的。但是，连她自己也没想到，这些话竟永永远远不可能再说了。

读到这儿，柯碧舟把几张信纸紧紧地贴在自己的心口上，夺眶而出的泪水，无声地沿着他瘦削的面颊淌下来,扑簌扑簌地掉在坟堆新土上。

# 二十二

自玉蓉死去以后,日子又过了好久。

收了苞谷栽麦子,种下洋芋薅油菜。冷寂的冬山渐渐苏醒过来,随着阵阵春风,而换上薄薄的绿衣。全国大旱的一九七二年过去了,一九七三年的春天,来到了鲢鱼湖畔的暗流山区。

这期间,世界上发生了多少大事啊:中美领导人开始接触,中日邦交正常化,外交官们在全球各地穿梭往来,某个国家又发生了政变,这个城市发了地震预报,那个角落重新开火,某个岛屿上又发现了什么新的奇迹。

在鲢鱼湖公社插队落户的上海知识青年中,也发生了很大的变化。秋收以后一直到来年的春耕之前,县里新筹建的五小工业先后上马,招收工人。从夏天起就经常四处刺探招工消息的"卷毛"王连发,因为父亲的成分问题得到了解决,很顺利地被招到县农机厂当了一名学徒工。成了湖边寨继唐惠娟之后第二个离队的"有福之人"。苏道诚和华雯雯在上海,肖永川是出名的"小偷",招工挨不上。柯碧舟家庭出身不好,工厂看不上。左定法还公开说,让他去县文化馆,他还嫌弃,挑精拣肥的,不推荐他。名义上,湖边寨集体户还有四个知青;实际上,两个人在上海,肖永川经常出去,天天在队里的,只有柯碧舟一个人。集体户名存实亡,解体了。

在杜见春插队的镜子山,情况也并没比湖边寨好一点。农机厂、磷肥厂、水泥厂和县属商业局接连四次招收职工,一下子从镜子山集体户招走了六个知青。春节刚过,另一个知青转点到安徽马鞍山附近农村去了,队里只剩下了杜见春孤零零的一个人。四次招工,在老支书周凯旋的坚持下,四次都把杜见春推荐上去了,但四次都被上头刷了下来。每次被推荐都怀着一丝希望的杜见春,经这四次被刷,已是万念俱灰了。

针对招工以后各队知青有多有少的情形,尤其是一个队只有一两个女孩子的特殊状况,县里按照地区的文件精神,把挨邻的知青点进行合并。开春的时候,通知下来了,要杜见春合并到暗流大队湖边寨去。自从父亲出事,遭受不可想象的摧残、打击和接连四次招工被刷以来,杜见春对一切都冷漠了。她很依恋镜子山的老支书周凯旋,舍不得离开熟悉了的山寨,但当队里要她迁到暗流大队去的时候,她啥话也没说,还是到了湖边寨。原指望搬进柯碧舟他们居住的那幢泥墙茅屋,可报到的时候,拱槽猪一样肥胖的左定法,沉着粗黑方正的脸盘,凝神盯了她片刻,伸出手,指着寨外门前坝一片低洼地旁的粉坊,对她道:

"哟,你去住在那间粉坊里!这是大队党支部和革委会研究决定的。"

杜见春朝低洼地旁的粉坊瞥了一眼,什么话儿也没问,挑起简单的铺盖、破箱子,朝着粉坊走去。

命运倏然急骤的变化,常常会改变一个人的性格。杜见春这样一个响当当的"红五类"子女,走到哪里都吃得开的革命干部的女儿,陡然间变成了一个受人白眼的"狗崽子"。她内心深处的痛苦,是无法用语言来叙述的;她受到的刺激,是永远难以忘怀的;她遭到的折磨和鄙视,也是二十五岁的年轻姑娘难以忍受的。

原来单纯、直率、喜欢拉开嗓门就呱呱呱对人说话的杜见春,从来不知道啥叫发愁、担心和难受,从来也没想到过逆境和厄运。可现在,她已经变得忧郁、孤僻、逆来顺受,半天不说一句话,走路像犯人似的缩着肩膀、垂着头,不愿意碰到过去的熟人和朋友。

她是彻底地变了,别说样貌眼神了,就是体重,原来健壮、结实、足有一百三十多斤的姑娘,现在瘦得只剩下一把骨头了。离开镜子山的时候,队里添置了一把新的磅秤,杜见春站上去一试,仅有九十二斤!

到了湖边寨,她的境遇更惨了。也不知是啥原因,她走到寨上,没有一个人理睬她,没有一个人和她说话。每天出工干活,队长总是派她一个人往苞谷土里背灰。不管妇女劳力是选种也好、薅土也好、栽苞谷也好,她都不能去,只能天天如此地把灰坡上的灰肥,一背篼一背篼地背到远远近近的苞谷土里。拖大帮干活路,哪个也没得定额,可左定法给她规定了,三里地远的,她每天得背九背篼;二里地左右的,她每天得背十四背篼;一里地左右的,她每天得背二十五背篼。完成了这个定额,她才能得到一个劳动日的工分。开初,倔强的杜见春还愤愤不平地想:哼,你们想用劳动惩罚来制服我啊,办不到!我非做个样子给你们看看。

可是,几天干下来,杜见春气喘心慌、虚汗像黄豆般往下滴落,收工回到屋头,她累得浑身每一处都又酸又痛,躺倒在床上,翻来覆去怎么也睡不着。想想,就是不干活,每天让一个姑娘打空手走几十里路,也得叫她累趴下,莫说她还得背着满满一背篼灰,勾着腰走哩。

拖着疲惫不堪的身子,杜见春收工回到粉坊,看到透风、漏雨的屋头冷冷清清,没一杯热水喝,没一碗热饭吃,还得自己生起火来煮饭菜,她心头顿时涌起一阵绝望,倚靠着墙壁,两腿一软,就瘫倒在地上。

这粉坊,早已被湖边寨弃置不用了。四面的泥墙上到处都是裂缝,房顶上的草,也霉烂发黑了,一下雨,满地漏得都是坑坑洼洼的水。刮大风的时候,房梁屋架都在瑟缩发抖,吱吱嘎嘎地响。粉坊的门是八月竹一破二编的,两面敷上牛屎,用竹篾扎在一根楠竹上,连门闩也没得,别说锁了。好在杜见春自小胆子就大,她在坡上找回来一根粗杠子,晚上用它堵住门睡觉。粉坊里除了一只磨盘架架,啥也没有。杜见春自己不会砌灶,只得去砖瓦场上拾回几块砖,架起来烧柴。赶场天、收工回来路上,她砍些柴带回来,用来煮饭吃。白麻子来搜抄她东西那回,把她所有的东西都砸烂、撕破了。家中谁也不可能给她汇钱来,她身上穿的、床上铺的盖的、破箱子里放的,全部都是补丁叠补丁缝起来的。一般地来说,知识青年的生活,安排得好一些,家庭有些接济,能够过得比山寨上的社员略好一点。但眼下的杜见春,过得比山寨上最穷的社员家,还要拮据、贫寒。

她就这样在湖边寨的粉坊里生活着,没有乐趣,没有温暖,连勉强维持温饱的生活,也感到很困难。

在这种状况下,日子尤其过得像蜗牛爬一样慢,每日里总像吞着苦药一样难受。她多么需要人来关心、安慰啊!好幻想的杜见春,即使这样熬着苦日子,还存在着一点希冀。她巴望着,有一天收工以后,回到粉坊,饭菜热腾腾的做好了,屋里烧起一堆火,烤得暖融融的,一个体贴她的人,露着笑容迎候着她。那她会有多么幸福啊!她一定会爱上这个人的,因为他在患难中向她伸出了援助的手。可是,每天收工回来,等待她的,却仍是凄清冷寂的屋头,孤单而漫长的黑夜。杜见春只觉到湖边寨来好久好久了,但屈指一算,却只有三个多星期,连一个月也没到。要在这里过一年两年,甚至三年五年,怎么办啊?

一九七三年的春天,和一九七二年截然不同。清明过后,雨水特别多。一静下来,就能听到单调乏味的雨声,唰唰唰地下着,落在树叶上,落在草茎上。粉坊旁边一条沟渠里,日夜不停地咕嘟嘟咕嘟嘟淌着山坡上流来的水。离粉坊不远的低洼地,往年多少总栽点秧子,可今年积水太深,人下不去,到了晚春时节,还没翻犁哩。

黎明的曙光,落日的晚霞,淙淙流淌的泉水,壮丽秀美的湖光山色,颇具特点的幽谷翠嶂。在湖边寨团转,还是很有些自然美景的,但这一切在杜见春眼里,都笼上了一层灰暗的色彩。她那两条淡淡的眉毛,总是凄戚戚地挽成两个疙瘩。本来能望到人灵魂深处的亮眸,而今变得滞晦无神。深深的屈辱和久憋的愤懑在啃蚀着她的心,吞噬着她的灵魂。

这一天,收工的时候又淅淅沥沥下起雨来,泥泞满地的山路上,每走一步都粘脚。杜见春正在背最后一背灰,她怕雨淋湿衣裳,再没替换衣服可穿,脚头放快些,倒掉了灰肥,赶紧往门前坝低洼地的粉坊跑。人急心慌,脚底下一滑,她合扑跌倒在地,衣服裤子沾得满身都是湿泥。这一来她心死了,干脆放缓了脚步慢走。

等她走回粉坊,浑身上下又是水又是泥,简直不像个人了。看看昨天下雨淋湿后洗过的那一身衣裳,还没干透,她连忙点起一把火,把衣裳烤干,换下身上的泥水衣。雨下大了,粉坊里有十几处都在漏,根本无法去洗衣裳。天快黑了,粉坊里没有安电灯,杜见春又无钱买蜡烛和煤油,她热了点冷饭,就着泡酸菜,草草吃了两碗,干脆脱下衣服,爬到床上去躺下。

天黑尽了,粉坊里伸手不见五指。风摇撼着这幢简陋破败的茅屋,雨越下越大,沟渠里的水流得更快了,沙沙沙的雨声直往人耳朵里灌。屋子里,滴沥笃落的漏雨声,是那么清晰。十几摊积水,在不断地扩大面积。杜见春打满补丁、勉强缝起来的褥子、垫单、被子,都阴冷阴冷地发潮。这鬼地方地势太低了,大晴天屋头都很潮湿,莫说连天阴雨了。

好在杜见春已经渐渐习惯了这样的生活,再加上背了一整天的灰,她的肩胛骨、肋巴骨、大腿、腰上、手臂都酸痛难忍,全身上下酥软无力,脑壳一靠着枕头,闭紧了眼睛,就睡着了。

在这样的日子里,她不思想吗?她想啊,她想得太多了,再那么想下去,人不发疯也会绝望。她害怕自己尽顺着这条路子想,她害怕自己想着想着会尖厉地哭嚷和喊叫。她拼命抑制自己,不往那条路子上想。她第二天还得背灰啊,想多了,一晚上睡不好,第二天不但头痛眼花,而且疲惫乏力,那还能背得动灰吗?明晓得这样的劳动是一种惩罚,她也得天天去干啊!不干,秋后哪里来口粮?哪里去分钱?杜见春故意麻痹着自己的神经,在常人难以忍受的艰苦环境里,顽强地挣扎着活下去。

但这一晚,她偏偏睡不好。雨下得太大了,轰隆隆的雷声像大油桶在石头上滚动着,震耳欲聋。风紧雨狂,粉坊的屋梁、柱子、椽子都在摇晃发抖,吱嘎作响。雪亮的闪电不时地透过泥墙的缝隙,稍纵即逝地一闪一亮。沟渠里的水,像疾奔的马群样,轰轰地撞着渠壁两旁的水草、蒺藜,仿佛要把沟渠上的小石桥也掀起来带走似的。

杜见春被一个挨着屋基炸响的落地雷震醒了,她觉得自己像坐在一艘与风浪搏斗的轮船上,整个粉坊都在晃悠着。她惊慌地坐了起来,惧怕地打量着锅底样黑的粉坊。从泥墙缝隙、山墙那边吹来的风,把她的破帐子掀得直飘动。正好有道刺眼的闪电倏然一亮,杜见春惊恐地发现,屋里的漏水已经扩成了大片大片的水渍,雨再落得大些,不就把她的米袋、麦子都泡湿了吗。这可咋个是好啊?

杜见春脑子里嗡嗡作响,脸揪成了一团,木呆呆地凝坐着。陡地,她听到粉坊门口有异样的声音,好像是穿着雨靴的脚步声。杜见春的心提到了嗓子眼上,凝神屏息地静听着,脑子里在暗忖:深更半夜,风急雨大,哪个人会到这儿来呢?她正要放大嗓门厉声喝问,牛屎敷的竹笆门扭动了一下,听得出,似乎是有一个人在外面推着它。

杜见春心里顿时明白了,这是个歹徒。趁着她一个姑娘家住在粉坊里,不怀好意呢!杜见春愤怒填胸,气得手脚都在发抖。她立刻打定了主意,好啊,我处在这么艰苦的环境里,你还敢来欺侮人。哼,你打错了主意!思忖着,杜见春摸索着穿上衣服裤子,蹑手蹑脚下了床,悄没声息地隐到了门后,伸出右手,紧紧地抓住了抵门的粗杠子。

屋外的人推不开门,又有了新的动作。杜见春只听见刀割竹篾的哧啦声。没几刀,扎在楠竹上的竹篾都被割断了。这一来,八月竹编织的竹笆门左右两边都无所倚靠,即使门后抵着杠子,也无济于事了。

杜见春把抵门的粗杠子紧紧地抓在手里举了起来,身子紧贴着泥墙站着,目不转睛地盯着门口。

竹笆门被用劲推了一下,啪嗒一声,倒在积着漏水的屋里,与此同时,风挟着雨狂啸而进,一个黑影随着风雨饿狼样地扑进粉坊。

杜见春眼疾手快,高高举起的杠子,拼足全身力气朝黑影身上打去。

嗒地一下,粗杠子打在黑影穿着雨衣的背脊上,发出一声脆响。那黑影"哎哟"怪叫两声,疾速地转过身子,跑出了粉坊。杜见春第二杠子揍去,扑了个空。她从怪嗥的嗓门听出了来人是大队主任左定法,更是火冒三丈,手抓着粗杠子,朝门外吼道:

"你这个畜生,你敢来,你再来一杠子敲死你……"

杜见春气愤得发颤的尖嗓门,淹没在狂风暴雨之中。直在门口顶风站了十来分钟,吃准心怀恶意的左定法不敢再来了,杜见春才吃力地把割断的竹篾接起来,扶起竹笆门绑好,仍用粗杠子抵住,双手抓着黄斑剥落的泥墙,低垂着头失声痛哭。

处在紧张盛怒之中,杜见春一心想着的是对付恶徒。可待事情一过,重新回想起来,她才感到自己是多么孤单无援,多么无依无靠,又是多么可怜。她的头埋在双手交叉起来的臂弯里,哭得声嘶力竭,晕晕乎乎。她的哭声是这样伤心,这样悲恸,这样撕裂人心,可在这疾风骤雨之夜的门前坝粉坊里,又有谁能听到呢?

她跌跌撞撞离开墙边,踉踉跄跄倒在床上。她浑身的筋骨散了架似的疼痛,过于繁重的体力劳动,过于阴冷潮湿的居住环境,使得她每块骨头都似要被折断拧裂。她肉体上受着折磨、摧残,她的心灵上也在受着侮辱和打击。她感到自己的心被魔鬼的利爪扯碎了一样地痛。她号哭着,却没有泪水,她的背脊、肩膀耸动着,却毫无力量。伴着她的,就是破箱子、破衣物、破帐子和床褥,还有就是那点聊以活命的口粮和叫花子一样的锅碗、砖灶。噢,还有接受再教育的竹篾背篼,缺了口的锄头和断了柄的镰刀。再没其他东西伴着她了。难道她远离家乡,毅然放弃留城的条件,投身到波澜壮阔的上山下乡运动中,希望得到的,竟是这样的生活?她犯了什么罪?她做过什么坏事?她为什么要遭受如此磨难和非人的生活啊?

杜见春哭过了一阵,重新脱衣上床,钻进了被窝。她的眼皮上像挂了秤砣,她受尽创伤的心和身躯,都觉得沉重麻木,她觉得自己像落进了水里,在往下沉,往下沉……她又被瞌睡征服了。

为她想一想吧,二十五岁的姑娘,干的是身强力壮的男人也难以胜任的劳动,可她每天吃的却是苞谷掺米饭、泡酸菜。泡酸菜的坛子,还是好心的镜子山大队的社员送给她的。要不,她连酸菜也吃不上。光是这样清贫艰难的生活,也足够磨人了。可她还要忍受种种压抑和刺激,她怎能不垮掉啊?她每天晚上怎能不在沉沉的睡梦中呻吟啼哭啊?

风越刮越大,简直像要把粉坊的茅草屋顶掀掉似的。雨不但没像平时那样,急骤地下过一阵,便渐渐减弱势头,相反,一过半夜,下得更凶猛了。

杜见春第二次睁开眼睛,是被冷醒的。她躺在床上,只觉得透肌砭骨的寒冷,卷紧了被子,身子骨还是打抖。终于,冷飕飕的刺激驱走了瞌睡,她翻身坐起来,一股迎头风吹得她打了个寒战,皮肤上直起鸡皮疙瘩。哪来这么大的风呀?粉坊破败是破败,总比没遮没盖的荒山野坡好啊,为啥这风比山头上的还大?杜见春抬头望去,她的心随之一紧,糟糕!粉坊的顶已被掀去了一半,风雨毫无阻拦地倾倒到屋子里来。杜见春伸手一摸,床上张的帐子,也被吹到一边去了。怪不得躺着这么冷啊!哎呀,怎么搞的,雨点子落进屋里,倒像掉进水塘里一样,声音扑簌扑簌的,杜见春手伸出床沿去一摸,碰到了快漫近床沿的积水。她既惊且惧,头发一根根竖了起来,心怦怦直跳,一个恐怖的念头袭进脑子:水已经漫进粉坊,再留在这里,就是死路一条!水不把她冲走,倒塌的粉坊也要把她压死!

她觉得一阵恐怖,来不及多加思索,来不及穿衣提东西,腾地一下在床上站起来,随手抓起床头那条长裤,稍辨别了一下方向,扑通一声跳进漫过膝盖的水里,哗哗哗地踩着一路水花,冲出了粉坊,朝着山势较高的松杉坡奔去。

风旋转着迎头刮来,她毫无知觉;雨水很快打湿了她只穿着贴身裲子和短裤的身躯,她一点没感到冷。她脑子里只有一个念头:快跑、快跑,跑到松杉坡上去,离开这片水域。仿佛身后有一只恶狼在撵着她似的。

等到她跑上了地势高高的松杉坡,感觉到脚下已经是泥巴地,没有积水了,她才吁了一口气,回过头来,朝着自己居住的粉坊那个方向望去。

漆黑可怕的漫漫长夜已经过去,黎明的曙色已使人稍稍能看见一点朦朦胧胧的山影。透过疾风吹斜了的雨帘,杜见春眼前是一片滔滔大水。平时积着水的低洼地不见了,低洼地旁边的粉坊,连一点儿踪影也找不到。晃晃悠悠的水波上,只依稀能看见几棵老树的枝丫和漂动着的木板、草束。

风仍在肆虐,雨还在猛下。山野、树林、村寨全被笼罩在雨雾浓浓的水汽之中。比蓉豆还大的雨点子,打在杜见春的脸上,隐隐作痛。树丛草叶在风雨中摇曳颤抖,朝着一边倾倒。

杜见春孑然一身,伫立在松杉坡上。她穿着一件无领无袖的贴身小褂子,一条白色的短裤,裸露的皮肤上淌满了发着暗亮的雨水,头发蓬乱稀湿,光着一双脚板,手里还紧紧地抓着那条长裤。她的脸色憔悴不堪,冻得浑身起了一层鸡皮疙瘩,嘴唇发紫、眼圈发乌,要是这时有个路人忽然看见她,准会以为是坡上的孤魂野鬼。

此刻,她该到哪儿去呢?对了,松杉坡上有一个三角小棚子,那是每年秋天,门前坝水田里的谷子和坡上的苞谷成熟时,派社员值班看守秋收果实时用的,走过去没几十步路,现在还能看得清那盖着茅草的尖顶呢。在那儿穿上长裤,避一避风雨,躲到天亮还是可以的。看天色,离天亮也只不过半个小时了。

杜见春四肢哆嗦着,迈开沉重的脚步,朝三角小棚子走去。只走了三步路,她就触电一般站住了。一个那么清晰、那么骇人的念头陡然翻上了脑际:我已经落到这个地步,还活着干啥呢?是的,我到三角小棚子去躲雨,等到天亮透了,我该怎么办呢?去找组织吗?左定法是那样一个衣冠禽兽,不找他还要遭受迫害哩,找他不是自己往陷阱里跳嘛!去找湖边寨的社员吗?他们平时对我也是不理不睬的,看到我这个样子,会怎样呢?去镜子山找老支书和贫下中农吗?他们能长久收留我吗?去集体户找柯碧舟吗?他可能会对我很好,但我已经啥也没有了,晚上睡什么,一天三顿吃什么?

杜见春的喉咙里像吞进了一块雪团,整个心都冷了。她的四肢冻得发僵,她的全身冷得每个毛细孔都渗透了寒意,她的心更是冷得绝望了。

如果说,每个人多少有点财产观念的话,杜见春这时是毫无牵挂了。她在这人世间,还有什么可以留恋难舍的呢?爸爸妈妈仍是杳无音信;妹妹杜见新过春节时来过第二封信,说她还在劳改队里;在上海工作的杜见胜,生怕插队落户的妹妹向他要钱,对杜见春去的信,只字不回。她本人,又在过着如此无法忍受的生活,她为什么非要活下去呢?这样活着,究竟有什么意义呢?政治上受歧视,思想上受压制,生活上受限制,劳动中受迫害,难道这就是她,杜见春活着的目的! 不,这样活着,连条耕地的牛也不如啊! 牛劳动一天,还有顿草吃,还能受到人的关怀、照料,我呢?

远处的山巅上扯起一道利剑样的火闪,跟着,声震山岳的雷鸣,劈开巨岭般轰响起来。杜见春愣怔了片刻,毅然决然甩开双臂,朝着不远处一棵皂角树走过去。她的两眼灼灼闪烁,又恢复了过去的一点神采。一打定了主意就要去做的杜见春,即使要去赴死,还是那么个果断的性格。她想着,还是快,越快越好,等到天大亮时,倒没机会行事了。

松杉坡上那棵团团如圆盖的皂角树,是脱离满坡松杉独自长在一边半坡上的。湖边寨人护着这棵皂角树,是为了年年摘下满树皂角,用来洗头发、洗麻袋、洗粗布衣裳的。谁料到,杜见春却会看中了这棵枝丫横生的老树来自尽呢。

她顾不得拂一下满脸雨水,大步走到皂角树下,看准了一枝横生出来的杈干,足能经得住她的体重,就咬紧牙关,双手使劲撕扯开手中的长裤。

待她把长裤撕成条条,搓成一根布绳,打成一个圆圈,套在横生的杈干上,手拉着试了试,觉得牢实可靠之后,她站在那圈绳下,缓缓转过身来,一边伸手拂去额上的雨水,一边拢了拢耳旁蓬乱的头发,睁眼望望周围的景致。

迷蒙暗淡的曙光中,雨帘弥合着冷雾。门前坝谷地里,一大片水波泛着暗绿色的光。山岭、树木、湖边寨子团转,一片冷寂,没有一个人影子。杜见春望着这一片雨景,心头只觉得惶惶悚悚、惴惴不安,什么东西在剜着她的皮肉,仿佛一团棉花,堵住了她的喉咙口,她感到混杂交织、战栗神经、窒息难忍,头顶上似有千万根钢针,在猛扎着她,她颤颤悠悠、晃晃欲倒。天啊、山啊、地啊、水啊,全像掀了起来,朝她倾倒下来。她慌忙避让地紧绞着双手,连连往后退了几步,脑子里嗡嗡嘤嘤,一片空白。倏地,她似从动荡嘤嘤中清醒过来,渗发出一股狂热的激情,她照着自己预先打定的主意,恰似要脱出羁绊一般,使出全身力气,往起一跳。她的双手抓住了横生的杈干,疾速地把自己的颈项,伸到绳圈里。

这一刹那,她心昏意迷,痉挛发抖,但只迟疑了那么一刹那的时间,她便无力地松开了双手,头颈直僵僵地套在拉成椭圆形的绳圈上。

就在这紧急的一瞬间,她离地垂荡的双脚被一双有力的臂膀抱住了。

杜见春惊吓得发出了一声凄厉的锐叫……

## 二十三

雷雨之夜,柯碧舟像这半年多来的好些夜晚那样,又失眠了。

邵玉蓉遭难以后,柯碧舟沉浸在深重的悲痛之中。他以极大的毅力控制着自己的感情,白天照常出工劳动,只在夜深人静躺倒在床上的时候,他那追念的思绪才在头脑里尽情地泛滥,无休无止地想着玉蓉的音容笑貌,想着他们之间的认识、接触、相爱。到了赶场天,社员们不注意到他的时候,他采些松柏的枝叶,采些野花,献到玉蓉的墓前,在她的墓碑旁坐上好久。

小水电站发电以后,一切并不像柯碧舟想象的那么美满,他给队里建议,重建果园、置几十只蜂箱、引些鱼秧,队里认为这办法好,去请示左定法。左定法仰起粗黑肥圆的脸盘,拍着桌子吼道:"这不都是'文化革命'破的东西吗?哪个敢搞?谁搞谁就是复辟!再揪再斗!"湖边寨人有哪个敢惹这个祸?这件事只得作罢。柯碧舟撞了一鼻子灰,还是不死心。他再次婉转地给队里建议,这些"远""大"的规划不敢实行,那就利用有了"电"这个条件,搞点见效快的副业吧。比如像打米机、磨面机、榨油机、擀面机,机子安装起来以后,既方便了本队社员,又方便了邻近团转的社队,还能增加现金收入。队里早有这打算,去向左定法请示。这回左定法满口赞成,机子买回来,他让自己婆娘秦明娟的弟弟去掌管打米机,同时兼收磨面机、擀面机、榨油机房的账。机子也轰隆轰隆在湖边寨上响起来了。一九七二年大旱,周围团转社队的大季谷物普遍歉收,吃国家救济、回销粮的社员户很多。一九七三年开春救济、回销的粮食,清一色的麦子,都是国家从外地运来支援、调拨给灾区的。磨面机和擀面机的生意特别好,收入也特别多。两部机子,日夜不停地转,一天能收入好几十元现金。按理,湖边寨每天有个机房收入几十元现金,公共积累该多些了。哪晓得,除去电费和国家税收,上交给队里的钱,少得可怜。胆大的社员在群众会上发问,机房的收入进哪个腰包了?左定法的小舅子就会跳起来,扳着指头算,税收好多、电费好多、上交大队好多、机器零件修配费好多,七算八算,听上去还挺有几分理的。

结果呢,机房安起来了,单从方便湖边寨、本大队、周围社队群众这一点来说,是达到了预期的目的。增加集体收入这一条,根本没办到。

湖边寨社员们肚皮里都有数,拿好说怪话的烧窑师傅阮廷奎的话来说,那就是:

"嘿嘿,柯碧舟聪明精灵,心眼儿多,只想出主意帮补集体。哪晓得,肉包子做成,全叫狗吃了!他的好主意全都帮补了左定法哩,哈哈!"

有一回,阮廷奎的婆娘缺牙巴和左定法家婆娘秦明娟撕破了脸皮吵架,缺牙巴撒开了泼劲,手叉在腰里,嘶声拉气在寨路上破口大骂:

"你左家的人凶,我们惹不起。哪个不晓得集体机子干来的钱,都进了你们家人的腰包。这才真叫一人升官,鸡犬升天哩!娃娃、大人、舅子、舅母子,一大家人跟着沾光。唷,你们吃社员的血汗,吃知青的血汗,吃了屙肚子,吃了不得好死,吃了走路被马车辗断脊梁骨……"

缺牙巴大婶的嘴,哪个都说赛得过刀子,骂出的话也难听。但好些人听了,都不像平时那样去劝她,反倒团团围在她身旁,像听好戏一样瞅着让她骂。大伙儿觉得听了解气,感到她骂得对头啊。阮廷奎和缺牙巴这一对,自己爱财,也爱占点集体的便宜,但越是这样的人,越是见不得其他人占便宜。自从邵玉蓉为掩护四姑娘遭毒打身亡之后,在缺牙巴嘴里,玉蓉成了个九天仙女,不,九天仙女还差玉蓉姑娘一大截。缺牙巴唾沫飞溅地在人前说玉蓉好话的时候,早已忘记她曾经追着玉蓉骂过些污言秽语了。谁都晓得这一点,谁都不愿当面点穿她。

由于对玉蓉怀着感恩心情,阮廷奎和缺牙巴,对曾和玉蓉相好的柯碧舟,也改变了态度。在寨口、田头碰到,夫妇两个,无论是谁,都会主动招呼小柯,问他吃饭没得,问他有蔬菜吃没得,没有的话去他们自留地尽管掏。虽然都是客气话,虽然话头有时候显得过分虚伪,比如讲下午三四点钟了,他们还会问吃午饭没得,但对这一对夫妇来说,这已经是最大的热情了。有一回,柯碧舟路过砖瓦窑前,一手持着铁钩的阮廷奎叫住了他,看看四面无人,还对他悄悄说了几句过心话:

"小柯,你人聪明,这是满寨人都公认的,不过我劝你,莫给队里出啥点子了。"

"为啥?"

"你还不见?你出主意卖八月竹,全大队人累死累活,还惊动了公社、县里,小电站建起了,机房安起了,可集体多收入了几文钱?你小柯得了几个钱?还不是一身补丁衣。唉,算了,留得聪明才干远走高飞办大事去吧,小柯,左定法当权,你一辈子没得出头之日!"

柯碧舟笑笑,表示感谢阮廷奎的好意,明知他说得很偏激,也不驳斥他。他晓得阮廷奎说的也是实情,机房开张以后,左定法家小舅子翻盖了崭新的砖瓦房,他进出机房干活,还穿毛哔叽裤子、的确良衬衣。左定法肯定也得了甜头,他手腕上多了块表,更像个半脱产干部啰!另外,他家几个娃儿,一人都缝了一套新衣裳,背着书包上学,和社员家的娃儿,大不一样。他家圈里的肥猪,能杀的就有三四口。他婆娘秦明娟,肾结石开刀迟了,引起肾脏功能损坏,从春节以来一直住在省城医院里,花费的钱足有几百块,左定法整天还乐呵呵的。这些情况,都表明他贪污挪用了集体的钱,群众心头有数,但慑于左定法大权在手,不敢公开揭他。所有这一切,柯碧舟早有所闻。但他觉得,左定法品质恶劣,仗势吃喝群众血汗钱,不能怪罪于小水电站,也不能怪罪于机房。电站修起了,家家点上电灯;机房安起了,好些社员打米、磨面、榨油不耽搁活路。这是明摆着的好事嘛,怎么能因为左定法,不给集体出好点子呢?

也有些社员,生怕这些事刺伤了小柯的心,悄悄对他说:"小柯啊,你还得把心思用在集体上啊!集体好了,满寨都好。莫看左定法这两年歪得起,有他低头勾腰那一天!"

柯碧舟当然愿听这样的话,他不留在县文化馆过安逸日子,就是想回来改变湖边寨的面貌啊!玉蓉活着时,不一心要改变家乡的面貌吗?怀念她,思念她,最好的行动,还是把湖边寨建设得更美好才对头哪!

但这一阵,柯碧舟觉得寸步难行,有劲无处使。养蜂、喂鱼、建果园,左定法不赞成;好不容易搞起了机房副业,左定法趁机伸出舌头舔油吃。干啥好呢?他也经常懊悔,早知如此,当初留在县文化馆才好哩,也不会有现在这么多苦恼。但生活是不愿同情失悔者的,过了这个村,就没那个店了。如今,工厂招工没他的份,在湖边寨除了体力劳动,想干的事儿一件也办不成,又深深地思念玉蓉。他陷入苦闷烦躁、心灰意冷中。

春雷骤响,滂沱大雨哗然而下的晚上,他在急风暴雨的伴奏下,看了一阵子书,上床的时候,小偷肖永川的鼾声如雷,集体户泥墙茅屋四周的屋檐沟里,水滴声如滚沸的油锅样笃笃落落直响,混杂而又刺耳。又加上震天撼地的电闪、雷鸣,山水哗哗急淌,柯碧舟怎么也睡不着。

一九七三年,是插队落户的第五个年头了,柯碧舟对湖边寨、对暗流山区的一切都已相当熟悉了。他和玉蓉好,也常听玉蓉讲山区的气象,对天晴雨落,略知一点情况。往年春天也下雷雨,只是猛下一阵就停,停过一阵又落,降水量并不大,山水淌得也不这么急,屋檐水更没这样倾倒般哗啦啦流下来。这雨水,是他插队五年来从没碰见过的(事后,柯碧舟听邵思语大伯说,这场雨是本县四十年来降水量最大的一次)。

天天在田间土头干活,深知气候对庄稼的影响,也常受社员们谈吐的感染,柯碧舟很自然地由暴雨想到了对庄稼的危害,哪一块田园地势过低要遭淹,哪一块田靠近沙坡要遭水冲沙壅,哪一块田田埂过窄要被冲毁,门前坝的低洼地,今年肯定是栽不下秧了……

胡思乱想了一阵,柯碧舟迷迷糊糊合上了眼。睡梦中,他看到雨越下越大,暗流河的水越涨越高,终于野马般冲出了河床,水势大而汹涌,把湖边寨也淹了,泥墙茅屋的集体户摇摇欲坠。柯碧舟吓得出了一头冷汗,惊醒过来了,屋外的风雨声愈加响了。柯碧舟一骨碌坐了起来,他想到湖边寨地势在半山坡上,不知要比暗流河高出多少,暗暗笑自己做了个荒唐的梦。

梦中惊醒过来,要再睡着是困难的了,柯碧舟试图拾起昨夜临睡前的思绪……就在这时候,一个突如其来的念头闯进了他的脑子:这么大的雨,连下了一夜,不但门前坝低洼地要变成大水塘,连粉坊也要被淹没!以往,雨稍下得大一些,低洼地的水都要涨到粉坊门前的青石板上。这一回,倾盆大雨足足下了一夜没歇,破败不堪的粉坊,不是要给冲塌淹没吗!

柯碧舟的神经抽紧了,他的眼前顿时浮现出杜见春那憔悴不堪的脸,那微闪着忧郁的眼睛,那背着沉重的背篓的身影。杜见春初到湖边寨来,柯碧舟并不知道。自有一把算盘的左定法根本不想让杜见春住进集体户,当然更不想把这件事对知青们说啰!相反,左定法还玩了不少鬼。柯碧舟是在杜见春合并到湖边寨一段日子以后,在一次极偶然的出工时候,看到杜见春在背灰肥的。关于杜见春每次往上推荐,每次被刷下来的情形,柯碧舟也略有所闻。柯碧舟从一些不明真相的社员嘴里,听到左定法说了杜见春许多坏话,他很想抽空到粉坊去看看她。他理解杜见春的心情,他更懂得那是种什么滋味,他也知道,在这种时候,人最需要体贴和安慰。但每次想往粉坊走去时,另一个念头就出来干涉他,阻止他:现在她是一个人住在粉坊里,你去看她,会不会引起她另一种想法?当初,她拒绝过自己的爱情,她的样子是轻佻的、随便的,她的语气是轻蔑的、不以为然的。在她,也许是很自然的。可对柯碧舟来说,这却是一生中最深重的刺激。

想到这件事,柯碧舟的心中就不能平静。再说,近两三年来,玉蓉的形象,早已盖过了杜见春,占据了他的整个心灵。在柯碧舟的心目中,勤劳朴实、温柔善良的邵玉蓉是亲切的、鲜明的;而直率爽朗的杜见春,离开他已经是那么遥远的了。

由于这些原因,柯碧舟一直没去看过杜见春。他私下曾暗暗期待过,有一天,杜见春会来集体户玩玩,但是,她没有来,不但没上集体户来,连湖边寨也见不到她的影子。他不知道她怎么生活的,粉坊的破败、潮湿、阴冷,他是知道的,她肯定过得很苦,但具体怎么个样,他不知道。

此刻,柯碧舟什么也来不及想,什么也顾不上了。想到杜见春可能在睡梦中被倒塌的粉坊压死,想到她可能会被漫过粉坊的水冲走,他蓦然蹦下床来,穿好衣服跳到门后,抓过蓑衣、斗笠,雨鞋也来不及穿,就冲出了集体户。

天已现出微明,在狂泻急下的大雨中,湖边寨外的一切都是朦朦胧胧的,睁眼望出去,几十步外啥也看不清,只觉得灰暗惨淡。雨点像无数的大蓉豆敲击着柯碧舟头上的斗笠,邵大山送给他的草蓑衣,只裹住了他的上半身,飞溅激冲的水流和雨珠,只一会儿便打湿了他的两条腿。柯碧舟眨巴着一双眼睛,飞快地冲出寨子,顺着溜滑的不断淌着水沫的泥泞道冲到了门前坝松杉坡上。

松杉坡上长着几十棵气势挺拔的松树杉树,暴风骤雨中,那翡翠色的松杉枝叶,更显出岿然不动的壮伟雄姿。柯碧舟哪里顾得上观看雨雾中的松杉,一跑上坡地,他就朝低洼地旁的粉坊望去。

他的心绞紧了。

低洼地已成了水汪汪的一个大塘,粉坊早已不见了影踪。只见一片灰绿色的大水上,漂浮着枯枝、木块、草束和露出水面的树巅巅。疾风阵阵,雨帘斜斜,水面上荡出无数个逐渐化开的水圈。

柯碧舟的斗笠被吹歪了,他没想到去扶正它,泪水,情不自禁涌上来的泪水,从他的眼眶里泉涌似的淌了下来。

轰隆隆——一声雷响,跟着一道闪电,如同照准柯碧舟头顶劈下来一样,划破凄戚戚雨蒙蒙的长空,倏然一亮,随即又消失了。

柯碧舟一转身,猛地看到了半坡上那棵团团如圆盖的皂角树脚,有一个暗白色的人影。他不知为啥断定,那十有八九是杜见春,就甩开双臂跑了过去。

离皂角树很近了,柯碧舟一眼看清杜见春想干啥的时候,慌得忘记了喊叫,唰地一下扯去斗笠,扔在地下,任它随风滚去。他像矫健的野鹿一般,扑了上去,紧紧地抱住了杜见春刚刚悬空垂吊着的双腿。

杜见春惊呼一声,脑壳一昂,整个身子垂倒在柯碧舟身上。鞭阵一般的疾雨在两人身上浇洒流淌。

柯碧舟神经极度紧张,没料到她整个儿压下来,脚下一滑,跌倒在皂角树脚的泥地上。

贴身衣衫透湿、浑身水光油亮、披头散发的杜见春跌坐在地,看清楚倒在身旁的是柯碧舟,她气恼地撒野道:

"你、你来干啥?"

柯碧舟吓了一跳,怔了一怔,抹了把脸上的雨水,讷讷地反问:

"你……你在这里……干、干什么?"

"我不要活了!"杜见春眼睛失神地一瞪,哇的一声,放开喉咙大哭着,"我活不成了!你、你不要管我!"

说着,她摇摇晃晃站起身子,撒开腿就无目的地跑去。柯碧舟毅然不顾地跳起身来,使劲追到她身旁,一把抱住她,拉开嗓门吼着:

"不!不成,你不许走!你不能这么做!"

杜见春在柯碧舟的臂膀里挣扎着,跺着脚、扭着身子,但想不出其他办法的柯碧舟只好紧紧抱住她,她怎么也犟不过他,最后只得认输地垂倒了头,精疲力竭地倒在他的肩膀上哭号着:

"你叫我怎么活下去啊?"

"总有办法的。"柯碧舟镇定些了,他生怕杜见春再撒腿乱跑,又找不到可抓住她的地方,只得紧紧抓着她的双臂,沉着脸回答,"杜见春,你冷静些,冷静些!"

他往四面看了看,瞅到了离皂角树不远的三角小窝棚,便一手紧抓住杜见春的手腕,一手推着她的背脊,费劲地把她推推搡搡拉进了小窝棚。

天亮了。雨势毫不减弱,雨云在峰巅那儿翻卷着,向这一带上空弥漫过来。阴暗潮湿的小窝棚里,只有一大把麦草。柯碧舟把杜见春推倒在麦草上坐下,自己退后两步,背脊朝着外面,封住了小窝棚的进出口。

嘈杂喧闹的山水和骤雨声,显得更大了。杜见春坐在麦草堆上,身子靠着窝棚的竹笆壁,低着头啜泣着。她穿着贴身小褂和衬裤,离这么近地坐在柯碧舟面前,感到又羞愧、又懊恼、又痛苦。

刚才只顾着救人,柯碧舟什么也没注意到。这当儿,坐定下来,凝神望着杜见春,他才陡然看清杜见春穿的是睡觉衣裳,裸露着手臂和腿脚,湿透了的衣裳紧贴着她瘦削的身子,还在滴水。柯碧舟有些慌神了,他伸手去解蓑衣,解开水淋淋的蓑衣,正要递上去,马上想到杜见春水湿水湿的身子怎能裹在蓑衣里,便又去衣袋里掏摸着,好不容易摸出一条毛巾手帕,也是用脏了的。他硬硬头皮,这时刻也顾不到那么多了,递过毛巾手帕去:

"你拿着,先马马虎虎擦一擦。"

他又把打过补丁的蓝布学生装脱下来,和蓑衣一道分放在杜见春左右。看杜见春抓着毛巾手帕,只是垂着头不动弹,他又想起了什么,催促着说:

"快擦擦,将就穿上衣服,要不就冻坏了!"

说着,他又把长裤脱下,自己穿着线裤和衬衣,站起来说声:

"我去找找丢失的斗笠,你可不能乱跑了!"

说完,他的两眼直直地盯着她,固执地等到杜见春点了点头,柯碧舟才离开三角小窝棚,去找斗笠。

冒雨拾回了斗笠,走过皂角树旁,柯碧舟看到杈干上垂荡着的绳圈,他怔了一怔,走去解了下来,才回到三角小窝棚里。

他变成了个落汤鸡,衬衣、线裤全打湿了,但心里却安定些了。走进小窝棚,他看到杜见春穿着他的学生装和蓝布裤,又裹着蓑衣,缩在麦草堆上,冷得脸色发青、嘴唇发紫。抹得透湿的毛巾手帕,搁在一边。

柯碧舟把斗笠和绳圈往地上一扔,指指绳圈道:"让它见鬼去吧!"说着,他双手使劲揩抹着头发和脸上的雨水,在杜见春对面坐下来,瞅着她的脸,吁了一口气说,"唉,你可把我吓坏了!"

251

两股晶莹的泪水,从杜见春的眼里无声地淌了下来,顺着她瘦削的面颊,直淌到她尖尖的下巴上。

柯碧舟吃惊地望着杜见春。这时候,他才清楚地看到,她是变得多么厉害。她的头发稀松蓬乱,额头上添了两条细细的皱纹,弧形的淡眉毛戚然揪成两个疙瘩。两块颧骨突现,更显出一双眼睛深深地陷凹进去。她的眼圈乌青发黑,两边眼角旁都有了细纹。脸色苍白中透着不健康的黄色,微厚的嘴唇干燥泛白,鼓得老高,露出一排清晰的齿痕和缕缕血丝。啊,一九七〇年头一次认识的那个姑娘,到哪儿去了?在这张脸上,哪里还能找到那双流光溢彩、专注凝神的眼睛?在这个人身上,哪里还能看到那个虎虎有生气的姑娘?仅仅三年时间,不,三年还不到,命运把杜见春摧残得多么厉害啊。柯碧舟比谁都能理解杜见春的变化为啥这么大,这么骇人。一种说不上来的滋味绞痛着他的心,他同情地瞅着她,眼里闪出凄怜温厚的光。

"枉然,你做的这一切都是枉然!"杜见春轻声地但又很坚决地咬着牙愤愤地表白道,"你不可能永远像看守似的盯住我,我早晚要走这条路!"

"为什么要这样说?"柯碧舟惊讶地睁大双眼,张开了惊愕的嘴,合不拢了,他语无伦次地问,"为什么……"

"我活不下去!"杜见春抑制着自己的哭泣,伸手指着窝棚外,"你没看到粉坊被淹了!"

"我看到了!"柯碧舟点着头,"但你可以住到集体户去啊!"

"我不需要,我受不了这样的生活!"杜见春使气一般嚷着,"每天背灰,回到粉坊,我全身都像被人抽打了个遍,我早不想活了。"

"这也可以改变的。"柯碧舟以肯定的语气说,"为什么你就去干这种活呢?这不是劳动惩罚吗?杜见春,你完全可以不干,为什么非要逆来顺受呢?背灰挑粪,这是男劳力干的活,一天跑五十多里地,叫他左定法空着手走走试试,你是女知青,可以干女社员的活。"

"说得好轻巧,"杜见春凄婉地冷冷一笑,"我的口粮、衣服、生活用具、劳动工具,全被大水冲啦!"

杜见春又哭又笑,情绪极为反常。这使得柯碧舟心头,压上了一块磨盘。他知道,这个姑娘说得出做得到,她绝不是赌气,才说早晚要走那条路的话。他心

中着慌,说话更欠考虑,只是冒冒失失地安慰道:

"这没关系,受灾的知青,国家有规定,县知青办会给救济、帮助的……"

"县知青办,哈哈哈! 县知青办……"

柯碧舟被杜见春的大笑搞蒙了头,眨着眼胆怯地问:"县知青办怎么了?"

"你不知道吗? 拿铁棍打我头顶的白麻子,就是县知青办主任的男人。哈哈,你还指望这种人会救我,滚他妈的蛋吧!"杜见春胸中久憋的怒火和怨怼,像找到了发泄的地方,她的嗓门尖脆响亮,毫无顾忌,滔滔不绝地往下说,"你不知道吗? 镜子山大队四次把我推荐上去,四次都是县知青办刷下来的。第四次,老支书周凯旋亲自陪我到县知青办责问那臭婆娘,臭婆娘回答得好轻巧:那是招工单位不要,不是我们不送。放屁! 这就是现实,她明明在整人,在闹报复,还找出冠冕堂皇的理由。倒是那白麻子干脆,他冲着我搔着桌子嚷道:招工单位情愿牵走一条狗,也不愿要你这个复辟狂子女! 哈哈,在他们眼中,我还不如一条狗,我活着干啥? 你说,柯碧舟,我活着干啥?"

杜见春声嘶力竭地叫着,瞪着深陷的双眼,紧咬着牙齿,面容奇瘦,语句尖刻。最后那几句话,她几乎是屏足全身力气嚷出来的。柯碧舟耳管里嗡嗡震响,杜见春的每句话都震撼着他的神经,冲袭着他的心灵。尤其是看到疲惫憔悴、气微力衰的杜见春情绪激动得青筋暴露,全身颤抖,他更是觉得心魂不安。他心中明白,杜见春跌进了他几年前陷进去很难自拔的悲愤、绝望的深坑。而要从深坑中爬出来,是极需要人们的安慰、开导的,像他当年得到邵思语大伯、玉蓉姑娘的启发、帮助一样。但不同的是,思语大伯和玉蓉姑娘,当初是冷静而深思熟虑的。可他此刻呢,不但慌忙无主张,找不到恰当的话表达,相反,杜见春的每句话,都同样激起他的愤怒和不平。面对左定法、黄金秀、白麻子这类人的"专政",谁能不愤恨得发出反抗的呼声呢? 邵玉蓉被县专政队残害在山道上,湖边寨人闹到县里,邵思语亲自找到老莫,一定要追查凶犯,严惩凶手。老莫答应处理这件事,去了地革委会,让公安局出面,可半年时间过去了,县专政队矢口否认动过武,连是哪个抡的铁棍,也不漏一丝口风,案子只得搁置起来。尽管是这样,柯碧舟脑子里,有一个念头仍是坚定的,那就是一定要打消杜见春的绝望思想,使她重新有勇气充满信心地活下去。但柯碧舟嘴里说出的话,实在太缺乏感人的力量了:

"杜见春,我理解你。不过……不过你要看得远、远些,要相信……"

"我什么都不相信!"杜见春又屏足劲叫了起来,"我早看破了红尘!我不要活了,我要以死来抗争!"

面对杜见春歇斯底里的疯狂劲儿,柯碧舟全身闪过一阵寒战,他双手举到胸前,哀求般倾着身子,泪眼嘶声地问:

"难道你真要去、去寻……寻……难道你什么也不相信了?难道你、你连我、我我也不相信了?……"

杜见春透过泪帘,惊讶地望着浑身水湿、可怜巴巴的柯碧舟,他那声泪俱下的模样,像一枚针似的戳着她的心,杜见春似想起了啥,泥塑木雕般呆住了。她目不转睛地瞅着他。

柯碧舟赌气般说:"我、我真没想到,玉蓉为了你的安全,献出了自己的性命。你、你却这样轻生……"

杜见春的两眼有什么东西撑着般瞪大了,玉蓉让湖边寨上一个小姑娘,来给她通风报信的事,她还记得。后来听说,就为这,玉蓉遭了害,凶手也没揪出,杜见春也曾难受了好久。这当儿,柯碧舟提出这件事来,杜见春浑身发热,愣住了。这些天来,只想着自己的忧戚痛苦,她差不多把这事儿忘了。

看到自己的话吸引了杜见春,柯碧舟控制着自己烦乱不已的情绪,抹抹泪接着说:

"杜见春,我……我对谁也没讲过。不过,我想告诉你,我……我也曾想过自寻短见……一死了之……"

"你?"杜见春眨巴着一对眼睛,两颗沾在眼睫毛上的泪珠,随着她的眨动滴落下来,她惊骇地说,"你……你也曾……想……"

"是的。"柯碧舟点点头,毫不掩饰地承认,"我也有过痛苦,有过烦恼,有过被压抑得喘不过气来的感觉,有过这么一段……一段沉重的时期……"

杜见春被他说话的语气、神情、微颤的嘴唇和他说出的内容吸引了,她情不自禁地追问道:

"那后来呢?"

"后来,经邵思语伯伯和玉蓉的点拨、开导,我发现我错了!"柯碧舟的目光从杜见春脸上移开,落在小窝棚的旮旯里,回想着那一段思想上的骤变,放缓了语气道,"我陷进了自怨自艾的深坑不能自拔,我被精神上感受到的压力摧毁了,我没有勇气面对生活,我实际上是个胆小鬼,是个懦夫！当思语伯和玉蓉使我意识到这一点的时候,我猛吃了一惊。当他们告诉我,山寨上的人们并不都是像我想象的那样看待我的时候,我开始醒悟了。是啊,人活在世界上几十年,在历史的长河中,是多么短促,可连这么短促的时间,我还要把它缩短,这是多么懦怯啊！"

柯碧舟说话的声气抑扬顿挫,满含着感情,他说话的神态诚恳真挚,好像要把自己的心掏出来。杜见春只觉得,他的话音里,仿佛在散发一种磁力般吸引着她。她愣怔地睁大双眼,目不转睛地盯着柯碧舟。柯碧舟喘了一口气,接着说:

"美国科学家爱因斯坦说过,人只有献身社会,才能找出那实际上短暂而有风险的生命的意义。这段话,我在中学里就摘抄在自己的笔记本上,但直到思语伯和玉蓉帮助我之后,我才真正领会这句话的意思。杜见春,我们的生命,可以说也是有风险的,可绝不能因为生命有风险,我们就……就害怕生活,就自暴自弃,就自……自寻短见。你说,这些话对吗？"

怪得很,在柯碧舟费劲地寻找着恰当的词句,困难地把自己曾经思索过的想法讲出来的当儿,杜见春的心中也在起着微妙莫测的变化,似乎是暖烘烘的热水袋,融化了杜见春心灵上的冰块,她觉得,她头脑中那执拗的想寻短见的念头退隐到后面去了,她不由得闭紧嘴点了点头。

杜见春这一点头,引得忐忑不安的柯碧舟兴奋起来,他激动地往下说道:"你刚才说,你要以死来抗争,不对,杜见春,你这么做,不是抗争,是投降于青春！你这样做,正好合了左定法、白麻子、黄金秀那些坏人的心愿,他们这样摧残、打击我们,就是要把我们往死路上逼啊！你死了,他们正好说:看,多么反动！不,不能死！我们要活,我们要活下去！玉蓉跟我说过,这帮家伙的日子长不了,她有信给我,我可以给你看！说得对,说得真好！我们该活下去,我们有权利活下去,活着看到这帮畜生倒台！"

柯碧舟气喘吁吁,激动万分,说得又快、又急、又响。这回,轮到杜见春惊愕不解了,眼前的柯碧舟,不像她过去认识的柯碧舟啊！

柯碧舟像跑了急路一样喘了几口气,又继续道:"你知道吗？左定法在湖边寨上到处传播,说你是大叛徒、大黑帮的女儿,说你是最反动的复辟狂的女儿,一张嘴就放毒！他还通过他的爪牙、亲戚威胁社员,不准任何人和你接触,不许任何人睬你,哪个人要睬你,就揪斗哪个!这个'土皇帝'说了话,社员们不了解情况,又听到那么几顶骇人的帽子,哪个人愿惹是生非,来同你说话答言啊!"

"啊!"杜见春恍然大悟地瞪直了灼灼如焚的双眼,"原来是这个野兽玩了鬼,怪不得湖边寨人看见我,像见了瘟疫般地往一旁躲哩!"

联想到昨晚上想蹩进粉坊来欺侮自己这件事,杜见春怒火中烧,愤怒的胸脯剧烈起伏着。她咬紧牙,恨透了拱槽猪左定法。

"你不要被他吓住了!"柯碧舟见她一言不发,不知她心里在思忖些啥,放缓了口气说,"天无绝人之路。除了要顽强地活下去,你要在湖边寨上生活,就得接近群众,和社员们……"

"被左定法这么说了,哪个还敢理我呀?"杜见春的情绪改变了点,她烦恼地截断话问。

"有办法!"柯碧舟蛮有信心地说。

"啥办法?"

"你不是赤脚医生吗?"

"在镜子山是,在湖边寨人家还能承认?"

"为啥不承认?当初唐惠娟走,镜子山推出你来,就是接她的工作。唐惠娟的任务,也是在两个大队治病。你为啥不能干?告诉我,你能看些什么病?"

"还不是下乡前,学了点打针、治感冒的。老支书周凯旋听说这一点,硬要我鸭子上架,对付着干,可我这一年,差不多没提起劲干过。"

"要干。跟你说啊,山寨上可太需要个能治点小毛病的赤脚医生呢。"

"哪个人敢要我看病啊?"杜见春愁闷忧悒地说。

柯碧舟两眼一亮,挥着手说:"玉蓉的阿爸邵大山,这几天正害对口疮,我带你去,他肯定敢要你治。只要治好了啊,局面就打开了。山寨的事,就是这样,群众心里服了你,就会主动来招呼你、找你。那么一来,左定法把你说得魔鬼一样可怕,不就没人信了?"

杜见春把身上的蓑衣裹拢些,深陷进眼窝的双眸,透露出一丝喜色。

柯碧舟眉飞色舞,兴致勃勃地说:"哼,想逼我们走绝路,没那么方便。"他笑了,不是为杜见春表露了愿治对口疮高兴,而是他发现,杜见春的情绪已经逐步稳定下来,想寻短见的念头在说话间被不知不觉驱除出去了。

骤雨声中，窝棚里静默了一阵，突然响起了杜见春微弱的嗓音：

"那么……眼前……怎么办呢？"

"眼前？眼前嘛……"柯碧舟竖耳听听，窝棚外的风雨仍没啥减弱的迹象，他果断地站起来，"走，眼前当然是先回湖边寨集体户去，安定下来再说。"

杜见春坐着不动，柯碧舟双手绞着衬衣上的雨水，等待着。杜见春从蓑衣围裹中，伸出一只手，拾起那块毛巾手帕，拧起两条淡淡的弧形眉，站了起来。可刚站起，身子便摇晃了两下。

柯碧舟伸出手去想扶她，她垂眼瞅瞅柯碧舟的手，不易觉察地摇了摇头，抿紧嘴巴，大步走出了窝棚。

柯碧舟连忙拾起窝棚里的斗笠和绳圈，跑出窝棚，赶了上去。

雨中，两个年轻人的身影，踏着泥泞溜滑的山路，朝着被雨雾浓浓地罩住的湖边寨走去……

两个小时之后，受惊受寒、又饥又乏、从死亡的边缘回到生活中来的杜见春，已经擦干身子，穿上柯碧舟的一身干衣裳，吃过了饭，在原先唐惠娟的床上睡着了。

神经始终处在紧张状态中的柯碧舟，这才真正轻松地吁了一口气，他瞅瞅女生寝室关紧了的那扇门，然后走进了男生寝室，在自己那张只铺着席子、放着一条毯子的床上躺了下来。他床上的垫褥、床单、被子，通通铺到女生寝室唐惠娟的那张床上了。夏天没到，他只好先睡起席子来。

他还没歇足十分钟，灶屋里虚掩着的两扇门，被咚的一声推开了。一直在床上睡懒觉的肖永川翻了个身，嘴里咕噜了一句什么。柯碧舟以为是风雨把门撞开了，正想起来去关门，灶屋门口传来了苏道诚和华雯雯的说话声：

"哎呀呀，总算到了，这个鬼地方！来过这次以后，我再也不会来了。阿弥陀佛！"这是华雯雯那娇滴滴的声音。

苏道诚在脱自己的胶布雨衣，发出壳落壳落的微响，他长叹了一声，说：

"真倒霉，娘×，回来办手续，偏偏碰到下大雨，行李铺盖也不好托运。"

"算了吧！我早说了，破破烂烂的东西，三钱不值两钿卖给阿乡算了。把好点的东西托运回去！"华雯雯以不耐烦的语气说着，又诧异地问，"噫，集体户里的人呢？都在困大觉呀？"

柯碧舟离床走到灶屋里,朝两人点点头,主动招呼说:"你们俩回来了!"

"回来了!"苏道诚穿件崭新的藏青涤卡上衣,下身一条醒目的法兰绒裤子,荷兰式紫绛色皮鞋,油光光的头发,他把雨衣往一条板凳上扔去,伸出一只手,和柯碧舟握了握,以傲然自得的口气说,"怎么样,柯碧舟,湖边寨的日子过得逍遥吗?"

华雯雯急着沾沾自喜地告诉柯碧舟:"嗨,跟你讲啊,我们这次回来,主要是办理回上海的手续,转户口、油粮关系,最多住一个星期就走!"

"噢!"柯碧舟心中一惊,真没想到,苏道诚和华雯雯的路子这么广,竟然能把两个人的户口,通通办回上海。他一边点头说好,一边打量着华雯雯。这姑娘在上海住了近一年,人并不见胖,只是显得更白嫩了。她留着短短的游泳式头发,上身穿件最新式的米黄色涤卡尖角领两用衫,下着一条针织涤纶裤子,脚上穿一双紫蓝色的高跟女雨靴,显得更加窈窕多姿。

"哎,柯碧舟,这里木料好买不?"苏道诚问,"这次户口办回去,我正好往上海带一批木料,也好捞他点外快。"

"哎哟,快别说你的木料啰!"华雯雯催促道,"先去找左定法,把手续办一办吧!拖拖拉拉,这家伙不签字,大队会计还不敢办手续呢!"

苏道诚点点头:"对,阿乡都是难找到的,先找他们几个要紧!柯碧舟,少陪了,办完手续,夜里我们再吹吹牛吧!上海的新闻多得很!《绿色的尸体》,保证听得你不要睡觉!"一面说,苏道诚一面重新穿上雨衣,提起一只装着"烧香开路"礼品的人造革包,拉了华雯雯一把,两个人请柯碧舟照管一下灶屋里的旅行袋,匆匆去找拱槽猪左定法交涉了。

柯碧舟瞅瞅灶屋里那只滴满雨水的人造革旅行袋,望着两人往寨路上去的背影,心里疑惑地思忖着:

"这两个家伙,凭什么?……即使苏道诚父亲在上海路道粗,县知青办怎么也同意放他们呢?真是……"

## 二十四

湖边寨八月的黄昏,安宁而又静谧。杜见春搬一条板凳,坐在集体户灶屋门口,左手自然地垂在膝盖上,右手托着下巴,脸微微仰起,期待地望着远方。金色的余晖透过不远处的几株尖叶杉,照射在她脸上,给她的脸涂上了一层红釉。

离寨不远的那道山脊上,收工回队的妇女们扛着锄头,叽喳说笑着走过。寨口大沙塘树脚,牵着马的汉子、赶着鸭子的娃崽,都先后回寨来了。湖边寨的堰塘头、水井边、院坝里、寨路上,都响起了每日傍晚必有的喧嚣。

"人家都回来了,他为啥还不来呢?"杜见春有些焦躁地暗忖着。下午,杜见春参加队里盘仓,预备腾出仓库,迎接秋收。搬完了囤箩、篾筐,扫刷干净以后,一个社员找杜见春给他那爱哭的娃儿看病,杜见春一检查,发现小娃儿的症候极像肺结核,她把问题的严重性给大人说了,要大人明天一早带小娃娃去县里透视,社员答应了。杜见春回到仓房来,盘仓已经结束,会计和几个社员正在把仓里盘出的剩水泥、化肥、白洋豆过秤记数,他们让杜见春早点回家煮饭。杜见春回到集体户,淘米、洗菜,里里外外不住地忙碌,想好好整一顿晚饭吃。吃晌午饭的时候,三个来月没往外跑的肖永川,突然向队长请半天假,不知去哪儿了,到这时候还没回来,杜见春估计他是不会回来吃晚饭的。晚饭,只有她和柯碧舟两个人,该多么好啊!

谁料到,杜见春煮了饭,特意炒了菜,炖好鸡蛋汤,柯碧舟还没回来。她拿条板凳坐在门口,睁大眼睛,朝寨外的来路上瞅着。唉,老是不见他的影子,杜见春不由得叹了一口气,垂下了眼睑。

点水雀儿在集体户后头的野杏树上啁啾着,啼得又尖又细;不甘寂寞的阳雀,也一声声叽喳直叫,天知道它在唠叨些啥。太阳落坡了,气温已明显地比白日降低,杜见春仍一动不动地呆坐着,陷入了沉思。

她在湖边寨集体户住下,已有三个多月了。这一百多天时间,她是怎么过来的呀,简直像是场梦。好多事她已记不得了,但有一点,她的心头一直是清楚的:要没有柯碧舟,她根本无法想象,自己怎么能熬过这些艰难的日子。

刚住进集体户,就是苏道诚和华雯雯两个回来办手续、买木料、迁户口那天,杜见春就病了。她病得很重,既遭了惊吓,又受到刺激,还着了寒,她的体温很高,喉咙里似有火烧,浑身像断筋折骨般疼痛,半夜里还时时尖声嘶叫、哭泣。

是柯碧舟跑老远的路到公社医院,死赖活缠地请了个医生来给她看病、配药。是柯碧舟端开水给她喝,煮稀饭请她吃。她睡熟了,他按时来喊醒她吃药。

出工前、午休时、天黑以后,他没事儿就端一条板凳,坐在离床几步远的地方,抱着本书,埋着头看。只要一听见她呻吟、响动,他就会即刻仰起脸来,轻声问她:需要啥,喝水还是吃饭?她的病略轻些,能坐起来了,柯碧舟拿出玉蓉写给他的那封没写完的信,给她看。杜见春是怀着惶惑激动的心情读这封信的,她从信中看到了玉蓉对柯碧舟纯洁的感情;她也从信中得到了力量,她懂了,生活中的人们,不都是像左定法、白麻子、黄金秀那一类家伙,不都是戴起有色眼镜瞅人的,他们懂得尊重人、理解人,他们知道每个人都有自己的自尊心,都有自己该走的路。邵玉蓉是这样的人,周凯旋老支书是这样的人,好些社员也都是这样的人,她杜见春,为啥要自卑自怯地去寻短见呢?不,要活下去,玉蓉说得好,左定法、白麻子那帮人早晚是要倒台的。党的政策,不是那个样的。

杜见春一遍一遍读着玉蓉写给柯碧舟的信,仿佛这信也是写给她的。真没想到,这山寨姑娘,不但勤劳朴实、心地善良,而且聪明豁达、能说能写。信心开始回到杜见春心里,她又坚定了生活下去的愿望。读玉蓉的信,杜见春还会涌起另一种感情,羡慕、向往中混杂着隐隐的妒忌,她明知这是可笑的,但每读一遍,这种感情总像汹涌的、不可阻挡的潮水一样,向她涌来。

她的病逐渐好转了。烧退了,头脑不那么眩晕了。只是每晚临睡前有点低热,下床来,感到头重脚轻。柯碧舟要她再躺着休息几天,彻底痊愈了,再到集体户外走走,透透新鲜空气。杜见春苦笑着,声音柔弱地说:

"睁着眼睛躺在床上,太愁闷了。你能找本书给我看吗?"

柯碧舟回到男生寝室,打开自己的小木箱,翻了一阵,找来了一本薄薄的小书——《阴谋与爱情》。杜见春并不想看这本书,但她没表示拒绝,只点着头,低低地说声:"谢谢。"

柯碧舟出去了,杜见春坐在床上,背脊靠着床栏,闭上了眼睛。她不急于看这类资产阶级的作品,记得那回在防火瞭望哨值夜,柯碧舟坐在篝火旁看的,正是这本书,当初杜见春对他看这种书就有想法,不料他还拿这本书给自己看。不过,那一夜,他俩谈得真多、真广,哪里会有这么多话讲啊!现在杜见春每回见柯碧舟进来,除了勉强笑笑以外,啥话也讲不出来。杜见春闭着眼回忆着,他们说过些什么话,怎么说的,后来又是怎样分手的。呵,要是那以后,他们一直那样保持着联系,三年后的今天,不知会怎么样呢!

杜见春的面颊上滚烫滚烫的。防火瞭望哨值夜的那一晚,曾经感觉到的那种朦朦胧胧的期待和希冀,又控制了她的情感。杜见春忽觉得心怦怦乱跳,脸红得比发高烧时还烫,她断然地摇了摇头。他的心目中还可能会有我吗?快别胡思乱想了。

为了阻止自己七思八想,杜见春拿起了柯碧舟留下的《阴谋与爱情》,翻开来看着。

好书不但能吸引人,而且能打动人的感情、震撼人的心灵,使得读者忘了吃饭、睡觉,忘了时间在不知不觉地流逝。

杜见春看了第一场戏,就被深深地吸引住了。她捧着书,听不到鸡啼狗吠,听不到走过集体户门外人的说话声,更忘记了自己是个病人,一口气,把这本薄薄的小书读完了。尤其是最后那场戏,杜见春读着读着,情不自禁地落下泪来,低声抽泣着。

看完书,她没有把最后那一页合上,呆痴痴地坐着,仰起脸来,两眼瞪得老大,凝视着光线晦暗的屋头,根本没察觉,时间已是午后,也根本不觉得肚子饿。

哈,这完全不是什么资本家的儿子玩弄阴谋诡计,去引诱工人的女儿,这故事远比杜见春想当然的生动得多,感人得多。怪不得柯碧舟这么爱看书,这样的好书,谁不愿读啊!

杜见春觉得,自己过去错怪了柯碧舟,明明是自己幼稚无知,还偏偏责怪他尽看封、资、修书籍。他待人那么好,心地那么善良,肯定和读过许许多多这样的好书有关。

一阵脚步声响进了灶屋,是柯碧舟回来了,杜见春用耳朵就能辨别得出他的脚步声来。她盼望他进来。果然,脚步声响到女生寝室门口,柯碧舟在问:

"我能进来吗?"每次他进来之前,总要这么怯怯地问一声,得到了她的答复,他才走进来。

"快来!"杜见春情不自禁地叫着,连忙伸手抹抹眼睛里的泪,把书合上,放在一边,坐端正了些。

柯碧舟的脸晒得红黑红黑,手里提着他那只黑色的六十年代末期上海通用的人造革包包,笑吟吟地问:

"你饿了吧?"

她摇摇头:"躺着,不觉饿。"

他从包包里拿出一件蓝卡其布两用衫、一条咖啡色长裤,兴冲冲地抖开来:"看,这身衣服好吗?"

杜见春一眼看出裤子和两用衫都是女式的,脸微微一红,心头明白那是他新买的,仍问道:

"谁的?"

"你的。"

"我不要!"她哪里能接受他的衣裳呢?

"不,"他急了,把衣服、裤子折叠起来,申辩道,"这是用你的钱买的呀!"

"我的钱?"杜见春更加莫名其妙了,"我给大水冲得一无所有,哪里来的钱?你别胡说了!"

柯碧舟和颜悦色地把衣服、裤子折好,放在杜见春的床脚边,喜不自禁地说:

"你听我说呀,事情是这样的。前几天的大雨,危害很大,有的集体饲养棚垮了;有的社员家牛圈、马厩塌了;也有的社员自留地壅满了沙;严重的,还有房屋山墙倒下来压死人的。国家给公社拨了救济金,说每个受灾的人都有一份救济。听说这个事儿,我直接跑到鲢鱼湖公社,把你的事儿如实说了。公社管救济的干部和管知青的副书记都很重视,听说你被大水冲得精光,生活吃、穿、住都困难,他们马上给你拨了三十斤粮、七十元钱,还说了,隔一两天,他们就下来实地看看,调查核实了,马上给你开救济粮折子,补偿你一些损失,到了冬天,来寒衣了,一定拨棉衣、棉裤给你。我代你领了粮和钱,想到你啥衣裳也没有,我就估量着你的身材,帮你在公社百货商店买了衣服、裤子。你看看,这不是你的钱吗?"

说着话,柯碧舟从自己的衣袋里摸出一沓钱和粮票,小心翼翼地递过来,指着说:

"你点一点,三十斤粮票,五十五块七角四分钱;衣服、裤子共十四块二角六分,发票也在里面。"

杜见春睁大双眼,直愣愣地盯着柯碧舟淌着汗珠的亮晶晶的脸。此刻,这张脸被太阳晒得绯红绯红的,泛着健康蓬勃的神采,眼睛里闪烁出兴奋喜悦的灵光,笔挺的鼻梁上,沁着几颗细小的汗珠,嘴巴微启,露出一口雪白的牙齿,衷心愉悦地笑着。他的神态是真挚诚恳的,他的整个脸庞是生动引人的。杜见春傻了一般,竟像头一次认识柯碧舟那样瞅着他,看得有点呆了,忘了伸出手去接他递过来的钱和粮票。她的眼睛里滚动着泪珠,两片嘴唇忘乎所以地颤抖着,费了老大的劲,极力抑制着,杜见春才没哭出声来。她只觉得泪水模糊了双眼,胸怀里有一股汹涌的感情在翻腾。

柯碧舟疑惑地瞪大了双眼:"你怎么哭了? 该高兴才是啊! 事情总算跑妥了! 我早说过,车到山前必有路,总有办法的。"

"不……我不是哭……"杜见春否认着,不知说啥好,泪珠溢出了眼眶。

"看,左定法压你、县知青办压你,可公社还有懂政策的干部哩,还有党和人民哩! 杜见春,你放宽心吧!"柯碧舟劝慰着,伸手掏出帕子,抹着额头上的汗,神采焕发地说,"要紧的,是你得赶紧养好病,是啵?"

杜见春任凭眼泪流着,激情难抑地点着头,喃喃地说:"柯……碧舟,你……害你来回地跑……我……"

"快别说了,我煮饭去!"柯碧舟把钱和粮票往杜见春手里一塞,有点惶悚般疾速地转过身子,走了出去。

"不,不用了……我已经做好了饭菜。"

这以后,杜见春的病很快痊愈了。她能起床在屋里屋外走动,能帮着煮饭、捅火、扫地了。柯碧舟硬要她在集体户再歇两天,还陪她去找邵大山。左定法那头拱槽猪,大概是做贼心虚,并没出头来干涉杜见春住集体户。大水淹了粉坊,杜见春被水冲得险些丧命,身无分文,害着大病住在集体户女生寝室,已经把人逼到了最惨的境地,左定法再想来欺侮杜见春,实在也说不过去。再加上公社干部来了解杜见春遭灾情况时,除了对她进行安慰和进一步救济外,还顺便问左定法,为啥把一个并队来湖边寨的女知青单独派住在粉坊,左定法找了几个理由,才勉强搪塞过去。为此,他更不敢再来迫害杜见春了。

杜见春起床后的第二天,柯碧舟和肖永川出工去了,杜见春封了火,洗净碗,随后拿着扫帚,先把女生寝室扫了,接着又扫净了灶屋。两个男生出去了,她决定顺手把男生寝室也扫干净。走进男生寝室,还未俯身扫地,她一眼就看到柯碧舟的床上空荡荡的,她走近床去,头顶上像挨了一棒般怔住了。

柯碧舟的单人床上只铺着一张草席,草席上搁着一条叠得方方正正的粗线毯子。一条毛巾铺在冬天穿的球衣球裤上面,替代了枕头。枕边有一本厚厚的书,封面上印着一个秃顶肥胖的外国人,书名《奥勃洛摩夫》。

杜见春拿着扫帚,呆立在床前,心里痛楚地想:他把垫褥、床单、被子、枕头全给了我,自己就盖这么一条毯子,睡在草席上。夏天还没到,晚上该多冷啊,可他从没向我透露过。我是多么傻啊!

除了决定马上拿公社给的救济款去添置棉絮、被里和被面以外,杜见春想得更多的,是柯碧舟这个人。他说话不多,干活踏实,待人诚恳,憨厚善良,他太好了。怪不得山寨姑娘邵玉蓉,会那么深地爱他呀!别看玉蓉是一个农村姑娘,可她看人的眼力,比自己强多了!

二十五岁的杜见春,还没细细地品尝过爱情的滋味,她还没真正地恋爱过。头一次,她那少女的感情正要朝着柯碧舟奔放地涌洒出来,听到柯碧舟的家庭出身,她几乎没好好思考,就断然截住了柯碧舟的话头。第二次,她谨慎些了,对苏道诚观察了好久,总是琢磨不透这个相貌英俊的青年,究竟是个什么样的人。在精神上遭到摧残的时候,她草率地向苏道诚做了提示,结果发现,这家伙原来是个寻欢作乐的无耻之徒。从那以后,杜见春的感情禁锢起来了,没有对任何人打开过。

在养病的日子里,她回想自己站在松杉坡上的情形,每次想到柯碧舟为了救她,不顾一切地紧抱着她,扶着她走进三角窝棚时,她都会脸红,都会睁大了发亮的双眼,陷入遐思和幻梦中去。

随着这些天来柯碧舟为了她里外忙碌、甘愿受苦,对她嘘寒问暖、关怀备至,杜见春心灵深处的情思,也随着身体日见恢复痊愈,而渐渐苏醒过来,像早春的幼芽般萌发、生长。这种感情的萌发和生长,和植物幼芽的萌发、生长一样,是很难觉察的。待到情思愈来愈强烈地使人难以抑制时,才会像突然看到般让杜见春惊讶起来!

杜见春站在柯碧舟空落落的床铺跟前,眼里落下几颗泪珠,滴滴答答掉在柯碧舟的草席子上。她的胸脯忽起忽伏地波动着,心里激动得厉害,悄声地喃喃着:"你、你太好了……你太好了,碧舟!"

当杜见春一再重复这句话的时候,她的空寂孤独的心灵,逐渐充实起来。这是父亲杜纲被关起来以后,杜见春经常感觉到的那种惶惑不安在逝去,一种清醒的,但又掺揉着汹涌澎湃的感情的意识告诉她,她爱上了柯碧舟,而且是爱得那么深、那么强烈。

在这以后的日子里,只要是和柯碧舟有关的一切,他的脚步、他的嗓音、他用过的劳动工具、他的衣物碗筷,甚至人们无意中议论到他的片言只语,都能拨动杜见春心灵深处那感情的琴弦,都能引起她的联想和陷入沉思。她瞅着他时的目光,和以往不同了,凝神专注,在他的脸上都会停留得过久;她对他说话的声调,也和平时的嗓音不一样,含着羞涩的柔情;不论碰到什么事儿,她脑子里产生的第一个念头,便是柯碧舟怎么样。柯碧舟的一切,都和她的命运水乳相融般交织在一起。只要和他在一起,她就会觉得自在、愉快。只要一静下心来,柯碧舟的形象就会那么鲜明醒目地浮现在她脑子里。如今,她看到的,不仅仅是他那生动引人的外貌,而是他那颗水晶般透明的心。

她爱他,爱他!

可是,她将怎么向他表示呢?这可把杜见春难住了。

杜见春病好以后,柯碧舟带她去看邵大山后颈上生的对口疮。哎哟,邵大山的对口疮已经溃烂、化脓、肿起一大块,痛得他每夜只能合扑躺在床上。无法参加体力劳动。他站在那里,背后有人喊他,他的脖子一点也不能动,只得慢慢移动身子,来个一百八十度的向后转,才能看到喊他的人。这两天,疮口越发恶化,已影响到他起立、走路。讲话的时候,后颈也隐隐作痛。去公社医院看过,消炎药吃了,针也打了,一般药膏也敷过了,都没效果。暗流大队的老人们都说,对口疮是致命的!

杜见春一看到这个伤口,早慌了手脚。她只有点基本的医药知识,看个伤风、感冒,打打针还行,哪医得了邵大山烂遍整个后颈的对口疮啊!

事情也巧,那天柯碧舟和杜见春去看邵大山,烧窑师傅阮廷奎和缺牙巴大婶也赶来看大山。见杜见春皱紧眉头,束手无策的样子,坐在一旁的烧窑师傅咧嘴笑了,在板凳脚上磕着烟杆脑壳,一字一句地说:

"我晓得你一个上海姑娘是莫法对付这疮口的。要治住这对口烂疮啊,只有一个人能行。"

"哪个?"杜见春反问。

"你们镜子山大队的一个老中农,绰号叫'死牯牛'的。"阮廷奎重新裹了一张兰花烟,点燃火,吧嗒吧嗒抽着说。

"死牯牛"这个老中农杜见春认识,脾气特别坏,又犟,比发了脾气不服管教的大牯牛还难劝,所以镜子山人都叫他"死牯牛"。整个大队,能和他说上话的,独有周凯旋老支书。其他人,包括他的亲生儿子,也难摸准他脾气。杜见春眨巴着眼,摇摇头说:

"没听说他会看病啊!"

"是的,他不是郎中,啥病也不会看。独独会医对口疮。"阮廷奎越说越玄了,"你们不懂吧?哈哈,这是他老祖公传下来的、专医对口疮的家传秘方,知道的人不多。就是不多几个知道的人,也难求动他。"

一旁的缺牙巴急忙拉开嘴巴哇哇说道:"哎呀呀,为大山伯的这对口疮,四姑娘她爹不知往镜子山来回跑了几趟,脚杆筋也跑断了,天底下的好话也说尽了,还帮补上五十个鸡蛋、一斤叶子烟,可那个'死牯牛',硬是不松口,不答应找药。你们说焦人不焦人?"

这话显然是说给邵大山听的,表明他俩对他是关心的。必须说明的是,听说了邵大山的病,烧窑师傅确实去镜子山跑过,找到"死牯牛",请脾气倔强的老人吃过一把叶子烟。事情没求成,气呼呼地回来了。他既没跑过几趟,也没送"死牯牛"五十只鸡蛋和一斤叶子烟。这些只不过是缺牙巴的"艺术加工"罢了。

不料杜见春一听这话,却来了劲。她眼睛辉亮地说:

"我有办法!"

听杜见春讲有办法,柯碧舟主动陪她去镜子山大队找"死牯牛"。杜见春的办法说来也简单,她找到老支书周凯旋,把情况说了。周凯旋听说这几年遭贬的邵大山害了对口疮,二话没说,就带着两个年轻人去找"死牯牛"。"死牯牛"明明是个大活人,只不过说话生硬些,听了周凯旋的话,他让三个人在屋头坐坐,自己旋即转身出了门。半个小时以后,他手里托着一张南瓜叶子,叶子上烂糊糊地捣了一团草药,闻闻只有股青草气,瞧不出是啥中草药,但他却郑重其事地关照杜见春:

"你把这带回去,给邵大山敷上。三天以后,你再来我这里拿药。敷四回不好,砍我的颈子去换他的。"

"死牯牛"连平时该收的几块钱药钱也不要,还一再声明,烧窑师傅阮廷奎来讨药,只说他有个亲戚害对口疮,没说是邵大山,所以没有给他药。语气中,还露出对自私自利的阮廷奎老大看不起。

杜见春千恩万谢,喜洋洋地赶到湖边砖木结构的小屋,把药给邵大山敷上。三天以后,她又跑了一回。没敷到四回药,只敷了三回,九天工夫,邵大山溃烂红肿的对口疮就消了炎去了脓,只留下一块疤,全好了。

不像柯碧舟预料的,杜见春以高明的医术赢得了湖边寨人的尊敬,但却以她的热心肠,博得了暗流大队社员的信任。

"生活和劳动的权利,是通过奋斗争取来的。"柯碧舟说过的这句话,杜见春这几个月来有了深刻的体会。通过看病,她几乎认识了湖边寨所有的人。她给这家人打过针,给那家人煎过药,还给另一家生病的孩子当过看护。寨上有一对三十多岁的夫妇,独生儿得了中毒性痢疾,已经昏迷,见春抱着孩子坐船赶到县医院,大夫说需要输血,见春马上说:"我的是O型,抽我的吧!"见春的一百五十毫升血流进了病人身体。孩子脱离了危险,见春不顾休息,又去安顿孩子的父母。见了的人,谁都夸这姑娘心好。如今她在湖边寨,也像原来在镜子山大队一样,出工劳动,接触社员,用自己那点微薄的医疗知识,为社员们服务,彻底改变了大伙儿对她的印象。她虚黄中透着苍白的脸色泛上了红光,她消瘦的面颊,逐渐丰腴起来。她走路又显得踏实有力、富于弹性了。她的双眸,又闪烁出灼灼的光彩。有时候还能听到她那极富感染力的脆亮的笑声。

随着这些情形的好转,她又有了新的心事。她发现,自从她得到湖边寨社员的信任以后,柯碧舟和她逐渐逐渐疏远了。表面上,他俩还合在一起吃饭,常是柯碧舟挑水、挑煤炭、挖黄泥巴、种园子,干些重活,杜见春煮饭、洗菜、捅火、洗碗,做些家务事。他们的接触也不少。但敏感的杜见春,觉得柯碧舟的话少了,也不像她在病中那样经常进女生寝室了。尤其是到了晚上,夜深人静,杜见春一个人回到寝室,她多么希望柯碧舟进来坐一会儿谈谈啊,可柯碧舟从来没进来过。这使得她忧伤、纳闷,很晚很晚了,还坐在灯下,托着腮沉思默想。她猜不透柯碧舟究竟怎样想,到了晚上,他到底在干些什么?有几次,她在灶屋里向男生寝室望去,只见他背对着门,坐在那里伏案疾书,连头也不抬一抬。她知道,他在写什么东西,他爱好文学啊!想到他把精力和时间花在写作像《天天如此》这样毫无意义的小说上面,她不但感到惋惜,还觉得他太不爱惜自己的宝贵青春了!

多少次,杜见春想叫他停下写作,想劝一劝他,和他谈谈心。但肖永川也在男生寝室里,她怎么好意思叫他呢？这个"小偷",自她住进集体户以来,从没和她讲过话,他和柯碧舟又是死对头。要是见她喊柯碧舟,谁知他会到寨上去说些什么难听的话啊！因此,杜见春只得压抑着自己心头越来越强烈的愿望,默默地转过身去,退回女生寝室,悄然躺下。

今晚上的机会太好了,肖永川不在,柯碧舟回来吃完饭,她一定要和他谈谈,向他倾诉一下,自己内心的感情和愿望。可事情偏偏不巧,杜见春在集体户门口,坐了足足有半个多钟头了,柯碧舟还没回来。这几天他在队里参加薅三道秧,俗话说,头道薅秧,二道绣花,三道跑马。按理该早点收工了呀！

暮色笼罩了山寨,好些人家屋头开了电灯。几颗早早升起的星星,已在夜空中眨着眼儿。千姿百态的群峰,全变成黑黢黢的了。点水雀儿和阳雀,已经归了巢。集体户门前那条路,只能依稀辨出灰白的泥色。杜见春却依旧坐在灶屋门旁出神,她的眼里闪烁着情意绵绵的波光,焦灼不宁的思绪在她脸上不时遮上一层暗影。她的心像空中飞掠不停的小鸟,荡荡悠悠地不安。

路上出现一个模糊的人影,继而响起了脚步声,杜见春紧张地辨别出,这是他回来了。

她想站起来躲进屋去,又情不自禁地想迎上去,可她觉得自己呼吸局促,心跳得很慌,连站起来的力气也没有。直到他走到门前院坝里,她才略微埋怨地低声说：

"你还知道回来啊……"

集体户里没开灯,灶屋门口黑洞洞的,柯碧舟显然不防这儿有人,他的脚步停了一下,才略见惊异地问：

"怎么不开灯？杜见春,你哪儿不舒服吗？"

"没有,等你回来吃饭。"杜见春听到柯碧舟关切的语气,一高兴站了起来,迎着他说,"等了你好久。快进屋吃饭吧,菜都要凉了。"

柯碧舟说了声谢谢,两人进了灶屋,开了电灯,拉桌吃饭。

端着碗,杜见春大胆地瞅着柯碧舟问："怎么这样晚才回来？"

柯碧舟回看了杜见春一眼,见她那双明亮、泛彩的眼睛盯着自己,他连忙把目光闪开,垂下眼睑说：

"薅完三道秧,坐在田埂上,我在想,湖边寨就这么四五百亩田、四五百亩土,粮食增了产,现金收入也高不到哪里去。不设法喂鱼、养蜂、建果园,这个寨子怎么富得起来?到哪里再找钱发展生产,叫社员们过上一年比一年好的日子?坡上的八月竹,三五年才长成一期哪,也不能尽指望它!"

"可左定法那帮人不让你搞副业,你不是瞎操心嘛!"杜见春听说他傻呵呵地坐在田埂上想这个事,又悯惜又体贴地说,"社员们都怕左定法扣大帽子,不敢提出搞副业赚钱,你再建议、再苦思冥想,还不是竹篮子打水?"

柯碧舟把碗筷一搁,双手扶着小方桌沿,蹙着眉头说:"杜见春,你说说,社员们为啥不敢顶左定法?"

"这头拱槽猪开口方向路线,闭口两条道路,吹得天花乱坠,社员们弄不清这些大道理,自然不敢同他顶啰!"杜见春早想过这件事,随口答道。

"那么,"柯碧舟眼睛一亮,望着杜见春说,"你看,我们能不能想办法,把这些道理给大家说说透,让社员们都认识到,是让湖边寨富裕起来好呢,还是光像左定法那么一味乱咋呼,一天比一天穷下去好。道理说明白了,寨邻乡亲们心头亮了,大伙儿说干的事,左定法还压得住?吓唬得住?像你当赤脚医生的事儿,群众舆论大了,左定法不也只得让步,批钱给你买药!"

"哎,这么做是个办法!"杜见春给柯碧舟一说,也来了劲,"你想清没有,怎么给社员们说?"

柯碧舟的脸又阴下来,他搔着头皮说:"说到天边去,我就是对这些问题想不出个道道呢!"

"那你也别急,我们慢慢想吧。"杜见春委婉地劝着他,把我们两字说得很重。她用筷子点着柯碧舟,"你快吃饭啊,怎么光说话,不吃饭呢。炖鸡蛋汤你怎么一点也不吃?"

说着,杜见春搁了筷,把蛋汤碗朝柯碧舟饭碗里倒去。柯碧舟想拿开碗,已经来不及了,他抬起头来,惶惶地说:

"谢谢,谢……"

他的话说不下去了,杜见春正含情脉脉地瞅着他。柯碧舟脸一红,扭过脸去。

饭后,柯碧舟抢着去洗碗,杜见春连连摆手:"你别争,我来洗!"

"还是我洗吧,今天我啥事也没干,你做得很多了。"说着,柯碧舟舀出桶里的水,壳落落洗着碗筷。

杜见春倒了一盆洗脸水,待柯碧舟洗完碗筷,端到他跟前,瞥了他一眼说:"洗脸吧。"

面对杜见春的体贴关怀,柯碧舟手足无措,他只得连声道谢,匆匆洗了脸,换了一盆洗脸水,端到杜见春面前,然后像回避什么似的跑进男生寝室去。

杜见春的心随着柯碧舟走回寝室而往下一沉,她用自己的行动,已经向他表示得相当明白了,他也不是看不出来,但他为什么慌慌张张,像怕遭刺扎一般逃进去呢?他是故意疏远我们之间的关系,还是有意冷落我,避开我?杜见春洗着脸,思忖着。她心里说:哼,你逃嘛,今晚上我非逼着你有个态度不可!

她倒了洗脸水,回到屋里捋了捋鬓发,轻手轻脚走进灶屋,来到男生寝室门口。她正要一脚迈进去,可眼睛看到的情景,使她不由得缩住了脚,凝神屏息地不敢吭声了。

男生寝室里,柯碧舟正坐在自己两只箱子叠起来的桌前,直着腰杆,微侧着头,奋笔疾书。集体户里声息全无,他的钢笔在纸上发出沙沙沙的响声。在桌子上方,垂吊着一只电灯泡,电灯光下,桌子左侧,齐齐整整地放着一沓稿纸,用白线订成一薄本一薄本,大概是写好的书稿。桌子右侧,还放着几本书、一本黑封面的厚笔记本子。

柯碧舟写得那么专注,那么入神,使得杜见春根本不忍心叫他、惊动他。她左手扶着男生寝室的门框,右肩靠着壁,大睁着一双眼睛,一眨不眨地望着柯碧舟的背影。

她觉得自己心海中的潮水在泛滥,她觉得自己有一种不可言说的激动。

这样伫立着,不知有多久。当杜见春仰起脸,轻轻呼出一口气的时候,她陡然想到:不能这样尽等下去,今晚的机会,还是不可多得的。想到这儿,杜见春轻轻咳了一声,就在同时,集体户外响起一阵沉重的脚步声,杜见春虽然看到柯碧舟转过脸来,她还是心虚地转身退进女生宿舍。

灶屋里的电灯光直扑到门外院坝里,一脸倦容的"黑皮"肖永川跌跌撞撞跨进了灶屋。

## 二十五

杜见春暗暗盼望着和柯碧舟深谈一次,可总是没有机会。

过去三天两头不在湖边寨的肖永川,请假出去一次以后,就不出去了。他天天出工,收工回到集体户,也不到社员家去串门,不是横躺在床上抽烟,便是在男生寝室和灶屋之间来回走动,嘴巴里吹着尖锐的口哨,沉着脸,眼睛里露出若有所思的神情。看得出,他也有什么心事。

集中收获的阴历八月过去了。气候逐渐转冷,秋风凉了,收割过后的田土山岭上,看去光秃秃的,加上天一阴,张眼望去,山山岭岭,枯草在风声中瑟缩发抖,满目都是凄凉萧条的感觉。

山区有句俗话说,"九月寒露霜降,油菜麦子栽到坡上"。

只要不下毛雨,杜见春就随着女劳动力顶着萧萧的秋风,在坡上栽种小季。

她和湖边寨的社员们已经熟悉得称姐道妹,人们见她身体弱、脸容消瘦,既不叫她干栽种时最重的丢粪活,也不叫她干下力的盖土活,只让她胸前扎一个围兜,兜兜里装满油菜籽或是小豌豆,顺着犁出的畦沟,一路下种。杜见春感激寨邻乡亲们对她的关怀照顾,干得很认真,种子下得又直溜又均匀,得到大伙儿的称道。

九月初九,重阳节。好心的伯妈、大婶,都来拉杜见春去吃粑粑。这天,她从社员屋头吃完糯米蜂糖粑粑回到集体户,一眼看到肖永川端着脸盆,到堰塘边洗衣裳去。杜见春待肖永川的身影在寨路上走远了,转过脸,对正在往热水瓶里灌水的柯碧舟说:

"今天队里放假,你有啥事儿吗?"

柯碧舟也刚从邵大山屋头吃了豆粉粑粑回来,听到问,他摇了摇头,仰起脸来,探询地望着杜见春。见春的脸一红,略有些激动地说:

"要没事儿,我想和你谈谈。"

"好。"柯碧舟放下手中烧开水的锅儿,塞上热水瓶塞,直起腰坦率地说,"封了火,我们就谈。"

"不,"杜见春看柯碧舟一脸正经,不知他是看不出自己的心思呢,还是故意装成啥感觉也没有的样子。她羞涩地一扭身子,讷讷地说:"我想……我想……"

看她欲言又止的神态,柯碧舟有些急了:"有什么话,你尽管说罢。"

杜见春双手拉扯着身上蓝卡其布两用衫的衣角,心头像有头小鹿般嘣嘣乱跳,她的声调变得又轻又柔和:

"我是想……想和你去……"

话没说完,集体户外传来一个欢畅的嗓门:"柯碧舟,柯碧舟在屋里吗?"

柯碧舟从杜见春的神态中,猜测到了她内心中蕴蓄着的那层意思,他无可奈何地瞅了杜见春一眼,急忙迎到灶屋门口,朝外面应道:

"我在家!哎呀,'卷毛',是你啊!你倒还有点良心,抽调到农机厂,还想到回集体户来,快进来坐坐。"

"卷毛"王连发比在湖边寨那几年胖了一点,脸色也白皙了些,他穿件银灰色的涤卡上装,隐格的棉涤裤子,黑色的皮鞋,卷曲的头发整齐地梳成波浪形,大概是心情愉快的关系,他一点不显老,相反比在农村时还年轻了点。他亲热地拍拍柯碧舟的肩膀,并不走进集体户来,而是对柯碧舟挤了挤眼皮,嘴角朝后一努,高声说:

"你看看,还有谁来了?"

柯碧舟仰起脸来望去,不觉又惊又喜。来的竟是玉蓉的伯母,在县公安局工作的滕芸琴。柯碧舟紧走几步迎上去招呼道:

"伯母,你来了!快请到屋头坐。"

滕芸琴手里提个拎包,朝柯碧舟微笑着点头,亲切地说:

"小柯,你在湖边寨生活可好?"

"好,好。"柯碧舟望着面慈心善的老人,不觉想起了玉蓉,声气喑哑地回答,"你见到大山伯了吗?"

"还没得哩。今天是公差,谈完事,有时间去湖边坐坐。"滕芸琴说着话,和两个小青年一起进了集体户灶屋。

杜见春听到"卷毛"王连发的声音,连忙避进了女生寝室。她虽和王连发认识,但一点不熟悉,见了面,免不了互相问候。杜见春极不愿提及自己这段日子的经历,干脆躲进了屋子,把女生寝室的门关上,坐在床上打毛线衣。受灾以后,经公社副书记和管救济的干部实地调查,了解到杜见春确实被大水冲得一无所有,公社立即给她发了救济粮折,一直供应到秋收分口粮,还补助她一百三十元钱。像为数不多的重点受灾对象一样,她得到二百元钱的现金补助,拿到这笔钱,她给自己买了一顶帐子,给睡草席、毯子的柯碧舟买了一条垫褥和被子,添置了一些内衣和替换衣物。由于和柯碧舟搭伙吃饭,锅、瓢、碗、筷等生活日用品,她没有添置,因此余下了三四十元钱。姑娘的心常是很细的,她从接触中,发现柯碧舟只有一件毛线衣,且很旧了,袖口领边脱了线。她便买了一斤半黑毛线,给柯碧舟打一件新的毛线衣。她打的是叶子绞莲花的样子,很好看。这时,她一面打着毛线衣,一面听着灶屋里的说话声。

寒暄了一阵,滕芸琴问柯碧舟:"你们集体户的肖永川在家吗?"

"在,洗衣服去了。"柯碧舟看到滕芸琴脸上收敛了笑,意识到伯母此来是找"黑皮"的,他问:"要找他吗?"

"找他了解情况,核实材料。"王连发插嘴说,"'强盗''侠客'那两个打过你的家伙,都在今年春天被逮捕了。滕同志来找我了解情况,又让我陪她来这儿找你和'黑皮'。"

柯碧舟这一下才明白他们此来的目的,他说:"你们等等,我找他去!"

"不用,"滕芸琴摆了摆手说,"他的情况和你们不同些,一会儿我单独找他谈。怎么样,肖永川最近表现好吗?"

"开春以来,他一直在队里出工劳动。没事的时候,也不出外乱跑。比我离寨的次数还少些。"柯碧舟据实答道,"这个人,气力很大,真干起活来,也肯出力。社员们都说,'小黑皮'今年变了。"

滕芸琴笑道:"这么说,逮捕了那两个,对他有所触动,他也改进了点。"

"这家伙过去可坏哩!""卷毛"责备地斜了柯碧舟一眼,眼神里的意思很明白,你为啥不多说"黑皮"些坏话,他还打过你,抢过你钱哩。他气愤愤地说,"我也不包庇他,偷东西、赌博、喝酒,和不三不四的女人乱搭,都有他的份。他还喊'强盗'和'侠客'打过柯碧舟,把柯碧舟一年分红进的钱全抢走了!"

"有这种事吗?"滕芸琴问。

"事情是有的,但都是一九七〇年的事了。"柯碧舟语气平和地说,"当初,大队也不管,就那么不了了之了。"

王连发又愤怒地插话说:"那天是我找的左定法,这个土霸王,说什么这是坏人打坏人,真他妈的没见过这种不讲理的事儿。后来还是邵大山和玉蓉赶来,关心了柯碧舟。滕同志,你是公安局的,有权,像左定法这种人的事,你要好好向县委书记老莫汇报汇报,帮我们知青出口气!"

王连发离开了暗流大队,无所顾忌,说话大胆多了。滕芸琴眯缝起眼睛,点着头说:

"小柯遭害的事,玉蓉和大山都给我们讲过,我们也很气愤。但这几年,事情复杂啊。你们可能也知道,中央、省里、大地方有斗争,我们这小小的县里,同样也有复杂的斗争啊!像左定法,还有县专政队的白麻子,县知青办、招生办的主任黄金秀这类人的所作所为,大家都有些风闻,都觉得这类人怎么能当干部?可他们偏偏掌着权,和县里面造反上去的副主任勾得很紧。光一个副主任的事,还不好解决?可这位副主任,和地区、和省里面都有勾扯,这个背景就复杂了。县委书记老莫,拿着也无法呀!举个例子吧,你们隔邻镜子山大队,老支书周凯旋到县里找莫书记告状,说县专政队白麻子拿铁棍打伤了一个女知青。老莫过问了一下,我们公安局也插了手,我还叫玉蓉写过旁证材料。结果怎么样呢?材料摊出来了,白麻子回答说,这个女知青是复辟狂、叛徒的女儿,她父亲单位来函要求搜抄她的一切信件及笔记,查查有无她父亲的罪证。白麻子说,县专政队看到知青办转来的函件,照章行事。那女知青先动手打人,才被专政队革命群众还手打伤的。事后,县里那造反上去的副主任,还说老莫立场有问题,为复辟狂、叛徒的女儿辩护,要糊他大字报,要上告。白麻子就更嚣张了,在县城扬言这是阶级报复,还带了一伙人,要对杜见春采取第二次革命行动。事情你们也都知道,后来玉蓉察觉了他们的行动,让四姑娘给杜见春传了口讯。杜见春是避开了,可玉蓉……玉蓉她……她遭了毒手。这是明目张胆的行凶杀人啊,事情告到地委,省里有关部门也知道,但县专政队还是县专政队,有什么办法?在这种复杂的情况下,你们看看,老莫他怎么开展工作呀!"

说到这儿,滕芸琴的两只巴掌还气恼地拍了一下。

话题涉及杜见春,她停了打毛线,全神贯注地竖起耳朵听着,心潮起伏不平:啊,在我挨打的事情后面,还有那么多话啊!哦,玉蓉,玉蓉冤死之后,凶手还没揪出来哪!要照过去的脾气,杜见春早冲出去,愤愤地揭露白麻子造谣了。但今天的杜见春,岂止是性情变了,人也成熟多了呀！她仍坐着不动,听着灶屋里的谈话。

"照这么说,吃亏倒霉的还是我们知青啰！"王连发气不可遏地粗声说。

"话不能这么讲,事情复杂呀,小王,不单是知青问题,现今的事儿,关系到整个国家和人民的前途哩。"滕芸琴显然不想在这个问题上多谈,她又回到原来的话题上,"小柯,这么说,肖永川最近表现还可以,是啵？"

"嗯,我看他今年挣的劳动日,能自力更生过日子。"柯碧舟回答。

"是啊,一个青年,走上了邪路,能拉的,我们还是要尽量拉啊！"滕芸琴赞赏地望着柯碧舟,看不出,小柯真还有点宽阔胸襟呢,人家打了他,他仍能客观地反映情况。她嘴角露出一丝笑意,"这样吧,你们在这儿聊聊,我去找他。他在哪儿洗衣服？"

柯碧舟陪滕芸琴走到灶屋门口,指着条小路说:"顺着这条小路,一直走到堰塘,他在那儿洗衣服。"

柯碧舟回进灶屋,"卷毛"就瞪大眼责备他:"阿木灵,你真是个阿木灵,趁这机会,为啥不多讲点'黑皮'的坏话。这家伙,也应该铐进去！"

这话也正是坐在女生寝室里的杜见春想说的,她竖起耳朵听着。柯碧舟答道:

"算了吧,'黑皮'家里,也是挺可怜的。"

"你可怜他,他什么时候可怜过你？""卷毛"振振有词地问。

柯碧舟苦笑道:"我不和他一般见识,我不是个小流氓。你没听滕伯母说,公安局都还想拉他哩！"

"你这个人哪,真是不可思议。"王连发连连摇头,摸出一包香烟,"来来,抽一支。怎么,你还是那样清高,一支烟也不抽？佩服佩服！插兄哪个人不吸烟啊？"

柯碧舟坐定了,双手扶着膝说:"讲讲吧,农机厂情况怎么样,生活得好吗？"

"好个屁,还不是混日子！""卷毛"根本坐不住,他手中夹着烟,来回在灶屋里走动着,一边打手势,一边滔滔不绝地像很多当代青年一样大发牢骚,"八小时工作,做到四小时算好的了！伙食极差,业余时间极无劲！星期天就是抽烟、喝酒、打牌。唯一比农村好的,是每月有点固定工资,活儿不像农村那么苦。反正混吧,你没听滕同志说,现在连他们也在混啊!没办法,是客观形势逼着人混哪!"

"哎,你那个女朋友孙莉萍呢,她怎么样?"柯碧舟想起了脸皮黑黑、鼻子尖尖、好唱好乐的姑娘孙莉萍,随口问道。

"你不知道吗?"王连发扬起两道眉毛,说,"她分配到县商业局当营业员啦!我现在是够满意的了,混过三年学徒期,就打家具结婚,早早有个归宿算了。"

柯碧舟眼里闪着点讥诮的光,笑问道:"你当初不是说,她年龄比你大些,只是谈谈而已吗?现在怎么那样认真了呢?"

"唉,一言难尽啊!""卷毛"脸不红筋不胀地站定在屋中央,徐徐吐出一口烟,左手叉着腰说,"人也是会变的嘛,我何尝不是在变化之中。实话告诉你吧,孙莉萍比我晚抽调几个月,她刚到县商业局报到,就收到上海她母亲来信,说已有风声传出,独生子女,可以照顾回上海。我看到这封信,心里慌了,她一回上海,我们的事准吹不可!刚刚报到,她还不属于正式职工,属于试用人员,完全可以设法办理辞退手续的。可她很坚定地对我说,她不办辞退手续了,就在县商业局工作也很好。理由很简单,我在县农机厂,她回上海去了也没啥大意思。她爱我,不愿与我分离两地。柯碧舟,我听到这些话,眼睛里流泪了。你说说,我爱她些什么呀?过去我真是有点逢场作戏,讲也讲不清楚。经这一来,我才发觉小孙是那么好。如今这样的姑娘,白天开着电灯也难找啊!我不讲什么高尚、动听的话了,总而言之,我现在是一心一意爱着她。我们的钱放在一起,争取早点积蓄一笔钱,早点在一起共同生活。这就是我的归宿了,我没啥雄心壮志,也不想成名成家,更没那些往上爬的野心,叫我像过去的雷锋那样全心全意为人民服务,出力流汗,让那些野心家、阴谋家、往上爬的家伙挥霍我们创造的财富,我又没有那么傻。你说我不早早筑个窝儿过舒适生活,还求个啥?"

在这方面,柯碧舟自然说不过王连发,他只是淡淡地笑着,不吭气儿。

王连发继续大发议论,他说柯碧舟当初放弃去县文化馆工作,实在是下策之下策,仅仅因为感情一时冲动。目前玉蓉不幸遇害丧身,他又无工作,该怎么办啊?

抽了几支烟,喝了两杯茶,王连发突然想起了什么,他瞅瞅关紧的女生寝室门,走过去伸脚踢踢,侧转脸来问柯碧舟:

"唐惠娟读大学、华雯雯回上海,这屋里住着哪个?"

他这一踢不要紧,可惊动了打毛线的杜见春,乍听到踢门声,她屏住呼吸,不知是去开门好呢,还是坐着不动。好在柯碧舟已在灶屋搭上了话:

"杜见春并队到湖边寨来了。"

"是她!"王连发惊愕地问,"她在屋里吗?"

柯碧舟看杜见春久久不露面,估计她是不愿出来,撒了个谎说:

"她出去了。"

坐在床沿上的杜见春这才轻吁了一口气。

"啊哈,原来是杜见春并队过来了。怎么样,柯碧舟,你们之间关系好吗?"听说杜见春不在,"卷毛"说话又随便了。

杜见春的脸上腾地一下红了起来,心里头跳得厉害,不由自主地停止了打毛线。

"还不是一般的关系。"柯碧舟轻描淡写地说。

"哎,你们俩不是曾经挺接近吗?碧舟,依我看啊,过去你们不相配,现在她父亲是被打倒的,你们倒是门第相当的一对儿啰,哈哈!"

杜见春的左手托着下巴颏,用指甲轻轻搔着脸皮。她紧张地倾听着,多么希望柯碧舟露出一句中她心意的话啊。但灶屋里的柯碧舟却有些愀然不悦地责备着"卷毛":

"你开什么玩笑啊,别胡说了!"

"这怎么是胡说呢!我跟你讲啊,碧舟,你年龄也不小了,这种事也该考虑起来了。至于杜见春嘛,她的年龄也不小了,姑娘到了这种年纪,考虑得更多。你要真有心,干脆大胆向她表白,有啥难为情的!反正是那么回事,一锤子买卖吧。"王连发这回倒是说得一本正经。

"唉,这是不可能的。"

杜见春右手的毛线落在床上,她的双手捧住脸,睁大了双眼,聚精会神听着灶屋里的对话。她觉得自己的心在往下沉,一股异样的滋味,升腾到她鼻腔里。

"为啥不可能?"王连发紧盯着柯碧舟问,"难道你还在想邵玉蓉?不错,这个山寨姑娘有不同于阿乡的地方,相貌也比杜见春漂亮些⋯⋯"

"你又在乱说些什么呀!"柯碧舟局促地打断了"卷毛"的话。

王连发更为疑惑不解了："那你倒是说说,究竟是什么原因阻止着你们俩好?"

"我配不上她。"柯碧舟的声音又低沉又喑哑,听去有股无可奈何的泄气劲。杜见春把脸转向灶屋这边,才勉强听见了他的下半句话："她根本不可能看上我。"

傻瓜,傻瓜,真是个笨蛋!杜见春心里斥骂着:你怎么不细细看看我的一举一动哪!灶屋里王连发的嗓门又大了起来:

"这倒不一定。问题不在于她怎么想,问题在于你,你对她到底怎么想?你对她有意思吗?你喜欢她吗?"

杜见春的心提到了嗓子眼上,她的双手捂住脸,仿佛接受审判一般等待着柯碧舟的回答。

"这个问题,我此刻不能跟你说。走吧,'卷毛',到寨里寨外散散步,我陪你故地重游一番,看看湖边寨有无变化。"

两个人掩上灶屋的门,走出去了。杜见春估计到柯碧舟会在路上跟王连发讲这个问题。她真想追出去听他怎么说啊!可这是不可能的。柯碧舟将对王连发说些什么呢,说他喜欢我,还是说他不喜欢我,两种讲法都有可能的呀!杜见春心里忐忑不宁地猜测着。最后她生起柯碧舟的气来,这个人,肠子里打几十个弯,有话你就说吧,偏要走出去。

杜见春忘了打毛线衣,石像般发呆地坐在床沿上,坐了好久好久。

这一天,柯碧舟和"卷毛"都没再回来。第二天杜见春才知道,他们俩出去散步,碰到与"黑皮"谈完话的滕芸琴,陪老人一起到湖边看望邵大山,在邵大山家吃了午饭,一行人又去黄土坡上玉蓉墓前致哀、献花。

待柯碧舟送滕芸琴和"卷毛"去县城后回来,肖永川早已在男生寝室埋头写起检讨、揭发材料来。他俩又无法说话了。

杜见春老是找不到能和柯碧舟长谈一次的机会。秋雨一下,队里安排肖永川和几个强劳力从煤洞口往砖窑挑煤炭。肖永川很卖劲,冒雨挑煤,浑身淋湿以后,没及时揩干,热汗和冷雨流在一块,当天晚上病倒了。起初,柯碧舟并没发觉。第二天肖永川没出工,柯碧舟见他在床上躺了一整天,正要问问杜见春,杜见春用嘴向男生寝室努了努,压低了嗓门道:

"他开口问我要退热药片呢。"

"你给他了吗?"

杜见春点了点头,声音很轻地说:"这会儿可能睡着了。"

柯碧舟站直身子,静心细听了片刻,微蹙着眉头,没有吭气儿。

半夜里,杜见春被男生寝室里的一片呻吟惊醒了,她在床上翻过身子,听清那是病中的肖永川在一声长一声短地哼哼。集体户外的雨停了,屋檐水滴答滴答往下掉,夜很静,肖永川的喘气和哼叫,听来很是清晰。杜见春心里说,谁叫你过去打碧舟呢?这阵儿谁来服侍你。活该,这也是好有好报,恶有恶报,对你一个教训。

正这么想着,杜见春意外地听到了柯碧舟的说话声,他从床上翻身起来,开亮了灯,问:

"肖永川,你要喝开水吗?"

"嗯。"肖永川的回答显得很可怜。

杜见春听到柯碧舟起床倒开水的响声,而后又听他说:"喝吧,肖永川,开水在这儿。你能坐起来吗?"

"能、能的……"

"你肚子饿吗?我煮点粥给你喝,好吗?"

"谢、谢谢,谢谢你……"

杜见春这才想到,确实,肖永川在床上躺了一整天,早、中、晚三顿饭都没吃,他一定是又渴、又饥、又乏、又难受。只因平时和这个过去大名鼎鼎的小偷从不讲话,杜见春自心眼里鄙视他,根本没为他设想一下。也忘了他是个病人,同样需要吃饭,需要人的关怀和安慰。

杜见春听到柯碧舟开了男生寝室的门,走进灶屋,开灯、撬火、舀水淘米。她的心里一热,觉得自己也有一份责任,急忙穿衣起床,悄悄走到灶屋里,来到柯碧舟身旁。

"你睡吧,一个人足够了。"柯碧舟耳语般对她说。

杜见春不答话,找了一把扇子,啪嗒啪嗒扇着炉火。她看到,柯碧舟嘴里在劝她,但眼睛里闪烁出来的光,却比平时要温柔亲切得多。

煮了一小锅稀饭,柯碧舟还给肖永川煎了一只荷包蛋拿进去。杜见春一面主动拿起火钳封火,一面倾听着男生寝室里两人的对话。

"吃吧,肖永川,趁热吃两碗粥,再吃两片药,感冒很快会好的。"

"谢谢,柯碧舟!"肖永川的嗓音颤抖,鼻子像被什么堵住了,突然,他哭泣着叫道,"我、我过去……对不起你!"

"快别说这个话了……"

"不。公安局滕同志来叫我写材料揭发'强盗'和'侠客',也叫我写检查……呜,呜,我吓得不敢出声了。滕同志还讲,是你说的,说我这几个月表现不错,他们要拉我一把。柯碧舟,你、你上路,够朋友……而我、我过去……"他悔恨地失声哭着。

杜见春拿着火钳站在炉子旁,听着肖永川这些发自肺腑的痛悔之言,心里也觉得有什么硬块在融化。

柯碧舟诚恳地说:"肖永川,都是过去的事了,以后再说吧。你先喝粥,要不,粥要冷啦!"

肖永川利索地喝了两口粥,又抽抽咽咽地说:"过去我们抢了你的钱,我、我以后一定还你。我……我手头还拿不出……以后……"

"吃粥吧,肖永川,平时你倒有股男子汉大丈夫气概,今晚这是怎么啦?"柯碧舟还在劝他,"要说话,喝完两碗粥也可以说啊!"

杜见春封了火,关熄灶屋里的灯,回到自己屋里,脱衣躺在床上。她没有马上关灯,只是仰面朝天望着白花花的纱布帐顶,浮想联翩。是的,一个人,只要和他在一块儿生活,就能愈加深切地了解他。自从住进了湖边寨集体户,杜见春对柯碧舟的了解,越来越具体了。她看到,柯碧舟怎样对待集体,怎样接触社员群众,怎么对待身旁的知青,怎么对待他和玉蓉的关系。一个形象鲜明、有血有肉、踏实憨厚、聪明睿智的柯碧舟,那么深地印在她的心上。她自然而然地想到,爱这样一个人,是不会错的;被这样一个人爱,也会是很幸福的。你看他,对曾经毒打过他、抢过他钱的肖永川,竟是这个态度,那他对自己所爱的人,不知将多么体贴、关心哩。怪不得,邵玉蓉当初会不顾父亲的反对,坚定不移地爱他呢。

杜见春想着想着,自己的脸又泛起了红潮,心也跳得骤急了。男生寝室柯碧舟说话的声音,一字一句传了过来:

"……说真的,肖永川,你真该从泥坑里拔出脚来了。我听说,你父亲是一个全身瘫痪、在家病休的老工人。你妈妈又在里弄生产组干活,家庭经济够紧的。你要再不争气,像'强盗''侠客'那样,不说对不起其他人了,你对得起自己父母吗?他们听说你下乡后变成这个样,会怎么想呢?你有空,好好想一想吧。"

"哎,"肖永川一边低声哭着,一边痛心疾首地答,"我、我要想……我要改、改正……重、重新做人……"

# 二十六

寒露一过,为了赶在浓霜遍降之前把做成坯子的砖瓦通通赶烧出来,窑子上增加了劳力。柯碧舟也被派去给烧窑师傅阮廷奎做小工。

砖瓦窑的小工,主要活儿是拌和煤巴,遵照窑师傅的命令捅火、添煤,到闭窑的时候,挑挑窑田水。活儿不算重,但却离不开窑子,一天到黑都要在窑子旁守着,晚上也得睡在砖窑边上搭起的草棚里。这就很辛苦了。

一窑砖瓦烧成,阮廷奎要柯碧舟回集体户好好歇息,待出完窑,重新装进砖瓦坯子,还要连轴干几天呢。

足有一个星期没回集体户了,柯碧舟离开窑场,放快了脚步,往湖边寨上走去。正是午后,秋阳明丽璀璨,徐徐的秋风中送来阵阵野菊花的香味儿。柯碧舟心头畅快地想:回到集体户,把积存的脏衣服洗洗干净,舒舒服服休息两三天,该是多么愉快啊。

走进男生寝室,柯碧舟急忙去拿前些天换下来的脏衣服。奇怪,放在床脚架子上的脏衣服都不见了,床底下的脚盆也不见了。而床上,却变得焕然一新。他原来铺着的草席被卷了起来,换上了垫褥、新床单,被子、帐子都洗得干干净净。床头枕边,还搁着一件黑色的毛线衣。柯碧舟记得这是前些天里杜见春打的,他抖开一看,毛线衣打成男式样,叠领,叶子绞莲花的图案,很是新颖美观,大小和自己那件旧毛衣差不多。他心里什么都明白了,一切都是杜见春干的。

"这是你请杜见春打的吗?"躺在床上午后小歇的肖永川探出头来道,"打得真好看!柯碧舟,你好福气啊,杜见春帮你把帐子、被子全洗了。刚才把你床架上的脏衣服也搜去洗了。"

柯碧舟心里又感动又不安,他转过脸来问:"她这几天没出工?"

"湖边寨女劳力的活儿都干完了。油菜、麦子、豌豆、胡豆,该抢种的田土都种上了。栽洋芋还不到时候,得等十天半个月的,队里放妇女好些天假哩。"肖永川羡慕地说,"说来说去,女的还是比男的舒服。这几天我参加抢收晚米,实在累坏了,一回来只想往床上倒。"

"也要注意劳逸结合,量力而行,你说是吗?"柯碧舟答了一句,走出男生寝室,看看杜见春屋里门关着,他决定到沟渠边小石桥那儿去。杜见春在给他洗衣服,他心里很过意不去。

湖边寨外洗衣服的地方有两个,一个是在后头坡脚的小溪旁,一个就是在门前坝小石桥那儿的沟渠边。一般地来讲,后头坡脚远一些,水流得也慢,去的人少些。如果衣服多,或是洗被子、床单、帐子一类大东西,大伙都愿到较近的小石桥边去。那儿的水清凉,流得也急,洗起衣服来爽快。

顺着弯弯拐拐的石级山道走出寨去,柯碧舟心里像淌过一条暖流,热烘烘的。杜见春对他那么好,使得他内心中不时地涌起一阵阵激情。他时常觉得,刚认识杜见春那半年经常闪现的念头,又在泉涌般冒出来了。随着和杜见春的接触日渐增多,她的形象又变得鲜明而有光彩了。连着在砖窑上七天没回集体户,他空闲时会不由自主地想到她。她在集体户里干啥?晚上睡得早吗?我不在,她要挑水、冲煤,琐碎事儿不算少呢。往事也会出现在他的脑子里:他们认识,是在一九七〇年夏天,她推门进集体户躲雨;他们第二次见面,是她出头打退了"强盗"和"侠客"几个流氓,护送他搭上卡车;他们熟悉,是在那一夜防火瞭望哨值班……所有这一切,经历的时候,感觉并不那么深刻,可如今回想起来,都是很有滋味的。

但是,每次只要一想到杜见春轻佻的大笑着截断了他激情难抑的叙述,柯碧舟的心里就会涌起一股异样的酸辣味。他甚至记得,杜见春怎样把他写的稿子《天天如此》轻蔑地一扔,回身就走的细节。后来他理这些稿纸的时候,止不住悔恨地掉了泪。他还记得,当她听到苏道诚带着明显的贬斥口吻讲到他的家庭出身以后,他们之间便倏然冷淡、疏远了。

当然,这些都是过去的事儿,襟怀坦荡些,完全不必耿耿于怀的。可也就是这些细枝末节的小事,却像刀痕般留在他的心上,很难抹去。

命运使得他们两人又凑到一块儿来生活,又开始产生了朦朦胧胧的新的感情,但那逝去的往事,却时常悠悠然浮现出来,刺激柯碧舟的神经。更为重要的是,他时时都追念着邵玉蓉。玉蓉留给他的印象太深刻了,这个朴实、丽雅、俊秀的山寨姑娘,对他的影响太大了。他常会觉得,玉蓉还活着,有什么话要同她去讲,他老是情不自禁地往湖边砖木结构的小屋走去,常常是走到了院坝跟前,他才意识到玉蓉不在屋里,而是在黄土坡上。于是他迈着沉重的脚步走到玉蓉的墓前,久久地伫立在那儿;或是抱几块石头,把她的坟堆圈垒起来;或是采摘一束野花和着松柏枝叶,献到她的墓碑前面。那一回杜见春坐在集体户门前等他回家,他其实是到玉蓉墓前去了,所以才耽搁了那么久。只是因为不好意思讲出口,他才搪塞说自己坐在田埂上沉思。

正因为这样,他能及时地抑制内心深处自然而然泛起的感情的波澜,能处理好与杜见春的关系的。他叮嘱自己,要冷静,要谨慎,不要被眼前的情景迷惑。他不无谦卑地想过,政治上的风云变幻是极快的,别看杜见春父亲这会儿落难,眨眼间,她爸爸很可能解放出来,重新担任领导工作,到那个时候,她还是一个革命老干部的女儿,而自己呢……所以,在生活上帮助杜见春渡过了难关,在杜见春逐渐为湖边寨群众认识以后,柯碧舟有意识地回避着杜见春,他不到女生寝室里去,也不主动找她说什么。他怕陷进感情的罗网,遭到更大的打击和痛苦。

理智上有这么明确的认识,柯碧舟也努力照自己的认识去实行,而感情这怪物,却无时无刻不在挑逗他、引诱他、折磨着他。在现实生活中,哪一个人没有这样的体会。理智需要摈弃的东西,感情非要顽固地捡回来。特别是杜见春对他的关怀、体贴,更叫他感到焦躁不安。躺在床上,他总觉得杜见春那热辣辣的撩人的目光在瞅着他的脸。

多少日子来,柯碧舟就在这重重矛盾中犹豫徘徊,在理智和感情的旋涡里打转转。杜见春给他清理换洗了床铺、送给他一件黑色的新毛线衣,犹如滚滚的热浪,兜头兜脑地袭来,把他围裹住。他的心也是热的啊,哪能见此而不动情呢?

走出寨子,一眼看得到那条绕弯打拐的沟渠水,在门前坝的田土间蜿蜒流过。为过马车而架的青岗石小石桥侧边,杜见春穿着一件黄白色彩条布衬衣,正埋头洗着什么。

柯碧舟甩开双手,大步走到小石桥上,不无激动地叫着她:

"杜见春,快让个位置,我来洗。"

显然是没有料到柯碧舟会到这儿来,杜见春急骤地猛一抬头,双眼闪烁出晶亮欣悦的光彩,她用劲地点着头:

"行,这儿有几件衣服,还没刷过呢!你到这儿来刷。"

她伸出湿漉漉的手,指着身旁一块磨光面石板。

柯碧舟顺从地跳到磨光面青石板上,双手轮换交替地捋着自己的衣袖。

"等等,先给你看一样东西。"杜见春不等他俯身拿衣服浸到水里去,又似想起了啥,朗声叫起来。

"看什么?"

杜见春抓过一条没洗的手绢,把一双湿手揩揩干,从裤袋里摸出一张折叠起来的白纸,说:

"你不是让我想想叫湖边寨富裕的道理吗,这两天休息,我和好些老伯妈聊过,了解到一些情况,又根据自己的认识,写下几条湖边寨为啥穷的原因。你看看,对不对?"

柯碧舟接过纸条,展开一看,白纸上写了三条原因。头一条写的是解放二十多年来,湖边寨人口剧增,由一九五〇年的全寨九十六人,变成了今天的三百一十四人。而土地耕作面积,除了砍掉果园增加了几十亩水田以外,几乎还是解放那年的田土。而这些田土上栽种的东西,又很单一,都是谷子、麦子、苞谷、油菜、洋芋、荞子、黄豆、巴山豆这几样。过去九十多人,耕种这点土地;这几年三百多人,还是耕种这点土地,造成劳力过剩。

第二条贫穷的原因,是农业生产条件差,有多种经营条件的,偏偏不利用。最明显的例子,是把可以赚钱的果园砍掉,变成了水田。另外,鲢鱼湖有水不喂鱼,好些坡上的沙土可以栽花生的,不许栽,一律栽苞谷,可栽苞谷产量又很低。山坡上、大树林里有的是山货特产、珍贵药材和一些野物,没有组织劳力采摘捕获,怕让人说反对"以粮为纲","走资本主义道路"。

杜见春和湖边寨社员商讨得出的第三条贫困的原因,纯是近些年来人为造成的。过去生产队实行划组作业,包工到组,按产计酬,因而耕作精细,产量也高。这些年来出工一窝蜂,干活磨洋工,记工按人头,耕作胡乱弄。粮食产量老是上不去,要不是高榜田抽上了水,湖边寨每年每人平均口粮老在二百六十斤到三百斤之间打转,不够吃。发电抽水以后,高榜田增了产,口粮基本过关了,但每人年平均收入只在六十到八十元之间。一个劳动日工值,高的年成是五六角,低的时候只有一两角。

纸上写的这三条贫困的原因,柯碧舟近几年来也常听社员们在田头、土边、火塘团转摆谈。平时没在意,听过也算了。经杜见春这一搜集整理,问题的所在显出来了。只要找到了原因,改变这些不利的做法,湖边寨不就能逐年富上去嘛!柯碧舟看着看着,眼睛明亮起来,他兴冲冲地把纸折起来,乐呵呵地对仰脸望着他的杜见春说:

"好,你干得好极了,原因找得太对路了!杜见春,我们把这些原因多对社员们讲讲,大伙儿脑子里都有了认识,秋后开会讨论明年的活路安排,不就能改变些做法了?"

"不行。"杜见春摇摇头,深思熟虑地说,"暗流大队,是左定法当权,即使一些干部和社员有认识,想改变现状,可左定法拿一顶方向路线错误、一顶走资本主义道路的帽子压来,说你想复辟倒退,哪个还敢动哩?"

柯碧舟脸上的喜色消失了,他瞪着眼,一筹莫展地摊开双手,叹了口气说:

"那……那就老是这么穷下去,才叫方向路线正确,不走资本主义道路啰?"

"这问题,我也老在想,但总也想不通。我们先不去管它吧,"杜见春把手一挥,"我倒有个办法,想试试。"

"什么办法?"

"搜集了这些贫穷的原因,我看,镜子山大队,同样也有这类毛病。反正左定法是不会听我们建议的,我想,镜子山老支书周凯旋是个老贫农,也好说话。干脆把这个抄一张,给他送去。"杜见春双手比画着,放低了嗓门,说着自己心里打定的主意,"老支书要觉得这些有道理,他会在工作中纠偏的。待镜子山克服了这些弱点,富起来了,不就以实例教育了暗流大队嘛!也不枉我们费了这点心思。你看行吗?"

柯碧舟脸上又露出了兴奋之色,两条眉毛扬起来,拍着手说:

"对,杜见春,你想得太好了。这样也稳妥,就这么办。"

"那好!"杜见春爽利地把柯碧舟手中的纸夺过来,以带着嗔意的命令口吻道,"有空儿,我就去镜子山。这件事谈到这儿,完了!你快蹲下洗衣服吧。"

柯碧舟疑虑地瞅了杜见春一眼。她蹲在一块石头上,穿着一双偏带布鞋,蓝布裤挽到膝盖那儿,彩条衬衣的袖子边被水沾湿了一点,略显零乱的乌发有两绺从额上、耳边垂落下来,拂着她那因休息得好而容光焕发的脸。这张脸比几年前消瘦了些、白皙了点,但那浅浅的弧形眉、端正的五官、流光泛彩的双眸,还是原来那副样子。几颗晶莹的水珠,溅在她的乌发、眉毛上,更增添了她的几分妩媚。

杜见春意识到柯碧舟在入神地瞧她,她眼里含着笑意,微垂着头,任凭他尽情打量,她拿起一件衣服,在水里漂洗着。明媚的秋阳在清澈的渠水上嬉戏闪烁,水波不时泛起点点银光,一不说话,小石桥边竟是那么静,只有沟渠水在轻吟低唱着往桥洞里淌去。

柯碧舟看杜见春只顾洗衣裳,不再说话了,他也随即蹲下身子,把一条劳动布裤子在青石板上摊开,擦上肥皂,用刷子嚓嚓刷着。

"我想问你!"杜见春突如其来地开口了,嗓音比起先说话还响亮,柯碧舟应声抬起头来,发现杜见春两眼闪闪有神地紧盯着他,他连忙低下头,照旧刷裤子,可老是刷着脚管那地方。杜见春继续说,"柯碧舟,听说我挨了白麻子毒打,你为啥和玉蓉来看我?松杉坡上,你劝我回去,我不走,你为啥哭?"

"啊,"柯碧舟禁不住吃了一惊,他从来没想到,杜见春会提出这样两个问题。他刷裤子的动作缓慢了,低着头,没有看杜见春,眉心之间蹙起了一小团疙瘩。他差不多自言自语般说,"问这个……"

"是问这个,你回答吧!"杜见春固执地催促着。与其说是严厉,不如说有些急迫。

柯碧舟抬起头来,坦然镇定的脸向着杜见春,凝定地望着她,喃喃地轻声低语道:

"你要问原因,也是极简单的……"

"极简单的?"

"是啊,因为你所经历的事情,我也都经历过。我同情你,知道人在那个时候,最需要安慰和关心……"

杜见春记得,柯碧舟曾经说过,他也想寻短见,但杜见春并没听说,白麻子也打过柯碧舟啊!她眼里掠过一片惊疑的光,忍不住问:

"白麻子也打过你?"

"白麻子没有打过我。但像白麻子一样的人,曾经也像白麻子打你那样地打过我……"

"那是什么时候?!"

"'文化革命'初期。"柯碧舟垂下眼睑,狠劲地刷着裤管,他不想说这件往事。

杜见春却急于想知道,她停了洗衣裳,倾身过来,追问道:

"是怎么回事,你能不能讲详细些?"

柯碧舟回眸瞥了杜见春一眼,略一点头道:"那时候,社会上盛传着这么一副对联:'老子英雄儿好汉,老子反动儿混蛋。'我们学校里,每个教室门口,都贴着这么两条对联。还加了横批,有的横批是'绝对如此',有的横批是'基本如此'。记不得是哪个人了,反正是王力、关锋、戚本禹这三个家伙中的一个,表态说'基本如此',就是说这个对联基本正确。学校里两派,一派说'基本如此',一派说'绝对如此',争论不休。那天我到学校去,听了两派辩论,低声地对身旁的谢楠康说,不管是'绝对如此'还是'基本如此',都不对。哪晓得,这话被身旁的人听见了,他当即大声嚷嚷起来,两派的人都向我扑了过来。我就这样挨了打,不过不是用铁棍打的,而是用体操棍打的……"

"……"杜见春大张着嘴,一句话也说不出来。

"后来,还是谢楠康设法背我到了医院,包扎以后,又叫了车子送我回家。"柯碧舟话音干涩地说着,舔了舔嘴唇,补充道,"妈妈见我的头被打破,守着我哭了一夜……"

"你妈妈……"杜见春听柯碧舟说到这儿,突然想到了他的家庭情况,记得,邵玉蓉不是曾说过,柯碧舟的妈妈是苦出身嘛!杜见春心灵上的琴弦被柯碧舟深沉的语调拨动了。她从水中提起湿浸浸的衣服,双手使劲绞着,生怕柯碧舟不讲给自己听,便尽可能自然地把话引上去:

"你妈妈叫啥名字?"

"她叫柯惠兰。"这次,柯碧舟没像过去一样拒绝,他半垂着头,脸上遮着一层阴影,沉默了片刻,一面使劲刷着裤子,一面补充说道,"我是跟妈妈姓的。说起来,我妈妈也是苦出身,外婆一家都是租种地主的田过日子的。听妈妈说,她小时候很苦。妈妈的哥哥,实际上就是我的大舅,得罪了乡公所混事儿的,乡公所要抓他的丁,他被迫空手逃了出去。大舅是外婆家的好劳力,他逃走后,日子

287

更难过了。后来,乡下发大水,外婆一家大都淹死了,妈妈死里逃生,被一艘船救了起来。那年她才十三岁,望着大水哭了整整一天。她一个姑娘,怎么在人世上活下去啊。正巧,上海的纺织厂到乡下招收童工,由同村几个老人做主,签字画押,拿到十块钱,便随着工头到了上海的纺织厂。"

"这么说,你妈妈是童工出身?"杜见春眨巴着双眼,插进话来问。

"是啊,童工的生活苦,电影和戏里都反映过,我和妹妹也听妈妈讲过好多次。"柯碧舟把刷好的裤子推到一边,又拿过一件上衣来刷,杜见春俯身过来,伸手把柯碧舟刷好的裤子抓过来,放进沟渠水里清着。伴着沟渠哗哗的水声,柯碧舟接着说,"'文化大革命'前,妈妈最喜欢听沪剧《星星之火》的唱段,她还带我和妹妹去看过这个戏。我记得,她一边看戏一边落泪,还对我们说,戏里面小珍珠受的苦,她都受过。"

杜见春不解地转过脸去问:"你妈妈是童工出身的女工,怎么会嫁给你爸爸的呢?"

"妈妈长得漂亮,被厂里一个工头看中了。那工头的老婆吃白面死了,他就逼着妈妈嫁给他。妈妈死不依从,他就喊了一帮流氓打手,趁妈妈下班回家硬把妈妈塞进出租汽车,拖进了新房……"

杜见春的脸拉长了,低声问:"这工头就是你父亲?"

"是啊,他帮资本家办事儿,当走狗还不算,又是个'包打听',巡捕房的密探。妈妈说,他告发过地下党,使得领导罢工的共产党员被抓进了监狱。在厂里也是经常打骂工人,民愤很大。"柯碧舟的脸垂得更低了,说话的声音也越来越轻,嗓子里好像被什么东西堵住了,"因为他有这些罪恶,解放后被捕,押送苏北大丰农场劳改,不到两年就病死在那里。"

"嗨!当初你妈妈为什么不坚决反抗?"杜见春愤愤不平地站起身来,把裤子往石板上一扔,跺着脚挥着拳头说,"要叫我啊,非和你爸爸斗到底不可,宁死也不从!"

"是啊,妈妈也曾和我说过,早知我和我妹妹碧霞要这样受人歧视,她当初还不如一头撞死算了。"柯碧舟缩着肩膀,愀然不乐地低语着,"我何尝不这样想过,我何尝不多次责备自己,像我这种人活在人世间干什么?不过,我仍然很爱我的妈妈,我不恨她,不责备她……"

杜见春定神屏息地瞪着柯碧舟,眼里闪出一丝惊愕不解的光。

柯碧舟喘了口气,继续低沉地说:"杜见春,也许我的认识有错误。我觉得,万恶的旧社会摧残了许许多多善良的人,我们不能指望所有的善良人都像样板戏中的杨白劳那样抡起棍子打地主。《白毛女》中的杨白劳,原先也是自杀的。我妈妈也是被旧社会摧残了的许许多多善良人之一。拿你来说吧,你会打拳,可你面对白麻子的谩骂毒打,不也是只得忍气吞声吗?当时当地,总有当时当地的具体情况……"

杜见春慢慢蹲了下来,她一直没吭气,听着柯碧舟讲。直待察觉他已经讲完了,她才讷讷地问:

"你父亲被捕,是哪一年的事?"

"一九五一年。"

"那一年你几岁?"

"两岁。"

"你只有两岁,那你妹妹呢?"

"她还在我妈妈肚子里。"

"……"

杜见春张了张嘴,没再问出话来。柯碧舟的家庭情况,是她这种经历的姑娘很少听到的,她心里有股说不上来的滋味儿,手里抓着清洗的裤子,痴痴地蹲在那儿。

柯碧舟埋着头刷衣服。他觉得情绪激动,心头压着的磨盘推开了。在杜见春问他话的时候,他感到自己像在接受审讯,这是多么阴暗不光彩的家庭背景啊。他从来没对第二个人讲过,也非常怕别人问他。今天,他把这些情况都对杜见春讲了。奇怪的是,讲完以后,他感到一阵轻松。他觉得他都照实讲了,一点也没隐瞒。他知道杜见春听后是不会有啥好感的,这样也许更好些,也许能使他们之间一直保持正常的同志关系。他不敢奢望,杜见春也会像邵玉蓉一样看待他的家庭。玉蓉那样的姑娘,毕竟是很少的。

一只红尾巴蓝羽毛的点水雀儿,从沟渠旁的漆树枝丫上,叽叽叽叫着,直飞下来,它在水面上点了一点,又倏地掠过水面,飞到对面的窄田埂上。

小石桥边很静,柯碧舟在刷衣服,杜见春把清洗的衣裳,一件件又拿到渠水里漂洗着。

沉默了好一阵儿,杜见春又说起话来,话语中透露出体谅和关切:

"看得出,为了这个家庭,你背了很重的思想包袱。"

柯碧舟"嗯"了一声,仍没抬起头来。

"过去,我听了会很厌恶的。"杜见春忽又没头没脑地说,但声音很低,生怕刺痛了柯碧舟的心,她接着说,"经过了这几年,我开始懂得了。柯碧舟,我觉得,你家庭出身虽然不好,可你人好,你有一颗正直、善良的心,尤其是对我……"

柯碧舟触电一般地抬起头来,他看到杜见春激动得胸脯起伏,两眼灼灼闪光,嘴唇微微颤抖着,话声和以往任何一次都不同,轻柔温顺,一个个字都打动人的心:

"……好久我就要对你说了,和苏道诚、肖永川、王连发那些人比起来,你要好多了。我、我想问你一句话,你能答复我吗?"

柯碧舟询问似的望着杜见春,脸上的表情证明他在等待着杜见春的下文。

"你很爱你的妈妈,是吗?"

"是的。是妈妈把我和妹妹辛辛苦苦拉扯大的。她包了一个工厂伙房师傅们的工作服,还帮人家带孩子,直到一九五八年,进了里弄生产组。六十年代初,里弄生产组到纺织厂去代工,厂里见妈妈做得很熟练,就把她留下了。"柯碧舟的脸色略微开朗了一些,他把最后一件衣服刷完,顺手扔进沟渠水里清洗着,沉思般含着感情说,"妈妈的性格很软弱,逆来顺受。但她有一颗很好的心,她对我和妹妹都非常关心和钟爱……"

杜见春点着头,相信地说:"很明显,你对自己的妈妈有很深的感情……"

"你不会说我没和反动家庭划清界限吧。"柯碧舟截住杜见春的话,小心翼翼地试探着。

"我没这样想。"杜见春摇摇头,"我倒觉得,你这个人很重感情,无论是对你的妈妈,还是对你的妹妹,对……对邵玉蓉,你都有很深的感情,是吗?"

柯碧舟不知杜见春为啥这么说,他迷惑不解地瞅着杜见春,机械地回答:

"是的。"

"那么,"杜见春的脸上蓄满了明媚的秋阳,她专注地望着柯碧舟,柔情溢胸,脸呈羞涩,吞吞吐吐地问,"你对我是不是也、也会……"

柯碧舟从杜见春的言语神态,完全猜到了她将说些什么,他有些着慌,轰轰的闹响充满了耳膜,来不及多加思索了,他觉得自己比杜见春看得远些,他必须提醒她。他摆着被水泡白了的手,垂下了眼睑,一字一句清晰地说:

"不要忘记,杜见春,我是一个历史反革命的儿子,这样的烙印永远不可能消失的。我们之间……不可能……你一定记得,你当初这么对我说过……"

杜见春的身子往后一仰,红润发亮的光彩从她脸上倏然消失,她的脸眨眼间变得煞白,眼睛里闪过一片惊愕的光。

但柯碧舟一点也没察觉她那有些窘迫和不知所措的神态,仍旧垂下眼睑,背书一般干巴巴地往下说:

"命运使得我们很接近,只能到此为止了。我也早想跟你说这些话了,杜见春,但总没有机会。今天正好把话说清楚……还有,你送我的毛线衣,我看到了,我不能收你的。你自己也没……"

"你不要算了!"杜见春突然锐声嚷叫起来,她那颇厚的嘴唇哆嗦着,饱含泪水的怒目横掠过来,愤愤地说,"你不要我的东西,我也不接受你的恩赐!我们桥归桥,路归路,不许你拿我的东西!拿来。"

柯碧舟还没意识到刺伤了杜见春的心,他愣怔地望着杜见春变形的脸,吃惊地问:

"我、我哪里拿,拿了你东西啦?"

"这不是!"杜见春猛扑过来,抢过柯碧舟手中还没清洗干净的衣服,柯碧舟低头一看,才发觉自己最后刷洗的正是杜见春的格子布上装,他想解释什么,杜见春夺过衣服,往身旁脸盆里一扔,狠狠地跺了跺脚,猛然转过身子,抑制不住地啜泣着,脚步错乱地跑走了。

柯碧舟慌得大惊失色,他如梦初醒般跳起来,紧走了两步追上去叫着:

"杜见春,见春,你……"

杜见春朝着湖边寨方向跑得更疾了。

# 二十七

　　杜见春啜泣着跑回集体户,一头栽倒在床上,双手掩着脸,伤心地哭起来。泪水泉涌般从她的指缝间溢出来,滚落到铺盖上,她竟毫无察觉。

　　在她的内心深处,满以为自己只要略有提示,柯碧舟作为一个男子,是会有反应的。哪晓得,她得到的,竟是柯碧舟冷淡的答复,他根本不愿把感情的窗户向自己打开。杜见春觉得比受人当众凌辱还难受。哭过一阵,心里还在隐隐作痛。她在脑子里紧张地思忖:他为什么……是因为几年以前,我曾回绝了他?还是……

　　想到这儿,火一样的酸辣味灌满了她的全身。她支撑着坐起来,缓缓地离开床铺,慢慢地走到一面圆圆的镜子跟前。这面圆镜,还是她托他买回来的,硬塑料支架,银镜面,美观而又大方。镜子里,出现一张忧郁寡欢的脸,淡淡的弧形眉耷拉下来,滞晦的眼睛里糊满了泪水,鬓发略见零乱,两边嘴角由于生气而往下撇。受了委屈之后的烦恼明显地压在她的眉宇间。

　　杜见春吓了一跳,她怎么这样憔悴! 她是不惯于常照镜子的,每天梳洗时,也不喜欢细细端详自己。她对自己的评价是:我并不十分美,但也不丑。今天在此闷愁间一照镜子,使得她惊骇地用双手捂住了胸口。

　　镜子里的这个姑娘就是她。近几年来,精神上的摧残,思想上的苦闷,感情上的压抑,生活上的艰辛,命运的坎坷跌宕,已经渐渐地改变了她的容貌。不是吗? 原来她的脸饱满红润,容光焕发;原来她的额头光滑发亮,犹如一块洁白的玉石。可如今她的脸清瘦苍白,额头上有了隐隐的细纹。一眼看去,她不再是一个奔放、活泼、热情、无忧无虑的姑娘了,而是一个成熟端庄的大人了。

　　杜见春眼里的泪水随着睫毛稍一眨动,扑簌簌掉在地上。她觉得全身重滞,心上被一只巨掌紧压着,有些透不过气来。她想退回床上去躺一会儿,恰在这时,灶屋里响起了柯碧舟的脚步声。

　　杜见春的神经顿时绷紧了,呼吸也有点局促,她伫立在镜前,既不往镜子里望,也不思忖,集中听力留神着灶屋里的动静。正是午后出工时间,肖永川不在男生寝室里,整个集体户都很静。杜见春听着柯碧舟放置脸盆、肥皂盒、刷子的声音,跟着听到他走到门外,一件件往绳上晾衣裳。随后,她警觉地听到,柯碧舟的脚步,响到女生寝室门口来了,杜见春屏住了呼吸,只听他轻轻敲着门,唯恐惊醒了熟睡的人一般,叫道:

"杜见春、杜见春……"

他的声音卑怯谦恭,杜见春抿紧了嘴,不答他的话。

柯碧舟又隔着门叫了两声,杜见春重重地一跺脚,厉声反问道:

"干什么?有什么话你快说!"

她期待着柯碧舟给她说上几句道歉的话,哪怕他只说一两句,她就走过去开门。

门外静默了半晌,只听柯碧舟慌乱地答着:"没……没啥,没什么……"

话不及说完,脚步声响到男生寝室去了。杜见春顿时觉得一阵懊悔,我为什么厉声呵斥他呢?这下好,他要把黑色毛线衣拿来还我了。黑色毛线衣,每一针都倾注了她深沉的情意啊,哪里想到,它竟会遭到他的如此冷遇啊!杜见春觉得自己的血液凝固了,有点儿不知所措。

正在杜见春坐立不安的时候,只听一阵重重的脚步声从男生寝室响到灶屋,又从灶屋响到门外去了。杜见春的心陡地往下一沉,柯碧舟出去了。

杜见春哐当一声,跑去把女生寝室的门打开,只见一路明灿灿的阳光,由灶屋敞开的大门直射进来。杜见春跑到男寝室门口,向里张望了一下,柯碧舟确实出去了,他没把毛线衣退还给我,是表示他接受了礼物呢?还是他想缓和一下气氛,暂时不还?

杜见春心里系着疙瘩,总觉得不踏实,她翻来覆去思索着和柯碧舟的关系,考虑着以后该如何相处,不由得颓然跌坐在灶屋里的板凳上,呆痴痴地瞪着眼。干什么好呢?女劳力还要休息好几天呢。插队落户知青常有的那种烦愁又来袭击她了,特别是在和柯碧舟闹了矛盾,心灵上得不到抚慰和关切,这种恼人的颓丧泛滥得愈加厉害。

她痴呆呆地凝坐了片刻,不知怎样打发时间。光是愣坐着,更不好受。想到柯碧舟的床头常放着小说,她走进了男生寝室,想找一本书看看。

走到柯碧舟床边,她俯身看看,意外地发现,那件打着叶子绞莲花式样的黑色毛线衣不见了。杜见春先是一愣,继而一喜,嘴角上又闪现出那缕过去常见的颇带讽刺意味的笑纹。她暗忖道:一定是我发了脾气,他想想不妥,穿上毛线衣出去了。这个人啊,还不好意思在我面前穿这件毛线衣呢!哼,我非要看他穿着那件毛衣站在我面前!打定了主意,她转向两个箱子叠起来的桌面上找书看。桌面上,一张报纸把一切都盖住了,杜见春掀开报纸,带着感情打量着这张柯碧舟经常奋笔疾书的桌面,桌面上有好几本小说,她看了看书名,一本是巴金翻译的屠格涅夫的《父与子》,一本是《茶花女》,还有一本是巴尔扎克的《邦斯舅舅》。杜见春对这类书的兴趣不大,她的目光停留在几本硬壳笔记本上,其中有一本,还摊开着,上面记满了一行行整齐的字迹,杜见春探头望去,她看到了什么呀,全是莫名其妙的话,细细读了几句,她才恍然间明白过来,那是柯碧舟记录下的农谚啊:

  山枯栽松柏。
  山雾晴,坝雾雨。
  山光翠欲滴,不久雨渐沥;山光蒙如雾,连日和煦煦。
  山啄木鸟叫三声,不是下雨就刮风。
  ……

  啊,全是"山"字打头的谚语,他不但做了记录,还细细地整理过,看,"山"字打头的谚语后面,就是"千"字打头的谚语,哎哟哟,又是几十条哪!别看这个人说话不多,他还真是个有心人呢!噫,这些农谚中,关于气象方面的,为啥这么多呢?看呀,"云"字打头的,"雨"字打头的,"日"字打头的,"风"字打头的,简直可以编谚语词典了。

  杜见春的目光又一溜,落在那本黑封面的笔记本子上。有时候,杜见春随便向男生寝室瞭一眼,常看到柯碧舟在往这本子上写着什么,这可能是他为学习创作写下的札记吧。看,他那支咖啡色杆儿的钢笔,也夹在笔记本子里呢。一股想窥视柯碧舟内心世界的强烈愿望袭了上来,一阵比一阵厉害地鼓动着她。杜见春竖耳倾听了一下,集体户茅屋周围并没啥声响,她伸出手去,拿过黑封面笔记本,顺手把柯碧舟夹着钢笔的那一页打开了。哎呀,这是柯碧舟的日记本子,她猛然想起,偷看人家的日记是不许可的。顿时,她觉得自己手中像捧着一把火,连忙把它放在原处，夹上钢笔，继而就像害怕什么似的，慌急慌忙地退出了男生寝室，打开灶屋门，冲到了集体户外，顺着寨路茫无目的地跑到寨外山坡上去。

泪水无声地溢出见春的眼眶，顺着她的面颊，溪水似的往下直淌。秋日下午的山风吹拂着她发烫的面颊，路旁的树杈枝丫不时横挡在她身前，她竟然毫无知觉。她只顾往前走着，走着，任随无甚知觉的躯体凭感情的牵扯而去。

因为失恋，杜见春心上刀绞般地疼痛。她自己也不知是怎么搞的，被感情的链条牵扯着，朝着湖边砖木结构小屋那个方向走了过去。

陡然间，她的眼睛辉亮起来。啊，看见了，她看见了，离砖木结构的小屋不远，松杉、柏枝、钓鱼竹丛生的黄土坡上，面向着山清水秀的鲢鱼湖团转，玉蓉的墓碑竖在那儿。墓碑前的一坨石头上，柯碧舟面向着用块石垒得整整齐齐的坟堆坐着，他缩着肩膀，低垂着头，右手在膝盖上支起，撑着自己的额头，左手平摊着，手里拿着什么呀，哎哟，那是黑色毛线衣！我一针针一线线编织起来的毛线衣！

杜见春的脚步停止了移动，凝神屏息地注视着玉蓉墓前跌坐着的柯碧舟。此刻，他在想些什么？他到玉蓉墓前来，为啥带着我给他的毛线衣？见春百思不得其解。她的心随之抽紧了。

一方面，杜见春为柯碧舟对邵玉蓉真诚炽烈的恋情而感动，这个人的爱情是多么忠贞、专一啊！

我必须改变自己的做法，必须抑制自己盲目的冲动，必须牢牢地扯住那感情的缰绳！乞求来的爱情绝不是幸福的啊。杜见春总是杜见春，她一旦明确地意识到这点，再也站不住了，她立即得有行动。

她像被人拿砖头在后脑上猛击了一下，倏地一个转身，撒开双腿，迅疾地往湖边寨方向跑去。为了战胜自己心灵中那狂涛般的热情，她必须尽快地躲开他！趁这几天不出工，到镜子山大队去，看望老支书周凯旋和那儿的寨邻乡亲们！

杜见春没有发现，当她一阵快跑过后，从砖木结构小屋前的院坝里，邵大山走了出来。大山伯眯缝起双眼，望着杜见春远去的背影，两条浓眉拧了起来，脸上露出探究和深思的神情……

295

## 二十八

"哈呀,小杜,你还在镜子山耍得欢哪!"赶到隔邻大队铁匠铺子打长铲、长钩的阮廷奎,在镜子山寨路上迎面碰到背着医药箱的杜见春,就扬起两条眉毛,显惊出怪地叫道,"你们集体户有大变动啰!"

"变些啥?"杜见春一听说集体户有变动,马上联想到了柯碧舟,迫不及待地追问道。

阮廷奎显然是要吊杜见春的胃口,他眨动双眼,眯眯含笑地瞅着杜见春说:"你猜猜看!"

"这叫我咋个猜啊?"杜见春急得脸也拉长了,"是哪个拿到招工表了?"

阮廷奎摇摇头:"不对头。"

"那么,是有了新的招生消息?"

"也不对。"

"那……是给湖边寨新安置了一批知青……"

"哈哈,你越说越远啦!"

"窑师傅,你就莫逗我了,快说吧。"杜见春告饶道,"是肖永川要转点吗?"

"不,是有关小柯的。"烧窑师傅阮廷奎脸上的笑容收敛了,大睁两眼,细瞅着杜见春的神色。他早已听消息灵通又爱传话的婆娘缺牙巴说过,集体户里,柯碧舟和杜见春在一个锅里吃饭,两个人很要好。这阵儿,他正想好好摸摸底细哩。

"啊,是关于小柯的,"杜见春自语了一句,她极力抑制自己不平的心境,但说话的声调还是有些颤抖,脸也稍有些变色,"小柯他……他怎么了?"

杜见春的面容神态,咋个能瞒得过阮廷奎的双眼啊!老于世故的烧窑师傅阮廷奎放缓了口气,一字一句说:

"小柯要回上海去了……"

"他这么急回上海干啥?是探亲吗?"

"不,是调回上海……"

"你瞎说!"

"嘿嘿,我阮廷奎这么一大把年纪了,瞎编些鬼话来哄你一个大姑娘干啥?"阮廷奎见杜见春的脸色在几句话之间就变得纸一样发白,不忍心再和她开玩笑,顶真地解释说,"小柯收到他妈妈的信,说已决定调他回上海……"

杜见春仍是将信将疑:"他妈妈的信,调回上海?"

"不会错!"阮廷奎补充说,"小柯跟我在砖瓦场上烧窑子,邮递员送信来,他当场拆开看了。看完还给我看过,信上说得很明白,说是现在有政策……反正我没得哄你,不信你回去问小柯吧。我还忙着请铁匠给砖瓦窑上打捅火的长钩和加煤块的长铲哩。铁匠在屋头吗?"

"在……铁匠在……"杜见春机械地有口无心地答着。阮廷奎侧转脸,留神细瞅了她几眼才慢慢走开去,她不知道。寨路上有娃儿走过,热情地同她打招呼,她没听见。

听了阮廷奎说的消息,杜见春遭了雷击一般呆住了。她伫立在秋末寒冽冽的冷风中,只觉得心在往冰窖里沉。

仅仅是在几天以前啊,杜见春还在指望柯碧舟会对她有所表示,他们俩能在偏僻的山寨上互敬互爱地过下去。只因为偷觑到了柯碧舟内心深处的秘密,发现他仍无限真切地追恋着邵玉蓉,杜见春领会到,恋爱是不能有丝毫勉强,她才断然地做出决定,趁这些天队里放假,来镜子山大队耍几天。一来是平息平息内心深处那旺炽的感情,二来是把她写下的那三条山寨为啥贫困的根由,给老支书周凯旋看看,听听他的意见。

到了镜子山大队,杜见春发现满寨的大半娃崽都在屙肚子。她想耍也耍不成了,一检查,杜见春找到了病因,那是入秋以后,娃儿们照旧像大热天一样喝冷水,受了细菌感染引起的。她的药箱里没有那么多止泻药,只得依照书上说的,到坡上挖来些中草药,熬大锅汤给娃崽们喝。一天喝两次,连喝几天,直到止住了娃儿们普遍屙肚子的情况为止。

挖药啊、熬大锅汤啊、烧火啊、分药汤水啊,从天亮到擦黑,杜见春忙得坐下来说几句闲话的时间也没有,偏巧霜降过后这些天,气温骤降,几阵大风,刮尽了老树上的黄叶,节气虽没到立冬,冬天的迹象却已经显出来了。天老是阴着,飘飘洒洒的蒙蒙细雨,日夜不息地落下来,路上、山野上,四处都稀渣渣的。杜见春白天忙,夜晚懒得回湖边寨去,镜子山寨子上的姑娘拉她在闺房过夜,一晃几天过去了。

娃崽们的屙肚子病,在喝了汤药之后,一场①之内,都先后好了。杜见春正准备回湖边寨去一次,不料老支书周凯旋又找上了她,乐呵呵地问:

"小杜,有空闲吗?"

杜见春瞅瞅天色,细雨霏霏,冷风飕飕,回湖边寨去,女劳动力也不会出工,她估摸老支书找她有事,便说:

"七八天没得回集体户了,想去看看,没啥大事。老支书,你找我有事儿?"

周凯旋嘴里衔着四寸长的叶子烟杆,满脸皱纹都笑得舒展开了,他压低了嗓门道:

"小杜,你写的那三条……三条山寨为啥贫穷的道道,我都在大小队会上给干部们讲啦!"

"啊,大伙儿咋个说?"杜见春听老支书这一说,不由得又惊又喜,没想到,自己写的那三条贫穷根由,会得到周凯旋这样的重视。

周凯旋从嘴里拔出烟杆,晃着胳膊,眉飞色舞地说:"拿句山区的老话讲吧,你那三条道道,经我在会上一讲,就像是鞭炮扔进了雀儿窝,炸飞起来了!"

"真的吗?"杜见春喜上了眉梢,睁大了一双既惊且喜的眼睛望着周凯旋。

"大伙儿都讲啰,这三条道道,把他们心头想说的话,都说出来了。小杜,你这回立了一大功啦!"周凯旋伸出手臂,邀请道,"你要有空闲,随我去会上听听吧!"

二话没说,杜见春便随周凯旋到了镜子山的大小队干部会上。进了会场,杜见春听了一阵,就明白了。原来他们这个会,内容是安排布置今冬明春的活路。干部们扯来谈去的中心话题,都是如何瞒住上头一些人的耳目,把杜见春纸条上写的那三条贫困的原因挖出根子,纠正过来,使镜子山大队富裕起来。这个大队的基层干部们齐心,哪个也不想抽老支书周凯旋的台脚,做自己往上爬的梯子,因此会议开得好热闹。他们一会儿拉开嗓门争执,一会儿哄笑不绝,会场上热气腾腾。整天在坡土上、田坝里劳作的山寨基层干部们,体会是太深刻了:这些年,口号喊得震天响,动不动揪"阶级敌人""反革命",哪个想出些点子,就说你走

---

① 一场——即这次赶场到下一次赶场间的时间,即七天。

"资本主义"道,弄得大伙儿有劲没处使,有办法没处用,心上压着的石头实在太沉重,肚里憋着的气也实在太大了。一把手周凯旋召开这么个会,大小队干部们的情绪可高哪!

他们摆谈着、商量着,在本大队范围内保密的前提下,首先,改变拖大帮干活的办法,每个生产队划成几个作业组,按照农活的数量、质量评工记分。队干部要对各个作业组每一阶段的农活,进行检查,坚决改变按人头评工分、干多干少、干好干坏一个样的笨办法,杜绝出工不出力的现象。其次,成立副业组,发展多种经营,栽种花生、烤烟,保护已有果树,不能任由社员、娃儿摘果子吃。坡上挖山塘,既蓄水灌高坡田,又能养鱼。还扯谈到限制人口剧增,计划生育,这件事不必瞒人,完全可以大张旗鼓抓起来,坚决按娃儿的年龄大小分口粮,绝不能有一个户口就分一个成年人的粮食。

看到自己搜集群众反映,总结出来的三条意见,被镜子山大队的干部们这么重视,杜见春心里啊,就如同喝了蜜一样甜。她在会议室里,帮着他们做记录,计算数字,把各队报出的可以栽种花生、烤烟的沙土面积打合计,把各队提出的困难,一个个记下来,以备提供给老支书周凯旋会后思考……

会议连着开了两天,这样的日子过得多么充实啊!杜见春不急于回集体户去了,她要等干部们最后议决出一个结果来再回去,把这个好消息告诉柯碧舟,让他也高兴高兴。

谁料到,今天下午干部们议决今冬明春的计划,阮廷奎却在晌午时分来到了镜子山,像给杜见春心里扔了一颗炸弹那样,把柯碧舟要回上海的消息告诉了她。

现实生活中的一切,是多么出人意料啊。

犹如一大盆刚化的冰水,兜头兜脑泼在杜见春身上,她浑身都发凉了。

是的,这些天来,她忙碌,她感到充实,心情也很开朗,但这样紧张愉快的生活,并没使她把柯碧舟丢置脑后、忘得一干二净啊!相反,只要一静下来,只要晚上一躺在床上,她就会自然而然地想到湖边寨,想到集体户,想到一个人生活着的柯碧舟。他怎么样了?独自煮饭吃,独自在夜里写小说,独自……匆匆忙忙离开湖边寨,没有向他当面打一声招呼……实际上我这次离开湖边寨,是在小石桥边对他一怒之下走开的,他会以为我是在怄气,以为我……待回湖边寨,他会如何对待我呢？还我毛线衣？还是接受我的毛线衣,向我道歉……

多少念头曾在杜见春脑子里浮云似的飘过！理智需要她把柯碧舟忘记,可感情却又顽固地把柯碧舟拖到她身前来。她怎么可能在乍然的决定之后,把柯碧舟从她生活中拽出去呢？难啊。杜见春总算体会到内心矛盾交织的滋味了。

眼下,什么预感也没有,柯碧舟要走了,要离她而去了！杜见春怎么忍受得了这一打击性的消息呢？她的内心颤抖了。她不能再在镜子山多待一分钟了,她要赶回去,以最快的速度赶回去。再要多待下去,也许就见不到柯碧舟了呀！

想到这里,杜见春才发觉自己是多么愚蠢、多么失态。她连一些必须要问的问题也没问阮廷奎,比如说柯碧舟是什么时候收到信的？他开始准备了吗？什么时候动身离寨子？啊,这种事还会拖嘛,当然是收到信以后立即准备,越快越好啰！

杜见春似乎感觉到湖边寨口上,停着一辆马车,柯碧舟的行李铺盖全捆扎在车上,他坐在车厢座上,赶车的一挥鞭,马车轱辘滚动着,向着寨外驶去。

马车轱辘仿佛碾压在杜见春的心上,她的脸色惨白、眼神慌乱,她要看不见柯碧舟了,她得快赶回去啊。

没和一个人打招呼,没来得及去找老支书,杜见春背着药箱,撒腿跑出了镜子山寨子,一个劲儿往湖边寨疾奔而来。

还没跑上一里路,杜见春就气喘吁吁,累得胸脯起伏不平了。她觉得心口堵得慌,小腿肚上好似捆了两只沙袋,迈一步都费劲。

这一天,对她来说,仿佛注定了是个悲凉凄冷的日子。崎岖不平的山间小路上,溜滑溜滑,泥巴湿得沾脚,从峡谷里吹来的风,凛冽得像刀子,直往她脸上刮来。杜见春不由自主地举起手臂,用衣袖掩住脸,一步步往湖边寨赶去。

快近寨子了,杜见春极力睁大双眼,向寨子团转搜索着,看看寨口有没有停着马车,那条往湖边去的小路上有没有人挑着行李铺盖去坐小船。啊,没有,都没有！天气冷,连人影子也看不见。灰暗的天空中,铅色的云层重压着山头。山野里,草木枯萎,一副垂头丧气的样子。泡冬田里在放水,田缺口子那边哗哗发响。远远近近的山峦,都色调凄淡地耸立在那里。几束黏湿的谷草,落在溜窄溜窄的田埂上。

杜见春抑制着心跳,怀着从未有过的惆怅、迷惘和孤凄之感,迈着沉重滞缓

300

的脚步,拖着无精打采的身子,走进了集体户。

"嗬,你回来了,我们都以为你又在镜子山落下户了。"灶屋里,"黑皮"肖永川骑坐在一条长板凳上,勾着腰,双手正使劲用新谷草搓着草绳,杜见春看到,他的身后左右,半间灶屋里都是谷草和搓成的草绳。杜见春并不掩饰急切地想见到柯碧舟的心情,她往男生寝室望了一眼,没看到柯碧舟的影子,不由自主问道:

"小柯呢?"

"他呀,大概又到邵大山家去了吧。"

听说柯碧舟仍在寨上,杜见春略微放了点心,她转过身子,搁下医药箱,诧异地问:

"你抱来这么多谷草,搓草绳干什么?"

"哎呀,你还不知道啊,柯碧舟好福气,他要回上海去了。"肖永川继续搓着草绳,半仰着脸说,"这个书呆子,也不知道托运行李、箱子,都需要用草绳,我帮他备好一点。老实讲,柯碧舟对我那么好,我也没啥报答他,这次正是个机会,给他多准备点草绳吧……"

肖永川一个人说了这么多话,杜见春一句也不回答,眼神直瞪瞪的,呆立在屋中央,脸上的表情难以捉摸。肖永川瞥她一眼,直起腰来说:

"嗨,你以为我骗你,不相信,是吗?嗨嗨,老实跟你讲,开始我也不信,听阮廷奎说了以后,我以为现在关于知青有了新精神,死赖活缠让柯碧舟把信给我看,他拗不过,刚才把信给我看了。你看,信还在我袋袋里呢!"

一切,都在证实阮廷奎说的是实话。杜见春自言自语般说:

"这么讲来,他是要走了……"

"当然啰!"肖永川并没留神杜见春的神态有啥异样,埋着头,继续用劲地沙沙沙搓着草绳,粗声大气地接嘴说,"再憨的阿木灵,也不会错过这种好机会。哎,这不是一般的招工招生啊,杜见春,这是回上海,你懂吗?回自小长大的上海。外滩、百货公司、西郊公园,只有上海才有。啥地方好跟上海比?……"

杜见春还是一直没接嘴,肖永川奇怪了,他猛一抬头,道:

"哎,你还不相信啊?不相信你看,看他妈妈的信……"

接过肖永川递过来的信,杜见春怀着一种异样的心情,慢慢展开信纸俯首看着:

碧舟吾儿：

你好！

刚给你去信不久，又给你写信，不为别事，是有一件重要的事儿相告。

昨天街道乡办的负责同志来家对我说，因我两个子女都在外省插队落户，身边无儿无女，根据最近国家有关文件规定，我的两个子女中，可以有一个回到上海来，重新安排工作。要哪个回来，由我决定。

听见这一喜讯，我昨夜一宿未睡，思来想去，我决定让你回上海来。一来你年龄大了，至今没有抽调；二来你们那儿的知青抽得差不多了，你一个人在农村，很孤苦。碧霞年龄还小，再说他们那儿抽调得不多，集体户也完整，每个劳动日工值差不多比你们高一倍，她劳动勤快，还能自力更生。收到信，你准备准备，回上海来过春节吧。随信寄去车费四十元，注意查收。

匆匆祝

进步！

母字七三·十·二十三

杜见春捧着信纸，痴痴地站着。事情非常明确，柯碧舟要离开湖边寨了，不是探亲，不是短暂地离开，而是永远离开湖边寨，回到上海去。肖永川说得对，谁也不会错过这样的好机会。而且，按照国家规定回沪，组织上一定会给他安排工作的。看到母亲的信，柯碧舟自然会高兴地整理好他的东西，马上赶回上海的。他插队落户五年了，没有回过一次上海，多么想回去一次啊！只是因为考虑到让妹妹柯碧霞多回去两次，只是不想给工资不高的妈妈增加负担，他才坚持每年冬天在山寨上过的呀！他应该回去，应该快点儿走。

在杜见春此时此刻的思想中，柯碧舟离开山寨，回到上海去，是天经地义、理所当然的事情。她绝不会像几年前那样，责怪一个想脱离山寨的知青为"革命的逃兵"了。要知道，多少在外地插队落户的知识青年，对回到上海去，都怀着求之不得的心情哩。

从这个意义上说，杜见春为柯碧舟感到庆幸，觉得该向他祝贺，高高兴兴地送他上火车。不是吗？自己所爱的人有了更好的命运，她理当喜出望外，让他愉愉快快地走向新的生活，这才是崇高的情操哩！

可感情这个东西,是多么叫人难以捉摸啊!知道了柯碧舟将要回上海去,杜见春一点儿也兴奋不起来。相反,她只觉得从什么地方甩来一副铁链,把她的心紧紧地缠绕了起来。

柯碧舟要走了,她将要在湖边寨一个人继续生活下去,不知道她的爸爸妈妈,什么时候会给她也写上这样一封信。几个月前,在崇明农场的杜见新来过信,她说农场普遍上调,和她一起去农场的同学和职工,差不多都抽调回上海工作了,她虽然离开了与小偷、架犯们为伍的专政队,但抽调却毫无希望,理由极简单,她的父亲仍在"全托";妈妈关进"牛棚",也属于"半托"状态,她们家仍贴着封条,她不能回市区工作。妹妹尚且做好长期在农场的准备,她杜见春在山寨的日子,那就更长了。什么时候,爸爸妈妈的问题有了个结啊?半年、一年,三年、五年,多么漫长啊!柯碧舟要是走了,杜见春连这个严寒的冬天,也难以熬下去。

"不,不!"杜见春内心深处那激浪狂涛般的感情在嘶声呼喊着,"我的生活中,不能没有柯碧舟啊!"

一封短短的书信,杜见春竟然看了老长一段时间,这不由得使肖永川心奇了,他停止了搓草绳,不让人觉察地侧转脸来,满腹狐疑地打量着杜见春。

啊,他看到了什么呀?杜见春泥塑木雕般站在那儿,信纸在她的手里咪咪发响,脸色阴沉,一双眼睛瞪得老大。晶莹的泪水,在她的眼角上闪烁着星光。尤其是她那起伏不平的胸脯,更叫肖永川感到,她内心的波涛是多么汹涌澎湃。

肖永川像被人揪住耳朵提拎了两下似的,顿时间明白过来。杜见春是因为柯碧舟要走啊!看出来了,哈哈,这下被我看出来了,这个姑娘对小柯有意思,她舍不得柯碧舟离开她哪!怪不得她平时对小柯那么好哩,又帮着洗衣服,又帮着洗铺盖。这不单是感恩的心理,不单是一般的互相帮助哩!这是深厚的感情啊!

在肖永川的心目中,对爱情从来没有一个系统完整的概念,他也不可能体察杜见春此时此地的心境。相反,他倒认为,杜见春这会儿表现出来的失态,有点可笑。难道你要在这个当儿,拖住人家,不让人家走,这可能吗?哈哈,真笨。同时,他也为柯碧舟有些抱不平,回上海安排了工作,一个年轻小伙子,还怕找不到对象?人家为啥要找你这个插队落户的?想到这儿,他重又拈起草束,交叉放在掌心里,一边搓草绳,一边问:

"杜见春,信看完了吗?"

杜见春没答话,她的手臂一伸,把信纸递到了肖永川跟前。

肖永川接过信纸,折叠起来,放进信封,小心翼翼地揣进衣袋里,说:"哎,你讲,这是不是好消息?"

"嗯。"杜见春极勉强地哼出了一声。

"依我看啊,柯碧舟是憨有憨福,他当初不到县文化馆去,现在倒能回上海了。他当时要是去了啊,现在就无法回上海了,哈哈。"肖永川故意扯直了嗓门,不时地瞟一眼杜见春,滔滔不绝地道,"不过,话要讲回来。像我们这种人,出身不好的啊,表现不好的啊,就是有抽调机会,也只得靠边站。柯碧舟这次回上海,可是千载难逢,绝对不能放弃的。他要是没这次机会,以后就……"

杜见春听到这儿,心里咯噔跳了一下,她听出肖永川的弦外之音来了。哎呀,我被他看出来了!真糟糕。

肖永川的话虽然说得有点露骨,听上去很不舒服,但给杜见春的刺激,恰像是一枚细针戳中了她最敏感的神经,她悚然醒悟道:对头啊,柯碧舟处在左定法、黄金秀这类人手中,还不是同我一样,有啥出头之日?难道我真要拽住他,不让他离开湖边寨?我想到哪里去了呀!

集体户灶屋里阴森寒冷,空气中弥漫着一股潮滋滋的霉味。能够回上海去,谁还愿留在这样的环境里?杜见春咬紧了牙关,狠狠地痛责自己:我怎么能显出这副神态?我怎么能这样自私?太不应该了呀!

回旋风有时候往往比原来的风势更加厉害。杜见春脑子里产生了这样的念头之后,她一再地暗暗责备自己,蔑视自己。尤其是自己的神色异样,被肖永川都感觉到了,更使她不能原谅自己。不,事已至此,柯碧舟能回上海去,让他去吧,他受的苦太多了,也该有个好的归宿了。愿他今后快活,愿他将来幸福。

奇怪的是,当产生这些想法后,杜见春倍感压抑的心灵略微轻松了一些,她的神情姿态也镇定自如了。

这正是她的性格中最可爱的东西,也是最吸引人的东西,可惜她自己并没有充分地意识到。

她拿定了主意,一再扪心自问:我这么伤心干啥?我急匆匆赶回干啥?我抱的是什么目的?一味地任凭感情驱使,会成个什么样的疯子啊!不,镜子山寨上还有好些事要做,下午他们的干部会就要做出重大的决议,我为什么离开呢?而且连招呼也没同老支书打。

"喂,"肖永川的话打断了她的沉思,"你说我的话对吗?"

"对,对的,完全正确!"杜见春嗓音响亮地回答,"我们都该祝贺柯碧舟的运气,对吗?"

这下轮到肖永川心里结上疙瘩了,他不明白杜见春的态度怎么变得如此之快,他疑惑地瞅着杜见春,杜见春坦然回望着他,点点头道:

"嗯……对……好吧,我该走了。"

"你上哪儿去?"

"到镜子山……那儿还有点事。"

"那你什么时候再回来?"肖永川追问,"再去个十天八天,柯碧舟可就远走高飞了,你们再也碰不上了。"

"这个……"杜见春健步走到灶屋门口,迟疑地停住脚步,沉吟了片刻,以镇静的口吻说,"镜子山大队下午有个会,我要去听听。这样吧,我吃晚饭前赶回来。"

肖永川骑坐在板凳上,望着杜见春的背影远去,自言自语地嘀咕道:

"嘿,这个人……真是难以捉摸!"

## 二十九

这天下午,西南风吹得紧,雨停过一阵。天空中的乌云散开,大有晴朗的趋势。可到了擦黑时分,天又阴了下来,岭腰山头上缭绕着的稠雾,飘飘悠悠地弥漫到田坝里来,用鼻子嗅嗅,空气中都湿潮潮的。

柯碧舟肩披蓑衣,头戴斗笠,手里拿着电筒,急匆匆行走在湖边寨去镜子山的小路上。浓浓的乌云压着连绵不尽的峰峦,夜幕低垂,树林子里已是黑乎乎一片了。柯碧舟迈着大步,走得急而快。

黄昏时,回到集体户,听说杜见春来过,没待多久又到镜子山大队去了,柯碧舟直叫懊恼。肖永川说她晚饭前准回来,但眼看天在黑下来,山路上还毫无动静哩。柯碧舟焦急不安,决定到镜子山大队去找她。肖永川急得直叫,提醒他该理东西,他只是要肖永川歇歇,暂不忙搓草绳。肖永川好生诧异,连声追问他想干什么。柯碧舟来不及多做解释,心急如焚地上了路。

入夜时的秋风吹得更紧,柯碧舟走上通垭口的盘山小道,从峡谷里吹来的风把他身上的蓑衣都吹得鼓胀起来。天快黑了,只能依稀辨出弯弯拐拐的崎岖小路。柯碧舟揿亮电筒,睁大双眼识别着路径。

踏着泥泞道,走了两三里路,已经快到两个大队交界处的山垭口上了。这山垭两旁都是繁茂的树木,风吹得树叶子飒飒飒发响,有点怕人。柯碧舟放慢了脚步,一步一步向山垭口上蹬去。陡然间,两山夹峙的垭口边,传来一声疾言厉色的喝叫:

"是哪个?"

"见春!"柯碧舟不由得兴冲冲地回了一声。

"是你啊!"杜见春显然也听出了柯碧舟的嗓音,她的声调透露出意外相逢的惊讶和喜悦,她三脚并作两步迎上来,嘴里抱怨道,"真见鬼,天黑得这么快!"

"你也回来得太迟了。看,天黑尽了,不怕坏人,你就不怕雨淋吗?"柯碧舟轻声嘀咕着。

听到柯碧舟与平时截然不同的柔顺语调,和他话语中对自己的关切,杜见春顿时想起来了,柯碧舟快离开湖边寨了,也许明天就要走,他来找我,是来向我告别的。想到这儿,杜见春抑制着自己的感情,淡淡地问:

"天黑尽了,你到哪儿去?"

"我……我是来、来找你……"

"找我?"杜见春故作惊异,"找我干啥?还我毛线衣吗?"

"啊……不……"

"那你究竟想干啥?说呀!"杜见春催促着,"你妈妈不是已经给你来信了吗,让你调回上海去?时间不等人,得快整理东西。"

"我不理。"

"为什么?"

"我早已跟妹妹有约在先,如果我们俩可以回去一个,我让她回上海去……"

杜见春惊叫起来:"你在说什么?你疯了?你是什么时候跟妹妹讲的?"

"还在夏天的时候,"柯碧舟平平静静地解释道,"妹妹就在他们那儿听到小道消息,说独养儿女,或者父母身旁无子女,都可以照顾回沪。她写信告诉我,我那时候回信就对她说,如果有这样的好事,一定让她回到妈妈身边去。"

"那是半年前,可现在事情来了,你妈妈决定让你回去啊!她把车费也给你寄来了。"杜见春摊开一只手,振振有词地说,"在对待儿子和女儿的问题上,父母总是首先考虑儿子的!"

"是啊,妈妈爱我,也爱妹妹。我和碧霞都是她一手辛辛苦苦抚养大的,对妈妈来说,手心手背都是肉。"柯碧舟的语气真诚恳切,"作为哥哥,我应该让妹妹。她年龄也不小了,一个姑娘,独身出门在外,像你似的,会比我更苦闷的。再说,让父母身边无子女的知青回去,为的是照顾老人。比较起来,妹妹比我会做家务,照顾妈妈,也比我周到。"

两个人在山间小路上相对站着。风在山林里吼啸,四周漆黑一团。不知啥时候,细雨又无声地飘洒起来。杜见春内心动荡不安,她像不认识似的盯着身前柯碧舟的面影,联想到自己的哥哥杜见胜,在爸爸妈妈出了事以后,信也懒得给两个妹妹写,生怕两个务农的妹妹依赖他,对比之下,人品的高尚和低劣,那是太显著了。她倍觉柯碧舟的纯真和善良,不由得嚷道:

"到哪里去找你这样的哥哥啊!不过,柯碧舟,我倒要郑重其事地提醒你,这是回上海,不是去县文化馆那一类单位,你还得从自己的处境、从你的地位、从长远利益考虑……考虑,千万千万不要太、太草率了……"

柯碧舟点了点头,放轻了声调说:"你说得对,这件事还没最后定……"

"还没最后定?"杜见春只觉得心里乱成一团,说话的嗓音都颤抖了,"为……啥?"

柯碧舟语调局促不安地说:"昨天收信以后,我直盼、盼你回来……"

"盼我回来干什么?"

"我是想……想和你商量一下……"

"我的意思很明白,赶快打整行李铺盖,明天就走!"说着,杜见春儿大步走到一边去。

柯碧舟哀叹了一口气,失望地低语着:"是这样……"

两个人离开三五步远,默然无语地站立着。他们都感觉到心在急骤地跳动,撞击着胸怀。他们都觉得有点什么东西,在内心里增长。只是,他们又都意识到,在他们之间,有着一层什么薄薄的东西,阻隔着他们。

呼啸的山风扫到他俩脸上,钻进他们的颈脖,两人都不觉得。他们只感到,心头热烘烘的、暖融融的,又有些惶惑不安。

这样不知站了多久,几秒钟,也许是几分钟,但他们都不觉得时间太长。他们都在期待着对方!

柯碧舟先揿亮了电筒,雪亮的光影里,他看到雨淅淅沥沥下大了,雨点子敲击着他的斗笠,嘀嘟发响。他想起了啥,解下蓑衣,走近杜见春身旁,递给她。

杜见春愤愤地抓过蓑衣,并不往身上披,冷不防问:"我披蓑衣,你穿什么?"

"我有斗笠。"柯碧舟轻声答着,转身走去。

"站住!"

"还有什么事?"

"你到哪儿去?"

"回湖边寨去。"

"你头上戴斗笠,我头上戴什么?"

"那么……连斗笠一起给你吧!"柯碧舟纳闷地除下斗笠,他感到杜见春今晚有些自私。

"我不要斗笠。你站过来!"杜见春忽然以命令的口吻叫道,"你站过来呀!"

柯碧舟手里拿着斗笠,服从地站在杜见春身旁。杜见春利索地用双手撑开蓑衣,把它披在两个人的头顶上,继而转过脸来,带点顽皮的口吻说:

"这不很好嘛!"

柯碧舟觉得有些气闷,他挨得杜见春那么近,肩膀碰着肩膀,从杜见春被淋湿的头发上,散发出一股幽香。柯碧舟弄不明白这一切是怎么发生的,他已经失望了,几乎要走了,忽然之间……他的心在狂跳着,脸上一阵阵发烫,气也喘得粗了。

"把电筒给我,你拿好斗笠就行。"

杜见春从他手里抓过电筒,向两边的地形照了照,顺着一条岔开去的溜窄溜窄的小径走去。

柯碧舟发觉她走错了,连忙叫:"不对,回湖边寨该走那一条路。"

"别嚷嚷,我认识一条近路。"

"从来没听说还有近路。"柯碧舟嘀咕着。

"你跟我走就行了。"

柯碧舟内心有些着慌,仍唠唠叨叨提醒她:"别乱走乱闯啊,迷了路,碰到坏人、野兽就糟了。"

"瞧你,多胆小,一点也不像个男子汉。怕什么,有我呢,我会打拳!你忘了吗?"

柯碧舟不好意思再开口了,他明知镜子山和湖边寨之间根本没啥近路,杜见春是在瞎扯。他也明知杜见春走的这条路,是往树林子里去的,但他还是随着杜见春徐步走去。身旁的姑娘,这当儿以一股强有力的磁性吸引着他。他感觉到她在无声地笑着,他听得到她的呼吸声,他闻得到从她身上传过来的醉人的芬芳。他觉得自己紧张中带着欢悦,惶惑中带着兴奋。不时地,他的手无意中和她的相碰,他老是慌张地移开,找些话来掩饰:

"哎呀,这雨真讨厌。怪不得俗话说'三日西南风,秋雨落不穷'哩。"

杜见春显然理解他的心情,她轻松地笑着,走到一株粗大的沙塘树旁边,两个人不由得都停下了脚步。杜见春笑盈盈地转过脸来,仿佛他们之间啥事也没发生过似的对柯碧舟笑着。

柯碧舟觉得胸怀里有一头小鹿在撞着他,他俯首关心地问:"你吃晚饭了吗?"

"吃了。"她的嗓音颤抖得很厉害,她感觉到,柯碧舟的呼吸,直冲到她的脸上,"老支书硬留我吃的晚饭。"

"见春,"柯碧舟的语调低沉轻柔,满含着感情,"我觉得,有一肚子话要对你说。"

"说吧。"她的声音温顺柔婉,还带着金属碰击般的音响,"这会儿,你说一万句,我也不嫌多。"

柯碧舟为难地讷讷道:"可……可一站在你面前,我嗓子里好像卡住了鱼骨头,一句话也说不出来。"

杜见春扑哧一声憋不住笑了:"你也变得巧言利齿了。"

雨已经小多了,风声也不像方才那么紧。但他俩谁也不想把蓑衣从头顶上卸下来,两个人的背脊靠在大树干上,肩膀挨着肩膀,两个人的胸脯都在剧烈地起伏着,手和手一直紧紧地相握。有时候,语言会在恋人们之间成为多余的东西,他们心里面想说的话,都通过手的微温,传递给了对方。他们都感到互相间是那么接近、那么和睦。

杜见春眨巴着眼睛,瞅着黑漆漆的山野,把柯碧舟的手紧握了一下,首先打破了沉默,耳语般问:"不还我的毛线衣了?"

"呃……"

"说实话!"

"不还了,见春,这比啥都宝贵。只是,你应该知道,我、我……"柯碧舟有点结结巴巴,好不容易才找到措辞说下去,"我只是不知所措,你想,你自己连、连一件毛线衣也没添呢……"

"你就不想想人家织毛衣时的心情?"

"我懂得。见春,"柯碧舟吞吞吐吐,照着自己的思绪往下说,"我曾经很犹豫,我抱着这件毛衣,到玉蓉的墓上去过……"

杜见春没想到他会说这件事,她睁大了双眼,点了点头道:

"我看见的……"

柯碧舟轻叹了一声:"玉蓉不可能告诉我,该不该收下你的毛衣。只是,有人告诉我了……"

"谁?"

"大山伯。"

"他……"

"他把我叫到湖边的小屋里,对我说,他观察了多时,发现我和你很……他让我主动找你,和你谈开……"柯碧舟喘了一口气,继续说,"我心中的愁云给他拂去了。我一直在等待你回来。收到妈妈的信,我想……我更想来问你了。如果你愿意,今天晚上,我就给妈妈和妹妹写信。妈妈寄来的钱,我留下十块过年,另外三十块给妹妹寄去,你说好吗?"

这一切竟都是真的,这令人心颤的一切竟都发生在她的跟前。杜见春激动不已,一双眼睛灼灼发光。她知道,一个对她的生活具有重大意义的时刻突然而至地来临了。她紧紧地抿着嘴,沉吟了好一阵,才用冷静的口气道:

"碧舟,我觉得,你把事情处理得太快了!"

"难道……"柯碧舟狐疑地瞪大了眼睛,"难道你希望我回上海去吗?"

"我?"杜见春呼地一下猛抬起头来,紧张地盯着柯碧舟,眼神有些错乱。没想到,这矛盾竟推到她跟前来了。

"见春,你愿意我离开你吗?"柯碧舟又低声问。

杜见春张了张嘴,说不出话来。不,她不能回答,她无法回答。

柯碧舟深情地把杜见春的手抬了起来,她的手冰冷冰冷,在轻微地抖动。柯碧舟轻声细语般说:

"见春,确实,上海要比湖边寨好多了,回上海去工作,是很理想的。可是,我总觉得,自己的心,好像被一条细线系住了似的,总是悬在半空中不落实,而在那一头拉住这条细线的,不是别人,正是……是你……"

"啊,碧舟!"杜见春只觉得自己的情绪剧烈得快喘不过气来了。

柯碧舟接着加添道:"要是你认为我配不上你,要是你觉得,我应该回上海去,我就……"

"不,不!"杜见春像经过了一阵长跑般喘着气道,"难道说你还不明白……"

"我明白。可是,见春,说老实话,我总有点怕……"

"怕什么?"杜见春仰起了脸,她的那双眼睛放出炽热的光辉,目不转睛地盯着柯碧舟。

一阵风吹来,柯碧舟情不自禁地打了个寒噤,他扯了扯见春的衣袖,嗫嗫嚅嚅地说:

"见春,我……我不知该不该说……"

"嗯。"杜见春鼓励地哼了一声。

"我的家庭出身太不好了……"

杜见春急忙截住了他的话头,用只有柯碧舟能听到的低音,凑近他耳朵说:"碧舟,眼下,我和你是一样的。是命运把我们紧紧地联系在一起。"

"不,见春,你爸爸将来随时可能重新担任领导干部。到那个时候,我怕……怕我们之间又将出现鸿沟,又将显得极其不和谐……"

杜见春以一个断然动作截住了柯碧舟忧心忡忡的话,她陡地转过身来,双手抓住柯碧舟的手,坚决地令人深长思之地说:

"碧舟,有一句话我要对你说的。在我没有动心之前,我可能拒绝一个人的爱,伤他的心。可只要我心上有了一个人,我下了决心把自己交给他,我就要对他好一辈子,绝不会朝三暮四,水性杨花,不论今后遇到什么情况,都不会变心。你……信吗?"

杜见春轻轻把蓑衣从头顶上掀开,只让它披在他俩的肩头,随而端庄地仰起脸来,让月光沐浴着她的脸庞。

幽淡柔和的月光下,杜见春的面颊发光,眼睛闪出神灵之色,胸脯微微波动,略偏着头,执拗地望定了柯碧舟。

柯碧舟惊奇地看到,眼前的杜见春竟是如此地绝艳动人,如此地有个性、有感情。他紧紧地抓住杜见春的手,放到自己胸前,激动万分地说:

"信,我信。见春,我完全相信你!"

两个人都不再说话,山野树林显出了它们的静谧深沉。不知啥时候,细毛小雨已经停了,风也比擦黑时分小了好多。有小虫子在草丛间㘗㘗㘗啼鸣着,秋天结了籽籽的青草,在雨后弥散着一股淡淡的清香。乌云散开去,漆黑的天幕中有了几颗稀疏的星星,一弯月亮,也悄没声息地露出了它那半边脸儿,眯眯含笑地俯视着人间,把它那清柔淡和的月光,泻在大地上,像给峻峭的山峰兜上了轻绡薄绫般的纱巾。

杜见春的脸红润发光,端正的五官充满了立体感,她轻轻地闭上了眼睑,眼皮似秋天的蝉翼般在微颤着,波动的胸脯每当呼气时,总贴近了柯碧舟的胸怀。

柯碧舟的全身像通了电一般,心简直要从喉咙里跳出来,他的眼睛怎么也离不开见春生动诱人的脸了。这张脸上,镀着一层霞光,随着有节奏的呼吸,鼻翼微微地一张一翕,眼皮焦灼不安地微颤着。他觉得有一股强大的不可抵御的力量,在吸引着他,他胆怯地、羞涩地、惶惶不安地靠过去、靠过去,呵,这段距离是那么近,可柯碧舟总没有足够的勇气紧靠上去,他觉得浑身都在打着寒战,身子也摇晃起来。就在这当儿,他感觉到两条手臂柔顺地、紧紧地围住了他的颈脖,两片灼热的嘴唇带着温湿贴在他的嘴角上。柯碧舟顿时增生了无限的勇气,他用一个有力的动作,微微启开自己那紧闭的双唇,轻轻地生怕惊动见春似的,吻着亲爱的见春那抿紧的、微厚的嘴唇。

蓑衣悄悄地滑落到地下。

半边月儿,害羞地钻进了云层,山野间的一切,变得幽暗深沉。

# 三十

一九七六年十二月初,打倒"四人帮"一个半月以后,杜见春手里抓着两封信,兴冲冲地跑进湖边寨集体户,乐不可支地拉着柯碧舟的衣袖,兴高采烈地欢叫着:

"好消息,好消息,碧舟,好消息啊!"

她在灶屋里又蹦又跳,连声催促着正在煮晌午饭的柯碧舟看信。

柯碧舟接过两封信,先后看了一遍。两封信都是上海来的,一封是杜见春的爸爸杜纲写给女儿的,信上说,由于他在一九七一年揭发批判了市里面几个赫赫有名的造反头头,被"四人帮"安插在上海市委的余党、爪牙打成"叛徒""复辟狂""走资派",关进黑屋子,整整五年时间。杜见春的妈妈柳佩芸也同时遭到迫害,长期关进"牛棚",监督劳动。打倒"四人帮"以后,杜纲和柳佩芸差不多同时放了出来,组织上正在对他们的冤案、假案进行清查,尽快地给予平反。他们回到了被封存多年的家里,这一段时间,正在一边治病,一边休养,一边参加揭批"四人帮"的斗争。杜纲在信上,一再地向女儿致歉,说由于父母亲出了事,连累了三个子女。尤其是见春,远在千里之遥插队落户,没有固定的收入,得不到父母亲的关怀,更使他们惦念。最后,杜纲关切地问及见春的近况,要她在收信之后,把这些年来的经历、遭遇和生活、劳动情况,详详细细回信告诉他们。若今年的农事基本结束,可以准备在春节前回上海探亲。

第二封信,是出版社少儿文学组写给柯碧舟的。信非常简单,说是柯碧舟半年以前寄去的中篇儿童小说,他们最近研究认为,小说的基础很好,但有些地方,还需修改提高。作者若在春节前回沪探亲,可去出版社联系,讨论修改方案。

"你说,这不是双喜临门吗?碧舟,你怎么不说话啊?"杜见春爽朗地大笑着,清脆悦耳的笑声直传到集体户外,她笑过一阵又说,"真叫人高兴!啊,幸福的大门终于向着我们打开了!"

柯碧舟垂着脸,默默无声地把两封来信又细致地看了一遍。杜见春拉着柯碧舟的手臂,亲昵地说:

"你该高兴啊!出版社不是肯定了你的小说有基础嘛!嗨,你还得感谢我呢,是我让你停写《天天如此》这类书稿的,你不把这类稿子停下来,也想不到去写反映清匪反霸时期的儿童小说。是吗?你怎么不说话啊?"

"是啊!"柯碧舟捧着两封信,感慨万千地仰起脸来,眼角上闪着泪花,声气暗哑低沉地说,"插队生活整整八年了,愈到后来,日子愈加难过呀。见春,你说,这两三年时间,要不是我们俩在一起,你能支持下来吗?"

杜见春脸上的笑容收敛了,她茫然地摇了摇头,轻轻地说:

"真难以想象哪……"

是啊,在戏剧舞台上,几年时间,只需移动一下场景,就能表示岁月在流逝。

在电影银幕上,也只需变换几个镜头,眨眨眼的时间,便能使观众一目了然。

但是,在真实的生活中,特别是在思想苦闷、精神压抑、生活艰苦的年头里,插队落户的知识青年们,却度日如年地在一天一天、一分一秒地打发着日子啊!

自从镜子山大队的周凯旋,从杜见春写的三条山寨为啥贫困的原因中得到启发,一九七四年瞒着上头,照着大小队干部会上议决的实行,产量一跃超过了暗流大队。一九七五年,尝到了甜头的周凯旋,大张旗鼓放手干起来,还向其他大队介绍经验,要大伙儿都像镜子山么办。果然,一九七五年十一月份,全县开大会规划一九七六年的农业生产,周凯旋被县委书记老莫请上主席台前排坐定,向几万群众干部讲他们镜子山连续两年丰收的经验。谁料到,一九七六年春天,县专政队在白麻子带领下,到镜子山来揪斗周凯旋了。白麻子一进寨就扬言,说他是漏网走资派,非斗倒斗臭、拿到全县各公社游街不可,还说他诬蔑"无产阶级文化大革命"以来的社会主义新农村贫困落后,要狠揪他的后台,要他公开地交代,是哪个人授意他炮制山寨农村三条贫穷根源的。幸好镜子山社员的骨头硬,把周凯旋藏了起来,几百个男女劳动力,带上锄头、镐子、扦担、木棍,迎着白麻子的专政队说:要抓人,不准!要动武,奉陪!白麻子只带来十几个人,虽说有几条钢枪,几根铁棍,但面对这么多社员的抵抗,他也惊得瞠目结舌,只得悻悻而退。

事情发生在镜子山,老支书周凯旋自始至终没透露杜见春和柯碧舟两个人的名字,他俩一点也没受到牵连。但现实本身却告诉他俩,即使有建设山区、改变农村面貌的良好心愿,甚至还有办法,可真要干起来,仍旧要担很大风险,提心吊胆、惊恐不安,随时可能遭到飞来横祸。再说,暗流大队是左定法当权,他根本不允许这两个"阶级敌人"的子女"乱说乱动",柯碧舟和杜见春哪里还能在湖边寨有所作为呢?

不能有所作为,又不甘心随波逐流,更不愿颓废堕落,那么如何来打发枯燥乏味的日子呢?杜见春以主人翁的态度忖度了他俩所处的环境和地位,断然向柯碧舟指出,他应该积极地写作,充分发挥自己的特长。不过,绝不能写《天天如此》这类不合时宜的书,而应该写出版社需要的书稿。她不但用嘴说,还用实际行动来支持柯碧舟的写作。除了出工劳动,她一肩挑起了集体户屋里屋外的所有家务活。

柯碧舟万没想到并不爱好文学的杜见春竟会向他提出这样的建议,而且还积极从生活上帮助他、支持他写作。他觉得杜见春了不起,有眼光。同时,他愈加深切地意识到,杜见春考虑任何问题,都把他们俩紧紧地联系在一起了。他接受了见春的意见,在见春的支持帮助下,开始了新的努力。他把湖边寨几十户人家的情况,按住房屋基的顺序,记在本子里。这家的老人过去干什么,哪一家的老辈子租种谁个的地,他们在寨上有几个小辈,这些小辈又组成了哪些家庭。张三屋头是能干的媳妇在当家,李四家还是公公管着财权,王五家的屋基为啥会延伸出来,赵六家为什么突然间闹起了分屋。每户人家,各有哪些细娃嫩崽,他都不分巨细往本子上记。

作家下农村体验生活,要去各家各户串门,和农民交朋友,经过一段同吃、同住、同劳动的时间,才会逐渐逐渐熟悉村寨上的干部和社员。即使在村寨上住久了,农民们也不一定把内心话儿都掏出来告诉你,因为你是干部,他们害怕说错了话挨整。你再和蔼可亲、平易近人,村寨上的懒汉、油子、专赶流流场做买卖赚钱的农民,也对你敬而远之。他们不可能告诉你黑市上的价格,做生意的诀窍,偷懒耍奸的花招。

插队落户的柯碧舟和杜见春就不同了。他俩在湖边寨好几年了,整天和社员们一道劳动,一样挣工分吃饭,社员们认为他们和自己是一样的人。好些知道两人家庭出身的社员,甚至认为他俩比自己还差些。社员们对他俩根本没啥戒心。不需要用话去套,工间歇气时,坐在火塘边摆龙门阵,赶场路上,开会前闲聊天,出工劳动中,社员们随时都会告诉他们,谁家的老人解放前苦得买不起盐巴,谁家的老大和老二不合,谁家的姑娘相中了哪个小伙,谁做生意赚了一大笔钱。

只要湖边寨发生的事情,他们都能知道得详详细细。

日子长了,柯碧舟的札记本上,学习创作所需要的素材越来越丰富了。他的本子上有寨邻乡亲们的家谱,有老少男女社员的经历、性格,有这些人说话时的神情、姿态、手势,还有各种山寨农民常说的俗话、农谚、口头禅、歇后语。社员们互相揶揄时的俏皮诙谐,开玩笑时的风趣幽默,吵架时骂人诅咒的污言秽语,老人们常爱讲的一些带着格言味的警句,都上了柯碧舟的本子。甚至旧社会里办丧事唱的孝歌词,私塾先生教的《增广贤文》,算命先生嘴巴里叨叨的口诀,赌钱哥儿哼的小调,柯碧舟也留心记录下来。

这种看去没啥意义的搜集素材,给正在学习写作的柯碧舟以极大的帮助。当从邵大山嘴里无意中听到了一个清匪反霸时期的故事以后,长时期的积累起了作用,柯碧舟只花了头十个晚上,就写成了一个四五万字的儿童中篇小说。

杜见春成了他作品的头一个读者。她一口气把这个情节曲折的故事读完了,随后把自己认为不甚合理的地方提出来,建议柯碧舟修改。

柯碧舟根据见春的建议,经过一段时间的思考,把整个稿子重新写了一遍。写完之后,杜见春又看,看了再提意见,柯碧舟听了意见,第三次做修改润色……

在艰苦的插队落户生活里,学习创作给两个人增添了很多乐趣。是的,他们的物质条件很差,他们的精神生活也很苦闷。但是有了一个目标,他们的爱情生活有了色彩,他们都从对方汲取力量,得到鼓舞,满怀憧憬地期待着幸福的未来。当柯碧舟从杜见春的话里得到新的启发时,他的眼睛里往往会闪露出感激的光,充满柔情地凝视着杜见春;当杜见春看到柯碧舟某一章写得比原来精彩时,她常常会喜形于色,衷心地向他祝贺,还鼓励他说:"你要把每一章都写成这个样子,书就有希望出版了。"

他们的爱情是伴随着山寨劳动,伴随着相同的命运、地位,伴随着共同的愿望发展的。他们之间无话不谈,他们互相体贴关怀,连"黑皮"肖永川,也意识到他俩间的恋爱不同一般,既羡慕又赞赏地说:

"你们是在真正地恋爱。"

爱情给他们的生活带来温暖,带来抚慰,也常给他们带来茫然和烦恼。随着年龄的增长,他俩自然而然地想到,难道就永远这样恋爱下去吗?今后怎么办?比如说三年、五年之后怎么办呢? 一想到这个问题,他俩都会愁闷地呆坐着,不知说啥好了。他们俩都已过了二十五岁,一般地来说,工厂招收学徒工是不要这么大年龄的人了。读大学、提干,根本别去想。唯一的路,就是长期地在湖边寨生活下去,而湖边寨,又是左定法这种人掌着权。未来,对他俩来说,真是有些可怕。越是这样,他们越是相依为命,越是珍惜自己的纯真的爱情。默默地、执拗地在艰苦的环境里打发着日复一日的岁月。

一九七六年金色的十月,给全国人民送来了震撼大地的惊人喜讯。多少人的命运,从金色的十月开始,来了个骤然巨变。十月,打倒"四人帮"的十月,必将在祖国的现代史上,录下难忘的一页。

即使是在柯碧舟和杜见春生活的偏僻山区,也有了多少振奋人心的变化啊!

十月二十四日,开过了鲢鱼湖公社的群众庆祝大会。仅仅一个半月以来,早就在县委书记老莫那儿存有十几份状纸、公开打死打伤打残多人的白麻子,被撤了县专政队头头的职,跟着,受害者家属们联名上告,白麻子被依法拘留。依附着"四人帮"那条路线建立起来的县专政队,被责令解散,打人凶手一个也没脱掉爪爪。鲢鱼湖公社下属的暗流大队主任左定法,是全公社出名的造反人物,曾参与县专政队作恶,也被公社党委责令靠边检查,大队工作由贫协主任邵大山主持。

虽然,那个造反上台的县革委会副主任和知青办、招生办主任黄金秀,还没听说有啥变化,但人们都说,这两个家伙和他们的一帮喽啰,也莫想漏网。

柯碧舟和杜见春眼见形势大好,心里多快活啊!就在这当儿,他们接到了上海的两封信,怎么能不欢不乐呢?

"你看,爸爸叫我回去,出版社也希望你回沪面晤,我们什么时候动身呢?"杜见春兴高采烈地从柯碧舟手里抓过信来,征询地问柯碧舟。

柯碧舟沉吟着说:"本来我们也计划春节回上海去看妈妈,打听你家父母的消息。干脆,整理好东西,提早动身吧!"

"那,那县里面派人来,要我写白麻子打人行凶的经过事实材料,我还没写呢!"杜见春为难地皱起眉头,嘟着嘴说,"还有,老支书周凯旋让我去镜子山,详细讲讲我写那三条山寨贫困根源的经过;公社党委要我去帮助整理左定法为非作歹的材料,都推掉吗?不行啊,碧舟,一时间我们还走不脱。"

"是啰,"柯碧舟用手搔着后脑勺说,"邵大山也让我列席暗流大队干部会,要我谈谈憋在肚皮里的改造湖边寨的规划,他还要我也和查账小组一起,把左定法那管米机房、榨油房、面房的小舅子这些年来的账目,通通细查一遍。看来,还得在湖边寨待一个月时间。"

"那就这样吧!"杜见春率直地说,"我们一个月以后回上海。今天晚上,我给爸爸妈妈写回信,把我们的决定告诉他们!你呢,也给出版社回一封信。"

柯碧舟心情畅快地微笑着点了点头。

第二天,杜见春寄出了给爸爸妈妈的回信。在信中,她详尽地把自己这些年来在山寨的经历,告诉了爸爸妈妈。另外,她也讲了自己的爱情,尽自己所知的,把柯碧舟向爸爸妈妈做了细致的介绍。最后,她说了他们俩回沪的打算,并盼爸爸妈妈回信,谈谈他们的看法。

老天爷也真有情,十二月份,是个山区的暖冬,不但没像往年那样下雨落雪、冰凌遍地,到了下旬,还天天出太阳,叫人感到温暖祥和。

杜见春算计着,爸爸妈妈的回信该到了,她天天盼着家里的信,但每次邮递员小丁来送报,都没她的信件。十二月底的一天傍晚,杜见春扛着锄头收工回到集体户门口,解下身前的围兜,拍打着栽种洋芋时落得满头满身的尘土,只听灶屋里传出邵大山低沉的说话声气:

"……唉,小柯,当我没得认清这些的时候,我反对你和玉蓉相好;可当我认清这些的时候,玉蓉已经不在了。如今,我是满心指望你和小杜好,才来找你。看起来,世上从没啥伸手就能摘到橘子吃的便宜事,你还会碰上一个比我更难对付的老人啊!"

"多承你,大山伯,我心头有底儿了。"这是柯碧舟声调嘶哑的回答。杜见春一怔,私下暗忖:出什么事儿了?他的嗓音怎么变得这样低沉?

"就这样吧,我这头,会写回信去的,你放心。"邵大山拍着棉袄衣袖站起来,叹了一口气说,"唉,只巴望这个老人,早些拐过这个弯来。"

"谢谢你,大山伯。"柯碧舟送邵大山走到灶屋门口,迎头看到杜见春满脸狐疑地站在那儿,两个人都不由得愣了一愣。

杜见春微笑着,主动招呼了邵大山。邵大山略有些窘迫,他那满是络腮胡子的脸上现出稍显尴尬的笑容,朝杜见春点头寒暄着:

"小杜出工了?快进屋吃饭吧,小柯把晚饭都煮好了。哎,小肖咋个还没回来？他们男劳力挑灰到这时候还不收工啊？我看看去。"

他急促地说着，匆匆走了。

杜见春觉得邵大山的神色有些匆忙。平时，他总要站下来，细细过问一下，妇女们栽了哪几块土，犁沟打得深不深，底肥放得足不足，或是问问杜见春生活有无困难。可今天，他倒像怕和杜见春说话似的，匆匆忙忙告辞了。走进灶屋，杜见春觉得柯碧舟的神情也不对头，他有些呆痴，脸色阴沉，动作迟钝，一句问候的话也没有。往天，他不是这样的呀！洗脸的时候，不喜欢肠子打结的杜见春忍不住了，她开门见山地问：

"大山伯来和你说了什么事？"

"没啥。"柯碧舟语调干哑地答了两个字。

"你骗人！"

"我怎么骗你了？"

"你脸上的表情，明明证实是有事，可你不告诉我。"杜见春直通通地把事情点穿了。

柯碧舟张了张嘴，没说出话来，哀叹了一声，垂下了脑袋。

"怎么啦？"杜见春委婉地追问着，三脚并作两步走近柯碧舟身旁，扯住他的衣袖，不让他走进男生寝室去，"什么话，还不能对我说？"

柯碧舟的眼角闪烁着一点泪光，他瞅了杜见春一眼，烦闷地摇了摇头，仍要走到男生寝室去。

杜见春顿感委屈地叫了起来："碧舟，你有事瞒着我，你过去怎么对我说的？"

他们俩曾经盟誓，绝不向对方隐瞒任何事情。可这样的事，叫柯碧舟如何启齿呢？

见柯碧舟还不肯说，杜见春发急了："碧舟，有话，趁这阵儿说吧！肖永川一回来，想说也不便了，快说吧！"

"见春，"柯碧舟转过脸来，慢吞吞地没头没脑地问，"我们的事，你都写信告诉父母了？"

"是啊，我不跟你说过的嘛！怎么了？大山伯到底对你说了些什么，你快说啊！你这样子惹得我肠子也痒了！"杜见春急切地叫了起来。

319

"没啥。你爸爸给大队负责人写了信,询问我们俩的表现,还问,为什么他的女儿和一个出身不好的子女谈恋爱,要求大队回信。"柯碧舟忧悒地低叹了几声,"大山伯来讲的,就是这件事。很明显,你把我的家庭出身,也对你父母说了。"

"是啊,对爸爸妈妈,难道还需要隐瞒吗? 碧舟,我还不是希望今后见了面,可以省却……"杜见春话说到一半,看到柯碧舟阴云密遮的脸,把其余的话咽下去了。乍听到柯碧舟说的情况,她也猛吃一惊,可以肯定,爸爸妈妈决定给大队写信,而不给她写,第一是不信任她,以为她在这些年间变糟了! 第二是反对她和柯碧舟相爱,要来干涉她和柯碧舟的关系。杜见春看到柯碧舟呆滞的神态、晦暗的双眼,立刻明白柯碧舟比她更敏感地意识到这两点了。她只觉得头脑里轰轰地喧响起来,这意外的事件,毕竟来得太突然了。多年不见的爸爸妈妈的态度,柯碧舟的忧虑,他们俩情真意深的爱情,这关系怎么摆啊? 亲爱的爸爸妈妈呀,你们太不了解见春了,如果你们来经历见春遭遇到的这一切,你们也会对柯碧舟产生好感的呀!

杜见春毕竟是杜见春,她很快从眩晕惊愕中醒过神来,她只稍一思忖,便马上明白,自己首先该做什么了。她追进男生寝室,把走进去的柯碧舟拉到自己屋里,急不可待地说:

"碧舟,你愁个啥呀? 别发呆了,我的心就在这里,我能在爸爸妈妈的反对下变心吗? 绝不会的,不是早跟你说过嘛,只要我打定了主意,爱上了你,天打雷轰,我也不动摇! 瞅你的脸呀,真像我欠了你三百块钱似的,嘻嘻。"

柯碧舟定神凝视着劝慰他的见春,她的话,像温泉暖流,淌到他的心田里,使他觉得欣慰,也使他倍感他们爱情的坚固牢实。但他总比杜见春看得远些,想得多些。要知道,不利的因素在他这方面啊。眼下出现的事情,可以说是他几年前就害怕会出现的。他抓着见春的手,紧紧地握在掌心里,微露浅笑说:

"见春,我完全相信你。相信! 但是,要知道,你今天已经不是一个'叛徒''复辟狂''走资派'的子女了,你仍是一个革命干部子女。社会地位的不同、事态的发展,以后还有命运的变迁、舆论的影响、家庭的压力。波折还是很多的呀!"

柯碧舟脸上的浅笑变成了一缕无可奈何的苦笑。

"我管不了那么多!"杜见春断然地把手一劈,"我只知道,我的生活中,不能没有你! 有一点,倒是我担心的,我怕你意志不坚,患得患失,在种种压力面前屈服。你会吗?"

柯碧舟绝没想到杜见春会说出这样令他鼓舞的话来,他睁大眼愣住了,不知答啥好。

"碧舟,"杜见春伸出手轻轻地抹去柯碧舟不知不觉间溢出眼眶的一滴泪珠,婉转轻柔地叮嘱,"这些年来,你常是听从我的,在这件事上,你也要听我的话,好吗? 你自己要树立起信心,不要一听到不悦的事就愁眉苦脸,你要敢于自豪地对人讲出,你爱我。只要你充满信心,意志坚强,我们一定会幸福的。碧舟,我只有一句话要你永远记住:我是属于你的。"

柯碧舟的脸呈现出少有的激动之情,他的嘴唇哆嗦着,双手捧住杜见春的肩膀,千言万语,一齐喷涌到喉咙口,好不容易迸出了几个字:

"见春……我的见春……那、那我们还回不回上海呢?"

"不忙!"杜见春双眼闪出灼灼如焚的光,极有主见地说,"我马上写信! 我要对爸爸妈妈不信任我提意见,还要明确表示我的态度!"

杜见春的脾气向来是说到便能做到,信当晚写好,第二天就托人带到公社寄出去了。

一个星期之后,肖永川在午饭时给杜见春带回来一封电报,电文只有四个字:

见电速归

正在吃午饭的杜见春和柯碧舟看完电报,面面相觑,一时不知家庭方面究竟将怎么对待他们。肖永川从旁看清了电文,开口问:

"难道你们真要回上海? 听说,县里面马上要在今冬明春安置我们这帮老知青呢! 错过机会,又不知等到啥时候了。"

三四年来改邪归正了的肖永川,说话的姿态手势和过去大不相同了。

杜见春把筷子往桌上重重地一搁,向柯碧舟点了点头,仿佛宣布啥重大决定似的,回答肖永川说:

"回去,回上海去探亲！我们明天就走。"

## 三十一

杜见春决然没有想到,她的探亲假期会在这么一种忧郁愁闷的情绪下开始。

从踏进家门的那一刻起,她就准备着家人问起柯碧舟的事情。遗憾的是,爸爸上北京开会去了,什么话也没留下来。而令她惊异的是,妈妈、哥哥和妹妹,谁也没向她问过这件事,好像他们什么事儿也不知道似的。

杜见春觉得,她就是为了这件事而急急赶回来的。可到了家,为啥谁也闭口不谈呢？她纳闷,不解。白天,妈妈和哥哥出去上班,独有妹妹陪伴着她。见新最近才从崇明农场调回上海,正在等待分配工作,形影相随地和姐姐在一起。见春在家里买菜做饭、看电影、逛公园、兜百货商店、添置新衣服,吃得好、玩得好,可就是睡不好,她要晓得家庭对她的恋爱所持的态度。柯碧舟一直在焦灼不安地等待着消息,绝不能无限期地拖下去了。

这一晚,是上海冬天里最寒冷的日子。气温降到了零度以下,吼啸的西北风拍打着玻璃窗。天阴着,光枝丫在凛冽的冷风中瑟缩发抖。

姐妹俩早早地睡了,熄灯之后,见春把在嘴边上打了无数回转的话终于说出来了:"我在想,你年龄也不小了,有朋友了吗？"

见新陡地一个翻身面对着姐姐,诧异地回望着见春的脸,看她是不是开玩笑。她发现见春的脸上没一丁点儿开玩笑的意思,才抿紧嘴,停顿了片刻,回答说:

"这些年,我都在农场的专政队里,能有朋友吗？……姐姐,我倒真想听听你的事呢！"

这正是见春希望的,话题绕上来了,就可以打听到,爸爸妈妈究竟是打的什么算盘了。她伸出右手,把见新的手抓在掌心里。见新的手掌上长着一层厚厚的老茧,粗糙、温暖。见春把妹妹的手掌压在胸前,凑近她耳边,悄声细语地讲起她和柯碧舟的恋爱经过。

匆匆上床,窗帘没有拉拢,路灯光射进屋来,白晃晃地照在墙壁上。在寒风中不断抖瑟的枝丫影子,也在打着战。见春详详细细地讲起了她和柯碧舟认识、相爱的始末。连她本人都暗暗吃惊,有许多事,她自己都认为随着岁月的流逝而被纷繁的生活埋葬了,却不料在记忆的仓库里,还保存得那么完整,连细节、手势、对话、眼神都还记得一清二楚。见新借着路灯的微光,看到姐姐讲着讲着,泪水溢出眼眶,淌到了面颊、腮帮上。她紧紧地贴着姐姐散发微温的身子,清晰地感觉到姐姐的心在剧烈地跳动。听到姐姐的惨遭毒打、身受迫害,联想到自己在农场被押进专政队,整天受人呵斥、训示的遭遇,见新也低声啜泣起来。这样的屈辱,她也都亲临身受过呀。感受到姐姐和那个人的命运,已激起了见新的极大关注。她开始意识到,姐姐的爱情是在长期艰苦的环境里发展起来的,她联系着姐姐的命运、希望、苦闷和憧憬,姐姐的感情是坚贞的,很难根移的。同时,随着姐姐深情的、娓娓动听的叙述,那个还未曾见过面的柯碧舟,在见新的眼里也变得具体形象,而有光彩了。

当姐姐讲完的时候,已近半夜了,隔壁会客室里的台钟,当当当连续敲了十一下。两姐妹都默不作声,见新往姐姐的身子更紧地靠了靠,她能听到姐姐的呼吸,能感受到姐姐的体温,更能理解姐姐急切地想听到她的看法。见新把自己滚烫的脸颊贴到姐姐的额头上去,轻轻摩擦着,耳语般道:

"姐姐,我能理解你了……你那个人……真好,我希望你、你们好下去……"

见春凝神屏息般倾听着见新的话。当她听清了见新的话,便以旋风般的速度伸出双臂,紧紧地把妹妹搂住了。

路灯的微光里,两张脸都闪烁着霞彩,两双很相像的眼睛里都有着晶莹的泪光。

"见新,家里用电报催我回来,好像是对我的恋爱有意见。可我到了上海,妈妈为啥又只字不提呢?"见春把鲠在心头的疑问提出来了。

"你还看不出来?"杜见新微显惊讶地反问,"我看你整天愁眉苦脸,还以为你明白了呢……"

"不,我心中闷着哪,一点也不明白。"

"你想想,你回上海以后,妈妈不是让我陪你去看电影、逛公园,就是要我和你一起去添置新衣服,她又亲自给你买了手表、做了新棉袄,平时老问你还需要什么。妈妈还特地关照我,让我一个人尽可能把家务事揽下来,尽可能把饭菜搞得丰盛些。这么尽心尽意地照顾你,你说是为了啥?"

"为了啥?"

"让你多感受些家庭的温暖,让你从感情上先回到家里来,让你和自己在山寨的插队落户生活,有个鲜明的对比。你懂了吗?"

杜见春还是蒙在鼓里,瞪大了疑惑的眼睛,摇了摇头,表示还不懂。

"你呀,这么聪明的人,怎么连这点起码的意思也不懂呢!"见新伸出手指点了点姐姐的额头,直截了当地说,"当你逐渐习惯了上海比较舒适的生活,自然而然便会和你那个人慢慢疏远了呀。到那个时候,妈妈再来劝说你……"

"啊!"杜见春大吃一惊,原来,妈妈的意图是这样的啊!怪不得,谁也不提柯碧舟呢。杜见春不仅惊愕,内心深处还有些骇然。刚回上海,尤其是才回来的头两天,由于在偏僻的山寨上生活了多年,她自然感觉到,上海生活的舒适和安逸。不是吗?饭桌上总有六七个菜,不是山珍海味,但也够丰盛的了。随着父母亲平反昭雪,被重新安排工作,坐在家里就可以看到电视,走到电影院就能买票,才回来几天,她看的电影,要比插队落户几年里看的电影还多。再怎么说,上海的柏油马路总比湖边寨的山区小路好走;煤卫设备齐全的楼房,总比干打垒的泥墙茅屋强。所有这些,都是见春很自然地感觉到的,但她从来没把这种感觉和柯碧舟的关系联系在一起考虑过。这会儿,经妹妹一提,见春才发觉,妈妈正利用这些东西,在往怀抱里拉她呢!陡然间,杜见春警觉起来,她一把拉住妹妹的手问,"这么说,家里是反对我和柯碧舟好的喽?"

"坚决反对的只有哥哥一个。"见新看姐姐激动起来,轻声柔气地道,"妈妈是不赞成的,但她希望通过劝说,使你回心转意。爸爸对你找一个出身不好的对象,很不理解。但他说过,要经过了解、调查,才表示态度。"

见新的话刚说完,见春躺不住了,她双手一撑,往起一坐,伸手抓过毛线衣,就往头上套。

见新被姐姐突如其来的动作惊呆了,她急急地问:"姐姐,你要干啥?"

"我找妈妈去!"见春斩钉截铁地说。套上毛线衣,她又往肩头上披棉袄。

见新抓住姐姐的棉袄袖子,劝慰着说:"这么晚了,明天再跟妈妈说吧!"

"不成,我得把话说清楚!"见春跳下床,给妹妹掖好被子,匆匆走出卧室。

见新连忙掀开被子,慌忙地往身上穿衣服,随着姐姐走到母亲屋门口。

妈妈屋里,还亮着灯光,杜见春在门上敲了两下,听到妈妈说了声:"进来。"

她呼地一下推开了屋门,大步走到妈妈的床跟前,直通通地说:

"妈妈,我要和你谈谈!"

柳佩芸正披衣坐靠在床栏上,戴着老花眼镜看文件。她的脸上略呈倦容,眼圈有些红,可花白的头发仍拢得很齐整,看到大女儿冲动地走到自己床前,她坦然地一笑,摘下眼镜,语气平缓地问:

"什么事这样急,非要半夜三更讲?"

妈妈镇定的态度似乎感染了见春,她顿了顿,牙齿咬着下嘴唇,仿佛在下着最后的决心。当看到妈妈正以期待的目光望着她时,她开门见山地说:

"是关于我和柯碧舟的事情。你们明明不赞同,为什么不直接对我说?反而……反而要采取现在这种转弯抹角的方式?"

"噢!"大女儿这么主动直率地提到自己的恋爱,倒使柳佩芸感到有些意外。在她心目中总认为,只要自己不提及,见春是不会主动说的。她当母亲的,这些天里也一直在犯难,如何和女儿谈这件事。她太熟悉见春了,这姑娘率直、爽朗,认准了的事情,很难让她改变主意。从见春的两封来信,从她表现出来的神情,都能看出,她对自己的爱人,是很有感情的。她不是小孩子了,快三十的人了,选了这么一个对象,绝不会因为家人劝说几句,就改弦易辙的。为此,柳佩芸一直没和见春提起这个话题,而想出了先让她在家里舒舒服服过一段日子的主意。没想到,今天近半夜了,她却冲进门来,挑起这个话题。乍听到见春的话,柳佩芸有些疑惑,可她一偏头,看到没关紧的门口边小女儿的身影,当母亲的什么都明白了,一定是见新把家里人的意思,捅给姐姐听了。柳佩芸朝着大女儿微微一笑,亲切地朝她扬扬手:"来,在床沿上坐下,平心静气地好好谈一下。见新,"柳佩芸又仰起脸朝着门叫道,"你也别站在门口了,一起进来听听。"

杜见新听到妈妈的招呼,迈进屋来,但她并不坐下,只是把双手放在背后,靠在门框上,听妈妈和姐姐交谈。

看杜见春直着腰,眼瞅着床头柜上的台灯,气呼呼地坐在床沿上,柳佩芸知道,母女间一场严峻的谈话,是不可避免的了。遗憾的是,老杜不在家,不能和他仔细地交换意见,而坚决反对见春这桩恋爱的儿子去会女朋友,至今还没回来。柳佩芸皱着眉头,一边思索着一边缓慢地说:

"见春,你走上生活道路,已经七八年了!按理说,交朋友、谈恋爱都是正当的。一般地讲,我们当父母的,也不便来干涉子女的恋爱、结婚。相反,你们在这方面提出合理的要求,我们还是会满足你们的。只是,当父母发现子女的恋爱不妥当的时候,是有权利提出自己的看法的。你说是不是?"

"是的。"杜见春耐着心肠,点了点头。

"你是妈妈的大女儿,年龄不小了,但还是妈妈的女儿。妈妈既要把你当成一个快成家立业的大人,又要把你当成一个孩子。"柳佩芸字斟句酌,说得很慢,语气平缓而亲切,"即使妈妈觉得你的恋爱不合适,也得选择一个适当的机会,来和你交换意见呀!你觉得妈妈这么做不对吗?"

妈妈毕竟是在纺织厂当党委书记的,说话合情合理,委婉而耐心。见春心里完全清楚,妈妈这一番话,都是在回答她刚才的责问,她还能说什么呢?难道能一味地怄气不休,一味地耍脾气吗?不,不能!她今天是来和妈妈谈正经话题的。杜见春的目光落在妈妈脸上,点着头说:

"妈妈,你是对的。不过,我听不懂,你说我和柯碧舟好不合适,是不合适在哪些方面呢?"

"感情用事,不够理智,不够冷静。"柳佩芸瞅了一眼站在门边的杜见新,小女儿在把双臂伸进披在肩上的棉袄袖筒里,睁大了双眼,细听着,显然,连她也意识到,这场谈话将是很费时间的。柳佩芸接着说:"当妈妈的,没有权利代女儿选择对象,可总有权利了解女儿的恋爱情况吧。你的对象柯碧舟,我们还没见过,你却向家里宣布,事情已经定了。叫我当妈妈的,怎么能放心呢?"

杜见春捋了捋有些散乱的鬓发,嘴角上露出了那条含有讽刺意味的笑纹,她心平气和地问:

"妈妈,你了解柯碧舟吗?"

女儿的声调突然变得清亮明晰,使得柳佩芸有些不快,她嘟哝着道:"我怎么会了解他呢?还不是看了你信上的介绍。"

"你不了解他,又怎么断定,我和他好不合适呢,妈妈?"杜见春的语调带着点俏皮味儿,可是很尖锐。连一旁的杜见新也听得出来,姐姐在发起反击了。

柳佩芸以肯定的口气道:"当然不合适啰!他家庭出身不好嘛!"

"妈妈!你既没见过柯碧舟,又没详细了解过他的为人,仅凭他家庭出身不好这一点,就断定我们之间的关系不合适,这是科学的吗?"杜见春抓住了妈妈的话题,提高了嗓门,振振有词地说,"这不是形而上学吗?这不是血统论思想在你头脑中的反映吗?……"

"见春……"柳佩芸拖长了声调,打断了女儿的话,语气中也透出了不耐烦的情绪,"我不同你争理论问题,我是要你面对社会现实。"

"面对社会现实,那更好!在你和爸爸被关押的日子里,我就是一个'狗崽子',被人骂过,也被人打过,遭的害还少吗?到了今天,我们为啥还要歧视出身不好的子女呢?妈妈,他们究竟有什么罪,还要背那么沉重的包袱?"

见新在门旁插进话来:"妈妈,姐姐说的话有道理……"

"别扯远啦!"柳佩芸把手一挥,有点生气地截住了小女儿的话,"我和你爸爸是受迫害,而你那个对象的家庭,完全是另一码事!我要你面对的现实是,你选择了这么个对象,首先在抽调后分配工作上,就要吃亏!以后入党、深造、出国……什么事儿都别想了!"

杜见春不禁有些愤愤然了:"照你这么说,一个人出身不好,那就一事无成了?"

"当然啰!"从妈妈的房门外,响起一个自信的嗓门,母女仨分别转过脸去,杜见胜穿着一件黑色银枪呢大衣,双手插在衣袋里,仰着脸昂首阔步地走进屋来,他用眼睛扫了两个妹妹一眼,面对杜见春站定,手舞足蹈地说:"见春,你是从插队落户的山沟沟里回来呀,不是从月亮上刚刚跳到地球来。难道你还没尝够味道?一个人家庭出身不好,非但是在人前说话不响,低人三分,还要一世苦熬,受尽精神上的折磨。"

杜见春爱理不理地斜了哥哥一眼,嘴巴一撇,转过了半个身子。她对这个哥哥很反感,爸爸妈妈被关押起来之后,他躲到厂里去,明明每个月有四五十元工资,却根本不顾两个在农村的妹妹,连写信也极少。就是难得有封信,也是怨气十足、牢骚满腹,直怪父母犯了错误,运道不好。信尾还要关照两个妹妹不要回沪探亲,生怕两个妹妹用了他的钱。而当爸爸妈妈一回到家,听见新说,他又是头一个搬回来。不晓得照顾有病的父母亲,只知道穿着打扮,交朋友、谈恋爱,还恬不知耻地说,这几年耽搁了他的青春,他要把时间抢回来,尽早结婚,开口就向父母要一千元。他新交的女朋友,见春已经见过一次,仍是位"标标准准"的上海姑娘,讲究时髦,善于言辞,既彬彬有礼,又温文尔雅,懂得裁剪缝纫,也会掌勺做菜,开口闭口不离"通路子"、"寻门路"、捷克式家具、电视机、电冰箱。坐在沙发上,也能和人吹吹文学、戏剧、电影演员。只是才二十三岁,比三十一岁的杜见胜,足足小了八岁。见新偷偷地说:这种人才配哥哥的胃口呢!

杜见春这样的人,怎么会服杜见胜的气呢?平时,她都懒得搭理他呢。

见妹妹不吭气儿,杜见胜还以为自己一番话,把见春镇住了,他兴致勃勃地道:"见春,听我一句话,以后回到上海,分配一个舒适轻巧的工作,像我们这种家庭条件,上海滩上的男子汉,还不是由你挑一把来选择!多么乐味!多么实惠!你要跟上一个出身不好的插兄啊,一辈子别想有出息了!"

听他越讲越不像话了,杜见春忍不住冷冷地反驳道:"依我看,一个人有没有出息,关键在于自己!我不相信庸庸碌碌之辈,自私自利之徒,整天只想依靠父母建立安乐窝的人,对我们国家会有所贡献!"

"嗬,我的话你不听,反而还要来讽刺我!"杜见胜眼一瞪,双手解开大衣纽扣,狠狠地一脱大衣,搭在臂弯上,神气十足地说,"你凶你的,话我还是要说明白。老实告诉你,你要选一个出身不好的人,那是你的事情。不过要是影响到我,我就对你不客气!"

杜见胜说出这样的话,见春也恼了,她立即回敬道:"我的对象碍你什么事?他和你连面也没见过,怎么会影响到你?岂有此理!"

"怎么不影响?实话跟你说,车间头头给我打过招呼,要培养我入党。"杜见胜把手上的呢大衣往母亲床上一扔,理直气壮地说,"到时候,有这么个社会关系,就要影响到我!"

杜见春气得脸色发白,她厉声说:"那还不简单,你就说没我这个妹妹嘛!"

"见春!"柳佩芸的声调放沉了,她搓了搓双手说,"你也别说气话。见胜的话头重一些,但还是有道理的。真有这么个亲属和社会关系,就是要有影响的。你冷静些,重视我们的意见,耐心地想想吧。"

杜见胜白了妹妹一眼,补充道:"就是嘛,何必强充硬汉呢。"

杜见新自始至终注视着这场争论,听口气,话已经说到尽头了,她把目光移到姐姐脸上,不知姐姐将说些什么。

见春的神色庄重,目光严峻,她声气朗朗地说:

"妈妈,我听了你们的理由,我想过了,我不能随便改变态度。我向柯碧舟发过誓,不是信口说说而已。见胜你别冷笑,我们之间的事,你是不会理解的。我有思想准备,漫长的八年时间都过来了,我懂得什么是该自己珍惜的。我知道你们是关心我、爱护我的,我也知道你们可以讲出无数的理由来劝我,不过我希望,你们在关心我的同时,也尊重我,尊重我个人的意愿。我不可能想象,有第二个人可以代替柯碧舟。为这,我可以不进保密单位工作,可以失去更多的好机会,甚至可以不回上海。如果你们认为我找了这么个朋友会影响全家,我也可以不回家来!我快三十岁了,懂得怎样看待美好的理想、光辉的前程、现实的生活!也许你们以为,对我目前的现状来说,随着政策的落实,迁回户口,找一个轻松的工作,建立一个舒适的家庭,有个所谓前途无量的丈夫,是最理想的了!我承认,这是够不错的,社会上多少人在追求这种安宁的生活,我不认为这些人个个都是鼠目寸光,但我不能为了自己争取这么一种生活,而抛弃柯碧舟。爱情,是不能和上海、和门第、和条件画等号的。再说,柯碧舟是我的恩人,我的命是他救下的。我这后几年的生活,是和他一道同甘共苦走过来的。我不能抛弃他,我觉得这是做人起码的道德和尊严。请你们不要干涉我。"

"嘀,好一个道德、尊严的卫护士!"杜见胜讥诮地道,"真是情深意长啊!"

杜见春轻蔑地瞥了他一眼,气愤地道:"不用你来嘲笑我!难道说,出身不好的子女,只能互相之间恋爱结婚,就没有与其他人恋爱、结婚的权利吗?难道他们不是新社会的青年?难道他们不能用自己的行动来选择革命道路?这是什么逻辑?这不是要剥夺他们的生活权利吗?既是这样,为什么还要让他们生下来,当初就可以把他们宣布为不准出生的人,不是更省事、更干脆吗?这种反动血统论的流毒,这种迂腐的门第观念,哪天才能肃清啊?"

妹妹杜见新羡慕地望着姐姐,她的血液在沸腾,她觉得,姐姐的这一番话,说得实在太好了。

屋里显得出奇的静,独有客厅里那只台钟,在嘀嗒嘀嗒机械刻板地绕着永远绕不完的圈子。已是半夜了,气温降得更低了,屋里几个人,都觉得脚趾冻僵了。

在冷寂的气氛中浸透了寒意,叫人心上更觉得气闷。杜见春只觉得空气中有一股无形的力量在胁迫着她,使她感到呼吸窒息,难以忍受。她意识到,哪怕是争到天亮,哥哥和妈妈也是不会让步的。等待着她的,将是无休无止的舌战。

不待她拿定主意,妈妈打破了沉默,说:"见春,你可以申诉你的理由,我们也可以提出我们的看法。妈妈希望你静下心来,想想再想想,三思而后行!你能……"

呼地一下,妈妈的话还没说完,杜见春就抑制不住地站了起来,她谁也不望,眼睛直盯着房门,铮铮有声地说:

"你们逼我,我就走!"

说完,她就大步向客厅走去。

刚走到房门口,妈妈嗓音尖厉地叫住了她:"见春,你等等!"

感觉到妈妈的声调与往常不一样,见春收住了脚步,转过半个身子。

妈妈伸出手来,嘴里一个字一个字清晰地说道:"你请那个柯碧舟,到我们家来一次!"

不但是杜见春,就连杜见新和杜见胜,也因母亲突然的提议而感觉惊讶!

杜见春不知妈妈究竟想干什么,半张着嘴,没马上答话。妈妈的声音提高了些:"听见了吗?"

"听见了。"见春机械地答道,"明天我们看电影,我跟他说,让他来。"

"就这样吧。"妈妈的语气恢复了平静,对三个子女说,"天气冷,时间也不早了,该休息了。"

## 三十二

柯碧舟没有如约而来。

遵照妈妈的叮嘱,见春让柯碧舟集中精力改好小说,在春节后的第一个周末晚上,到她家里来。柯碧舟答应得那么认真,那么庄重,可他没有来。

晚饭后,天很快黑了,妈妈、哥哥、妹妹、见春四个人在客厅里看电视。银光屏上在播放些什么,见春视而不见;播音员在说些什么,她听而不闻。楼梯上一次次响起脚步声,杜见春都心跳加速地期待着敲门声随之响起,可脚步声又往楼上去了。好容易听到有人敲门,杜见春欢欣地蹦跳起来去迎接,打开门一看,是邻居来还老虎钳子。杜见春拖着失望的步子走回来坐下,直到电视结束,她老是由于急切的巴望和恐惧而心神不宁。直到杜见胜开亮客厅里的四十八瓦日光灯,见春才意识到,柯碧舟是不会来了,时间已是九点四十,哪个傻瓜会在近十点时到人家里去？同时她也想起来,这是他们相爱以来,柯碧舟头一次失约。陡然间,杜见春浑身像着了火一样焦躁起来,柯碧舟没来,总是有原因的！也许他废寝忘食地改稿子,病了；也许他碰到了什么至关紧要的事,一般地,他绝不会失约……

杜见春坐不住了,她走进自己屋里,披上一条围巾,匆匆忙忙穿过客厅,朝门口走去。

杜见胜一个箭步跃到妹妹跟前,挡住她的去路:"这么晚了,你还到哪儿去？"

"我到柯碧舟家去。"杜见春转过脸对妈妈说,"讲好他今晚上来的,他没来,一定出了什么事。"

"你不能去。"杜见胜张开双臂堵住了门,"你一个姑娘,这么晚了去找他？"

"为什么不能去？"杜见春皱紧了眉头问,她盯着杜见胜,觉得事情有些蹊跷。

柳佩芸走到女儿身旁,低声柔气地说:"见春,你看,都快十点钟了,你赶到柯碧舟家,要十一点了,这么晚到人家里去,是会惹出闲话的……"

"我不怕人家说闲话,"杜见春固执地道,"我不去弄个明白,心里不踏实！"

"姐姐,"杜见新也走过来劝道,"要去明天去吧,你不用着急。不会出什么大事的。深更半夜,赶到柯碧舟家,敲门、上楼,啥都不方便。再说,你去了,回来怎么办呢？车都没有了。"

妹妹平心静气的劝导,倒使急躁不宁的见春镇定下来,她慢腾腾地解开围巾,沮丧地走回自己屋里,无精打采地歪倒在床上。

整整一晚上,杜见春都没有睡好。她听着窗外的风声,邻居家婴儿的啼哭,客厅里每隔半小时敲打一次的钟声。她为柯碧舟设想了许多条理由,可一条一条都给她推翻了,她觉得所有的理由都站不住脚。他无论如何应该来,可他没有来。下半夜,她感觉到头脑里昏昏乎乎的,眼皮也格外沉重,直想合下来。可一闭上眼睛,她的神经又变得特别敏锐,一点儿响动都会使她睁开来。

第二天一早,她就急不可待地起了床,熬到早饭后,立即匆匆赶往柯碧舟家去。

天气还算好,早春的阳光璀璨明媚,带来一阵阵暖意。杜见春走在人行道上,望着明晃晃的太阳光,感到头晕眼花,不得不眯缝起眼睛。嘀嘀嘀、叭叭叭的汽车喇叭声,显得特别刺耳。春节刚过,是上海马路上行人最多的日子。历年来支边、支内、参军、上山下乡的上海人,在春节期间回沪探亲最为集中。要过稍微热闹一些的马路,略站片刻,就会聚起一群人。

杜见春心里有事儿,在人行道上走得极快,走过一家服装店门口时,她听到身后活泼泼一声喊:

"这不是杜见春嘛!见春,你急匆匆去哪儿呀?"

杜见春闻声转过身子,在拥挤的人行道边上,分配在县里面工作的"卷毛"王连发和他的那个女朋友孙莉萍衣冠楚楚、笑眯眯地站在她跟前。王连发头上的鬈发经理发师的手,呈好看的波浪形覆盖在额头上,他穿一件笔挺的新华呢中山装,假肩胛把他衬得胸阔腰圆,神气非凡,剪裁得体的全毛哔叽长裤,两条褶皱直得像刀刃,油光闪亮的黑色牛皮鞋,擦得不见一点灰尘。王连发身旁的孙莉萍,也打扮得非常入时,缎子棉袄,大红罩衫,加长的兔羊毛围巾,隐条的厚花呢裤子,高帮棉皮鞋。她还是黑黑的脸,尖尖的鼻子,显得活泼开朗,笑容可掬。

"哎呀!"杜见春打量了他们一阵,笑了笑问,"你们都回来探亲了?"

孙莉萍的脸略有些绯红,带着点淡淡的羞涩,王连发接过话头说:"我们在春节结婚了!这几天,正忙于买东西呢!探亲假时间不长,单位里托带东西的人很多,烦死人了!"

孙莉萍顺手从拎包里摸出一袋喜糖,塞到杜见春手里,含羞带娇地微笑着。

"真该祝贺你们!"杜见春接过喜糖说,"真不简单,你们能在县城安下心来,这么快结婚了。"

"县里面确实需要我们。"孙莉萍笑吟吟地说,"商业部门还缺人呢!"

"再说,要是出去的人通通回来,上海滩盛得下吗?"王连发顺手指指马路上熙熙攘攘的行人,随口发挥道,"你看,上海到处是人看人,人挤人,才没我们县城幽雅美丽呢!人嘛,早晚也总该有个归宿的。哎,杜见春,你还记得唐惠娟吗?她从工学院毕业出来,分配在黄浦江港区搞技术工作,坐办公室。"

杜见春感慨地嗟叹了一声说:"这些年里,她远远地跑到我们前头去了。而我呢,唉……"

"青春被耽搁了,对吗?"王连发接过话头,伸手捋了捋波浪形的头发,老成

332

持重地说,"可又有什么办法呢? 谁都知道,时代造就了我们这一代人。杜见春,你也别唉声叹气,像我们这种人,比上不足,比下还绰绰有余,你还记得那个神气活现的苏道诚吗?"

"记得呀,这个人现在在哪儿?"

"告诉你,现在他瘪掉了!"王连发鄙视地说,"他父亲是个卖身求荣的老家伙,'四人帮'的黑爪牙,逮起来了。过去追着嫁给他的华雯雯,正闹离婚呢!"

孙莉萍轻蔑地一撇嘴:"这对宝货会有啥好下场!"

王连发双手重重地拍了一下,扬起眉毛说:"哎,杜见春你怕不知道吧,县里面正在安排下乡五年以上的知青呢,我们回上海时,碰到肖永川在县医院体检,我看你快赶回去抢一个名额,还来得及!"

这真是意想不到的好消息! 杜见春兴冲冲地问:"是真的吗?"

"我骗你干什么?"王连发打着手势道,"听说,这回是大批安排哩!"

孙莉萍也补充道:"县里各单位都有招工指标,老莫书记亲自过问,下令杜绝后门。真的有希望。"

"那就太好了!"杜见春畅快地舒了一口气,她眨巴着那双闪烁希望的眼睛,定神想着什么。

王连发和孙莉萍见她凝神沉思,匆匆和她打个招呼,走进了身后那家服装商店。

杜见春瞅着他俩的背影,心里说:他们这一对都在县里面工作,不也挺幸福嘛! 她脑子里立即闪出了一个新的念头,昨天以来怃闷的心情顿时感到振作起来,辨别了一下路径,她加快脚步,往柯碧舟家走去。

柯碧舟家在一幢三层楼房的二楼,回沪之后,杜见春来过两次。他家没有煤气卫生设备,自来水在下面的厨房里,烧的是煤球炉。两间相通的房子,一间十个平方米,一间八平方米。平时,八平方米那间吃饭、堆杂物,十平方米那间是母亲和妹妹的卧室。柯碧舟回家探亲以后,八平方米那间房经过打扫整理铺了一张板床,柯碧舟就在板床上睡。和杜见春家比起来,柯碧舟家的一切都要简陋多了,除了床铺和吃饭的桌椅以外,柯碧舟家的家具只有几个旧箱子和一只被柜,显得有些寒碜。

杜见春走上二楼,看到十平方米那间屋的房门虚掩着,她估计这时是上班时间,只有柯碧舟一人在家里,便走过去,顺手推开了门。屋里坐着柯碧舟的妈妈,一个五十来岁,脸容椭圆、眉清目秀的妇女。她正木然地对门而坐,一见来人,不由得有些疑讶,轻轻招呼了一声:

"见春。"

"妈妈。"杜见春喊了一声,接着问,"小柯不在家吗?"

"他……"柯碧舟的母亲欲言又止。

杜见春的心怦怦跳起来,她发现柯碧舟的妈妈眼神呆呆的,眼圈有些发红,预感到发生了什么事,忙问:"他到哪儿去了?"

"他走了……"柯碧舟的母亲声气微弱地说。

杜见春如同当头挨了一棒,她睁大了双眼,急切地追问:"走哪儿去了?"

"你看吧。"柯碧舟的母亲转身从桌上拿起一封信递过来,"这是他让我寄给你的信,你来了,自己看吧。"

杜见春内心震惊不已,她用发抖的手撕开信封,拿出了信纸,迅疾展开读道:

见春:

　　读到这封信,我已经坐上回湖边寨去的火车了。

　　不要惋惜,让我走吧,我走开是对的。你应该留在上海,留在命运为你安排好的地方,留在你爸爸妈妈的身旁。我已经冷静地思考过了,绝不能因为我,再让你离开爱你、关心你的父母家人;绝不能因为我,再让你离开条件优裕、舒适安逸的家庭。我是没有权利再把你拖到湖边寨去吃苦的;我也不可能有那么大的本事,为你创造比你家的条件更好的生活。以条件而论,我们之间的悬殊是那么大,大得根本无法弥合。你家里人的话都是对的,他们是为了你好。

　　命运使得我们萍水相逢,并相处了几年,现在是到了该分离的时候了。你像我一样,翻来覆去地多想想,会想通的。

　　保重吧,见春。

柯碧舟

读着这封信,杜见春仿佛看到柯碧舟站在跟前,低垂着头,眼睑战栗着,苍白的嘴唇微微抽动,把话一个字一个字地从嘴巴里吐出来。杜见春的眼睛越瞪越大,眉峰高耸,心里痛得如同刀绞。她觉得自己似被抽去了脊梁骨,屋里的天花板在晃动,泪水如雨般扑簌簌掉落在信纸上。她身疲心碎地歪着脑壳,泪眼嘶声地喊着:

"他、他为什么做出这样的决定啊?"

"前两天,你的哥哥到这儿来过……"柯碧舟的妈妈有气无力地说。

"什么,你说什么?"杜见春一把扳住柯碧舟妈妈的肩膀,摇晃着问,"你说我哥哥……"

"他到我家来过,找到碧舟,和他谈了一个多小时。"柯碧舟的妈妈睁大两只眼睛,忧虑重重地说,"你哥哥走后,碧舟就像变了一个人,不吃、不喝、不睡,呆得像一截木头,面无人色。怎么劝也没用。"

杜见春直觉得有一根尖利的铁丝扎进了心头,她愤恨哥哥的卑鄙行径,她又可怜柯碧舟精神上所受到的折磨,她嗓音发颤地说:

"那、那他也不该急着走啊!"

"我也这么说他,多少年没回家了,难得探一次亲,为啥不在家多住些日子。"柯碧舟的妈妈心惊地瞅着杜见春,"可他讲,小说稿改完了,没什么事,还是回生产队去吧!"

杜见春陡地想到了一个问题:"他是什么时候走的?"

"你来之前,刚走。坐今天的车……"

不待柯碧舟的妈妈把话讲完,杜见春撩起衣袖一看表,猛地一个转身,冲出了屋门,噔噔噔一阵快跑,下了楼梯,往通火车站的电车站头跑去。柯碧舟的妈妈追出房门,在她身后连连喊了好几声,她都没有听见。

上了电车,杜见春只觉得电车慢得像虫爬,车厢里又挤,她每隔一两分钟都要看表,时间已快近九点了。她知道,火车是十点钟从上海站开出,要是赶到车站,还能追上柯碧舟,找回他的。她的心头又急又恼,不时地骂着:"逃兵,你这个临阵脱逃的家伙,我一定要把你抓回来!"她心里越怨电车开得慢,电车停的次数越是多,差不多每过一个十字路口,都要停下来等红绿灯。正是节后拥挤的日子,每个站头上都有人上车,杜见春急得眼睛里直冒火星子。

好不容易到了北站,杜见春买了一张站台票,往拥挤不堪的候车室里冲去。

开往西南的91次正在检票进站,杜见春仗着自己没有行李、提包,从队伍末梢直往前挤。她推开旅客们挡道的箱子、旅行袋,见缝插针地寻找着空档儿,大步大步朝前冲去。旅客们在她悍然不顾的推搡下发出的阵阵怨言,她一句也没听见,她一心希望看到柯碧舟,一把将他从队伍中拉出来。可是,直冲到检票口,她也没看见柯碧舟。

杜见春估计柯碧舟已进了站,检了票,又往正在上客的91次车跑去。

硬席车厢挤满了人,送客的人都在积极地抢行李架;有人站在座位上往行李架上堆箱子、旅行袋、包包;有人在往衣帽钩上挂东西;有人在互相争吵;车厢里声浪嘈杂,你挤我挨,一片混乱。杜见春在这一片混乱中接连寻找了三节车厢,也没看到柯碧舟的影子。

本来昨晚上就没睡好,加上气急心慌,她已经筋疲力尽,浑身乏力,眼望着挤闹不息的车厢,她再没力气费劲地往前挤着去寻找了。她用手背擦着额头上沁出的虚汗,粗声喘着气,几乎已经无望了。

恰在这时,她一眼看到了柯碧舟,他正失神地站在月台上,向着另一列火车茫然地望着。显然,他已经放好了行李,感到车厢里太闹,才下来清静一会儿的。

乍一眼看到他,杜见春惊得差点叫出声来。只几天工夫,柯碧舟的脸消瘦得惊人,目光中闪出昏倦恍惚的忧郁之色,一副淡漠无感、万念俱灰的神情。

"碧舟!"杜见春拉开嗓门尖叫了一声,扑过去。

柯碧舟迟钝地转过身来,默默地瞅着杜见春。

见春心里一阵抽紧,呵,几年来形伴影随、心同意合、亲密无间的柯碧舟,对她竟然如此冷淡。她那两条淡淡的弧形眉蹙在一起,焦急地问:

"你干吗不声不响地溜走?快告诉我,你的行李呢?我们去拿下来!"

"我的行李……"柯碧舟漠然应了一声,眼睛瞅着身前左右不时匆匆掠过的人群,答非所问地说,"你、你不该到车站来……"

"你说什么?"杜见春粗声截住了柯碧舟的话头,双眼闪过一片惊愕的光。

"回去吧。见春……"

"你再说一遍!"杜见春的声音又尖厉又凄楚,引得匆匆而过的人都回过头来看了。

柯碧舟的胸脯剧烈地起伏了一阵,垂着双手不答话。

杜见春怒冲冲的,厉声责问道:"你究竟是怎么想的,你说呀! 怎么不说话? 你、你真是窝囊,草包! 你……"

"你骂吧,骂过以后分手,你会感到痛快一点。"柯碧舟被杜见春斥责,并不着恼,反而缩着双肩,轻轻地说。

"你……"狂怒中的见春陡然看到柯碧舟瘦削的双颊、苍白的脸色,张大的嘴顿时闭上了,她开始意识到,在这几天里,柯碧舟思想上必定下了最大的决心,要离开她,一阵难言的悲恸涌了上来,她的眼里顿时糊满了泪水,哽咽着说,"碧舟,你……你真忍心走,把我一个人扔下,碧舟……"

杜见春情绪上的这一骤变,反倒叫打定主意的柯碧舟慌了手脚,他摆着手,急忙辩解着:

"不,不! 见春,你细想想,我不能拖累你,不能让你再回到湖边寨去。你受了这么多年苦,该、该有个好的……结……结局……"

"我不要!"杜见春凄厉地叫了一声,她那率直刚强的脾气又发作了,泪水直涌出眼眶。见柯碧舟毫无反应,她仰起脸来,正要嚷嚷,一眼看到他那满含深情的目光中闪掠着可怜巴巴的神情,杜见春浑身只觉得通了电一般警醒过来,顷刻之间,她什么都明白了。鬼知道杜见胜和他说了些什么! 柯碧舟这些天必然是失望至极地打发着日子,他必然是焦灼地等待过她,他一定是万般无奈,才想到一走了之的! 想到这,杜见春的怒火被泪水浇灭了,她略略镇定一下自己,说:"碧舟,你怎么能做出这一决定呢? 啊,你……你为啥不想想我呢? ……"

"正因为……因为想到你……"

"不,我不要听你这些话!"杜见春断然摇着头,打断了柯碧舟支吾其词的解释,她抿了抿嘴唇,宣布什么重大决定似的说,"听我一句话,去搬下行李来……"

见柯碧舟仍伫立着不动,杜见春啜泣着,说不下去了。

站台上响起了广播喇叭声,播音员在向大家宣布:"91次车还有两分钟就要开车了,检票口停止检票,没有上车的旅客,请赶快上车……"

柯碧舟听到杜见春最后几句话,眼中闪现一片欣慰,他俯首定睛,瞅着激动不已的杜见春,一滴晶莹的泪珠,从眼角溢了出来。他的脑海里,翻腾着波涛般的激浪,他正想说什么,听到了广播声,他的脸色顿时又阴沉下来,他压低了嗓

门,动情而局促不安地匆匆说道:

"见春,谢、谢谢你!不过,我还是得走!你,你多保重!"

说完,不待杜见春说话,他疾速地一个转身,三脚并作两步跑到车厢门口,跳了上去。

杜见春只惊骇地愣怔了一刹,随即两手一甩,也紧跟着跳上了火车。

"你这是干啥?"柯碧舟大惊失色地喊了起来,转身过来要推她下车。

杜见春把头一昂,紧抿着嘴唇,停了片刻才坚决地说:"不许推我!要走,一起走!"

"你没有票呀,快下去!"

"别嚷嚷,我揣有买衣服的钱,补一张票就得了!"

"可你什么东西也没带啊……"

杜见春的双眼执拗地盯着柯碧舟,放低了嗓门,深情地说:"不是有你吗……"

列车启动了,车轮子咔嚓咔嚓发响,汽笛长长的一声鸣叫,把杜见春的下半句话淹没了。

杜见春重重地推了柯碧舟一把,柯碧舟凝望了她两眼,眼睛里闪射出既惊且喜的泪光,他慢慢地转过身子,两人先后走进了硬席车厢。火车越开越快,风驰电掣般驶出了上海车站,驶向初现春意的大自然中……

1979年8月至9月草于贵州猫跳河畔

1980年元月至8月改于上海泥城桥

1981年2月至5月修订于贵阳金桥饭店

# 后记一

锣声响了,鼓声响了,汽笛响了,在这一片嘈杂的响声中,红旗在挥动,人流在涌动,高音喇叭在呼叫,鲜花、笑脸中夹杂着毫不掩饰的哭泣,火车轮子滚动了……

一九六九年三月三十一日,我就在这样一股潮流中,离开了上海,到陌生的、远在五千里之遥的贵州山乡去插队落户,去接受再教育,或者,拿当时一句最时髦的话来说:"投入了轰轰烈烈的上山下乡运动。"

翻开了我生命旅程中新的一页。

没有人动员我,没有人逼我,我是自觉自愿去的。

那年,我十九岁。

比我小的,小至十六岁,比如我妹妹;比我大的,大至二十二三岁,那些比我多读几年书的高中生。

可以说是整整一代人呵。都在上山下乡,都在奔赴农村,奔赴边疆,奔赴"祖国最需要的地方"。

彭浦车站是临时性的,除了芦席棚,四周全是空旷的原野,再多的人来送,都容纳得下。在这儿,就在这个我离开上海的车站上,在十六浦码头,在吴淞口,在北站,我已经送过多少个同学、好友、邻居、亲戚们去黑龙江、去吉林、去安徽、去云南、去江西、去苏北、去崇明岛啊,后来我知道,那几年里,上海一共送出去一百一十一万知识青年,拿每一列车乘坐一千人来计算,需要多少辆列车来送哪。难怪彭浦车站日夜都是喧闹不息的了。

这么多人上山下乡,几乎波及了每家每户。上海是这样,大到全国,又有多多少少知青哪,数不清。

关于这些知识青年,后来有种种议论说到他们。先是说他们如何地开创一代新风,如何地大有作为,如何地光荣;跟着说他们怎样地调皮捣蛋,偷鸡摸狗,坐车不掏钱;接着又说他们快不可收拾了,成了新的"社会问题";最后说一切都已过去,该画句号了。说这一页历史已经翻过去了,翻过去了。

是呵,这一页历史是翻过去了。可他们当年究竟怎样地生活,他们到底是怎样从那条路上走过来的呢?这毕竟不是个别人、个别地区的事啊,它曾触及了社会的每个角落,波及了差不多每一个家庭啊。

拿我来说吧,我是这样开始人生第一课的:挑着粪担爬山越岭;钻进深深的煤洞里,从狭窄得仅能容身的坑道里拖出一船一船稀湿的煤炭;忍受着砖瓦窑内烘热、窒息的空气,把烫手的砖瓦抱出窑子;十冬腊月露宿在铁路工地的山野里数星星;连月连月吃的是老南瓜片、熬洋芋汤;睡在刮风就摇、下雨就漏的茅屋里;因为没有菜油,炒菜的铁锅整年累月都锈着,煮菜前总要用磨砖擦几下倒掉锈水;在阴寒浸骨的水田里捧起泥巴敷田埂……这样的日子,不是一天两天,一月两月,一年两年,而是不知哪天有抽调,不知哪天有归宿的五年、十年。

就在这样的岁月里,我和寨邻乡亲们冒雨抢收过谷子,冰凌满地中挖过树根根,熬夜守过收获季节的场坝,烤着火摆过无数的龙门阵。同样,我也看到,当年唱着红卫兵战歌,打起背包雄赳赳地跑进广阔天地里的伙伴们,随着岁月的流逝,怎样变化着、期待着、希冀着、奔忙着。

从一九六九年去插队落户,到一九七九年十月领上第一份工资,可以说,我走过的是一条漫长的生活道路。就在这么一条生活道路上,我思索着、劳动着、追求着、体验着,试着把我感受到的、经历过的、想到的一切写下来。

是的,这一切和整个世界、整个人类的命运比较起来,是太微不足道了。但这一切都是我的,我不想轻易把它抛弃,我要把它写出来。

我想告诉那些老是用挑剔的眼光看待青年的人,我们这一代年轻人,有自己独特的命运,有不同于你们的生活遭际,有一段崎岖坎坷的经历,我们含泪的目光看到了不少光怪陆离的现象,受伤的心灵感受过太重的压抑,这就是生活最好的教科书,它那么严正地在我们面前展览着真、善、美、假、恶、丑,我们是懂得分辨是非真伪的。我写了《我们这一代年轻人》。

我想说说那些生活无着落,到了一定年龄还没工作的知青的遭遇,他们即使没有经济来源,却也有他们的憧憬、向往,他们就是在那朔风凛冽的年代里,逐渐逐渐意识到个人的荣辱,是和祖国的命运、人民的命运紧密地联系在一起的。那么多写知青生活的作品,都是把背景放在农村写的,很少有人想到,在秋收以后,来年春耕以前,许许多多知青都是在城里度过的。他们探亲、搞病退,无所事事地打发着日子,有的迷茫,有的颓丧,有的逐渐意识到肩头的责任,思考着未来。哪怕到了今天,这恐怕也是有用的,因为我们有那么多的待业青年。我写了《风凛冽》。

呵,知识青年,就是这个普通得不能再普通的字眼,曾凝聚了多少年轻人的汗水和眼泪,探索和追求,期待和理想啊。尤其是在"血统论"盛行的年头,那泥泞遍地的坎坷岁月里,一个青年要坚定地走一条正确的路,需要多大的毅力,多么坚韧的忍耐哪。知识青年这个词儿,不应该只让人想到艰难困苦,想到往事,想到目前还在待业的青年,它该让我们想到更多的一点东西。抱着这个愿望,我写了《蹉跎岁月》。

感谢《收获》《红岩》杂志编辑部的编辑,感谢中国青年出版社的编辑,在他们的帮助支持之下,这三本书发表、出版了。

这三部作品发表以来,我陆陆续续地收到一千多封读者来信,除了一封是位年近八旬的老人写来的,几封是四十以上的中年人写来的,绝大多数书信,都出自青年之手,其中约有一半,还是当年或多或少下过乡的人写的。很多二十来岁的青年男女,大学、高中学生,还爱在书信中向我提各种各样的问题。很遗憾,我这几年生活在深山沟里,交通不便,种种原因使我对大多数书信无法作复。我愿借此机会对所有来信的同志表示感谢和歉意。

在这三本书之前,我也写过一点东西,反映苗家生活的中篇儿童小说《高高的苗岭》《深夜马蹄声》和《峡谷烽烟》、电影文学剧本《火娃》(和谢飞合作),还有一本和人合写的长篇《岩鹰》。这些书出版以后,也有过一些信,其中还有不客气的批评。所以,当有时候一天收到十几二十来封写着那么多好话的信时,我真有点受宠若惊啦!我觉得,我的努力,我的心血,我多多少少个不眠之夜,我那守着油灯写下的一百几十万字的废稿,通通得到了补偿。

当然，写的字印出来，总要听到这样那样的反应。我就不止一次地听下过乡的人说过：你书里的人物，我几乎都能在自己的身边找到，唯独你写的好人，是我生活里没有的。

是他错了呢，还是我错了？

我相信，这些人对我说的是实话。不过，我要对这些人说，有时候，美好的东西是需要在生活里挖掘的。世界上所有的作家，都要对自己笔下的人物倾注爱或憎。难道说，一个恋爱着的青年，不希望自己深深爱着的人更加美好一些吗？

最后，我还想说一点，那就是这三本书的稿子，都是在我前面提到的深山沟里写成的。那儿是贵州猫跳河畔的一个小小电站，偏僻、闭塞，每当秋收以后还有点儿荒凉，从省城发出的长途客车，两天才开一班，只在那儿停留半个到一个小时，带走不多的几个乘客。不过，那儿整天都是静悄悄、静悄悄的，除了高耸的山、奇秀的峰，就是幽深的谷、奔泻的河，真好，真好。

叶 辛

1982年2月7日 于二戈寨

2007年4月25日修订于重庆曾家岩

# 后记二:关于《蹉跎岁月》答读者问

问:叶辛同志,长篇小说《蹉跎岁月》发表后,在读者中引起了较大反响,我们很想了解你是怎么酝酿写这部小说的?

答:一九七八年冬天的一个晚上,我听说了这么一个故事:有一个干部子弟,和一个出身不好的姑娘在插队落户岁月里恋爱上了。当时,那干部还在"牛棚"里,不知这件事。当儿子的自然也算"黑八类子弟"。粉碎"四人帮"以后,干部解放了,父母亲干涉儿子的恋爱,以致酿成悲剧。听过之后,我脑子里受到很大震动,没有心思再继续聊天,回到自己屋里,找出笔记本,把这件事简单记下,在下面写了两句话:这件事可以写成一部长篇小说,但我绝不能把它写成悲剧。若说写作《蹉跎岁月》直接的起因,恐怕就是这件事了。没隔多久,类似的事情又听说了一件,我的思绪泛滥起来,久久地睡不着觉,决定要写一本针对"文化大革命"中"血统论"泛滥的书。写《蹉跎岁月》的愿望就是如此一天一天地明确起来了。

但要追溯起来,想写这么一本书的欲望,埋藏在心灵深处,绝不是一年两年的事了。

一九七五年冬天,一个工矿单位到我插队落户的公社来招工,那两个招工的干部,用当时惯常的"调包"法,把一个出身不好的上海知青挤下来了。这个上海知青听说后去找他俩论理,那两个人气势汹汹,蛮不讲理,其中一个还拍着桌子吼道:"我们宁愿牵走一条狗,也不愿收你这个狗崽子。"

我就站在吵架的饭店里,听得一清二楚。当然,我当了五六年知青,不会像十八岁时那样气得抽搐了,但我的内心深处着实震骇、着实愤怒。就在那时候,我想过,我一定要写本书,写本针对"血统论"在那特殊年代里横行的书。

以后我又听到一件事,某单位搞选举,差不多是众口一词的意见,要选一位不是候选人的同志当委员,可群众怎么选也没用,后来知情人道出真情:此人出身不好。

上面那几件事情是发生在十年浩劫期间,而这件事,则是发生在打倒"四人帮"两年多以后。

在听到这件事的晚上,我认真地造出了两个名字:一个是杜见春,一个是柯碧舟。我打破了原先的写作计划,正式开始酝酿,在这两个人物之间,会发生些什么样的故事。

我想到红卫兵运动风起云涌的时候,一些"最最革命"的红卫兵,仅凭对方是"狗崽子"这一条,铜头皮带就如雨般抽去;我想到南京路上大辩论时,每一个讲话者都要自报成分;我还想到那两条风行一时的标语:"老子英雄儿好汉,老子反动儿混蛋。"我又想到插队落户时,有些地方干部一遇到知青,开口第一句话就是:"什么成分?……"

当我在想到杜见春和柯碧舟这两个主人公的命运时,所有类似我上面写到的很多往事都浮现出来,那么清晰,那么鲜明。我只觉得文思喷涌,不可抑制;观念和形象接踵而至,常常是来不及用笔写下来。

我真正地感觉到了创作的冲动。但我拼命要自己冷静些、理智些。

我住在荒僻的深山峡谷里。白天,照常写作长篇小说《风凛冽》。到了夜间,我分析着《蹉跎岁月》的素材,要写的事情很多,要跨越的时代背景前后足足有十年,但又要写得集中,怎么办呢?一九六六年到一九六九年运动初期的那段生活,我非常熟悉,是从那时候写起?插队落户生活,我的感受更深,还是集中写这段岁月?我想到在火车上遇到的几个户口迁回上海的云南知青,他们对我说:"十年之前我们扛着红旗、唱着红卫兵战歌,怀着改造世界的雄心壮志,上山下乡去闹革命,十年之后我们又扛着背包回上海,生活真会开我们的玩笑。"是生活开我们这一代年轻人的玩笑吗?不。这十年岁月,对整整一代中国人来说,是蹉跎过去了。我还是从下乡生活写起吧。这段岁月虽已过去,却值得记忆;知识青年这个词,是我们当年用汗水和眼泪、期待和希冀、过失和追求充实起来的,它不该只让人想起艰辛,想起现在回到城市的待业青年,它应该让人想到更多的一点东西。就这样,我决定把小说自始至终环绕着插队落户生活来写。同时我相信,我能够写好这本书。因为我的笔记本上有了杜见春和柯碧舟这两个人物;有了他俩身旁的一帮知青,他们各自都给自己找到了位置;我的脑子里还有那么多的事情,写毕这本书可能还用不完。最主要的,我有整整十年的插队落户生活,这是基本的保证。于是我每晚上都要分析一下我的这些人物,在笔记上写下点什么,准备着,一俟《风凛冽》写完,就动手写《蹉跎岁月》。这就是小说简单的酝酿过程。

问:现在经常听到一些读者反映不少长篇小说读完第一章就知道结局,而《蹉跎岁月》情节感人,引人入胜,但不追求离奇古怪,既是意料之外又在情理之中,可见得你在结构布局和情节上下了不少功夫,而这显然又是与你熟悉生活,坚持从生活出发有很大的关系,能否告诉我们你是怎样从生活出发组织小说情节的?

答:去年在我省作家协会召开的关于我的作品讨论会上,也有同志说我善编故事,小说情节引人等等,甚至还有人说这是我的一大长处。其实这不是我的实际情况。上面我已讲到,在写作之前,我就在积极准备着,到开始动笔时,我的一厚本笔记都写满了,那不是在编故事,也不是找情节,我在做着比写作本身更枯燥十倍的事情:分析人物,把我要写的人物,甲乙丙丁、周吴郑王按主次排个队,一个一个写出他们的出身、经历、性格、服饰、与周围人物的关系等等,次要人物写个几百上千字,主要人物一写就是上万字,还时常补充、增删、修改人物个性中不合理的成分。这一工作虽然枯燥、乏味,也极伤脑筋,但却可以帮助我吃透人物个性,熟悉人物的命运。常常是在这一工作做得差不多时,我再竖起故事的框架,立好篇章结构。这么讲不是说我不重视情节,相反,正因为知道一部长篇必须要有生动的情节,我选择得很严,既不让情节把人物湮没,也不让人读去觉得乏味。我觉得,适合一本书的情节,一定要"有致",它能较全面地包括作者所想表达的东西,又能像一副链条似的,把所有的人物、看去零乱的思想、琐碎的细节等等通通"串"起来。在动笔写《蹉跎岁月》之前,我大致有这么个情节构思:杜见春和柯碧舟像所有的年轻人一样相识相恋了,由于柯出身不好,他们的恋爱中断;命运使得杜见春也成了"狗崽子",他们重新好起来,并且是真正地好,任何人也阻碍不了。有了这么个故事趋向,我就一再地问自己:他们怎么相识的,怎会相恋的,为什么柯出身不好,恋爱就要中断……解答了几十个为什么,就引出了我小说中那一章章具体的情节。当然,写这类情节时,就得靠生活了。把所有那些要叙述的情节,都挪到我所熟悉的场景里,捕捉一种气氛,写起来比较得心应手。再加上我写过人物分析,把握住性格分寸,让人觉得实在,因此并没啥曲折的故事,也让人感到情节有些引人了。

写好人物分析,借助人物性格和命运竖起全书的框架结构,立好篇章之间的关系,看去是技巧上的事,实际和生活积累、生活感受直接有关。有一些具体情节、细节,往往在我写人物分析的同时,就已涌了出来。如果不吃透人物,不一再地重新认识和分析生活,光编故事情节,是很难写好一本长篇小说的。

另外,《蹉跎岁月》和我写作的其他书一样,整个情节的展现是和开头密不可分的。而准确的开头,是用耐心和苦苦的思索才得来的。

前面我讲过,起意写这本书时,我不想把它写成悲剧。为了写出一个好的结局,我必须写好人物的思想基础,把他们为什么会有这么个结局的理由,通过形象阐述得清清楚楚。可怎么写呢,我显然是给自己出了个难题,稍不留意,那就会使人物变得干巴巴的,情节也会处理得索然无味。我小心翼翼地寻找着开头,翻书、看剧本、挖空心思设计着各种各样的开头,在湖边散步,老在想怎么写、怎么写好开头……夏末的一个晚上,一个老医生在和我乘凉聊天时,讲起他自己的经历,说了一句话:"一个人和另一个人的关系,总是从他们最早的那一次相识就开始了。"这句话像小锤子一样,一锤就把我敲醒了。他后来说了些什么,我一句也没听进去。我突然间明白过来,对了,我要写的这本书,开头就得从杜见春和柯碧舟的相识写起。原来我怕这么处理累赘,不讨巧,现在我不怕了,我要紧紧扣住这两个人物的关系来写。乘凉回到家,已是深夜了,我找出稿纸,熬了个夜,把小说第一章的框架写出来了。以后小说的情节,都是循着第一章的线索往下串的。与其说是情节引人,不如说杜见春和柯碧舟这两个人物的命运抓住了读者,使得他们关心这两个人物的未来,想往下读。

问:近几年来读者思想发展之快超过了过去任何时候,所以往往出现这种情况:一年前认为是思想内容深刻的作品,一年后就显得幼稚了。由于长篇小说从构思到写作、出版,周期太长,所以常常赶不上读者不断的新的需求,也许这也是近年来新出的长篇小说在读者中影响不大的原因之一。《蹉跎岁月》发表至今,回过头去看,你是否又有一些新的认识?

答:《蹉跎岁月》发表至今,不断地有些读者来信,也问及书是怎么写出来的?这本书是在一九七九年八九两个月里写出的,后来经与《收获》编辑部商议,对后面几章做过些修改,也进行得匆匆忙忙,不足之处在所难免。反动血统论这个东西,在十年浩劫中四处泛滥,至今余毒也不能说全部肃清了,细究起来,这是和我国几千年的封建制度紧密相关的,"龙生龙、凤生凤"的思想,不是古代传来的嘛。在我的小说主题的开掘上,这方面做得还不够。很多读者来信,对邵玉蓉的死表示愤慨、表示不解、表示疑惑,也说明我处理人物时不够细致缜密。小说发表还不到一年,但我像所有的作者一样,不希望自己的作品只有存在一年的价值。如果《蹉跎岁月》只活一岁,我就伤心死了。

问:小说中的主人公柯碧舟是不是作者本人?或是有着作者的影子?

答:来自全国各地的许多来信都提过这个问题,尤其是一些高中、大学里的学生。借这机会我想告诉大家,柯碧舟不是我,也没有我本人的影子。我的经历要比柯碧舟顺当,我生活中遇见的好人比柯碧舟更多一些。造成这个误会的主要原因,我想是写了柯碧舟爱好文学、喜欢写作的缘故。我在做人物分析时,是这么考虑的:作为小说主人公柯碧舟的命运,总该有所追求、有个理想,我曾设计他爱好音乐和绘画,一来这两种爱好其他作品中写得甚多,二来我对音乐和绘画都不十分精通。相比之下,让主人公爱好文学,我写起来就顺畅、自己也较熟悉,所以设计了柯碧舟爱好文学的志向。而我走上文学道路,和柯碧舟是不一样的,有几个刊物发表了写我走上文学道路的报告文学,看一下大家就明白了。

但有一点,我是想说明的。那就是尽管我的经历比柯碧舟顺当,而我在实际生活中的感受,却要比柯碧舟、比杜见春、比作品中所有的人物加起来的总和,还要多得多。谁都知道,写作一本书,总是由作者生活中多种多样的原因造成的,一时间不可能完全讲清楚。这多种多样的原因中,就有着作者多种多样、纷繁复杂的感受。而一本书呢,无论多么厚,总只是作者感受中的一部分。

问:小说塑造了像柯碧舟、杜见春、邵玉蓉等各具特点、活生生的人物形象。鲁迅说:"作家的取人为模特儿,有两法。一是专用一人,言谈举动,不必说了,连微细的癖性,衣服的式样,也不加改变……二是杂取种种人,合成一个。"不知你一般采用的是哪种方法?

答：一般地来说，我采用的是杂取种种人，合成一个的方法。如《蹉跎岁月》中的杜见春、柯碧舟、邵玉蓉，都是从我生活中接触到的许多高干子女、出身不好的青年及山寨姑娘中，进行选择、比较，综合他们的性格，经过取舍提炼而塑造出来的。但有时候，我也只取一个人作为笔下人物的模特儿，那往往是我作品中的次要人物。如《蹉跎岁月》中的缺牙巴大婶、肖永川、唐惠娟、孙莉萍、周凯旋等。

问：多年来，你一直坚持在贵州山区深入生活，勤奋写作，在创作与生活的关系方面，你一定会有较深的体会，另外能否谈谈你今后一段时间的创作打算？

答：我的体会是，若要文思不竭，只需执着地泡在生活之中就成。生活是创作的源泉。但一个作家绝不应该把深入生活看作是获得创作材料的仓库。更重要的，是应该先在生活中感受各种各样的人和事物。只有生活激起了作家心灵的震动，才会产生激烈的创作冲动。我出生在上海，但我是在贵州这块土地上成长起来的。插队落户的岁月尽管艰辛坎坷，可严峻的生活使我思索、催我奋进，我对这块土地及土地上的人民产生了感情。我熟悉了他们的过去，也看到了他们的现状，并能预见到今后他们将要走的路。我是从插队落户的路上走过来的，我也关注和我同命运的整整一代人的现在和未来。长期在深山峡谷里和普普通通的工人、农民生活在一起，我不断地感受到一些崭新的、属于我个人的东西，觉得要表达的生活很多。这仿佛也是生活本身对我的报答。

今年以来，我修改了一部儿童文学长篇小说，完成了两个中篇小说及七八个短篇。我的主攻方向，还是长篇小说。

开空头支票，对写东西的人来说，是不明智的。既然问到了，我不肯定地答一下：如果时间允许，我力争在下半年完成一部新的长篇。书名可能是《啊，年轻的朋友》，也可能是《三年五载》。

附注：这篇答读者问，是二十六年前应上海的一份刊物代表读者所提问题回答的。一晃二十六年过去了，我能告慰于读者和自己的是，《蹉跎岁月》这部长篇小说，二十六年来不断地重印过十几次之多，到了一九九五年，她被作为叶辛代表作系列之一收入三卷本重版时，短短半年时间里，还一连印了三次共计六万套。直到二〇〇四年，她被人民文学出版社作为每人选定一本的"中国当代名家长篇小说代表作丛书"出版，仍以每年一万册的印数在和读者见面。

# 后记三：写作《蹉跎岁月》的日子

十一将临，五十周年国庆前夕，《新中国舞台影视艺术精品选》系列光盘推出，电视剧栏目中，有《蹉跎岁月》。今年春天，广东旅游出版社汇编出版了《叶辛知青作品总集》，其中亦选入了长篇小说《蹉跎岁月》，印了一万套。

二十年来，《蹉跎岁月》几乎年年都在重印，我手头保留的版本，就有七八种之多。至于印过的次数，我都记不清了。

看着新印出的版本，我情不自禁会回想起当年写作《蹉跎岁月》这本书时的情形。

记得那是一九七九年的夏天，我栖居在山高谷深、偏远蛮荒的猫跳河畔轿子山脚下。是七月二十四日吧，继长篇小说《我们这一代年轻人》之后，我又完成了另一部小说《风凛冽》。连天的伏案写作，实在很累了，我决定要休息几天。

屈指算一算，我一共可以休息七天，也就是说休息到七月底。从八月一日开始，我要投入另一部小说的创作，这部小说就是《蹉跎岁月》。

其实那些年里，我的身份还是知识青年，住在偏僻闭塞的山岭中，没有任何人来管我。没人管工资，没人管粮票，也没人管我休息不休息。我想休息，尽可以一天一天休息下去。那年的元月份，我已经结婚，妻子在猫跳河谷的水电站上班，有一份工资，日子是能应付过去的。况且她已怀上了我未来的孩子，身旁需要一个人照顾。我尽可以每天在山岭间的石头房子里煮饭、烧菜，让她营养营养，吃得好一点。

可我不能那么做。我要写，多少年了，我已经养成了一个习惯，重新开笔写一部新的书,一定得选一号那天动手。况且,《蹉跎岁月》开头部分的框架我已经写下来了。

八月一日开始写《蹉跎岁月》,就是这么定下来的。

余下来的五天里,我尽情地放松,尽情地做一切与写作毫不相干的事,甚至尽情地玩。我去中寨赶了一次场,买了鸡,买了很多蛋;我到猫跳河畔的六个村寨上都去走了走,看寨子里的风土人情,看山路弯弯通向白云深处的人家;我还爬上了高高的轿子山顶,在高处又喊又唱地吼了半天,我以为整个山谷里的人都听见了我的嗓门,下山来一问,人们说根本没听到我在叫些什么。

八月一日,正是夏天里最热的季节。但是在贵州的猫跳河畔,气候却是极为凉爽的。

吃过早饭,妻子照例到厂房去上班。我则在三屉桌上摊开稿子,写作《蹉跎岁月》的第一章。

这第一章的内容早就烂熟在我的胸中了。在其他谈及创作的文章里,我写过《蹉跎岁月》第一章是怎么得来的过程。总而言之,除了午餐时休息半个小时,到了下午的三点多钟,第一章就写完了。

稿子顺,人的情绪就出奇地好。我还在旁边的本子上,把第二章开头的情绪和节奏写下了几句提示自己的话。

时间还早,我为晚餐做了精心的准备。那年头,肉还是定量的,不过鸡蛋和鸡,在圩场上可以随时买到,况且十分便宜。一只童子鸡,一斤半左右的,只要一块钱。

晚餐后,我们照例端上两把椅子,坐到平顶的石头房子上去,一边和人聊天,一边看着幕霭逐渐低垂下来,河谷深处的雾气,渐渐地弥散开来,连绵无尽的小山峦,终于笼罩在夜幕中,高原上的夜,是寂静而又深沉的。

不用说,夜间睡得很好。

第二天一大早,水电站工地上的扩音喇叭,把我们唤醒了。

于是,新的一天又在水电站工地和水电站上同时开始。

妻子还是准时去上班,我照例在那张油漆斑驳的三屉桌上摊开稿纸,写作《蹉跎岁月》的第二章。这一天仍然写得很顺。

天天如此,日子由夏入秋,三屉桌面上完成的稿子一天一天地厚起来。

入秋以后,在贵州的山里,雨雾天越来越多,晴朗的日子真是难得一见了。

我们居住的石头房子泛了潮,屋里屋外都是潮乎乎的,站在屋顶上,眺望看熟了的整日里被蒙纱雾笼罩着的山野,情不自禁会有一种沉闷感。

电站上一位老医生,姓周,正是他的一句话,使我找准了《蹉跎岁月》的开头。他读完了我的前一部小说稿《风凛冽》,对我说:"稿子是很好看。不过,我担心,你这稿子不能出版。"

一瓢冰水浇在我的头上。

我拿已写完的《风凛冽》给他看,一是对他甚为信任;二是他身为长者,会给我提出中肯的意见;第三呢,我暗暗地还巴望着,他会夸我几句。那一年,虽然我已出版了《高高的苗岭》《深夜马蹄声》和《岩鹰》(和别人合作)三本书,由《高高的苗岭》改编的电影《火娃》业已上映,但是对于我来说,在创作上太需要突破了。哪晓得周医生看完稿子,会对我这么说。

为此我闷闷不乐了好几天。

时值初秋,天天有雨,是贵州山乡里绵绵无尽的霏霏细雨。我照样一天一天往下写着,写得辛劳却也顺畅,每天要写完一章,时常都得写到夜半三更。怕影响妻子,我在台灯罩子上常常要遮两层报纸。

就在这样的日子里,我收到了《收获》杂志的一封短信,信上通知我,去年秋冬时节,我送到即将复刊的《收获》杂志的长篇小说《我们这一代年轻人》,已定刊发于一九七九年的第五、第六期。

哦,这对于我无疑是一个喜讯。对于陷入创作困顿与迷惑中的我无疑是最大的激励。我写作《蹉跎岁月》的信心更足了,笔势也大胆地放开了许多。

到了九月底,三十万字出头的《蹉跎岁月》写完了。这样,我的抽屉里已经放着两部长篇小说稿:《风凛冽》和《蹉跎岁月》。那年头还没见复印机,生怕邮寄遗失,我仍旧照我习惯的方式,决定把稿子亲自送到编辑部去。

一九七九年的国庆节要到了,妻子的预产期是十一月份。国庆有假期,我们决定把国庆的假日和探亲假、产假合在一起,回上海去。

出于对《收获》的信任,我把《蹉跎岁月》交给了他们。

同时,《风凛冽》给了重庆的《红岩》杂志。

第二年,一九八〇年,《风凛冽》发表于《红岩》的第三、第四期;《蹉跎岁月》

发表于《收获》的第五、第六期。

也是在那年冬天,我的孩子叶田出生。在他逐渐逐渐长大的日子里,我时常对他讲插队落户的岁月,讲贵州多雾多雨的山乡,讲山寨上的农民,讲写作《蹉跎岁月》的默默耕耘、潜心创作的日子。

值此建国五十周年的喜庆日子,叶田恰好步入大学,我把这段往事写在这里,对于他和今天的文学青年们,也许不会是无益的吧。

1999 年 9 月

# 后记四:二十年的蹉跎村

云南电视台约我去昆明,做一个"人生"节目。他们看到我的一本小书《半世人生》,觉得我的半辈子,多多少少和云南有一点关系,要我就这点关系谈一谈。

节目间隙,有半天空闲时间,旁边一位小伙子建议,去蹉跎村看一看吧,我们带一只机子,顺便拍一些镜头,也好穿插在谈话节目中用一用。

阿拉蹉跎村,就在昆明去石林的大路边上,不堵车的话,二十分钟就到了,很近的。二十年前的一九八二年春天,电视连续剧《蹉跎岁月》在云南拍摄,插队知识青年在湖边寨的戏,主要选了两个景点,一个在澄江、江川、华宁三县交界之处的抚仙湖畔,那主要是取的湖景;另一个就是阿拉彝族乡,简称阿拉乡的。由于这里树木葱茏,一条河流绕村而过,河岸上架起一座高高的石拱桥,风光十分秀丽,和我插队的贵州山乡里的村寨十分相像。还有一个具体的原因,使得剧组下决心在这里拍了一个来月的戏:当时是二十世纪八十年代初,可要在省城昆明近郊,找到一处像我插队在贵州偏僻山乡里的泥墙茅草屋,已经是很不容易了。而在阿拉乡的小村林子与河流之间,恰恰找到了独门独户的一幢泥墙茅草屋,茅草发灰发黑了,泥墙龟裂了,和当年我下乡时的知青屋相像极了。一问,这幢泥墙茅草屋早已废弃不用了。原来,它是阿拉乡的牛圈,土地联产承包以后,集体的耕牛也已分归各户喂养,牛圈用不上了。所以它连门也没有!更令人惊喜的是,与阿拉乡的村干部一联系,他们说,只要两百元,这幢牛圈就能尽剧组使用,需要用多久就用多久。于是乎,剧组当即付了两百元,然后根据我的意见,在屋顶上请农民工加盖了一些茅草,最主要的是,又花几十元请当地彝族农民编了一扇竹笆门,门上敷满牛屎,权作知青屋的门。这么一改造,简直就同我插队时的知青屋没甚两样了。这以后的一个多月时间里,《蹉跎岁月》中知青们在知青点上的戏,在村寨上的戏,在寨子附近树林子、小河边、拱桥上的戏,全部都是在这里拍摄的。成本低不说,还真正起到了情景交融、形象生动逼真的效果。饰演杜见春的肖雄当时就对我说过:不知为什么,一走在山道上,从石桥上那么大步走下来,我就会找到你们下乡时的感觉。

好事多磨。磨到一九八二年的秋天,是十月,《蹉跎岁月》在中央电视台播出了。遂而这部电视连续剧逐渐又在各个省台重播。二十年前,好多省台自己还没开始制作电视剧,于是他们不断地重播比较优秀的剧目。据我所知,我生活的贵州电视台和云南电视台,就不止一次地重播过《蹉跎岁月》。对于贵州来说,我是省里的作家,这个剧是我写的,他们播的次数就多一点。而对于云南来说,则完全因为这个剧是在云南拍的,云南的观众看了自有一番亲切感。

从《蹉跎岁月》开始播出,昆明城里就有一些人,自发地找到拍摄地阿拉乡去玩,去实地看一看。一传十、十传百,昆明人都晓得了。阿拉彝族乡里,还有这么个漂亮的小村寨。

到了一九八四年,阿拉乡干脆打出"蹉跎村"的牌子,吸引城里的游客来玩耍。村里的彝族老乡,准备一点茶水、饮料、瓜子、花生,搭起简陋的棚子。而城里来的游客,则把塑料布铺在桥头河边,把吃的、喝的放在塑料布上,他们在河边散步,到村寨上游逛,特别是小树林里,时常传来他们的欢声笑语。

一九八九年,我在北京学习,同班几个云南来的学员,都告诉我,"蹉跎村"成了昆明人自发去的最为踊跃的一个小小旅游点。去得最多的,是一对对青年男女,他们时常双双骑着自行车,一待就是一整天。

一九九四年,一个下海经商积累了点资本的老知青肖培荣,也看中了这块地方。他投资四百万元,沿着小河边的荒坡,修建了一排二层楼的乡间别墅,别墅里的客房一律装修成宾馆式样,还有餐厅。小河上架起了桥,河畔小路铺设了石子。穿过别墅区,沿着弯弯拐拐的小路,就能走进郁郁葱葱的树林子。

别墅区正式对外打出了"蹉跎岁月度假村"的牌子。

千万别以为配备了现代化设施,就是蹉跎村的特色了。

蹉跎度假村主要的特色,在于别墅区旁边,还建起了一座知青纪念馆。纪念馆门口书着两行红字对联。纪念馆橱窗内的陈设,全是当年的知识青年捐献的实物:有上山下乡通知书,有和通知书一起发的乘车证,有红袖章,毛主席像,还有当年知青们用的搪瓷碗、筷子、军用水壶、草帽,有插队落户时的劳动工具,锄头、镰刀、扁担、水桶、竹篾箩筐,和一盏盏知青们自制的小油灯。当然少不了很多陈旧的黑白照片,学习过的《毛泽东选集》,各式开本的《毛主席语录》,最为难能可贵的,这里还有当年知识青年记的日记,画的素描。

我一一看过去,翻阅看到过这里的老知青们写下的随想录和感慨万千的语录,惊讶地发现,这些对于逝去的蹉跎岁月充满感情的老知青,写下的一段段话不但带着思辨、带着反省,还带着人生的感悟和哲理。不少人还为办好这个纪念馆、这个度假村主动捐了钱,少的五十、一百,多的八百、一千,看了不得不使人动容。

不过促使我下决心再访蹉跎村的,不是想去回忆往事,也不是想到那里再去获取什么灵感。而是云南省的同志告诉我,由昆明通往石林的高速公路正在拓宽,蹉跎度假村也在拓宽的范围之内,即使像小树林、古石桥没划在拓宽的路面中,其周围的三千亩土地,也被统一规划成一片景区了。

换句话说,我若是明年再来云南,就见不到蹉跎度假村了。同行的云南电视台小彭望着我说:"看着以你的长篇小说书名和电视连续剧命名的度假村从眼前消失,叶老师,你有没有一点伤感?"

我笑了。

二十年的蹉跎村,已经完成了它的历史使命。正如我们已经进入了新的世纪、新的千年一样,蹉跎岁月那一页历史,已经翻过去了。从这一意义上来说,我应该为蹉跎村的消失而高兴。

但愿我们的岁月不再蹉跎。

但愿蹉跎岁月永远成为我们的历史。

2002 年 8 月

这是五年之前应报刊之约写下的一篇文字。五年过去了,昆明的同志告诉我,那条计划中拓宽的高速公路,后来改变了计划,只从另一侧拓宽了。故而,当年的蹉跎村,现在依然存在,依然还有人时常去走一走,看一看。

2007 年 5 月补记